中国断代专题文学史丛刊

唐前志怪小说史

李剑国 著

人民文学出版社

图书在版编目(CIP)数据

唐前志怪小说史/李剑国著.—北京:人民文学出版社,2019
(中国断代专题文学史丛刊)
ISBN 978-7-02-015480-7

Ⅰ.①唐… Ⅱ.①李… Ⅲ.①志怪小说—小说史—中国—古代 Ⅳ.①I207.409

中国版本图书馆 CIP 数据核字(2019)第 209582 号

责任编辑　李　俊
责任印制　徐　冉

出版发行　人民文学出版社
社　　址　北京市朝内大街 166 号
邮政编码　100705
网　　址　http://www.rw-cn.com

印　　刷　三河市宏盛印务有限公司
经　　销　全国新华书店等

字　　数　537 千字
开　　本　880 毫米×1230 毫米　1/32
印　　张　21.5　插页 2
印　　数　1—4000
版　　次　2011 年 12 月北京第 1 版
印　　次　2019 年 12 月第 1 次印刷

书　　号　978-7-02-015480-7
定　　价　65.00 元

如有印装质量问题,请与本社图书销售中心调换。电话:010-65233595

古小说的新探索(序)

刘叶秋

（一）

鲁迅先生的《中国小说史略》，为中国小说史开疆奠基，一举而定全局，厥功甚伟！继此而进行更深入更细致的探讨，则有待于后贤。我以为编撰中国小说史，最好是群策群力，不必要求完成于一时一人之手，无妨先作分段的论述，专题划界，各就所长来攻其一端，如先秦、两汉、魏晋南北朝、唐、宋、元、明、清，按时代、体裁，作专而深的研究。一俟条件许可，即开局修书，大家共聚一堂，各出所作，来商量编纂，贯串成编，亦为盛事！

凡事之有渊源者，皆应探源析流，以见演变之迹，中国古小说的研究，也是如此。不追溯先秦两汉的神话传说、魏晋南北朝的搜神志怪，就不能了解唐传奇产生的基础和宋平话中烟粉灵怪故事的由来；不分析受魏晋士大夫的清谈之风的影响而出现的《世说新语》式志人小说的社会因素，就无法知道唐人的《隋唐嘉话》、《大唐新语》之类笔记体裁的沿袭和内容的演变。尤其是汉魏六朝的志怪小说，直接继承神话传说的传统而发展，形成一种独立的文学体裁，更应作为中国小说史前列的篇章。可惜的是近人研究古典小说，往往忽略这一段。展开中华书局出版的《中国古典文学研究论文索引》一看，从一九四九年到一九六六年六月间各报刊所载这方面的论文，不过寥寥几篇，而且其中还有的是为了配合当时的高中语文教材而写作,以供中学老师作教学参考的。据说某些大学教师,讲文学史到汉魏六朝一段,于志怪小说往往一字不提,原因不外是:(1)轻视,认为这类粗陈梗概的"丛残小语",根本不算小说;(2)没有什么研究,恐讲述不得要领,所以干脆避而不谈。实际轻视的根源,还是没有研究。因为志怪小说内容非常复杂,牵涉到多方面的问题,把各种故事理出个头绪,就很不容易,更不要谈研究了。李剑国同志撰《唐前志怪小说史》,说明他重视古小说发展的现实,知道研究这一部分作品的重要性,致力攻坚,作新的探索,其不怕难的精神首先值得钦佩。

(二)

《唐前志怪小说史》,对于志怪小说的叙述,分三个时期,又概括为三个类型。三个时期是:(1)先秦:为志怪的酝酿和初步形成时期,有些"准志怪"小说,表现为史书、地理博物书、卜筮书的形式,尚属幼稚阶段;(2)两汉:为志怪趋于成熟的发展时期,多数作品仍带有杂史、杂传和地理博物的体式特征,题材多为神仙家言;(3)魏晋南北朝:为志怪的完全成熟和鼎盛时期,分魏晋与南北朝两段,此时志怪纷出,作者甚众,题材广泛,无所不包,且有由短幅演为长篇的趋势。

三个类型是:(1)地理博物体志怪小说:由汉人的《括地图》、《神异经》等到晋张华的《博物志》等,属于这一类;(2)杂史杂传体志怪小说:由汉人的《汉武故事》、《列仙传》到晋葛洪的《神仙传》、苻秦王嘉的《拾遗记》等,属于这一类;(3)杂记体志怪小说:由汉人的《异闻记》到晋干宝的《搜神记》、陶潜的《搜神后记》等,属于这一类。

这样分期归类,以两条线纵横交错,提纲挈领,条理分明,既显示了志怪小说形成的过程,合于史实;又使纷纭复杂的作品,各成系统,便于归纳分析。这是作为一部"史"书所应有的纲领。我平日讲魏晋南北朝志怪小说,总叫人着重读《搜神记》、《博物志》和《拾遗记》,就由于它们是三个不同类型志怪的代表作,可从此以概其余,分类与《唐前志怪小说史》是一致的。

神话传说,本出想象,古代史传,不乏怪异之谈,先秦诸子,也常以幻设之言,发挥哲理。志怪小说承多方之绪余而形成,实为神话传说寓言的继承和演变、史传的支流,又始终与宗教迷信有着密切的关系。自商代即重视的巫术,秦汉以来的神仙方术和阴阳五行以及汉代的谶纬之说等等,常常错出于志怪故事之中。汉末兴起的道教和由印度传来的佛教,对魏晋南北朝志怪影响尤大。佛道说法,有分有合,且经常与儒家思想融为一体;加上不同时代的作品,又各有其反映时代要求的故事内容,情况至为复杂。所以研究志怪史,必须综括众因,作全面的探讨,才能说得源流清晰,演化详明。《唐前志怪小说史》的作者,没有孤立上述的各个环节,而力求其贯通,把它们当作一个整体来分析,是可取的。以"志怪叙略"为开宗明义的阐述,亦为体例上所必不可少。

读书治学,贵在能通能化,有独到的见解。不动脑筋地拾人牙慧、沿袭旧说,固为笨伯;对前贤研究的成果,视而不见,概加屏弃,亦属妄人。博览兼收,细加辨析,或驳或申,提出自己的看法,才是一种实事求是的科学态度。因为轻视小说的传统观念作祟由来已久,昔人谈及志怪者甚少,片言只语,往往不成系统。明胡应麟《少室山房笔丛》于此时有胜解,但所论也不免自相矛盾。如既谓"汉人驾名东方朔,作《神异经》",又云《神异经》为六朝赝作,前后两歧;说王嘉的《拾遗记》为给《拾遗记》作"录"的梁萧绮所撰而托之王嘉,亦仅出臆测,并无根据。通行的说法,认为旧题汉人撰的小说,几乎都是伪作,六朝人依托之说,似乎已成定论。《唐前志怪小说史》,于《神异经》参酌清段玉裁、胡玉缙等及近人余嘉锡的考证,据《左传》文公十八年孔颖达疏指出东汉服虔注《左传》,已引用《神异经》的"梼杌,状似虎,毫长二尺,人面虎足猪牙,尾长七八尺,能斗不退"的解释,肯定书出汉人之手。又以《神异经》有不孝鸟的记载,而东汉许慎的《说文解字》也释"枭"为"不孝鸟",足证"不孝鸟"传说,东汉流行,故补引《说文解字》此条,以为《神异经》确是汉代作品的旁证。可见作者对吸收前人的研究成果,有所抉择,能审慎、谨严地作出论断。

汉魏六朝志怪小说,由于时代久远和其他原因,散佚已多,现存之本,如《博物志》、《搜神记》等,又多出后人辑录,内容参错,一事数出,屡见不鲜,辨伪存真,也是研究这一段小说的重要课题。《唐前志怪小说史》作者,广采诸子史传,以及笔记杂书,荟萃众说,为志怪史的论述,打下了较坚实的基础。在考证作品的真伪、故事的来龙去脉、书籍的版本异同方面,也下了很大的工夫。资料丰富应该算是本书的一个主要特点。

战国志怪,前人甚少道及,两汉作品,又因为大部分被视为六朝依托,置论亦稀。《唐前志怪小说史》补充了这方面的缺欠,作者根据胡应麟的提法,以《琐语》(以出自汲冢,亦称《汲冢琐语》)为"古今纪异之祖",以《山海经》为"古今语怪之祖",来考索战国的志怪书。

《琐语》早亡,仅存佚文二十余则,作者按内容分之为记卜筮之灵验、记梦验、记妖祥神鬼、记其他预言吉凶四类,指出此书多载"卜梦妖祥"的宗教故事,体例颇类《国语》。如所引一条云:

> 初,刑史子臣谓宋景公曰:"从今以往五祀五日,臣死。自臣死后五年,五月丁亥,吴亡。以后五祀,八月辛巳,君薨。"刑史子臣至死日,朝见景公,夕而死。后吴亡,景公惧,思刑史子臣之言,将至死日,乃逃于瓜圃,遂死焉。求得,已虫矣。

宋景公虽属历史人物,但此事却为述异,而非纪实,作者谓其书为杂史体志怪,乃汉魏六朝志怪之先河,其说可信。此外,还举出《禹本纪》、《归藏》、《伊尹说》、《师旷》、《黄帝说》诸书,称之为战国准志怪。这些书,或近史传,或载传说,或谈卜筮,体例不一,但皆炫示怪异,足以表明后出志怪书之多方面的渊源。

在论及汉代地理博物体志怪小说时,《唐前志怪小说史》以不见著录久已失传的《括地图》与《神异经》并列,据《晋书·裴秀传》所引裴秀《禹贡地域图序》,考证《括地图》为汉人作,并因张华《博物志》多采《括地图》说,班固《东都赋》有"范氏施御"语,用《括地图》的范氏御龙事,而推断出书出西汉之末,乃摹仿《山海经》的作品,且屡采《山海经》的材料。作者以现存的佚文分析,指出《括地图》的某些条目,虽和《山海经》有联系,却较《山海经》同类传说内容丰富得多,如"禹平天下,会于会稽之野,诛防风氏","奇肱民善为机巧,设百禽,为飞车,从风远扬","大人国其民孕三十六年而生儿"诸条,均比《山海经》的贯胸国、奇肱国、大人国等所述详细。别的故事,或亦本《山海经》,而能出以新意,有波谲云委之妙。其中羿的传说,前此不见他书,原文如下:

> 羿年五岁,父母与入山。其母处之大树下,待蝉鸣,还欲取之。群蝉俱鸣,遂捐弃。羿为山间取养。羿年十二能习弓矢,仰天叹曰:"我将射远方,矢至吾门止。"因捍即射,矢摩地截草,径至羿门,随矢去。

小说故事,是有时代性的,不同时代的人,往往出于各自的时代社会要求和欣赏心理,而赋予旧传说以新内容。这条故事中的羿,由射日的天神演化为射箭寻家的英俊少年,变征服自然的神话传说为富于人情味的故事,显然源出民间,保留着口头创作朴拙的生活气息。《括地图》之类的书,为以往谈志怪者所忽略,《唐前志怪小说史》征引及此,确有见地。发掘隐微,道前人之所未道,应该算它的另一个特点。

（三）

　　研究志怪，一直缺乏专书，《唐前志怪小说史》是这方面带有"垦荒"性质的第一部著作。现在南开大学出版社将为印行，剑国嘱作弁言，我很高兴，即书数纸。志怪由于多出想象，自较志人作品的小说成分更浓，而且古人把志怪视同写实，原有其思维基础与现实依据，因此，从志怪的历史发展中，寻求其演变进化的规律，增强对故事内容和人物典型的概括，就应成为进一步考虑的核心。于文字训诂的探讨，亦须相辅而行，不能偏废。如《异苑》卷八的"太元中吴兴沈霸"一条："我本以女与君共事，若不合怀，自可见语，何忽乃见耻杀，可以骨见还。"又一条："义熙中东海徐氏婢兰，忽患羸黄，而拂拭异常，共伺察之，见扫帚从壁角来趋婢床，乃取而焚之，婢即平复。"上一条内的"共事"，谓共同侍奉父母，指结为夫妇；下一条的"拂拭"，指女性装饰、打扮。各有特殊用法，都不能只照字面解释。不明词义，还容易造成断句的错误。如《古小说钩沉》的标点，即多有误，试看下面一条："青州有刘幡者，元嘉初射得一獐，剖腹以草塞之，蹶然而起，俄而前走。幡怪而拔其塞草，须臾还卧，如此三焉，幡密录此种以求其类理，创多愈。"（人民文学出版社排印本一四八页末行——一四九页一行）按末二句标点应作"幡密录此种以求其类，理创多愈"。求其类，寻找同样的草；理创，治疗创伤。此句原标点者，就因为不知道"理"是治疗的意思而致误。

　　业精于勤，学无止境。剑国英年敏锐，读书甚多，今后就此深研，必将日有进诣，会不断提高著述的质量，充实《唐前志怪小说史》的内容，为编撰一部由先秦至明清的完整的志怪史而努力。

一九八三年七月写于北京

目　　录

古小说的新探索(序) ·· 刘叶秋 *1*

志怪叙略 ··· *1*
第一章　志怪小说的起源与形成 ································· *29*
　　一、原始宗教与神话传说 ······································ *29*
　　二、巫教、阴阳五行学与宗教迷信传说 ················ *47*
　　三、地理博物学的志怪化 ······································ *66*
　　四、史乘的分流与志怪小说的初步形成 ················ *85*
第二章　战国志怪小说与准志怪小说 ························· *97*
　　一、"古今纪异之祖"《汲冢琐语》 ······················· *97*
　　二、"古今语怪之祖"《山海经》 ·························· *112*
　　三、其他战国准志怪 ··· *128*
第三章　两汉志怪小说 ·· *146*
　　一、两汉志怪生长发展的基础与条件 ···················· *146*
　　　　(一)谶纬迷信与神仙方术的兴盛 ···················· *146*
　　　　(二)《山海经》的传播与影响 ························ *161*
　　　　(三)杂史杂传的发达与分化 ··························· *164*
　　二、地理博物体志怪小说 ······································ *169*
　　　　(一)《括地图》与《神异经》 ························ *169*
　　　　(二)《洞冥记》与《十洲记》 ························ *183*
　　三、杂传体志怪小说与志怪题材的杂传小说 ········· *203*
　　　　(一)杂传体志怪小说：仙传小说《列仙传》 ··· *204*

1

（二）杂传小说：《汉孝武故事》、《蜀王本纪》、
　　　　《徐偃王志异》 ………………………………… 217
　　（三）《汉武内传》及西王母传说的演化 …………… 238
四、杂记体志怪《异闻记》及其他 ……………………… 257

第四章 魏晋南北朝志怪繁荣与进步的
　　　　社会原因及此期志怪的时代蕴含 ……………… 266
一、志怪繁荣进步的社会原因 …………………………… 267
　　（一）道教与佛教的昌炽 ……………………………… 267
　　（二）谈风的盛行 ……………………………………… 276
　　（三）史传及文学创作的活跃与进步 ………………… 280
二、此期志怪的时代蕴含 ………………………………… 283

第五章 魏晋志怪小说 ……………………………………… 289
一、《列异传》与西晋志怪 ………………………………… 289
　　（一）《列异传》 ………………………………………… 289
　　（二）《陆氏异林》、《神异记》等 ……………………… 300
二、地理博物体志怪之遗响 ……………………………… 311
　　（一）张华《博物志》 …………………………………… 312
　　（二）郭璞《玄中记》及《外国图》 …………………… 323
三、"鬼董狐"干宝的《搜神记》 …………………………… 334
　　（一）干宝的生平事迹与《搜神记》的写作过程 …… 334
　　（二）《搜神记》的流传、散佚与辑录刊行 …………… 346
　　（三）《搜神记》的主要内容 …………………………… 368
　　（四）《搜神记》的艺术成就及其影响 ………………… 396
四、杂传杂史体志怪《神仙传》与《拾遗记》 …………… 399
　　（一）葛洪《神仙传》 …………………………………… 399
　　（二）王嘉《拾遗记》 …………………………………… 417
五、东晋其他志怪小说 …………………………………… 430
六、两晋志怪题材的杂传小说 …………………………… 445

第六章 南朝志怪小说 ……………………………………… 464

一、陶潜《搜神后记》 …… 464
二、刘义庆《幽明录》 …… 483
三、刘敬叔《异苑》 …… 498
四、宋齐其他志怪小说 …… 515
 （一）《齐谐记》等宋志怪 …… 515
 （二）祖冲之《述异记》 …… 523
五、任昉《新述异记》与吴均《续齐谐记》 …… 527
 （一）任昉《新述异记》 …… 527
 （二）吴均《续齐谐记》 …… 539
六、其他梁陈志怪小说 …… 556
七、南朝"释氏辅教之书" …… 579
 （一）《观世音应验记》三种 …… 580
 （二）《宣验记》与《冥祥记》 …… 586
 （三）其他弘佛小说作品 …… 596

第七章　北朝隋代志怪小说 …… 601
一、北朝隋代佛教徒及数术家的志怪 …… 601
二、颜之推《冤魂志》 …… 611
三、《八朝穷怪录》 …… 622
四、其他北朝隋代志怪小说 …… 630

第八章　朝代不明的志怪小说 …… 638
一、《隋志》《唐志》著录的志怪 …… 638
二、诸书称引的志怪 …… 641

主要引用与参考书目 …… 652
后记 …… 672
修订后记 …… 673
重修订后记 …… 676

志 怪 叙 略

我国唐以前的小说,通常称为古小说①,以区别于唐宋传奇小说、宋元话本小说和明清章回小说。古小说是小说的原始形态。

"小说"一词最早见于《庄子·外物篇》:

> 任公子为大钩巨缁,五十犗以为饵,蹲乎会稽,投竿东海,旦旦而钓,期年不得鱼。已而大鱼食之,牵巨钩䄎没而下。骛扬而奋鬐,白波若山,海水震荡,声侔鬼神,惮赫千里。任公子得若鱼,离而腊之,自制河已东,苍梧已北,莫不厌若鱼者。已而后世辁才讽说之徒,皆惊而相告也。夫揭竿累,趣灌渎,守鲵鲋,其于得大鱼难矣。饰小说以干县令,其于大达亦远矣。是以未尝闻任氏之风俗,其不可与经于世亦远矣。

唐人成玄英疏云:"干,求也;县,高也。夫修饰小行,矜持言说,以

---

① 鲁迅辑录《古小说钩沉》,全为唐前作品。程毅中《古小说简目》(中华书局1981年版)亦采用"古小说"的概念。但所指是"相对于近古的通俗小说而言"的"子部小说"、"笔记小说",又称作"旧体小说",实际上是指古代文言小说。因此《古小说简目》所著录作品包括了唐前和唐五代部分,并拟续编宋到清的作品。(见《凡例》)后来程毅中将古代文言小说称作"古体小说",编著《古体小说抄》宋元卷、明代卷、清代卷三册(中华书局1995、2001年版)。在其《前言》中称:"古体小说大体上相当于文言小说,近体小说大体上相当于白话小说"。之所以说"大体上相当",是因为某些通俗小说如《风月相思》、《蟫史》等是用文言写的。我以为改用"古体小说"的名称来指称唐以后文言小说较之"古小说"更妥帖一些。

求高名令问者,必不能大通于至道。字作'县'字,古'悬'字多不著'心'。"①"小说"指的是出自"辁才讽说之徒"②,与高言宏论相反的,没有什么理论价值的琐屑之谈,也就是荀子说的"小家珍说"③,并不具有文体意义。不过,虽说"小说"的初始含义是对辁才讽说、小家言辞——这种言辞可以是口头的,也可以是书面的——的概括,诚如鲁迅所说:"然案其实际,乃谓琐屑之言,非道术所在,与后来小说者固不同。"④但"小说"既然是一种言辞、言说、言论,这样它的概念内涵就自然可以发展为对某一类特定著述的概括,开始具备一定的文体意义。

首次在文体意义上使用"小说"一词的,当推西汉末年的刘歆。刘歆撰有《七略》,《七略》已亡,但班固的《汉书·艺文志》实际是《七略》的删节⑤,因此《汉志》中著录的小说家及关于小说家的议论实应出自刘歆之手。《诸子略》凡十家,最后一家是小说家,著录小说十五家,千三百八十篇。小序云:

> 小说家者流,盖出于稗官。街谈巷语、道听途说者之所造也。孔子曰:"虽小道,必有可观者焉。致远恐泥,是以君子弗为也。"然亦弗灭也。闾里小知者之所及,亦使缀而不忘。

---

① 见清郭庆藩《庄子集释》,《诸子集成》第三册,中华书局1986年版。
② 所谓"辁才"即小才,也就是《论语·子路》说的"斗筲之人"。唐陆德明《释文》云:"李云:辁,量人也。本或作幹,幹,小也。本又或作轻。"按:成玄英注疏本作"轻",成疏:"轻字有作辁字,辁,量也。"
③ 《荀子·正名篇》:"故知者论道而已矣,小家珍说之所愿皆衰矣。"《诸子集成》第二册。
④ 《中国小说史略》第一篇《史家对于小说之著录及论述》。人民文学出版社1963年版,第1页。
⑤ 《汉书·艺文志序》:"会向(刘向)卒,哀帝复使向子侍中奉车都尉歆卒父业。歆于是总群书而奏其《七略》,故有《辑略》,有《六艺略》,有《诸子略》,有《诗赋略》,有《兵书略》,有《术数略》,有《方技略》。今删其要,以备篇籍。"

>如或一言可采,此亦刍荛狂夫之议也。①

这是现存最早的小说专论,非常明确地提出了小说和小说家的概念。《诸子略》中列十家,以小说家置于末位,且称"可观者九家而已",小说家显然在"可观者"之外。东汉荀悦《汉纪》卷二五重复了《汉书·艺文志》(《七略》)意见,列诸子九家,小说家仅捎带语及,称"又有小说家者流,盖出于街谈巷议所造"。

这以后,第二个给予小说以专门论述的是两汉间著名学者桓谭②。他在光武帝时作的《新论》有这样一段非常著名的话:

>若其小说家合丛残小语,近取譬论,以作短书。治身理家,有可观之辞。③

他们说的"小说",是"短书"的同义语,特征是形式短小,所谓"丛残小语",内容是琐碎的"街谈巷语、道听途说"。显然,这种小说概念仍是《庄子·外物篇》的发挥。

《汉书·艺文志》著录十五家小说,从残存的《青史子》三条遗文④和班固自注来看,当时的小说确实是包括了许多杂七杂八的东西的,诚如鲁迅云,"诸书大抵或托古人,或记古事。托人者似子而浅薄,记事者近史而悠缪者也"⑤。大凡不是很庄重的经史子书,内容蹖驳,以"短书"面貌出现者,汉人统统目为小说。

---

① 按:孔子语见《论语·子张篇》,乃孔子弟子子夏语。周寿昌《汉书注校补》:"今《论语》作子夏语,盖汉时有《鲁论语》、《齐论语》、《古论语》三家,此或是齐、古两《论语》也。"见陈国庆编《汉书艺文志注释汇编》,中华书局1983年版,第163页。
② 桓谭,字君山,沛国相人。历仕西汉哀、平及新莽、更始,东汉光武时为议郎给事中。出为六安郡丞,道病卒,年七十余。著《新论》二十九篇,其中《琴道》一篇未成,班固续之。见《后汉书》卷二八上本传。
③ 《新论》已佚。此处引文见《文选》卷三一江文通(淹)《拟李都尉从军诗》李善注,中华书局1977年版。
④ 《青史子》乃"古史官记事",今存佚文三条,鲁迅《古小说钩沉》辑入,一条谈胎教,一条谈巾车教之道,一条谈鸡祭,都属于杂礼。
⑤ 《中国小说史略》第一篇《史家对于小说之著录及论述》,第3页。

当然不能以今人之小说观念作为衡量古代小说的尺度,因为小说自身亦同其他文学样式一样,表现为一个由低级到高级、由幼稚到成熟、由不完善到完善的历史过程。但即使在胚胎和雏形阶段,它也必须要包含着小说的基本因素,这就是具有一定的故事性(哪怕是最简单的人物情节),具有一定程度的形象性,要表现出故事的相对完整性和一定的虚构性。这样,小说才能和史书及议论性的文体划开界限。如果这个认识成立的话,我们就不难发现,汉人心目中的小说,其实仅是一个一般的文体概念,更准确地说,甚至也不是一个纯粹的文体概念,只能说是一个准文体概念,并不是文学概念,十五家小说大都不含小说性质。明人胡应麟说:"《汉艺文志》所谓小说,虽曰街谈巷语,实与后世《博物》、《志怪》等书迥别,盖亦杂家者流,稍错以事耳。"指出"皆非后世所谓小说也"。[1] 清人章学诚指出《周考》、《青史子》"不当侪于小说"[2]。章太炎亦有云:"周秦西汉之小说,似与近世不同。如《周考》七十六篇,《青史子》五十七篇……与近世杂史相类。"[3]不仅和后世完全成熟的小说不同,即连幼年小说的资格亦难以具备。可见,汉代所谓"小说"实际指的是由于浅薄迂诞短小杂乱而不宜归入诸子书、史书更不能入为经书的百家杂记杂说,其体则亦可记言亦可记事。因而"小说"之为"家"绝非是指操同一文体的作家的集合,而是用来概括诸子中的一个可怜的不入流的小流派。[4]

但这个观念是如此根深蒂固,以致历来史志书录都把小说范围弄得特宽,小说界域不清。《隋书·经籍志》云:"小说者,街谈

---

[1] 《少室山房笔丛》卷二九《九流绪论下》。中华书局上海编辑所,1958年版。
[2] 《校雠通义·汉志·诸子》,商务印书馆,1936年版。
[3] 《诸子学略说》,《国粹学报》,1906年第21期。
[4] 参见拙作《早期小说观与小说概念的科学界定》,《武汉大学学报》,2001年第5期,第601页。

巷语之说也。"《旧唐书·经籍志》云："九曰小说家,以纪刍辞舆诵。"都是因袭《汉志》之说。《隋志》著录小说二十五部,《旧唐志》著录十三部①,其中真正的古小说虽不乏其有,但像《古今艺术》、《座右方》、《酒孝经》等,仅从其名称即一望而可知与小说大相径庭。直到清世,正统文人对小说的认识,基本上都沿袭着这种"街谈巷语"的说法。

古人把性质不同的各种杂记琐言一齐萃于小说门下,着眼点是这类作品具有形式上的一致性,即一短二杂,而"小说"一词从语义上看恰也包含这两方面的涵义。确实,古小说的特征之一正是形式之短小和内容之琐杂。所以桓谭才称其为"短书"②,后来王充又称为"短书俗记"、"短书小传"③,徐幹又称为"短言小说"④,刘知几则又有"杂家小说"、"小说卮言"、"短部小书"、"短才小说"等称⑤。但着眼点不能仅限于此。以具备不具备小说的文学因素为标准,我们则只能把其中那些记载历史遗闻、人物逸事、神怪传说的作品视为小说。因而我们所使用的小说概念,与传统的小说概念既有联系又有区别。

---

① 实是十四部。
② 所谓"短书",是说书写的简册尺寸短。王充《论衡·谢短篇》引儒生语曰:"二尺四寸,圣人文语,朝夕讲习,义类所及,故可务知。汉事未载于经,名为尺籍短书,比于小道,其能知,非儒者之贵也。"汉代书写制度,凡经、律等官书用二尺四寸长的竹简书写,其余则为短简,约长一尺二寸至八寸不等,故称"尺籍短书"。短书并非专限于小说,实际上汉人私家著作皆为短书,但由于小说"丛残小语"的体制特征和"小道"的内容特征,因此在汉人话语系统中短书更多地和小说联系在一起。王充在《论衡·书虚篇》中说:"世信虚妄之书,以为载于竹帛上者,皆圣贤所传,无不然之事,故信而是之,讽而读之。睹真是之传与虚妄之书相违,则并谓短书,不可信用。"玩味文意,这里的"短书"指的正是小说之类的"虚妄之书"。《诸子集成》第七册。
③ 《论衡》卷三《骨相篇》、卷四《书虚篇》。
④ 《中论·务本篇》。《四部丛刊初编》本。
⑤ 《史通》卷六《叙事篇》、卷一〇《杂述篇》、卷一六《杂说上》、卷一八《杂说下》。清浦起龙《史通通释》,上海古籍出版社,1978年版。

古小说种类较多,通常分为志人小说、志怪小说等①。古人早就作过小说的划分。唐代刘知几《史通·杂述篇》别史氏为十流,其中有逸事、琐言、杂记三类。按小说历来被视作"史之余",因而史氏十流的划分,实际包含着对小说的分类。所谓逸事、琐言、杂记也者,从其说明和例书来看主要指小说。《杂述篇》云:

> 国史之任,记事记言,视听不该,必有遗逸。于是好奇之士,补其所亡,若和峤《汲冢纪年》、葛洪《西京杂记》、顾协《琐语》、谢绰《拾遗》,此之谓<u>逸事</u>者也。街谈巷议,时有可观,小说卮言,犹贤于己。故好事君子,无所弃诸,若刘义庆《世说》、裴荣期《语林》、孔思尚《语录》、阳玠松《谈薮》,此之谓<u>琐言</u>者也。……阴阳为炭,造化为工,流形赋象,于何不育。求其怪物,有广异闻,若祖台《志怪》、干宝《搜神》、刘义庆《幽明》、刘敬叔《异苑》,此之谓<u>杂记</u>者也。

又云:

> <u>逸事</u>者,皆前史所遗,后人所记,求诸异说,为益实多。及妄者为之,则苟载传闻,而无铨择。由是真伪不别,是非相乱,如郭子横之《洞冥》、王子年之《拾遗》,全构虚辞,用惊愚俗,此其为弊之甚者也。<u>琐言</u>者,多载当时辨对,流俗嘲谑,俾夫枢机者藉为舌端,谈话者将为口实。及蔽者为之,则有诋讦相戏,施诸祖宗,亵狎鄙言,出于床笫,莫不升之纪录,用为雅言,固以无益风规,有伤名教者矣。……<u>杂记</u>者,若论神仙之道,则服食炼气,可以益寿延年;语魑魅之途,则福善祸淫,可以惩恶劝善,斯则可矣。及谬者为之,则苟谈怪异,务述妖邪,求诸

---

① 就文体而言,唐前古小说实际要复杂得多。关于唐前古小说的分类,可参考拙作《论先唐古小说的分类》。共分志怪小说、杂传小说(单篇)、杂事小说、志人小说四个类型。南开大学文学院编《文学与文化》第5辑,南开大学出版社,2004年版。又载李剑国《古稗斗筲录——李剑国自选集》,南开大学出版社,2004年版。

弘益，其义无取。

刘知几是以史学家眼光看问题的，把小说与历史混为一谈，故而不能把这看作是对小说的明确分类。但这里"苟载传闻"的逸事类，大体是杂史及杂事小说及杂史体志怪小说；多载辩对嘲谑的琐言类，即是《世说》一流的志人小说；"苟谈怪异，务述妖邪"的杂记类，也正是《搜神记》一流志怪小说。刘知几仅把小说看作"史氏流别"，而且他的"小说"概念也还是恪守《汉志》旧说，因此他不可能在对小说概念的文体认识基础上建立起小说分类观念，他只是从纯粹史学的视角对五花八门的史氏流别进行分类并展开批评，并不能认识到那些所谓"妄者"、"弊者"、"谬者"所作的作品，已经脱出史氏流别的范畴。

第一个对古小说进行比较科学的分类的是明人胡应麟。胡氏《少室山房笔丛》丙部卷二九《九流绪论下》有云：

> 小说家一类，又自分数种：一曰志怪，《搜神》、《述异》、《宣室》、《酉阳》之类是也。一曰传奇，《飞燕》、《太真》、《崔莺》、《霍玉》之类是也。一曰杂录，《世说》、《语林》、《琐言》、《因话》之类是也。一曰丛谈，《容斋》、《梦溪》、《东谷》、《道山》之类是也。一曰辨订，《鼠璞》、《鸡肋》、《资暇》、《辨疑》之类是也。一曰箴规，《家训》、《世范》、《劝善》、《省心》之类是也。谈丛、杂录二类最易相紊，又往往兼有四家。而四家类多独行，不可挽入二类者。至于志怪、传奇尤易出入，或一书之中，二事并载，一事之内，两端具存，姑举其重而已。

胡应麟对小说的分类非常明确，各类都举出例子，并分析了各类之间的联系和区别，具有极大的小说史理论价值。第一类志怪，也就是《史通》说的"杂记"，但名称显然比《史通》妥帖得多，所以沿袭至今。不过"志怪"是从题材上着眼，揭示的是这类小说的内容特征，《史通》的"杂记"之称则揭示出它的体制特征，就是杂记怪异妖邪之事的小说集。倘若从"杂记"上限定"志怪"的体制,则理解更为完善。第二类传奇,始出于唐,胡氏所举《太真》等三种皆为唐人作品,不在我们说的古小说范围。但《飞燕外传》旧题西汉末年人伶玄作,胡应麟以之为"传奇之首"①,故列入传奇类。《飞燕外传》描写历史人物,体制为单篇杂传,属杂传小说,因而胡氏说的传奇类实际包括了唐前作为唐传奇源头之一的杂传小说。至于志怪和杂录,于唐前正是志怪和志人。不过杂录类从所举作品看,还有唐五代的《北梦琐言》、《因话录》,这些都和六朝志人小说有区别,实际是《西京杂记》一脉。因此杂录类实际包含了杂事小说和志人小说,也就是人们笼而统之说的轶事小说②。胡氏所举六种,囊括一切,范围太大。丛谈、辨订、箴规三种,基本不具小说性质,只能用本不属小说概念范畴的笔记来称之。

在胡氏前后,一些说部丛书也对小说分过类。嘉靖中陆楫等编《古今说海》,凡分为四部七家,即说选部小录(《北征录》等)、偏记家(《平夏录》等),说渊部别传家(《灵应传》等),说略部杂记家(《默记》等),说纂部逸事(《汉武故事》等)、散录(《江行杂录》等)、杂纂家(《乐府新录》等)。阙名《五朝小说》对魏晋小说则分为十家:传奇(《穆天子传》等)、志怪(《齐谐记》等)、偏录(《西京杂记》等)、杂传(《列仙传》等)、外乘(《海内十洲记》等)、杂志(《神异经》等)、训诫(《颜氏家训》等)、品藻(《诗品》等)、艺术(《禽经》等)、纪载(《竹谱》等)。都琐碎而混乱,远不及胡元瑞所分比较合理。

清初王应昌作《重校说郛序》③,分小说为见闻、论议、考覈、箴

---

① 《少室山房笔丛》丙部卷二九《九流绪论下》。
② 见侯忠义《汉魏六朝小说史》,春风文艺出版社,1989年版;王枝忠《汉魏六朝小说史》,浙江古籍出版社,1997年版。采用这个名称的还有不少学者。
③ 见旧题姚安陶珽重辑《说郛》(即《重编说郛》),清顺治四年(1647)刊本。《说郛三种》,上海古籍出版社,1988年版。

规四类。此外还包括诗话文编、书评绘事、艺兰品菊、酒经壶格等"饾饤小品"。从其分类的名目及举例看,分明是参照了胡应麟说法,变志怪为见闻,并杂录、丛谈为论议,改辨订为考覈,箴规仍其旧,传奇则删除。

《四库全书总目》划定小说范围比较谨饬,但凡缺乏小说性质的杂著都列入谱录、艺术、杂家、诗文评等类。小说被分为三类:

> 迹其流别,凡有三派:其一叙述杂事,其一记录异闻,其一缀辑琐语也①。

杂事之属者如《西京杂记》、《世说新语》等,大致相当于胡氏的杂录;异闻之属者如《山海经》、《汉武故事》、《搜神记》、《还冤志》等,相当胡氏的志怪;琐语之属者如《博物志》、《述异记》、《酉阳杂俎》等,是杂事、异闻之外大抵小说性质不很鲜明的寓言谐语、博物杂说。此后的古小说分类,大都依《总目》之例。

《四库总目》对古小说的品类划分和命名虽不精确,但大体轮廓倒也划了出来。对小说家杂事、异闻、琐语这三派,《总目》只对杂事之属加以说明,即有鉴于杂事类小说"与杂史最易相淆,诸家著录亦往往牵混",因此,"今以述朝政军国者入杂史,其参以里巷闲谈词章细故者,则均隶此门。《世说新语》古俱著录于小说,其例明矣"。所谓杂事,在唐前即为杂事小说(如《西京杂记》)、志人小说(如《世说新语》)及杂传小说(如《燕丹子》、《赵飞燕外传》),还包括唐以来杂事小说在内。所谓异闻,主要就是志怪小说;所谓琐语,其实一部分也还是志怪,不过过于琐杂而已。

这里我们也使用杂事小说的名称,但所说杂事单指记载遗闻逸事的小说丛集,至于单传体制的《燕丹子》、《赵飞燕外传》之类,我们称作杂传小说。而专记人物琐碎言动的志人小说实际也不同

---

① 《四库全书总目》卷一四〇子部小说家类小序。

于杂事小说。人们通常说的志人小说包括了杂事小说在内,或又称作轶事小说,实际二者在叙事体例和内容上有显著区别。至于志怪小说,则是记载神鬼怪异故事的小说丛集。唐前古小说这四种类别,都有着文体上内容上的明确规定性。不过四者之间并不是泾渭分明、互不相干的,特别是涉及到某些具体作品,界限并不十分清楚。有些杂传、杂事小说也有怪异成分,如《燕丹子》、《西京杂记》、殷芸《小说》;而志怪小说往往取材历史,所以常被古代史家看作杂史杂传,《史通》把《洞冥记》、《拾遗记》等志怪归入逸事类而不入杂记类,就是因为它们多取历史遗闻。其实《洞冥》、《拾遗》"全构虚辞",又是"丛残小语",自然非志怪莫属。这种情况就是胡应麟说的"一书之中二事并载,一事之内两端具存",解决办法一是看主要倾向,亦即胡氏所云"举其重",再就是看文体看体制了,而后者尤其重要。《燕丹子》、《赵飞燕外传》主要是历史遗闻,过去我称作历史小说,从题材上区分固可以历史小说视之,但其体制是杂传中的单传类型,称作杂传小说更为恰当,因为反映出其文体特点。同样道理,像《汉武帝内传》这样有着语怪述异突出内容的小说,通常看作是志怪小说,但就文体看,归为杂传小说更为合适。《西京杂记》过去我也称作历史小说[①],乃是全从题材上着眼,因为它主要记人物逸事、历史遗闻。也有人归入志人小说,与《世说新语》视为同类,其实与志人体例不同,应当看作是杂事小说。

在小说发展史上,上述四类小说的地位和作用大不相同。杂事、杂传小说其实是一种稗官野史,历史成分很大,很难在它们和野史之间划出一条明确界限,像《列女传》、《越绝书》、《吴越春秋》就是半小说半野史的东西。它对唐宋传奇及通俗小说中的讲

---

① 这是采纳了朱东润主编《中国历代文学作品选》(上编第二册)的说法,其所选《西京杂记》,注明是"历史小说集"。中华书局,1962年版。

史、演义自然发生过影响,但其自身演进轨迹却比较模糊。杂事及志人小说自唐以降大量演为小说意味大大弱化乃至完全消失的笔记一系。姑且不论"笔记"一词已成为包罗万象的杂著的统称,即以故事性较强的所谓"笔记小说"(实际就是杂事小说)而论,在传奇、话本、章回小说发达起来后,它已丧失了小说地位,所以鲁迅《中国小说史略》于唐代还提一提杂俎,宋以下就置而不论了。①志人小说中的《笑林》、《启颜录》等,又变出笑话一脉,也脱出小说轨道。

  从艺术价值和小说发展的角度看,最值得重视的乃是志怪小说。它虽一般也是"丛残小语",作为小说尚在雏形阶段,但它比志人、杂事有更多的小说因素,最突出的是它有丰富的想象和幻想,比较鲜明的形象和比较完整的情节。这些因素在各种条件作用下不断增长、扩大、完善,就使它发展为更高级的小说形态。唐前小说,在数量上志怪首屈一指,魏晋南北朝成为志怪的黄金时代。至唐,志怪小说又接受史传文学哺育,它和汉晋杂传小说一道演变出相当成熟的文言短篇小说——传奇。唐传奇在小说史上颇负盛名,其后虽呈衰落之势,但继踵者甚多。传奇或单篇,或丛集,大部分都有怪异内容,因而它在许多情况下其实是放大了的志怪小说。本来,"传奇"者亦即志怪述异之意,裴铏《传奇》基本都是怪异故事。只是因为有一些少见神怪内容,"奇"字遂用为广义,不只是神奇、奇异、奇怪之奇,扩大到了一切奇人奇事之奇。志怪虽进化为传奇,但自身并未消逝,唐以降不绝如缕。胡应麟有云,怪力乱神,俗流喜道,玄虚广漠,好事偏攻,因而好者弥多,传者日众,作者日繁②。实际上历代志怪小说集,其中常常也含有传奇

---

  ① 一般说法,笔记小说也包括志怪小说在内。刘叶秋《历代笔记概述》分笔记为小说故事类、历史琐闻类、考据辨证类。第一类即所谓笔记小说,其中包括志怪笔记和轶事笔记。我们这里说的"笔记小说"是除开了志怪的。中华书局,1980年版。

  ② 见《少室山房笔丛》丙部卷二九《九流绪论下》。

体,甚至也常含有杂事体,纯粹的传奇小说集并不太多。自唐迄清,志怪小说集以及志怪传奇小说集不唯数量庞大,更有的卷帙浩瀚,南宋洪迈《夷坚志》长达四百二十卷(今存二百零六卷),几与《太平广记》相敌,堪称志怪大观。从质量和数量的统一上看,登峰造极者则推蒲松龄《聊斋志异》,近五百篇的《志异》,一部分是简短的志怪体,一部分是"用传奇法,而以志怪"①的传奇体,标志着志怪小说创造性的新发展。

志怪值得重视的原因不止于此。考察白话小说,神怪题材占极大比重。宋小说类话本有灵怪、烟粉、神仙、妖术诸类②,明清章回复有神魔小说一门,即便以历史、公案、侠义、世情为题材的小说,大都也含有程度不等的神怪成分。说话人的参考书中多有志怪书,《醉翁谈录·小说开辟》云小说家"幼习《太平广记》","《夷坚志》无有不览"。有了这些作为根基,他们在"说话"中才得以"辨论妖怪精灵话,分别神仙达士机"。如一百零七种小说名目中,有《崔智韬》、《人虎传》、《无鬼论》、《黄粱梦》、《西山聂隐娘》、《骊山老母》、《红线盗印》等,都是取材于六朝志怪和唐人传奇。后世小说不惟从志怪中汲取题材和素材,也在艺术想象和表现方法上接受志怪的启示和影响。此外,志怪也为戏曲提供创作素材和题材。元明杂剧十二科中有神仙道化、神头鬼面③,都是以仙佛妖异为内容的。许多戏曲也都取材于志怪传奇,这是人所共知的。

"志怪"一词亦出于《庄子》。《逍遥游》曰:

---

① 《中国小说史略》第二十二篇《清之拟晋唐小说及其支流》,第167页。
② 宋末罗烨《醉翁谈录》甲集卷一《小说开辟》分小说类话本为灵怪、烟粉、传奇、公案、朴刀、捍棒、妖术、神仙八类。古典文学出版社,1957年版。
③ 见明朱权《太和正音谱·杂剧十二科》。《中国古典戏曲论著集成》第三册,中国戏剧出版社,1982年版。

> 齐谐者,志怪者也。谐之言曰:鹏之徙于南冥也,水击三千里,抟扶摇而上者九万里,去以六月息者也。

成玄英疏云:"姓齐名谐,人名也;亦言书名也,齐国有此俳谐之书也。志,记也……齐谐所著之书多记怪异之事。"陆德明《释文》云:"齐谐……司马及崔并云人姓名,简文云书。"俞樾曰:"按下文'谐之言曰',则当作人名为允;若是书名,不得但称'谐'。"《释文》又曰:"志怪:志,记也;怪,异也。"据成玄英、司马彪、崔譔、俞樾等人说法,齐谐是人名。"齐谐者,志怪者也",是说齐谐是专门记载怪异故事的人。

这里首次出现了"志怪"一词,但不指一种文体,更不是小说概念,不过后世把记异语怪的小说书称为志怪,却正由此而来。

六朝志怪书大行于世,颇多以"志怪"名书者,孔约、祖台之、曹毗、许氏、殖氏等人都有《志怪》,类书等还引有《志怪录》、《志怪集》、《杂鬼神志怪》等,梁元帝萧绎《金楼子》亦有《志怪篇》。这样,"志怪"便由《庄子》中的一个动词性词组,变成书名的专称。这是"志怪"一词的第一次变化。再发展下去,由书名又变成志怪书的通称,是为第二次变化。唐初所修《晋书》卷七五称祖台之"撰志怪书行于世","志怪书"三字似是泛称,不像是指祖台之《志怪》一书的书名。第三变是成为小说一个品种的名称,这就是"志怪小说"概念的出现。首用此语的是晚唐人段成式。《酉阳杂俎》前集卷一四《诺皋记引》尚还称志怪为"怪书",这是志怪书之省称,《酉阳杂俎序》则明确地说成"志怪小说之书","志怪"与"小说"相合,揭示出志怪书的小说性质,这是一个十分明晰准确的概念。唐后,或称"志怪"、"志怪之书"、"志怪小说",或又称"语怪之书"、"语怪小说"、"神怪小说",虽尚多歧称,但志怪的名称大抵在许多人那里已定了下来。特别是胡应麟,分小说为六种而志怪居其首,并继段成式之后明确使用"志怪小说"一语①,进一步赋予"志怪"以小说分类学上的确切含义。

但在历代史志书目中,却不见以"志怪"名类者。南朝梁代阮孝绪《七录》立鬼神部,《旧唐志》于杂传类分鬼神、仙灵二目,南宋郑樵《通志·艺文略》、明代焦竑《国史经籍志》于传记类列冥异目,《四库全书总目》虽也曾用过"志怪之书"的词语,但小说分类却以"异闻"名之。可见"志怪"的名称尚未得到普遍认同。直到鲁迅著《中国小说史略》等小说史著作,志怪名称才最终得以确定②。

比起各式各样的名称来,"志怪"一词最能准确反映这类作品的内容。"怪"字作广义解,指一切奇奇怪怪之事。清人杜濬《书影序》云:"志怪者为存人耳目之所未经。"③"异"是"怪"的同义词,故蒲松龄有《聊斋志异》。高珩《聊斋志异序》云:"志而曰异,明其不同于常也。"④非人之耳目所经见的非常之人、非常之物、非常之事,都是志怪反映的对象。具体说,神、仙、鬼、怪、妖、异之类是也。

《说文》一上示部释"神"字曰:"神,天神,引出万物者也。"释"祇"字曰:"地祇,提出万物者也。"神、祇都是神。王充《论衡·论死篇》:"或说鬼神阴阳之名也,阴气逆物而归,故谓之鬼;阳气导

---

① 《少室山房笔丛》卷三六《二酉缀遗中》:"古今志怪小说,率以祖夷坚、齐谐。"又云:"余读诸志怪小说所载……"《少室山房类稿》卷八三《增校酉阳杂俎序》:"其视诸志怪小说,允为奇之又奇者也。"

② 实际上,鲁迅使用这个概念也是经历了一番斟酌的。他1920年以后在北京大学与师范大学讲授《中国小说史》时,最初的讲义油印本《小说史大略》,其中第五、六两部分题目是《六朝之鬼神志怪书》,文中称:"凡此皆张皇鬼神,称述怪异,故汉以后多鬼神志怪之书。"经修订而成的《中国小说史略》,第五、六篇仍然是这个题目,正文中也还称作"鬼神志怪之书"。待到1924年7月在西安讲《中国小说的历史的变迁》,第二讲题目是《六朝时之志怪与志人》,使用了"六朝怪的小说","六朝的志怪小说","六朝人之志怪","志怪底(的)一部"这类字眼,这说明鲁迅把"鬼神志怪书"这个概念进一步明确化为"志怪"和"志怪小说"。

③ 清周亮工《书影》,上海古籍出版社,1981年版。

④ 清蒲松龄《聊斋志异》会校会注会评本,张友鹤辑校,上海古籍出版社,1978年版。

物而生,故谓之神,神者伸也。"①万物由神祇引导而生,就是说神是造物者,这是"神"的狭义。从广义上说,一切天神地祇,世界的全部或某一部分的主宰者都是神。禀天地之气而生者是神,人死之后亦可为神,王充说:"人死复神,其名为神也。"②动植物也能成神。神是神话和宗教迷信的主人公。道教中有神仙,除少数神仙——如道教至高神原始天尊等乃是道的符号化,山水星象神等乃是自然崇拜物的符号化,西王母等来源于巫信仰——之外,一般所谓神仙大抵为长生得道之人,故又称仙人,与神完全不同。《说文》八上人部:"仚(按:即'仙'字),人在山上貌,从人山。"又写作"僊":"僊,长生僊去,从人䙴。"段玉裁注云:"僊去,疑当为䙴去"。"䙴,升高也。"刘熙《释名·释长幼》云:"老而不死曰仙。仙,迁也,迁入山也。故其制字,人旁作山也。"仙的概念出现远较神为晚,性质也迥异,但在许多情况下神和仙不大区分了。仙本是神仙家和道教的术语,佛教在中国传开后,仙也进入了佛门。神、仙及其传说,始终是志怪小说的重要内容,志怪小说的书名多含"神"、"仙"二字,如《列仙传》、《神仙传》、《晋仙传》、《搜神记》、《稽神异苑》等等。

鬼是人死之后的魂灵。《尸子》云:"鬼者,归也。故古者谓死人为归人。"③王充《论衡·论死篇》云:"世谓死人有鬼,有知能害人。"又云:"人死精神升天,骸骨归土,故谓之鬼。鬼者归也。"《说文》九上鬼部亦称:"人所归为鬼,从儿,由象鬼头,从厶,鬼阴气贼害,故从厶。"鬼是阴气所聚,对生人有害,所以故事中多有阴鬼害人、惑人之事。不过鬼并非全是坏东西,也有善鬼,特别是那些美丽的女鬼。动物死后亦可为鬼,《太平御览》卷八八三引《抱朴

---

① 东汉应劭《风俗通义·怪神篇序》亦云:"神者,申也。""申"通"伸"。
② 《论衡·论死篇》。
③ 《尸子》是战国书,已佚。引文见汪继培《尸子》辑本卷下,载《二十二子》。

子》:"按《九鼎记》及《青灵经》,言人物之死,俱有鬼也。"所谓"物"即有生命的动植物。接下又云:"马鬼常以晦夜出行,状如炎火。"马鬼就是马死后的鬼魂。《抱朴子》还说"鹅死亦有鬼","猴死复有鬼"①。有时鬼也指精怪,《论衡·订鬼篇》云:"鬼者,老物精也。夫物之老者,其精为人。亦有未老,性能变化,象人之形。"所谓"鬼物"、"鬼魅"者即此。志怪小说中鬼事极多。《灵鬼志》、《神鬼传》等书名均含"鬼"字。

怪,《说文》十下心部释为"异也";唐释玄应《一切经音义》卷六云:"凡奇异非常皆曰怪。"怪本是指自然界和社会出现的反常现象。妖的初义和怪相仿,所以常合称为"妖怪"。《说文》十三上虫部蠥(按:即"孽"字)字注:"衣服歌谣草木之怪谓之袄(按:又作'祅',即'妖'字),禽兽虫蝗之怪谓之蠥。"又一上示部释"袄"字云:"地反物为袄也。"说本《左传》宣公十五年:"天反时为灾,地反物为妖。"杜预注"地反物"为"群物失性"。古人常说"天灾地妖",地震星陨等"天反时"的现象谓之灾;雀生大鸟、兔舞于市、六鹢退飞、桑穀生朝等"群物失性"的怪事,以及预示吉凶的歌谣、服饰、梦境等,这些不吉祥的征兆,都是妖。战国小说《汲冢琐语》是所谓"卜梦妖怪相书",记的多是此等事情。秦汉以后妖、怪的含义逐渐发生了变化,指的是动植物或无生命者的精灵,也就是怪物,如狐妖、狗怪等。或合称为妖怪。王充《论衡·论死篇》:"六畜能变化象人之形者。"又《订鬼篇》:"夫物之老者,其精为人。亦有未老,性能变化,象人之形。……故妖怪之动,象人之形,或象人之声为应。"《抱朴子·登涉篇》:"万物之老者,其精悉能假托人形,以眩惑人目,而常试人。"此之谓也。不过方术之士还喜欢在本来意义上使用这两个字,《搜神记》原有《妖怪篇》,所记皆为"天

---

① 分别见《三国志》卷六三《吴书·吴范刘惇赵达传》注引《抱朴子》、《太平御览》卷七〇一引《抱朴子》。

反时"、"地反物"的异事,并无狐妖狗精之类。与妖、怪相近的名称还有精,五行书《白泽图》记载精的名目极多。精训为精灵、精气,人以外的事物获得灵魂、神力而能兴妖作怪,故而称作精。精也常与妖、怪合称为精怪、妖精。精怪又称为物,《史记》卷五五《留侯世家》太史公云:"学者多言无鬼神,然言有物。"故有妖物、怪物、物怪之称。在先秦,怪物有时也叫怪(但不叫妖),《国语·鲁语下》云"木石之怪曰夔蝄蜽,水之怪曰龙罔象,土之怪曰羵羊。"但一般说怪时主要还是指天灾地妖之类,孔子"不语怪力乱神",其中"怪"字即为此义。那时怪物常又称作魅。《左传》文公十八年云:"投诸四裔,以御螭魅。"注:"山林异气所生,为人害者。"又宣公三年"螭魅罔两"注云:"螭,山神,兽形;魅,怪物。"魅又作彪,《说文》九上鬼部:"彪,老物精也。从鬼彡,彡,鬼毛。"后世沿袭了魅的称呼,往往与鬼连称为鬼魅。妖怪是六朝志怪反映最多的东西,故而以"怪"名者亦极多,除诸家《志怪》外,尚有《神怪录》、《八朝穷怪录》等。

异,常常和妖、灾相连,叫做灾异、妖异。"异者,异于常也。"① 也是作为吉凶征兆出现的天地间反常现象。后来用为奇怪之义,范围大得多了,所以历代志怪书名含"异"字特多,如《异林》、《异苑》、《异说》、《列异传》、《古异传》、《甄异传》、《录异传》、《异闻记》、《述异记》、《旌异记》、《神异经》等等。一个"异"字把神仙鬼怪诸般奇奇怪怪之事都包括在内了。说起志怪小说的书名,还常有"灵"、"冥"、"幽"等字,大抵都是鬼神精灵之义。

志怪以神灵鬼怪为基本内容,这就使得它必然要常常带上宗教或准宗教色彩,因为宗教迷信的核心就是万物有灵的鬼神观念。这是志怪在思想内容上的一个突出特征。而且不少志怪书本来就是佛道的辅助读物。但切莫以为志怪都是消极的,都是糟粕。在

---

① 东汉刘熙《释名·释天》。道光九年潢川书屋刻本。

古代,鬼神观念乃是人们的普遍认识,人们常常在关于鬼神的幻想中注进自己的美好愿望,诠释自己对人生对生活的理解。这样的传说、故事,都包含着积极的东西,是不能一概视为迷信的。即便是宗教迷信本身,也反映着古人的知识、思想和信仰,蕴含和反映着丰富的古代文化内容。

鬼神灵怪等等是一种幻想。幻想早在人类幼年,就已成为人类的一种特性,它是人类认识世界的一种特殊形式。既然是一种认识,当然它就有幼稚和深刻、愚昧和聪颖、错误和正确、消极和积极的区别。但从艺术创造上看,幻想从一开始就是人类天才的表现,人类通过幻想给自己创造了一个自由的艺术世界,在这一艺术世界中,人类的精神创造力得到张扬,审美要求得到满足,人类的天性得到自我表现。因而,从宗教的荒谬性上说,鬼神的创造也是荒谬的;但从艺术的创造性上看,鬼神的创造则是天才的。不论是在某种宗教观念支配下进行不自觉的艺术创造,抑或自觉按照审美原则进行有意识的自由的艺术创造,幻想给予人们的常常是或惊奇、或壮伟、或优美、或诙谐幽默的审美感受。而志怪小说的基础正是幻想,没有幻想就没有志怪。于是我们可以解释,何以这些简陋窘促的琐语厄言,竟能俘虏一代又一代的人们。

历代不少人嗜好志怪,上自皇帝,下至平民。有文化的人写志怪,传志怪,志怪写多了就汇编成书。老百姓虽然不写书,但要讲故事,讲的结果是给文人提供了丰富材料。好的志怪小说如《搜神记》等,都广泛吸收民间传说,因而民间创作是志怪的丰富源泉。文人的功劳是搜集、整理、加工、记录。从他们的生花妙笔下诞生出来的志怪小说,虽不免失去一些好东西,带上一些坏东西,但由口头文学变为书面文学,才算有了小说,见出了文学叙事手段,形成了语言艺术。

前代文人有的不喜欢志怪小说,斥为荒唐而视为小道。不过许多人还是喜欢的,如段成式云:"固役而不耻者,抑志怪小说之书也。"①胡应麟亦自称"遇志怪之书辄好之"②。古人喜欢志怪,有的从实用观点出发,有的从欣赏观点出发。段成式说志怪有如"炙鸮羞鳖",虽非折俎太羹却自有其味。③宋人曾慥说它"可以资治体,助名教,供谈笑,广见闻,如嗜常馐,不废异馔,下箸之处,水陆具陈矣"④。明人施显卿说它"遇变而考稽,则可以为徵验之蓍龟;无事而玩阅,则可以为闲谈之鼓吹"⑤。清人梁章钜说它"足资考据,备劝惩,砭俗情,助谈剧,故虽历千百年而莫之或废也"⑥。他们看中志怪小说(实际还包括传奇、杂事及其他笔记杂书)可以资治体、助名教,当然不免有迂腐之处;以之考稽祥徵休咎更其荒唐;以为闲谈之鼓吹,博物之渊薮,也还失之识短。不过他们都感到志怪等小说确乎是种食之而有味的"异馔",算是接触到了一点艺术实质。诗讲究韵味,志怪小说也有韵味。味在何处?即在于波谲云诡的丰富幻想和短小精悍的艺术描写。丰富奇丽之幻想足使人置身玄虚之境而睹莫测之奥,优美雅洁的文笔亦令人含英咀华而口吻生香。

自然志怪的审美特性不止此,不仅以奇幻惊人,文笔迷人,也常以情致动人。归纳这些意思,也正是鲁迅在《古小说钩沉序》中说的:

> 况乃录自里巷,为国人所白心;出于造作,则思士之结想。心行曼衍,自生此品。其在文林,有如舜华。足以丽尔文明,点缀幽独,盖不第为广视听之具而止。⑦

---

① 《酉阳杂俎序》。《酉阳杂俎》,方南生点校,中华书局,1981年版。
② 《少室山房类稿》卷一〇四《读夷坚志》。
③ 《酉阳杂俎序》。
④ 《类说》。《类说》,文学古籍刊行社影印明天启六年刻本,1955年版。
⑤ 《古今奇闻类纪序》,《四库全书存目丛书》影印明万历四年刻本。此序又载明沈节甫辑《纪录汇编》卷二一二。
⑥ 《归田琐记》卷一。于亦时校点,中华书局,1981年版。
⑦ 《鲁迅辑录古籍丛编》,第一卷,《古小说钩沉》,人民文学出版社,1999年版。

章学诚曾云："后世之文,其体皆备于战国。"①小说亦形成于战国。以杂传小说而论,《穆天子传》已肇其端,胡应麟称"颇为小说滥觞"②;以杂事、志人小说而论,虽尚未形成,但先秦诸子有大量寓言、故事,亦已开其先河。鲁迅云:"记人间事者已甚古,列御寇韩非皆有录载,惟其所以录载者,列在用以喻道,韩在储以论政。"③志怪小说此时业已形成,标志就是《汲冢琐语》和《山海经》的出现。

《琐语》以记载"卜梦妖怪"的宗教迷信故事为主,而这些故事又皆取材于历史,虽说"怪"味尚不浓,但确实是记异,而不是记实。它大约出现在战国初期至中期,比《山海经》成书早一些,是志怪小说正式形成的标志。这部书久已失传,极少为人所知。《山海经》今存,记录了许多奇异事物和神话片断,荒恢幻诞,"怪"味十足。但它过于简碎,缺乏故事性,真正性质是地理博物书和巫书的混合,只能说是准志怪小说,不是充分意义上的志怪小说。不过古人早已以小说视之,它确实又有丰富的幻想资料,对后世志怪影响至为深广,远远超过《琐语》,特别是开创了地理博物体志怪一系,所以无疑应看作志怪小说的发端之一。

说志怪小说发端于《琐语》和《山海经》,还没有回答志怪小说的起源问题。所谓起源,指的是志怪小说正式形成前的存在形态。在独立的志怪小说出现以前,已有大量的神话、传说、故事在口头流传,许多并被记入史书中④。我们把这些怪异故事称为志怪故事,它正是志怪小说的源头。

---

① 《文史通义·诗教上》。商务印书馆,1936年版。
② 《少室山房笔丛》卷三四《三坟补逸下》。
③ 《中国小说史略》第七篇《世说新语与其前后》,第42页。
④ 这里说的史书是广义的,包括经、史、子在内。经书实际也是史书,子书乃史书之分化。详后。

研究志怪故事的性质，可以发现大致有三方面：一是在各民族的原始阶段就已产生，后来又不断流传，并不断增加新内容的，与原始宗教和巫术密切相关的神话、传说；二是关于鬼神、灾异、卜筮、占梦、阴阳五行的宗教迷信传说；三是荒诞不经的地理博物传说。三者的区分不是绝对的，相互之间常有渗透。神话传说在流传中往往加入迷信成分，迷信故事也常常利用神话材料，形成伪神话，而在某些迷信材料基础上又常常演出较少宗教意味的新的神话传说，地理博物传说更是同神话传说相混杂，并又经常带上巫术迷信色彩。不过从总的方面看，志怪故事确实呈现出这三种状态。这三类志怪故事不仅汇聚成早期的志怪小说，而且在以后还不断哺育着志怪小说的生长。因而可以说，神话传说、迷信故事、地理博物传说，乃是志怪小说的三大源头。

一般小说史研究者都以为志怪发源于上古神话。这不能说没有道理，但不够全面。诚然，上古神话是出现相当早的艺术形式，几乎可以成为一切文学艺术的渊薮。但是上古神话流传到后世的并不多，许多晚出的神话传说（仿神话）也并不产生在传说中的尧舜禹时期，要晚得多，而且由于各民族社会发展不平衡，有些民族的原始神话产生时代虽属原始社会，其时却已至西周春秋甚至战国秦汉，而在此期间，宗教迷信和地理博物传说都在广泛流传着，一齐酝酿着志怪小说，所以志怪小说的起源绝非上古神话一途。

关于小说起源，人们还注意到寓言。《诗经》中已有寓言诗如《鸱鸮》，战国诸子散文和历史散文中更有许多寓言。寓言有四个特点，一是有故事性，二是有虚构性，三是形式短小，四是有哲理性，十分类似小说。说它包含着小说的萌芽完全正确。不过在考察它和志怪的关系时，我们注意的是那些以幻想形式出现的寓言，而这类寓言往往利用了神话和各种传说的素材和表现方式，例如《庄子》中的鲲鹏、藐姑射山神人、儵忽、海若、河伯、黄帝，《列子》

中的愚公移山,《吕氏春秋》中的荀巨伯遇鬼等等都是如此。既然三类志怪故事中已能够包括了这些寓言故事,就没必要再把它当成一个源头了。

对于志怪小说的起源和发端,前人也作过许多探索。不过他们常常把志怪者和志怪书,志怪小说的发端(也就是最早的志怪小说)和志怪小说的源头或萌芽搅在一起,对资料的挖掘和鉴别又不够,甚至把传闻当作史实,把寓言当作实事,因而大都不能得出科学结论。

有人把小说起点追溯到黄帝那里。晚清天僇生(即王锺麒,又号先生)云:"自黄帝藏书小酉之山,是为小说之起点。"[1]按刘宋盛弘之《荆州记》载沅陵小酉山石穴中有书千卷,秦人读学于此[2],宋初图经又谓穆天子藏异书于大酉山、小酉山[3],并无黄帝藏书之说,疑天僇生误记。然不论是穆王藏书或黄帝藏书,都系不根之言,以之为据,岂不可笑?再说即使真有书藏二酉,何以肯定就是小说?人们还常常提到夷坚,据《列子·汤问篇》载,大禹、伯益治水时,碰到奇怪事物,则"夷坚闻而志之"。张湛称夷坚是"古博物者也"[4],其实此人是个寓言人物,纯系子虚乌有。和夷坚相仿,《庄子》中的"志怪者"齐谐也是庄生寓言,《玉烛宝典》卷一以为他是"黄帝时史也",不啻痴人说梦。庄子时代可能有这种喜欢语怪的人物,孟子也提到过"齐东野人",但未必有齐谐其人其书。因而像谢肇淛《五杂俎》卷一三所说的"夷坚、齐谐,小说之祖也",难免有捕风捉影之嫌。

这是早的。时代在后者则有小说始于虞初《周说》和司马迁

---

[1] 《中国历代小说史论》,见阿英编《晚清文学丛抄·小说戏曲研究卷》,中华书局,1960年版。
[2] 见《太平御览》卷四九引。
[3] 见元郝天挺编《唐诗鼓吹》卷三陆龟蒙《寄淮南郑宾书记》郝天挺注引。
[4] 《列子·汤问》晋张湛注。《诸子集成》本。

之说。清人周克达云:"《周说》九百四十三篇,此小说家所由起也。"①晚清瓶庵云:"虞初著目,始垂小说之名。"②邱炜菱则谓"小说始于史迁",以为司马迁其性好奇,《史记》一书多点缀神异,"此实为后世小说滥觞"③。按《汉书·艺文志》十五家小说有虞初《周说》九百四十三篇,张衡《西京赋》亦称:"小说九百,本自虞初。"虞初是汉武帝时方士,为侍郎。其书久佚不传,就虞初的方士身份和《西京赋》薛综注"小说,医巫厌祝之术"的话来推测,《周说》可能有志怪小说的因素。但其时已至西汉,远在《琐语》、《山海经》之后,所以以为《周说》是小说家所由起者,并不妥。至于以《史记》为始,尤谬,因为《史记》乃史书,不能同小说混为一谈。

许多人注意到了《庄子》、《列子》、《楚辞》等书。《庄子》充满"谬悠之说,荒唐之言,无端崖之辞"④,多含神话、寓言,《列子》也是⑤,屈原、宋玉的作品神话材料亦甚多。于是就引来胡应麟这样的看法:"故夫《庄》、《列》者,诡诞之宗;而屈、宋者,玄虚之首。"⑥所谓宗者首者,倘若是小说之开端,那是错的,因为把哲学著作和骚赋作品当作小说,与"小说始于史迁"的认识一样的混乱。但如果说的是其中的神话、传说包含着小说萌芽,则甚为有理。我以为胡氏的意思似乎指后者,因为他在《少室山房笔丛·二西缀遗中》有云:"古今志怪小说率以祖夷坚、齐谐,然齐谐即《庄》,夷坚即《列》耳。二书固极诙诡,第寓言为近,纪事为远。"意思是二书是托诙诡之语而言理的理论书,并非是纪诙诡之事的志怪书。后来

---

① 《唐人说荟序》。
② 《中华小说界发刊词》,《晚清文学丛抄·小说戏曲研究卷》。
③ 《客云庐小说话》,《晚清文学丛抄·小说戏曲研究卷》。
④ 《庄子·天下篇》。
⑤ 《列子》,晋人张湛注。研究者或以为系张湛伪造,但其中有些篇章材料当系原有,并非完全凿空虚造。张湛前张华《博物志》已引《列子》而见于今本,此可为证。
⑥ 《少室山房笔丛》卷二九《九流绪论下》。又上篇云:"出鬼入神者《庄》。"中篇云:"庄周、列御、邹衍、刘安之属,捏怪兴妖,不可胜纪。"

若绿天馆主人所云"韩非、列御寇诸人,小说之祖也"①,大抵说的是胡元瑞那样的意思。

对于志怪的起源和开端,胡元瑞是发表过一些很有参考价值的意见的,他不仅看出《庄》、《列》、屈、宋和志怪小说的关系,而且还明确指出了志怪小说之祖是《汲冢琐语》和《山海经》。《少室山房笔丛》的《九流绪论下》和《四部正讹下》有云:《汲冢琐语》"盖古今纪异之祖";"《山海经》,古今语怪之祖"。"祖"的说法虽和"宗"、"首"一样比较含混,但从他对于此二书的其他许多论述来看,胡氏把它们都看作是小说,因而所谓祖者指的是置于小说起点的、已经获得小说身份的最早作品。胡氏关于志怪二祖的认识是符合实际的。

研究志怪的起源和产生,不难发现它同宗教及巫术的密切关系。上古神话是原始宗教的产物,先秦宗教迷信传说是巫教和阴阳五行学的产物。无论《琐语》还是《山海经》,都带有浓厚的宗教和准宗教色彩。因而宗教是志怪小说发育生长的土壤。两汉以后,神仙方术、谶纬、佛道二教及民间巫术,仍制约和影响着志怪的发展。

同时也不难发现,志怪小说是从史书中分化出来的。志怪小说由口耳相传的志怪故事到被零星分散地载入史书,再到取得独立地位,成为一种书面文学样式,这是它形成的一般过程。这一过程在春秋战国时期志怪小说初步形成时出现过,在两汉志怪进一步成熟发展时也出现过,都表明了志怪小说是史传之支流。由于志怪同史书有血缘关系,所以它自身在内容和形式上有着明显的历史特征,周秦汉的早期志怪尤为突出。它们多取史实,并常常采用故事(又称旧事)、传记、本纪之类的史体,记事方法亦得济于史家,一些志怪作者本来即是史官。因而,历来视小说为"史之余",

---

① 《古今小说叙》。

"史官之末事";志怪亦长期隶于史部,直到《新唐书·艺文志》才退为子部小说家类。由于它同历史丝丝相连,当时信鬼信神的史官们常常不辨真假而采入史书,以致刘知几大兴喟叹①。

唐前志怪小说,由于历史渊源不同,形成各自有别的多种文体类型。主要有这样几种,即杂史体、杂传体、杂记体、地理博物体②。

杂史和杂传都是史学概念,《隋书·经籍志》史部有杂史、杂传两类,指那些正史之外"非史策之正","体制不经",甚至"杂以虚诞怪妄之说"的史书,都属"史官之末事"。其中,杂史侧重于对历史事件的记述。杂传,《史通·杂述篇》称作别传,宋以后又多称传记,如《崇文总目》设有传记类。史家说的杂传、传记常常又包括了记类文体,并不纯粹是传体,不过传体是最突出的部分。杂传体制,有的为单篇,记载一人或数人事迹,称为单传,或散传、别传,传名则常称作"传"、"别传"、"外传"、"内传"等。有的则是集合同类人物的类传,即《隋志》所云"因其事类",如孝子、高士、列士、列女、列仙、童子、美妇人等等。

杂史杂传多"通之于小说"③,其中内容主要是语怪录异者,这便成为杂史体或杂传体志怪小说。前者如《汲冢琐语》、《拾遗记》,都是在杂史形式下,或按照国别,或按照朝代,来述异语怪。后者如《列仙传》、《神仙传》,都采用类传形式记载虚幻的仙人事迹,其体制也符合志怪小说的"合丛残小语"的丛集形式。六朝杂

---

① 《史通》卷五《采撰篇》云:"晋世杂书,谅非一族。若《语林》、《世说》、《幽明录》、《搜神记》之徒,其所载或诙谐小辩,或神鬼怪物。其事非圣,扬雄所不观;其言乱神,宣尼所不语。皇朝新撰《晋史》,多采以为书。……虽取悦于小人,终见嗤于君子。"此类言论在其他篇章亦时有见之,不复备举。

② 侯忠义《汉魏六朝小说史》分魏晋南北朝志怪小说为记怪、博物、神仙三类,乃从题材上划分,未必妥当。春风文艺出版社,1989年版。

③ 《文献通考》卷一九五引《宋两朝艺文志》。

传体志怪小说主要是列仙传记。

这里需要说明,杂传中的单传也有不少是记述神怪之事,如《汉孝武故事》、《汉武内传》、《蜀王本纪》、《神女传》、《杜兰香传》等等。如果仅从题材上区分,它们也是杂传体志怪小说,事实上研究者通常也把它们看作是志怪小说①,我过去也是这么看的。但如果不只是从题材,而是从文体上考量,它们的单传文体明显和志怪小说不同,而同《穆天子传》、《燕丹子》、《赵飞燕外传》等属于同一文体体系,都是杂传(单传)小说。如果把这些小说作品再分割开来,并不科学,理论上是混乱的,不利于把这种和唐代单篇传奇有着历史渊源关系的单篇小说文体当作一个整体来研究。不过,鉴于它们与志怪小说关系至为密切,所以我们在讨论志怪小说时还将在说明其文体特征的前提下予以专门论述。

还需要说明的是,《隋志》的杂传也包括《列异传》那样的"序鬼物奇怪之事"的志怪小说,但《列异传》、《搜神记》、《幽明录》等志怪小说,体制并不同于杂传,也不同于杂史,因为它们并不主要是传记体裁,也不主要是记王朝军国之史,都是杂记种种异闻。刘知几将它们称作杂记,颇能概括其体制特征,因此我们称作杂记体志怪小说。杂记体志怪是志怪小说最主要的体别。

地理博物体志怪小说,指的是专门记载山川动植、远国异民传说的小说,如《山海经》、《神异经》、《十洲记》、《洞冥记》等等。其文体与上述三体有所不同,通常很少记述人物事件,缺乏时间和事件的叙事因素,它主要是状物,描述奇境异物的非常表征;即便也有叙事因素(如《洞冥记》),中心仍不在情节上而在事物上。因此它是一种特殊的叙事文体。

在整部志怪史中,唐前志怪是它的第一阶段。而唐前志怪的发

---

① 如刘叶秋《魏晋南北朝小说》论述志怪小说举出《汉武故事》、《汉武帝内传》,游国恩等主编《中国文学史》亦是如此。《魏晋南北朝小说》,中华书局,1962年版,第30页。《中国文学史》,人民文学出版社,1963年版,第一册,第300页。

展,自身又可分为三个时期:先秦、两汉、魏晋南北朝及隋。志怪的发展主要表现为文体形式越来越成熟,内容越来越丰富,题材越来越广泛,艺术表现力越来越提高,数量越来越增多,作者队伍越来越扩大。

先秦是志怪的酝酿和初步形成时期。大量志怪故事流行,早期志怪开始出现于战国,还有些是准志怪小说,表现为史书、地理博物书、卜筮书的形式,尚属幼稚阶段。

两汉是趋于成熟的发展时期。志怪数量开始增多,记事或简或繁,大都语言流丽,显示着艺术上的进步。但多数仍带有杂史、杂传和地理博物的体式特征,题材也不很广泛,多是神仙家言。像后世《列异传》《搜神记》那样的杂记各种怪异故事的典型志怪形态,刚刚显露出苗头。

魏晋南北朝及隋代是志怪的完全成熟和鼎盛时期,又可分为魏晋和南北朝隋代两段。此时志怪纷出,现存和可考者达八九十种,呈"千岩竞秀,万壑争流"之势。作者队伍庞大,成员复杂,上自皇帝郡王,下至僧道士众,无所不有。此中不乏知名之士。皇帝诸王如魏文帝曹丕、宋临川王刘义庆、齐竟陵王萧子良、梁元帝萧绎,文学家如张华、陶渊明、吴均、任昉、颜之推,科学家如祖冲之,道教理论家和道士如葛洪、王嘉、陶弘景,都是著名人物。此时文学、历史、哲学著述发达,而志怪小说自成一家,处于显著地位而争芳斗妍。虽大抵仍是"短书",但篇幅有变长的趋势,描写手段大大提高,有些大有唐传奇的风姿,开传奇之先河。题材极为广泛,应有尽有,后代许多传说都可从这里找到雏形,各种幻想形式,此时大都奠定,丰富优美的幻想联翩而出,美不胜收。从思想内容上看,一定程度上反映了时代的政治、思想、文化状况,具有一定的现实感。魏晋志怪和南北朝隋代志怪表现出明显的差别,从内容上,"魏晋好长生,故多灵变之说;齐梁弘释教,故多因果之谈"[①]。在

---

① 胡应麟《少室山房笔丛》卷二九《九流绪论下》。

艺术上后者比前者也有较大的进步,南北朝隋代志怪为唐人传奇的形成奠定了深厚的基础。

唐前志怪小说,虽作意好奇者亦有之,但许多属于自觉或半自觉的宗教迷信宣传,或者以拾遗补阙的史家意识为指导,充满儒家、史学、宗教的功利目的。再加上作者们一般都是把怪异之事当作真事,按史家"实录"原则如实记录下来,而且还常常从前人书中抄录,陈陈相因,因而志怪创作一般还不是有意识的文学创作。尽管少数故事有传奇笔意,艺术上比较成熟,但总的看是多叙事而少描写,不大注意人物形象描写,更不用说刻画性格了;只满足于讲故事,以情节离奇取胜,但情节又往往简单。这些都表明,唐前小说家的小说观念还基本是"小道"观、"史余"观、"发明神道"观、"游心寓目"观①,审美观念较弱,志怪作为小说尚在幼年。

---

① 干宝《搜神记序》:"及其著述,亦足以明神道之不诬也。群言百家,不可胜览,耳目所受,不可胜载。今粗取足以演八略之旨,成其微说而已。幸将来好事之士,录其根体,有以游心寓目而无尤焉。"(《晋书》卷八二《干宝传》)。按:《史记》卷一二六《滑稽列传》褚先生(少孙)曰:"复作故事滑稽之语六章,编之左方。可以览观扬意,以示后世好事者,读之以游心骇耳。""游心寓目"与"游心骇耳"意同。

第一章　志怪小说的起源与形成

志怪小说的起源是志怪故事,志怪故事包括神话传说、宗教迷信传说和地理博物传说。这,前边已经大略谈到了。下边我们要具体研究的是,这三类故事的出现背景、流传情况和它们对于志怪小说的影响,以及在它们的基础上志怪小说形成的具体过程。

一、原始宗教与神话传说

平常所说的神话传说,实际包括两个方面:一是各民族在原始社会时期产生的神话和传说,即上古神话,其中主要是生活在黄河流域的华夏族神话,这是本来意义上的神话;二是人类进入阶级社会之后产生的神话和传说。第二类神话传说有些产生较早,在奴隶社会的夏、商时期,有些较晚,已到封建社会,如嫦娥奔月、牛郎织女等。从神话的本来意义上看,其实它们已不算是神话,仅仅是对神话的有意无意的模拟,可称之为仿神话,但一般说法仍以神话视之,我们自然也从旧例。本书主要以上古神话和传说为探讨对象,后起者亦间有涉及。

还要说明的是所谓传说。在实际使用中,传说有广狭二义。广义的传说包括各种各样的非真实传闻和故事,如历史传说、民间传说以及我们提到过的宗教迷信传说、地理博物传说。狭义的传说则单指经常和神话连用的传说,也就是神话式的传说,主人公通常不再是神,而常常是英雄之类的世间人物,只是都被不同程度神化了。一般来说虽和神话有区别,产生较神话晚些,但常常不大容易把二者分得清,所以常常是笼而统之称作神话传说。当我们单说神话时,实际上常包括了这种传说在内。我们要讨论的上古神话,也包括上古传说在内。关于传说,后边还要谈到。

上古神话产生于原始宗教①,与原始宗教有着血肉关系。对此黑格尔曾有过精辟的说明:"从客体或对象方面来看,艺术的起源与宗教的联系最密切。最早的艺术作品都属于神话一类。……所以只有艺术才是最早的对宗教观念的形象翻译"。② 神话包含着原始信仰,如对自然、神灵、祖先、图腾的崇拜等。它最初都应联系着一定的巫术仪式,但由于它以故事形态出现而长久口头流传,如同原始诗歌(也应当是巫歌)一样,这样它就可以脱去对巫术仪式的依附而取得独立性,和原始诗歌一起成为最早的艺术。

原始宗教是一种"自然宗教"③,"自发的宗教"④,它是古先民在自然力面前由于无力和无知,自然而然地产生的一种模糊认识和错误态度。恩格斯对原始宗教有过如下一段论述:

> 一切宗教都不过是支配着人们日常生活的外部力量在人们头脑中的幻想的反映,在这种反映中,人间的力量采取了超人间的力量的形式。在历史的初期,首先是自然力量

---

① 鲁迅《中国小说史略·神话与传说》说神话是"宗教之萌芽",说法不准确。袁珂《神话的起源及其与宗教的关系》说:"在原始人的心目中,神话虽然也有艺术和美学的成分,主要却是和宗教密切关联着而不可分割的。有萌芽的原始宗教信仰,然后才有根据这些信仰而创造的神话,神话兴起了,对于宗教信仰也起着巩固和推动的作用。"他认为鲁迅的说法"却是略有可商的"。见袁珂《神话论文集》,第62—63页,上海古籍出版社,1982年版。其实,神话和原始宗教原本为一体,无所谓先后。

② 《美学》,朱光潜译,商务印书馆,1979年版,第二卷,第24页。

③ 马克思、恩格斯《德意志意识形态》,《马克思恩格斯选集》,人民出版社,1972年版,第一卷,第35页。

④ 恩格斯《布鲁诺·鲍威尔和早期基督教》,《马克思恩格斯全集》,人民出版社,1964年版,第十九卷,第327页。

获得了这样的反映,而在进一步的发展中,在不同的民族那里又经历了极为不同和极为复杂的人格化。……但是除自然力量外,不久社会力量也起了作用,这种力量和自然力量本身一样,对人来说是异己的,最初也是不能解释的,它以同样的表面上的自然必然性支配着人。最初仅仅反映自然界的神秘力量的幻象,现在又获得了社会的属性,成为历史力量的代表者。①

由于生产劳动工具的极端落后,原始人对自然表现出极大的依赖性,他们的生存和生活置于自然力的控制之下,而他们对自然的支配能力处于微乎其微的程度上,这样他们在自然面前就不能不感到自己的无力和渺小,而产生畏惧感。同时,原始人的蒙昧无知使他们无法正确认识风云变幻、生老病死等自然现象。在这种情况下,一切都被涂上神秘色彩,首先是在原始人生活视野所触及的范围内的自然现象和自然物,特别是他们所赖以生存发展的事物,统统被他们神化和人格化了。无生命和无意识的事物被赋予生命和意识以及超人的力量,自然力转化为神,成为世界的主宰。随着"这些关于自然界、关于人本身的本质,关于灵魂、魔力等等的形形色色的虚假观念"②的产生,最早的宗教就形成了。原始宗教最先是自然崇拜,包括对天地日月、动物植物的崇拜等,然后是鬼魂崇拜、祖先崇拜、图腾崇拜、上帝崇拜等,这中间自然力不仅被视为主宰,社会力量也不断渗入宗教而获得神性,因而神的身上具有了越来越多的社会属性,以至完全取代了神的自然属性。

原始宗教的特点是自发性和朴素性,它不是个别人持在手中用于恐吓欺骗的魔棍。因而它一方面固然表现出人们对自然

---

① 《反杜林论》,人民出版社,1970年版,第311—312页。
② 恩格斯《致康·施米特》,《马克思恩格斯选集》第四卷,第484页。

力的恐惧、崇拜和依赖、屈服,包含许多消极因素,另一方面也反映着人们认识自然和征服自然的朴素情感和良好愿望,又带有积极因素。这后一点突出表现在他们对神的创造上。原始人崇拜的多是同他们的物质生活密切相关,能给他们带来利益的自然物。《国语》卷四《鲁语上》云:"社稷山川之神,皆有功烈于民者……及天之三辰,民所以瞻仰也;及地之五行,所以生殖也;及九州名山川泽,所以出财用也。"神虽都是自然物和社会力量的幻化,但许多同时又被古先民依照自己的要求加以理想化,像补天治水的女娲即是,实际代表着人们摆脱自然束缚、改变自然面貌的积极愿望。

原始宗教虽出于古先民认识水平的低下,但毕竟又是人们的思维能力和想象能力达到一定水平之后的产物。关于原始人的想象力,马克思论述道:

> 在野蛮时期的低级阶段,人的较高的特性就开始发展起来。……在宗教领域里发生了对自然力量的崇拜以及对人格化的神灵和伟大的主宰的模糊观念……想象力,这个十分强烈地促进人类发展的伟大天赋,这时候已经开始创造出了还不是用文字来记载的神话、传奇和传说的文学,并且给予了人类以强大的影响。[1]

古先民尽管对于自然产生了许多错误的、歪曲的、模糊的观念,但在他们所创造的神的世界中却显示出他们的幻想才能。幻想和想象是一切艺术的基础,因而原始宗教也是一种艺术,诚如高尔基所云:"宗教和精神观察的哲学,照我看来,应当算是属于艺术的创造的,这是人企图把自己的经验,自己的情感和幻想化成形象,把自己的感想形成思想的一种艺术。"[2]

---

[1] 《马克思恩格斯论艺术》,人民文学出版社,1963年版,第二册,第5页。
[2] 《说文化》,《高尔基论文选集》,人民文学出版社,1954年版,第26页。

原始宗教之所以为艺术创造,是因为它凭借幻想创造神,伴随神的出现,神话也就产生了,这更是一种真正的和高度的艺术。脱胎于原始宗教的神话,继承并发扬了原始宗教的积极因素,而很少带有原始宗教仪式(如祈祷、祭祀、葬礼等)和巫术所包含的消极观念和情绪,因而它不唯有艺术价值,也有极高的思想价值。

马克思指出,神话是"通过人民的幻想用一种不自觉的艺术方式加工过的自然和社会形式本身",因而神话广泛地反映了原始人的自然斗争和社会斗争以及原始人的各种生活状况和观念。其中对于自然的认识和征服自然的愿望,是神话的主要内容,因而马克思又说,"任何神话都是用想象和借助想象以征服自然力,支配自然力,把自然力加以形象化"①。以我国神话而论,人类对人和天地万物的形成,民族的起源,人类文化的每一个进步,部落战争,婚姻制度等等,都有极形象的反映,而表现人们征服自然的意志和情感,显示文化进步的神话如开天辟地、补天治水、除兽灭害、取火、畜牧、种植、医药等,尤其大量存在。古先民把自己生活于其中的自然环境和社会环境巧妙地转化为神的世界,把自己对自然和社会的认识、改造自然的要求和成就都渗透到对神的特性和业绩、神和神的关系的描写中。

这样,神话对自然和社会的反映既是虚幻的又是真实的,或者说是虚幻性和真实性的和谐统一。无可怀疑的真实性,使得神话成为后人研究原始社会的最可宝贵的文献资料;它的虚幻性,它的包含着积极精神的幻想,则使神话成为原始社会最美的艺术。作为艺术创造,神话是不自觉的,原始人没有意识到自己是在进行艺术虚构,神话和原始宗教都是被当作一件实实在在的可资使用的工具一样创造出来的,因而神话的幻想带有朴素的特征,但这并没

---

① 《政治经济学批判·导言》,《马克思恩格斯选集》第二卷,第1—3页。

有影响它的魅力,甚至可以说正是这种朴素美使它的魅力具有了永恒性。

我国现存的上古神话有些可能产生于母系社会,如女娲神话,多数大约产生在父系社会中后期和父系社会向奴隶社会过渡的时期也就是夏代初期。此期间还产生了许多传说。关于传说,鲁迅在《中国小说史略·神话与传说》中论云:

> 殆神话演进,则为中枢者渐近于人性,凡所叙述,今谓之传说。传说之所道,或为神性之人,或为古英雄,其奇才异能神勇为凡人所不及,而由于天授,或有天相者,简狄吞燕卵而生商,刘媪得交龙而孕季,皆其例也。此外尚甚众。

下又举羿、姮娥(即嫦娥)、鲧、舜四例。

一般说来传说有历史的影子,有些以历史上的真实人物为依据,主人公是古英雄或神性之人,这是它和神话的区别。不过就我国上古时期的神话和传说来说,往往很难划清界限。原因是神话在流传中往往涂上历史色彩,而历史传说也常借用古神话的表现形式。而且,神下了地,在人间创造奇迹,甚至被某些民族奉为始祖,这样神变为人间英雄;英雄获得神性上了天,又转化为神。这样人神杂糅,也就使神话和传说混为一体,例如黄帝、羿、鲧、禹等就很难说是神话还是传说。当然产生较晚者、历史真实性较大者还是可以比较容易地判断出它们的传说性质的,如桀、汤、伊尹等等。

我国古神话传说极为丰富,但由于种种原因,并不系统,只是零星分散地记载在各种古书,而且常又受到歪曲或掺入后起的东西。先秦时期,《左传》、《国语》、《周书》、《楚辞》、《庄子》、《吕氏春秋》、《归藏》、《山海经》等有较丰富的神话传说资料,其中以《山海经》为最;汉代《淮南子》也较多。后世志怪书中亦时有记录。

下边具体分析一下上古神话和传说的主要内容。

首先,神话最突出的主题是征服自然和改造自然。古先民歌颂和崇拜那些创造天地万物的神,在造物神身上寄托他们创造世界的宏伟志向。先看盘古神话:

> 天地混沌如鸡子,盘古生其中。万八千岁,天地开辟,阳清为天,阴浊为地。盘古在其中,一日九变,神于天,圣于地。天日高一丈,地日厚一丈,盘古日长一丈。如此万八千岁,天数极高,地数极深,盘古极长。①

> 首生盘古,垂死化身。气成风云,声为雷霆,左眼为日,右眼为月,四肢五体为四极五岳,血液为江河,筋脉为地里,肌肉为田土,发髭为星辰,皮毛为草木,齿骨为金石,精髓为珠玉,汗流为雨泽。身之诸虫,因风所感,化为黎甿。②

任昉《述异记》(原名《新述异记》)云:"盘古氏,天地万物之祖也,然则生物始于盘古。"并记有盘古创万物神话,与上述相类。《事物纪原》卷一又引《帝王五运历年纪》云:"盘古之君,龙首蛇身"。可见盘古是原始社会动物崇拜的产品,不过这一形象包蕴的却是人类创造世界的雄心。

盘古神话首见于徐整书,徐整系三国吴人③。又据《述异记》

---

① 《艺文类聚》卷一引徐整《三五历纪》。又唐瞿昙悉达《开元占经》卷三亦引,文字小异。

② 清马骕《绎史》卷一引《五运历年纪》,未著撰人。按:北宋张君房《云笈七签》卷五六《诸家气法·元气论并序》已有此节文字,未注明出处。南宋郑樵《通志·艺文略》编年类著录《浑天帝王五运历年纪》一卷,北宋高承《事物纪原》卷一《日月》引《五运历年纪》,卷一《风雨》及卷二《姓》引《帝王五运历年纪》,均不著撰人。袁珂《古神话选释·盘古》注称《五运历年纪》徐整著,不知何据。人民文学出版社,1982年版,第10页。

③ 《隋书·经籍志》诗类著录《毛诗谱》三卷,注:吴太常卿徐整撰。

卷一载,"今南海有盘古氏墓,亘三百余里,俗云后人追葬盘古之魂也。桂林有盘古氏庙,今人祝祀。南海中盘古国,今人皆以盘古为姓",是知盘古神话出自南方少数民族,直到现在尚在南方少数民族中流传。在其他地区也有关于其他造物神的神话。《山海经》、《天问》中的烛龙(一名烛阴)①,《遁甲开山图》中的巨灵胡②,都是盘古之类的造物大神。

女娲神话反映的则是世界遭到水火破坏后女娲重整乾坤的经过,因而她也是一位创世者。《说文解字》十二下女部"娲"字注称女娲是"古之神圣女,化万物者也"。《楚辞·天问》王逸注称"女娲人头蛇身"。这位大神是半人半兽,又为女性,明显是母系氏族蛇崇拜中的天神。女娲的第一件伟大功绩是补天和治水,《淮南子·览冥训》载:

> 往古之时,四极废,九州裂。天不兼覆,地不周载,火爁炎而不灭,水浩洋而不息。猛兽食颛民,鸷鸟攫老弱。于是女娲炼五色石以补苍天,断鳌足以立四极,杀黑龙以济冀州,积芦灰以止淫水。苍天补,四极正;淫水涸,冀州平;狡虫死,颛民生;背方州,抱圆天。当此之时,禽兽蝮蛇,无不匿其爪牙,藏其螯毒,无有攫噬之心。

第二件是创造人类和化育万物。《太平御览》卷七八引《风俗通》逸文记有"天地开辟,未有人民,女娲抟黄土作人"的神话,《楚辞

---

① 《山海经·大荒北经》:"西北海之外,赤水之北,有章尾山。有神,人面蛇身而赤,直目正乘。其瞑乃晦,其视乃明。不食不寝不息,风雨是谒。是烛九阴,是谓烛龙。"郭璞注:"《离骚》曰:'日安不到?烛龙何耀?'《诗含神雾》曰:'天不足西北,无有阴阳消息,故有龙衔精,以往照天门中云。'《淮南子》曰:'蔽于委羽之山,不见天日也。'"按:《离骚》乃《天问》之误。又《海外北经》:"锺山之神,名曰烛阴。视为昼,瞑为夜,吹为冬,呼为夏。不饮,不食,不息,息为风。身长千里。在无䏿之东。其为物,人面,蛇身,赤色,居锺山下。"

② 《文选》卷二张衡《西京赋》李善注引曰:"有巨灵胡者,遍得坤元之道,能造山川,出江河。"

·天问》王逸注和《淮南子·说林训》都有女娲"一日七十化"的话。黄土造人反映着母系社会陶器制作的文明进步,我国的仰韶文化和龙山文化,即以制造精美的彩陶和黑陶而著名。有意思的是古犹太、古希腊、古印第安人也都有类似神话,反映着共同的文化经历。

从盘古创世到女娲补天,虽然把世界万物包括人类的创造归之于天神,但盘古、女娲的文化含义并不同于阶级社会宗教中的主宰人类命运的上帝,他们是属于古先民的神。他们是古先民认识能力低下的"愚钝的头脑"所创造的寄托着自己全部愿望和热情的"锐利的头脑"①。其余那些具有超人力量的神和英雄,也都是如此。这些神和英雄的特点是不怕牺牲、百折不挠,一心为人类谋求幸福,同时具有征服自然的非凡能力。他们的斗争对象往往是水旱灾害和毒蛇猛兽,这正是原始人经常碰到的严重威胁。这些神和英雄有羿、鲧、禹、夸父、精卫等,斗争业绩都非常壮伟。先看羿和鲧禹的神话:

> 尧之时,十日并出,焦禾稼,杀草木,而民无所食。猰貐、凿齿、九婴、大风、封豨、修蛇,皆为民害。尧乃使羿诛凿齿于畴华之野,杀九婴于凶水之上,缴大风于青丘之泽,上射十日而下杀猰貐,断修蛇于洞庭,禽封豨于桑林。万民皆喜,置尧以为天子。于是天下广狭、险易、远近,始有道里。②

> 洪水滔天,鲧窃帝之息壤,以堙洪水。不待帝命,帝令祝融杀鲧于羽郊。鲧复生禹。帝乃命禹卒布土,以定九州。③

---

① 马克思、恩格斯《德意志意识形态》,《马克思恩格斯全集》,第三卷,第631页。
② 《淮南子·本经训》。
③ 《山海经》卷一八《海内经》。袁珂注:"经文'鲧复生禹'即《楚辞·天问》所谓'伯鲧腹禹'(原作'伯禹腹鲧',从闻一多《楚辞校补》改)也;复即腹之借字。"《山海经校注》,上海古籍出版社,1980年版,第473页。

这两个神话当产生于原始社会末期，人类征服自然的能力有了较大的提高，所以所表现的斗争是惊心动魄的。羿神话的出现同弓箭的发明和进步有关，而同洪水猛兽的斗争是原始人经常性的事业。羿和禹还有不少传说，他们是人们极为尊敬的英雄。

神话所赞美的英雄，还有的表现出不屈不挠、勇于牺牲的品格，例如精卫和夸父就是这样：

> 发鸠之山，其上多柘木。有鸟焉，其状如乌，文首、白喙、赤足，名曰精卫。其鸣自詨。是炎帝之少女，名曰女娃。女娃游于东海，溺而不返，故为精卫。常衔西山之木石，以堙于东海。①

> 夸父与日逐走，入日，渴欲得饮。饮于河、渭，河、渭不足。北饮大泽，未至，道渴而死。弃其杖，化为邓林。②

神话传说中还有大量关于发明创造的内容。如女娲发明笙③，燧人氏钻木取火④，伏牺氏作八卦、结网和造瑟作曲⑤，神农氏发明农具和制陶、冶炼、医药、种植等技术⑥，伯余、胡曹发明

---

① 《山海经》卷三《北次三经》。
② 《山海经》卷八《海外北经》。同书卷一七《大荒北经》亦有类似记载。
③ 《世本·作篇》："女娲作笙簧。"见清茆泮林辑《十种古逸书》。
④ 《韩非子·五蠹》："有圣人作，钻燧取火，以化腥臊，而民悦之，使王天下，号之曰燧人氏。"
⑤ 《易·系辞下传》："古者包牺氏之王天下也，仰则观象于天，俯则观法于地，观鸟兽之文，与地之宜。近取诸身，远取诸物。于是始作八卦。"《楚辞·大招》王逸注："伏戏氏作瑟，造《驾辩》之曲。"《抱朴子·内篇·对俗》："太昊师蜘蛛而结网。"按：太昊即伏牺。牺又作羲。
⑥ 北魏贾思勰《齐民要术》卷一《耕田》引《周书》："神农之时天雨粟，神农遂耕而种之。作陶冶斤斧，为耒耜锄耨，以垦草莽。然后五谷兴助，百果藏实。"《淮南子·修务训》："神农尝百草之滋味，一日而遇七十毒。"

衣服①,句芒发明捕鸟罗网②,伯益发明捕兽陷阱和驯养术③,般发明弓箭④,巧倕发明各种奇巧物事⑤,苍颉发明文字⑥,等等。黑格尔在谈到普罗米修士窃火烧肉时说:"希腊人就是用这种方式去解释人类文化的每一步发展,并且把它表现在神话里,在意识里保存下来。"⑦上述神话传说也是如此,人们把人类在征服自然过程中的斗争结晶,把人类文化的每一步进展集中在神和英雄身上,这正是对自己的伟大创造力的礼赞,因而原始人在创造神和英雄的同时,也创造了自己。

上古神话传说还反映了氏族社会末期各氏族、部落间的斗争,斗争性质大都是争夺地域或争夺领导权(即所谓"争神"、"争帝")。如黄帝与炎帝、蚩尤的战争⑧,共工与颛顼的战争⑨,禹与三苗的战争⑩等。最壮观的数黄帝战蚩尤:

> 蚩尤作兵伐黄帝,黄帝乃令应龙攻之冀州之野。应龙畜水,蚩尤请风伯、雨师,纵大风雨。黄帝乃下天女曰妭,雨止,

---

① 《世本·作篇》:"伯余作衣裳。胡曹作衣。"按:伯余、胡曹,黄帝臣。见宋衷注。
② 《世本·作篇》:"句芒作罗。"宋衷注:"句芒,伏羲臣。"《吕氏春秋·孟春纪·孟春》:"句芒,少皞氏之裔子,曰重,佐木帝(即伏羲氏)之德,死为木官之神。"
③ 《吕氏春秋·审分览·勿躬》:"伯益作井。"《史记·秦本纪》:"大费……与禹平水土。已成……佐舜调驯鸟兽,鸟兽多驯服,是为柏翳。"按:伯益系秦人远祖。
④ 《山海经·海内经》:"少皞生般,般是始为弓矢。"按:《世本·作篇》谓"挥作弓,夷牟作矢",二人系黄帝臣,说不同。
⑤ 《山海经·海内经》:"巧倕是始作下民百巧。"按:巧倕即义均,帝俊之孙。见袁珂注。《山海经校注》,第461页。
⑥ 《淮南子·精神训》:"苍颉作书"。
⑦ 《美学》,第二卷,第181页。
⑧ 黄帝战炎帝,见《列子·黄帝篇》。
⑨ 见《淮南子·天文训》。
⑩ 见《艺文类聚》卷一○引《隋巢子》。

遂杀蚩尤。①

蚩尤属炎帝族,颇有势力,"蚩尤兄弟八十一人,并兽身人语,铜头铁额,食沙、石子,造立兵杖、刀、戟、大弩,威震天下"②。这场战争开始黄帝并不顺利,被搞得很狼狈。蚩尤不仅有风雨相助,还设大雾迷惑黄帝军队。黄帝连打九仗都不能获胜③。同蚩尤一道反黄帝并同时被杀的还有夸父④,夸父这位巨人神曾逐过日,也是一位好汉。更值得称道的是另一位反抗神刑天,陶渊明曾盛赞"刑天舞干戚,猛志固常在"⑤,事载《山海经》卷七《海外西经》:

> 刑天与帝至此争神,帝断其首,葬之常阳之山。乃以乳为目,以脐为口,操干戚以舞。⑥

还有一类神话传说是关于民族起源和始祖降生的,此之谓推

---

① 《山海经》卷一七《大荒北经》。按:"妭"原作"魃"。《道藏》本作"妭"(前一字仍作"魃"),唐刘赓《稽瑞·应龙黄野》亦引作"妭"。《后汉书》卷五九《张衡传》李贤注及《太平御览》卷三五又卷七九并引作"妖","妖"即"妭"字,《张衡传》注:"妖亦魃也。"《艺文类聚》卷七九乃引作"魃",亦即"妖"字。鲍崇城校本《御览》则引作"妭"。《广韵》入声"末"韵"妭"字释云:"鬼妇。《文字指归》云:女妭,秃无发。所居之处,天不雨。"又吴任臣《山海经广注》本郭璞注云:"音如旱魃之魃。"是则经文"魃"字应作"妭",今正。女妭,黄帝女,旱神。《说文》女部:"妭,美妇也。"后演为旱魃,已非古之黄帝女妭,然其为旱神则一。《诗经·大雅·云汉》:"旱魃为虐。"毛传:"魃,旱神也。"孔颖达疏引《神异经》曰:"南方有人,长二三尺,袒身而目在顶上,走行如风,名曰魃。所见之国大旱,赤地千里。一名旱母。"(按:与今本文异。)《说文》九上鬼部:"魃,旱鬼也。""魃"字从鬼,故云"鬼妇"、"旱鬼"。

② 《太平御览》卷七九引《龙鱼河图》。

③ 《太平御览》卷一五引《志林》:"黄帝与蚩尤战于涿鹿之野,蚩尤作大雾弥三日,军人皆惑。"又引《黄帝玄女战法》:"黄帝与蚩尤九战九不胜。"

④ 《山海经》卷一四《大荒东经》:"应龙处北极,杀蚩尤与夸父。"

⑤ 《陶渊明集》卷四《读山海经十三首》。原作"形夭无干戚",校谓李本、焦本作"刑天舞"。逯钦立校注,中华书局,1979年版,第138页。

⑥ 原作"形天"。按:诸书引用或作刑天、形夭、刑夭。袁珂以为依义刑天长于形夭,天即顶,刑天盖即断首之意。形夭义为形体夭残,亦通。《山海经校注》,第214页。今改。

原神话①。如商族起源：

> 殷契母曰简狄，有娀氏之女，为帝喾次妃。三人行浴，见玄鸟堕卵，简狄取吞之，因孕生契。②

周族的起源：

> 周后稷，名弃。其母有邰氏女，曰姜原。姜原为帝喾元妃。姜原出野，见巨人迹，心忻然说，欲践之。践之而身动，如孕者。居期而生子，以为不祥。弃之隘巷，马牛过者，皆辟不践。徙置之林中，适会山林多人，迁之。而弃渠中冰上，飞鸟以其翼覆荐之。姜原以为神，遂收养长之。初欲弃之，因名曰弃。③

这两个神话的共同特点是女子感外物而孕，故而又称感生神话④，显然是"民知有母而不知有父"⑤的母系制社会的产物，不过在长期流传中附加上父系氏族社会及更晚的内容，以致成为不同时期文化因素的混合——现存上古神话的记录大抵如此。它们强调的是始祖的不平凡，是图腾神或其他神秘力量作用之下的神性之人。感生神话本来不具迷信色彩，但后世天命论者却用来有意制造"圣贤君王"的神圣性，特别是汉代谶纬家几乎把古来所有的大人物都搞出个奇怪出身来，《说文解字》十二下"姓"字释云："古之神圣人，母感天而生子，故称天子。"明显是制造"真命天子"的伪神

---

① 推原神话还包括解释万物起源的神话。参见袁珂《古神话选释》，第32页，第158页。茅盾《神话的意义与类别》称神话学家将神话分为解释的神话和唯美的神话二类，前者也就是推原神话。茅盾《神话研究》，百花文艺出版社，1981年版，第4—5页。
② 《史记》卷三《殷本纪》。《吕氏春秋·音初篇》亦载，作"有娀氏有二佚女"。
③ 《史记》卷四《周本纪》。
④ 参见袁珂《古神话选释》，第52页。
⑤ 《商君书·开塞篇》："天地设而民生之。当此之时也，民知其母而不知其父。"《诸子集成》第五册。

话。将来我们还要谈到这一点。

上古神话传说在奇伟瑰丽的想象和幻想中融汇着崇高的理想,鲁迅云:"夫神话之作,本于古民,睹天地之奇觚,则逞神思而施以人化,想出古异,诚诡可观,虽信之失当,而嘲之则大惑也。太古之民,神思如是,为后人者,当若何惊异瑰大也。"①晚出的神话传说虽有不少渗透进去后来的社会意识和迷信思想,但其崇高浪漫的精神还有保留,它的诚诡可观的神思和幻想形式更是得到了继承发扬。

神话的诚诡可观之处,首先表现在对神灵的创造上。这种创造是在万物有灵的原始观念支配下进行的,神灵是宗教的愚昧和艺术的才智的辩证统一。

幻想赋予神灵以奇妙的神性和怪异的形体。盘古可以开天辟地,一日长一丈,女娲可以造人、补天,共工可以撞折天柱,羿可以射落太阳,夸父可以追赶太阳,夸娥氏二子可以背山,把它们移走,祝融可以乘龙而飞②,天帝可以沿建木上天下地③……神具有非常人所有的本领和才能。如果仔细考察一下各种神灵的神性就会发现,神灵的神性,有些是无限扩大了的人的才能的幻化,如造人、射日、登天等等,有些则是动物特性的借用和放大,如能飞、善走、勇猛有力等等。而且,有的神灵本身就是动物,神话采用拟人化方法赋予它们人类的某些特性,同时又大大扩展了它们本身所固有的力量,这样就使兽性转化为神性,当然它们常常又保持着兽的某些特征,形成了兽、人、神三位一体的特殊形态。例如"能言,达于万

---

① 《集外集拾遗·破恶声论》,《鲁迅全集》,人民文学出版社,1989年,第8卷,第30页。
② 《山海经》卷六《海外南经》:"南方祝融,兽面人身,乘两龙。"又卷七《海外西经》、卷九《海外东经》云西方蓐收、东方句芒均"乘两龙"。
③ 《淮南子·坠形训》:"建木在都广,众帝所自上下。"

物之情"的白泽神兽①,精通音乐的夔和鱓②,蓄水行雨、杀死蚩尤和夸父的应龙,填海报仇的精卫鸟,都是这样的。

就神灵的形体来说,都呈现出一种怪异性。伏牺、女娲"人头蛇身";黄帝四面,其子孙"人面蛇身,尾交首上"③;炎帝"人身牛首"④,蚩尤"人身牛蹄,四目六手"⑤;窫窳"其状如牛,而赤身人面马足"⑥;相繇"九首,蛇身自环"⑦。凡此等等,大都是人兽的嵌合体,光怪陆离,惊心诧骨。神灵的这种人兽嵌合的怪异形体结构,体现着先民的审美观念。他们有过长期存在的动植物崇拜和图腾崇拜,动物的凶猛有力和人类所不具备的其他特性,在他们眼中都体现着伟大崇高之美,因而他们不仅按照动物的形象美化自己,而且要据以创造他们所敬畏的神灵形象。而从根本上说,这也恰是自然崇拜与图腾崇拜的生动反映。崇拜蛇的,自然会把自己所奉之神幻想成人蛇嵌合体;崇拜牛的,则是人牛嵌合体。上文所言诸般神性动物的大批出现,实际反映的也是动物崇拜和图腾崇拜。神灵的奇谲形貌和被神化了的人性或兽性,成了智慧和力量的象征,丝毫没有恐吓意味。胡应麟说《山海经》"所记人物率禽兽其形,以骇庸俗"⑧,那是基于后人的观念作出的错误解释。

从上述分析来看,上古神话的神具有自然的、质朴的特点。神

---

① 北宋张君房《云笈七签》卷一〇〇引《轩辕本纪》:"帝巡狩,东至海,登桓山,于海滨得白泽神兽,能言,达于万物之情。"
② 夔是形状似牛(一说人面猴身)的独足兽。《说苑·君道》:"当尧之时,夔为乐正。"《尚书·舜典》:"夔曰:'於,予击石拊石,百兽率舞。'"鱓同鼍,即猪龙婆。《吕氏春秋·古乐篇》:"帝颛顼……乃令鱓先为乐倡。鱓乃偃寝,以其尾击鼓,其音英英。"
③ 《太平御览》卷七九引《尸子》:"古者黄帝四面。"其后裔为轩辕国民,见《山海经·海外西经》。
④ 《太平御览》卷七八引晋人皇甫谧《帝王世纪》。
⑤ 梁任昉《述异记》卷上。
⑥ 《山海经》卷三《北山经》。
⑦ 《山海经》卷一七《大荒北经》。
⑧ 《少室山房笔丛》卷三四《三坟补逸下》。

身上的自然属性较多。半人半兽的神不仅在形体上表现为人和动物的焊接,在其内在特性上也是人性和兽性的混合,即便是非半人半兽的神灵也大多"只是人与自然这两个因素的怪诞的混合"①。这里的拟人化或曰人格化不是出自于自觉的艺术思维,而是出自于幼稚的原始信仰,因此"只是形式的和表面的"②,"只以纯然一般的力量和自然活动(作用)为它的内容"③。具体说,人格化主要不表现在人的性格和感情上,而一般只限于诸如言语、思维、动作和行为这些人的部分特性上。这说明原始人的幻想是直接由眼前事实出发的朴素的幻想。和后世彻底人格化的神怪相比,神话的幻想手段尚属幼稚。不过唯其幼稚,愈发显示出它那种独特的稚拙美。

其次,上古神话还有着关于变化的丰富幻想。变化观念的形成,是自然的启示。风雨雷电的消长,日月星辰的出没,人的生老病死,动植物的生态变化,自然界的有规律的运动,使原始人形成类比联想的思维,这也就给他们插上了幻想之翼。他们把自然变化归之于神的意志和力量的体现,在幻想中使变化采取了违反常理的、超自然的虚幻形式。正如毛泽东所说,神话中的变化"乃是无数复杂的现实矛盾的互相变化对于人们所引起的一种幼稚的、想象的、主观幻想的变化"④。

神话中,有神体自身的变化和神体转化为他物的变化。我们已经知道了盘古的"一日九变"和"垂死化身"以及女娲的"一日七十化";《山海经·大荒西经》又称"有神十人,名曰女娲之肠,化为神",是则神体不唯化为自然万物,神还可变出神来。此

---

① 黑格尔《美学》,第二卷,第54页。
② 《美学》,第二卷,第54页。
③ 《美学》,第二卷,第191页。
④ 《矛盾论》,《毛泽东选集》,人民出版社,1952年版第一卷,第319页。

外,炎帝女儿女娃死后化为精卫,另一个女儿瑶姬变成蓄草①,鲧死化为三足鳖②,涂山氏变成石头③等等,例子甚多。

还有此物变彼物的变化,如夸父的杖变为桃林,蚩尤的桎梏变为枫木④,蛇变成鱼⑤,马皮裹着一位姑娘变成了蚕⑥,如此等等,都属此类。人类也是变出来的,盘古神话说人是盘古身上的虫子变的,女娲神话说是泥土制成的。人的出生也奇幻莫测,鲧的肚子开裂生了禹,涂山氏化石开裂生了启,陆终的六个儿子是从他们母亲的两胁生出来的,一面各三个⑦。人也可以生其他东西,帝俊妻羲和生十日⑧,另一个妻子常羲生十二个月亮⑨。真是奇思妙想!

关于变化的观念和幻想也具有质朴的特征。一般来说,大抵属单向变化,就是说只是一物变成另一物,不能再返回原形。神话中有河伯化白龙游于水滨⑩,大禹化熊开山⑪是例外,不过这种

---

① 见《山海经》卷五《中次七经》及《文选·高唐赋》注引《襄阳耆旧传》。
② 《左传》昭公七年:"昔尧殛鲧于羽山,其神化为黄熊,以入于羽渊。"陆德明《释文》:"熊,音雄,兽也。亦作'能',如字,一音奴。能,三足鳖也。解者云:兽非入水之物,故是鳖也。一曰既为神,何妨是兽。案《说文》及《字林》皆云:'能,熊属,足似鹿。'然则能既熊属,又为鳖类,今本作'能'者,胜也。东海人祭禹庙,不用熊白及鳖为膳,斯岂鲧化为二物乎?"按:《尔雅·释鱼》:"鳖三足,能。"《山海经·中次十一经》从水有三足鳖。能,本作"熊"。《史记》卷二《夏本纪》张守节《正义》曰:"鲧之羽山,化为黄熊,入于羽渊。'熊'音乃来反,下三点为三足也。束皙《发蒙记》云:'鳖三足曰熊。'"此外尚有化黄龙(《山海经·海内经》注引《开筮》)、玄鱼(《拾遗记》卷二)等说。
③ 见《汉书》卷六《武帝本纪》颜师古注引《淮南子》佚文。
④ 见《山海经》卷一五《大荒南经》。
⑤ 见《山海经》卷一六《大荒西经》。
⑥ 见东晋干宝《搜神记》。《新辑搜神记》卷二〇《蚕马》。李剑国辑校,中华书局,2007年版。
⑦ 见《世本·帝王世本》。
⑧ 见《山海经·大荒南经》。
⑨ 见《山海经·大荒南经》。
⑩ 见《楚辞·天问》王逸注。
⑪ 《汉书》卷六《武帝本纪》注引《淮南子》佚文。

随意性变化乃是后起的观念,这些神话要么产生较晚,要么是已经发生了演化。

神话的奇丽幻想,使古板的人感到很不好理解。鲁迅云神话"虽信之失当,而嘲之则大惑也",而"嘲之"者正大有人在。孔子"不语怪力乱神"①;孟子以一切传说为"好事者为之"的"齐东野人之语"②,不屑一顾;荀子亦称"万物之怪,《书》不说"③。这就是后来扬雄说的:"神怪茫茫,若存若亡,圣人曼云。"④司马迁也说过"百家言黄帝,其文不雅驯,荐绅先生难言之"⑤,他自己也是对《禹本纪》、《山海经》所有怪物"不敢言之"⑥。东汉王充作《论衡》以"疾虚妄",许多都是针对神话传说的。不语、不言、不信尚可,但有人却硬要把本来是幻想的东西曲解成真人真事就迂得可笑。《尸子》、《韩非子》、《吕氏春秋》、《孔丛子》、《大戴礼记》、《风俗通义》等书中记载孔子曲解"黄帝三百年"、"黄帝四面"、"夔一足"等神话,就是典型的例证。直到明代,还有杨升庵对羿射九日、简狄吞玄鸟卵生商、帝俊生十日等神话进行歪曲解释。⑦清人钱泳也对炼石补天、后羿射日作了极可笑的穿凿附会。⑧

这种情况的出现当然主要是由于他们想把神话历史化,但也反映出他们不理解神话的本质,不理解神话的美学价值,不理解神话的幻想形式。但是神话的精神和表现方法却被民间和文人的艺术创造继承了下来,并发扬光大。从小说角度讲,它成为志怪发育的重要源泉,并作为丰富的营养,一直哺育着志怪的

---

① 《论语·述而篇》。
② 《孟子·万章上》。
③ 《荀子·天论篇》。
④ 《法言·重黎篇》。
⑤ 《史记》卷一《五帝本纪》。
⑥ 《史记》卷一二三《大宛列传》。
⑦ 见《丹铅总录》卷一三《羿射日落九乌》条及卷一六《玄鸟衔卵》条。
⑧ 见《履园丛话》卷三《考索·补天射日》。

发展。

具体言之,首先,神话开创了神怪题材,没有神话根本不会有后来的志怪小说。其次,它的关于神灵变化的观念和表现形式,大抵具有原型意义,为志怪奠定了幻想基础和范式,对志怪不仅起着启示作用,而且直接为志怪所吸收。志怪小说中的神仙妖怪等都同神话中的各种神人神兽在表现上有渊源关系,只是它们的人格化程度提高了,体现着新的审美观念。神话变化观念也启示着后代阴阳五行学和道教的变化观。神怪的变化愈来愈成为情节构成的重要因素,虽趋于丰富,但仍以神话的变化为基础。再次,上古神话的直系后裔是后代产生的各种神话故事,这些又都成为历代志怪小说的题材来源。最后一点是,神话记录虽然过于简单,但许多神话传说中的神灵不是一个静止的图腾符号,带有事迹的演绎,表现为叙事的动态流程,都有一定的叙事结构,这也显现出神话在小说叙事学上的某些范式意义。总之,神话传说无论在艺术思维上,在题材上,在虚构性、形象性和叙事性的把握上,都和小说一脉相通,是小说尤其是志怪小说起源的古老源头。

二、巫教、阴阳五行学与宗教迷信传说

原始社会普遍存在的原始宗教信仰和巫术,已产生了关于神(包括祖先神、自然神、社神、天神等)及精灵、鬼魂、魔力等宗教观念和相应的崇拜仪式[①]。但原始宗教是不自觉的宗教形式,原始人的宗教观念"是对自然界的一种纯粹动物式的意识"[②],还没有变为迷信。进入阶级社会之后,原始宗教开始发生质的变化,由

[①] 参见吕大吉主编《宗教学通论》,中国社会科学出版社,1989年版,第355—375页。

[②] 马克思、恩格斯《德意志意识形态》,《马克思恩格斯选集》,第一卷,第35页。

"自发的宗教"变为"人为的宗教",由多神教变为一神教。恩格斯说:"自发的宗教……在它产生的时候,并没有欺骗的成分,但在以后的发展中,很快地免不了有僧侣的欺诈。至于人为的宗教,虽然充满着虔诚的狂热,但在其创立的时候便少不了欺骗和伪造历史。"①在此情况下,一方面神话传说许多被蒙上迷信灰尘,一方面大量产生了旨在散布天命观、宿命论和鬼神观念等迷信思想的宗教迷信传说。

古人讲"夏道尊命事鬼敬神"②,"有夏服天命"③,夏的宗教恐怕还带有较多的原始宗教性质。商代巫术大行,"殷人尊神,率民以事神,先鬼而后礼"④,应当说宗教特点已有较多的人为因素。周人重人事,主张"敬德保民",甚至有许多人怀疑天命鬼神的权威,说"吉凶由人","祸福无门,唯人所召"⑤,但周代统治者并不否认上帝和天命,只不过是把天命和民意统一起来,所谓"天视自我民视,天听自我民听"⑥,主张"忠于民而信于神"⑦。《礼记·表记》总结周人的这种态度,道是"周人尊礼尚施,事鬼敬神而远之"。

关于夏商周三代的宗教特点,《宗教学通论》曾总结说:

> 夏商周三代是中国奴隶制社会建立、发展和衰落时期。这种奴隶制是在父系氏族公社的基础上形成的。部落联盟演变为国家,禅让制让位给世袭制,但保留了氏族社会的血缘纽带。君王是最高的专制家长,统治阶级以血缘亲疏来分配财

---

① 《布鲁诺·鲍威尔和早期基督教》,《马克思恩格斯全集》第十九卷,第327页。
② 《礼记·表记》。
③ 《尚书·召诰》。
④ 《礼记·表记》。
⑤ 《左传》僖公十六年、襄公二十三年。
⑥ 《尚书·泰誓中》。按:《泰誓》属《古文尚书》(共二十五篇),晋人伪造。然伪《古文尚书》也有许多真实的原始资料,故而本书亦多有引用。
⑦ 《左传》桓公六年。

富和权力。与此相适应,出现了反映君权的天神崇拜,反映宗法私有制的祖先崇拜,并在这两种崇拜的影响下,原始的英雄崇拜发展为圣贤崇拜,并保存和发展了普遍的鬼神崇拜。……三代又有一定差别:夏代是宗法奴隶制初建时期,人为宗教不够发达;商代是宗法奴隶制发展时期,神鬼崇拜相当盛行;周代是宗法奴隶制成熟时期,宗法道德充实了宗教活动的内容。①

商周的宗教形式主要表现为巫教,这是人为宗教的早期形式。吕振羽说:"从原始的图腾崇拜和万物有灵论,经过氏族制后期的祖先崇拜,到殷朝奴隶所有者时代,便发展为具有一神教之本质的巫教。"②巫教信仰的最高神是上帝,已不同于原始宗教对黄帝、炎帝、颛顼、帝俊、帝喾诸天帝的多神性信仰了。上帝又有帝、天、皇天、皇帝、天帝、皇天上帝、昊天上帝种种称呼,是主宰天国和人间的至高无上的宇宙大神,日月星辰、风雨雷电、水旱丰荒、兴衰治乱都被认为是上帝意志的表现。上帝监视着下界臣民,不断发出各种信息表示对人间行为的态度。人的行为不合天意,则天降妖灾以示警告。《左传》宣公十五年云:"天反时为灾,地反物为妖,民反德为乱,乱则妖灾生。"若不加改悟,则要降下种种自然性的灾祸(如水旱瘟疫)和社会性的灾祸(如战争叛乱)。而顺应天命,上帝满意了,则天降祥瑞。《文子》卷二《精诚》曰:"故精诚内形,气动于天,景星见,黄龙下,凤凰至,醴泉出,嘉谷生,河不满溢,海不波涌。"③由于天地鬼神能对下民作威作福,因此人们的一举一动都必须听命于天。"上帝是依,无灾无害"④;反之,"获罪于天,无

---

① 吕大吉主编《宗教学通论》,第552—553页。
② 《简明中国通史》,人民出版社,1962年版,上册,第104页。
③ 李定生、徐慧君校释《文子校释》,上海古籍出版社,2004年版。
④ 《诗经·鲁颂·閟宫》。

所祷也"①。

这当然是恩格斯说的"欺骗和伪造"。天国不过是地上王国的投影。最高统治者自命为"天子",受天命而治臣民,"君命,天也"②,故而臣民是必须俯首帖耳的,"上则顺于鬼神,外则顺于君长,内则以孝于亲"③:这就是宗教的妙用。对此,许多人直言不讳。《周易·贲·象》云:"圣人以神道设教,而天下服矣。"《礼记·礼运》云:"圣人参于天地,并于鬼神,以治政也。"《管子·牧民篇》云:"不明鬼神则陋民不悟,不祇山川则威令不闻,不敬宗庙则民乃上校,不恭祖旧则孝悌不备。四维不张,国乃灭亡。"《孔子家语·哀公问政》亦称:"圣人因物之精,制为之极,明命鬼神以为民之则。而犹以是为未足也,故筑为宫室,设为宗祧,春秋祭祀,以别亲疏,教民反古复始,不敢忘其所由生也。"

巫教大力宣扬上帝神鬼观念,十分看重卜筮、星算、祈祷、祭祀、葬礼等迷信活动,形成一整套繁缛的宗教仪式和巫术作业。专门从事迷信活动的是巫祝和史官之流,《左传》襄公二十七年云:"祝史陈信于鬼神。"作为专门宗教职业者的巫,在原始社会末期就出现了,其职权是事鬼降神,预言吉凶,祈福禳灾,是天人的沟通者和鬼神的代言人。《国语·楚语下》曰:"如是则明神降之,在男曰觋,在女曰巫。"韦昭注:"巫、觋,见鬼者。《周礼》,男亦曰巫。"《说文》五上巫部曰:"巫,祝也。女能事无形,以舞降神者也。象人两褒舞形。"又曰:"觋,能齐肃事神明者。在男曰觋,在女曰巫。"唐苏鹗《苏氏演义》卷上曰:"古文筮字从竹从巫。竹者,筮之数;巫者,舞也。舞以降神,谓之巫。巫字象两袂而舞者也。"这些

---

① 《论语·八佾篇》。
② 《左传》定公四年。
③ 《礼记·祭统》。

都说明巫是通过卜筮、舞蹈来娱神和降神的宗教发言人。《荀子·王制篇》云："相阴阳,占祲兆,钻龟陈卦,主禳择五卜,知其吉凶妖祥,伛巫跛击之事也。"

殷商时巫的地位极高,是宗教神权的最高代表,太戊时有巫咸,是商政府中重要分子。至周,据《周礼》记载,巫的地位下降至春官宗伯的一个小小属官,职权大大缩小,但又产生了一个结构颇为庞大的半宗教性质的所谓"春官"系统,来掌握神权。《尚书·周官》云："宗伯掌邦礼,治神人,和上下。"伪孔传曰："春官卿,宗庙官长,主国礼,治天地神祇人鬼之事及国之吉凶。"《周礼·春官宗伯》亦云："大宗伯之职,掌建邦之天神、人鬼、地祇之礼,以佐王建保邦国。"它的属官,有大司乐,职司是"以六律、六同、五声、八音、六舞大合乐,以致鬼神祇";有太卜,掌三兆、三易、三梦之法,"以观国家之吉凶,以诏救政",太卜又有卜师、龟人、菙氏、占人、筮人、占梦、视祲等下属,分司卜筮、占梦以及其他"观妖祥、辨吉凶"的具体工作;有太祝,"掌六祝之辞,以事鬼神祇,祈福祥,求永贞",其属官有司巫及男女群巫,负责祈祷、祭祀各项事宜;有太史,太史是史官,"掌建邦之六典,以逆邦之治",亦兼掌卜筮、天文、历算等,下属有小史、冯相氏、保章氏、内史、外史、御史、中车、典路等。周代的天文历算是一种星算术,虽有科学成分,但实质是一种建筑在"天垂象,见吉凶"的天人感应说之上的巫术迷信活动,如保章氏的任务就是占星望气以辨吉凶:"保章氏掌天星,以志星辰日月之变动,以观天下之迁,辨其吉凶;以星土辨九州之地,所封封域皆有分星,以观妖祥;以十有二岁之相,现天下之妖祥;以五云之物辨吉凶水旱,降丰荒之祲象;以十有二风察天地之和,命乖别之妖祥。"《周礼》是战国人所编,自然所记西周职官制度不可能完全是实录,其实是后人的理想设计,但肯定也会有一些真实可信的材料①。事实上,巫祝卜史这类巫教神职人员,在西周东周及诸侯国政权中是相当活跃的角色,这在《左传》、《国语》等先秦典籍中都有明确记录。

巫教最重要最经常的迷信活动是卜筮和祭祀。卜筮就是算卦,卜用龟甲,筮用蓍草,所谓"龟为卜,筮为蓍"②,程序操作都很复杂。《周易·系辞上》云:"探赜索隐,钩深致远,以定天下之吉凶,成天下之亹亹者,莫大乎蓍龟。"《礼记·表记》亦云:"昔三代明王皆事天地之神明,无非卜筮之用,不敢以其私亵事上帝,是故不犯日月,不违卜筮。"统治阶级"立卜筮,以质神灵"③,大到戎马之事、水土之功、任官用人,小到男娶女嫁、求医问病,都要听命于龟蓍。大批殷墟甲骨卜辞,都是证明。翻开《左传》、《国语》,关于卜筮的记载在在皆是。到秦始皇时代,卜筮之术仍被重视,秦始皇焚书,"所不去者,医药、卜筮、种树之书"④,故《史记》卷一二七《日者列传》曰:"自古受命而王,王者之兴何尝不以卜筮决于天命哉!其于周尤甚,及秦可见。"影响亦及于民间,《诗经·卫风·氓》写氓向女主人公求婚,女主人公在"尔卜尔筮,体无咎言"的情况下方才允婚,亦为明证。

祭祀活动是统治阶级的头等大事。《礼记·祭统》曰:"祭者,教之本也已。夫祭有十伦焉,见事鬼神之道焉"。祭祀有种种名目,如郊、社、礿、禘、祠、祫、祖、腊、禋、祃、类、五祀等等,所祭对象有皇天后土、四方诸神、社稷山川、日月星辰、先王祖宗等,甚至食田鼠的猫,食田豕(野猪)的虎,也要"迎而祭之"⑤。贵族各阶层

---

① 杨宽《西周史》:"《周礼》……是经过儒家改造的理想正典。但其中也还记载着真实的西周制度,例如《周礼》所说'国'中设六卿、'野'中分六遂的制度,该是真实的。"上海人民出版社,1999年版,第10—11页。
② 《礼记·曲礼上》。
③ 东汉王符《潜夫论·卜列篇》。
④ 《史记》卷六《秦始皇本纪》。
⑤ 《礼记·郊特牲》。

都有自己的祭祀活动,越往上越繁缛。《礼记·曲礼下》云:"天子祭天地,祭四方,祭山川,祭五祀,岁遍;诸侯方祀,祭山川,祭五祀,岁遍;大夫祭五祀,岁遍;士祭其先。"祭祀活动的信仰依据,就是上帝观念、万物有灵观念、灵魂不死观念。迷信上帝,已见前述。物质世界的万事万物也都有神灵在,《礼记·祭法》曰:"山林川谷丘陵,能出云,为风雨,皆曰神",故而"有天下者祭百神",以便祈祷神明庇佑。人死了要变鬼,《祭法》云"人死曰鬼",鬼可作祟于生者,亦可保佑生者,所以还要祭鬼,祭死去的祖宗。

西周春秋战国,巫教没有形成完善的宗教体系,它始终是半宗教半世俗的形态。卜筮、祭祀等迷信活动逐渐由史官包揽下来,除重巫的少数诸侯国如楚国,巫大抵被排斥到民间,用巫术去继续蛊惑人心。在此时期,神秘主义的阴阳五行学也开始出现并流行,这是影响至深的另一种准宗教思想。

阴阳五行学本来包含着朴素的辩证法和唯物论思想。阴阳说是《周易》中的一个基本思想,认为人和万物都由阴阳两性组成,二者相反相成,处于互相联系、互相对立的矛盾运动中,万物在阴阳交感中发展变化。五行一词首见于伪《古文尚书·夏书·甘誓》:"咸侮五行,怠弃三正。"但作为较完整的学说则是《尚书·洪范》[①]提出来的。《洪范》曰:"五行:一曰水,二曰火,三曰木,四曰金,五曰土。水曰润下,火曰炎上,木曰曲直,金曰从革,土爰稼穑。润下作咸,炎上作苦,曲直作酸,从革作辛,稼穑作甘。"认为水火木金土是构成物质世界的五种元素,各有其特殊性质。

阴阳说和五行说本来就是包裹在神秘主义外衣中的,很容易被改造为"天人感应"的宗教神学。到西周末年,就有人用阴阳五

---

① 据说《洪范》是纣王臣箕子答复武王问天道的言论,见《史记》卷四《周本纪》。《洪范》亦云:"武王胜殷,杀受(纣)立武庚,以箕子归,作《洪范》。"对此研究者多持怀疑态度。马雍《〈尚书〉史话》称"似应是战国时期五行学家兴起以后的作品,但也有人认为五行学说起源很早,《洪范》即其渊源"。中华书局,1982年版,第77页。

行说解释社会问题,在自然变化和社会治乱间人为地建立起神秘联系。《国语·周语上》载:幽王二年周都镐京一带发生地震,周大夫伯阳父说"阳伏而不能出,阴迫而不能烝",阴阳二气失调,于是地震;地震则阻塞川源,川源塞则"民乏财用",因此地震是亡国之兆,断定国已为"天之所弃",十年之内国必亡。果然九年后西周灭。伯阳父的议论虽含朴素唯物论因素,但基本倾向是天人感应。《国语·郑语》载周太史史伯①以阴阳五行的"和同"说来抨击西周政治失去民心天意,预言西周将亡,亦属同一性质。到春秋末年,又流行起五行相胜说及五行配合说。《左传》昭公二十九年载,晋太史蔡墨称"物有其官",金木水火土都有相对应的官职,取消了某官,相应的某物亦"郁湮不育"。如龙属水,"水官弃矣,故龙不生得"。昭公三十一年又载史墨(按:即蔡墨)为赵简子卜梦,云六年后吴将攻入楚都郢,但不能灭楚,因为吴属金,楚属火,而"火胜金"。哀公九年又载史墨等人建议赵鞅伐齐,但不可伐宋,因为赵鞅和宋都属水,"名位敌,不可干也",而齐是火师炎帝之后,"水胜火,伐姜则可"。《礼记·月令》进一步把五行与十二月、二十八宿、十天干、十二地支、五方、五色、五帝、五神、五虫、五音、十二律、五味、五臭、五祀、五脏等人为地强行配合,对人在四时的活动,依据五行运行作了具体规定。这一套说法后来被《吕氏春秋》的"十二纪"承袭下来。这种五行说把人事完全维系在天命上,使得五行说原有的合理内核消失殆尽,完全转变为神秘主义的宗教神学。

战国后期,齐人邹衍把阴阳说和五行说进一步结合起来,创

---

① 学者多认为史伯与伯阳父系一人,参见左益寰《阴阳五行学的先驱者伯阳父》,《复旦学报》1980年第1期,杨宽《西周史》第四章《阴阳五行家的起源》,第691页。徐元诰《国语集解》引《东观余论》:"周史伯硕父鼎,说云,史伯,周宣王臣,名颖,硕父其字也。"则为别一人。王树民等点校,中华书局,2002年版,第460页。《东观余论》,北宋黄伯思撰,《周史伯硕父鼎》见卷上。

"五德终始"说,实现了阴阳五行学的最后完成。《史记》卷七四《孟子荀卿列传》介绍了他的学说,说邹衍"深观阴阳消息,而作怪迂之变,《终始》、《大圣》之篇十万余言……先序今以上至黄帝,学者所共术,大并世盛衰,因载其机祥度制……称引天地剖判以来,五德转移,治各有宜,而符应若兹。"《文选》卷五九沈休文(约)《齐故安陆昭王碑文》李善注引《邹子》曰:"五德从所不胜,虞土,夏木,殷金,周火。"同书卷六左太冲(思)《魏都赋》李善注引《七略》亦曰:"邹子终始五德,从所不胜,木德继之,金德次之,火德次之,水德次之。"邹衍用五行相胜和周而复始的模式来建构历代君王兴衰更替的系统,并结合以符瑞之说,推断古往今来的社会命运。比如舜以土德王,木克土,故夏禹以木德王;金克木,故商以金德王;火克金,故周以火德王。这样周而复始,以至无穷。显然这是彻头彻尾的命定论和历史循环论。邹衍学说当时很吃香,于秦尤盛。《吕氏春秋·应同篇》"凡帝王之将兴也,天必先见祥乎下民。黄帝之时,天先见大螾大蝼,黄帝曰:'土气胜。'土气胜故其色尚黄,其事则土"云云,宣扬的正是这种"五德终始"说。秦始皇是五德说的第一个实行者。《史记》卷六《秦始皇本纪》云,"始皇推终始五德之传,以为周得德火,秦代周德,从所不胜",故以水德为治。根据五行配合道理,水与亥相配,故以建亥之月(十月)为正;水与黑色相配,故尚黑;水与六相配,故以六为纪;水性阴,阴主刑杀,故尚法;并改黄河为德水。《史记》卷二八《封禅书》还称,"昔秦文公出猎获黑龙,此其水德之瑞"。

"天之与人有以相通"[①]是战国普遍的思想,阴阳五行学把它具体化了,是典型的神学世界观。《汉书·艺文志》在阴阳家小序中一方面肯定阴阳五行学"敬顺昊天,历象日月星辰,敬授民时,此其所长也";一方面批评它"牵于禁忌,泥于小数,舍人事而任鬼

---

① 《文子·精诚篇》。

神"。而与之密切相关的灾异说,在汉代经董仲舒、刘向等今文经学家的发挥和改造,发展成为非常完备因而也更加荒谬的灾异学理论。灾异学将阴阳五行学应用到政治中,是"天人感应"理论的极端化。南宋郑樵在《通志·灾祥略·灾祥序》中猛烈地抨击它是"妖学"、"欺天之学":

> 仲尼既没,先儒驾以妖妄之学而欺后世。后世相承,罔敢失坠者。有两种学:一种妄学,务以欺人;一种妖学,务以欺天。凡说《春秋》者,皆谓孔子寓褒贬于一字之间,以阴中时人,使人不可晓解。"三传"唱之于前,诸儒从之于后。尽推己意,而诬达圣人之意,此之谓欺人之学。说《洪范》者,皆谓箕子本《河图》、《洛书》,以明五行之旨。刘向创释其传于前,诸史因之而为志于后。析天下灾祥之变,而推之于金木水火土之域,乃以时事之吉凶而曲为之配,此之谓欺天之学。

由于春秋战国宗教迷信的盛行,大量迷信传说便应运而生。迷信传说的产生具体原因和过程,大概有如下几种情况。一是心疑生怪。《荀子·解蔽》曰:"凡观物有疑,中心不定,则外物不清;吾虑不清,则未可定然否也。冥冥而行者,见寝石以为伏虎也,见植林以为后人也。冥冥蔽其明也。"[①]这就是说,人心中有疑,视觉和听觉在某些情况下就要产生错觉,在迷信心理的自我暗示下,平平常常的事物就会被误认为是什么神鬼物怪。俗谓"疑心生暗鬼",说的就是这种情况。二是对不可靠的传闻随意附会,以讹传讹。《左传》昭公八年记有这样一件事:

> 八年春,石言于晋魏榆。晋侯问于师旷曰:"石何故言?"对曰:"石不能言,或凭焉。不然,民听滥也。抑臣又闻之曰:

[①] 按:"后人"之"人"字有误,王先谦《集解》引俞樾曰:"疑《荀子》原文本作'立'"。《荀子集解》,《诸子集成》第二册。

'作事不时,怨讟动于民,则有非言之物而言。'今宫室崇侈,民力凋尽,怨讟并作,莫保其性,石言不亦宜乎?"

师旷对石言的解释有三。"民听滥也",是说所谓石头说话是耳朵听错了。这本是唯一正确的解释。可是,又作出"凭"的解释,以为鬼神凭依石头而显灵作祟,这显然是用鬼神观作出的曲解。第三个解释则把"石言"和"民怨"联系起来,用的是"地反物为妖"的"妖怪"观念。是说老百姓被滥用民力,"莫保其性",于是生出怨言。老百姓的怨气通过石言表现出来——因为非言之物而能言也是失其本性。师旷最终要做的解释正在于此,警告晋侯好好对待百姓。这也恰正是我们要说的第三种情况,就是在一些没有因果关系的事实间强行加上了神秘的因果关系,比如发生某些事件的同时正好发生了某些自然现象。另外卜筮、占梦偶然而言中,这样就会有占卜妖祥一类迷信故事流传开来。四是为"以神道设教"而有意编造。《淮南子·氾论训》云:"世俗言曰……枕户橉而卧者,鬼神蹠其首……夫户牖者风气之所往来,而风气者阴阳相捔者也,离者必病,故托鬼神以伸诫之也。"《淮南子》以为圣人托鬼神是因为"愚者之不知其害",是为"愚者"着想,这当然是欺人之谈,不过它也承认,鬼神之事确实是在"借鬼神之威以声其教"的目的之下,无中生有地捏造出来的。汉代如此,周秦亦然。

　　先秦著作充斥大量迷信故事,有的是神秘化了的真实事件,有的是凿空虚造的无稽之谈,有的是迷信化了的神话传说。就其内容的性质而言,大致分如下若干类,都和巫教及阴阳五行学有关。

　　一是鬼神显灵和作祟的故事。鬼事不见于上古神话,鬼的观念出现较晚,但原始社会已存在着鬼魂崇拜[①]。《易·睽·上九》:"见豕负涂,载鬼一车。先张之弧,后说之弧"。这是关于鬼的较早的文献记载。《周易》的卦爻辞保存许多往古谣谚,可见鬼的观

[①] 参见吕大吉主编《宗教学通论》,第366—367页。

念及传说在周前早已出现。甲骨文中亦多有鬼字,写作 ᛜ、ᛞ 等①。西周以来鬼事流传渐多,《左传》即记有彭生、魏武子妾父之事:

> 冬十二月,齐侯游于姑棼,遂田于贝丘。见大豕,从者曰:"公子彭生也。"公怒曰:"彭生敢见!"射之,豕人立而啼。公惧,坠于车,伤足失屦。②

> 初,魏武子有嬖妾,无子。武子疾,命颗曰:"必嫁是。"疾病则曰:"必以为殉。"及卒,颗嫁之,曰:"疾病则乱,吾从其治也。"及辅氏之役,颗见老人结草以亢杜回。杜回踬而颠,故获之。夜梦之曰:"余而所嫁妇人之父也。尔用先人之治命,余是以报。"③

又《墨子·明鬼下》载杜伯事:

> 周宣王杀其臣杜伯而不辜……其三年,周宣王合诸侯而田于圃田,车数百乘,从数千人,满野。日中,杜伯乘白马素车,朱衣冠,执朱弓,挟朱矢,追周宣王。射入车上,中心折脊,殪车中,伏弢而死。

《墨子·明鬼》引述许多鬼故事以明鬼之实有,此事引自《周春秋》。彭生、魏武子妾父、杜伯三事都是鬼魂报冤或报恩,开报应故事之先河。杜伯、彭生事后被颜之推采入《冤魂志》。

《吕氏春秋·慎行论·疑似篇》有一段黎丘奇鬼的故事,是战国有名的一个传说,虽载于《吕氏春秋》,但产生时代当在此前:

> 梁北有黎丘部,有奇鬼焉,喜效人之子侄昆弟之状。邑丈

---

① 见《甲骨文编》卷九·六,中华书局,1965年版。
② 《左传》庄公八年。《管子·大匡篇》亦载。
③ 《左传》宣公十五年。

> 人有之市而醉归者,黎丘之鬼效其子之状,扶而道苦之。丈人归,酒醒而诮其子曰:"吾为汝父也,岂谓不慈哉?我醉,汝道苦我,何故?"其子泣而触地曰:"孽矣!无此事也!昔也往责于东邑人,可问也。"其父信之曰:"嘻!是必夫奇鬼也,我固尝闻之矣。"明日端复饮于市,欲遇而刺杀之。明旦之市而醉,其真子恐其父之不能反也,遂逝迎之。丈人望其真子,拔剑而刺之。

鬼变他人形状以惑人,这是首次出现的记载。这个故事当产生于民间。战国俚语云:"穷乡多怪。"① 说明民间很迷信神鬼,盛传鬼魅故事,有的一直流传到后代,《搜神记》秦巨伯故事(《新辑搜神记》卷一九)即脱胎于黎丘奇鬼。

在出土的放马滩竹简中记有一个关于司命、死人复生和鬼的故事,李学勤有专文考证②。竹简释文如下:

> 卅八年八月己巳,邸丞赤敢谒御史:大梁人王里□□曰丹□:今七年,丹刺伤人垣雍里中,因自刺殹。弃之于市,三日,葬之垣雍南门外。三年,丹而复生。丹所以得复生者,吾犀武舍人,犀武论其舍人□命者,以丹未当死,因告司命史公孙强。因令白狗(?)穴屈出丹,立墓上三日,因与司命史公孙强北出赵氏,之北地柏丘之上。盈四年,乃闻犬狎鸡鸣而人食,其状类益、少麇、墨,四支不用。丹言曰:死者不欲多衣(?)。市人以白茅为富,其鬼受(?)于它而富。丹言:祠墓者毋敢骰,骰,鬼去敬走。已收腏而蘽之,如此□□□□食□。丹言:祠者必

---

① 《战国策·赵策二》:"穷乡多异,曲学多辩。"《新序·善谋篇》:"吾闻穷乡多怪,曲学多辩。"

② 李学勤《放马滩简中的志怪故事》,《文物》1990年第4期。1986年甘肃天水放马滩一号秦墓出土竹简460支,《文物》1989年第2期发表甘肃省文物考古研究所和天水市北道区文化馆所写《甘肃天水放马滩战国秦汉墓群的发掘》。其中有几支竹简发掘简报题作《墓主记》,李学勤则称作"志怪故事"。

谨骚除,毋以□淦祠所。毋以羹沃腏上,鬼弗食殹。①

竹简文本是战国秦昭王三十八年(前269)邸丞(即秦氏道县县丞)向御史呈送的报告,不是小说作品,李学勤称为志怪故事是合适的。故事应当出于丹的自述。丹本居魏国大梁(今开封)王里,是魏将犀武②的舍人,昭王七年因伤人被弃市。三年后犀武以其不当死,祈请司命史公孙强复活之。公孙强令白狗将其尸体从墓中掘出,把他带往赵国,满四年后才能吃饭,但眉稀面黑,四肢不能活动。后到秦国氏道,大概操起巫的营生,所以讲了许多鬼的习性和祭祀注意事项。故事中的司命史公孙强,可能是魏国巫史一流人物,能通司命之神③,所以他以法术使丹起死回生。这个故事涉及巫和巫术,涉及鬼观念,但最值得注意的是它是今可见最早的复生故事,开创了复生母题。

神的传说已不同于上古神话,神变成活动于人间的神秘力量,例如:

> 齐桓公田于泽,见衣紫衣,大如毂,长如辕,拱手而立。还归寝疾,数月不出。有皇士者见公,语,惊曰:"物恶能伤公!公自伤也。此所谓泽神委蛇者也,唯霸主乃得见之。"于是桓公欣然笑,不终日而病愈。④

> 秋七月,有神降于莘。惠王问诸内史过曰:"是何故也?"

---

① 李学勤释云:屈,读为掘。狋,即吠字。类,读为颣,疵也。益读为嗌,咽喉。麋同眉。殻,呕吐。腏,祭饭。量疑为磬字之误。骚,读为扫。淦读为酒。殹字未释,乃语尾助词,与也字通用,常见于秦汉帛书简书。
② 犀武是真实人物,见《战国策·魏策》和《西周策》。
③ 李学勤认为司命史是指主寿的大司命,但司命史名公孙强,又带丹往北地,显然不是神而是人。古者巫祝卜史实相通,史亦为官方宗教职业者,到秦汉之际才与巫祝逐步分离,故司马迁《报任少卿书》云:"文史星历,近乎卜祝之间。"参见《宗教学通论》,第559页。
④ 东汉应劭《风俗通义·怪神篇》引《管子书》,今本《管子》无。

对曰:"国之将兴,明神降之,监其德也;将亡,神又降之,观其恶也。故有得神以兴,亦有以亡。虞、夏、商、周皆有之。"……神居莘六月。虢公使祝应、宗区、史嚚享焉,神赐之土田。史嚚曰:"虢其亡乎?吾闻之,国将兴,听于民;将亡,听于神。神,聪明正直而壹者也,依人而行。虢多凉德,其何土之能得!"……①

在这两个故事中,神是作为天意象征出现的。这和神话中的神以及后来小说故事中的神——常有情节演绎——颇不相同。显然,这里的神和所谓"妖怪"一样,只是一个神秘符号。

二是关于卜筮占梦的迷信故事,举不胜举,数量极大,多见于《左传》、《国语》中。例如:

成季之将生也,桓公使卜。楚丘之父卜之,曰:"男也。其名曰友,在公之右,间于两社,为公室辅。季氏亡,则鲁不昌。"又筮之,遇《大有》☰之《乾》☰。曰:"周复于父,敬如君所。"及生,有文在其手,曰"友",遂以命之。②

郑皇耳帅师侵卫……孙文子卜追之,献兆于定姜。姜氏问繇,曰:"兆如山陵,有夫出征,而丧其雄。"姜氏曰:"征者丧雄,御寇之利也,大夫图之!"卫人追之,孙蒯获郑皇耳于犬丘。③

以上是以卜筮判定吉凶,预测未来,还有以"童谣"来预测的,即所谓"辨妖祥于谣"④:

献公问于卜偃曰:"攻虢何月也?"对曰:"童谣有之,曰:

---

① 《左传》庄公三十二年。《国语·周语上》亦载。
② 《左传》闵公二年。
③ 《左传》襄公十年。
④ 《国语·晋语六》。

'丙之辰,龙尾伏辰,均服振振,取虢之旗。鹑之贲贲,天策焞焞,火中成军,虢公其奔。'火中而旦,其九月十月之交乎?"①

还有以乐声、鸟声来预测的:

> 楚师伐郑。师旷曰:"吾骤歌《北风》,又歌《南风》。《南风》不竞,多死声,楚必无功。"②

> 丙寅晦,齐师夜遁。师旷告晋侯曰:"鸟乌之声乐,齐师夜遁。"

这类故事的特点是预言或判断都惊人地为事实所证明,因而具有一定的神秘感。还有许多故事专讲卜梦,其中大抵出现神鬼,神秘色彩更浓。例如:

> 夏禹未遇,梦乘舟月中过,而后受虞室之禅。③

> 郑子产聘于晋,晋侯疾。韩宣子逆客,私焉曰:"寡君寝疾,于今三月矣,并走群望,有加而无瘳。今梦黄熊入于寝门,其何厉鬼也?"对曰:"以君之明,子为大政,其何厉之有?昔尧殛鲧于羽山,其神化为黄熊,以入于羽渊,实为夏郊,三代祀之。晋为盟主,其或者未之祀也乎?"韩子祀夏郊,晋侯有间。④

> 景公畋于梧丘,夜犹早,公姑坐睡,而梦有五丈夫北面韦庐,称无罪焉。公觉,召晏子而告其所梦,公曰:"我其尝杀不辜,诛无罪耶?"晏子对曰:"昔者先君灵公畋,五丈夫罟而骇

---

① 《国语·晋语二》。又见《左传》僖公五年。
② 《左传》襄公十八年,下则同。
③ 《古本竹书纪年》,清黄奭辑本,载《汉学堂丛书·子史钩沉》。
④ 《左传》昭公七年。

兽,故杀之,断其头而葬之,命曰五丈夫之丘。此其地耶?"公令人掘而求之,则五头同穴而存焉。公曰:"嘻!"令吏葬之。①

占梦故事多及鬼神,故事性比卜筮故事为强。第三个故事讲鬼魂托梦诉冤,这是后世志怪小说中常见的母题。占梦故事尚多,不胜枚举。

古人很迷信梦,认为是鬼神的启示,于是就有卜梦之举。《汉书·艺文志》曰:"《易》曰:'占事知来。'众占非一,而梦为大,故周有其官。而《诗》载熊罴、虺蛇、众鱼、旐旟之梦,著明大人之占,以考吉凶,盖参卜筮。"据《周礼·春官宗伯》,太卜属下专设占梦官,"掌其岁时,观天地之会,辨阴阳之气,以日月星辰占六梦之吉凶,一曰正梦,二曰噩梦,三曰思梦,四曰寤梦,五曰喜梦,六曰惧梦"。各种卜梦故事就是这种迷信活动的产物。"卜梦妖怪"的《琐语》即多记卜梦故事。故事内容当然都很荒诞,但从题材上说,开辟记梦一路,一直为后世小说所承继。这是因为通过梦境可以自由地表现各种虚幻情景,有着驰骋幻想的广阔天地。

三是关于阴阳五行、符瑞灾异和命相等方面的故事。有关阴阳五行的,前边在介绍阴阳五行学时,已有所涉及,不再赘述。有关符瑞的,除前所引《吕氏春秋·应同篇》黄帝时天现大螾大蝼之外,又如《易·系辞上》所记"河出图,洛出书",《管子·小匡篇》"昔人之受命者,龙龟假,河出图,雒出书,地出乘黄",以及今本《竹书纪年》"龙马负图出河",汉代纬书《论语纬》"圣人御世,河龙负图书出"②,讲的都是"圣人"出则有龙马、神龟之类符瑞出现的迷信传说。《尸子》记有河精献禹"河图"事:

> 禹理水,观于河,见白面长人鱼身出曰:"吾河精也。"授禹河图,而还于渊中。

---

① 《晏子春秋》卷六《内篇杂下》。
② 明孙毂编《古微书》卷二五。

汉代纬书《尚书中候》也记有这个故事①。而据汉纬书《中候握河纪》,尧也受"河图"、"洛书"。所谓"河图"、"洛书",自然是记载着上天所授予的玄机奥秘,汉纬书《春秋命历序》云:"河图,帝王之阶。图载江河山川州界之分野。"②宋人造作的"河图"、"洛书"乃象数之说,全违古意。在天命观流行的文化语境中,"河图"、"洛书"的具体内容究竟如何实际上并不很重要,它们都成为天命的象征符号,标识着"圣人"的"受命于天":

> 禹南省,方济乎江,黄龙负舟。舟中之人,五色无主。禹仰视天而叹曰:"吾受命于天,竭力以养人。生,性也;死,命也。余何忧遇龙焉?"龙俯耳低尾而逝。③

关于灾异妖祥者如:

> 成汤之时,有穀生于庭,昏而生,比旦而大拱。其吏请卜其故。汤退卜者曰:"吾闻祥者,福之先者也。见祥而为不善,则福不至。妖者,祸之先者也。见妖而为善,则祸不至。"于是早朝晏退,问疾吊丧,务镇抚百姓,三日而穀亡。④

自然灾异的记载,《春秋》中已有之,如"大雨震电","星陨如雨","六鹢退飞"等等,但并无灾异说的迷信色彩。荀子认为"星坠木鸣""是天地之变,阴阳之化,物之罕至者也"⑤。从战国起,有关灾异的迷信传说大批出现,《吕氏春秋·季夏纪·明理篇》即记载了兔生雉、马牛言、雄鸡五足等等一大堆怪现象(有些是当时人不好理解的真实现象),并称"此皆乱国之所生也,不能胜数,尽

---

① 《古微书》卷四。
② 《古微书》卷一三。
③ 《吕氏春秋·恃君览·知分》。
④ 《吕氏春秋·季夏纪·制乐》。又伪《古文尚书·咸有一德》:"伊陟相太戊,亳有祥,桑穀生于朝。"按:"穀"当作"榖",榖即楮树,落叶乔木。
⑤ 《荀子·天论篇》。

荆越之竹犹不能书"。今本《竹书纪年》亦有"天有妖孽,十日并出","有兔舞于镐京","有马化为人"等等记载。制造和传播妖祥谎言,战国蔚成风气,以致魏文侯的国相、著名法家李悝专门制定了"诸造妖书及妖言者绞","诸诈为瑞应者徒二年"的法令①。这套迷信到汉代今文经学和谶纬学兴起,遂登峰造极,此是后话。

有关命相的故事如:

> 昔日舜两眸子,是谓重明,作事成法,出言成章。②

> 叔鱼生,其母视之,曰:"是虎目而豕喙,鸢肩而牛腹。溪壑可盈,是不可厌也,必以赂死。"遂不视。杨食我生,叔向之母闻之,往。及堂,闻其号也乃还,曰:"其声豺狼之声,终灭羊舌氏之宗,必是人也。"③

这类故事宣扬的是吉人天相、恶人凶相。古人总结"命相"说云:"相者,或见肌骨,或见声色,贤愚贵贱,修短吉凶,皆有表诊。……伏羲日角,黄帝龙颜,帝喾戴肩,颛顼骈幹,尧眉八彩,舜目重瞳,禹耳三漏,汤臂三肘,文王四乳,武王骈齿,孔子返宇,颜回重瞳,皋陶鸟喙,若此之类,皆圣贤受天殊相而生者也。"④完全是荒谬的命定论。

四是其他内容的迷信故事,如:

> 冬十月,以宫甲围成王。王请食熊蹯而死,弗听。丁未,王缢。谥之曰灵,不瞑;曰成,乃瞑。⑤

春秋战国时期流传的宗教迷信故事十分丰富,虽一般不及神

---

① 见《法经》之《盗法》、《贼法》二篇。黄奭《汉学堂丛书·子史钩沉》辑本。
② 《尸子》。汪继培辑本,《二十二子》。
③ 《国语·晋语八》。
④ 旧题北齐刘昼《新论》(即《刘子》)卷上《命相篇》。
⑤ 《左传》文公元年。

话那样宏丽,但在题材和幻想形式上有不少新变化。首先,由于在原始宗教意识中,神和人相隔绝,神话的幻想境域是排斥人类在外的神灵们的世界,而在宗教迷信中,天人感应成为基本思想,故而幻想境域转向人世,鬼神与人交通,人变成幻想世界的主体。其次,与此相联系,神鬼观念和变化观念也出现新的特点:神已不像神话中那样可以死去,而是成为冥冥中的神秘力量,利用显灵来时时证明自己的存在和支配力。鬼的观念深入人心,因而鬼故事流行,人死为鬼,鬼可变为人或他物,这是新的变化形式;鬼报恩复仇,这是新的观念。除神鬼变化,万物都可变化。《国语·晋语九》引述赵简子语曰:"雀入于海为蛤,雉入于淮为蜃,鼋鼍鱼鳖,莫不能化。"可见对于变化的幻想大为丰富。不过人的变化似乎还只限于人死为鬼为神上,还没有形成人变他物的幻想观念①,所以赵简子接着说:"唯人不能,哀夫!"最后,由于西周以来的文化基本是史官文化,史官又是宗教迷信活动的重要分子,因此许多迷信故事都是幻化和神秘化了的历史故事,就是说历史成分和幻想成分杂糅,这是春秋战国时期迷信故事的重要特征之一。

宗教迷信故事散见于史官诸子之书,不能自成系统,还不能称其为志怪小说,只能说是志怪小说的萌芽或源头之一。它对志怪小说的形成发生巨大作用。大约在战国初、中期出现的早期志怪小说《汲冢琐语》,就是在春秋以来"卜梦妖怪"的迷信故事的基础上形成的。

三、地理博物学的志怪化

地理学和博物学在西周春秋已产生。那时的地理博物学还不

---

① 《庄子·大宗师》:"傅说……乘东维,骑箕尾,而比于列星。"《楚辞·远游》:"奇傅说之托辰星兮"。都称商代武丁的相傅说死后变为天上星辰,但实际上仍是指死后为神。

可能建筑在科学的基地上,受着人们幼稚认识的限制和宗教神秘观念的影响,因而包含许多虚幻怪诞的东西。特别是战国间,巫觋和方士之流利用地理博物知识自神其术和传播迷信,更促使了地理博物学的巫术化、方术化和志怪化。这种关于山川动植、远国异民的传说,同神话传说、宗教迷信故事一起被志怪小说所承继,成为志怪小说的另一块发源地。

清人王谟有云:"盖自上古圣人仰视天文,俯察地理,而地理之书即于是乎作。"[①]这个认识不妥。古代的地理学不是"圣人"所发明,而是在古代人民的生产活动、交通贸易、民族往来的过程中产生的。

夏禹治水的传说,酝酿着地理博物学的最初萌芽。《史记》卷二《夏本纪》曰:

> 当帝尧之时,鸿水滔天,浩浩怀山襄陵,下民其忧。……禹乃遂与益、后稷奉帝命,命诸侯百姓兴人徒以傅土,行山表木,定高山大川。……陆行乘车,水行乘船,泥行乘橇,山行乘檋。左准绳,右规矩,载四时,以开九州,通九道,陂九泽,度九山。……禹乃行相地宜所有以贡,及山川之便利。……于是九州攸同,四奥既居,九山刊旅,九川涤原,九泽既陂,四海会同。

《论衡·别通篇》曰:

> 禹、益治洪水,禹主治水,益主记异物。海外山表,无远不至。

《列子·汤问篇》亦称:"大禹行而见之,伯益知而名之,夷坚闻而志之。"这些传说很可能有历史的根据,不管有没有禹、益这些人,

---

① 《汉唐地理书抄序》,中华书局影印本,1961年版。

古先民的治水斗争是真实的,人们在同洪水斗争中认识了山川动植以及各原始部落,形成了最早的地理博物学知识。

《尚书》有一篇《禹贡》,据云系大禹所作,文中云:"禹别九州,随山浚川,任土作贡。"这当然不可靠。学者多认为《禹贡》系战国人作①,主要是根据《禹贡》中的九州制、疆域、贡物等来考证②。不过我以为《禹贡》虽可能经战国人整理,但它总结的却主要是西周春秋人们对中国地理的认识,其中的材料是古老的,因而《禹贡》不妨看作是出现于西周春秋的我国第一部地理专著,标志着古地理学的建立。③

西周春秋的社会经济有了很大发展。特别是春秋,铁器的使用,牛耕,生产工具和技术的不断改进,由于奴隶制的松弛和逐渐瓦解而出现的劳动力的解放,大大提高了人们改造自然的能力和水平,扩大了生产领域和活动范围。普遍兴修水利,开垦荒地,农业发展很快。手工业生产活跃。水陆交通也得到很大发展。西周时就建起了以宗周为中心的四通八达的交通网,周天子得以接受各国诸侯和外邦的朝贡。春秋水陆交通更见发达,海上交通也发

---

① 马雍《〈尚书〉史话》说:"《禹贡》一篇的内容,未见征引于先秦任何著作,可能出现时间最晚,但它是我国古代对全国地理面貌作出综述的第一部文献,学术价值极为重要,人们现在普遍把它作为战国晚期左右的地理文献看待。"第76页。金景芳、吕绍纲《〈禹贡新解〉前言》引述钱玄同《读书杂志》、陈梦家《尚书通论》、顾颉刚《禹贡注释》序言、蒋善国《尚书综述》、郭沫若《中国古代社会研究》等人观点,都认为《禹贡》为战国人作。《烟台师范学院学报》,1994年第3期,第9页。也有学者认为是春秋战国之际的公元前五世纪左右的作品,见赵荣《中国古代地理学》,商务印书馆,1997年版,第7页。

② 如《禹贡》中云:"华阳黑水惟梁州……厥贡璆、铁、镂、砮、磬。"伪孔传:"镂,刚铁。"按:刚铁即钢。中国炼钢技术战国才发展起来。

③ 也有学者不主战国说。金景芳、吕绍纲《〈禹贡新解〉前言》引王国维《古文新证》说,《禹贡》"或系后世重编,然至少亦必为周初人所作"。金、吕二氏认为:"《禹贡》固然不可能是夏代人所作,也不会是周初的作品,因为《禹贡》的文风与《周书》之《大诰》、《康诰》有很大的不同,倒是与《周礼》极相似,很可能是周室东迁后某一位大家所作。倘是战国时代的作品,孔子怎能将它收入《尚书》!"第9页。

展起来。《孟子·梁惠王下》载,齐景公"欲观于转附、朝儛,遵海而南,放于琅邪"。《说苑·正谏》亦云:"齐景公游于海上而乐之,六月不归。"足见春秋中后期齐国已开辟了长途海上航道。有了生产的发达和交通的便利,商业也很繁荣。周和各诸侯国"开放关市,招徕商贾,以有易无,各得所需,四方来集,远乡都到"①。"通四方之珍异以资之"②的商旅,奔波在全国各地区之间,如《荀子·王制》云,北方的犬马,南方的羽毛、皮革、铜精、丹砂,东方的麻布、鱼盐,西方的皮革、文旄,都可运到中原地区进行交换。

同时,边境地区有不少少数民族,《礼记·王制》云:"东方曰夷,被发文身,有不火食者矣。南方曰蛮,雕题交趾,有不火食者矣。西方曰戎,被发衣皮,有不粒食者矣。北方曰狄,衣羽毛,穴居,有不粒食者矣。"周人与蛮夷戎狄各少数民族长期接触,"达其志,通其欲",有密切的政治和商业联系,当然也经常发生战争。《尚书大传·殷传·西伯戡耆》云,文王时,散宜生到犬戎取来美马,到西海之滨取来白狐、育翰,到於陵氏取来怪兽驺虞,到有参氏取来美女,到江淮之浦取来大贝,献给纣王。伪《古文尚书·旅獒》载,周克商后,"遂通道于九夷、八蛮","四夷咸宾,无有远迩,毕献方物",西旅(按:即西戎)献来大犬獒。伪《古文尚书·周官》亦称,武王时远在东北的肃慎国也来朝贺。今本《竹书纪年》载,穆王时,北唐、西戎、留昆都曾来宾,北唐还献一骊马;穆王还巡游天下,远涉昆仑,访问了西王母国。《国语·周语上》亦云穆王西征犬戎,"得四白狼、四白鹿以归"。《诗经·大雅·韩奕》云宣王时韩侯总领"百蛮"贡献之事,"百蛮""献其貔皮,赤豹黄罴"。春秋时期,诸侯争霸,外族或内附,或反叛,与华族接触更为频繁。《管子·小匡》载齐桓公语曰:"余乘车之会三,兵车之会六,九合

---

① 《礼记·月令》。
② 《周礼·冬官考工记》。

诸侯,一匡天下。北至于孤竹、山戎、秽貉、泰夏,西至流沙、西虞,南至吴、越、巴、牂柯、不庾、雕题、黑齿。"① 以上不是追溯民族交通史,属举例性质,记载也不尽可靠,但大体反映了周人与各族频繁来往的真实情况。

周代社会经济的繁荣发展为地理博物学的产生打下了物质基础,而由于国计民生的需要和对地理的重视所设置的一系列专门机构的活动,又直接促成了地理博物学的诞生。据《周礼》,周设天官冢宰、地官司徒、春官宗伯、夏官司马、秋官司寇、冬官司空六卿,各部均有与山川道里、土地物产、外邦异域有关的职司。《隋书·经籍志》地理类序总结道:

> 周则夏官司险,掌建九州之图,周知山林川泽之阻,达其道路。地官诵训,掌方志以诏观事,以知地俗。春官保章,以星土辨九州之地,所封之域,以观祅祥。夏官职方,掌天下之图地,辨四夷、八蛮、九貉、五戎、六狄之人,与其财用九谷、六畜之数,周知利害;辨九州之国,使同其贯。司徒掌邦之土地之图与其人民之教,以佐王扰邦国,周知九州之域,广轮之数,辨其山林、川泽、丘陵、坟衍、原隰之名物,及土会之法。然则其事分在众职,而冢宰掌建邦之六典,实总其事。太史以典逆冢宰之治,其书盖亦总为史官之职。

《隋志》谈的是大概,实际还要复杂得多,如夏官司马之下除有司险、职方氏外,还有怀方氏掌来远方之民,致方贡远物,合方氏掌达天下之道路,通其财利,形方氏举制邦国之地域而正其封疆,山师、川师、邍师掌山林川泽四方之名,辨其物产利害,使致珍异之物,等等。这些专门机构和官员搜集和积累起有关山川、政区、物产、贡赋、民俗、外国等自然地理、经济地理、政治地理、外国地理的丰富

---

① "泰夏"原作"拘秦夏",据郭沫若等《管子集校》改。科学出版社,1956年版。

资料,并由史官整理记录下来,于是便出现了地理学。《禹贡》及《周礼·职方氏》、《周书·职方解》都是依据这些原始地理学资料,由后来人写成的。所以清代王谟云:"三代以后,地理始详于史。"①地理学也涉及矿藏物产、动物植物等,于是乎又有博物学。

《禹贡》等地学著作虽记录山川物产不一定科学、准确,但都比较实在。《淮南子·要略》云:"坠形者,所以穷南北之修,极东西之广,经山陵之形,区川谷之居,明万物之主,知生类之众,列山渊之数,规远近之路,使人通回周备,不可动以物,不可惊以怪者也。"它们是符合这样的原则的。但另外一些地理博物书如《山海经》、《周书·王会解》以及杂记在其他书中的一些地理博物知识就不这样了,虽亦有平实处,但多含足以使人"动以物,惊以怪"的荒诞内容,特别是《山海经》,几乎满纸荒唐之言。所以《四库全书总目》史部地理类序云:"古之地志,载方域、山川、风俗、物产而已。其书今不可见,然《禹贡》、《周礼·职方氏》其大较矣。……若夫《山海经》、《十洲记》之属,体杂小说。"

地理博物学被志怪化而转变为地理博物传说,原因同巫术方术和阴阳五行学以及社会文化心理分不开。这可从如下几方面来分析:

其一,在交通不便、认识能力有限,人们又普遍迷信的情况下,殊方绝域、远国异民、奇禽异兽这些新鲜的事物,很容易被巫觋方士神秘化,说成是神异之物和神灵的居住地。阴阳五行家侈谈妖祥,也往往借各种奇异事物来编造祸福灾瑞的预言。地理博物学本来就有荒唐成分,到成为巫觋方士的专学就更加虚诞化了。巫觋方士把地理博物学引入巫术和方术,一直为后代所继承。汉代谶纬家、神仙家,六朝方术化了的文人如张华、郭璞,道士如陶弘景等,都有着极丰富的地理博物知识,借以推灾异、说神仙、论道术,

---

① 《汉唐地理书抄序》。

信口雌黄,这正是老祖宗的故伎。

其二,古时巫医不分,《论语·子路篇》:"人而无恒,不可以作巫医。"以"巫医"并称。《吕氏春秋·勿躬》:"巫彭作医。"《说文》十四下西部"医"字注:"古者巫彭初作医。"巫医不分,医术也就是巫术。巫去病消灾,需积累动植矿物知识,自然会编造出奇奇怪怪之物来,或者把本是平平常常的东西说得神乎其神。

其三,春秋战国百家蜂起,士阶层思想敏捷,注意扩大视野,积累丰富的知识,自然也不会放过地理博物。但他们毕竟不是学有专长的地理博物家,因而往往把捕风捉影之谈当作翔实可靠的东西加以传播。或者干脆利用自己的想象才能虚构一些子虚乌有之物来耸人听闻,自炫洽博。而且,好奇是人们的普遍心理,在生活领域狭窄的古代尤其这样。《尸子》载:"徐偃王好怪,没深水而得怪鱼,入深山而得怪兽者,多列于庭。"《庄子·天下篇》也记有这样一个故事:

> 南方有倚人焉,曰黄缭,问天地所以不坠不陷,风雨雷霆之故。惠施不辞而应,不虑而对,遍为万物说。说而不休,多而无已,犹以为寡,益之以怪。

还有一个例子载于《列子·仲尼篇》:

> 子舆曰:"公孙龙之为人也,行无师,学无友,佞给而不中,漫衍而无家,好怪而妄言,欲惑人之心,屈人之口,与韩檀等肄之。"公子牟变容曰:"何子状公孙龙之过欤?请闻其实。"子舆曰:"吾笑龙之诒孔穿,言善射者,能令后镞中前括,发发相及,矢矢相属,前矢造准,而无绝落,后矢之括犹衔弦,视之若一焉。孔穿骇之,龙曰:'此未其妙者。逢蒙之弟子曰鸿超,怒其妻而怖之,引乌号之弓,綦卫之箭,射其目,矢来注眸子,而眶不睫,矢坠地而尘不扬。'是岂智者之言欤?"

徐偃王好看奇异动物,黄缭好听奇异故事,而惠施、公孙龙又都

"好怪而妄言",都出自好奇心理。人们在好奇心理支配下,通过想象和幻想,利用自己的感觉材料和生活经验,有意无意地虚构出奇闻异事,或传播从别人那里听来的怪事,在传播中说者和听者双方都获得某种愉悦感。可见好奇是各种奇闻产生并流传的心理学依据,王充在谈到汉代各种"怪说"产生的原因时说:"世好奇怪,古今同情。"①此言甚是。士人们自己有这种心理,也了解别人的心理,自然要像惠施、公孙龙那样在自己的著作和言论中,传播包括地理博物传说在内的奇闻异事。因此,地理博物学的志怪化,又同好奇的社会心理以及诸子竞骋异说以招徕读者和听众的社会风气息息相关。

地理博物的奇闻在春秋中后期就比较流行起来。《管子》云"圣人博闻多见,畜道以待物"②,书中记有比目鱼、比翼鸟、骏马、雕题、黑齿等。《晏子春秋·外篇》载晏子对齐景公说"足游浮云背,凌苍天,尾偃天间,跃啄北海,颈尾咳于天地",是天下最大的动物;焦冥"巢于蚊睫",是天下最小的动物,十分荒诞。据记载,虽"不语怪力乱神",但"多识于鸟兽草木之名"的孔子也可以算作一位博物家,制造和散布了许多奇闻。《国语·鲁语下》载:

> 季桓子穿井,获如(按:"如"字衍)土缶,其中有羊焉。使问之仲尼曰:"吾穿井而获狗,何也?"对曰:"以丘之所闻,羊也。丘闻之,木石之怪曰夔蝄蜽,水之怪曰龙罔象,土之怪曰羵羊。"

此外还记孔子辨防风氏骨节、辨肃慎楛矢之事。又《左传》哀公十四年记孔子辨麟。《说苑》、《孔子家语》等书亦记上述事,并有孔子辨萍实、商羊故事。这些东西大概有的是实有的,如防风氏之骨一节就装一车(即"骨节专车"),恐怕是史前恐龙之类大动物的化

---

① 《论衡·奇怪篇》。
② 《管子·宙合篇》。

石,麟的原型是鹿类,孔子把它们神秘化了。所以后来胡应麟云:"仲尼,万代博识之宗,乃怪力乱神咸斥弗语,即井羊庭隼,间出绪余,累世靡穷,当年莫究"①。又云:"累世不能穷其学,当年不能究其礼,仲尼之博也。而以防风、肃慎、商羊、萍实诸浅事当之,则仲尼索隐之宗,而语怪之首也。"②把孔子当成谈异语怪的老祖宗。

战国后此风更盛。庄子、惠施等人都是博物专家。惠施"遍为万物说";庄子"以卮言为曼衍,以重言为真,以寓言为广"③,也颇得力于他那庞驳迂怪的博物知识。和孔子一样,他们的"万物说"都具有语怪性质。特别是濒海的齐国,海上交通颇发达,万里烟波更能引起人们的幻想,故齐国出了一批语怪之徒。《孟子》中的"齐东野人",《庄子》中的"齐谐",指的就是这号人物。齐谐虽是寓言人物,但肯定是有事实依据的。齐谐所志之怪乃鲲鹏飞越大海的传说,庄子本人接受齐谐式人物的影响,对海外也心驰神往,颇多幻想。《山木篇》记市南子对鲁侯说"南越有邑焉,名为建德之邦,其民愚而朴,少私而寡欲",劝他"涉于江而浮于海"去一游,并称大海无边,"望之而不见其崖,愈往而愈不知其所穷";《秋水篇》亦有对大海的夸饰,并记河伯、北海若的传说;《逍遥游》又称海外藐姑射之山居有神人。这些一方面表明庄子及其门徒对海外世界的神往,一方面说明当时已流传着许多海外奇谈。

比庄子、孟子稍后的齐人邹衍号称"谈天衍",在地理博物传说长期积累的基础上,运用新的观念和幻想手段,创大九州说,展开一个神秘莫测的海外幻想世界。《史记》卷七四《孟子荀卿列传》介绍邹衍之说云:

> 其语宏大不经,必先验小物,推而大之,至于无垠。……

---

① 《少室山房笔丛》卷三八《华阳博议引》。
② 《少室山房笔丛》卷三八《华阳博议上》。
③ 《庄子·天下篇》。

先列中国名山大川,通谷禽兽,水土所殖,物类所珍,因而推之,及海外人之所不能睹。……以为儒者所谓中国者,于天下乃八十一分居其一分耳。中国名曰赤县神州。赤县神州内自有九州,禹之序九州是也,不得为州数。中国外如赤县神州者九,乃所谓九州也。于是有裨海环之。人民禽兽莫能相通者,如一区中者,乃为一州。如此者九,乃有大瀛海环其外,天地之际焉。

他认为世界由九个大州组成,环绕在外边的是大瀛海;每个大州又各由九个小州组成,小州外边环绕裨海,中国即其中之一,号赤县神州,仅占世界九九八十一分之一。他还开列出中国和海外的种种名山大川、草木禽兽。邹衍大九州说同他的"五德终始"说有关,后者从时间上由古至今把人世变化看作阴阳五行的循环;前者则从空间上由小及大把世界看作山川的有序组合。他设计出一个视野广阔而虚无缥缈的地理模式图,真实地理面貌为诱人的虚幻景象所代替,山川动植全部脱离开现实的土壤。大大扩展了空间观念,极为丰富的想象力,使得地理博物学一变而为"海客谈瀛洲,烟波微茫信难求"的幻想,于是地理博物学完全志怪化了。诚如王充所说,邹衍之说"此言诡异,闻者惊骇","邹子之书,虚妄之言也"。① 邹衍的书在《汉书·艺文志》列为阴阳家②,阴阳家"舍人事而任鬼神",《史记》也说他"深观阴阳消息,而作怪迂之变",因此邹衍的大九州说也和方术思想有着密切联系。

就现存的地理博物著作来看,地理博物学志怪化的轨迹亦清晰可见。这表现在由《禹贡》、《职方氏》以及类似旅行记的杂传小说《穆天子传》到《王会解》、《山海经》的转变中。《禹贡》、《职方

---

① 《论衡·谈天篇》。
② 《汉书·艺文志》阴阳家著录《邹子》四十九篇、《邹子终始》五十六篇。

氏》材料取自西周春秋的史料,且书成于儒者手,故记载平实。《穆天子传》记穆王游行天下的历史传说,文字古朴,故事产生时代当亦在西周春秋,书中有一些春秋时代的事物,如"宗周"、"铁山"等,因此可能产生于春秋末战国初之际。即便如此,也是编辑旧史料和旧传说而成,其中会保留不少西周史料。① 书中山川道里、外邦异国、动植物产的记述比较平实,如胡应麟云:"《穆天子传》所记山川草木鸟兽,皆耳目所有,如《山海经》怪诞之文,百无一二也。"②基本不带志怪色彩。战国之前"学在官府",地理博物学掌握在史官手中,史官虽采异闻,但更重实录,特别是地理山川等,因而地理博物学尚未志怪化。战国文化下移,诸子百家竞骋奇说,并且民间巫风正炽,方士初兴,巫觋参考古神话传说资料大力编造远国异民、神山灵水、奇花异木、珍禽怪兽、灵物瑰宝,方士向海外寻求异境,结果是地理博物学向虚幻方向发展。地理博物学成为巫觋和方士的专学,便和神话、巫术、方术混合起来。东汉王逸注屈原《天问》云:"屈原……见楚有先王之庙及公卿祠堂,图画天地山川神灵,琦玮僪佹,及古圣贤怪物行事。"把天地山川和圣灵怪物画在一起,正是表现了在巫风颇盛的楚国地理博物和巫术

---

① 参见拙作《杂传小说〈穆天子传〉》,南开大学文学院编《文学与文化》第4辑,南开大学出版社,2003年版,第288—289页;李剑国《古稗斗筲录——李剑国自选集》,南开大学出版社,2004年版,第208页。

② 《少室山房笔丛》卷三四《三坟补逸下》。按:《穆天子传》或以神话视之,其实不然。它是一部杂传小说。《四库全书总目》卷一四二云:"此书所纪,虽多夸言寡识,然所谓西王母者,不过西方一国君;所谓悬圃者,不过飞鸟百兽之所饮食,为大荒之圃泽,无所谓神仙怪异之事;所谓河宗氏者,亦仅国名,无所谓神龙变见之说。较《山海经》、《淮南子》犹为近实。"胡应麟《少室山房笔丛·三坟补逸下》云:"考《穆天子传》云:'天子宾于西王母,觞于瑶池之上,西王母为天子谣,天子执白圭玄璧,及献锦组百、纯组三百,西王母再拜受之。'则西王母服食语言,绝与常人无异,并无所谓豹尾虎齿之像也。"又《三坟补逸上》云:"《穆天子》……其叙简而法,其谣雅而风,其事侈而覈,视《山海经》之语怪,霄壤也。"徐文靖《竹书纪年通笺》卷三云:"河伯、洛伯,皆当时诸侯。"议论都颇精当。但因为郭璞注《穆天子传》,多引《山海经》为证,所以前人发生误解,以为亦为语怪之书。参见《杂传小说〈穆天子传〉》,第292页。

混合的现象①。《山海经》、《王会解》等正是带着这时期那种抉异探怪的时代特征问世的。特别是《山海经》熔地理博物、神话传说、巫术于一炉,地理博物被神异化和巫术化了。

总之,由《禹贡》到《山海经》明显表现出地理博物学从实录到语怪的演化,即以《山海经》本身而言,《山经》较实,《海经》幻甚,《山经》早出,《海经》晚成,也说明了这一点。有人以为《禹贡》晚出于《山海经》,理由是"《山海经》之离奇怪诞,正可以窥见初民意识形态之真面目,而《禹贡》之平正切实者,乃为后世地理知识进步之结果"②,未必见其为然。当然我们说的巫术化、方术化、志怪化是指当时的一种趋势,并非说所有地理博物著作或知识都被志怪化了,一点也没有平实之作。这是需要加以说明的。

地理博物传说的内容,大致是殊方绝域、远国异民、草木飞走之类。《周书·王会解》③记王城(雒邑)既成,成王大会诸侯四夷,其中备载贡物之盛,奇谲诡幻,以至于极,胡应麟谓"《王会》杂以怪诞之文"④,鲁迅谓其"记述颇多夸饰,类于传说"⑤,即指此。其后又记禹时四海异物、汤时四方贡品,则较平实。兹将四夷贡物一段照录如下:

---

① 王逸子王延寿《鲁灵光殿赋》(《文选》卷一一):"图画天地,品类群生,杂物奇怪,山神海灵。写载其状,托之丹青。千变万化,事各缪形。"所反映的是西汉宫室壁画,与此相类。
② 王庸《中国地理学史》第一章第一节,商务印书馆,1956年版。
③ 由于《周书》曾被人误以为即晋初汲冢出土的《周书》,故称《逸周书》,又称《汲冢周书》。《汉书·艺文志》书类著录《周书》七十一篇,今本并序亦七十一篇,其中十一篇有目无文。此书可能是战国人模仿《尚书》所撰,或谓汉后人所为,也有人认为其中保存了许多西周史料。杨宽认为"《逸周书》原是战国时代兵家所编辑",但"其中有多篇是西周的历史文件"。《西周史》,第8—9页。
④ 《少室山房笔丛》卷三四《三坟补逸下》。
⑤ 《中国小说史略》第二篇《神话与传说》,人民文学出版社,1964年版,第10页。

西面者:正北方稷慎大麈;秽人前儿,前儿若弥猴,立行,声似小儿;良夷在子,在子币身人首,脂其腹,炙之藿,则鸣曰"在子";扬州禺禺;解隃冠;发人鹿人,鹿人者若鹿迅走;俞人虽马;青丘狐,九尾;周头辉羝,辉羝者羊也;黑齿白鹿、白马;白民乘黄,乘黄者似骐,背有两角;东越海蛤;瓯人蝉蛇,蝉蛇顺,食之美;於越纳;姑妹珍;且瓯文蜃;若人玄贝;海阳大蟹;目深柱;会稽以鼍:皆面西向。

正北方义渠以兹白,兹白者若白马,锯牙,食虎豹;央林酋耳,酋耳者身若虎豹,尾长参其身,食虎豹;北唐以闾,闾似隃冠;渠叟以䶂犬,䶂犬者露犬也,能飞,食虎豹;楼烦以星施,星施者珥旄;卜卢以纨牛,纨牛者牛之小者也;区阳以鳌封,鳌封者若鳧,前后有首;规规以麟,麟者仁兽也;西申以凤鸟,凤鸟者戴仁、抱义、掖信,归有德;氐羌以鸾鸟;巴人以比翼鸟;方扬以皇鸟;蜀人以文翰,文翰者若皋鸡;方人以孔鸟;卜人以丹砂;夷用阅木;康人以桴苡,桴苡者其实如李,食之宜子;州靡费费,其形人身,反踵,自笑,笑则上唇翕其目,食人,北方谓之吐喽;都郭狌狌,欺羽,狌狌若黄狗,人面,能言;奇幹善芳,善芳者头若雄鸡,佩之令人不昧:皆东向。

北方台正东高夷嗛羊,嗛羊者羊而四角;独鹿邛邛;孤竹距虚;不令支玄獏;不屠何青熊;东胡黄罴;山戎戎菽。其西般吾白虎;屠州黑豹;禺氏騊駼;大夏兹白牛;犬戎文马,而赤鬣缟身,目若黄金,名吉皇之乘;数楚每牛,每牛者牛之小者也;匈奴狡犬,狡犬者巨身四足果:皆南向①。

权扶玉目;白州比闾,比闾者其华若羽,伐其木以为车,终行不败;禽人菅;路人大竹;长沙鳖。其西鱼复鼓钟、钟牛;蛮

---

① "皆南向"原讹作"皆北向"。清何秋涛《王会篇笺释》卷下云:"'皆北向'当作'皆南向',以下文南方诸国皆北向推之可知。若均北向,则此句不必复出矣。"据改。

扬之翟;仓吾翡翠,翡翠者所以取羽:南人致众者皆北向。其余皆可知自古之政。①

文中所记四方诸夷,多达六十国(或地区),所贡方物光怪陆离,《少室山房笔丛·三坟补逸下》云:"《王会》怪鸟奇兽,多出入《山海经》。"其中有些是实有之物,如大麈、白鹿、青熊、翡翠等等,有些是实有其物但作了神秘性的涂饰,如费费、狌狌,乃今之猿猴类。有些若九尾狐、乘皇、兹白、飌犬、鳖封、凤鸟等,其为虚构,一望可知。

这类幻想性的奇禽怪兽,从《尔雅》中也能看到一些,如:

> 东方有比目鱼焉,不比不行,其名谓之鲽。南方有比翼鸟,不比不飞,其名谓之鹣鹣。西方有比肩兽焉,与邛邛距虚比,为邛邛距虚啮甘草,即有难,邛邛距虚负而走,其名谓之蹶。北方有比肩民焉,迭食而迭望。中有枳首蛇焉:此四方中国之异气也。

> 鳖三足,能。龟三足,贲。

> 麟,麇身,牛尾,一角。②

此外诸子书中尚有许多。如《尸子》:"地中有犬,名曰地狼。"《鲁连子》:"南方鸟名䳒,生而食其翼。""北方有鸟,名为独,生而角当心,俯厉其角,溃心而死。"③等等。这些不着边际的怪禽兽,被郑重地记录下来,看来战国诸子都有着惠施那样的"遍为万物说"的嗜好。

---

① 《王会》诸本文字歧出,讹误较多,此据何秋涛校本。
② 以上分别见《尔雅》之《释地》、《释鱼》、《释兽》。
③ 见《太平御览》卷九二八、卷九一三引。《鲁连子》,马国翰《玉函山房辑佚书》有辑本。

《王会解》记六十个异邦及其物产,所附《汤四方献令》又有狗国、鬼亲、阘耳、贯胸、雕题、漆齿等等怪名目。《墨子·节葬》所记则为诸国之习俗:

> 昔者越之东有輆沭之国者,其长子生则解而食之,谓之宜弟;其大父死,负其大母而弃之,曰鬼妻不可与居处。……楚之南有炎人国者,其亲戚死,朽其肉而弃之,然后埋其骨,乃成为孝子。秦之西有仪渠之国者,其亲戚死,聚柴薪而焚之,熏上,谓之登遐,然后成为孝子。

此外《尸子》、《吕氏春秋·慎行论·求人》、今本《竹书纪年》也提到黑齿、羽人、裸民、不死、一臂、三面、贯胸、深目、长肱、焦侥、长股等国。流传的这些异邦外族不全是虚构。比如肃慎在先秦史籍中经常提到,又作息慎、稷慎,即在今东北境内。雕题、黑齿(又称漆齿)是南方两个部族,前者以文面为俗,后者以漆齿为俗。被说得神乎其神的西王母,也是西方一部族。但也有许多稀奇古怪的国家纯系虚无,它们和稀奇古怪的动植物一样,大都是地理博物学在巫术化、志怪化的过程中被人们创造出来的。

地理博物传说的集大成者是《山海经》,其怪异诡观可谓登峰造极。首先,它大量记载了四方八荒、海内海外的名山大川、动植物产。以山水而论,大都虚而不实,幻而无征;即便实有者,地理方位亦往往出于想当然。而像《海外东经》中的"上有扶桑,十日所浴"的汤谷,《海内西经》中的"方八百里,高万仞,上有木禾,长五寻,大五围,面有九井,以玉为槛,面有九门,门有开明兽守之,百神之所在"的昆仑之虚,则近于神话之诙诡。至于禽兽虫鱼、花果草木,更是离奇古怪,荒诞不经。我们不妨略举数则,以窥全豹:

> 又东三百里曰基山,其阳多玉,其阴多怪木。有兽焉,其

状如羊,九尾四目,其耳在背,其名曰猼訑,佩之不畏。①

西南三百六十里曰崦嵫之山,其上多丹木,其叶如榖,其实大如瓜,赤符而黑理,食之已瘅,可以御火。其阳多龟,其阴多玉。苕水出焉,向西流注于海,其中多砥砺。有兽焉,其状马身而鸟翼,人面蛇尾,是好举人,名曰孰湖。有鸟焉,其状如鸮,而人面蜼身犬尾,其名自号也,见则其邑大旱。②

三珠树在厌火北,生赤水上。其为树如柏,叶皆为珠。一曰其为树若彗。③

像这样"殊形诡制,每各异观"④的动植物,触目皆是,故毕沅曰:"多识于鸟兽草木之名,多莫多于《山海经》。"⑤

值得注意的是,如猼訑"佩之不畏",丹木"食之已瘅,可以御火",孰湖"见则其邑大旱",分明都是巫术。前两物是用来辟邪治病御灾,后物是用来占验灾害,凡此都是巫觋的功课。这说明地理博物知识是巫觋操作巫术时必不可少的内容。

《山海经》还记载了海内外一百多个国家,其中有一半以上以其居民的形体怪异而引人注目。如:

羽民国在其东南,其为人长头,身生羽。一曰在比翼鸟东,其为人长颊。⑥

一臂国在其北,一臂一目一鼻孔。有黄马,虎文,一目而

---

① 《南山经》。
② 《西次四经》。
③ 《海外南经》。
④ 借用《文选》卷一班固《西都赋》中语。
⑤ 清孙星衍《山海经新校正后序》。
⑥ 《海外南经》。

一手。①

　　氐人国在建木西,其为人人面而鱼身,无足。②

如此等等,真所谓"俶诡殊瑰,耳所未尝闻,目所未尝见"③。

　　远国异民表达了对殊方绝域的探求,这并不是纯粹的幻想,应当包含着巫信仰和巫术含义。远国异民的怪诞性和神秘性,与奇异动植一样,都反映出巫觋的异物崇拜。不同的是,后者作为一种巫术原理和知识常常被用来治病禳灾,前者则与神灵观念和神灵崇拜一样,更多的是用来诠释世界,可能会在巫术仪式中发挥作用。

　　从记录下来的文本看,地理博物传说与神话传说和宗教迷信故事的颇大不同点,是没有什么故事情节,只是一些幻想材料。虽然如此,它还是志怪小说的萌芽和源头之一,因为它为志怪小说提供了极为丰富的幻想素材和幻想形式,并长期对志怪发生巨大影响,成为志怪的重要内容之一。

　　地理博物传说在内容和形式上的幻想特点,主要表现在如下几方面:(一)运用充分扩大的空间现念来构建幻想空间。《山海经》的地理空间想象,是由大陆出发(包括南、西、北、东、中五个方位的山川),沿平面向四方扩展,其尽头为"极"(又称"隅"、"陬"),四极之外为四海,极边地区叫"海内",海外还有热闹的世界。海内海外都又称作"荒"。在《山海经》中世界还是有尽头的,《中山经》末称大禹云"天地之东西二万八千里,南北二万六千里";《海外东经》又称"帝命竖亥步,自东极至于西极,五亿十选

---

① 《海外西经》。
② 《海外南经》。
③ 借用《吕氏春秋·仲夏纪·侈乐》中语。

(郭璞注:选,万也)九千八百步"。这个世界范围,在当时人们的活动领域十分狭小的情况下,无疑是一个高度扩大了的想象空间。邹衍的大九州说更是无限扩大的空间观念,州外有州,海外有海,可惜具体内容已失传。地理传说中的这种关于大地四极的幻想性空间观念,远远突破了当时人们的认识范围,跳出了实在的拘缚,它像《庄子·逍遥游》所说的接舆的海外奇谈一样,表现出"犹河汉而无极也,大有径庭,不近人情"的意趣。后来的志怪小说若《神异经》、《十洲记》等,都继承了战国地理传说的这种幻想形式,竭力把人们的思路引向海外荒渺的幻想空间,以取得惊心诧骨的愉悦效果。

(二)与第一点相联系,就是利用这种空间观念,编织关于四海八荒远国异民的幻想。外邦异族都被置于殊方绝域,这一方面是因为实际存在的外族当时本来就居住在中原地区之外的四方荒远地区,而远国异民的幻想正是由此生出来的,另一方面这样正好来增加远国异民的诡秘性,诡秘的殊方和奇特的异民相互统一,呈现出绝妙的和谐性。

远国异民的幻想方式,主要是表现其形体、特性和习俗的怪异,特征十分鲜明。关于形体,一是突出其身体的某一部分或若干部分异乎常人的特征,并常常把这种怪异特征体现在国名上,如结胸、贯胸、交胫、歧舌、一目、三首、三身、焦侥、长臂、长股、白民、毛民、无肠、聂耳、跂踵、大人、小人、玄股等等,都是突出身体某一部分或某一方面的奇特;有的则突出其多方面的怪异之处,如一臂三目的奇肱,一手一足的柔利等。二是采用上古神话人兽焊接的联合体幻想形式,把远国异民的形体搞成四不相。如长头生羽的羽民,人面鸟喙能飞的讙头,是人和鸟的嵌合;人面蛇身的轩辕民是人和蛇的嵌合;人面鱼身无足的氐人是人和鱼的嵌合;人首三角的戎,是人和兽的嵌合。有些甚至干脆是兽类的形体,如犬封是"状如犬"的狗国;"兽身黑色"的厌火,据郭璞注"似猕猴而黑色",是猴国;"人面长唇,黑色有毛,反踵,见人笑亦笑"的枭阳,是猩猩国。三是突出服饰的奇异,如博父、巫咸、雨师妾以蛇为饰,玄股服鱼皮等。关于特性和习俗,或夸张其神异,如"寿不死"的不死民,"不寿者八百岁"的轩辕民;或渲染其古怪,如厌火吐火,卵民卵生;或张皇其野蛮,如黑齿啖蛇,蜮民食蜮。有些异民的特性习俗又同其形体特征相联系,如讙头有翼,长臂臂长,故皆善捕鱼。

（三）为了点缀渲染名山大川、远国异域的神奇,虚构极为丰富的关于奇异动植物的幻想内容,而且为了同绝域异民相协调,草木飞走亦多用嵌合法,杂取诸物,嵌合为一,非驴非马,不可识辨。譬如化蛇"人面而豺身","翼而蛇行",旋龟"鸟兽而鳖尾",跂踵鸟"状如鸮而一足彘尾",猲"其状如虎而牛尾,其音如吠犬",建木"其状如牛,引之有皮,若缨黄蛇,其叶如罗,其实如栾,其木若蓲",等等。①

地理博物传说常被人与神话传说混为一谈②,其实二者有所不同。神话传说最早产生于原始社会,其基本特征是借用神灵的幻象来反映原始人对自然和社会的幼稚认识。神话中虽亦涉及山川,但无独立意义,只是神活动的附属性背景,且极简单。虽亦多有动物,但都具有神性,实际上也是神,如应龙、天吴、夔等。地理博物传说虽说在神话中已露端倪,不过大量出现却是后来的事,晚到春秋战国间,它是幼稚的地理博物观念和巫术迷信、神仙家言混合的产物,是在巫觋、方士手里发达起来的。鸟兽虫鱼虽殊形怪状,但一般怪而不神,充其量能起一些招致灾祸或给人某些好处的作用,加旋龟佩之不聋,颛出大旱等,表达的都是巫术观念。有些如乘黄乘之寿二千岁,似乎颇有神通,其实也仅是一种祥物而已,表达的是战国长生不死观念,与应龙等不一样。远国异民的传说

---

① 以上山川动植、远国异民材料,均引自《山海经》。
② 袁珂《古神话选释》中列出《殊方景物》一组神话传说,把远国异民与禹治水和游历九州联系起来。

也是如此,一是大抵产生较晚,主要是春秋中后期后海上交通发达之后的产物,西周春秋间极少有这种传说。而像"寿不死"的不死民,"不寿者八百岁"的轩辕民,明显带有战国不死之说的痕迹。二是怪则怪矣,亦无神性。

这样说,并不排斥神话传说对于地理博物传说的影响和渗透。首先,某些神话材料进入地理博物传说领域,如三苗、驩兜(即谨头)等国系古神话的改造,白民、黑齿、三身等被说成是天神帝俊的子孙,谨头、苗民、淑士等被说成是另一位天神颛顼的子孙,毛民出自禹,犬戎出自黄帝。远国异民中还会有一些应当本来是商周时期某些原始部族的神话,人兽嵌合正是原始图腾崇拜的反映,但被巫觋所改造,纳入远国异民系统。其次,地理博物传说往往模仿神话质朴荒怪的表现方式,使之在形式上颇类神话。著名的西王母传说就是这样,以致人们大都把它看作是古神话。巫觋之流的职业需要,使他们成为原始神话材料的重要搜集者、保存者和传播者,他们十分熟悉神话传说,当然在编织虚构他们自己的"巫话"时就要接受神话的影响,使地理博物传说同古神话发生了紧密联系。反过来说,地理博物传说对后起的神话传说也产生影响作用,主要是它的许多材料进入了后起的神话传说,如昆仑、西王母等等。

地理博物传说的产生和流传,直接导致了地理博物体志怪的产生。不仅在先秦有《山海经》问世,以后亦不断有人造作。清代著名小说《镜花缘》前半部大量取材于此等传说。总之,地理博物传说中的殊方绝域、珍禽怪兽、奇花异木、远国异民,这些都成为后世志怪小说创作中的诡异意象。

四、史乘的分流与志怪小说的初步形成

晚清陆绍明曾划分小说发展为五个时代,第一个时代为"口

耳小说之时代",并云口耳小说是"虚饰之言,人各相传"①。作为志怪小说源头的各种传说,最初都是以口耳相传的方式流传的,但它还不是真正的小说,甚至当它停留在只是被零星分散地记录在各种史籍中的阶段上时,仍未成为小说。因为我们说的志怪小说是指以书面形式出现的独立的记异语怪的小说文体。由志怪故事到志怪小说的进化过程,表现为史乘的分流过程,也就是志怪小说与史乘的分离过程。当志怪故事完全脱离史书,取得独立地位的时候,志怪小说便产生了。因此就志怪小说的形成过程来说,就它和史书的密切关系来说,志怪小说乃史乘之支流。

西周到战国的中原文化是一种史官文化。商代已有史官,巫史共同掌握文化。周人重史不重巫,专设太史,"掌建邦之六典,以逆邦国之治,掌法以逆官府之治,掌则以逆都鄙之治"②,地位十分重要。政府的誓、命、训、诰,历史事件、人物言论,都要由史官记载下来,作为历史文献藏之官府。各诸侯国亦依此例。《隋书·经籍志》史部正史类小序曰:"古者天子、诸侯,必有国史以纪言行。后世多务,其道弥繁。夏殷以上,左史记言,右史记事。周则太史、小史、内史、外史、御史,分掌其事。而诸侯之国,亦置史官。"又总序曰:"史官既立,经籍于是兴焉。……考之前载,则《三坟》、《五典》、《八索》、《九丘》之类是也。下逮殷周,史官尤备,纪言书事,靡有阙遗。……诸侯亦各有国史,分掌其职。"担任史官职务的,都是博学之士。《隋志》史部总序称:"夫史官者,必求博闻强识、疏通知远之士,使居其位。百官众职,咸所贰焉。是故前言往行,无不识也;天文地理,无不察也;人事之纪,无不达也。"史官机构如此完善,史官如此被重视,学问如此渊博,使西周春秋的

---

① 《月月小说发刊词》,见《晚清文学丛抄·小说戏曲研究卷》。小说五时代之其余四时代依次为竹简小说之时代、布帛小说之时代、誊写小说之时代、梨枣小说之时代。
② 《周礼·春官宗伯》。

历史文献极为丰富。目前我们可看到的,许多保存在被儒家视为"五经"的《尚书》、《周易》、《礼》(包括《周礼》、《仪礼》、《礼记》)、《春秋》、《诗经》中(其中亦杂有战国的东西及后人所伪造者)。五经虽历来不列为史书,但它们记政治、宗教、思想文化状况,记人物言论、历史事件,其实也是史书,故而胡应麟云:"夏商以前,经即史也,《尚书》、《春秋》是已。"①章学诚亦云:"六经皆史也。古人不著书,古人未尝离事而言理,六经皆先王之政典也。"②

史官记言记事,记典章制度、天文地理,使历史著述包罗万象。战国私家勃兴,史乘遂逐渐发生分流。或专记历史事实,这就是狭义的史书,如《左传》、《国语》、《竹书纪年》、《世本》、《战国策》等;或流为逸史、传记如《穆天子传》、《晏子春秋》;或流为记事成分仍较大的诸子书如《论语》、《墨》、《孟》、《庄》、《荀》、《韩》等;或流为地理博物书如《山海经》;或流为天文星历书如《星经》;或流为卜筮书如《师春》、《归藏》;或流为医书如《神农本草》;或流为辞书如《尔雅》。

小说也是史乘支流之一。《新唐书·艺文志序》云:"传记、小说,外暨方言、地理、职官、氏族,皆出于史官之流也。"这里举出六种史官流派,实际上还要多,例如杂史就是另一宗重要史官流派。小说也是史流之变,但是从逻辑上说,小说作为"史官之流",和其他流派并不处在同一个分化层面上,小说又是史流的进一步分流。明人陈言说得比较准确:"正史之流而为杂史也,杂史之流而为类书、为小说、为家传也。"③由史书演变出的《穆天子传》一类杂史杂传开杂史杂传小说先河;史书和《论语》、《孟子》、《韩非子》等子书中描写人物言行的小故事和寓言故事,是后代志人小说之嚆矢。至于志怪小说,与史书关系亦甚密,一方面由史书分化出的地

---

① 《少室山房笔丛》卷二《经籍会通二》。
② 《文史通义》卷一《内篇一·易教上》。
③ 《颍水遗编·说史中》。

理博物书、卜筮书如《山海经》、《归藏》本身就同时程度不同地具有志怪书性质,乃准志怪小说,而且地理博物书后来演为地理博物体志怪小说;由史书分化出来的杂史杂传后来也演出杂史杂传体志怪小说。另一方面,最早的志怪小说《琐语》更是直接从史书中脱胎而出的。

下边具体讨论一下志怪小说与史书分离的形成过程。

前边说过,作为志怪小说先声的志怪故事,战国前是被记载在史书中的。志怪故事之被载入史籍,原因是多方面的。首先,殷商以前历史无文字记载,全凭传说,尧、舜、禹三朝又是周人特别推崇的"大道之行也,天下为公"的圣明之治,对它一向津津乐道,故而一些神话传说或以原貌,或以在被历史化和半历史化后的歪曲面貌出现在史书中。如《尚书·舜典》记有舜流共工、放驩兜、窜三苗、殛鲧的神话。《左传》昭公元年记有高辛氏二子阏伯、实沈不和,帝迁阏伯于商丘,主辰星,迁实沈于大夏,主参星的神话;昭公七年载尧殛鲧,鲧化黄熊的神话。其次,最重要的原因是,上帝鬼神观念之巨大影响,宗教迷信活动之贯穿全部社会生活,支配着史官之记史。以前我们谈到,周人虽重人事,但天命鬼神观念仍极强,他们认为上帝神鬼是实在的东西,冥冥之中的神秘力量支配着尘世,或直接显灵见形,或以托梦、灾异、祥瑞的形式宣明天意,对君王臣僚作出暗示。为了测天意,辨吉凶,卜筮占梦、占候望气、祈祷禳祓就成了头等大事。前边我们也说过,史官兼行巫祝之事,所谓"文史星历,近乎卜祝之间"[①],他们的工作之一就是"为卜筮以考其吉凶,占百事以观于来物,观形法以辨其贵贱"[②]。既然这些迷信活动成为国家的政治、外交、军事乃至日常生活中的有机组成部分,而史官又是迷信活动的直接参与者甚至是主持者,那么史官

---

① 司马迁《报任少卿书》。
② 《隋书·经籍志》五行类小序。

在记载历史的时候,必然要连带着记下被史祝加工过的种种迷信故事。这是一。既然认为"鬼神之能赏贤而罚暴"[1],"天道福善祸淫"[2],"惟上帝不常,作善降之百祥,作不善降之百殃"[3],那么史官把某些自然现象附会为所谓天降妖祥,作为关涉国家命运的重大事件载入史乘,从而给真事真人涂上神秘色彩,形成迷信故事,这也就不奇怪了。故刘知几《史通》卷三《书志篇》云:"古之国史,闻异则书。"卷八《书事篇》又云:"三曰旌怪异……幽明感应,祸福萌兆则书之。……若吞燕卵而商生,启龙漦而周灭,厉坏门以祸晋,鬼谋社而亡曹,江使返璧于秦皇,圯桥授书于汉相,此则事关军国,理涉兴亡,有而书之,以彰灵验,可也。"这是二。当然,宗教迷信故事被史官摄入史乘,还不只因为它们已同历史事件融为一体,史官记载它们同时也是为了替统治者进行有意识的宗教宣传。《墨子·明鬼下》对此所论颇明:"古者圣王必以鬼神为其务,鬼神厚矣。又恐后世子孙不能知也,故书之竹帛,传遗后世子孙。"

志怪故事有些流传于上层人士中,有些流传于民间,由口头流传到摄入史乘,有个搜集和集中的过程。《汉书·艺文志》曰:"小说家者流,盖出于稗官。"颜师古注引如淳曰:"细米为稗,街谈巷说,其细碎之言也。王者欲知闾巷风俗,故立稗官使称说之。"颜注又谓:"稗官,小官。"师古将稗官释为小官,并引《汉名臣奏》为证,汉世确有过"稗官"之称。但《汉书·百官公卿表》并无稗官,可见稗官不是正式官称。从颜注所引唐林奏看,稗官在公卿大夫、都官之下,位卑职微,所以颜师古注为小官。《汉志》论诸子等家之出皆为"王官"[4],也就是周天子之官,因此稗官既为小说所从

---

[1] 《墨子·明鬼下》。
[2] 伪《古文尚书·汤诰》。
[3] 伪《古文尚书·伊训》。
[4] "王官"之称见《兵书略》后序:"兵家者,盖出古司马之职,王官之武备也。"又《方技略》后序:"方技者,皆生生之具,王官之守也。"

出,自应主要指周室王官。余嘉锡据《左传》襄公十四年所云"史为书,瞽为诗,工诵箴谏,大夫规诲,士传言,庶人谤"及《吕氏春秋·达郁》所云"庶人传语",贾谊《新书·保傅》所云"士传民语"等,认为"小说所出之稗官,为指天子之士",并称士即《周礼》中之"小官",师古以稗官为小官,深合训诂。① 而据饶宗颐考证,出土的云梦秦简中有云"令与其稗官分如其事",则秦时果有稗官,饶氏认为稗官就是采谤之官,而小说"乃民间谈论政治之零星纪录"②。关于"稗官"说法还很多,由于文献的缺乏,大抵都是猜测。但应当说也都有一定道理。事实上无论是"天子之士"的稗官,还是乡野的稗官,还是秦简中那样"采谤"的稗官,性质都有相通处,都是采集街谈巷语、道听途说的,鲁迅说:"是则稗官职志,将同古采诗之官,王者所以观风俗得失矣。"③因为事关王政,基本都属于《汉志》说的"王官",因此大体都合乎《汉志》"稗官"的本意。事实上"稗官"只是个通称,未必确指哪一官。

《隋书·经籍志》就不信稗官之说,于小说类序中删落稗官而仅云:"小说者,街谈巷语之说也。"接下又云:"《传》载'舆人之诵',《诗》美'询于刍荛'。古者圣人在上,史为书,瞽为诗,工诵箴谏,大夫规诲,士传言而庶人谤。孟春,徇木铎以求歌谣,巡省观人诗,以知风俗。过则正之,失则改之。道听途说,靡不毕记。《周官》,诵训掌道方志以诏观事,道方慝以诏辟忌,以知地俗;而训方氏掌道四方之政事与其上下之志,诵四方之传道而观衣物(按:当作'新物')是也。"按"舆人之诵"出《左传》僖公二十八年,原文作

---

① 详见《小说家出于稗官说》,《余嘉锡论学杂著》上册,中华书局,1977年版,第268页。
② 饶宗颐《论小说与稗官——秦简中"稗官"及如淳称魏时谓"偶语为稗"说》,《文辙——文学史论集》,台湾学生书局,1991年版,第258页。
③ 《古小说钩沉序》,《鲁迅辑录古籍丛编》,人民文学出版社,1999年版,第一卷,第3页。

"晋侯患之,听舆人之诵"。舆人即众人,亦即庶民百姓,杜预注:"舆,众也。""询于刍荛"出《诗经·大雅·板》:"先民有言,询于刍荛。"毛传:"刍荛,薪采者也。"舆人之诵、刍荛之言即为街谈巷语之说。关于街谈巷语的搜集,《隋志》讲了三条,一是所谓"士传言",二是所谓"徇木铎以求歌谣",三是诵训等官"诵四方之传道"。第一条已见前;"徇木铎"系《汉书·食货志》:"孟春之月,群居者将散,行人振木铎徇于路以采诗,献之太师,比其音律,以闻于天子。"这是汉人据《周礼·天官冢宰》"徇以木铎"作出的猜想,虽未必如此,但也全非臆断。诵训是地官司徒属官,"掌道方志以诏观政",即郑玄注所云"说四方所识久远之事以告王,观博古所识"之意。训方氏是夏官司马属官,郑注:"训,道也,主教导四方之民"。其职责之一为"诵四方之传道",郑注:"传道,世世所传说往古之事也,为王诵之,若今论圣德尧舜之道矣。"这就是说,街谈巷语不仅通过天子之士来收集,收集者还有采诗之"行人"和考察民情的诵训、训方氏等官员。可见各种流传民间的传说、故事是通过多条途径集中到史官那里的,《隋志》这种说法显然比班志"稗官"说更接近事实。

但是,《隋志》对街谈巷语之所出的说法也还是片面的,和《汉志》一样也还主要是从"王官"着眼。《汉志》非常机械地以王官之职论诸子学术之出①,并不能真实反映学术源流。所谓小说为稗官所采,忽略了民间人士对小说材料的搜集和传述,像《山海经》就应当是巫所传述。《汉志》和《隋志》都着眼于街谈巷语,把民间作为小说的唯一源泉,这也不符合实际情况,历史遗闻逸事之类更多的是史官的传述,并不都是"舆人"、"刍荛"的街谈巷语。就《汉志》所著录的小说来看,很难看出是得自民间,诚如鲁迅所说:"然

---

① 《汉志》云儒家出于司徒之官,道家出于史官,阴阳家出于羲和之官,法家出于理官,名家出于礼官,墨家出于清庙之官,从横家出于行人之官,杂家出于议官,农家出于农稷之官。

审察名目,乃殊不似有采自民间,如《诗》之《国风》者。"①在我看来,倘若把"小说出于稗官"作为一个基本前提来认可,那么"稗官"毋宁说就是小说材料的搜集者、记录者、收藏者,"稗官"应当是成员复杂的一个群体,包括史官、巫祝、"天子之士"、民间人士等等。②

志怪故事从记入史策再到分化出来形成独立的书面体小说,经历了一个很长的过程。在西周春秋史籍中,先是曾出现过一种以记载神话和传说为主的名叫《训语》或《训》的历史杂记,不同于一般正史,带有较多的怪异色彩。《国语·郑语》载西周末年周太史史伯对郑桓公云:

> 宣王之时有童谣曰:"檿弧箕服,实亡周国。"于是宣王闻之。有夫妇鬻是器者,王使执而戮之。府之小妾生女而非王子也,惧而弃之。此人也,收以奔褒。天之命此久矣,其又何可为乎?《训语》有之曰:"夏之衰也,褒人之神化为二龙,以同王庭,而言曰:'余褒之二君也。'夏后卜杀之与去之与止之,莫吉;卜请其漦而藏之,吉。乃布币焉,而策告之,龙亡而漦在,椟而藏之,传郊之。及殷、周,莫之发也。及厉王之末,发而观之,漦流于庭,不可除也。王使妇人不帏而噪之,化为玄鼋,以入于王府。府之童妾既齓而遭之,既笄而孕,当宣王时而生。不夫而育,故惧而弃之。为弧服者方戮在洛,夫妇哀其夜号也,而取之以逸,逃于褒。褒人褒姁有狱,而以为入于王。王遂置之,而嬖是女也,使至于为后,而生伯服。"

又《左传》襄公四年载:

---

① 《中国小说史略》第三篇《汉书艺文志所载小说》,第14页。
② 关于"稗官",参见拙作《小说的起源与小说独立文体的形成》,《锦州师范学院学报》2001年第3期,第3—4页。

魏绛曰："……《夏训》有之曰：'有穷后羿。'"公（按：晋悼公）曰："后羿何如？"对曰："昔有夏之方衰也，后羿自鉏迁于穷石，因夏民以代夏政。恃其射也，不修民事而淫于原兽。弃武罗、伯困（按：当作因）、熊髡、尨圉而用寒浞。寒浞，伯明氏之谗子弟也。伯明后寒弃之，夷羿收之，信而使之，以为己相。浞行媚于内，而施赂于外，愚弄其民而虞羿于田，树之诈慝以取其国家，外内咸服。羿犹不悛，将归自田，家众杀而烹之，以食其子。其子不忍食诸，死于穷门。靡奔有鬲氏。浞因羿室，生浇及豷，恃其谗慝诈伪而不德于民。使浇用师，灭斟灌及斟寻氏。处浇于过，处豷于戈。靡自有鬲氏收二国之烬，以灭浞而立少康。少康灭浇于过，后杼灭豷于戈。有穷由是遂亡，失人故也。……"

《国语》韦昭注曰："《训语》，《周书》。"《左传》杜预注曰："《夏训》，《夏书》。"孔颖达《正义》亦谓："《夏书·五子之歌》云太康尸位以逸豫，畋于有洛之表，十旬弗反。有穷后羿因民弗忍距于河，厥弟五人御其母以从，五子咸怨，述大禹之戒，以作歌，其一曰'皇祖有训'，是大禹立言以训后，故传谓此书为《夏训》也。"按《左传》称《夏训》，《国语》称《训语》者各一见，其余均称《夏书》、《周书》。《左传》庄八，僖二十四、二十七，文七、十六，襄五、二十一、二十三，昭十四，哀六、十八，皆提到《夏书》；僖二十三，宣六、十五，成二、八、十六，襄三十一，昭八，皆提到《周书》。《国语》称引《周书》者在《楚语上》和《楚语下》，有两处，称引《夏书》者在《周语上》和《周语下》，亦各有两处。由此可见，《训语》、《夏训》是有别于《周书》、《夏书》的另外两种书，杜注和韦注皆有失。

《训语》所记褒姒的神话传说，怪异色彩极浓。《夏训》所记后羿事，为历史传说。从这两段记述看，《训语》和《夏训》大约是专门记载神话和传说的历史杂记，同《尚书》、《左传》性质有所不同。

《训语》、《夏训》的性质也可由名称看出来。按"训"有道、释、教、诫诸义。《诗经·周颂·烈文》:"四方其训之。"传曰:"训,道也。"《尔雅序》邢昺疏:"训,道也。道物之貌,以告人也。"所谓道,亦即言说之意。《国语·郑语》:"周训而能用之。"韦注:"训,教也。"《说文》三上言部:"训,说教也。"段玉裁注:"说教者,说释而教之,必顺其理,引伸之凡顺,皆曰训。"《广韵》卷四去声"问"韵:"训,诫也。男曰教,女曰训。""训"的这些含义都有联系,说而释之,教而诫之,此之谓训。在实际运用中,它又常偏重于指古人古事。伪《古文尚书·五子之歌》载五子之歌,其一曰:"皇祖有训:民可近不可下,民惟邦本,本固邦宁……"其二曰:"训有之:内作色荒,外作禽荒……"这里的"训"即指夏人先王的教诲,而且都是动词用如名词。前王先哲的言论又叫"遗训"、"古训"、"训典"等。如《国语·周语下》:"若启先王之遗训。"伪《古文尚书·说命下》:"学于古训乃有获。"宋蔡沈《尚书集传》曰:"古训者,古先圣王之训。"《左传》文公六年:"予之法制,告之训典。"杜注:"训典,先王之书。"《国语·楚语上》:"教之训典,使知族类,行比义焉。"韦注:"训典,五帝之书。"以上都是"训"的一般意义。"训"的意义还发生了由先王之言论到关于先王的传说的转化。前边我们曾提到,《周礼》有诵训,职在"掌道方志以诏观政",郑玄注:"说四方所识久远之事以告王,观博古所识"。诵训的官名正是其职责的表现,是则诵者说也,训者,久远之事也。《夏训》、《训语》之"训",殆即此义。

《训语》之"语",原本也是一种历史杂记。《国语·楚语上》载楚大夫申叔时对楚庄王发表他教育太子的建议,说要教之春秋、世、诗、礼、乐、令、语、故志、训典九种文献。关于"语"他说道:"教之语,使明其德,而知先王之务用明德于民也。"韦注:"语,治国之善言。"按"语"本义为言,引申为言论,《说文》三上言部:"语,论也。"《论语》之名正用此义。然言论总和行为、事件联系在一起,故《论语》亦记事。由先王前哲之言行再引申为前代逸事,这是

"语"的转义,《国语》之"语"包含的正是这一意义。《国语》不同《左传》,取材不谨严,多涉历史传说、人物逸事,故韦昭《国语解叙》谓"其文不主于经,故号曰《外传》"。柳宗元《非国语》说它"文胜而言庞,好诡以反伦","务富文采,不顾事实,而益之以诬怪,张之以阔诞"。《四库全书总目》亦称其为"古左史之遗",列为杂史。这正好证明《楚语》所称之"语"指的正是记载历史遗闻的杂史杂记,韦注"治国之善言",不确。丁山《中国古代宗教与神话考》一书以为韦注完全是似是而非之谈,认为"语就是周语、鲁语、晋语、楚语一类传述各国故事的杂记"①,所论甚当。

西周末年史伯引用《夏训》,说明它产生在西周,《训语》则产生在春秋中期以前。这两种历史杂记的出现,表明在春秋前已有志怪小说的萌芽出现。不过仅仅是萌芽而已,因为《训语》仍还是史书,所以志怪小说并未形成。

春秋末出现的《左传》和《国语》代表了史书的两种风格,前者是比较严格的正史,后者是内容比较踳驳的杂史。但由于我们已经讨论过的种种原因,无论《左传》抑或《国语》,都有许多志怪故事,就是说都带有《训语》那种内容荒诞的特征,这样对于志怪小说的孕育来说,《左传》的作用一点也不比《国语》差。它们都是孕育志怪小说的母体,还包括已经失传的"百国春秋"②等各种史书。因此,从作为书面形式的志怪小说的孕育和形成的角度说,《左传》、《国语》等各类史书乃是志怪小说的直接孕育者。这一点前人也有论述。陆绍明《月月小说发刊词》云:"《周易》、《春秋》,好言灾异,则《周易》、《春秋》亦有小说野史之旨。"清冯镇峦《读聊斋杂说》说得更干脆:"千古文字之妙,无过《左传》,最喜叙怪异事,予尝以之作小说看。"

---

① 丁山《中国古代宗教与神话考》,龙门联合书局,1961年版,第224页。
② 《隋书》卷四二《李德林传》:"墨子又云吾见百国春秋。"今本《墨子》无此语,《明鬼下》引有周春秋、燕春秋、宋春秋、齐春秋所载鬼事。

战国时期,百家争鸣,这给志怪故事的流播造成极有利的条件,而春秋以来巫教、阴阳五行学、方术的不断发展更为它的生长和繁殖准备了极肥沃的土壤。志怪引起人们越来越浓的兴趣。在史乘向各种著作分化的潮流中,志怪小说在志怪故事长期积累、影响日甚的基础上,完全具备了同史乘分离、脱颖而出的成熟条件。大约在战国初期到中期之间,终于产生了第一部志怪小说《琐语》,标志着志怪小说初步的然而是正式的形成。

从《训语》到《琐语》,至少经历了二百多年,走过了一个从正史到历史杂记再到杂史体志怪小说的漫长道路。明代笑花主人《今古奇观序》云:"小说者,正史之余也。"绿天馆主人《古今小说叙》亦云:"史统散而小说兴。"都较为准确地指出了志怪小说的形成过程以及它与史书的血缘关系。

但是在战国,志怪小说的形成还是初步的。因为《琐语》本身还不完善,如带有较多的史书特征,内容只限"卜梦妖怪",而且它的出现还比较孤立,特别是战国末即失传。《山海经》、《归藏》等也都是以地理书、巫书、卜筮书面貌出现的准志怪小说。因此,到汉代,志怪小说在《山海经》和杂史杂传基础上,几乎又重新经历了一个新的形成过程。

第二章 战国志怪小说与准志怪小说

一、"古今纪异之祖"《汲冢琐语》

《汲冢琐语》本名《琐语》，因出自汲冢，故后人冠以"汲冢"二字，又因原书系用战国古文字书写而成，故又称《古文琐语》。

《晋书》卷五一《束皙传》载：

> 初，太康二年，汲郡人不准盗发魏襄王墓，或言安釐王冢，得竹书数十车。其《纪年》十三篇，记夏以来至周幽王为犬戎所灭，以事接之，三家分，仍述魏事至安釐王之二十年。盖魏国之史书，大略与《春秋》皆多相应。……其《易经》二篇，与《周易》上下经同。《易繇阴阳卦》二篇，与《周易》略同，《繇辞》则异。《卦下易经》一篇，似《说卦》而异。《公孙段》二篇，公孙段与邵陟论《易》。《国语》三篇，言楚晋事。《名》三篇，似《礼记》，又似《尔雅》、《论语》。《师春》一篇，书《左传》诸卜筮，"师春"似是造书者姓名也。《琐语》十一篇，诸国卜梦妖怪相书也。《梁丘藏》一篇，先叙魏之世数，次言丘藏金玉事。《缴书》二篇，论弋射法。《生封》一篇，帝王所封。《大历》二篇，邹子谈天类也。《穆天子传》五篇，言周穆王游行四海，见帝台、西王母。《图诗》一篇，画赞之属也。又杂书十九篇：《周食田法》，《周书》，《论楚事》，周穆王美人盛姬死事。大凡七十五篇，七篇简书折坏，不识名题。……漆书皆科斗字。初发冢者烧策照取宝物，及官

收之，多烬简断札，文既残缺，不复诠次。武帝以其书付秘书校缀次第，寻考指归，而以今文写之。晳在著作，得观竹书，随疑分释，皆有义证。

汲冢出书事，时人杜预、荀勖皆有记，其后王隐《晋书》亦载。杜预《春秋经传集解后序》云：

> 太康元年三月，吴寇始平。余自江陵还襄阳，解甲休兵，乃申抒旧意，修成《春秋释例》，及《经传集解》始讫。会汲郡汲县有发其界内旧冢者，大得古书，皆简编科斗文字。发冢者不以为意，往往散乱。科斗书久废，推寻不能尽通。始者藏在秘府，余晚得见之。所记大凡七十五卷，多杂碎怪妄，不可训知。《周易》与《纪年》最为分了。《周易》上下篇与今正同，别有《阴阳说》而无《彖》、《象》、《文言》、《系辞》……又别有一卷，纯集疏《左氏传》卜筮事，上下次第及其文义皆与《左传》同，名曰《师春》，"师春"似是抄集者人名也。……

孔颖达《正义》述王隐《晋书·束皙传》之意而曰：

> 王隐《晋书》……《束皙传》云：太康元年，汲郡民盗发魏安釐王冢，得竹书漆字科斗之文。科斗文者，周时古文也，其字头粗尾细似科斗之虫，故俗名之焉。大凡七十五卷，《晋书》有其目录。其六十八卷皆有名题，其七卷折简碎杂，不能名题。有《周易》上下经二卷，《纪年》十二卷，《琐语》十一卷，《周王游行》五卷，说周穆王游行天下之事，今谓之《穆天子传》。此四部差为整顿。汲郡初得此书，表藏秘府，诏荀勖、和峤以隶字写之。

荀勖《穆天子传序》所记甚略，仅云："古文《穆天子传》者，太康二年汲县民不准盗发古冢所得书也，皆竹简素丝编。……汲者，战国时魏地也。案所得《纪年》，盖魏惠成王子今王之冢也，于《世本》盖襄王也。"

诸人记汲郡魏冢出竹书事同,唯出土时间及墓主为谁不尽相吻。时间或作太康二年(281),或作太康元年(280),此外《晋书·武帝纪》又作咸宁五年(279)十月①。看来不准盗墓发现竹简是在咸宁五年十月,大约第二年即太康元年下令发掘收集竹简运回京城,而秘书监荀勖等人整理缮写是太康二年的事,前后经历一两年,所以各人纪时有所不同②。至于墓主,则有魏襄王、魏安釐王等说。按关于汲冢墓主,乃是依据出土的《纪年》(后称《竹书纪年》)而考定,《纪年》是魏国史官编纂的自黄帝至魏国的编年史,纪事止于今王二十年,荀勖考证今王为魏襄王③,则墓主亦即魏襄王。这应当是可信的,卫恒《四体书势》及《晋书·武帝纪》都说是魏襄王冢,惟东晋王隐以为魏安釐王冢,未必正确,安釐王远在襄王之后。《晋书·束晢传》兼存二说,而又径称《纪年》"述魏事至安釐王之二十年",自生淆乱,实应作魏襄王二十年。是年为公元前299年,襄王卒在前296年,则汲冢书皆作于此年以前④。

汲冢书经荀勖、和峤等人整理校正并用当时文字写定后,遂行

---

① 《晋书》卷三《武帝纪》:咸宁五年十月,"汲郡人不准掘魏襄王冢,得竹简小篆古书十余万言,藏于秘府"。

② 清雷学淇《竹书纪年义证》:"竹书发于咸宁五年十月,《帝纪》之说,录其实也。就官收以后上于帝京时言,故曰太康元年,《束晢传》云二年,或命官校理之岁也。"参见拙文《杂传小说〈穆天子传〉》,南开大学文学院《文学与文化》第4辑,南开大学出版社,2003年版,第284页;李剑国《古稗斗筲录——李剑国自选集》,南开大学出版社,2004年版,第205页。

③ 见前注所引荀勖《穆天子传序》,又《史记》卷四四《魏世家》《集解》引荀勖曰:"和峤云:'《纪年》起自黄帝,终于魏之今王。'今王者,魏惠成王子。案《太史公书》惠成王但言惠王,惠王子曰襄王,襄王子曰哀王。……《世本》惠王生襄王而无哀王,然则今王者魏襄王也。"

④ 《史记·魏世家》称襄王在位十六年卒,子哀王立,哀王二十三年卒,子昭王立,昭王十九年卒,子安釐王立,在位三十四年。若据《史记》,襄王卒于公元前319年,而《纪年》与《世本》无哀王,记载与《史记》不同。

于世,但到唐时大部亡佚,仅余《纪年》、《琐语》、《师春》、《穆天子传》①。今则唯《穆传》在,《纪年》、《琐语》仅存遗文,《师春》则全佚。

《琐语》出土时十一篇,写定为十一卷。流传中,或有所增,或有所亡。隋颜之推看到《琐语》时,发现有秦事羼入。《颜氏家训·书证篇》云:"《汲冢琐语》乃载秦望碑。"秦望山即会稽山,秦始皇曾登此观海,勒石立碑,秦望碑即指此。至于有无佚失则未言。唐初亡佚大半,《隋志》史部杂史类仅著录四卷,两《唐志》同。南宋初罗苹注《路史》曾引《琐语》,但同时代郑樵《通志·艺文略》列《古文琐语》四卷为逸书。晁公武《郡斋读书志》、陈振孙《直斋书录解题》、《宋史·艺文志》、《文献通考》皆无目,说明《琐语》可能佚于南宋。如果罗苹实际是转引他书,则亡佚时间更早。

《琐语》遗文散见于《水经注》、《北堂书抄》、《艺文类聚》、《春秋左传注疏》、《史通》、《事类赋注》、《太平广记》、《太平御览》、《路史》注诸书,以《御览》为多。清人《琐语》辑本凡四种。洪颐煊辑《汲冢琐语》,载《经典集林》卷九;严可均辑《汲冢琐语》,载《全上古三代文》卷一五;马国翰辑《古文琐语》,载《玉函山房辑佚书》卷六三史编杂史类;王仁俊辑《古文琐语》,载《玉函山房辑佚书续编》史编总类②。其中,严本与洪本全同③,最为完备。然马

---

① 《史通·申左篇》自注:"汲冢所得书,寻亦亡逸。今惟《纪年》、《琐语》、《师春》在焉。"未提《穆天子传》,偶失记耳。

② 王仁俊辑本系稿本,未刊,藏上海人民图书馆。上海古籍出版社1989年影印出版,收入《玉函山房辑佚书续编三种》。《续修四库全书》亦收入。

③ 按:严可均《全上古三代秦汉三国六朝文》中的《汲冢琐语》,窃以为即洪颐煊所辑者。因为严可均在嘉庆中辑录《全上古三代秦汉三国六朝文》,预其事者尚有孙星衍等七人,而洪颐煊是孙门生。参见曹书杰《中国古籍辑佚学论稿》,东北师范大学出版社,1998年版,第156、173页。

本"季康子诘盗"条为洪本严本所无①。王本只"师旷辨鸟"一条，三本皆有此事②。洪本严本凡二十五条，但有未当者。辑自《史通·申左篇》的"汲冢所得书，寻亦亡逸。今惟《纪年》、《琐语》、《师春》在焉。案《纪年》、《琐语》载春秋时事，多与左氏同"，实际并非佚文。辑自《初学记》卷二四的"疏圃"乃误辑，《初学记》下注"见《淮南子》"，接下"瓜圃"，注"见《琐语》"，所指乃宋景公逃入瓜圃之事，此条已辑，且已注明"案《初学记》二十四引'瓜圃'见《琐语》"。"秦望碑"条系后人所加，不应辑入。"齐景公伐宋"二条实为一事，马本合为一条。这样实剩二十一条。另外，明董斯张《广博物志》卷一八《人伦一》引《琐语》、《史索隐》云："豫让为知伯报仇，为襄子所得。使兵环之，让愿请其衣而击之。襄子义之，脱附身之衣以与之。让拔剑三跃，呼天击之，衣尽出血，曰：'而可以报知伯矣！'遂伏剑而死。襄子回车，车轮未周而亡。"按此事又载《战国策·赵策一》及《史记》卷八六《刺客列传》，无衣出血事。司马贞《索隐》曰："《战国策》曰：'衣尽出血，襄子回车，车轮未周而亡。'"所云《史索隐》即此。《广博物志》当转引他书，所据不详。此条诸家《琐语》辑本皆未收，宜补。再加马本一条，总共二十三条佚文，不过其中有些仅为片言只语，记事较完整者十五条。

《琐语》出战国魏襄王墓，襄王卒于公元前296年，下距秦统一七十七年，可见是战国后期以前书。考《琐语》记事最晚者是赵襄子亡。据《史记》之《晋世家》及《六国年表》，襄子在位三十三年，卒于前425年。再往前是智伯败、宋景公卒、季康子诘盗诸事。智伯被杀和宋景公卒均在前453年，季康子卒于鲁哀公二十七年

---

① 马本于此条下未注出处，今从马骕《绎史》卷八〇（康熙刻本）检得此条，引自《古文琐语》。按：马骕清初人，其时《琐语》早已亡佚，不知马骕何书而引。清人陈厚耀《春秋战国异辞》卷五、李锴《尚史》卷三〇皆引《古文琐语》此事，当据马骕《绎史》。

② 各本所据为《太平御览》卷九一七所引者，王本乃据《稽瑞》。

（前468）。除季康子诘盗稍早，其余时值战国初叶①。由此似可认为《琐语》出于战国初。又，《琐语》文字质朴，接近《左传》，内容虽多为"卜梦妖怪"，但只是卜筮占梦而已，同《左传》差不多，与战国中后期盛行的那种极端神秘夸饰的祥瑞灾异之说不大相同，更无神仙家言，而和它同时出土的、书成于魏襄王时的《纪年》就不这样，如黄帝仙去，三苗将亡天雨血、青龙生于庙，柏杼子得九尾狐，胤甲时天有妖孽，十日并出，宣王时马化狐等等②，完全是战国阴阳五行家和方术之士的话头。因此，《琐语》即便不在战国初，也绝不会出于战国中期以后，乃战国初期至中期之间的作品，约当公元前四五世纪。

关于《琐语》时代，杨升庵、胡应麟都曾作过讨论。杨升庵云："《汲冢琐语》其文极古，然多诬而不信。如谓舜囚尧，太甲杀伊尹，又谓伊尹与桀妃妹喜交，其诬若此。小人造言，不起自战国之世。伊尹在相位时，被其黜僇者为之也。然则何以知之？曰：其文不类战国。"③杨说之谬，不辨自明，胡应麟在《少室山房笔丛》己部《二酉缀遗中》嘲之以"儿童之见"，认为"《汲冢琐语》十一篇，当在《庄》、《列》前"，"盖春秋人作也"。以为春秋人作，时间亦早，不过他说的春秋，可能包括三家分晋之后战国初期那一段。

《琐语》作者熟悉夏殷以来历史和掌故，《史通·申左》自注云"《琐语》载春秋时事，多与左氏同"，他很可能是史官，而且是三家

---

① 关于战国开始的年代，古代史家说法不一。《史记》卷一五《六国年表》以周元王元年（前475）为始，《资治通鉴》以周威烈王二十三年（前403）为始。按：据《史记·晋世家》《索隐》及《周本纪》，晋出公二十二年（前453）赵、魏、韩三家杀知伯分晋，晋烈公十三年（前403）周天子册三家为诸侯。今史学界多以三家分晋（前453）为战国开始。参见顾德融、朱顺龙《春秋史》，上海人民出版社，2001年版，第2—3页。今用此说。

② 见方诗铭、王修龄《古本竹书纪年辑证》，上海古籍出版社，1981年版。

③ 《丹铅总录》卷一三订讹类《汲冢文诬》条。

分晋后的晋室史官或魏氏史官①,这从《琐语》多记晋事及出自魏王家看得出来。不过,再从晋平公浍上见首阳神而有喜(详下)来看,从对赵襄子和范献子的负面描写(详下)来看,作者更可能是晋室史官。

《琐语》体例颇类《国语》。《史通·六家篇》曰:"《汲冢琐语》记太丁时事,目为《夏殷春秋》。"又曰:"《琐语》又有《晋春秋》,记献公十七年事。"《惑经篇》自注亦曰:"唯'郑弃师'出《琐语·晋春秋》也。"《外篇·杂说上》曰:"《汲冢琐语》……其《晋春秋篇》云平公疾,梦朱罴窥屏。左氏亦载斯事,而云梦黄熊入门。"②可知《琐语》是按国别来记事的。这一点也可由《束晳传》"诸国卜梦妖怪相书"的"诸国"二字证实。除《夏殷春秋》、《晋春秋》外,遗文中尚有记周、鲁、齐、宋等国传说的,看来还会有《周春秋》、《鲁春秋》、《齐春秋》等。

《琐语》书名系原有,非整理者后加,有《晋书·束晳传》等为证。既称为"语",这就使人很容易把它同《训语》、《国语》联系起来。《训语》、《国语》都系逸史,多含历史传说,《琐语》无疑同它们有着渊源关系。《训语》记有褒姒传说,《国语》引之,而《琐语》亦载,只是因引书摘引,未录全文,仅有"楚矢箕服,是丧王国"数语③。素材的因袭,也反映出《琐语》同《训语》的这种联系。

不过《训语》、《国语》毕竟还是史书,而《琐语》的大大增强了的传说性已经使它在内容上具备了与史书完全不同的面貌,尽管在形式上还用按国别记事、以"春秋"命题的史体。前人或以史书视之,且不说《隋志》、《唐志》列之为杂史,刘知几就把它看作是晋国的乘,《史通·杂说上》云:"《孟子》曰:'晋谓春秋为乘。'寻《汲

---

① 前453年三家分晋后晋室仍存,到前369年晋室亡。
② 南宋姚宽《西溪丛语》卷下亦云:"《汲冢琐语·晋春秋篇》载平公梦朱罴窥屏,左氏、《国语》并云黄能。"盖本《史通》。
③ 《北堂书钞》卷四二引《琐语》。

冢琐语》,即乘之流耶?"按《琐语》虽取材历史,但绝对不是真实可信的历史,刘知几所云"《琐语》载春秋时事,多与左氏同",是指历史轮廓和一些基本的历史事件以及一些传说相同,并非说其书亦为《左传》一流,都是信史。

《琐语》少数是历史传说,如:

> 周宣王夜卧而晏起,后夫人不出于房。姜后既出,乃脱簪珥,待罪于永巷,使其傅母通言于宣王曰:"妾之淫心见矣,至使君王失礼而晏起,以见君王之乐色而忘德也。乱之兴从婢子起,敢请罪。"王曰:"寡人不德,寔自生过,非夫人之罪也。"遂复姜后而勤于政事,早朝晏退,卒成中兴之名。①

> 周王欲杀王子宜咎,立伯服。释虎将执之,宜咎叱之,虎弭耳而服。②

姜后谏宣王事不见史传,西汉刘向采入《列女传》。周幽王废宜咎(咎又作臼)立伯服史有其事,然叱虎显系传说。如果《琐语》所记都属此类,那它仍不脱杂史臼窠,问题是绝大部分内容都是关于卜筮、占梦、神怪一类的迷信传说,其人虽多属实有,其事则荒唐不根,就是说以志怪故事为基本内容。这样我们就不能视其为《国语》或《左传》一流,确信它的真正性质是志怪小说。《晋书·束皙传》谓其"诸国卜梦妖怪相书也",妖怪即妖异之意,相书即占视吉凶之书,《周礼·地官司徒》:"以相民宅,而知其利害。"注:"相,占视也。"《晋书》的意思是《琐语》是记载占视梦象、妖异以辨吉凶之书。但它不是后来的那种讲相法的相书和讲卜筮法的卜筮书,而是专记妖异故事,因此所谓"卜梦妖怪相书",也就是记卜梦妖怪的志怪书。

---

① 《艺文类聚》卷一五引《琐语》。
② 《事类赋注》卷二〇引《琐语》。《太平御览》卷八九一亦引。

《琐语》的性质,胡应麟第一个作了精确的说明。《少室山房笔丛·史书占毕四》云:"按汲冢书目云:《琐语》十一篇,诸国卜梦妖怪相书也。则《琐语》之书,大抵如后世《夷坚》、《齐谐》之类,非杂记商周逸事者也。"《九流绪论下》云:"盖古今纪异之祖"。《二酉缀遗中》云:"盖古今小说之祖"。《华阳博议上》云:"《琐语》博于妖"。所论皆颇精当。

《琐语》之"卜梦妖怪",内容可细分为四类。一是记卜筮之灵验。如:

> 范献子卜猎,命人占之,曰:"此其繇也:'君子得鼋,小人遗冠。'"范献子猎而无所得,而遗其豹冠。①

这是个典型的卜筮故事,故事文本由占卜缘由、繇辞(为四言韵语)、应验结果三部分构成,形成一种特殊的叙事模式。这类故事常常不提卜筮者的姓名,因为其意不在卜筮者而在卜筮本身,即在繇辞和结果的对应中显示卜筮的准确性。而卜筮行为实际是主人公的行为,因此其终极意义乃又在于显示对人物的评价。范献子即士鞅,范宣子士匄子②。晋顷公十二年(前514)为晋卿③。当时晋国由知氏、范氏、中行氏、韩氏、赵氏、魏氏六卿执政,晋出公十七年(前458),知氏等四卿灭范氏、中行氏,共分其地。这个故事颇具幽默感,实际是对范献子的揶揄,不啻嘲讽他是"小人"。史载,晋顷公九年(前517),鲁国大夫季氏逐昭公,十一年卫、宋两国请求晋国收留鲁君避难,季平子贿赂范献子,结果晋君在范献子说服

---

① 据《太平御览》卷六八四、卷八三二、卷九三二引《琐语》互校辑录。
② 《史记》卷四三《赵世家》《索隐》:"范式,晋大夫隰叔之子士蒍之后。蒍生成伯缺,缺生武子会(按:即范武子、士会、随会),会生文叔燮(即范文子、士燮),燮生宣叔匄(即范宣子、士匄),匄生献子鞅(即士鞅),鞅生吉射(即范昭子)。"
③ 见《史记》卷四四《魏世家》。

下没有接纳鲁昭公。① 可见范献子确实是个"小人",难怪作者要拿他开心。

二是记梦验,凡四事,多数涉及鬼神。如:

  齐景公伐宋,至曲陵,梦见有短丈夫宾于前。晏子曰:"君所梦何如哉?"公曰:"其宾者甚短,大上小下,其言甚怒,好俯。"晏子曰:"如是则伊尹也。伊尹其大而短,大上小下,赤色而髯,其言好俯而下声。"公曰:"是矣。"晏子曰:"是怒君师,不如违之。"遂不果伐宋。

  齐景公伐宋,至曲陵,梦见大君子,甚长而大,大下而小上,其言甚怒,好仰。晏子曰:"若是则盘庚也。夫盘庚之长,九尺有余,大下小上,白色而髯,其言好仰而声上。"公曰:"是也。""是怒君师,不如违之。"遂不伐宋也。②

  晋平公梦见赤熊窥屏,恶之而有疾。使问子产,子产对曰:"窥屏墙必是兽也。昔共工之卿曰浮游,既败于颛顼,自没沉于淮之渊。其色赤,其言善笑,其行善顾,其状如熊,常为天王祟。见之堂上,则正天下者死;见之堂下,则邦人骇;见之门,则近臣忧;见之庭,则无伤。今窥君之屏,病而无伤,祭颛顼、共工则瘳。"公如其言而疾间。③

  晋治氏女徒病,弃之。舞嚣之马僮饮马而见之。病徒曰:"吾良梦。"马僮曰:"汝奚梦乎?"曰:"吾梦乘水如河汾,三马当以舞。"僮告舞嚣,自往视之。曰:"尚可活。吾买汝。"

---

① 《史记》卷三九《晋世家》。
② 《太平御览》卷三七八、卷三七七引《古文琐语》或《琐语》。
③ 据《太平御览》卷九〇八、《路史后纪》卷二《共工氏传》注、《左传》昭公七年孔颖达疏引《琐语》互校辑录。

答曰:"既弃之矣,犹未死乎?"舞嚚曰:"未。"遂买之。至舞嚚氏,而疾有间。而生荀林父。①

以上三个故事都流传较广。齐景公梦伊尹盘庚,《晏子春秋·内篇谏上》亦载,又载《论衡·死伪篇》和《博物志》卷七《异闻》②,曲陵作泰山,盘庚作汤,情事有所不同。宋为商后,故伊尹、盘庚之神于梦中出现警告齐景公,故事含有祖先崇拜的意味。晋平公梦赤熊事,又见《左传》昭公七年和《国语·晋语八》,不同之处是所梦者是鲧。这条涉及到古神话共工、颛顼争帝。共工之卿浮游不见他书,明张鼎思《琅琊代醉编》卷二四曾引其事。第三事涉及荀林父的出生。荀林父字伯,晋国正卿,文公时任中行之将,曾大败楚军于城濮,景公时为中军之帅。卒谥桓子,故称中行桓子③。这个故事记述其生母在怀孕而遭治氏遗弃后的异梦及梦验过程,后被西晋王浮《神异记》采入。

占梦小说的结构,通常由梦象、占梦、结果(梦验或主体行为)三个环节构成,突出梦的暗示作用以及占梦的应验性。前两个故事都是如此。而治氏女徒,从梦结构上看它没有占梦环节,并将梦象和梦验交错起来记述,这就突破了一般的结构模式。女徒的梦——"吾梦乘水如河汾,三马当以舞"和遇舞嚚之马僮自然构成应验关系。从这一点来看,治氏女徒的故事最有特色。

三是记妖祥,亦间涉神鬼。如:

陨石于铸(按:古国名)三。宋景公问于刑史子臣曰:"陨石于铸三,何也?"刑史子臣答曰:"天下之望山三将崩。"④

---

① 《太平御览》卷六四二引《琐语》,原文有舛误,此据拙著《唐前志怪小说辑释》,上海古籍出版社,1986年版,第2页。
② 《太平广记》卷二九一亦引,与《博物志》大同,谈恺刻本注出《物异志》,明抄本作《博物志》。
③ 见《左传》及《史记》卷三九《晋世家》。
④ 《北堂书抄》卷一六〇引。

这是所谓"灾妖",下面是记吉兆即所谓"祥"的:

> 晋平公时,有鸟从西方来,白质,五色皆备。有鸟从南方来,赤质,五色皆备。集平公之庭,相见如让。公召叔向问之,叔向曰:"吾闻师旷曰:'西方有白质鸟,五色皆备,其名曰翚;南方赤质,五色备,其名曰摇。'其来为吾君臣,其祥先至矣。"①

> 晋平公与齐景公乘,至于浍上,见人乘白骖八驷以来,有大狸身而狐尾,去其车而随平公之车。公问师旷曰:"有大狸身而狐尾者乎?"师旷有顷而答曰:"有之。首阳之神有大狸身而狐尾,其名曰者来。饮酒于霍太山而归,其居于浍乎?见之甚善,君其有喜焉。"②

二事都是博物传说和辨吉凶的结合,可见博物学已经开始阴阳五行化了。二事也都和师旷有关,师旷是晋国的一位博物家和预言大师。翚、摇又见《尔雅·释鸟》:"雉绝有力奋,伊洛而南素质,五采皆备成章,曰翚;江淮而南青质,五采皆备成章,曰鹞。"与此稍异,盖传闻异辞。摇同鹞,《说文》四上佳部"雉"字释亦作摇。后事首阳神,乃巫觋之伪神话。《山海经·中山经》有首山䰠,首山即首阳山,䰠,郭璞注即神字。《说文》九上鬼部亦释为神,段玉裁注:"当作神鬼也,神鬼者,鬼之神者也。"《玉篇》则称"䰠,山神也"。

四是记其他预言吉凶的故事,如:

> 师旷昼御晋平公鼓瑟,辍而笑曰:"齐君与其嬖人戏,坠于床而伤其臂。"平公命人书之曰:"某月某日齐君戏而伤。"

---

① 据《太平御览》卷九一七引《琐语》、《稽瑞》引《古文琐语》,互校辑录。
② 据《水经注》卷六《浍水》引《古文琐语》、《太平御览》卷四〇引《琐语》、《太平广记》卷二九一引《古文琐语》互校辑录。

问之于齐侯,齐侯笑曰:"然,有之。"①

  初,刑史子臣谓宋景公曰:"从今已往五祀五日,臣死。自臣死后五年,五月丁亥,吴亡。以后五祀,八月辛巳,君薨。"刑史子臣至死日,朝见景公,夕而死。后吴亡,景公惧,思刑史子臣之言。将死日,乃逃于瓜圃,遂死焉。求得,以虫矣。②

在先秦传说中,师旷是个神奇化了的真实人物,善辨音而预言吉凶,从上事可见一斑。刑史子臣又作形史子臣,不见《左传》、《国语》、《史记》,《搜神记》及《宋书·符瑞志上》亦记此事,《搜神记》称"宋大夫邢史子臣明于天道"③,"刑"作"邢"。关于他的传说,《琐语》共记两则,估计当时此人传说不会少。故事对宋景公知己之将死的行为的描写非常精彩,活画出一副惊恐、狼狈之状,而瓜圃化虫的描写更富于嘲讽意味,见出景公的委琐可笑。

《琐语》内容大抵如此。可以看出,作为志怪源头的神话传说,宗教迷信传说和地理博物传说都为它所承继。当然主要是宗教迷信传说,它当是此类传说的集大成者,只是由于原书散失,我们只能看到极小的部分。二十余条遗文有很浓的"卜梦妖怪"色彩,但许多故事也曲折反映出作者的政治倾向和憎爱情感。他反对齐景公侵略他国的不义行径,讥讽齐侯的淫逸,对晋国智伯、范献子这些爱搞乱子的野心家表示反感。"治氏女徒"一条还反映了女奴被踩蹋后因病遭弃的悲惨命运。而且,最值

---

  ① 据《艺文类聚》卷一九、《太平御览》卷三六九又卷三九一引《琐语》互校辑录。
  ② 引文据《唐前志怪小说辑释》,第3页。据《艺文类聚》卷八七、《太平御览》卷九七八、《事类赋注》卷二七引校辑。
  ③ 见《新辑搜神记》卷四。辑自《三国志·魏书·文帝纪》注引干宝《搜神记》。《宋书·符瑞志上》亦载,盖本《搜神记》。

得称道的是作者的艺术意识和表现手段,善于在"卜梦妖怪"中,运用简洁朴素的语言描写生动的人物形象,表达耐人寻味的深长意蕴。

《琐语》上承《训语》摭取历史遗闻、神话传说之统,下又接受《左传》、《国语》杂异闻于历史以及《国语》分国记事的体例的影响,形成了自己搜奇摭异、丛语琐谈的独特面貌,奠定了志怪小说的基础。《琐语》是一种杂史体志怪。在内容上,它作为早期志怪,刚从史书脱胎,不可避免地带有母体的特征,就是取材于历史,历史成分和虚幻成分杂糅,故事是虚幻化了的历史故事或历史化了的虚幻故事。因此,它还带有较浓的历史味道。随着志怪小说的发展,志怪的历史胎记渐渐变淡,就是说虚幻成分越来越大,历史成分相对减少,但却从来也未消失,相反,从历史人物事件中汲取志怪素材,成为志怪小说的一个传统。后世杂史杂传体小说如《汉武故事》、《蜀王本纪》、《拾遗记》等都直接继承了《琐语》开创的这一传统,把历史幻想化,或借历史人物敷衍神怪故事。即便其他志怪小说,亦往往含有历史因素。

在形式上,《琐语》的名称最恰当不过地反映出它的特征。"琐"之为义,小也。《说文》一上玉部:"琐,玉声也。"段注:"谓玉之小声也。《周易》:'旅琐琐',郑君、陆绩皆曰:琐琐,小也。"《文选·东京赋》:"既琐琐焉"。薛综注:"琐琐,小也。"据此,"琐语"则为细言碎语、短书杂记之意,也就是桓谭说的"丛残小语"。《国语》中已有许多独立的小故事,《论语》、《孟子》、《晏子春秋》及《礼记》部分章节也常采取小语短记的形式,《琐语》作者有意识地把这种形式用于志怪,并以"琐语"名之,这就为志怪小说奠定了"短书"格局。这种形式今天看来未免谫陋窘促,但优点是灵活方便,适合小说家们抉异述怪。一事一记,旋起旋落,内容不断变换,对读者来说,读来轻松有味。毛晋跋《西京杂记》云:"余喜其记书真杂,一则一事,错出别见,令阅者不厌其小碎重叠云。"①《文心雕龙》作者刘勰也很欣赏这种短小文体,《诸子篇》云:"谰言兼存,琐语必录。"《杂文篇》亦云:"碎文琐语,肇为《连珠》。其辞虽小而明润矣。"

《琐语》继承史传的记叙手段,记事首尾完整而精炼简洁,着重写人物言行,颇能表达人物特定情绪和形象特征。如范献子、宋景公这些具有幽默感、滑稽感的形象,语含讥讽,简约有味。豫让拔剑呼天击赵襄子衣的刺客形象,悲壮激烈,豪气四射。尤其是"晋治氏女徒"描写女奴美丽的梦幻,甚有抒情意味。梦的神秘感被女奴的遐想和憧憬转化为一种感人的抒情意象,女徒的形象在对话中显得真切感人。这些都是提供给后世志怪的成功艺术表现经验。

《琐语》是志怪小说的开端,对此胡应麟已作过很好的说明。此前元末杨维桢亦曰:"孔子述土羵、萍实于僮谣,孟子证瞽叟朝舜之语于齐东野人,则知《琐语》、《虞初》之流,博雅君子所不弃也。"②明白地把《琐语》置于小说之起点。近世鲁迅先生在《中国小说史略》中称:"至汲冢所出周时竹书中,本有《琐语》十一篇,为诸国卜梦妖怪相书,今佚,《太平御览》间引其文;又汲县有晋立《吕望表》,亦引《周志》,皆记梦验,甚似小说"③。陈梦家更谓"《琐语》实为小说之滥觞也"④。

《琐语》记载的某些故事,后世曾长期流传,前边已经指出。《琐语》出土后,仿作随之而来。先是西晋人托名东方朔作《琐语》,书早佚,嵇含《南方草木状》存其"抱香履"一条,乃介之推传

---

① 见《津逮秘书》。
② 《说郛序》,张宗祥校订本。
③ 《中国小说史略》第二篇《神话与传说》,第10—11页。按:《周志》失考,《吕望表》引周文王梦天帝赐吕望一事,《经典集林》卷九《汲冢琐语》辑本附有该条。
④ 《六国纪年·汲冢竹书考》,学习生活出版社,1955年版。

说。梁金紫光禄大夫顾协撰《琐语》一卷,见《隋书·经籍志》小说类,惜乎只字无存。刘知几《史通·申左篇》云汲冢获书后,"干宝藉为师范"。自注:"事具干宝《晋纪·叙例》中。"我们相信,干宝在撰集《搜神记》时,也肯定要藉《琐语》为"师范"的。

二、"古今语怪之祖"《山海经》

《山海经》今存,十八卷,晋人郭璞注。《隋书·经籍志》地理类小序称"汉初,萧何得秦图书,故知天下要害,后又得《山海经》",则是书出于先秦。然先秦古籍未有提及《山海经》者,其书首见于《史记》卷一二三《大宛列传》:"至《禹本纪》、《山海经》所有怪物,余不敢言之也。"何时何人所作则未言及。

西汉末年刘向子刘歆(后改名秀)在《上山海经表》中首次对《山海经》之成因及作者作了说明:

> 《山海经》者,出于唐、虞之际。昔洪水洋溢,漫衍中国……禹乘四载,随山刊木,定高山大川。益与伯翳主驱禽兽,命山川,类草木,别水土。四岳佐之,以周四方,逮人迹之所希至,及舟舆之所罕到。内别五方之山,外分八方之海,纪其珍宝奇物,异方之所生,水土、草木、禽兽、昆虫,麟凤之所止,祯祥之所隐,及四海之外,绝域之国,殊类之人。禹别九州,任土作贡,而益等类物善恶,著《山海经》。

他以为《山海经》成于尧、舜之时,作者是益等,据文中"益与伯翳主驱禽兽"云云,这个"等"含伯翳在内。

按《史记》卷五《秦本纪》云大费与禹平水土,佐舜调训鸟兽,是为柏翳。《孟子·滕文公上》云"舜使益掌火,益烈山泽而焚之,禽兽逃匿"。《尚书·舜典》云帝舜使益主草木鸟兽。《国语·郑语》云"伯翳能议百物以佐舜者也",韦注:"百物,草木鸟兽"。《汉书·地理志》云"伯益知禽兽"。则益、伯益、柏翳、伯繄均系一人,乃掌管山泽禽兽之舜臣,《史记·秦本纪》司马贞《索隐》谓"伯翳与伯益是一人不疑",是也。刘歆以伯繄、益为二人,误。①

刘歆的益作《山海经》之说,影响很大。《论衡·别通》云:"禹主治水,益主记异物……以所闻见作《山海经》。"《吴越春秋·越王无余外传》云:"禹……遂巡行四渎,与益、夔共谋。行到名山大泽,召其神而问之山水脉理,金玉所有,鸟兽昆虫之类,及八方之民俗,殊国异域,土地理数,使益疏而记之,故名之曰《山海经》。"均本刘歆为说。郭璞《注山海经叙》未明言撰者为何人,但云"此书跨世七代,历载三千",又云"夏后之迹靡刊于将来,八荒之事有闻于后裔"。按由夏至晋恰正七代,盖亦以是书出于禹之世也。由于治水工作禹总其成,故许多人又把著作权归于夏禹。《博物志》卷六云:"太古书今见存,有《神农经》、《山海经》,或云禹所作。"《水经注》卷一〇《浊漳水》云:"禹著《山经》。"卷三九《庐江水》亦称:"《山海经》创之大禹,记录远矣。"《隋书·经籍志》云:"后又得《山海经》,相传以为夏禹所记。"另有人则折中之,《颜氏家训·书证》云:"《山海经》,夏禹及益所记。"

《山海经》之为禹、益作,其说之谬灼然可辨,夏时至今还没有发现有什么文字②,更不用说一部洋洋三万余言的书了。再证之本书,其谬更明,前人已作过不少论证。

---

① 刘歆序"益与伯繄"一句,何焯以为"益"字为"盖"字之讹,见《山海经》何焯校本。按:刘序后又云"而益等类物善恶",若"益"为"盖"字,不当前云伯繄而后云益,何氏强为曲说,决不可从。

② 文字产生的时代问题,说法不一。阴法鲁、许树安主编《中国古代文化史》第四章《汉字的起源和演变》说:"目前除少数学者外,大家都认为夏代应该有文字,至少应该已有原始文字。但是在考古发掘中却没有发现确凿无疑的夏代文字。"二里头文化后期、龙山文化后期的刻在陶器上的符号,都不可能是夏代原始文字。北京大学出版社,1992年版,第1册,第139—140页。

明人杨升庵又提出一新说：

> 《左传》曰："昔夏氏之方有德也，远方图物，贡金九牧，铸鼎象物，物物而为之备，使民知神奸，入山林不逢不若，魑魅魍魉，莫能逢之。"此《山海经》之所由始也。神禹既锡玄圭以成水功……收九牧之金，以铸鼎。鼎之象则取远方之图，山之奇、水之奇、草之奇、木之奇、禽之奇、兽之奇，说其形，著其生，别其性，分其类。其神奇殊汇、骇世惊听者……皆一书焉。盖其经而可守者，具在《禹贡》；奇而不法者，则备在九鼎。……九鼎之图，其传固出于终古、孔甲之流也，谓之《山海图》，其文则谓之《山海经》。至秦而九鼎亡，独图与经存。①

清人毕沅、阮元，近人余嘉锡皆赞此说。毕沅曰："《山海经》有古图……十三篇中《海外》、《海内经》所说之图，当是禹鼎也。"②阮元曰："《左传》称禹铸鼎象物……今《山海经》或其遗象欤？"③余嘉锡曰："《山海经》本因《九鼎图》而作。"④杨升庵所引《左传》语，在宣公三年，乃周大夫王孙满对楚庄王问鼎时说的话。夏禹之时根本就没有青铜冶炼和铸造技术⑤，何来九鼎？既无九鼎，又何来

---

① 《杨升庵全集》卷二《山海经后序》。
② 《山海经古今本篇目考》，见《山海经新校正》。
③ 郝懿行《山海经笺疏》阮元序。
④ 《四库提要辨证》卷一八小说家类三。中华书局，1980年版，第三册，第1121页。
⑤ 关于青铜器起源问题在史学和考古学界是个有争议的问题。王玉哲《中华远古史》第四章第三节中说："我们认为可能是夏文化的遗址中，有两个现象必须注意：一个是没有发现铜器，另一个是没有发现文字。"二里头第三期中出现的青铜器，"是商的早期文化"。"属于夏文化的二里头第一、第二期则不见一点青铜器的影子，甚至连红铜也不见。""因此，我们认为夏族可能尚未进入铜器时代（但不排除有可能由同时的先商的商族传入一些青铜器）。文献传说夏代铸鼎于昆吾（注：见《墨子·耕柱》），又有夏代'贡金九牧，铸鼎象物'（注：见《左传》宣公三年）等等记载，未必可信。"上海人民出版社，2000年版，第163页。

九鼎图？既无九鼎图，又何来终古、孔甲传之？升庵之说，自是臆度。① 当然《山海经》确实原有古图为本，下文将要谈及，但绝非什么九鼎图。

然则《山海经》究竟出于何时何人呢？简单地说，它是战国书，今天所见之本更是在长时间中积累而成。梁玉绳《史记志疑》云："似非一时一手所为也。"不是"似"，确乎是如此。战国中期至后期间先后有巫祝方士之流采撷流传的神话传说、地理博物传说，撰集成几种《山海经》的原本。因其性质相近，秦汉人合为一书，定名为《山海经》，最晚在汉武帝时已完成了这一工作。此为《山海经》成书之大概。

《山海经》包括《五藏山经》五篇、《海外经》四篇、《海内经》四篇、《大荒经》四篇，另又有《海内经》一篇，凡五部分。均产生在战国。其中《山经》的风格相对平实一些，含神话较少，以记山为主干，旁及草木禽兽矿产，可确定原是一部独立的书。产生时代大约在战国中期，即公元前四世纪间。有人以为在战国初期或战国之前，似非。理由是：

（一）《山经》言铁之处甚多，如《西山经》"符禺之山，其阳多铜，其阴多铁"等等，凡三十七处。《中次十二经》末又云："出铜之山四百六十七，出铁之山三千六百九十，此天地之所分壤树谷也，戈矛之所发也，刀铩之所起也。"②冶铁业虽始于春秋，铁器已相当普遍，但发达却在战国。春秋时铁称"恶金"，只铸农具，兵器等用

---

① 至今还有论者认为所谓禹铸"九鼎图"是真实可信的，理由是在代表夏代夏族文化的二里头遗址里出土了青铜鼎等。"九鼎图"就是"山海图"的一部分。见江林昌《图与书：先秦两汉时期有关山川神怪类文献的分析——以〈山海经〉、〈楚辞〉、〈淮南子〉为例》，《文学遗产》2008年第6期。然河南偃师二里头遗址第三、四期才有青铜器，三期只出现了铜爵，鼎出现于四期。见梁宏ППП、孙淑云《二里头遗址出土铜器研究综述》，《中原文物》2004年第1期。即便四期亦属夏文化，去夏禹时代甚为遥远。

② 《山海经》引文据袁珂《山海经校注》本，下同。

115

铜,铜称"美金"。①《国语·齐语》记管仲语曰:"美金以铸剑戟,试诸狗马;恶金以铸锄夷斤欘,试诸壤土。"《管子·海王》所记铁官负责生产的铁器,也是妇女用的针、刀,耕者用的耒、耜、铫,木工用的斤、锯、锥、凿。战国铁铸兵器渐多,《荀子·议兵》云:"宛钜铁釶,惨如蜂虿。"宛,楚地,今河南南阳市;釶,矛也。《山经》谓铜山、铁山是戈矛之所发、刀铩之所起,说明它产生时铁制兵器已极普遍,且所举铁山之数为铜山之八九倍,说明铁矿开采业极为发达。此《山经》出于战国之证。

(二)《山经》有浓厚的巫术迷信色彩。一是它记录了许多查无实据的动植,赋予它们招致吉凶祸福的神秘性能,如《南山经》狐状九尾兽食之不蛊,灌灌鸟佩之不惑,《东次二经》狓狓兽见则国多狡客,絜钩鸟见则其国多疫,《中次八经》蓇草服之媚于人等等,这显然是巫祝借所谓祯祥怪异预测吉凶和玩弄祛灾祈福的巫术的反映。二是每介绍完一组名山后,就说山神是什么,形状如何,如何祠神,如《中次十经》:"凡首阳山之首,自首山至于丙山,凡九山,二百六十七里。其神状皆龙身而人面。其祠之,毛用一雄鸡瘗,糈用五种之糈。堵山,冢也,其祠之,少牢具,羞酒祠,婴毛一璧瘗。騩山,帝也,其祠羞酒,太牢具,合巫祝二人舞,婴一璧。"这又是巫祝事鬼通神的宗教仪式的反映。战国之世,巫风很盛。王逸《楚辞章句·九歌序》云:"昔楚南郢之邑,沅、湘之间,其俗信鬼而好祠,祠必作乐鼓舞以乐诸神。"屈原《九歌》反映的正是当时楚国"俗人祭祀之礼,歌舞之乐"。《庄子·应帝王》云:"郑有神巫曰季咸,知人之生死存亡,祸福夭寿,期以岁月旬日若神。"《九歌》、《庄子》反映的是战国中叶的情

---

① 以"恶金"为铁,持此说者甚多,如郭沫若《奴隶制时代》,人民出版社,1972年版;杨宽《中国古代冶铁技术发展史》,上海人民出版社,2004年版。但也有认为"恶金"指劣质铜,见黄展岳《关于中国开始冶铁和使用铁器的问题》,《文物》1976年第8期;白云翔《"美金"与"恶金"的考古学阐释》,《文史哲》2004年第1期;黄金贵、彭文芳《"恶金"辨正》,《中山大学学报》(社会科学版)2007年第5期。

况,相较之下,《山经》自当出于此时。

(三)《山经》有丰富的医疗、药物知识,涉及内、外、妇诸科三四十种疾病,还有兽医知识,药物包括动植矿物。古时巫医不分,医术亦即巫术,所以《山经》中的药物大都无法觅查。但《山经》医药知识之丰富,确也反映着逐渐与巫术分离的医药学进步,而在战国正是医学发达之时,出了名医扁鹊。此《山经》出于战国又一证。

然《山经》不会出在战国初或战国末。铁铸兵器、巫术、医学在战国的发达须有个过程,初期不会一下发达起来,而《山经》反映的情况既已颇为发达,似不会在战国初。又,《管子·地数》曰:"桓公曰:'地数可得闻乎?'管子对曰:'地之东西二万八千里,南北二万六千里,其出水者八千里,受水者八千里,出铜之山四百六十七山,出铁之山三千六百九山,此之所以分壤树谷也,戈矛之所发,刀币之所起也……'"此节全抄《中次十二经》,仅个别文字有出入,系传抄之误。按《管子》一书有浓厚的阴阳五行思想,虽部分材料系出管仲时,但书乃战国中期以后人写成,然则《山经》定在《管子》书成前。是否《山经》抄了《管子》呢? 不会。《管子·地数》又云:"上有丹沙者下有黄金,上有慈石者下有铜金,上有陵石者下有铅锡赤铜,上有赭者下有铁:此山之见荣者也。"对比《山经》"其上多玉,其下多铜"之类记载,二者颇不同。《山经》只是记某山不同方位的不同矿藏,《地数》则指上下间的因果联系,就是说它实际是在介绍找矿经验,显然是地质学进步的体现,可知《管子》成书定晚于《山经》。但《山经》又不会在战国后期。因为后期盛行神仙不死之说,方术之士活跃,甚至医学也掺合了神仙家言,如《神农本草经》[1]云丹沙"久服通神明不老",朴消"炼饵服之,轻身神仙",而《山经》只言巫术而已。

---

[1] 《神农本草经》大约成书于战国末,中有秦汉地名,盖经后人增益。书已佚,有辑本。此处引文据《汉学堂丛书·子史钩沉》辑本。

《山经》之外的部分,后人合称《海经》。它们虽不一定本属一书,但却是一时之作。时代较《山经》略晚,大约在战国中期至后期之间。《海经》不同《山经》之专记山川道里物产,主要记远国异民及神话传说,巫术意味淡而方术气味浓,有很明显的神仙不死及服食内容。《海外南经》有"寿不死"的"不死民"。《海外西经》有"不寿者八百岁"的"轩辕之国","乘之寿二千岁"的白民国乘黄;又云巫咸国群巫上下于登葆山,郭璞注群巫为"神医",上下山乃"采药往来"。《离骚》:"巫咸将夕降兮,怀椒糈而要之。"王逸注巫咸为神巫。神巫、神医也者,其实就是仙人之雏形。《海内西经》有"不死树",又称巫彭等六巫"皆操不死之药"。《海内北经》有"乘之寿千岁"的吉量文马。《大荒南经》有"不死之国","帝药"。《大荒西经》云"三面之人不死",灵山有巫咸等十巫"从此升降,百药爰在"。《海内经》有"不死之山",又有柏高"上下于肇山,以至于天",郭璞注称柏高乃仙者。神仙方术是由巫术发展起来的,酝酿于战国中期,大行于战国末叶及秦汉。此可证《海经》书成在中世之后。不过《海经》并未提到神仙,只是神巫,方术也一般是服食长生不死之药,尚无飞举成仙之说,神巫上天得从山上爬,不像燕昭王、秦始皇时的神仙观念,故而似不会出于战国之季,仅比《山经》略晚而已。①

---

① 关于《山海经》各部分成书年代,学者说法不一。蒙文通《略论〈山海经〉的写作时代及其产生地域》(《中华文史论丛》第一辑,中华书局1962年版)认为《山经》不载渠水,渠水即梁惠王十年(前360)开凿的鸿沟,而《北山经》载太行山脉区域的薄水、明漳之水注于黄泽,而在周定王五年(前602)黄河改道后太行区域的水道才有注入黄泽的可能,而黄泽一名不见于春秋时代,因此《山经》的写作年代在周定王五年至梁惠王十年间而更靠近梁惠王十年。这一说法实际也是认为《山经》成书于战国中期。蒙氏认为《海外经》与《山经》是一个著作的两部分,产生时代自然相同。他又认为《海内经》产生于西周中期以前,《大荒经》产生于周室东迁以前。蒙氏的一个论证思路是依据其内容的虚实程度而推断其时代,《大荒经》神怪最多,《海内经》次之,而《山经》雅正,显示出文化的进步。但我们看来,战国存在地理博物学的巫术化现象,即由平实走向怪诞,因此结论恰正相反。袁珂《〈山海经〉写作的时地及篇目考》(《中华文史论丛》第七辑,上海古籍出版社1979年版)认为《大荒经》和《海内经》一篇大约产生于战国初年或中年,《山经》和《海外经》是战国中年以后作品,《海内经》四篇当成于汉代初年。袁行霈《〈山海经〉初探》(《中华文史论丛》1979年第七辑)认为《山经》是战国初期或中期的作品,《海经》是秦或西汉初年的作品。此外说法尚多。

《海经》十三篇极有可能有古图作依据,它是图画的文字说明。从记叙文字看,有些是说明人物当时在做什么或人物鸟兽的位置,如:

> 讙头国在其南,其为人人面有翼鸟喙,方捕鱼。①

> 女丑之尸生,而十日炙杀之。在丈夫北。以右手障其面。十日居上,女丑居山之上。②

> 奇肱之国在其北,其人一臂三目,有阴有阳,乘文马。有鸟焉,两头,赤黄色,在其旁。

> 有人曰王亥,两手操鸟,方食其头。③

有些还同时说明人或动物面朝的方向,如:

> 开明兽身大,类虎而九首,皆人面,东向立昆仑上。④

> 蛇巫之山上,有人操杯,而东向立。⑤

另外,记邻国及相邻鸟兽间相对位置,常常用在其东、其北等字样,这也是按图次第而记的证明,如:

> 有人曰大行伯,把戈。其东有犬封国。⑥

---

① 《海外南经》。
② 《海外西经》,下则同。
③ 《大荒东经》。
④ 《海内西经》。
⑤ 《海内北经》。
⑥ 《海内北经》。

孟鸟在貊国东北,其鸟文赤黄青,东向。①

兕在舜葬东、湘水南,其状如牛,苍黑,一角。②

兕条郝懿行注曰:"皆说图画如此。"

此外还可找出其他一些证据。

这种情况宋人早已发现。朱熹云:"予尝读《山海》诸篇记诸异物飞走之类,多云东向,或云东首,皆为一定而不易之形,疑本依图画而为之,非实纪载此处有此物也。古人有图画之学,如《九歌》、《天问》皆其类。"③胡应麟后亦曰:"经载叔均方耕,谨兜方捕鱼,长臂人两手各操一鱼,竖亥右手把算,羿执弓矢,凿齿执盾,此类皆与纪事之词大异。近世坊间,戏取《山海经》怪物为图,意古先有斯图,撰者因而纪之,故其文义应尔。"④此言颇得其实。需补充一下的,是所依之图是彩色图,因在描绘异物飞走之状时,常常写出它们的颜色。

早在西周就有了地图。《周礼》有"版图"、"土地之图"、"地图"、"九州之图"、"天下之图"等记。春秋战国时,《管子》书中有《地图篇》,称"凡兵主者必先审知地图"。《战国策·赵策》载苏秦语曰:"臣窃以天下之地图案之,诸侯之地,五倍于秦。"荆轲曾向秦王献督亢地图。看来当时各国都有地图,或为区域性地图,或为天下地理总图。《隋志》云"汉初萧何得秦图书",《史记·大宛列传》称"天子案古图书,名河所出山曰昆仑","秦图书"、"古图书"中当有许多即是春秋战国古图;《后汉书·王景传》载汉明帝赐王景《禹贡图》等,盖此图即为其一。各国史官要绘制地图,以

---

① 《海内西经》。
② 《海内南经》。
③ 《晦庵集》卷七一《记山海经》。
④ 《少室山房笔丛》丁部卷三二《四部正讹下》。

地理博物为专学的巫祝方士一流肯定也要绘制,当然他们的图常是虚无缥缈的东西。王逸《天问序》云:"屈原放逐,见楚有先王之庙,及公卿祠堂,图画天地山川神灵,琦玮僪佹,及古贤圣怪物行事……"王逸的话不会没有根据①,他说的图画颇类《山海经》,楚国重巫,这些图画自然是巫祝之作品。由此可以断定《海经》必是巫祝方术之士依据这种"天地山川神灵"图写成的,而且《山经》也极可能有图为本,看它记叙五藏名山有条不紊,次第井然可知,虽然《山经》本身没有明显的痕迹可寻。直到后世,《山海经》仍有图流传,郭璞注文中多有"画似仙人也"一类话,陶潜诗有"流观山海图"之句。当然此时的《山海经图》不会是战国古图,乃汉晋人据《山海经》而绘制②。

《山海经》在秦汉流传过程中,经过了后人增益和窜改。突出表现是《海内经》四篇中有许多秦汉地名,如桂林、番禺、倭、列阳、长州、余暨、汉阳、彭泽、华阴、象郡、下雋、桂阳、辽阳等,单篇《海内经》中亦有长沙、零陵。《颜氏家训·书证》云:"《山海经》……而有长沙、零陵、桂阳、诸暨,如此郡县不少……皆由后人所羼,非本文也。"秦汉地名羼入的原因,一是正文中误入校文和注文,《海内经》长沙、零陵,《海内东经》成都、长州是也。二是误入他书文字。按秦汉地名大都集中在《海内东经》,该篇文字主要是记水道,平实无奇,风格不类《海经》他篇,所以很可能是该篇散佚太

---

① 东汉王延寿(王逸子)《鲁灵光殿赋》(《文选》卷一一)描写殿中图画云:"图画天地,品类群生。杂物奇怪,山神海灵。写载其状,托之丹青。千变万化,事各缪形。随色象类,曲得其情。上纪开辟,遂古之初,五龙比翼,人皇九头,伏羲鳞身,女娲蛇躯。鸿荒朴略,厥状睢盱。焕炳可观,黄帝唐虞,轩冕以庸,衣裳有殊。下及三后,淫妃乱主。忠臣贞子,烈士贞女,贤愚成败,靡不载叙。"足见西汉仍有在宫殿祠庙图画山川神灵的遗风。

② 唐人诗亦多言《山海图》,如孟浩然《与王昌龄宴王道士房》:"书幌神仙箓,画屏山海图。"钱起《山斋读书寄时校书杜叟》:"日暖蘼茅下,闲观山海图。"

多,有人裁取秦汉他书以补之。毕沅以为取自《水经》①,但这部分注文中郭璞多次引用《水经》,并指出其所记与《水经》相违错的地方,说难成立。有的学者根据这些地名情况认定《山海经》的成书在西汉,或者认为其中的《海内经》四篇产生于西汉,这未必是一种非常科学的方法,结论值得商榷②。

西汉末年,刘向父子校古书,《山海经》其时有三十二篇,刘歆删定为十八篇。《上山海经表》云:"所校《山海经》凡三十二篇,今定为一十八篇,已定。"这十八篇,即《汉书·艺文志》所著录之《山海经》十三篇,也就是《山经》五篇,《海外经》、《海内经》各四篇。刘氏分十八篇者,盖以《山经》为十篇。宋尤袤《山海经跋》③曰:"继得《道藏》本,《南山经》、《东山经》各自为一卷,《西山》、《北山》各分为上下两卷,《中山》为上下三卷,别以《中山》东北为一卷。"宋《道藏》本分《山经》为十卷,或许正以刘歆校本为据。《大荒经》、《海内经》五篇,据郭璞注"皆进在外"(一作"皆逸在外")④,篇后又无校进款识⑤,记叙次第亦不同其他⑥,且内容多与

---

① 见《山海经新校正》卷一三。《隋书·经籍志》地理类有《水经》三卷,郭璞注,撰人不详。
② 袁珂《〈山海经〉写作的时地及篇目考》以《海内经》四篇为汉初人作,理由就是其中有大量秦汉地名。而蒙传铭《〈山海经〉作者及其成书年代之重新考察》(台湾师范大学国文研究所编《中国学术年刊》第15期,1994年3月)根据地名论定《山海经》成书年代在汉武帝元鼎元年至天汉三年(前111—前98)之十四年间。蒙文通则认为此非原貌而是秦汉人所附益窜改,见《略论〈山海经〉的写作时代及其产生地域》注释〔六〕。
③ 见清张金吾《爱日精庐藏书续志》卷三。
④ 晋代郭璞为《山海经》作注,明《道藏》本目录《海内经第十八》之下注云:"此《海内经》及《大荒经》本皆进(一作逸)在外。"当即郭璞注语。
⑤ 按:《海外经》、《海内经》后均有"建平元年四月丙戌,待诏太常属臣望校治,侍中光禄勋臣龚、侍中奉车都尉光禄大夫臣秀领主省"的款识。建平,哀帝年号。望疑是丁望,龚,王龚,见清吴任臣《山海经广注》卷九注。
⑥ 《山经》及《海外》、《海内》二经,均以南、西、北、东为序,《大荒经》则以东、南、西、北为序。

《海外》、《海内》重复,是则为刘歆删去者。郭璞注《山海经》,复取而补入,共为二十三篇,故《隋书·经籍志》著录郭璞注本为二十三卷(《新唐书·艺文志》、《通志·艺文略》地理类同)。《旧唐书·经籍志》著录为十八卷(《崇文总目》、《郡斋读书志》、《中兴馆阁书目》、《直斋书录解题》地理类同),同今本,盖后人又合《山经》为五卷,以协刘表十八篇之数①。南宋尤袤校定《山海经》,仍编订为十八卷,《直斋书录解题》著录本即其校定本②,而今本十八卷即出自尤校本。

《山海经》的传本甚多,以淳熙七年(1180)尤袤刻本为最古。明清时多有校注本,如杨慎、王崇庆、毛扆、王念孙、何焯、吴任臣、毕沅、郝懿行等都校勘过《山海经》或作注。其中较重要的校注本有清王念孙校注本,何焯校本,毕沅《山海经新校正》(《经训堂丛书》、《二十二子》、《二十五子汇函》、《丛书集成初编》等收入),吴任臣《山海经广注》(《四库全书》收入),黄丕烈校本(《四部丛刊》收入),汪绂《山海经存》(《汪双池先生丛书》收入),郝懿行《山海经笺疏》(《郝氏遗书》、《龙溪精舍丛书》、《四部备要》收入),诸校本注本中郝本最善。今人袁珂有《山海经校注》(以郝本为底本),集诸家之长而又多有发明,1980年上海古籍出版社出版。收入丛书者还有《道藏》、《古今逸史》、《格致丛书》、《四库全书》、《百子全书》、《秘书廿一种》等等。

《山海经》全书三万一千余字。它的内容,我们在第一章已经多次谈到,本节前边亦有涉及,主要是上古和晚出的神话传说以及博物地理传说,二者又互相渗透、融合。关于神话传说,不妨再举

---

① 《日本国见在书目录》土地家著录作二十一卷,不知何本,疑一字乃三字之讹,实为二十三卷。注又云"见(现)十八卷",则指十八卷本。
② 《直斋书录解题》卷八地理类《山海经十八卷》解题:"今本锡山尤袤延之校定。"

几条记载：

> 羿与凿齿战于寿华之野，羿射杀之。在昆仑虚东。羿持弓矢，凿齿持盾。

出《海外南经》。按《海内经》又记"帝俊赐羿彤弓素矰，以扶下国"，盖羿为天神。《淮南子·本经训》记尧使羿诛凿齿于畴华之野，可为补充。凿齿，据郭璞注："亦人也，齿如凿，长五六尺"。乃半人半兽之恶神。

> 锺山之神，名曰烛阴。视为昼，瞑为夜，吹为冬，呼为夏。不饮，不食，不息，息为风。身长千里。在无䏿之东。其为物，人面，蛇身，赤色，居锺山下。

出《海外北经》。《大荒北经》亦有记，名烛龙。《天问》："日安不到？烛龙何耀？"即此也。烛龙是位开辟神，同盘古然。《西次三经》云锺山神之子名鼓，人面龙身，为帝所戮，似鼓之父即烛龙。烛龙的"人面蛇身"，是蛇图腾崇拜的反映。

> 下有汤谷。汤谷上有扶桑，十日所浴，在黑齿北。居水中，有大木，九日居下枝，一日居上枝。

出《海外东经》。汤谷或作旸谷、阳谷，乃日之所止处，其名汤者，郭注"谷中水热也"。中之十日，当为羲和所生者，羿射十日，盖亦此也。

> 西南海之外，赤水之南，流沙之西，有人珥两青蛇，乘两龙，名曰夏后开。开上三嫔于天，得《九辩》与《九歌》以下。此天穆之野，高二千仞，开焉得始歌《九招》。

出《大荒西经》。开即启，汉人避景帝刘启讳改①。"嫔"同"宾"，

---

① 宋罗泌《路史后纪》卷一三上《夏后纪下》罗苹注："按：《归藏·郑母经》：'明夷曰：夏后启筮，御龙飞升于天。'《山海经》、《楚辞》等引作夏后开，避汉讳也。"

郭璞注："嫔，妇也，言献美女于天帝"，误。郝懿行云："《离骚》云：'启《九辩》与《九歌》。'《天问》云：'启棘宾商，《九辩》、《九歌》。'是'宾'、'嫔'古字通。'棘'与'亟'同。盖谓启三度宾于天帝，而得九奏之乐也。"袁珂又谓"商"乃"帝"之形讹①。又《海外西经》记夏后启左手操翳，右手操环，于大乐之野舞《九代》。此夏后启神话已近传说，乃后出者，表现启之歌舞淫娱。《墨子·非乐上》谓启"淫溢康乐，野于饮食"，所据大约就是上述神话传说。

《山海经》还有西王母的神话传说颇为出色。《西次三经》云：

……玉山，是西王母所居也。西王母其状如人，豹尾虎齿而善啸，蓬发戴胜，是司天之厉及五残。

郭璞注："胜，玉胜也。"是一种头饰。《大荒西经》亦记西王母而稍简："有人戴胜，虎齿豹尾，穴处，名曰西王母"。《海内北经》又称有三青鸟为西王母取食，据《大荒西经》，三青鸟赤首黑目，一曰大鵹、一曰少鵹、一曰青鸟。《山海经》中的西王母是一位瘟神和杀神，关于他（或她）的来历及演化我们以后还要专门讨论。

《山海经》出自巫祝方士之手，神话传说和地理博物传说大都被巫术化和方术化了。《汉书·艺文志》列《山海经》为数术略形法家之首。所谓数术即巫卜方术、阴阳五行之总称，而形法者，即《汉志》云"大举九州之势以立城郭室舍，形人及六畜骨法之度数，器物之形容，以求其声气贵贱吉凶"，就是说《山海经》是部讲鬼神天命、吉凶妖祥的数术书。《汉志》依据刘歆《七略》而作，因此以《山海经》为形法书是刘歆的看法。刘歆在《上山海经表》中说《山海经》"可以考祯祥变怪之物，见远国异人之谣俗"，把它看作察验吉凶的著作，所以要归入形法一类。虽定性不很确切，但也揭示出《山海经》具有巫术性质。后来《宋史·艺文志》列入五行类，也接

---

① 《山海经校注·海经新释》卷一一，上海古籍出版社，1980年版，第414页。

近刘歆的看法。鲁迅则非常明确地说:"《山海经》……记海内外山川神祇异物及祭祀所宜……所载祠神之物多用糈(精米),与巫术合,盖古之巫书也。"①这一看法十分精辟,今人亦有持巫书和方士书之说的②。

《山海经》作为一种战国巫祝文化,也有着地域文化特征。蒙文通根据《山海经》对古帝王世系及方位、地理的记载,认为《山海经》不属于中原文化系统,属于南方文化系统,产生于巴蜀荆楚地区③,袁珂则认为战国楚国巫风最盛,因此是楚国或楚地作品④。虽有不同,但其属南方文化是一致的,而战国南方文化恰正有突出的巫文化特征。

《山海经》确有巫书性质,但也有地理博物书性质,而且是以地理博物书形式出现的,书名体例都反映出这一点。《山海经》之"经",乃经界、界域之意。章学诚《文史通义·解经中》曰:"孟子曰:'行仁政必自经界始。'地界言经,取经纪之意也。是以地理书多以经名,《汉志》有《山海经》,《隋志》乃有《水经》。后代州郡地理多称图经,义皆本于经界。"故而从《隋志》始,《山海经》一直被列在史部地理类。有人甚至相信它是可靠的地理著作,如毕沅即云《山海经》是"古者土地之图","经云东西道里,信而有徵"⑤。然其书之地理博物,乃巫祝之学,因而可以说此书是巫书和地理博物书的混合。

不过从小说史角度看,《山海经》"宏诞迂夸,多奇怪俶傥之

---

① 《中国小说史略》第二篇《神话与传说》,第9页。
② 袁行霈《〈山海经〉初探》也认为《山海经》是巫觋、方士的书",他说:"我认为《山经》是战国初、中期巫祝之流根据远古以来的传说,记录的一部巫觋之书,是他们行施巫术的参考。《海经》是秦汉间的方士书。"
③ 蒙文通《略论〈山海经〉的写作时代及其产生地域》。
④ 袁珂《〈山海经〉写作的时地及篇目考》。
⑤ 《山海经新校正序》。

言"①,神话和各种传说材料极为丰富,无疑又具有志怪小说的一定性质。最先注意到这一点的是胡应麟。他虽一方面以为它是"周末都邑簿也"②,同时又注意到"偏好语怪"③,"其用意一根于怪"④的内容特征,因而又称其为"古今语怪之祖"⑤。后来,《四库全书总目提要》指出《山海经》"体杂小说"⑥,将它改入小说家类,并云:"书中序述山水,多参以神怪,故《道藏》收入太元(玄)部竞字号中,究其本旨,实非黄老之言。然道里山川,率难考据,案以耳目所及,百不一真,诸家并以为地理书之冠,亦为未允。核实定名,实则小说之最古者尔。"⑦《四库全书简明目录》亦云:"侈谈神怪,百无一真,是直小说之祖耳。"陆心源在《夷坚志序》中也有相似的说法:"自来志怪之书,莫古于《山海经》,按之理势,率多荒唐。"皆为抉髓之论。

当然,《山海经》作者们的著作本意是以古老神话材料和地理博物知识及传说反映巫观念和巫术,并无小说创作的意识。而且它很少有情节完整的故事,内容支离破碎,因而不是严格意义上的古小说,只能称为准志怪小说。梁启超在《中国近三百年学术史》中说《山海经》"应认为我族最古之半小说体的地理书"⑧,称作"半小说体",也是比较准确的。本来古小说就是无意识的产物,当我们说它是小说或者是准小说时纯粹是从其实际表现出的小说特征上说的。从小说文体的特征来衡量,《山海经》确实具备了许多小说的特性,主要是极为丰富的幻想和比较明显的叙事性。瑰

---

① 郭璞《注山海经叙》。
② 《少室山房笔丛》卷一三《史书占毕一》。
③ 《少室山房笔丛》卷三四《三坟补逸下》。
④ 《少室山房笔丛》卷三二《四部正讹下》。
⑤ 《少室山房笔丛》卷三二《四部正讹下》。
⑥ 《四库全书总目》卷六八地理类序。
⑦ 《四库全书总目》卷一四二小说家类三。
⑧ 《中国近三百年学术史》,东方出版社,1996年版,第291页。

丽的幻想是《山海经》最为引人注目的特色,而从叙事性来看虽记述简略,但许多也略具规模,尤其是人所熟知的黄帝战蚩尤、精卫填海等神话,叙事都比较完整。只不过这些神话传说都是被纳入地理记叙的框架中,粘着于山水主体之上,缺乏独立的叙事品格,这不仅不同于《琐语》的记事,甚至也不及后来的《神异经》等书,虽也记殊方绝域之异,但体制和叙事都要纯正得多。因此有的学者否认它是小说①。不过这可以理解为作为小说《山海经》还很幼稚,只能看作是体制不纯的准小说。这样说一点都不能降低它作为"语怪之祖"的地位。它的作用首先是扩大了语怪的风气。其次,开辟了地理博物体志怪。以它为起点,到汉代《神异经》、《玄黄经》、《括地图》、《十洲记》、《洞冥记》,晋《外国图》、《博物志》、《玄中记》,南朝《述异记》等,构成了一个以记虚幻的地理博物传说为内容的志怪系统。同时,又演化出一个内容比较实在但又含异闻的地理博物学杂著系统,如《异物志》、《广志》、《南方草木状》、《禽经》、《北户录》、《岭表录异》等等,它们不断为各代志怪小说提供素材。再次,它多采神话传说,这不仅影响着后世志怪家留意于神话,而且还直接为他们提供了表现题材和素材。

三、其他战国准志怪

战国还有一些具有一定小说性质的准小说,可能是丛集形式的准志怪小说,或者是志怪题材的单篇杂传小说。今分叙如下。

《禹本纪》。是书不见著录,最早称引者系《史记》卷一二三《大宛列传》:

> 《禹本纪》言:"河出昆仑。昆仑其高二千五百余里,日月

---

① 袁行霈《〈山海经〉初探》认为:"《山海经》与小说虽有姻缘,对后世志怪小说影响很大,但它本身究竟不能算是小说作品。"

所相避隐为光明也。其上有醴泉、瑶池。"今自张骞使大夏之后也,穷河源,恶睹《本纪》所谓昆仑者乎? 故言九州山川,《尚书》近之矣。至《禹本纪》、《山海经》所有怪物,余不敢言之也。①

按所引《禹本纪》文,又见《山海经·海内西经》郭璞注和唐李泰《括地志》引。《括地志》引作"河出昆仑二千五百余里,日月所相隐避为光明也"②,无末句。郭注引作"自此(按:指昆仑之虚)以上二千五百余里,上有醴泉、华池,去嵩高五万里,盖天地之中也。"较《史记》多出末二句。《史记·大宛列传》又云:"汉使穷河源,河源出于窴,其山多玉石,采来。天子案古图书,名河所出山曰昆仑云。"杜佑谓"疑所谓古图书即《禹本纪》"③。按河出昆仑不唯见载《禹本纪》,《山海经·西次三经》等均亦有记,故"古图书"不一定单指《禹本纪》,不过《禹本纪》肯定亦在"古图书"之内。

《禹本纪》佚文仅此一例。王应麟《困学纪闻》卷一〇曰:"《三礼义宗》引《禹受地记》,王逸注《离骚》引《禹大传》,岂即太史公所谓《禹本纪》者欤?"按《禹受地记》佚文存一则。梁崔灵恩《三礼义宗》引曰:"昆仑东南五千里之地,谓之神州。"④除此,《尚书·益稷》"弼成五服"孔颖达疏亦引《禹所受地记书》:"昆仑山东南,地方五千里,名曰神州。"内容全同。《禹大传》佚文亦为一则。王逸《离骚》"朝濯发乎洧盘"句注引《禹大传》曰:"侑槃之水,出崦嵫之山。"又《山海经·西次四经》郭璞注亦引《禹大传》该文,"侑槃"作"洧盘"。《禹受地记》和《禹大传》的书名和佚文内

---

① 《汉书》卷六一《张骞李广利传赞》:"《禹本纪》言河出昆仑,昆仑高二千五百里余,日月所相避隐为光明也。自张骞使大夏之后,穷河原,恶睹所谓昆仑者乎? 故言九州山川,《尚书》近之矣。至《禹本纪》、《山经》所有,放哉!"乃本《史记》。
② 《史记》卷一一七《司马相如列传》张守节《正义》引。
③ 《通典》卷一七四。
④ 宋末王应麟《玉海》卷五七引。

容,皆与《禹本纪》十分相似,王应麟以为一书,近是。

梁玉绳《史记志疑》卷三五在考证《禹本纪》时,先引《困学纪闻》语,下又云:"郭璞《山海经》注亦引《禹大传》。《汉艺文志》有《大㑴》三十七篇,师古曰:'㑴,古禹字。'《列子·汤问篇》引《大禹》,疑皆一书而异其篇目尔。"按梁氏谓《禹大传》系《禹本纪》是也,谓《大㑴》亦系一书则非。《汤问》云:"大禹曰:'六合之间,四海之内,照之以日月,经之以星辰,纪之以四时,要之以太岁,神灵所生,其物异形,或夭或寿,唯圣人能通其道。'"其言绝不似《禹本纪》之迂怪,而且所云"大禹"亦非书名,下又接云"夏革曰然则亦有不待神灵而生"云云,尤为了然,乃作者假托大禹、夏革之对话耳。《汉志》之《大㑴》列在杂家,非如《山海经》列为数术形法书,亦不入小说,班固自注仅曰"传言禹所作,其文似后世语",更可见《禹本纪》之非《大㑴》。王先谦《汉书补注·艺文志第十》以为贾谊《新书·修政语》引《大禹》、《墨子·兼爱下》引《禹誓》等乃《大㑴》之佚文,而不云《禹本纪》,近其实矣。

《禹本纪》既与《山海经》并提,并称之为"古图书",肯定是先秦古书,其中有"神州"之语,大约出在邹衍之后,值战国末期,比《山海经》较晚。

《禹本纪》大约是史官所作。"本纪"乃一种史体,刘知几释云:"以编年为主,唯叙天子一人","系日月以成岁时,书君上以显国统"[①]。刘勰云:"本纪以述皇王"[②]。《禹本纪》是记载大禹事迹的,禹乃"圣王",故称本纪。

这样说来,《禹本纪》似是史书,但是禹事迹本来是传说,因而《禹本纪》就不可能是平实的史著。太史公将它同《山海经》并论,称不敢言其所有怪物,足见它也有着《山海经》那样的志怪性质。

---

① 《史通·本纪》。
② 《文心雕龙·史传》。

从佚文的片言只语看也确乎如此,昆仑、瑶池、神州、洀盘、崦嵫都是传说中的地名。昆仑是著名神山,《山海经》《西次三经》及《海内西经》云昆仑方八百里,高万仞,是帝(按:当指黄帝)之下都,百神之所在,有许多奇异的草木禽兽。《天问》亦称"昆仑县圃……增城九重"。瑶池见《穆天子传》,周穆王曾与西王母在此饮酒,位置似在弇山,因靠近昆仑,所以后来又传为在昆仑之上。崦嵫山见《离骚》,云:"吾令羲和弭节兮,望崦嵫而勿迫。"王逸注:"崦嵫,日所入山也。下有蒙水,水中有虞渊。"《西次四经》云崦嵫山有丹木、龟、玉、怪兽孰湖、怪鸟人面鸮,苕水出焉,郭璞注亦称"日没所入山也"。至于神州,是邹衍大九州说对中国的称呼。

禹的事迹主要是治水,而治水涉及名山大川、殊方绝域,所以佚文中记有河、昆仑等。而又相传禹治水遇到许多禽兽物怪,《论衡·别通》说"禹主治水,益主记异物",《列子·汤问》说"大禹行而见之,伯益知而名之,夷坚闻而志之",刘歆《上山海经表》更明确地说禹在治水过程中遇到许多"珍宝奇物","水土、草木、禽兽、昆虫","绝域之国、殊类之人"。《左传》宣公三年还载,禹"铸鼎象物,百物而为之备,使民知神奸",在九鼎上所铸的"百物"图形,即在治水中所遇。《史记》称"《禹本纪》、《山海经》所有怪物,余不敢言之也",可见《禹本纪》的另一项重要内容便是包括"怪物"在内的"百物",而这也正是《山海经》的主要内容之一。因此,《禹本纪》虽用史体,但恐怕也是传闻性的地理博物书,从小说角度看,则可视为准志怪小说。不过,从"本纪"的名称来看,其体制也有可能不属于《琐语》那样的志怪小说文体,而和《穆天子传》相似,属于单篇杂传小说,只是内容为语怪而已。

《归藏》。据说殷商的《易经》名《归藏》。《周礼·春官宗伯》云:"太卜……掌三《易》之法,一曰《连山》,二曰《归藏》,三曰《周易》。"《隋书·经籍志》经部易类序亦云："及乎三代,实为三《易》:夏曰《连山》,殷曰《归藏》,周文王作卦辞,谓之《周易》。"《归藏》名称之义,据《周礼·春官宗伯下》郑玄注："《归藏》者,万物莫不归而藏于其中。"贾公彦疏："此《归藏易》以纯坤为首,坤为地,故万物莫不归于中,故名为《归藏》也。"《春秋左传注疏》襄公九年孔疏亦用此说。

殷重卜筮,有《归藏》这类易书是完全可能的。不过汉后流传的《归藏》非殷《易》。《隋志》著录《归藏》十三卷,晋太尉参军薛贞注,易类小序云："《归藏》汉初已亡,案晋《中经》有之。唯载卜筮,不似圣人之旨。以本卦尚存,故取贯于《周易》之首,以备殷《易》之缺。"似不相信《归藏》十三卷是本来的殷《易》。孔颖达则明谓"世有《归藏易》者,伪妄之书,非殷《易》也"①。

然则传世之《归藏》究系何时所作呢？按东汉初古文经学家桓谭曾云："《易》一曰《连山》,二曰《归藏》,三曰《周易》。《连山》八万言,《归藏》四千三百言。"②又云："《连山》藏于兰台,《归藏》藏于太卜。"东汉末年经学大师郑玄注《礼记·礼运》"吾得坤乾焉"云："得殷阴阳之书也。其书存者有《归藏》。"可见汉世《归藏》很流行,桓、郑都深信其为殷《易》,虽不确,但也见出来历很古,不是汉人所造。因此我以为《归藏》当系先秦古书,从其内容含神仙方术看,乃出于战国末世。《隋志》谓"汉初已亡"者,想是汉初《归藏》散失,汉人又拾缀旧文成书,再度传世,遂得目在《中经》而《隋志》复有十三卷之著录。胡应麟云"《归藏》六朝伪书,盖又窃《淮南》之说,因此说又益见《归藏》为伪书也"③,未必如此。

两《唐志》均著录《归藏》十三卷,称司马膺注,乃薛贞注本之

---

① 《春秋左传注疏》襄公九年疏。
② 桓谭《新论》,清孙冯翼辑,《四部备要》本。
③ 《少室山房笔丛》续乙部卷二五《艺林学山七》。

外又一注本。北宋时大部亡佚，《崇文总目》曰："今但存《初经》、《齐母》、《本蓍》三篇，多阙乱不可详解。"《中兴馆阁书目》同。《宋史·艺文志》著录薛贞注《归藏》三卷，盖即《初经》等三篇。此后著录绝而不见，说明元后其书全亡。清人王谟、王朝渠、洪颐煊、严可均、马国翰等取《山海经》注、《文选》注、《初学记》、《艺文类聚》、《北堂书抄》、《太平御览》、《路史》诸书中之遗文，并有辑本行世①。

《归藏》原篇目可考者有《启筮》（又作《开筮》，汉人避景帝刘启讳改）、《郑母经》、《齐母经》、《初经》、《本蓍》，其内容，《隋志》称"唯载卜筮"。检其遗文，有些是说卦文辞，如"乾为天、为君、为父、为大赤、为辟、为卿、为马、为禾、为血卦"②等。有些是繇词，如："《剥》：良人得其玉，小人得其粟。"③凡此都类似《周易》。但和《周易》颇不同之处，也就是我们最感兴趣的地方，是它记录了非常丰富的神话传说和其他传说。这些神话和传说，有的可能是繇词，有的则为叙述性文字。如：

> 太昊之盛，有白云出自苍梧，入于大梁。④

> 共工，人面，蛇身，朱发。⑤

---

① 王谟辑本见《汉魏遗书抄》；王朝渠辑本见《王氏遗书》、《豫章丛书》；洪颐煊辑本见《经典集林》卷一；严可均辑本见《全上古三代文》卷一五；马国翰辑本见《玉函山房辑佚书》，乃朱彝尊原辑，马国翰校补。参见孙启治、陈建华编《古佚书辑本目录》，中华书局，1997年版，第17—18页。
② 《路史发挥》卷一《论三易》注引。
③ 《太平御览》卷八四〇引。
④ 《太平御览》卷八七二引《归藏》。又《文选》卷二〇《新亭渚别范零陵诗》注引《归藏·启筮》，《艺文类聚》卷一、《初学记》卷一、《太平御览》卷八引《归藏》。
⑤ 《山海经·大荒西经》注、《艺文类聚》卷一七、《太平御览》卷三七三、《路史后纪》卷二《共工氏传》引《归藏·启筮》。

蚩尤出自羊水,八肱、八趾、疏首。登九淖以伐空桑。黄帝杀之于青丘。①

帝尧降二女为舜妃。②

滔滔洪水,无所止极。伯鲧乃以息石、息壤,以埋洪水。③

鲧死三岁不腐,剖之以吴刀,化为黄龙。④

嵩高山,启母在此山化为石,而子启亦登仙。⑤

昔者羿善射,毕十日,果毕之。⑥

昔常娥以西王母不死之药服之,遂奔为月精。⑦

空桑之苍苍,八极之既张,乃有夫羲和,是主日月,职出入,以为晦明。⑧

---

① 《初学记》卷九、《路史后纪》卷四《蚩尤传》注引《归藏·启筮》。
② 《周礼·大卜》疏引《归藏·坤·开筮》。
③ 《山海经·海内经》注引《开筮》。"埋"作"填",据《史记》卷七一《甘茂列传》《索隐》引《启筮》、《北堂书抄》卷一六〇引《易归藏·启筮》改。
④ 《山海经·海内经》注引《开筮》,又《初学记》卷二二引《归藏》,《路史后纪》卷一二《夏后氏》注引作"副之以吴刀,是用出启"。副,剖也。
⑤ 《穆天子传》卷五郭璞注引《归藏》,据洪颐煊校本,《四部备要》。
⑥ 《山海经·海外东经》注引《归藏·郑母经》。《尚书·五子之歌》孔颖达疏引《归藏易》"毕"作"彈"。"毕"同"彈",射也。
⑦ 《北堂书抄》卷一五〇、《文选》卷六〇《祭颜光禄文》注引《归藏》,又《文选》卷一三《月赋》、卷五七《宋孝武宣贵妃诔》注、《太平御览》卷九八四引《归藏》(或《归藏经》)。
⑧ 此条与下条,见《山海经·大荒南经》注引《归藏·启筮》。

瞻彼上天,一明一晦。有夫羲和之子,出于旸谷。

丽山氏之子鼓,青羽人面马身。①

昔彼《九冥》,是与帝《辩》同宫之序,是为《九歌》。(夏后启)不得窃《辩》与《九歌》以国于下。②

金水之子,其名曰羽蒙。乃占之,曰:"羽民,是生百鸟。"羽民之状,鸟喙赤目而白首。③

以上大部分是上古神话和传说,有些是晚出的仿神话,如常娥神话,还有的是地理博物传说。这实际是将远古神话传说纳入卜筮体系,就像《山海经》将其纳入巫术体系一样。而在另外一些卜筮故事中,亦多取古神话材料,尤其明显地反映出神话传说的数术化和迷信化:

昔女娲筮,张云幕而枚占,神明占之曰:"吉。昭昭九州,日月代极,平均土地,和合四国。"④

昔黄神与炎神争斗涿鹿之野,将战,筮于巫咸,巫咸曰:"果哉而有咎。"⑤

---

① 《山海经·西次三经》注引《归藏·启筮》及《路史后纪》卷四《炎帝纪下》注引《归藏》。
② 《山海经·大荒西经》注引《开筮》。
③ 《太平御览》卷九一四、《山海经·海外南经》注引《归藏·启筮》。又《文选》卷一三《鹦鹉赋》注引《归藏·殷筮》。
④ 据《太平御览》卷七八引《归藏》、《北堂书抄》卷一三二引《归藏·启筮》、《初学记》卷二五引《归藏》互校辑录。
⑤ 《太平御览》卷七九引《归藏》。又《路史前纪》卷三《黄神氏》注及《后纪》卷四《蚩尤传》注引《归藏》。

昔者河伯筮,与洛战而枚占,昆吾占之,不吉也。①

明夷曰:昔夏后启筮,御飞龙登于天,占于皋陶,皋陶曰吉。②

昔穆王天子筮,出于西征,不吉,曰:"龙降于天,而道里修远,飞而冲天,苍苍其羽。"③

就中最值得注意的是常娥神话。常娥事引文甚简,张衡《灵宪》所记详,疑即《归藏》原文:

羿请无死之药于西王母,姮娥窃之以奔月。将往,枚筮之于有黄。有黄占之曰:"吉。翩翩归妹,独将西行,逢天晦芒,毋惊毋恐,后且大昌。"姮娥遂托身于月,是为蟾蜍。④

又《淮南子·览冥训》:"羿请不死之药于西王母,姮娥窃以奔月。怅然有丧,无以续之。"高诱注:"姮娥,羿妻。羿请不死之药于西王母,未及服之,姮娥盗食之,得仙,奔入月中,为月精。"姮娥即常娥,"姮"由"恒"变来,"恒"、"常"古音义皆同。汉代避文帝刘恒讳,改"恒"为"常"。后世写作"嫦娥"。

姮娥不见先秦其他书籍,是在战国兴起西王母的传说后产生的,当在战国中晚期,由不死药可知。这个神话的产生,与常羲有关。据《山海经·大荒西经》,常羲乃帝俊妻,生十二月,是月神,后来被历史化,《世本》称其为帝喾(按:即帝俊)之次妃,曰常仪,生帝挚。常仪同常羲。《吕氏春秋·勿躬》作尚仪,云"羲和作占

---

① 《初学记》卷二〇引《归藏》。
② 据《山海经·海外西经》注引《归藏·郑母经》、《太平御览》卷九二九引《归藏》、《路史后纪》卷一三上《夏后纪下》注引《归藏·郑母经》互校辑录。
③ 《太平御览》卷八五引《归藏》。
④ 《后汉书·天文志上》注引张衡《灵宪》。

日,尚仪作占月"。《世本》及《汉书·律历志》又进而谓"黄帝使羲和占日,常仪占月",《世本》宋衷注称皆为黄帝史官,则又由女性月神转为黄帝时占月之男性史官矣。古"羲"、"仪"、"娥"音同,故而由月神常羲或占月官常仪附会出羿妻姮娥,造出奔月为月精之神话。① 杨慎《丹铅总录》卷一三订讹类《月中嫦娥》条云:"月中嫦娥,其说始于《淮南》及张衡《灵宪》,其实因常仪占月而误也。古者羲和占日,常羲占月,皆官名也,见于《吕氏春秋》。《春秋左传》有常仪靡,即常仪氏之后也。后讹为嫦娥,以'仪'、'娥'音同耳。《周礼》注'仪'、'娥'二字,古皆音俄。《易·小象》以'失其义'叶'信如何也',《诗》以'乐且有仪'叶'在彼中阿',《太玄》以'各遵其仪'叶'不偏不颇',《史记》徐广注音檥船作俄,汉碑凡'蓼莪'皆作'蓼仪',则嫦娥为常仪之误无疑矣。"《少室山房笔丛·艺林学山七》云:"《山海经》云:常羲,帝俊妻,生月十二。月中嫦娥,其误当如此。"毕沅注《吕氏春秋·勿躬》"尚仪作占月"亦持杨说,称"古读'仪'为'何',后世遂有嫦娥之鄙言"。凡此都指出嫦娥同常羲、常仪的关系,只是不明白这是神话传说的演化,而以为是讹误。

嫦娥奔月神话汉时盛传,马王堆西汉古墓所出帛画,即有嫦娥奔月。新月上有玉兔、蟾蜍,月下一女子仰身托月,当即嫦娥。河南南阳英庄汉墓画像也刻有满月、嫦娥,嫦娥人首蛇身,仰面,将奔于月。山东临沂金雀山西汉墓出土彩绘帛画也有明月、蟾蜍、玉兔。② 重庆市沙坪坝出土之汉代石棺画像,刻有两足蟾人立而持杵下捣,袁珂谓两足人立之蟾当即变形以后的嫦娥,所捣者当是不

---

① 参见袁珂《山海经校注》,第405页。
② 南阳博物馆《河南南阳英庄汉画像石墓》,《中原文物》,1983年第3期。刘家骥、刘炳森《金雀山西汉帛画临摹后感》,《文物》1977年第11期。参见李立《汉墓神画研究》,上海古籍出版社,2004年版,第4页。

死药。① 四川郫县新胜乡及简阳县鬼头山崖出土的汉墓石棺画像,月中有蟾蜍和桂树②。郫县新胜乡汉墓石棺画像,还有蟾蜍和兔的图像,在西王母左侧③。晋初傅咸《拟天问》云:"月中何有?白兔捣药,兴福降祉。"④汉代月中不仅有蟾蜍(嫦娥),还有白兔、桂树。而在汉代神仙家那里,月中嫦娥是十分理想的神仙材料,于是由难看的癞蛤蟆一变而为翩翩仙女,《文选》卷二一郭璞《游仙诗》李善注引许慎曰:"常娥,羿妻也,逃月中,盖虚上夫人是也。"后来白兔成为嫦娥仙子的宠物。至唐,月中又添出吴刚⑤,更加热闹起来。

《归藏》是卜筮家之书,但多言神灵怪异,且出入于《山海经》,诚如《文心雕龙·诸子》云:"《归藏》之经,大明迂怪,乃称羿弊(按:当作毙)十日,嫦娥奔月。""体杂小说"若《山海》然,故而亦以准志怪小说视之。

战国准志怪小说可能还有一些。《汉书·艺文志》小说家类著录十五家小说,后六家为汉人,前九家未注时代,疑均出战国。兹将九家列于下,括号中语乃班固自注:

> 《伊尹说》二十七篇。(其语浅薄,似依托也。)
> 《鬻子说》十九篇。(后世所加。)
> 《周考》七十六篇。(考周事也。)
> 《青史子》五十七篇。(古史官记事也。)
> 《师旷》六篇。(见《春秋》,其言浅薄,本与此同,似因托之。)

---

① 见《古神话选释》,人民文学出版社,1979年版,第284页。
② 见罗二虎《汉代画像石棺》,巴蜀书社,2002年版,第16页、72页。
③ 《汉代画像石棺》,第24页。
④ 《艺文类聚》卷一引。
⑤ 见段成式《酉阳杂俎》前集卷一《天咫》。

《务成子》十一篇。（称尧问，非古语。）

《宋子》十八篇。（孙卿道："《宋子》，其言黄老意。"）

《天乙》三篇。（天乙谓汤，其言殷时，皆依托也。）

《黄帝说》四十篇。（迂怪依托。）

九家中，《青史子》存佚文三则，鲁迅《古小说钩沉》辑入，所记为胎教及祭法，毫无小说意味。《周考》注云"考周事"，自是周代杂史。章学诚《校雠通义·汉志·诸子》曰："小说家之《周考》七十六篇、《青史子》五十七篇，其书虽不可知，然班固注《周考》云'考周事也'，注《青史子》云'古史官记事也'，则其书非《尚书》所部，即《春秋》所次矣。观《大戴礼·保傅篇》引《青史氏之记》，则其书亦不侪于小说也。"《周考》注云"考周事"，章氏亦以为"不当侪于小说"，是也。此外，《务成子》托名舜师务成昭，班注"称尧问"，系尧与务成子问答。《宋子》注云"其言黄老意"，当是战国道家宋钘（又作宋牼、宋荣子）的言论①。《鬻子说》托名周文王师鬻熊，贾谊《新书·修政语》录鬻子语，均为兴国治民之道。②《天乙》可能也是汤的言论。这些都和小说大相径庭，诚如胡应麟云："虽曰街谈巷语，实与后世《博物》、《志怪》等书迥别，盖亦杂家者流，稍错以事耳。"③

值得注意的是《伊尹说》、《师旷》、《黄帝说》三书。

伊尹，汤相，他的传说先秦书中多有记述。流行最广的是伊尹为庖说汤的传说，见于《墨子·尚贤下》、《孟子·万章上》、《文子·自然》、《庄子·庚桑楚》、《楚辞·惜往日》、《鲁连子》、《尸

---

① 清马国翰据《庄子·天下篇》辑《宋子》一卷，载《玉函山房辑佚书》子编小说家类。据郭沫若《宋钘尹文遗著考》考证，《管子》的《心术》、《内业》是宋钘的著述或他的遗教，《吕氏春秋》的《去尤》、《去宥》原为一篇，殆采自《宋子》十八篇之一。

② 贾谊《新书·修政语下》引录鬻子语七条。今存《鬻子》一卷，《四库全书》收入杂家类，《四库全书总目》卷一一七疑"或唐以来好事之流依仿贾谊所引，撰为赝本"。

③ 《少室山房笔丛》卷二九《九流绪论下》。

子》、《韩非子·难言》、《吕氏春秋·本味》、《战国策·赵策四》等。其中《吕氏春秋·本味篇》最详：

有侁氏女子采桑，得婴儿于空桑之中，献之其君。其君令烰人养之，察其所以然。曰：其母居伊水之上，孕，梦有神告之曰："白出水而东走，毋顾。"明日，视白出水，告其邻，东走十里，而顾其邑尽为水。身因化为空桑。故命之曰伊尹，此伊尹生空桑之故也。长而贤。汤闻伊尹，使人请之有侁氏。有侁氏不可。伊尹亦欲归汤，汤于是请取妇为婚。有侁氏喜，以伊尹为媵送女。……汤得伊尹，祓之于庙，爝以爟火，衅以牺豭，明日设朝而见之，说汤以至味。汤曰："可得而为乎？"对曰："君之国小，不足以具之，为天子然后可具。夫三群之虫，水居者腥，肉玃者臊，草食者膻。臭恶犹美，皆有所以。凡味之本，水最为始。五味三材，九沸九变，火为之纪。时疾时徐，灭腥除膻，必以其胜，无失其理。调和之事，必以甘酸苦辛咸，先后多少，其齐甚微，皆有自起。鼎中之变，精妙微纤，口弗能言，志不能喻。若射御之微，阴阳之化，四时之数。故久而不弊，熟而不烂，甘而不哝，酸而不酷，咸而不减，辛而不烈，澹而不薄，肥而不腻。肉之美者，猩猩之唇；獾獾之炙；巂燕之翠；述荡之掔；旄象之约；流沙之西，丹山之南，有凤之丸，沃民所食。鱼之美者，洞庭之鱄；东海之鲕；澧水之鱼，名曰朱鳖，六足，有珠百碧；藿水之鱼，名曰鳐，其状若鲤而有翼，常从西海夜飞，游于东海。菜之美者，昆仑之苹；寿木之华；指姑之东，中容之国，有赤木玄木之叶焉；馀瞀之南，南极之崖，有菜，其名曰嘉树，其色若碧；阳华之芸；云梦之芹；具区之菁；浸渊之草，名曰土英。和之美者，阳朴之姜；招摇之桂；越骆之菌；鳣鲔之醢；大夏之盐；宰揭之露，其色如玉；长泽之卵。饭之美者，玄山之禾，不周之粟，阳山之穄，南海之秬。水之美者，三危之露；昆仑之井；沮江之丘，名曰摇水；白山之水；高泉之山，其上有涌泉焉;冀州之原。果之美者,沙棠之实;常山之北,投渊之上,有百果焉,群帝所食;箕山之东,青鸟之所,有甘栌焉;江浦之橘;云梦之柚;汉上石耳。所以致之。马之美者,青龙之匹,遗风之乘。非先为天子,不可得而具。天子不可强为,必先知道。道者止彼在己,己成而天子成,天子成则至味具。"①

按《说文》六上木部"栌"字引《伊尹》曰:"果之美者,箕山之东,青凫之所,有甘栌焉,夏孰也。"七上禾部"秏"字之下引《伊尹》曰:"饭之美者,玄山之禾,南海之秏。"②同《本味》而称"《伊尹》曰"。又一下艸部"蒚"字释:"菜之美者,云梦之蒚。"十一下鱼部"鲕"字释:"一曰鱼之美者,东海之鲕。"当亦出自《伊尹》。此二条亦见《本味》,"蒚"作"芹"。另外,《史记》卷一一七《司马相如列传》所录《上林赋》"卢橘夏熟",应劭注引"果之美者"数句,亦称《伊尹书》。翟灏《四书考异·条考三十一》据《伊尹》佚文认为"所谓《本味篇》乃剟自《伊尹说》中",是也。③

《伊尹说》凡二十七篇,当有很丰富的传说。《天问》云:"成汤东巡,有莘爰极,何乞彼小臣,而吉妃是得?水滨之木,得此小子,夫何恶之,媵有莘之妇?"有莘即有侁④,"乞彼小臣",即汤向有侁氏要伊尹事;"水滨"二句即伊尹产空桑事;末句即指伊尹为陪嫁奴隶事。伊尹是有侁氏的奴隶,由烰人养大,烰人也就是庖人——

---

① 引文据毕沅《吕氏春秋新校正》校改。
② "栌"字段玉裁注:"语见《吕览·本味篇》。凫作岛,不言夏孰。……疑岛、凫皆鸟之误也。""秏",《本味》作"秬"。
③ 余嘉锡《小说家出于稗官说》(《余嘉锡论学杂著》)引王应麟《汉志考证》及翟灏之说,以为:"惟《吕览》之为采自《伊尹说》,固灼然无疑。"又严可均《全上古三代文·叙录》云《吕氏春秋·本味篇》"疑即小说家之一篇"。梁玉绳《吕子校补》云:"岂《本味》一篇出于《伊尹说》欤?"刘汝霖《〈吕氏春秋〉之分析》亦以为《本味》"当即采自《伊尹书》也"。见《古史辨》第六册,上海古籍出版社影印本,1982年,第356页。
④ 《吕氏春秋》高诱注:"侁读曰莘。"

做饭的厨师,所以伊尹精通烹调之理,谙熟天下至味,而借以为汤讲述天子之道。《史记》卷三《殷本纪》载:"伊尹名阿衡,阿衡欲干汤而无由,乃为有莘氏媵臣,负鼎俎,以滋味说汤,致于王道。"其中罗列天下至味,不厌其详,涉及许多山川动植,显然也属于战国流行的地理博物传说,和《山海经》有相通之处。

另外,《晏子春秋·内篇谏上》谓伊尹形貌是"黑而短,蓬头而髯,丰上兑下,偻身而下声",《琐语》亦有类似描述,并有宋景公梦伊尹事。这些传说都有一定怪异色彩,班固称《伊尹说》"其语浅薄",当即指其事荒唐不经而言,故而翟灏云:"《伊尹说》乃怪诞猥鄙之小说也。"

师旷,春秋晋国乐师,事平公。《拾遗记》卷三说他"以阴阳之学显于当世,熏目为瞽人,以绝塞众虑,专心于星算音律之中"。他是一个传说化了的真实人物,事迹颇多。《琐语》记有三事,辨瑟音、察妖祥。《周书》卷九《太子晋解》说他给周灵王太子姬晋看相,称"汝声清汗,汝色赤白,火色,不寿",未及三年而晋死。《韩非子·十过》载师旷奏清徵而玄鹤南来。《左传》亦多记其事,但较平实,班固于《师旷》下注云"见《春秋》",指的就是师旷其人其事载于《春秋左传》。

《说文》四上鸟部"鹢"字释云:"《师旷》曰:'南方有鸟名曰羌鹢,黄头赤目,五色皆备。'"段玉裁疑即在小说家《师旷》六篇中,是也。师旷长于博物,《琐语》中有师旷辨羣、摇之语,正与此相类。《师旷》所记,从上述分析看,大约以辨吉凶、察妖祥为主,接近《琐语》之卜梦妖怪。可惜佚文可考者仅此一条①。

---

① 上海古籍出版社1985年出版卢文晖辑注《师旷》,凡辑三十三条,标榜"古小说辑佚",其实是搜集《逸周书》、《左传》、《国语》、《吕氏春秋》、《韩非子》、《汲冢琐语》、《礼记》、《史记》、《新序》、《说苑》、《说文》、《宋书》等书中所载师旷事而成,曰"师旷事迹汇编"可也。可断为佚文者亦仅《说文》所引的一条。

《黄帝说》四十篇,班注"迂诞依托",当是怪异色彩较浓的准志怪小说,或许就是志怪小说亦未可知。黄帝是重要的神话人物,传说极多,战国阴阳家、方术之士亦言必称黄帝。《史记》卷一《五帝本纪》谓"百家言黄帝,其文不雅驯,荐绅先生难言之",足见其传说之迂怪。

《黄帝说》久佚,《隋书·经籍志》不载。汉末应劭《风俗通义》卷六《声音》、卷八《祀典》两处引《黄帝书》,颇疑即《黄帝说》:

> 《黄帝书》:"泰帝使素女鼓瑟而悲,帝禁不止,故破其瑟为二十五弦。"

> 谨按《黄帝书》:"上古之时,有荼与、郁垒昆弟二人,性能执鬼。度朔山上有桃树,二人于树下简阅百鬼。无道理妄为人祸害,荼与、郁垒缚以苇索,执以食虎。"于是县官常以腊除夕饰桃人,垂苇茭,画虎于门,皆追效于前事,冀以御凶也。

此引《黄帝书》显见不是《汉书·艺文志》道家类的《黄帝四经》、《黄帝铭》、《黄帝君臣》、《杂黄帝》等。因为据班固注,《黄帝君臣》"与《老子》相似也",《杂黄帝》"六国时贤者所作",而《黄帝书》既非道家之言,又非贤者之语。也不是阴阳家类的《黄帝泰素》,因为它是"言阴阳五行,以为黄帝之道"的。也不是兵家阴阳书《黄帝》及数术书《黄帝阴阳》等。如果说《黄帝书》是西汉以后作品,为刘歆、班固所未及见,然《隋书·经籍志》亦无《黄帝书》或书名相近的其他书,所以《黄帝书》极可能就是"迂诞依托"的《黄帝说》。书名虽有一字之差,但极相近,说即书,书即说也,古书素无定名,故有此异。应劭注《上林赋》引有《伊尹书》,正为《汉志》之《伊尹说》,可证《黄帝书》确实是《黄帝说》的异称。应劭去刘、班未远,《黄帝说》还不会很快失传,得而见之,征而引之,不亦宜乎？

素女最早见于《山海经》。《海内经》："西南黑水之间有都广之野，后稷葬焉。"郭璞注："其城方三百里，盖天下之中，素女所出也。"郝懿行云："王逸注（按：《离骚》'绝都广以直指兮'句注）引此经有'其城方三百里，盖天地之中'十一字，是知古本在经文，今脱去之，而误入郭注也。因知'素女以出也'五字王逸注虽未引，亦必为经文无疑矣。"按郝说是也。然《山海经》仅记其名而未叙其事，至《黄帝说》始详。素女事又载《世本·作篇》："庖牺氏作五十弦，黄帝使素女鼓瑟，哀不自胜，乃破为二十五弦。"按此云使素女鼓瑟者为黄帝，而非泰帝亦即庖牺①，疑《黄帝书》原亦作黄帝而应劭引录时讹作泰帝，因为既称《黄帝书》，所记自当为黄帝事。然《史记》卷二八《封禅书》述此事亦作太帝，是则应劭前已讹，应劭盖以讹传讹耳。黄帝之讹为泰帝，原因大概是瑟本泰帝作，故而使素女鼓瑟而破为二十五弦事亦连带属之。素女事常被文人撷为典故，如张衡《思玄赋》"素女抚弦而余音兮"，左思《吴都赋》"裹裹素女"，皆用素女鼓瑟典。

度朔山荼与、郁垒二神执鬼事，也是一个古老神话。《论衡·订鬼》引《山海经》佚文亦载此事，较详，提到黄帝，可补《风俗通义》之阙，兹引于下：

> 沧海之中，有度朔之山，上有大桃木，其屈蟠三千里，其枝间东北曰鬼门，万鬼所出入也。上有二神人，一曰神荼，一曰郁垒，主阅领万鬼。恶害之鬼，执以苇索而以食虎。于是黄帝乃作礼，以时驱之。立大桃人，门户画神荼、郁垒与虎，悬苇索以御。凶魅有形，故执以食虎。

《论衡》"荼与"误作"神荼"。后半"于是黄帝乃作礼"云云，

---

① 庖牺即伏羲，又称太昊、泰（太）帝。《史记》卷一二《孝武本纪》张守节《正义》："泰帝谓太昊伏羲氏。"

而应劭所引作"于是县官"云云,此系应劭用自己的话述其大意,后文"追效于前事"可证。

度朔山及素女二事都是和黄帝有关的神话传说,可见《黄帝说》具有志怪小说的性质。二事皆见《山海经》,《山海经》又多记黄帝传说,见出《黄帝说》与《山海经》在内容上互相因袭,关系至为密切。产生时代大约与《山海经》约略同时,而且也可能出自巫觋、方士之手①。

---

① 袁行霈《〈汉书艺文志〉小说家考辨》即认为"方士常依托黄帝,执鬼又属方士范围,此书应是方士之书"。按:关于《黄帝说》,罗宁《〈黄帝说〉及其他〈汉志〉小说》(《四川师范大学学报》第26卷第3期,1999年7月)提出一新说。他认为《史记·封禅书》和《汉书·郊祀志》所载汉武帝时方士齐人公孙卿受之齐人申公的"札书"(又称"鼎书"),"正是一部伪托黄帝之名的方士之作,很可能即是《黄帝说》"。窃以为战国末年秦汉间黄老之学大行,托名黄帝的书极多,观《汉志》可知,公孙卿"鼎书"专言黄帝,实时代使然,未必定为《黄帝说》。又按:马王堆出土帛书,在《老子》乙种本前面抄有《经法》、《十六经》(或释为《十大经》)、《称》、《道原》四种古佚书,都是先秦道家黄老学派著作。何介均、张维明《马王堆汉墓》称其中"《十六经》是假托黄帝及其大臣们言行的'黄帝'书"。文物出版社1982年版,第94页。葛兆光《中国思想史》第一卷更将《十大经》称作《黄帝书》。复旦大学出版社1998年版,第201页。此所谓"黄帝书"与小说家之《黄帝书》全然不同。

第三章 两汉志怪小说

两汉志怪有了较大的发展。在内容和形式上表现出三种形态：一是地理博物体志怪，有《括地图》、《神异经》、《玄黄经》、《洞冥记》、《十洲记》；二是杂传体志怪，有《列仙传》；三是杂记各种神鬼怪异故事，可名之为杂记体志怪，有《异闻记》。另有《虞初周说》可能也是杂史体志怪小说，起码是准志怪。此外，《汉孝武故事》、《蜀王本纪》、《徐偃王志异》、《汉武内传》等单篇杂传小说，也属怪异题材。

两汉志怪小说的主要形态是前一种，它们是在《山海经》影响下发展起来的，内容虽有不同，但大都充满神仙家言，这又同汉代宗教迷信密切相关。至于《列仙传》、《汉孝武故事》等杂传系列的作品，分明又是杂传分化的结果。汉代阴阳五行学、谶纬迷信、神仙方术特别发达，汉末又在神仙方术基础上形成道教，这些是汉志怪生长的土壤和基础。而《山海经》的广泛传播和影响，杂史杂传的发达及分化，给在战国初步形成的志怪小说准备了极有利的发展条件。

一、两汉志怪生长发展的基础与条件

（一）谶纬迷信与神仙方术的兴盛

汉鼎革后，战国流行的种种宗教和准宗教的意识形态及迷信仪式、巫术方术等等，一齐被汉人所承继，在新的社会条件下，它们又都不断扩散、嬗变,相互渗透融合,得到新的发展。大体上说,战国的阴阳五行学进一步被神秘化、系统化、精密化,被改造成天人感应的宗教神学,进而又演变成极端荒谬的谶纬学;在巫术基础上发展起来的神仙方术,吸收阴阳五行学及黄老学,发展成有学有术的神仙学,神仙家各种流派最后又逐渐酝酿成中国独有的道教。这些都得到统治者的提倡。东汉初年杜林给光武上疏曰:"追观往法,政皆神道设教"①。汉代统治者需要利用神道的神秘力量给他们自己增加统治信心和提高自己的权威。宗教迷信思想渗透到西汉社会各个方面,政治、法律、学术都或多或少地变成神学的部门。儒生同时也往往是阴阳五行家或神仙家,封禅、求仙、推灾异、造图谶成为统治阶级的家常便饭。民间也是巫风盛行,所谓"街巷有巫,闾里有祝"②。

我们先来谈谈阴阳五行学和谶纬迷信。

两汉阴阳五行学十分兴盛,名目繁多,形式复杂。《后汉书》卷八二《方术列传序》云:

> 河洛之文、龟龙之图、箕子之术、师旷之书、纬候之部、钤决之符,皆所以探抽冥赜,参验人区,时有可闻者焉。其流又有风角、遁甲、七政、元气、六日七分、逢占、日者、挺专、须臾、孤虚之术,及望云省气,推处祥妖,时亦有以效于事也。

汉初学者继承战国关于阴阳变化、五行消长、灾异祥瑞一套思想,用来指导政治,所谓"知逆顺之变,避忌讳之殃,顺时运之应,法五神之常,使人有以仰天承顺,而不乱其常"③。刘安《淮南

---

① 《东观汉记》卷下,见陶栋《辑佚丛刊》。
② 《盐铁论》二九《散不足》。
③ 《淮南子》卷二一《要略》。

子》、伏胜《尚书大传》、贾谊《新书》、陆贾《新语》及《孔子家语》①等都表现出这种观点。他们借天道说人事,立足点一般还是警告统治者搞好政治。武帝罢黜百家,独尊儒术,所谓儒术并非真正的孔孟之学,而是阴阳五行学同儒学的结合,也就是用阴阳五行、祥瑞灾异的观点,歪曲和改造孔孟的儒学。此之谓今文经学。今文经学代表人物是董仲舒。董仲舒师承公羊学,《公羊传》的特点是好言灾异。他的公羊学承袭战国阴阳五行学,进而发展为极端的宗教神学。董仲舒把原本是一个概念模糊的天,明确为"百神之君"②,即按照自己的目的创造人类和世界的造物主和主宰者。天和人的关系是"人副天数",人的形体、血气、德行、情感、情性、行为无一不是天意的体现,皆为"化天数而成"。③人主则是天委托的下方代理人,"受命之君,天意之所予也"④,也就是君权神授。天和自然万物的关系,也是天支配制约着一切。他说"天地之气,合而为一,分为阴阳,判为四时,列为五行"⑤,阴阳五行之变化规定着万物,体现着天志,它通过"不常之变"亦即灾异、妖怪,来反映"天之谴"和"天之威"。⑥ 由此,董仲舒宣扬要推灾异,他以为一部《春秋》就是孔子用来"以此见悖乱之征","欲其省天谴而畏天威"的。⑦ 董仲舒的宗教神学不仅容纳了全部阴阳五行学的糟粕,甚至还吸取了巫术,《春秋繁露》中有求雨法、止雨法⑧,妖妄到

---

① 《孔子家语》十卷,魏王肃注,实为王肃取春秋战国秦汉有关孔子材料伪撰。但仍有史料价值。《四库全书总目提要》卷九一云:"特其流传已久,且遗文轶事,往往多见于其中。故自唐以来,知其伪而不能废也。"
② 《春秋繁露》卷一五《郊义》。
③ 《春秋繁露》卷一一《为人者天》。
④ 《春秋繁露》卷一〇《深察名号》。
⑤ 《春秋繁露》卷一三《五行相生》。
⑥ 《春秋繁露》卷八《必仁且智》。
⑦ 《春秋繁露》卷六《二端》。
⑧ 见《春秋繁露》卷一六《求雨》、《止雨》。

了极点。

武帝十分欣赏董仲舒的学说,于是董氏公羊学遂成为经学正宗,"学士皆师尊之"①。之后,从武帝到西汉末,推论阴阳灾异,成为最时髦的学问。"明于阴阳"的夏侯始昌,"说灾异"的夏侯胜,"设妖言惑众"的眭弘,"长于灾变"的焦延寿的弟子京房,"好律历阴阳之占"的翼奉,"独好《洪范》灾异"的李寻等,都受到皇帝重用。② 此期间,经学大师刘向、刘歆父子亦乐此不疲。刘向曾"集合上古以来历春秋六国至秦汉符瑞灾异之事"③,著《洪范五行传论》。刘歆虽为古文学家,但亦作《五行传》。董、刘学派不同,董宗《公羊》、向宗《穀梁》、歆宗《左传》,对具体灾异解释莫衷一是,这恰好暴露出阴阳灾异之说是随心所欲的胡说。

汉末又兴谶纬学,这是阴阳五行学关于灾异瑞应的宗教神秘主义走向极端的荒谬结果。其源很古,但于汉世却是董仲舒推波助澜。

谶,是一种"诡为隐语,预决吉凶"④的预言性文字。《后汉书》卷一上《光武帝纪上》李贤注曰:"谶,符命之书。谶,验也,言为王者受命之徵验也。"又称"谶记"、"符"、"符命"。"符"就是符合神意天命之意。许多谶书往往又有图,故又称"图书"、"图谶"。纬是纬书,对经书而言,是按灾异瑞应的神秘观点曲解经书的著作。段玉裁注《说文》"纬"字云:"汉人左右六经之书,谓之秘纬。"《易》、《书》、《诗》、《礼》、《乐》、《春秋》、《孝经》都有假托孔子名义的纬书,称"七经纬",再加上《尚书中候》,统称"纬候"。谶纬学又称"内学"。《后汉书》卷八二上《方术列传序》李贤注曰:"内学谓图谶之书也。其事秘密,故称内。"说明巫术、神仙方

---

① 《汉书》卷五六《董仲舒传》。
② 《汉书》卷七五《眭两夏侯京翼李传》。
③ 《汉书》卷三六《楚元王传》附《刘向传》。
④ 《四库全书总目》卷六易类六案语。

术渗透进来,完全堕落为极端愚妄的宗教迷信。

谶纬书虽不像有人说的那样:"纬者,古史书也"①,但确也起源甚早。《周易》中那句"河出图,洛出书"的不明不白的话,成了谶纬家编造图纬的根据。孔子"凤鸟不至,河不出图,吾已矣夫"②的感喟,又成了他们假托孔子伪造纬书的口实。谶语《左传》、《国语》中已有,称作"童谣",我们以前已引用过。秦始皇时,也流行过"亡秦者胡也","今年祖龙死","始皇帝死而地分"等谣言。③入汉后,《公羊传》、京房《易传》、《齐诗》、《韩诗》等都有谶纬成分,董仲舒、刘向之学更促成了它的发展。《隋书·经籍志》纬书类著录《刘向谶》一卷,虽非向所亲作,但一定是集合刘向之说而成。

与刘向同时的李寻,是成帝时的今文经学家,好《洪范》灾异阴阳星历之学。他说过"五经六纬,尊术显士"的话④,表明成帝时纬学已大备⑤。到哀、平之世,谶纬成为专学大行于世,东汉张衡称:"图谶成于哀、平之际也。"⑥至东汉更变本加厉。《隋志》纬书类序称:"起王莽好符命,光武以图谶兴,遂盛行于世。"两汉之交,社会混乱,政局动荡,统治阶级或怀问鼎篡位之心,或骋兴刘复汉之志,都找到了符命这个法宝。外戚王莽借所谓"白雉之瑞"、"丹书"、"铜符帛图"、"金策符书",先窃安汉公之号,继摄行皇帝之事,再为"假皇帝",最后登基改号,于是"符命之起,自此始矣"。

---

① 清俞正燮《癸巳类稿》卷一四《纬书论》。
② 《论语·子罕》。
③ 《史记》卷六《秦始皇本纪》。
④ 《汉书》卷七五《李寻传》。颜师古注:"六纬者,五经之纬及乐纬也。"
⑤ 参见李学勤《〈汉书·李寻传〉与纬学的兴起》,《杭州师范学院学报》,1996年第2期。李学勤《纬书集成序》,河北人民出版社,1994年版。
⑥ 《后汉书》卷五九《张衡传》。按:张衡说的"谶"实指纬,其称《春秋谶》、《诗谶》可知。实际上汉人在用语上并不严格区分谶、纬。参见萧登福《谶纬与道教》,台北文津出版社,2000年版,第4—5页。

篡汉后,班符命四十二篇于天下,继续制造"莽当代汉有天下"的舆论。① 新莽之世天下大乱,刘秀乘机起兵,靠着军事力量和编造的"刘秀发兵捕不道,四夷方集龙斗野,四七之际火为主"一类"受命之符",堂而皇之地坐上皇帝宝座,然后又"宣布图谶于天下",一如王莽故事。②《后汉书·方术传序》曰:"王莽矫用符命,及光武尤信谶言,士之赴趣时宜者皆驰骋穿凿争谈之也。……自是习为内学,尚奇文,贵异数,不乏于时矣。"

两汉谶纬书数量之大,名目之多,难以尽言。大都是"托名尼山,杂以神怪"③,奉孔子为教主,以自神其学。单从那些古怪的名称就足以见出内容的神秘妖妄。在谶纬书中,儒家尊奉的"圣贤",刘邦、刘秀等所谓"真命天子"及其辅臣都被神化了。《春秋演孔图》④说黄帝龙颜,尧眉八彩,伏牺大目,皋陶鸟喙,舜目重瞳,禹耳三漏等等,都是骨相非凡。孔子海口、尼首、龙形、龟脊、虎掌、翼臂……胸前还天生有"制作定世符运"的天文,简直成了不成人样的怪物。刘邦在《河图提刘》中被描绘为"日角、戴胜、斗胸、龟背、龙股,长七尺八寸"。再者就是编造"圣人"感天而生的伪神话,如《诗含神雾》云:"赤龙感女媪,刘季(按:刘邦字季)兴也。"另外还百般创造刘氏受命于天的各种谶言,《孝经右契》云孔子获麟,麟吐图三卷,文曰"赤刘当起"。如此甚多。谶纬书也含有神仙方术内容,《春秋元命苞》的长生久视,《诗含神雾》和《孝经援神契》的太华山仙室、少室山灵药等都是其例。这些荒唐妖妄的东西,扬雄、桓谭、王充当时都曾予以抨击,《隋书·经籍志》的作者亦颇为不满地批评道:"先王正典,杂之以妖妄;大雅之论,汩之以放诞。"反对把儒学迷信化。

---

① 见《汉书》卷九九《王莽传》。
② 见《后汉书》卷一《光武帝纪》。
③ 《东观汉记拾遗》卷上,见陶栋《辑佚丛刊》。
④ 已佚,辑本见清黄奭辑《汉学堂丛书·通纬》,下同。

下边说到神仙方术。

方士和神仙家的基本观念是长生不死。不死思想萌芽于春秋。《左传》昭公二十年载齐景公曾云"古而无死,其乐若何"。齐国铜器铭文亦多有"用祈寿老毋死"一类话①。春秋战国巫术盛行,巫术有时称方。《史记》卷二八《封禅书》云:"是时苌弘以方事周灵王,诸侯莫朝周,周力少,苌弘乃明鬼神事,设射《狸首》。《狸首》者,诸侯之不来者。依物怪欲以致诸侯。诸侯不从,而晋人执杀苌弘。周人之言方怪者自苌弘。"苌弘的方乃是一种厌胜之术,属于黑巫术。《狸首》本是西周逸诗,乃周时诸侯行射礼时所奏乐章。诗中有一句"射诸侯首不朝者",因为俗称狸为"不来",所以诗名《狸首》。② 苌弘"设射《狸首》",大约就是奏《狸首》而射箭,想促使诸侯来朝。而根据《六韬》的记载:"武王伐殷,丁侯不朝。太公乃画丁侯于策,三箭射之,丁侯病困。卜者占云:'祟在周。'恐惧,乃请举国为臣。太公使人甲乙日拔丁侯着头箭,丙丁拔着口箭,戊己日拔着腹箭,丁侯病稍愈。四夷闻。各以来贡。"③恐怕苌弘非只奏《狸首》,也是画诸侯之图像而射,否则就不是"依物怪"了。根据弗雷泽的"交感巫术"理论,苌弘的巫术属于基于"相似律"原则而产生的"顺势巫术"或曰"模拟巫术"。④ 巫术的方还有消灾祛病、降神见鬼等等。后来讲究长生不死的人吸取巫医以药物去灾的法术,制造不死之药,于是又产生了方士和方术。方术虽

---

① 参见闻一多《神仙考》,《神话与诗》,华东师范大学出版社,1997年版,第165—166页。
② 《史记》卷二八《封禅书》《集解》:"徐广曰:狸,一名不来。"《仪礼·大射》"奏《狸首》"郑玄注:"《狸首》,逸诗《曾孙》也。狸之言不来也。其诗有'射诸侯首不朝者'之言,因以名篇。"《礼记·射义》:"诸侯以《狸首》为节。"陆德明《释文》:"狸之言不来也。首,先也。"
③ 《太平御览》卷七三七引。
④ 英国詹·弗雷泽著,刘魁立编《金枝精要——巫术与宗教之研究》,上海文艺出版社,2001年版,第16—17页。

派出巫术,但方术之士都是文化较高的士阶层成员,一般说来地位非装神弄鬼混饭吃的巫婆神汉可比,因而受到上层社会的重视,方术很快发展起来。

神仙思想和神仙方术的兴起,约在战国中世。《庄子》书提到的"登高不栗,入水不濡,入火不热","不知说生,不知恶死","翛然而往,翛然而来"的"真人"①,以及"肌肤若冰雪,绰约若处子,不食五谷,吸风饮露,乘云气,御飞龙,而游乎四海之外"的藐姑射之山的"神人"②,其实都是仙人。藐姑射之山亦即《山海经》中的姑射之山、列姑射之山。《庄子·大宗师》又云:"黄帝得之(按:指道),以登云天。"《在宥》云黄帝向广成子问长生之道,广成子自称"修身千二百岁矣,吾形未尝衰"。《刻意》云:"吹呴呼吸,吐故纳新,熊经鸟申,为寿而已矣。此导引之士,养形之人,彭祖寿考者之所好也。"稍后,屈原《天问》也提到"延年不死"的话,宋玉《高唐赋》又云:"有方之士:羡门、高溪、上成、郁林、公乐、聚谷。"以上记载,涉及长生不死、吐纳导引、方士神人、海外仙山。

战国后期,神仙方术大畅天下。此时最兴盛的方术是不死药,《山海经·海经》记载甚多。还出现了方士向统治者献不死药的事情,《韩非子·说林上》、《战国策·楚策四》均记有"献不死之药于荆王"的故事,说明方士的活动已扩大到社会最高层。楚国历来重巫,神仙方术很容易发达起来。《楚辞·远游》最充分地表现了楚人的神仙思想。《远游》抒发的是对神仙的追求:"闻赤松之清尘兮,愿承风乎遗则。贵真人之休德兮,羡往世之登仙。与化去而不见兮,名声著而日延。奇傅说之托辰星兮,羡韩众之得之。……轩辕不可攀援兮,吾将从王乔而娱戏。餐六气而饮沆瀣兮,漱正阳而含朝霞。……见王子而宿之兮,审一气之和德。……仍羽

---

① 《庄子·大宗师》。
② 《庄子·逍遥游》。

人于丹丘兮,留不死之旧乡。"文中提到赤松、韩众、轩辕、王乔等仙人和羽人、不死等仙国①,以及轻举上浮、餐风食霞等仙家行为。《远游》王逸以为是屈原作,云"遂叙妒思,托配仙人,与俱游戏,周历天地,无所不到",实际上是模仿《离骚》而张皇神仙,最早亦在战国末世。②

神仙方术另一个流行区是燕、齐。这里神仙方术兴起较早,特点是对海外仙山和不死之药的追求,统治者进行求仙活动。这是和邹衍(邹又作驺)学说的影响分不开的。《史记·封禅书》云:"自齐威、宣之时,驺子之徒论著终始五德之运……而宋毋忌、正伯侨、充尚、羡门高最后皆燕人,为方仙道,形解销化,依于鬼神之事。驺衍以阴阳主运显于诸侯,而燕、齐海上之方士传其术不能通,然则怪迂阿谀苟合之徒自此兴,不可胜数也。"又云:"自威、宣、燕昭使人入海求蓬莱、方丈、瀛州。此三神山者,其傅在勃海中,去人不远,患且至,则船风引而去。盖尝有至者,诸仙人及不死之药皆在焉。其物禽兽尽白,而黄金银为宫阙。"邹衍是战国后期人,约当齐宣王、燕昭王时,他的学说很受时主欢迎。齐燕的方士鼓吹他的大九州说,敷衍出海外三神山的神仙家言,又宣扬"解形销化"的登仙术。所谓海上三神山,是对海市蜃楼的附会。《史记》卷二七《天官书》曰:"海旁蜃气象楼台,广野气成宫阙然,云气各象其山川人民所聚积。"③其他诸侯国亦有好仙者。《孔丛子·陈士义》云:"魏王(按:安釐王)曰:'吾闻德士登华山则长不老,意亦愿之。'"

---

① 地理博物传说中的羽民、不死国仅仅是殊方异民,此则演为仙人之国。
② 马茂元主编《楚辞注释》,认为《远游》大约产生于战国后期和秦汉之间。台湾文津出版社,1985年版,第424—425页。
③ 清钱泳《履园丛话》卷三《海市蜃楼》云:"王仲瞿常言:'始皇使徐福入海求神仙,终无有验。……后游山东莱州,见海市,始恍然曰:秦皇、汉武俱为所惑者,乃此耳。'此言甚确。"

至秦始皇,求仙活动规模之大远远超过战国中后期的齐威、齐宣、燕昭。始皇向往成仙,自称"吾慕真人,自谓真人,不称朕"①。让博士做《仙真人诗》。先后派齐人徐市(即徐福)带童男童女数千人入海求仙,派燕人卢生求仙人羡门、高誓,派韩终、侯公、石生求仙人不死之药。他多次巡游天下,目的之一是求仙。《封禅书》云:"始皇遂东游海上,行礼祠名山大川及八神,求仙人羡门之属。"他到泰山封禅,也是乞求神仙庇佑。在他倡导下,"当此之时,燕、齐之士释锄耒,争言神仙,方士于是趣咸阳者以千数"②。

汉代神仙方术空前发达。"方仙道"的不死术、炼丹术、养生术、房中术等,巫祝的符咒术、占卜术、劾鬼术等,和阴阳五行学及黄老哲学融合而成为神仙学,方士也衍为有学有术的神仙家。③《汉书·艺文志·方技略》专列神仙家一类,称"诞欺怪迂之文弥以益多",著录《宓戏杂子道》等十家,二百零五卷。方术的名门极多,大大超过前代。成帝时谷永谏罢方术,曾对方术作过一番总结:

> 诸背仁义之正道,不尊五经之法言,而盛称奇怪鬼神,广崇祭祀之方,求报无福之祠,及言世有仙人,服食不终之药,遥兴轻举,登遐倒影,览观悬圃,浮游蓬莱,耕耘五德,朝种暮获,与山石无极,黄冶变化,坚冰淖溺,化色五仓之术者,皆奸人惑众,挟左道,怀诈伪,以欺罔世主。听其言,洋洋满耳,若将可遇;求之,荡荡如系风捕影,终不可得。④

他提到服食升天、耕耘五德、炼丹铸金、化色五仓等,比战国要复杂

---

① 《史记》卷六《秦始皇本纪》。
② 《盐铁论·散不足》。
③ 参见范文澜《中国通史简编》修订本,第二编,人民出版社,1965年版,第423—424页。
④ 《汉书》卷二五下《郊祀志下》。

多了,但这还不是全部,只是举其大略而已。

西汉神仙家名声最著者是淮南王刘安。《汉书》本传称其"招致宾客方术之士数千人,作为《内书》二十一篇,《外书》甚众,又有《中篇》八卷,言神仙黄白之术,亦二十余万言"。《内书》即《淮南子》,又称《淮南鸿烈》,有浓重的神仙思想。刘安还著有"言神仙使鬼物为金之术"①的《枕中鸿宝苑秘书》、《淮南万毕术》等。之后,著名经学家孔安国、刘向等亦喜言神仙。葛洪《抱朴子内篇·至理》引孔安国《秘记》,云张良得黄石公不死之法,又师秦时仙人四皓,得神方,修成仙道。刘向醉心黄白之术,向宣帝献刘安《枕中鸿宝苑秘书》,炼金不成,差点被砍掉脑袋。汉初陆贾《新语·思务篇》批评时人"耳乱于不死之道"。统治阶级希冀长生不死,永享荣华,钻营的儒生方士遂趋时附俗,以取富贵,一部分失意的知识分子从虚幻的神仙世界寻找精神寄托,正如《远游》云:"悲时俗之迫厄兮,愿轻举而远游。"这是汉世神仙方术发达的基本原因。

西汉皇帝几乎没有一个不倾心鬼神之事。高祖"甚重祠而敬祭"②,文帝重用"言乞神事"的赵人新垣平,向贾谊"问鬼神之本"于宣室③。武帝是继秦始皇之后又一个大神仙迷。他听说黄帝成了仙,便声称"吾诚得如黄帝,吾视去妻子如脱屣耳"④。司马相如作《大人赋》讽谕武帝好仙,殊不知他读后反倒感到"飘飘有凌云之气,似游天地之间意"⑤。武帝一生干了不少封禅、广祠、求仙的蠢事。先后重用李少君、少翁、栾大、公孙卿、丁公等方士,委以高爵厚禄,甚至把女儿嫁给栾大,听信他们的鬼话,化丹沙,炼黄金,

---

① 《汉书》卷三六《楚元王传》附《刘向传》。
② 《史记》卷二八《封禅书》。
③ 《史记》卷八四《屈原贾生列传》。
④ 《史记》卷二八《封禅书》。
⑤ 《史记》卷一一七《司马相如列传》。

封泰山,祠神君,筑楼台,治明堂,访蓬莱,采芝药……一次次受骗却总执迷不悟,杀了一个再用一个,直惹得"海上燕齐之间莫不扼腕而自言有禁方,能神仙","上疏言神怪奇方者以万数"①。武帝后,宣帝"修武帝故事",用刘向言化沙炼丹;成帝末年无嗣,"颇好鬼神","多上书言祭祀方术者皆得待诏";哀帝"博征方术士"。不过他们都不像武帝那样着迷。到王莽,"兴神仙事",又闹得乌烟瘴气。②

东汉后期,长期酝酿在巫术、方术、神仙学、阴阳五行学、谶纬学中的道教趋于成熟定型,道书和各种流派的道教组织纷纷出现。早在西汉成帝时,齐人甘忠即造《天历包元太平经》,成为最早的道书。③ 此书已失传,内容不可知,从名目看,与纬书相似,估计有浓厚的图谶成分。后汉顺帝时,宫崇献其师干吉(按:又作于吉)的"神书"一百七十卷,号《太平清领书》。④《太平清领书》又称《太平经》,今存五十七卷⑤,它可能同甘忠《太平经》有渊源关系⑥。《太平经》"其言以阴阳五行为家,而多巫觋杂语",有司斥为"妖妄不经"⑦,属道教符箓派。干吉一派被张陵(即张道陵)、张衡、张鲁、张角继承发展,或号太平道,或号五斗米道(又称天师道)。张陵,顺帝时于蜀中鹄鸣山造作符书,创立道派,因受道者出米五斗,称五斗米道。陵死,子衡、孙鲁传其术。张鲁用符咒为人去病,信徒无数,"雄据巴、汉垂三十年"。他的教派称"鬼道",

---

① 《史记》卷二八《封禅书》。
② 以上见《汉书》卷二五下《郊祀志下》。
③ 见《汉书》卷七五《李寻传》。
④ 见《后汉书》卷三〇下《襄楷传》。
⑤ 今有王明编《太平经合校》,中华书局,1992年版;俞理明著《〈太平经〉正读》,巴蜀书社,2001年版。
⑥ 参见陈国符《道藏源流考》,中华书局,1985年版,上册,第82页。
⑦ 见《后汉书》卷三〇下《襄楷传》。

教徒称"鬼卒"。① 他的母亲亦"挟鬼道"②。此后黄巾首领张角,因《太平经》创太平道。《后汉书》卷七一《皇甫嵩传》载,张角"奉事黄老道","符水咒说以疗病",显然亦属"鬼道"。"鬼道"以符咒惑人,明显是巫觋的巫术转化而来。所以陈国符称"三张之术,与巫人之法,相去必不甚远也"③。实际上,汉魏之际的早期道教,大抵巫术色彩极重。东晋著名道教理论家葛洪在《抱朴子内篇·道意篇》中曾说"俗所谓道率皆妖伪",他称之为"妖道",而"诸妖道百余种"。即便是稍近道家"无为"的"李家道",李阿以自己"颜色"(表情)的悲喜示人吉凶,李宽"能祝水治病颇愈",也都是"怪异"之道,不是真正的"仙道"。

太平道"奉事黄老道",五斗米道"主以《老子》五千文,使都习"④,俨然奉老子为教主。《老子》讲虚无自然,书中诸如"深根固柢,长生久视之道","谷神不死,是谓玄牝","善摄生者,陆行不遇兕虎,入军不避甲兵"的话头,很容易被改造成道教教义。老子属道家,这正是道教得名之由来。

顺、桓间,又有魏伯阳⑤作《周易参同契》,这是道教丹鼎派的经典,被后人称为"万古丹中王","万古丹经之祖"⑥。道教丹鼎派有内丹外丹之说。内丹说主张以吐纳导引等炼养之术修炼体内精气,以凝结成"圣胎",此之谓"内丹","内丹"成而得道升仙;外丹即金丹,在鼎炉中用丹沙铅汞等药剂炼成金丹以为服食成仙之

---

① 见《三国志》卷八《张鲁传》。
② 《后汉书》卷七五《刘焉传》。
③ 《道藏源流考》下册,第261页。
④ 《三国志》卷八《魏书·张鲁传》注引《典略》。
⑤ 魏氏身世葛洪《神仙传》未言,只谓吴人,本高门之子。五代彭晓《周易参同契分章通真义·序》(见《道藏》太玄部)云伯阳会稽上虞人,世袭簪裾而不仕,孝桓时传授同郡淳于叔通。
⑥ 分别见北宋高先《金丹歌》、元俞琰《周易参同契发挥》阮登炳序,载《道藏》太玄部。

药。《参同契》"假借爻象以论作丹之意"①,研讨内丹理论,同时也包含外丹之法。②

除上述道教徒,东汉道徒尚夥。《后汉书·方术列传》有王乔、泠寿光(按:《神仙传》作灵寿光)、鲁女生、徐登、费长房、蓟子训、刘根、左慈、上成公、寿光侯、甘始、东郭延年(《神仙传》作东郭延)、封君达(《神仙传》云名衡字君达)、王和平等等,皆好道术,有的著书百余卷。《神仙传》之马鸣生、阴长生、王方平等亦系东汉道士。虽然其人其事未必可靠,但确也反映出道教初创时的热闹情况。道教之兴起,同东汉统治者提倡有关。后汉诸帝中,桓帝酷好道教,《后汉书·祭祀志》载桓帝曾派人和亲自出马祠老子。《后汉书·襄楷传》又云桓帝"宫中立黄老、浮屠之祠"。桓帝时魏伯阳、张陵纷纷开宗立派显非偶然。

两汉宗教迷信的盛行,给志怪小说提供了适宜的气候和肥沃的土壤。这个问题可从如下两方面来考察:

第一,由于社会普遍迷信,两汉之时各种迷信书和半迷信书大批出现。《汉志》著录先秦和两汉阴阳、数术诸家凡二百四十五家,三千五百九十九卷。《汉志》称"大凡书,六略三十八种,五百九十六家,万三千二百六十九卷",阴阳数术书几占十分之三,若就两汉来说,比例会更大。东汉又有大量谶纬书、道书,加上其他迷信书数目会相当可观,只是不好仔细统计。风气之所及,历史

---

① 葛洪《神仙传》卷一。
② 《周易参同契》名称一似汉代纬书,语言晦涩,含义模糊。它究竟是主内丹还是外丹,研究者认识不一致。任继愈主编《中国道教史》认为"讲述炉火炼丹之事,基本上是一部外丹经"。卿希泰主编《中国道教史》认为它"为以往炼丹术、养生术的综合性概括"。胡孚琛认为《参同契》是"道教内丹学奠基的著作","标志着内丹学的形成"。任继愈主编《中国道教史》,上海人民出版社,1997年版,第25页。卿希泰主编《中国道教史》,四川人民出版社,1988年版,第一卷,第129页。胡孚琛《魏晋神仙道教——抱朴子内篇研究》附录《道教史上的内丹学》,人民出版社,1991年版,第343页。

书、诸子书也侈谈神怪。在这种情况下,"儒生穿凿","空生怪说"①,志怪小说的创作便获得绝好时机。

志怪书中有些是方士神仙家之流为自炫其术而作。《洞冥记》作者郭宪即善方术,其《洞冥记序》声称该书之作是为"洞心于道教,使冥迹之奥,昭然显著"。估计《十洲记》、《汉武内传》的作者都是如此。有的则是方术化了的儒者慕道而作,如刘向《列仙传》。在迷信风气包围下,不信鬼神的人出于"世好奇怪,古今同情"之原因,也要写志怪书。扬雄就是这样,他说"有生者必有死,有始者必有终,自然之道也",所谓神仙是小人欺己欺人,无中生有。② 但他也竟写了荒诞怪奇的《蜀王本纪》。

第二,汉代宗教迷信的流行,产生了大量新的神异传说,旧的也获得新内容,这就为志怪小说提供了丰富的素材和幻想形式。例如,西王母传说不断变化,内容愈来愈丰富;刘安、汉武帝、东方朔等真实人物由于和神仙方术直接的关系迅速被传说化,因而产生出许多新的神仙传说;为数众多的方术之士,每人都伴随着一串奇闻。

两汉迷信传说和故事,从总体看大致有两系:一是神仙传说,许多又以西王母、汉武帝、东方朔为中心;一是符命瑞应传说。在前者基础上集中形成了《列仙》、《神异》、《十洲》、《洞冥》、《汉武故事》、《汉武内传》一系列小说;后者主要集中在阴阳五行、卜筮纬候各种迷信书中,但在汉志怪中也渗透着这些传说。这类传说在表现形式上有这样两个特点:一是竭力夸饰"圣君贤相"的骨相不凡,二是把他们说成是感天而生,不是凡夫俗子。这都是模仿古神话。汉小说中一些故事,如《汉武故事》王皇后梦日入怀生武帝,采用的正是这种手法。

---

① 《论衡》卷三《奇怪篇》。
② 《法言》卷一二《君子篇》。

(二)《山海经》的传播与影响

《山海经》郭璞序称"显于汉"。汉初得《山海经》①,武帝时开始流传起来。司马迁看到过这本书,在《史记》第一次记下它的名字。司马相如《大人赋》第一次将西王母播入辞章,其云西王母"戴胜而穴处",所据显为《山海经》。西汉焦延寿《焦氏易林》②提到西王母有三十余处,如"弱水之西,有西王母,生不知死,与天相保"等。在出土的两汉石刻砖刻画像和铜镜铸像上西王母更是常见的题材。东方朔"好古传书","多所博观外家之语"③,亦熟悉《山海经》。刘歆《上山海经表》云:

> 孝武皇帝时,尝有献异鸟者,食之百物,所不肯食。东方朔见之,言其鸟名,又言其所当食。如朔言。问朔何以知之,即《山海经》所出也。

按东方朔所言之鸟,名毕方。郭璞《注山海经叙》:"东方生晓毕方之名",指的就是此事。毕方鸟见载《山海经·西次三经》:"章峨之山……有鸟焉,其状如鹤,一足,赤文青质而白喙,名曰毕方,其鸣自叫也。"又《海外南经》:"毕方鸟……人面,一脚。"④毕方本属

---

① 《汉书·经籍志》地理类序云:"汉初,萧何得秦图书,故知天下要害。后又得《山海经》,相传为夏禹所记。"

② 《焦氏易林》旧题汉焦延寿撰。焦延寿,字赣,西汉昭帝宣帝时人。前人多以为《易林》非焦作,乃两汉间崔篆作。参见余嘉锡《四库提要辨证》卷一三,中华书局,1980年版。胡适亦持是说,见《〈易林〉断归崔篆的判决书——考证学方法论举例》,《历史语言研究所集刊》,第20卷上,商务印书馆,1948年版。然亦有许多学者力主焦延寿撰,见尚秉和《焦氏易诂》,光明日报出版社,2005年版;陈良运《集氏易林诗学阐释》,百花洲文艺出版社,2000年版。

③ 《史记》卷一二六《滑稽列传》。

④ 唐人李绰《尚书故实》亦载东方朔辨毕方事,云:"汉武帝时尝有独足鹤,人皆不知,以为怪异。东方朔奏曰:'此《山海经》所谓毕方鸟也。'验之果然。因敕廷臣皆习《山海经》。"

虚构,汉武帝见到的那只异鸟当然不会是毕方,东方朔难免不是信口雌黄。但这件事倒也反映出武帝时《山海经》引人注意的情况。也是在这个时候,刘安主编《淮南子》,多采《山海经》材料。特别是《墬形训》一篇基本取自《山海经》。如其云:"禹乃使太章步自东极至于西极二亿三万三千五百里七十五步,使竖亥步自北极至于南极二亿三万三千五百里七十五步。"晋皇甫谧《帝王世纪》引《淮南子》此段,前云"《山海经》称"。① 此段见今本《山海经·海外东经》,文字小有异同。又如所记海外三十六国,亦大抵本《山海经》为说。

西汉后期,刘向父子校书,《山海经》亦在其列。刘向本人熟悉《山海》掌故,他曾辨所谓盗械之尸。刘歆《上山海经表》云:

> 孝宣帝时,击磻石于上郡,陷得石室,其中有反缚盗械人。及臣秀父向为谏议大夫,言此贰负之臣也。诏问何以知之,亦以《山海经》对。其文曰:"贰负杀窫窳,帝乃梏之疏属之山,桎其右足,反缚两手。"上大惊。朝士由是多奇《山海经》者,文学大儒皆读学,以为奇可以考祯祥变怪之物,见远国异人之谣俗。

刘向所述故事,出《海内西经》,原文是:"贰负之臣曰危,危与贰负杀窫窳,帝乃梏之疏属之山,桎其右足,反缚两手与发,系之山上木。"郭璞注此段亦述刘向故事。②

刘歆校订《山海经》后,流传更广。王充《论衡》讨论和征引《山海经》的地方,有七八处,暗述其传说者还不包括在内。《论衡》针对时俗而作,引用诸书都是当时流行者,可知《山海经》在当时并非僻书。

《论衡》之外,卫宏《汉旧仪》、高诱《淮南子》注、许慎《说文解

---

① 《后汉书·郡国志一》刘昭注引。
② 唐李冘《独异志》卷上载有此事,多增饰之词。

字》、赵晔《吴越春秋》、应劭《风俗通义》等书都提到《山海经》,或同时又征引其文,足见东汉传播之广。

由于《山海经》有丰富的地理记载,故而它不仅以幻怪奇谲引起人们爱好,"文学大儒皆读学",而且也被用作地理参考书。《后汉书》卷七六《王景传》载:永平十二年(69),明帝遣王景修汴渠,赐景《山海经》、《河渠书》、《禹贡图》。

两汉《山海经》的广泛流传,必不可免地对汉人著作发生巨大影响。《淮南子·坠形训》全仿《山海经》,一些地理博物著作也出现了,其中如《河图括地象》、《河图玉版》、《洛书》、《遁甲开山图》等纬书,都侈谈神怪。《河图括地象》已佚,王谟《汉唐地理书抄》辑有佚文。王氏《河图括地象》序录,引《春秋命历序》:"《河图》,帝王之阶。图载江河山川州界之分野。"引《尚书刑德仿》:"禹长于地理水泉九州,得《括象图》,故尧以为司空。"复引《尚书中候》:"伯禹观于河,有长人鱼身,出曰:'吾河精也。'授禹《河图》,逝入渊。"郑玄注:"即《括地象》也。"指出《括地象》"盖出谶纬家言","乃《河图》九篇中一篇"。按《隋书·经籍志》纬书类序云前汉有《河图》九篇,《洛书》六篇,王说是也。《河图括地象》假托为孔子解《易经》之河图而作,其实是西汉末人模仿《山海经》,记山川道里物产而又贯以阴阳五行、符命瑞应和神仙家言。① 《河图玉版》亦为西汉《河图》之一篇,记有西王母、湘夫人及龙伯国、大秦人等远国异民。龙伯国是幻想中的大人国,又见《列子·汤问》等。大秦即古罗马国,汉时交通中国,说明远国异民的记载已具有汉人的新经验和新认识。《洛书》性质同《河图》。《遁甲开山图》,《隋志》五行类著录三卷,荣氏撰。"皆记天下名山、古先神圣帝皇发

---

① 《河图括地象》也有卓越的科学见解,如:"地常动不止,而人不知。譬如闭舟而行,不觉舟之运也。"按:王谟辑此条末注《御览》。今检《文选》卷一九《励志诗》注引作《河图》。《太平御览》卷三六、《事类赋注》卷六引作《尚书考灵异》,明孙瑴编《古微书》卷一《尚书纬·尚书考灵曜》辑入。

迹之处"①，中含巨灵造山川出江河、女狄生禹、庆都生尧等远古神话传说，是五行家的地理书，大约亦为汉作。至于《黄图》、《异物志》、《水经》等②，则为平实之作。

上述书均非志怪书，乃地理书或地理性的谶纬书和五行书。《山海经》直接影响的产物，是先后出现的一批地理博物体志怪，即《括地图》、《神异经》、《玄黄经》、《洞冥记》、《十洲记》。它们大都模仿《山海》，继承以地理博物为语怪内容的传统，而又作出内容形式上的新发展，构成汉志怪一个颇具特色的谱系。

（三）杂史杂传的发达与分化

"史氏流别，殊途并骛"③。先秦史书已衍出杂史，风气一开，到汉代遂盛行于世。这类史书在《隋书·经籍志》中大都被列入杂史和杂传两类，故我们亦以杂史杂传称之。

《隋志》序杂史曰：

> ……汉初，得《战国策》，盖战国游士记其策谋。其后陆贾作《楚汉春秋》，以述诛锄秦、项之事。又有《越绝》，相承以为子贡所作。后汉赵晔又为《吴越春秋》。其属辞比事，皆不与《春秋》、《史记》、《汉书》相似，盖率尔而作，非史策之正也。灵、献之世，天下大乱，史官失其常守。博达之士，愍其废绝，各记闻见，以备遗亡。是后群才景慕，作者甚众。又自后汉已来，学者多抄撮旧史，自为一书，或起自人皇，或断之近代，亦各其志，而体制不经。又有委巷之说，迂怪妄诞，真虚莫测。然其大抵皆帝王之事。通人君子，必博采广览，以酌其

---

① 王谟《荣氏遁甲开山图》序录，《汉唐地理书抄》。
② 《黄图》，原书已佚，今传《三辅黄图》为后人增订本。《异物志》，东汉杨孚撰，已佚，有《辑佚丛刊》、《岭南遗书》等辑本。《水经》，桑钦撰，已佚，有《广汉魏丛书》等辑本。
③ 唐刘知几《史通》卷一〇《杂述》。

要。故备而存之,谓之杂史。

这就是说,所谓杂史是那类"非史策之正","体制不经",有别于正史如《左传》、《史记》、《汉书》的史书。《文献通考》卷一九五引《宋三朝志》亦曰:"杂史者,正史、编年之外,别为一家,体制不纯,事多异闻,言过其实。"

杂传,《史通》称为别传,宋以后多称为传记,其实也是广义的杂史。所不同者,盖杂史"大抵皆帝王之事",而传记则为诸色人物之生平事迹。明焦竑《国史经籍志》卷三传记类序云:"杂史、传记者皆野史之流,然二者体裁自异。杂史,纪志编年之属也,纪一代若一时之事;传记,列传之属也,纪一人之事。"关于传记的产生,焦氏云:"流风遗迹,故老所传,史不及书,则传记兴焉。如先贤、耆旧、孝子、高士、列女,代有其书;即高僧、列仙、鬼神怪妄之说,往往不废也。"《隋志》杂传类序则叙述了杂传产生发达的具体过程:

> 古之史官,必广其所记,非独人君之举。……是以穷居侧陋之士,言行必达,皆有史传。自史官旷绝,其道废坏,汉初始有丹书之约,白马之盟。武帝从董仲舒之言,始举贤良文学。天下计书,先上太史,善恶之事,靡不毕集。司马迁、班固,撰而成之,股肱辅弼之臣,扶义俶傥之士,皆有记录。而操行高洁,不涉于世者,《史记》独传夷齐,《汉书》但述杨王孙之俦,其余皆略而不说。又汉时阮仓作《列仙图》,刘向典校经籍,始作《列仙》、《列士》、《列女》之传,皆因其志尚,率尔而作,不在正史。后汉光武,始诏南阳,撰作风俗,故沛、三辅有耆旧节士之序,鲁、庐江有名德先贤之赞。郡国之书,由是而作。魏文帝又作《列异》,以序鬼物奇怪之事,嵇康作《高士传》,以叙圣贤之风。因其事类,相继而作者甚众,名目转广,而又杂以虚诞怪妄之说。推其本源,盖亦史官之末事也。载笔之士,

删采其要焉。鲁、沛、三辅,序赞并亡,后之作者,亦多零失。今取其见存,部而类之,谓之杂传。

先秦史书只有传记的萌芽而无正式传记,太史公开而创之,班孟坚踵而继之。这种形式很快引起学者文人注意,它可以自由灵活地记叙自己所熟悉的各色人等,可多可少,可详可略,不必身居史官之位亦可为之,要比写某朝某代历史方便轻快得多,于是作者蜂出。但由于多采遗闻,非如正史之严谨,遂被目为"史官之末事"。

两汉杂史较著者有陆贾《楚汉春秋》,袁康、吴平《越绝书》①,赵晔《吴越春秋》,王粲《汉末英雄记》等,杂传有圈称《陈留耆旧传》,刘向《列女传》、《列士传》,失名《东方朔传》②等,均见《隋志》著录。不见著录者尚有《方士传》,刘向《孝子传》等③。

这些杂史杂传多采传闻,"体制不经"和"真虚莫测"是两个基本特点,如刘勰云:"俗皆爱奇,莫顾实理。传闻而欲伟其事,录远而欲详其迹。于是弃同即异,穿凿旁说,旧史所无,我书则传。"④杂史作者并非着意于修史,不斤斤于史实,不拘泥于常情,不重实录而尚新奇,大量采摭奇闻轶事而不考虑其真伪。《论衡·书虚篇》引述伍子胥被夫差杀死投尸江中驱水为涛,齐桓公负妇人而朝诸侯,高渐离以筑击杀秦王等"传书"语,说"短书小传,竟不可信也"。

---

① 《越绝书》,《隋志》作《越绝记》,子贡撰。后人考证为东汉初会稽袁康、吴平撰。参见明杨慎《杨升庵全集》卷一〇、《四库全书总目提要》卷六六。
② 《东方朔传》,《隋志》不著撰人,可能是前汉人作,见清姚振宗《隋书经籍志考证》卷一〇。
③ 刘向《别录》、刘歆《七略》佚文均引《方士传》邹衍事,姚振宗《汉书艺文志拾补》卷二断为战国书,缺乏证据,可能是西汉作品。《孝子传》,刘向撰,古代文献多有征引。又称《孝子图》,《文苑英华》卷五〇二许南容及李令琛《对策》均称"刘向修《孝子之图》"。
④ 《文心雕龙·史传篇》。

若从史学角度看,"虚"是不好的,许多史学家指责杂史并非没有道理。然从文学角度看,历史之虚化却给小说发展带来莫大好处,它在历史和小说之间搭起了桥梁。汉代志怪小说和杂传小说之所以有较大发展,杂史杂传的发达是重要原因。《列女传》、《列士传》、《方士传》、《东方朔传》、《越绝书》、《吴越春秋》等,都有程度不同的虚化现象,包含着历史传说、民间故事和神话等。如《孝子传》董永遇仙,眉间赤报仇,《列士传》左伯桃羊角哀,《越绝》、《吴越》干将莫邪,吴王小女,袁公处女等等都是。这种情况表明,杂史杂传常常介于小说和史书之间。所以前人普遍感到杂史杂传和小说关系密切,以致颇难区分。马端临《文献通考》卷一九五引郑樵语曰:"古今编书所不能分者五:一曰传记,二曰杂家,三曰小说,四曰杂史,五曰故事。凡此五类书,足相紊乱。"马氏按曰,有"实杂史而以为小说者"。又引《宋两朝艺文志》曰:"传记之作……而通之于小说。"《国史经籍志》卷三云杂史"其体制不醇,根据疏浅,甚有收摭鄙细,而通于小说者"。《四库全书总目》小说家类二亦称:"纪录杂事之书,小说与杂史最易相淆。"

杂史杂传的这种现象,可以表述为历史的虚化现象,而虚化意味着史书品格的部分丧失,于小说来说,则是小说元素的增长乃至于小说作品的产生。因此杂史杂传的虚化,清楚地表明了历史向小说转化的轨迹。明陈言《颍水遗编·说史中》云:"正史之流而为杂史也,杂史之流而为类书、为小说、为家传也。"这个分流和转化过程在春秋战国已出现,但还属初步。两汉历史著述极为活跃,竞相操觚,杂史纷出,因而正史流为杂史,杂史流为小说的情况较彼时要突出得多。

在汉代,从历史内容的虚化程度和叙事的文学因素以及文本体制来分析,杂史杂传向小说的转化表现为三种形态:一是不完全转化,内容多采异闻遗事但体例仍为史作,小说成分历史成分参半,小说品格和史书品格兼而有之,《吴越春秋》、《越绝书》都是这种半小说性的杂史,昔人谓其"参错小说家言"①。二是向历史小说(单篇杂传小说)的完全转化,内容虽无或少有怪异成分,但基本是历史传说,记叙描写用小说手段,情节完整,形式一致,如《燕丹子》、《赵飞燕外传》②即是。昔人谓《燕丹子》"当是古今小说杂传之祖"③,《隋志》列为小说家之首;谓《赵飞燕外传》"实传记之类,然纯为小说家言"④,"《飞燕》,传奇之首也"⑤。三是杂史杂传的虚幻成分大大扩展,成为主要内容,从而转化为志怪小说集,或者是志怪题材的杂传体小说(单篇)。在《隋志》和《旧唐志》中,志怪小说大多系于杂传类,正也说明志怪同杂史杂传的这种渊源关系。

汉代杂史杂传向志怪小说及志怪题材的杂传小说之转化趋势,从西汉末年起明显化了。《列仙传》、《汉孝武故事》、《蜀王本纪》等都是这一时期的产物。它们的名称或曰传,或曰故事⑥,或曰本纪,显系史例,但内容都是虚幻化了的历史,同杂史杂传有本质区别。《列仙传》为众仙立传,属于杂传中的类传,从小说角度看系杂传体志怪。《汉孝武故事》杂记武帝及其后诸帝传说异闻,《蜀王本纪》记古蜀国历史传说,虽非单传,但体别稍近之,与《汉武内传》均可视为志怪题材的单篇杂传小说。

---

① 清王芑孙《惕甫未定稿》卷二六《题吴越春秋》。
② 《燕丹子》,约汉初作。详情可参阅拙作《〈燕丹子〉考论》,南开大学古籍与文化研究所编《文史论集二集》,天津社会科学院出版社,2001年版。《赵飞燕外传》,旧题汉河东都尉伶玄撰,可能是东汉至晋宋间人作。详情可参阅拙作《秦醇〈赵飞燕别传〉考论——〈骊山记〉〈温泉记〉》,南开大学文学院编《文学与文化》,第3期,南开大学出版社,2000年版;王水照主编《新宋学》第一辑,上海辞书出版社,2001年版。以上二文又载李剑国《古稗斗筲录——李剑国自选集》,南开大学出版社,2004年版。
③ 胡应麟《少室山房笔丛》卷三二《四部正讹下》。
④ 《四库全书总目提要》卷一四三小说家类存目一。
⑤ 《少室山房笔丛》卷二九《九流绪论下》。
⑥ 所谓"故事"不同于今天的概念,是一种史书体裁,又称旧事。所记乃前代或近世之历史典故、人物事件。在《隋志》,《汉武帝故事》即著录于史部旧事类,《旧唐志》改为故事类。

最后尚须补充一点,那就是两汉志怪曾从《史记》、《汉书》那里得到了有益影响。《史》、《汉》不唯开创和发展了纪传体而造成杂传的兴旺和采用这种体式的小说的出现,而且它们叙事委曲而有章法,描写人物生动,颇富文学性,以致后人甚至把《史记》当作小说来读。两汉小说文学性增强,特别是《汉孝武故事》大有史迁笔意,明显是接受了优秀史传的哺育。

二、地理博物体志怪小说

(一)《括地图》与《神异经》

《括地图》不见著录,已佚。《齐民要术》、《北堂书抄》、《艺文类聚》、《初学记》、《太平御览》、《事类赋注》等引有佚文,皆不云撰人。《御览》卷七〇引作《括地图记》。王谟《汉唐地理书抄》、黄奭《汉学堂丛书》有辑本,王仁俊《玉函山房辑佚书补编》补《太平寰宇记》卷一一五所引一条①,佚文凡三十余条。

《中国丛书综录》史部地理类把《括地图》列为先秦书,想必根据是《史记·大宛列传》"天子案古图书,名河所出山曰昆仑"云云,以为《括地图》即在"古图书"之中。这是不确的。按西汉末年开始盛行谶纬书,其中有《河图括地象》。纬书《尚书刑德仿》云禹得《括地象图》,这当然是谶纬家欺人之谈,不仅大禹不会得此图,春秋战国亦无此等名目。《括地图》虽不是纬书,不同《括地象》,

---

① 《太平寰宇记》卷一一五《衡州·衡阳县》:"茶溪,《括地图》云:临蒸县东一百四十里有茶溪。"《宋本太平寰宇记》,中华书局影印,2000年版。按:《太平御览》卷八六七亦引,《舆地纪胜》卷五五则引作《括地志》。王谟《御览》辑入,注云:"按此文当入《括地志》。"是也。《括地志》唐李泰等著,贺次君《括地志辑校》卷四辑入此条,作:"临蒸县东北一百四十里有茶山、茶溪。"见中华书局1980年版,第236页。此文不类《括地图》,必是《括地志》。临蒸县汉末建安中置,隋改衡阳县。参见《中国历史大辞典·历史地理》,上海辞书出版社,1997年版,第653页。

但观其书名,似乎是承袭《河图括地象》。魏晋之际裴秀《禹贡地域图序》云:

> 图书之设,由来尚矣。自古垂象立制,而赖其用。三代置其官,国史掌厥职。暨汉屠咸阳,丞相萧何尽收秦之图籍。今秘书既无古之地图,又无萧何所得,唯有汉氏《舆地》及《括地》诸杂图。各不设分率,又不考正准望,亦不备载名山大川。虽有粗形,皆不精审,不可依据;或荒外迂诞之言,不合事实,于义无取。①

裴氏谓汉有《括地》杂图,又云诸杂图或有"荒外迂诞之言",名称内容正与《括地图》合。张华《博物志》亦多采《括地图》,如神宫、大人国、奇肱民、穿胸国、孟舒国民、无启民等。华西晋人,其《博物志》多取古书,亦可证《括地图》乃汉人书。然则作于东汉还是西汉呢?窃以为当出西汉末。《文选》班固《东都赋》有"范氏施御"语,注引《括地图》:"夏德盛,二龙降之,禹使范氏御之以行,经南方。"用《括地图》范氏御龙事(详后),此可为证也。

《括地图》书名的意思是包容九州内外。原应有图,同《山海经》一样,内容皆为殊方异族,一如《山海》之《海经》然,可见系模仿之作。而且多采《山海经》材料,如三足神乌为西王母取食(按:《海内北经》作三青鸟),锺山神烛阴,白民白首披发,君子民带剑使两文虎,薰华草朝生夕死,猩猩人面豕身知人名等。但另外一些传说虽与《山海经》有些联系,却要比《山海经》同类传说丰富得多,显示出传说本身的演进。例如:

> 禹平天下,会于会稽之野,诛防风氏。夏后德盛,二龙降之,禹使范氏御之以行,经南方,既周而还。防风神见禹,怒使

---

① 据《晋书》卷三五《裴秀传》。《艺文类聚》卷六、《初学记》卷五所引文字小异,未言《括地》而仅云"唯有汉氏所画舆地及诸杂图"。

二臣射之,有迅雷,二龙升去。二臣惧,以刃自贯其心而死。禹哀之,乃拔刃,疗以不死草。皆生,是名穿胸国。去会稽万五千里。①

奇肱民能为飞车,从风远行。汤时,西风吹奇肱车至于豫州。汤破其车,不以示民。十年,东风至,乃复使作车,遣归其国。去玉门四万里。②

大人国,其民孕三十六年而生儿。生儿白首,长大。能乘云,盖龙类。去会稽四万六千里。③

比较《山海经·海外南经》所记贯胸国"其为人,匈(胸)有窍",《海外西经》奇肱国"其人一臂三目,有阴有阳,乘文马",《海外东经》大人国"为人大,坐而削船",显然有很大演化。《淮南子·坠形训》高诱注穿胸民云:"胸前穿孔达背。"均不言胸穿之故。《括地图》则把《山海经》中的贯匈国和禹诛防风氏的神话④联系起来,对穿胸国的来历作出解释。这个故事后采入《博物志》卷二《外国》,范氏作范成光,文字也稍详,当是《括地图》原文即如此。奇肱民后亦被采入《博物志·外国》、郭璞《玄中记》、任昉《述异记》卷上,郭璞注《山海经》"奇肱之国",亦述此事。《博物志》所引作"奇肱民善为扶抗,以杀百禽,能为飞车",而《太平广记》卷

---

① 据《艺文类聚》卷九六及敦煌写本伯 2683 号《瑞应图》,《文选》卷一班固《东都赋》注、卷四六王融《三月三日曲水诗序》注,《初学记》卷九,《太平御览》卷七九引《括地图》校辑。敦煌写本 2683 号《瑞应图》见黄永武主编《敦煌宝藏》,台北新文丰出版公司印行,1985 年版,第 13 辑,第 123 册,第 295 页。
② 据《艺文类聚》卷一、卷七一,《太平御览》卷九、七七三引《括地图》校辑。"东风至"原作"西风至",据《博物志》卷二《外国》改。
③ 据《太平御览》卷三六〇、卷三七七引《括地图》校辑。
④ 见《国语·鲁语下》。

四八二引《博物志》作"善为机巧",《述异记》、郭注亦同。① "善为机巧,以杀百禽"应当是《括地图》原有文字,《御览》引录时删掉。这个故事就奇肱民独臂的形体特征发挥想象,突出其"机巧"的特点。还引入汤这一神话传说常见人物。汤破其车,不以示民,分明是表达了《老子》"绝圣弃智"的思想。如《庄子·天地篇》汉阴丈人所说:"有机械者必有机事,有机事者必有机心。机心存于胸中,则纯白不备;纯白不备,则神生不定;神生不定者,道之所不载也。"如《淮南子·本经训》所说:"机械诈伪,莫藏于心。""怀机械巧故之心,而性失矣。"大人国就其形体特征发挥想象,方向是夸张其奇特的孕育过程,并就初生时的形态大加夸饰——"白首长大"。《博物志·外国》也采入大人国,"能乘云"下多"不能走"三字,当是《括地图》原有文字。

此外,王孟无妻而背生丈夫民②,是对《山海经》"其国无妇人"③的男人国——丈夫国——来源的解释。背间生二子,是神话传说中男子产子的奇特方式,如《山海经·海内经》"鲧复(腹)生禹",《史记》卷四〇《楚世家》"陆终生六子,坼剖而产焉"皆是。死而其心不朽,百年复生的无启民④,是对"为人无启"也就是不能繁衍后代的无启民或曰无继民如何延续种族的解释,那就是死而复生。这样,此国永远就是那么些个人。如此等等,都是本《山海经》而出以新意,特点是对远国异民作推原性的神话阐释。故事性较《山海经》为强,想象非常丰富。所以郭璞据以为注。

《括地图》还有一些优美传说,前此不见他书。如羿的传说:

> 羿年五岁,父母与入山,其母处之大树下,待蝉鸣还欲取

---

① 《太平御览》卷七五二引《玄中记》作"善奇巧"。
② 《太平御览》卷七九〇引《括地图》。又卷三六一引《玄中记》,"王孟"作"王英"。《海外西经》"丈夫国"郭璞注作"王孟"。
③ 《山海经·大荒西经》郭璞注。
④ 《太平御览》卷三七六引。原作"无咸民",据《博物志》卷二《异人》改。

之。群蝉俱鸣,遂捐去。羿为山间所养。羿年二十,能习弓矢。仰天叹曰:"我将射远方,矢至吾门止。"因捍即射,矢摩地截草,径至羿门。随矢去,躬随往寻。每食糜,则余一杯。①

这个民间故事优美清新,富于生活情味,与古拙的神话大相异趣。羿已不是超凡出众的天神,他属于人间。由羿射日演为射箭寻家,表现着野夫村民的欣赏观点。

又如蚕的传说:

> 化民食桑,三十七年,以丝自裹,九年生翼,十年而死。其桑长千仞,盖蚕类也。去琅琊二万六千里。②

化民传说透漏出原始蚕崇拜的消息。《山海经·海外北经》载欧(按:同"呕")丝之野有女子跪,据树欧丝,亦为蚕传说,此化民食桑化蚕事乃别一异闻,可谓异曲同工。

《括地图》又记:"越俚之民,老耆化为虎。"越俚民同化民一样,亦为殊方之异族,化民化蚕,此则化虎。化虎传说汉时又见《淮南子·俶真训》:"昔公牛哀转病也,七日化为虎。其兄掩户而入觇之,则虎搏而杀之。"不同者一老而化虎,为奇怪习性,一病而化虎,为奇怪病症耳。后世许多化虎传说,盖源乎此。

《括地图》记殊方异域,地理观念不似《山海经》。《山海经》海内外二经,先海外后海内,分八个方位按顺时针或逆时针方向依次记叙诸国,《淮南子·坠形训》记海外三十六国亦仿此。想象中的异国均在海外或海内边极地带。《括地图》不同。从"去会稽万五千里"、"去玉门四万里"等说明看,它似乎是以琅琊(东)、会稽(东南)、九疑(南)、玉门(西)等地为八方之边极,异

---

① 据《太平御览》卷三五○、《北堂书抄》卷一四四引《括地图》、《路史后纪》卷一三上《夷羿传》注引《括地象》校辑。
② 据《齐民要术》卷一○、《艺文类聚》卷八八、《事类赋注》卷二五、《太平御览》卷九五五引《括地图》校辑。《唐前志怪小说辑释》,第35页。

国均在八极万里之外,并无海外海内的观念,后西晋《外国图》即仿此例。

《括地图》是继《山海经》之后又一重要地理博物体志怪小说,大大丰富了远国异民传说系统。许多传说为《外国图》、《博物志》、《玄中记》、《述异记》等志怪所采,见出其不小的影响。

《神异经》,一卷,今存。《隋书·经籍志》地理类、《日本国见在书目录》土地家类、《册府元龟》卷五五五《国史部·采撰一》、《直斋书录解题》小说家类著录作一卷,《旧唐书·经籍志》地理类、《新唐书·艺文志》道家类神仙家、《崇文总目》地理类、《通志·艺文略》地理类方物属与传记类冥异属、《中兴馆阁书目》小说家类、《宋史·艺文志》小说类均析作二卷。宋本未见传世,《类说》卷三七摘录五条,但《花柳酒》实出《广德神异录》,《织女降》实出《灵怪集》,皆唐人书。《绀珠集》卷五摘录八条,亦窜入《灵怪集》郭翰织女事及《洞冥记》五色露事。若非《类说》、《绀珠集》舛误必是《神异经》已被窜乱。又《说郛》卷六五摘《神异记》十五条,全见于今存通行本,但文字或详。此本原二卷,题汉东方朔撰,张华注,当是宋元刊二卷本。今存一卷,版本有二系:一是明万历中程荣编刊《汉魏丛书》本,此本不分篇目,凡四十九则①,割裂重复,杂乱无章,且混入《拾遗记》卷一〇昆仑山枣一事,可能是明人的重辑本②。《格致丛书》本、《四库全书》本均为此本。一是明末何允中编刊《广汉魏丛书》本,分九篇,六十三则③。中有校语,自

---

① 《四库全书总目提要》卷一四二云"共四十七条"。按:各本条目分合往往有所不同。
② 余嘉锡《四库提要辨证》卷一八:"疑是明人从类书辑出,伪充古书,而复耳目隘陋,挂漏宏多。"第三册,第1123页。
③ 据王国良校本。按:王校本注明删并了五则,实是五十八则。余嘉锡《四库提要辨证》称"凡五十八条"。

称"玮按",陶宪曾《神异经辑校》谓即朱谋㙔①。此本可能据旧本校刊,《重编说郛》本、《五朝小说》本、《增订汉魏丛书》本、《龙威秘书》本、《百子全书》本、《广四十家小说》本、《说库》本皆出此本。诸本皆题作《神异经》,唯明本《说郛》作《神异记》。按诸书称引多有作《神异记》者,又有传、录等称,皆讹,盖书仿《山海》,自当名之以"经"也。今本非足本,清陶宪曾以《增订汉魏丛书》本为底本撰《神异经辑校》,补辑佚文九则,刊于光绪三十一年(1905)。又王仁俊辑一则,载《经籍佚文》。1977年台湾日月出版社出版周次吉《神异经研究》,本经校订亦以《增订汉魏丛书》本为底本,补佚文十则。王国良《神异经研究》下编《神异经校释》以《广汉魏丛书》本为底本详加校释,辑佚文十则,诸校本中最善。

《隋志》等历代书目均题东方朔撰②,又有《十洲记》亦题为朔作。此前,郦道元《水经注》卷一《河水注》引《十洲记》、《神异经》,卷一三《漾水注》引《神异传》,《三国志·齐王纪》裴松之注引《神异经》,均题撰人为东方朔,说明至迟在南北朝,已十分肯定地将二书归于东方朔名下。唐以降大率因袭旧说,《中兴馆阁书目》并谓"朔周游天下,所见神异,《山海经》所不载者,列之"。高似孙《史略》卷六,亦持此说。

但这个说法不可靠。考《汉艺文志》杂家类仅列《东方朔》二十篇,无东方朔撰《神异》、《十洲》的著录。《汉书》卷六五《东方朔传》胪列朔作《答客难》等十余种,且云"朔之文辞……凡刘向所录朔书具是矣(颜师古注:'刘向《别录》所载'),世所传他事皆非也"。赞又云"后世好事者因取奇言怪语附著之朔,故详录焉",师

---

① 朱谋㙔,传见《明史》卷一一七《宁献王朱权传》附。万历时为镇国中尉。贯串群籍,著书百十二种。
② 如《日本国见在书目录》、《旧唐志》、《新唐志》、《崇文总目》、《太平御览经史图书纲目》、《册府元龟》、《通志·艺文略》、《中兴馆阁书目》、《直斋书录解题》、《宋史·艺文志》均题东方朔撰。

古注:"言此传所以详录朔之辞语者,为俗人多以奇异妄附于朔故耳。欲明传所不记,皆非其实也。"班固之时,已颇有人假托东方朔而造奇言怪语,所以孟坚为正视听而详录朔之作,其中既无《神异》二书,其不出东方则明甚。

这一点前人早已指出。南宋陈振孙《直斋书录解题》卷一一称《神异》、《十洲》"二书诡诞不经,皆假托也"。又引《汉书》朔传,谓"史家欲袪妄惑,可谓明矣"。但论者又多以二书乃六朝人所造。明胡应麟《少室山房笔丛》卷三六《二酉缀遗中》云"汉人驾名东方朔,作《神异》",这话很对,但在同书卷五《丹铅新录一》中乃又云"《神异经》、《十洲记》之属,大抵六朝赝作者"。《四库全书总目提要》卷一四二亦称本书"词华缛丽,格近齐梁,当由六朝文士影撰而成"。鲁迅《中国小说史略》以为本书仿《山海经》,"而《山海经》稍显于汉而盛于晋,则此书当为晋以后人作"①。台湾王国良进而根据东晋初郭璞《江赋》"海童之所巡游"、葛洪《抱朴子》佚文(《太平御览》卷九〇八引)"东方生识啖铁之兽"皆用《神异经》典,推断"最迟在西晋末年,《神异经》即已问世,并稍见流通"②。这种说法几成定论。

这个说法同样也不可靠。《神异经》虽非朔作,但却是汉人作品。考《左传》文公十八年孔颖达疏曰:"服虔按:《神异经》云:梼杌,状似虎,毫长二尺,人面虎足猪牙,尾长七八尺,能斗不退。"服虔乃汉末人,《后汉书》卷七九下《儒林》有传,称"中平末,拜九江太守,免,遭乱行客,病卒",中平系灵帝年号。服注《左传》既已称引《神异经》,则必为汉书无疑。

这一点也已经前人指出,见段玉裁《古文尚书撰异》卷一、胡玉缙《四库全书总目提要补正》卷四二、陶宪曾《灵华馆丛稿·神

---

① 《中国小说史略》第四篇《今所见汉人小说》,第18页。
② 《神异经研究》,台北文史哲出版社,1985年版,第10页。

异经辑校序》、余嘉锡《四库提要辨证》卷一八。① 我们尚要补充的是汉末许慎《说文》六上木部枭字注为"不孝鸟也",不孝鸟的名称出《神异经》,似亦可证书出汉人。而且,《神异经》出于西汉末,因为东汉初郭宪《洞冥记》卷二有云:"昔西王母乘灵光辇,以适东王公之舍。"此正本于《神异经》。再者《汉书》朔传谓"后世好事者因取奇言怪语附著之朔",刘歆《上山海经表》云宣帝后文学大儒皆读学《山海经》,《神异经》刻意模仿《山海经》,又托名东方朔②,看来出于西汉成、哀前后,是不会有多大问题的。

《神异经》有注,《隋志》、《日本国见在书目录》、《新唐志》、《崇文总目》、《通志略》均称张华注,《书录解题》称张茂先(张华字)传,《宋志》称晋张华传,传亦注义。之前《水经注》卷一《河水注》已称"张华叙东方朔《神异经》",《齐民要术》卷一〇引《神异经》并张茂先注,可见张华注《神异》之说由来已久。南宋高似孙《史略》卷六云:"东方朔作《神异经》,张华笺之。华曰:'方朔周旋天下,所见神异,《山海》所不载者列之,有而不具说者列之。'""华曰"云云,疑张华注《神异》本有序,此即序中语也。北宋僧赞宁《笋谱·四之事》云"东方朔著《神异经》,记周巡天下所见,《山海经》所不载者列之,虽有而不论者亦列之",《中兴馆阁书目》云"朔周游天下,所见神异,《山海经》所不载者列之",亦皆据华序为说,但今本脱去序文。南宋序尚存,故高氏引之。昔人多疑华注亦系伪托③,并无实据。《西荒经》西方山中有蛇名率然条,张华注云:"会稽常山最多此蛇。《孙子兵法》'三军势如率然'者也。"与

---

① 王国良认为:"清朝以来的学者,大都相信服氏引用了《神异经·西荒经》的文字,解释梼杌一词。……服氏到底有否看过《神异经》,并引用之以解释《左氏传》,单由唐代学者转引的孤证就下论断,似嫌轻率。"《神异经研究》,第7页。

② 自然也有可能是后人妄加撰人。

③ 《四库全书总目提要》卷一四二云:"华注亦似属假借"。《中国小说史略·今所见汉人小说》云:"有注,题张华作,亦伪。"

《博物志》卷三"常山之蛇名率然"云云全合。又"鹄国"条注云："陈章与齐桓公论小儿。"《太平御览》卷三七八引《博物志》佚文详记此事，与注文正相吻合。此皆可证注出张华之手。今本《神异经》中，有些注文窜入正文，明人朱谋㙔《神异经》校语屡有指出。如《南荒经》"粗㰏㰏"条后㙔按："'言复见'以下十三字乃茂先注。"又《中荒经》："九府玉童玉女，与天地同休息，男女无为匹配，而仙道自成。张茂先曰：'言不为夫妻也。'男女名曰玉人。""张茂先曰"一句亦为注文，《太平御览》卷一八七引《神异经》此节作："……下有仙人府，与天地同休息。男女名曰玉人，男即玉男，女即玉女，无为配定，而仙道成也。"清人孙志祖不辨此中原委，以为正文有张华语，知书系后人伪托①，实为陋见。

《神异经》是《山海经》影响下的产品，从内容到结构、笔法力踵其武。书凡九篇，按顺时针方向分述东、东南、南、西南、西、西北、北、东北等八荒及中荒的山川道里、神灵异人、草木飞走，其中"略于山川道里而详于异物"②。异物的记载有些承袭《山海经》而又加以变化或丰富化，如《南荒经》"人面鸟喙而有翼，手足扶翼而行，食海中鱼"的䲹兜，《西北荒经》"状似虎，有翼能飞，便剿食人，知人言语。闻人斗，辄食直者；闻人忠信，辄食其鼻；闻人恶逆不善，辄杀兽往馈之"的穷奇，《西南荒经》"身多毛，头上戴豕，性狠恶，好息积财而不用，善夺人物，强毅者夺老弱者，畏群而击单"的饕餮，以及苗民、西王母、共工等。大多数虽系新见，然在形象设计和表现方法上常常是模拟《山海》。最典型的例子是东王公（见后）。此外《北荒经》"其高千里，头文曰天，胸文曰鸡，左翼文曰鸳，右翼文曰勒"的北海大鸟，《中荒经》"状如人，身犬毛，有齿猪牙，额上有文曰不孝，口下有文曰不慈，鼻上有文曰不道，左胁有文

---

① 见《读书脞录》卷四《神异经述异记》。
② 鲁迅《中国小说史略·今所见汉人小说》。

曰爱夫,右胁有文曰怜妇"的不孝鸟,同《山海经·南次三经》对凤凰的描写"其状如鸡,五采而文……首文曰德,翼文曰义,背文曰礼,膺文曰仁,腹文曰信"相比较,极为相似。至于其他各种类似处亦随处可见。

《神异经》虽有意模拟,但毕竟不是简单的抄袭和亦步亦趋的效颦,颇有创造性。异人、异物有许多新内容,幻想十分新鲜奇特,且富有情趣和幽默感,表现出作者想象力的丰富和开阔。文笔简古而又流畅,不似《山海经》之拙直朴野。下边我们举一些例子:

> 东荒山中,有大石室,东王公居焉。长一丈,头发皓白,人形鸟面而虎尾,载一黑熊,左右顾望。恒与一玉女更投壶,每投千二百矫。设有入不出者,天为之嘘嚱;(华曰:叹也。)矫出而脱误不接者,(言失之。)天为之笑。(华云:言笑者,天口流火照灼。今天上不雨而有电光,是天笑也。)[①]

> 昆仑之山有铜柱焉,其高入天,所谓天柱也。围三千里,圆周如削。下有回屋焉,壁方百丈,仙人九府治所。与天地同休息。男女名曰玉人,(男即玉童,女即玉女。)无为配匹,而仙道成也。上有大鸟,名曰希有。南向,张左翼覆东王公,右翼覆西王母。背上小处无羽,一万九千里。西王母岁登翼上,之东王公也。其喙赤,目黄如金。其肉苦咸,仙人甘之,与天消息;不仙者食之,其肉苦如醴。故其柱铭曰:"昆仑铜柱,其高入天,员周如削,肤体美焉。"其鸟铭曰:"有鸟希有,喙赤煌煌,不鸣不食。东覆东王公,西覆西王母。王母欲东,登之自通。阴阳相须,唯会益工。"[②]

---

① 《东荒经》。按:引文笔者均作校补,或据王国良校本者注明。张华注以小字置于括号中。

② 《中荒经》。按:此据王国良校本。

东王公是仿照西王母形象创造出来的,一东一西,一公一母,两个老怪物倒也般配。登希有鸟背相会的幻想情节有神话式的古朴之美,希有鸟很可能是从《庄子》中的鹏脱化出来的。玉女投壶和天笑的情节也颇有情致。李白《短歌行》"天公见玉女,大笑亿千场"即用此典。

  东南隅大荒之中,有朴父焉。夫妇并高千里,腹围自辅。天初立时,使其夫妻导开百川,懒不用意,谪之,并立东南。男露其势,女露其牝。(势牝,谓男女之阴阳。)气息如人,不畏寒暑,不饮不食,唯饮天露。须黄河清,当复使其夫妇导护百川。(古者初立,此人开导河,河或深或浅,或隘或塞,故禹更治,使其水不壅。天责其夫妇,倚而立之。若黄河清者,则河海绝流,水自清矣。)①

  西海水上有人焉,乘白马,朱鬣,白衣玄冠。从十二童子,驰马西海水上,如飞如风,名曰河伯使者。或时上岸,马迹所及,水至其处。所至之国,雨水滂沱。暮则还河。(河府,北府也。西海之府,洛水深渊也。此虽人形,固是鬼神也。)②

  大荒之东极,至鬼府山臂、沃椒山脚,巨洋海中,升载海日,盖扶桑山。有玉鸡。玉鸡鸣则金鸡鸣,金鸡鸣则石鸡鸣,石鸡鸣则天下之鸡悉鸣,潮水应之矣。③

朴父于古无稽,可能是古神话,颇有稚朴之美。它和河伯使者故事都与黄河有关,前者对黄河水患作出神话式解释,后者由河伯神话生出,也透露着黄河的汹涌澎湃的影象。河伯使者居于西海,

---

① 《东南荒经》。
② 《西荒经》。
③ 《东荒经》。

似乎是以西海为河之所出,这是汉人的地理认识。扶桑玉鸡金鸡本《括地图》:"桃都山有大桃树,盘屈三千里,上有金鸡,日照人,此鸡则鸣,于是晨鸡悉鸣。"①又加以变化。河伯使者、扶桑玉鸡这两个传说都很优美,颇为文人采为典故。李贺《致酒行》:"我有迷魂招不得,雄鸡一声天下白",左思《吴都赋》:"海童于是宴语",是也。

此外,《东南荒经》尺郭鬼朝吞恶鬼三千,暮吞三百,以鬼为饭;《南荒经》火鼠毛织为布,有污烧之则净,是有名的火浣布传说之一;无损之兽割取其肉,肉复自复,颇类《山海经》中"食之无尽,寻复更生如故"的视肉;《西荒经》山臊变化人形,伺人不在而盗盐以食虾蟹,人以竹着火中,爆炸而吓之,这是民间放爆竹的来历;西海鹄国男女长七寸,遇海鹄辄被吞,人在鹄腹中不死;凡此都是很有意味的传说。

从叙事文体上看,《神异经》大大淡化了地理背景,主要是记叙异物,这就比《山海经》具备了更充分更纯正的小说意味。而且,尽管作者受汉代流行的神仙思想影响——这从上文所引《神异经》的故事看得很清楚,又如说如何树果实食之可以成地仙等等,也自然是神仙家言,但《神异经》毕竟从《山海经》的巫术目的中解脱出来。书中的神仙方术不十分突出,突出的是在异人异物描写中处处表现儒家思想,上引穷奇、饕餮、不孝鸟等即有明显表现。再者如《东荒经》云东方有人"恒分坐而不相犯,相誉而不相毁,见人有患,投死救之,名曰善,一名敬,一名美,不妄言"。《西荒经》云浑沌"人有德行而往牴触之,有凶德则往依凭之"。《西南荒经》云有人"名曰圣,一名哲,一名先,一名通,一名无不达",注云"此人为天下圣人也";讹兽"常欺人,言东而西,言可而否,言恶而善,言疏而密,言远而近,言皆反也。名曰

---

① 《玉烛宝典》卷一引。

诞，一名欺，一名戏。其肉美，食之言不真矣"①。《中荒经》云天立不孝鸟，"以显忠孝也"。在这些近乎游戏的或正面或反面或赞美或讽喻的形象中，都包含着作者旨在宣扬儒家伦理道德的思想评价。谭献《复堂日记》卷五称其"亦有风议之遗意"，《中国小说史略》称"间有嘲讽之辞"，指的正是这种情况。于此也可看出，是书作者非方士巫祝之辈，而是儒生，或者说是受了方术之士影响的儒生。刘歆云文学大儒皆读学《山海经》，《神异经》作者或即在焉。

与《神异经》相似的还有一部《玄黄经》。《神异经·中荒经》云："南方有兽焉，角足大小形状如水牛，皮毛黑如漆。食铁饮水，其粪可为兵器，其利如钢，名曰啮铁。"注云："《玄黄经》云：'南方啮铁，粪利如钢。食铁饮水，腹中不伤。'"《说郛》卷六五《神异记》"山臊"条末云："《玄黄经》曰：'臊体捕虾蟆，虽为鬼例，亦人体貌者也。'"此亦当为张华注文而误入正文②。又《荆楚岁时记》注引《神异经》山臊事，末云"《玄黄经》所谓山獵鬼也"。③《太平御览》卷九四〇引《神异经》横公鱼条注："《玄黄经》曰：'横公鱼，不可杀，唯加乌梅，其气乃灭。'"④此亦为张华注文，横公鱼见《神异经·北荒经》⑤。《格致镜原》卷八四云："《玄黄经》：'大宛马肉可以为脯，注血凝于器，煮可食，味殊美，食之使人健行，人善

---

① 据王国良校本。
② 王国良《神异经研究》据《说郛》辑为注文，第86页。
③ 又《太平御览》卷二九引《神异经》山臊条，末云："《玄黄经》谓此鬼是也。"《岁时广记》卷五引作"《玄黄经》云此鬼是也"。二者都是引用《荆楚岁时记》注文，而小有异同。
④ 明杨慎《异鱼图赞》卷二《横公鱼》："北荒石湖，有横公鱼，化而为人，刺之不殊，煮之不死，游镬育育，乌梅甘七，煮之乃熟。"末注云："约《神异经》、《玄黄录》。"《玄黄录》即《玄黄经》。
⑤ 王国良《神异经研究》据《御览》辑为注文，第99页。

升.'"按《神异经·中荒经》有"西南大宛有马,其大二丈"云云①,疑此原当为《中荒经》注文②。

《玄黄经》其事凡此四见。《神异经》注引啮铁兽是四字韵语,考《神异经·中荒经》昆仑山条有柱铭和鸟铭,郭璞注《山海经》亦引有铭语,如"穷奇之兽,厥形甚丑,驰逐妖邪,莫不奔走,是以一名,号曰神狗"等,郭璞的《山海经图赞》就是模仿《山海经铭》的。《玄黄经》之四字韵语亦为铭语,或者可能是夹于正文中,如《中荒经》然,或者可能附于正文后。《玄黄经》记啮铁兽、山獠鬼、横公鱼、大宛马,可见也是模仿《山海经》的地理博物体志怪。其名称亦见模仿痕迹。"玄黄"者,天地之谓也。《易·坤·文言》曰:"夫玄黄者,天地之杂也,天玄而地黄。"孔颖达疏:"天色玄,地色黄。"本指天地之色,引申为天地。《孟子·滕文公下》"筐厥玄黄"孙奭疏:"天谓之玄,地谓之黄。"《文选》卷四八扬子云《剧秦美新》:"玄黄剖判,上下相呕。"又卷五九王简栖《头陀寺碑文》:"质判玄黄,气分清浊。"皆用为天地之义。《玄黄经》以"玄黄"为名,盖记天地间之怪异也。

《玄黄经》时代撰人不详,从它模仿《山海经》,内容出入于《神异经》,且又出于张华前来看,估计是《神异经》同时或前后的汉人作品。

(二)《洞冥记》与《十洲记》

《洞冥记》,《隋书·经籍志》杂传类著录《汉武洞冥记》一卷,题郭氏撰。《日本国见在书目录》杂传家类及《旧唐书·经籍志》杂传类、《新唐书·艺文志》道家类并作四卷,郭宪撰。之后诸家

---

① "大宛"原作"大荒",王国良据《艺文类聚》、《太平御览》等校改。第110页。
② 按:《格致镜原》清初陈元龙编,疑此条当转引自他书。王国良校本"大宛马"条未辑此注。

著录大抵同两《唐志》,唯《崇文总目》传记类、《册府元龟·国史部·采撰一》、《通志·艺文略》传记类冥异属作一卷,晁公武《郡斋读书志》传记类作五卷。按《洞冥记》原序云"撰《洞冥记》四卷",是原本四卷,意《隋志》一卷乃不分卷者。陈振孙《直斋书录解题》小说家类著录《洞冥记》四卷,《拾遗》一卷,释云:"东汉光禄大夫郭宪撰,题《汉武别国洞冥记》,其《别录》又于《御览》抄出,然则四卷亦非全书也。"可见五卷本是合《拾遗》(或称《别录》)一卷,而《拾遗》乃宋人所辑之佚文,晁志作五卷者,盖于四卷之外又合《拾遗》一卷耳。《洞冥记》书名多歧,或《洞冥记》(《太平御览经史图书纲目》、《中兴馆阁书目》、《宋史·艺文志》传记类),或《汉武洞冥记》(《隋志》、《日本国见在书目录》、《册府元龟》、《通志略》、《郡斋读书志》),或《汉武帝洞冥记》(《宋史·艺文志》小说类),或《汉别国洞冥记》(《旧唐书·经籍志》杂传类),或《汉武别国洞冥记》(《书录解题》),或《汉武帝别国洞冥记》(《新唐志》),或《汉武帝列国洞冥记》(《崇文总目》),书名微有不同。按自序作《洞冥记》,唐宋诸称皆增文而成。

今通行本作四卷,凡六十条,常见者有《顾氏文房小说》(题《汉武帝别国洞冥记》)、《古今逸史》、《汉魏丛书》、《广汉魏丛书》、《增订汉魏丛书》(以上皆题《别国洞冥记》)、《四库全书》(题《汉武洞冥记》)、《龙威秘书》、《百子全书》、《道藏精华录》(以上皆题《别国洞冥记》)、《说库》(题《洞冥记》)等本。明陈继儒《宝颜堂秘笈》本(题《汉武帝别国洞冥记》)全同上述诸本,但合为一卷。北宋晁伯宇《续谈助》卷一抄录《洞冥记》二十八条,跋则称《汉武帝别国洞冥记》,条目分合与文字多异于通行本。《绀珠集》卷一摘录三十条,《类说》卷五摘录二十六条,并题《洞冥记》。《说郛》卷四自《类说》选录《洞冥记》五条,又卷一五自原书节录《汉武帝别国洞冥记》三十条,注四卷,题汉郭宪,注东汉光禄大夫,题署与《书录解题》同。《五朝小说·魏晋小说》、《重编说郛》卷六六、《汉魏小说采珍》节录二十一条,题《别国洞冥记》。《五朝小说》、《重编说郛》卷一一一、《旧小说》又有郭宪《东方朔传》,乃抄《太平广记》卷六《东方朔》,注出《洞冥记》及《朔别传》。通行本非完帙,《北堂书抄》、《艺文类聚》、《初学记》、《太平御览》等书引佚文十余则。台湾王国良《汉武洞冥记研究》①对本书有精心校释(以《顾氏文房小说》本为底本),并辑录佚文。

今本前有作者序,末题东汉郭宪序,显然是后人所加②。郭宪,东汉初人。《后汉书·方术列传》载,宪字子横,汝南宋(今安徽太和县北)人。少师事东海王仲子,新莽朝不仕,隐于海滨。光武拜为博士,建武七年(31)迁光禄勋。为人刚直,多谏帝失,时有"关东觥觥郭子横"语。以病辞退,卒于家。郭宪好方术,本传载:"郭宪……从驾南郊。宪在位,忽回向东北,含酒三潠。执法奏为不敬,诏问其故,宪对曰:'齐国失火,故以此厌之。'后齐果上火灾,与郊日同。"

前人多有疑《洞冥》非郭宪作。胡应麟《少室山房笔丛·四部正讹下》云:"《洞冥记》四卷,题郭宪子横,亦恐赝也。宪事世祖,以直谏闻,忍描饰汉武、东方事,以导后世人君之欲?且子横生西京末,其文字未应遽尔。盖六朝假托。"又云:"《后汉书》宪列方伎类,后人盖缘是托之。"《四库全书总目》卷一四二亦谓:"此书所载,皆怪诞不根之谈,未必真出宪手。又词句绮艳,亦迥异东京,或六朝人依托为之。"以上都认定为六朝人作③,但并无确据而仅以

---

① 台北文史哲出版社,1989年版。
② 《玉海》卷五八引《中兴书目》题后汉光禄大夫郭宪,《书录解题》所署官职同。今存诸本如《顾氏文房小说》、《古今逸史》、《宝颜堂秘笈》等本撰人皆署东汉光禄大夫郭宪,其余各本皆署东汉郭宪。按《后汉书》本传称郭宪迁光禄勋,非光禄大夫,汉制,光禄勋长官曰卿,属官有光禄大夫(《后汉书·百官志》),盖亦后人误题。
③ 鲁迅《中国小说史略》亦谓"晋以后人之托汉"。第18页。

意度之。此前,宋晁载之《续谈助》卷一《洞冥记跋》云:"张柬之言随其父在江南,拜父友孙义强、李知续,二公言似非子横所录。其父乃言后梁尚书蔡天宝(按:据《周书》、《北史》,应为大宝)《与岳阳王启》称湘东昔造《洞冥记》一卷。则《洞冥记》梁元帝时所作。"此说后人颇有响应者。余嘉锡《四库提要辨证》卷一八以为张柬之所引蔡大宝《与岳阳王启》必无舛误,蔡曾至江陵见元帝,"大宝叙其耳目所闻见,其言最可征信,然则此书实梁元帝作也"。又引苏学时《爻山笔话》卷七:"后梁尚书蔡天(大)宝《上岳阳王启》言湘东造《洞冥》一卷。按天(大)宝与湘东同时,而所言若此,必非妄谈,然则今之《洞冥记》实出梁元帝手,而藉名郭宪云。"按晁公武《郡斋读书志》卷九《汉武故事》下引张柬之《书洞冥记后》,《续谈助》所引张语盖即此跋。张柬之初唐人,曾为武则天宰相。张氏所据乃蔡大宝《与岳阳王启》,此启已佚,不知其云梁元帝造《洞冥记》所据者何。考《金楼子·著书篇》,元帝自列平生著述三十八种六百七十七卷(其中包括门下代撰者),并无《洞冥记》,所以很难说《洞冥记》系元帝造。余嘉锡以为元帝托名郭宪故不录,理由也难成立,一个声威赫然的帝王实在没有必要去假冒小小的郭宪来著书。梁陈间人顾野王曾作《续洞冥记》一卷[1],我怀疑蔡大宝所云湘东王造《洞冥记》一卷,盖野王之续作,野王曾仕梁,与湘东王同时,时人或误传为湘东王作耳。[2]

郭宪作《洞冥记》不应有疑。《隋志》虽仅题郭氏未言名号,但唐时普遍以为《洞冥记》撰人系郭宪。《旧唐书·经籍志》已著录郭宪之名,《旧唐志》系根据开元九年(721)毋煚等所修《群书四部录》删略而成[3],因此至少在开元前本书已题为郭宪撰。刘知几

---

[1] 见《陈书》、《南史》本传。此书无著录,亦未见引用。
[2] 王国良以为"以目前所存的文献资料加以研判,比较可信的撰者应是梁元帝"。《汉武洞冥记研究》,第7页。
[3] 见《旧唐书·经籍志》总序。

《史通·杂述篇》、徐坚《初学记》、《日本国见在书目录》、顾况《戴氏广异记序》皆云郭子横撰《洞冥记》，段公路《北户录》引郭子横语三则，均出《洞冥记》。而且《册府元龟》卷五五五《国史部·采撰一》据旧史料亦著录云："郭宪为光禄勋，撰《汉武洞冥记》一卷。"看他的自序，言之凿凿，并无纰漏①，不似伪作。郭氏好方术，与《洞冥》主旨正合。

《洞冥记序》云：

> 宪家世述道书，推求先圣往贤之所撰集，不可穷尽，千室不能藏，万乘不能载，犹有漏逸。或言浮诞，非政教所同经文、史官记事，故略而不取。盖偏国殊方，并不在录。愚谓古曩余事，不可得而弃。况汉武帝明俊特异之主，东方朔因滑稽浮诞以匡谏，洞心于道教，使冥迹之奥昭然显著。今籍旧史之所不载者，聊以闻见，撰《洞冥记》四卷，成一家之书，庶明博君子该而异焉。武帝以欲穷神仙之事，故绝域遐方贡其珍异奇物及道术之人，故于汉世盛于群主也。故编

---

① 王国良称，序中提到"道教"，"然而'道教'一词，必起于东汉末期张陵等创立教派之后，甚至更晚，郭宪何能预知"。又云"宪家世述道书……千室不能藏，万乘不能载"，而这"恐怕是在道教典籍编造累积到相当可观的程度，才可能出现的景况，绝非东汉初期的人所能理解"。其实"道教"一词究竟起于何时并不能确定，王国良在注释中也指出了这一点。至于"道书"，泛言先秦以来道家、阴阳五行、数术、谶纬之类著作，并非专指道教经典。顺便说，王国良认为《洞冥记》非出郭宪，还举出书中两个内证。一个是汉武帝问东方朔"汉承唐运，火德天统"云云，而实际上王莽始以汉为火德，其后光武帝建武二年始正火德，因而不符合事实。一个是书中还提到"五岳真形图"，而此图为道教秘笈，是在六朝时期的长江流域所形成（依据李丰楙《六朝隋唐仙道类小说研究》的观点，台北学生书局，1986年）。对第一点窃以为乃是郭宪的小说家言，不必认真，毕竟在郭宪之时汉家已定火德。第二点"五岳真形图"的问题，实际也涉及到《十洲记》、《汉武帝内传》的时代问题，因为此二书也都提到"五岳真形图"，人们也普遍认为《十洲》、《内传》出自六朝。在我看来，"五岳真形图"本就是汉代《河图括地象》之类的谶纬书，后来被道教奉为秘笈，并不等于汉代就不会出现这样的图书。《汉武洞冥记研究》，第3—4页。

次之云尔。①

作者交待了作书缘由和宗旨,就是有憾于神仙道术及"偏国殊方"等"浮诞"之事之为史官略而不取,他认为汉武帝"以欲穷神仙之事,故绝域遐方贡其珍奇异物及道术之人,故于汉时盛于群主",而东方朔"因滑稽浮诞以匡谏,洞心于道教,使冥迹之奥昭然显著",都是值得表彰的。郭宪好方术,对惑溺神仙的汉武帝及神仙之事自然关注,这是他的基本创作动机。书以《洞冥》为名,其义即在乎此,亦即洞达"冥迹之奥"。书中卷三有"洞冥草","如金灯,折枝为炬,照见鬼物之形"②,书名草名之义,正出一辙。③

汉武帝是继秦始皇之后的又一个大神仙迷,非常羡慕黄帝成仙,先后重用一批方士,如李少君、栾大、公孙卿、少翁、丁公等,化丹沙,炼黄金,封泰山,祠神君,筑仙台,治明堂,访蓬莱,采芝药,大规模开展求仙活动,这些在《史记·封禅书》中有详细记载。由于这层缘故,汉武帝被道术之士所看中,成为汉代神仙家言中的一个重要角色。《洞冥记》所记,都是同汉武有关的神仙怪异传说,诚如《中兴书目》云"载武帝神怪事"(《玉海》卷五八引)。卷一云武帝"耽于灵怪"。卷四云:"武帝末年,弥好仙术,与东方朔狎昵。帝曰:'朕所好甚者不老,其可得乎?'朔曰:'臣能使少者不老。'"全书内容,即是围绕武帝求仙的中心,杂记各种逸闻及神山仙境、仙丹灵药、奇花异木、珍禽怪兽等。武帝求仙的真实事情,被作者涂上了扑朔迷离的神秘色彩。

其中有些传说,同《汉孝武故事》、《神异经》明显有联系。卷

---

① 《洞冥记序》及正文引文,除另注者均据王国良校本。
② 按:《古今逸史》等本"如"前有"夜"字,宜据补。
③ 后世道书多以"洞"为名,如《太平洞极经》、《三洞经》(《洞真》、《洞玄》、《洞神》)等。《太平经》卷四一释"洞"曰:"洞洽天地阴阳。"《云笈七签》卷六曰:"洞言通也,通玄达妙。"

一景帝梦赤彘而王夫人生武帝,显与《汉孝武故事》同出一源。同卷西王母驾玄鸾之辇,歌《春归乐》,谒武帝,卷二西王母献武帝嵝塘山细枣,赠帝玉钗,与《汉孝武故事》武帝会王母事,亦属同类。卷二云"昔西王母乘灵光辇,以适东王公之舍,税此马于芝田,乃食芝田之草。东王公怒,弃马于清津天岸",明显是《神异经》的演变。上述传说虽与《汉孝武故事》、《神异经》相类,但并不雷同,自有特色。

《洞冥记》有关武帝及东方朔的奇闻大多为他书所不载,大大丰富了武帝传说系统。例如卷三记:

> 有梦草,似蒲,色红,昼缩入地,夜则出,亦名怀莫。怀其叶则知梦之吉凶,立验也。帝思李夫人之容,不可得,朔乃献一枝。帝怀之,夜果梦夫人。因改日怀梦草。

> 帝常夕望,东边有青云起。俄而见双白鹄集台之上,倏忽变为二神女,舞于台,握凤管之箫,抚落霞之琴,歌《青吴春波》之曲。……

《汉书·外戚传》记有方士少翁作术致李夫人之神,《汉孝武故事》及《拾遗记》等都有对这一传说的不同记述①,表明其流传之广。李夫人之事成为武帝传说系统中的一个重要关目,《洞冥记》所记提供了另一种全然不同的模式,即怀草梦人。

又如卷四的两则,描写武帝身边的两位女性,故事都很优美:

> 帝所幸宫人名丽娟,年十四,玉肤柔软,吹气胜兰。娟身轻弱,不欲衣缨拂之,恐体痕也。每歌,李延年和之,于芝生殿唱《回风》之曲,庭中花皆翻落。置丽娟于明离之帐,恐尘垢污其体也。帝常以衣带系丽娟之袂,闭于重幕之中,恐随风而

---

① 参见拙著《唐前志怪小说辑释》,上海古籍出版社,1986年版,第363—369页。

起也。丽娟以琥珀为佩,置衣裾里,不使人知,乃言骨节自鸣,相与为神怪也。①

  唯有一女人,爱悦于帝,名曰巨灵。帝旁有青珉唾壶,巨灵乍出入其中,或戏笑帝前。东方朔望见巨灵,乃目之。巨灵因而飞去,望见化成青雀。因其飞去,帝乃起青雀台。时见青雀来,则不见巨灵也。

丽娟之身轻欲飞,堪与赵飞燕为匹。巨灵出入唾壶,使人联想到《神仙传》的壶公。《汉孝武故事》也有东方朔识巨灵事,但巨灵乃一"短人",王母使者,此则乃善于变化的神女,面貌迥异。

"怀梦草"、"巨灵"二条都涉及东方朔,东方朔是汉武帝的弄臣,所谓"滑稽之雄","俗人多以奇异妄附于朔"(《汉书》本传),因此他成为武帝传说系统中的重要角色。《洞冥记》对其出身和遇仙情况有详细生动的描写,比《汉孝武故事》所记丰富得多:

  东方朔,字曼倩。父张夷,字少平,妻田氏女。夷年二百岁,颜如童子。朔母田氏寡居,梦太白星临其上,因有娠。田氏叹曰:"无夫而娠,人将弃我。"乃移向代郡东方里为居。五月旦生朔,因以所居里为氏,朔为名。朔生三日而田氏死,时景帝三年也。邻母拾而养之。年三岁,天下秘谶,一览暗诵于口。常指拨天下空中独语。邻母忽失朔,累月方归,母笞之。后复去,经年乃归。母忽见,大惊曰:"汝行经年一归,何以慰我耶?"朔曰:"儿至紫泥海,有紫水污衣,仍过虞渊湔浣。朝发中返,何云经年乎?"母又问之:"汝悉是何处行?"朔曰:"儿湔衣竟,暂息冥都崇台,一忽眠。王公饴儿以丹粟霞浆。儿食

---

① 据《续谈助》卷一《洞冥记》及南宋皇都风月主人《绿窗新话》卷下《丽娟娘玉肤柔软》(无出处)、《太平广记》卷二七二、《永乐大典》卷一四五三七引《洞冥记》校补。

之既多,饱闷几死。乃饮玄天黄露半合,即醒。既而还,路遇一苍虎,息于路旁。儿骑虎还,打捶过痛,虎啮儿,脚伤。"母悲嗟,乃裂青布裳裹之。朔复去之,去家万里。见一枯树,脱向来布裳挂于树。布化为龙,因名其地为"布龙泽"。朔以元封中游濛鸿之泽,忽见王母采桑于白海之滨。俄有黄眉翁,指阿母以告朔曰:"昔为吾妻,托形为太白之精,今汝亦此星精也。吾却食吞气,已九千余岁。目中瞳子,色皆青光,能见幽隐之物。三千岁一反骨洗髓,二千岁一刻肉伐毛。自吾生,已三洗髓、五伐毛矣。"①

《广记》卷六引《洞冥记》及《朔别传》于"邻母拾朔养之"下云:"时东方始明,因以姓焉。"与此不同。按罗苹注云:"朔父张夷,字少平,母田氏。遗腹生之三日,母卒,邻母养之。时东方始明,因为姓。故世谓朔无父母。"下接引《洞冥记》云云。观此,"东方始明,因为姓"之说非出《洞冥记》,当为《东方朔别传》文字。②

在《洞冥记》中,这类清丽美妙的传说还有不少。作者围绕着武帝,把种种美丽意象,如奇花异草、珍禽怪兽、瑰宝珠玉、亭台楼阁,以及神人仙女,组织在迷离恍惚而又明丽真切的传说中,构成优美诱人的境界。

在这些传说中,十分引人注目的是关于异国景况的传说。郭宪序称武帝"以欲穷神仙之事,故绝域遐方贡其珍异奇物及道术

---

① 据《续谈助》,《太平广记》卷六引《洞冥记》及《朔别传》,《太平御览》卷二二、卷三六〇、卷六七四、卷六九六,南宋罗泌《路史后纪》卷五《黄帝纪上・东方氏》罗苹注,施元之《施注苏诗》卷二二《次韵王定国南迁回见寄》注引《洞冥记》,祝穆《古今事文类聚》前集卷四五《吞气九千岁》(无出处),胡穉笺注《增广笺注简斋诗集》卷八《蜡梅四绝句》注引《洞冥记》及《东方朔别传》校补。

② 南宋叶廷珪《海录碎事》卷七下引《洞冥记》、吴曾《能改斋漫录》卷五《辨误・东方姓氏》引《洞冥记》亦有此语,盖据《广记》。

之人"。书中卷三亦云:"帝升苍龙阁,思仙术,召诸方士言远国遐方之事。"《洞冥记》之所以不属于杂史体志怪,而属于地理博物体志怪,就在于它的主要内容正是描写"远国遐方之事",这是和同样以武帝传说为内容的《汉孝武故事》很不相同的地方。故而后人于书名又加"汉武别国"或"汉武列国"字样。

远国异民本是地理博物体志怪重要内容之一。但《山海》、《神异》、《括地》等记,大抵是恍言惚语,基本没有事实依据。此书所记虽不乏怪异色彩,但相形之下却稍微平实一些,它是武帝时西域诸国的传说化。

这类远国遐方传说,一是有关贡品的,如祇国的金镜、波祇国的神精香草、翕韩国的飞骸兽、郅支国的马肝石、呋勒国的文犀①、大秦国的花蹄牛、修弥国的骏骡、勒毕国的细鸟、西那汗国的声风木、善苑国的百足蟹、邠过国的能言龟等等。一是关于诸国风土人情的,如郅支国人长四尺,饵马肝石为生等等。下边引卷二的三段文字:

> 呋勒国贡文犀四头,状如水兕。角表有光,因名明犀。置暗中有光影,亦日影犀。织以为簟,如锦绮之文。此国去长安九千里,在日南之南。人长七尺,披发至踵,乘犀象,以为车船。乘象入海底取宝,宿于蛟人之舍。得泪珠,则蛟人所泣泪而成珠也,亦曰泣珠。②

> 元封三年,大秦国贡花蹄牛。其色驳,高六尺,尾环绕,角端有肉,蹄如莲花,善走多力。饴以木兰之叶。使方国贡此叶,此牛不甚食。食一叶,则累月不饥。帝使辇铜石,以起望仙宫。迹在石上,皆如花形。故阳关之外有花牛津,时得异

---

① 有祇国、呋勒国,王国良校改作"支祇国"、"跋勒国"。
② 据《续谈助》、《太平御览》卷九三〇引郭子横《洞冥记》校补。

石,长十丈,高三丈,立于望仙宫,因名龙钟石。武帝末,此石自陷入地,唯尾出土上。今人谓龙尾墩是也。

元封五年,勒毕国贡细鸟,以方尺之玉笼盛数百头,形大如蝇,状似鹦鹉,声闻数里之间,如黄鹄之音也。国人常以此鸟候时,亦名曰"候日虫"。帝置之于宫内,旬日而飞尽。帝惜,求之不复得。明年,见细鸟集于帷幕,或入衣袖,因名"蝉衣鸟"。宫内嫔妃皆悦之,有鸟集其衣者,辄蒙爱幸。至武帝末,稍稍自死,人犹爱其皮。服其皮者,多为丈夫所媚。王莽末,犹有一两个去来,莽罗得之。

勒毕国人,长三寸,有翼,善言语戏笑,因名善语国。常群飞往日下自曝,身热乃归。饮丹露为浆——丹露者,日初出,有露汁如朱也。①

吠勒国(或跋勒国)、勒毕国均无考,大秦又名黎轩(或作靬),即古罗马帝国。关于文犀、花牛及吠勒人的习俗,显然是依据传闻,不尽属实,但并非完全望风捕影,凿空虚造,可说是真假参半。这是汉代西域诸国传说的共同特点。

《洞冥记》前,西域传说在志怪中鲜有记载。《山海经》中的西胡、西戎、西王母,仅仅是西部的一些部族,非汉人所说的西域。到了汉武通西域,中国人眼界被打开了,这类传说才开始出现。如《括地图》记天毒国(按:又作身毒,即印度)风俗②,《神异经》记西

---

① 据《续谈助》,《绀珠集》卷一《洞冥记》,《类说》卷五《洞冥记》,《初学记》卷二引《洞冥记》、段公路《北户录》卷三引郭子横记,《太平御览》卷一二、卷九二四,《太平广记》卷四六三,《事类赋注》卷三引《洞冥记》,《五色线》卷上引《洞真(冥)记》,《永乐大典》卷二三四五引《稽神异苑》校补。
② 《艺文类聚》卷五引《括地图》:"天毒国最大暑热,夏,草木皆干死。民善没水,以避日入时暑,常入寒泉之下。"

南大宛汗血马①。其后,《十洲记》也记有西国王献续弦胶、吉光裘和月支国献香、猛兽事。不过都很少,唯《洞冥记》颇为丰富。西域传说是武帝时中西交通发达的产物。《史记》卷一二三《大宛列传》载,武帝时,张骞曾奉命三次出使西域(第二次未达目的),通大月氏、大宛、康居、大夏、乌孙、安息、身毒等国。之后,不断发使西域,使者相望于道。为了得到大宛汗血马,武帝还派贰师将军李广利击大宛,取马三千余匹以归。当时西域诸国亦纷纷发使通汉,安息国献大鸟卵及黎轩善眩人。《西京杂记》卷二载:"武帝时身毒国献连环羁。"此时,西域的苜蓿、葡萄、红蓝花、胡麻、蚕豆、大蒜、胡荽、黄瓜、安石榴、胡桃、胡萝卜等作物也传入中国。② 由于武帝致力于中西交通,西域为举国瞩目,《史记·大宛列传》云,"从吏卒皆争上书言外国奇怪利害"。在中国人眼中,外邦风物本来就是奇妙神秘的,再加上人们的附会夸饰,就形成传说。到了方士和神仙家手里,便同服食飞举、灵异变化的方术和仙术结合起来。

《洞冥记》明显是接受了《山海经》和《神异经》的影响,但与二书有许多不同之处。由于作者是方士,又受时代风气熏染,所以《洞冥记》以神仙家观点记录武帝逸事及远国遐方之事,神仙思想十分突出,一派神仙家言,上承《列仙传》,下启《十洲记》。在写法上,不像《山海》、《神异》颇为整齐地依次记述四方风物,而是把远国遐方与武帝逸闻掺杂在一起记叙,因而体例又接近《汉孝武故事》。另外,《洞冥记》描写比较细致具体,自由灵活,不似《山海》、《神异》之简古,文字比较靡丽,铺饰较多,突破了《山海经》等程式化的叙事模式,谭献赞其"辞藻丰缛,有助文章"③,然亦开《十洲

---

① 《中荒经》:"西南大宛有马,其大二丈,鬣至膝,尾委地,蹄如升,腕可握。日行千里,至日中而汗血。乘者当以絮缠头腰小腹,以辟风病。彼国人不缠也。"据王国良校本。
② 参见张星烺《中西交通史料汇编》第四册第一章第六节,中华书局,1978年版。
③ 《复堂日记》卷五。

记》、《汉武内传》浮夸文风之先河。

《洞冥记》对后世小说创作很有影响,晋王嘉的《拾遗记》、唐苏鹗的《杜阳杂编》等都是对它的效仿,即以王朝天子为纲,通过外邦进贡来展开别国的神奇描写,并把一代君王之事扩展为历代王朝或一朝诸帝之事。

《十洲记》,《隋志》地理类著录一卷,题东方朔撰,其后史志书目均无异辞,或作《十洲三岛记》①。今存各本亦为一卷,书名多作《海内十洲记》,主要版本有《顾氏文房小说》、《宝颜堂秘笈》、《古今逸史》、《广汉魏丛书》、《五朝小说》、《重编说郛》(卷六六)、《四库全书》、《增订汉魏丛书》、《龙威秘书》、《艺苑捃华》、《百子全书》、《鲍红叶丛书》、《古今说部丛书》、《说库》等本,皆题《海内十洲记》;《道藏》、《道藏举要》本题《十洲记》;《道藏精华录》本题《海内十洲三岛记》。《云笈七签》卷二六录全文,分序、十洲、三岛三部分,题作《十洲三岛》。②《续谈助》卷一摘抄《海内十洲记》十六条,末有跋语。《绀珠集》卷五摘《十洲记》十一条,《类说》卷五摘《十洲记》十九条,二书皆为片段。《道藏》正一部收无名氏《五岳真形序论》亦删取此书。王国良《海内十洲记研究》下编以《顾氏文房小说》为底本为全书详作校释,颇可参考。上编《综论》有《疑似佚文的考察》一节,从诸书辑出引作《十洲记》的十二段文字,确定"七宝堂"(《太平御览》卷八〇八)、"广寒宫"(《类说》本、《绀珠集》本、《集注分类东坡诗》卷一、《锦绣万花谷》前集卷一)二条可能是本书佚文。

---

① 又著录于《旧唐书·经籍志》地理类、《新唐书·艺文志》道家类神仙家、《崇文总目》地理类、《册府元龟·国史部·采撰一》、《郡斋读书志》传记类、《直斋书录解题》小说家类、《宋史·艺文志》地理类,均同《隋志》。又《宋志》道家附神仙类著录作《十洲三岛记》。

② 按:《重修政和证类本草》卷三《三十五种陈藏器余》又引作《十洲仙记》。

《十洲记》旧题东方朔撰，不可信，已如前言。它既同《神异经》一起驾名东方朔，并记武帝传说，具有汉志怪的共同特点，估计不会出于汉后。文字缛丽，充满神仙道教内容，当出东汉末期，在《洞冥记》之后，而与《汉武内传》大抵同时。

昔人多以其为六朝人伪作。胡应麟《少室山房笔丛》卷五《丹铅新录一》云："盖如《神异经》、《十洲记》之属，大抵六朝赝作者。"《四库全书总目提要》卷一四二小说家类云："书中载武帝幸华林园射虎事。按《文选》卷二〇应贞《晋武帝华林园集诗》李善注引《洛阳图经》曰：'华林园在城南东北隅，魏明帝起，名芳林园，齐王芳改为华林。'武帝时安有是号？盖六朝词人所依托。观其引卫叔卿事，知出《神仙传》后，引《五岳真形图》事，知出《汉武内传》后也。"证据凡三条，但都站不住脚。第一，关于华林园。六朝时名华林园有三：一为魏宫苑，在洛阳，本东汉芳林园，魏明重修，及齐王芳即位，避讳改华林园。除《洛阳图经》，《三国志·文帝纪》裴注亦云。二为十六国时后赵宫苑，在邺（今河北临漳县西南），石虎所建，见《晋书·石季龙载记》。三为晋宫苑，在今南京。《晋书》多言及，如卷四《惠帝纪》云"帝又尝在华林园闻虾蟆声"，卷九《简文帝纪》云"于华林园举酒祝之"。《读史方舆纪要》卷二〇《江南江宁府江宁县》云："芳林园，在故台城内建康宫北隅，吴时宫苑也，晋曰华林园。"这三处华林园都不是《十洲记》中之华林园。从《十洲记》所记云"帝幸华林园射虎"的全文看（详下），这个华林园在汉都长安附近，是武帝射猎之处，不会在数百里之遥的洛阳。后文"聚窟洲"又云：征和三年西胡月支国王遣使献猛兽一头，武帝"因以此兽付上林宛，令虎食之"。按上林宛本秦宫苑，武帝建元三年（前138）重修，在长安西。《三辅黄图》卷四曰："《汉旧仪》云：'上林苑方三百里，苑中养百兽，天子秋冬射猎取之。'"据此，则武帝射虎之华林园应为上林苑。考《太平御览》卷七六六引《十洲记》作"帝幸上林苑射虎"，《续谈助》本亦作上林，可证今本华林园乃上林苑之讹。又《博物志》卷二亦载此事,作甘泉宫,甘泉宫亦在长安附近,张华误记上林为甘泉,但并未作华林,亦可证武帝射猎处断非洛阳之华林园。第二,关于卫叔卿事。《十洲记》云武帝临死前一年"自愧求李君之不勤,惭卫叔卿于阶庭"。据葛洪《神仙传》卷二,叔卿汉武帝时中山人,乘云驾鹿降殿前,武帝称之为"我臣",遂失望而去,帝甚悔恨。卫叔卿既为武帝时人,《十洲记》作者当然可以采其传闻,《神仙传》亦多取古籍旧闻,不得疑《十洲记》定在《神仙传》后也。第三,关于《五岳真形图》。《十洲记》云谷希子向东方朔授昆仑、锺山、蓬莱山及神洲《真形图》,又提及《岳形图》(《云笈七签》本作《五岳真形图》)。《五岳真形图》本是神仙家谶纬家编造的神仙秘图,流行很早,并不始于《汉武内传》。西汉纬书《河图括地象》已谓"昆仑东南地方五千里,名曰神州,中有《五岳地图》,帝王居之"。① 《洞冥记》卷二亦称武帝时李克负《五岳真图》而至。《道藏》洞玄部灵图类有《洞玄灵宝古本真形图》,前有东方朔序,东方序自然是伪托,但也说明《五岳真形图》来历很古。因而不能因《汉武内传》中有《五岳真形图》遂以为《十洲记》出于其后,而且《汉武内传》亦非六朝人作,乃东汉末期作品(说详后),即使《十洲记》果真取材于《内传》,亦不得遽定为六朝书。

今世学者亦大抵主六朝之说,并有新的论证。台湾李丰楙以为本书与《上清经》系有密切关系,是东晋末伪造《上清经》的王灵期等人在东晋太元末至隆安间造制②。王国良以为本书产

---

① 《文选》卷四三孙楚《为石仲容与孙皓书》注引《河图括地象》。按:郑玄注《尚书中候》,王逸注《楚辞·离骚》都称引过《河图括地图象》,可知出于汉世。原书已佚,今存明清辑本多种,载《古微书》、《重订汉唐地理书抄》、《守山阁丛书》、《汉学堂丛书》、《纬书》、《山右丛书初编》、《青照堂丛书》等。
② 《十洲记研究》,载《六朝隋唐仙道类小说研究》,台北学生书局,1986年版,第134页。

生于东晋末期编造的《汉武帝内传》之后、《汉武帝外传》之前，证以《三国志》裴注未引而《水经注》已加援用，可能出现在宋、齐之间①。这些说法都值得商榷。宋晁载之《十洲记跋》据郭璞《游仙诗》"朱门何足荣，未若托蓬莱"，"圆丘有奇草，锺山出灵液"李善注引《十洲记》，以为"此书诚出于晋魏之前"。考西晋张华《博物志》卷二、卷三西国献异香、猛兽及续弦胶三事皆本本书，晁说不为无理。这里不妨将《十洲记》所记异香、猛兽与《博物志》作一对照：

> 征和三年，武帝幸安定。西胡月支国王遣使献香四两，大如雀卵，黑如桑椹。帝以香非中国所有，以付外库。又献猛兽一头，形如五六十日犬子，大似狸而色黄。命国使将入呈帝。帝见使者抱之，似犬，羸细秃悴，尤怪其所贡之非也。……使者对曰："……我王……搜奇蕴而贡神香，步天林而请猛兽，乘毳车而济弱渊……"于是帝使使者令猛兽发声试听之。使者乃指兽，命唤一声。……帝登时颠蹶，掩耳震动，不能自止。侍者及武士虎贲，皆失仗伏地。诸内外牛马豕犬之属，皆绝绊离系，惊骇放荡，久许咸定。帝忌之，因以此兽付上林苑，令虎食之。……兽入苑，径上虎头，溺虎口。去十许步，已来顾视虎，虎辄闭目。……到后元元年，长安城内大疫，病者数百，亡者大半。帝试取月支神香，烧之于城内。其死未三日者皆活，芳气经三月不歇。于是信知其神物也，乃更秘录余香。后一旦又失之，检函封印如故，无复香也。帝愈懊恨，恨不礼待于使者……（《十洲记·聚窟洲》）②

---

① 《海内十洲记研究》，文史哲出版社，1993年版，第8页。
② 引文据王国良校本（以《顾氏文房小说》本为底本，《海内十洲记研究》，台北文史哲出版社，1993年版），下同。笔者自行校补者另行注明。

——汉武帝时,弱水西国有人乘毛车以渡弱水来献香者。帝谓是常香,非中国之所乏,不礼其使,留久之。帝幸上林苑,西使千乘舆闻,并奏其香。帝取之看,大如鸾卵,三枚,与枣相似。帝不悦,以付外库。后长安中大疫,宫中皆疫病。帝不举乐,西使乞见,请烧所贡香一枚,以辟疫气。帝不得已听之,宫中病者登日并差。长安中百里咸闻香气芳,积九十余日,香犹不歇。帝乃厚礼发遣饯送。(《博物志》卷二《异产》)

——汉武帝时,大宛之北胡人有献一物,大如狗,然声能惊人,鸡犬闻之皆走,名曰猛兽。帝见之,怪其细小。及出苑中,欲使虎狼食之。虎见此兽,即低头着地。帝为反观,见虎如此,谓欲下头作势,起搏杀之。而此兽见虎甚喜,舐唇摇尾,径往虎头上立。因搦(按:当为溺字之讹,下同)虎面,虎乃闭目低头,匍匐不敢动。搦鼻下去,下去之后,虎尾下头去,此兽顾之,虎辄闭目。(《博物志》卷三《异兽》)

很明显,《博物志》乃依据《十洲记》而记。其间的不同之处,可能《博物志》同时又采入其他书的记载;自然还有另一个原因,就是《博物志》和《十洲记》在漫长岁月的流传中肯定会造成文字的很大出入。张华《博物志》取材多为古书,而张华(232—300)卒于西晋惠帝永康元年①,其时去汉亡(220)才八十年,因此《十洲记》绝不可能产生于六朝②。

另外,《太平御览》卷五九引《龙鱼河图》云:"玄洲在北海中,地方三千里,去南岸十万里。上有芝,著玄涧。涧水如蜜味,服之长生。"卷三四四引《龙鱼河图》云:"流洲在西海中,地方三千里。上多山川积石,名为昆吾石。冶其石为铁,作剑,光明照洞,如水

---

① 见《晋书》卷三六《张华传》。
② 王国良谓《十洲记》编者择取《博物志》材料以为蓝本,至少也参考了与《博物志》同源的载籍。然《十洲记》所载远详于《博物志》,自然不可能是《十洲记》在《博物志》后。至于"同源载籍"之说,无文献可证。《海内十洲记研究》,第33页。

精。以割玉,如土。"所记皆与本书相同(本书玄洲为元洲)①。《龙鱼河图》乃汉代纬书,与本书关系密切。要之,本书当出汉世,殆为东汉末期作品,最晚亦不可能出自魏后。

是书当系方士道徒所为。宋人王洙云:"道书中有《十洲记》,皆言神仙境土。"②内容是汉武帝既闻王母说八方巨海中有祖洲、瀛洲、玄洲、炎洲、长洲、元洲、流洲、生洲、凤麟洲、聚窟洲,遂向东方朔询问十洲情况,东方朔为之详道十洲及沧海岛、方丈洲、蓬莱山、昆仑山之大丘灵阜、真仙神官、仙草灵药、甘液玉英、奇禽异兽,全系神仙道教之说。诸如太玄都、紫府宫、太帝宫、金墉城,鬼谷先生、太上真人、天帝君、西王母、三天君、太真东王父、上元夫人,金芝玉草、扶桑、返魂树、风生兽、火光兽、火浣布、切玉刀、夜光杯、续弦胶、反生香等等,仙宫、仙官、仙物比比皆是,铺金错彩,恍惚迷离,张皇神仙以至于极。下边举几则:

> 祖洲,近在东海之中,地方五百里,去西岸七万里。上有不死之草,草形如菰苗,长三四尺。人已死三日者,以草覆之,皆当时活也。服之,令人长生。昔秦始皇时,大苑中多枉死者横道。有鸟如乌状,衔此草覆死人面,当时起坐而自活也。有司奏闻,始皇遣使者赍草,以问北郭鬼谷先生。鬼谷先生云:"此草是东海祖洲上,有不死之草,生琼田中,或名为养神芝。其叶似菰苗,丛生,一株可活一人。"始皇于是慨然言曰:"可采得否?"乃使使者徐福,发童男童女五百人,率摄楼船等,入海寻祖洲。遂不返。福道士也,字君房,后亦得道也。

---

① 《十洲记·元洲》:"元洲在北海中,地方三千里,去南岸十万里。上有五芝,玄涧。涧水如蜜浆,饮之长生,与天地相毕。服此五芝,亦得长生不死。亦多仙家。"《流洲》云:"流洲在西海中,地方三千里,去东岸十九万里。上多山川积石,名为昆吾。冶其石成铁,作剑,光明照洞,如水精状,割玉如割泥。亦饶仙家。"
② 《分门集注杜工部诗》卷八《玉台观》注。

炎洲,在南海中,地方二千里,去北岸九万里。上有风生兽,似豹,青色,大如狸。张网取之,积薪数车以烧之,薪尽而兽不然,灰中而立,毛亦不焦。斫刺不入,打之如皮囊。以铁锤锻其头数十下,乃死,而张口向风,须臾复活。以石上菖蒲塞其鼻,即死。取其脑,和菊花服之,尽十斤,得寿五百年。

又有火林山,山中有火光兽,大如鼠,毛长三四寸,或赤或白。山可三百里许。晦夜尝见此山林,乃是此兽光照,状如火光。取其兽毛,绩以为布,时人号为火浣布也。国人衣服之。若有垢污,以灰汁浣之,终无洁净;唯火烧此衣服,两盘饭间,振摆其垢自落,洁白如雪。亦多仙家。①

凤麟洲,在西海之中央,地方一千五百里。洲四面有弱水绕之,鸿毛不浮,不可越也。洲上多凤麟,数万各为群。又有山川池泽及神药百种。亦多仙家。煮凤喙及麟角,合煎作胶,名之为"续弦胶",或名"连金泥"。此胶能续弓弩已断之弦,连刀剑断折之金。更以胶连续之,使力士掣之,他处乃断,所续之际终无断也。

武帝天汉三年,帝幸北海,祠恒山。四月,西国王使至,献灵胶四两,吉光毛裘二领。武帝受以付外库,不知胶裘二物之妙用也。以为西国虽远,而上贡者不奇,稽留使者未遣。又时武帝幸上林苑射虎,而弩弦断。使者时从驾,又上胶一分,使口濡以续弩弦。帝惊曰:"异物也!"乃使武士数人,共对掣引之,终日不脱,如未续时也。胶色青如碧玉。吉光毛裘,黄色,盖神马之类也。裘入水,数日不沉,入火不焦。帝於是乃悟,厚谢使者而遣去,赐以牡桂、乾姜等诸物,是西国之所无者。

---

① 据《道藏》本、《云笈七签》卷二六《十洲三岛》、《续谈助》卷一《海内十洲记》、《绀珠集》卷五《十洲记》、《类说》卷五《十洲记》、《艺文类聚》卷一、卷八〇,唐李淳风《感应经》(《说郛》卷九)、《太平御览》卷八六八、卷九〇八、《事类赋注》卷八引校补。

又益思东方朔之远见。周穆王时,西胡献昆吾割玉刀及夜光常满杯。刀长一尺,杯受三升。刀切玉如切泥。杯是白玉之精,光明夜照。冥夕出杯於中庭,以向天,比明而水汁已满於杯中也,汁甘而香美。斯实灵人之器。秦始皇时,西胡献切玉刀,无复常满杯耳。如此胶之所出,从凤麟洲来,剑之所出,必从流洲来,并是西海中所有也。①

十洲三岛之称,当祖袭旧书。西汉纬书《龙鱼河图》佚文有玄洲、流洲。《三国志》卷四七《吴书·吴主孙权传》云孙权遣将浮海求夷洲及亶州,"亶州在海中,长老传言,秦始皇帝遣方士徐福,将童女千人,入海求蓬莱神山及仙药,止此洲不还",此亶州即《十洲记》中之祖洲,夷洲即今台湾,但不知是十洲中哪一洲的别名。周秦时已有海外三神山之说,乃蓬莱、方丈、瀛洲,见《史记·封禅书》及《秦始皇本纪》;《山海经·海内北经》亦曰:"蓬莱山在海中。"至于昆仑,《山海经》记述尤多。东方朔《与友人书》云:"不可使尘网名缰拘锁,怡然长啸。脱去十洲三岛,相期拾瑶草。"②西汉已将十洲、三岛并称,而且出自东方朔之口,《十洲记》作者遂搜集古来关于十洲三岛及昆仑的种种传闻,敷衍成一个自成系统的神仙世界,并与汉武帝、东方朔传说系统联系起来,附会出东方朔游十洲三岛之事。由于东方朔在两汉传说中是个箭垛式的人物,而且有"十洲三岛"之语,故而托于其人,并以其口吻作后序以实其事,以致后人误认为东方朔即此书作者。作者的目的是很明显

---

① 据《道藏》本、《七签》本、《续谈助》本、《绀珠集》本、《类说》本及《北堂书抄》卷三一、《艺文类聚》卷九〇、《文选》卷五六《新刻漏铭》李善注、《法苑珠林》卷三六、《六帖》卷八三、《太平御览》卷三四八又卷七六六又卷九一五、《事类赋注》卷一八引校补。

② 南宋黄希注、黄鹤补注《补注杜诗》卷一《赠李白》"方期拾瑶草"注引。严可均《全汉文》卷二五辑入,无出处。又《东坡先生诗集注》卷一九《次韵僧潜见赠》注亦引:"游十洲三岛,相期拾瑶草。"

的,即通过这些"道教夸大之语"①进行神仙道教宣传。书中云东方朔对武帝说自己"韬隐逸而赴王庭,藏养生而侍朱阙",希望武帝归依道家,而武帝怀尘世之欲,"非有道之君",东方朔故而不尽传仙术,唯"弄万乘傲公侯"而已,武帝终不得长生而命殒,颇能见出作者的一番苦心。

晚清陆绍明称《海内十洲记》好言神仙,字字脉望",乃"道家之小说"②。《十洲记》虽亦仿《山海》、《神异》,多记地理博物,但仅限神仙家之十洲三岛,乃神仙道教之作,称其为"道家之小说"甚妥。道教在东汉逐渐形成并于后期定型,道徒竞相造作道书,本书即产生在这样的背景之中。由于作者一味称道仙家,虽穷妍极态,文辞缛丽,但内容却不大新鲜,缺乏情致,与《神异》、《洞冥》相较,不免瞠乎其后。其风格稍近《汉武帝内传》,所谓"道家小说"的通病都是如此。

三、杂传体志怪小说与志怪题材的杂传小说

史氏流变,形成杂传的小说化。从文体上看,其类传一体,在汉代形成了杂传体志怪小说,即《列仙传》;其单传一体,继《穆天子传》、《燕丹子》后又先后出现了《汉武故事》、《蜀王本纪》、《徐偃王志异》、《汉武内传》等杂传小说。杂传小说的文体有别于杂传体志怪小说,《汉武故事》等四种与《列仙传》不属同一个文体类型。但在两汉神仙家言大畅天下的文化背景中,《汉武故事》、《汉武内传》都以神仙为内容,题材上与《列仙传》相类。《蜀王本纪》、《徐偃王志异》所记则是古老的神话传说,张皇神怪。此四种杂传小说作品都属于志怪题材,与作为独立文体的志怪小说在题材上

---

① 《四库全书总目》卷一四二。
② 《月月小说发刊词》,《晚清文学丛抄·小说戏曲研究卷》。

实属同调,因此也加以讨论。

(一)杂传体志怪小说:仙传小说《列仙传》

《列仙传》二卷,西汉刘向撰。《汉书·艺文志》无目。《隋书·经籍志》杂传类著录曰:"《列仙传赞》三卷,刘向撰,鬷续,孙绰赞。《列仙传赞》二卷,刘向撰,晋郭元祖赞。"杂传类小序又称:"又汉(按:应作'秦')时阮仓作《列仙图》,刘向典校经籍,始作《列仙》、《列士》、《列女》之传。"《旧唐书·经籍志》杂传类、《新唐书·艺文志》道家类均作二卷,刘向撰,《新唐志》作《列仙传》,无赞。宋代诸家著录大率同此①。

唐前最先提及《列仙传》的是东汉末王逸《楚辞·天问》注及应劭《汉书音义》,均引《列仙传》,但不云撰人;最早称刘向作《列仙》者则是葛洪。《神仙传序》曰:"秦大夫阮仓所记,有数百人。刘向所撰,又七十余人。"《抱朴子内篇·论仙篇》亦曰:"刘向博学……其所撰《列仙传》,仙人七十有余。"此外,无名氏《列仙传叙》称:"《列仙传》,汉光禄大夫刘向所撰也。"②《世说》注、《水经注·洛水》注、《颜氏家训·书证篇》、陶弘景《真诰》卷一七《握真辅篇》咸谓刘向撰《列仙传》。

葛洪近古,博览"仙经、服食方及百家之书"③,其确信《列仙传》为向作必有据。然自宋代起,不断有人对刘向的著作权提出质疑。北宋黄伯思首先发难,以为"不类向文,恐非其笔……疑东

---

① 《崇文总目》道书类、《郡斋读书志》传记类、《直斋书录解题》神仙类均著录刘向《列仙传》二卷,《中兴馆阁书目》神仙家类、《宋史·艺文志》道家附神仙类作三卷,当皆附有郭赞。《通志·艺文略》道家据《隋志》著录刘向《列仙传》二卷、孙绰《列仙传赞》三卷、郭元祖《列仙传赞》二卷。

② 见《太平御览》卷六七二引,张宗祥校明钞本《说郛》卷四三亦录。清姚振宗《汉书艺文志拾补》卷六疑此序郭元祖撰,非是,郭序乃总赞,与此序不同,说详下文。

③ 葛洪《神仙传序》。

京文也"①。南宋陈振孙在其《直斋书录解题》卷一二神仙类谓"似非向本书,西汉人文章不尔也"。以为刘向固有此书,但传世本非其本书。继之明人胡应麟认为"当是六朝间人"伪撰,"非六朝则三国无疑也"②。又云:"《列仙》藉曰中垒,而文匪两汉,要亦晋人伪称,咸不足据。"③清代四库馆臣亦以为"魏晋间方士为之,托名于向",并补充证据云:"《汉志》所录,皆因《七略》,其总赞引《孝经援神契》,为《汉志》所不载;《涓子传》称其《琴心》三篇有条理,与《汉志》《蜎子》十三篇不合;《老子传》称'作《道德经》上下二篇',与《汉志》但称《老子》亦不合,均不应自相违异。"④杨守敬《日本访书志》卷六又提出两条新证据:一是《世说新语》注引《列仙传序》(按:指总赞)有"其七十四人已在佛经"之语,而刘向之时尚无佛经传入;二是今本《列仙传》中《文宾传》有后汉地名太丘,《木羽传》称钜鹿南和,而前汉南和属广平国,后汉改属钜鹿。据此杨氏认为《列仙传》为东汉方士所托无疑。近人余嘉锡《四库提要辨证》卷一九引述杨守敬说,亦以为"此书盖明帝以后顺帝以前人之所作也"。

这些证据都不足以推倒旧案。其一,《汉志》所录西汉著作并非囊括无遗,清人姚振宗辑有《汉书艺文志拾补》,所录《汉志》遗漏者颇多。如《汉书》刘向本传载向著《疾谗》等八篇,均为《汉志》不载。其二,古书往往无定称,卷帙分合不一,《四库提要》提出的疑问并不难解释。近人余嘉锡氏虽持《列仙传》系伪托说,然亦力驳《提要》,云刘安著书,号曰《鸿烈》,刘向校定,名之《淮南》,《汉志》《陆贾》二十三篇,而本传仅举《新语》十二篇,是皆不

---

① 《东观馀论》卷下《跋刘向列仙传后》。
② 《少室山房笔丛》卷三二《四部正讹下》。
③ 《少室山房类稿》卷八三《赤松稿序》。
④ 《四库全书总目》卷一四六道家类《列仙传》提要。

足为作伪之据。① 其三,个别地方用后汉地名,系传写传刻之讹。《文宾传》太丘系敬丘之讹,清王照圆《列仙传校正》卷下考之甚确。《木羽传》钜鹿二字当为后人妄加。这样的情况还有《商丘子胥传》之高邑,高邑本西汉之鄗,光武改名,王照圆以为高邑二字原止作鄗,浅人误分为二。又《溪父传》称溪父者南郡鄘人,汉时南郡并无鄘县,考《太平御览》卷九七八引《列仙传》作南郡编人,据《汉书·地理志》,南郡正有编县,则"鄘"本作"编"。其四,今本《列仙传总赞》无"七十四人出佛经"之语,中间一段仅云:"余尝得秦大夫阮仓撰《仙图》,自六代迄今有七百余人。始皇好游仙之事,庶几有获,故方士雾集,祈祀弥布,殆必因迹托虚,寄空为实,不可信用也。""七十四人出佛经"系总赞佚文,见引于《颜氏家训·书证篇》、宗炳《明佛论》(《弘明集》卷二)、僧祐《弘明集后序》、《世说·文学篇》刘孝标注、费长房《历代三宝记》卷二、法琳《破邪论》卷下及《对傅奕废佛僧事》(《广弘明集》卷一一)、道世《法苑珠林》卷二〇《千佛篇八》等。《历代三宝记》云:"平帝世,大夫刘向自称'余览典籍,往往见有佛经',及删《列仙传》,云得藏书,缅寻太史创撰《列仙图》,自六代迄到今七百余人。向检虚实,定得一百四十六人,其七十四人已在佛经。"其余或详或简,大率同此。今本总赞"向检虚实"云云脱去。"余"者乃郭元祖,六代者夏商周秦汉魏,郭乃晋人,故云。《隋书·经籍志》杂传类著录《列仙赞序》一卷,郭元祖撰。序即总赞,盖总赞亦为郭元祖撰,不唯作赞也。王照圆《列仙传校正后序》谓"赞序俱元祖所为也",甚是。《列仙传》和赞乃出两人之手,传自传,赞自赞耳,不能因赞语佛经,即疑传非向作。郭元祖之总赞,意思是搜检藏书,看到阮仓《列仙图》原本有七百余人,刘向以其虚而不实删定为一百四十六人,又因其中七十四人已载于佛经,故《列仙传》只撰得七十二人。

---

① 见《四库提要辨证》卷一九子部十道家类。

这篇总赞是根据葛洪《抱朴子·论仙篇》"至于撰《列仙传》，自删秦大夫阮仓书中出之，或所亲见，然后记之"发挥出来的，极不可靠。试想，《列仙传》中多有汉世人，岂能载于《列仙图》？郭元祖编造七十四人在佛经，是由于当时佛道又相互竞争，又彼此利用，遂生出佛道同源之说。而南北朝时佛教徒想高出道教一头，宣扬佛教入华由来已久，遂把郭元祖所作《列仙传总赞》硬派给刘向，说秦汉已有佛经，上述《颜氏家训》等称引总赞，大都属之刘向名下，而他们都是佛教信徒。他们甚至还编造了刘向"余览典籍，往往见有佛经"之语，也是同样目的[1]。后世论者不辨此中缘故，遂以为总赞出自刘向，进而又谓《列仙传》为伪托，岂不鲁哉！

《列仙传》今本分上下两卷，后有赞及总赞，赞未著撰人。《隋志》著录《列仙传》凡二本，一为郭元祖赞二卷本，一为嬶续孙绰赞三卷本[2]。《世说》卷六《轻诋篇》及注引孙绰《商丘子赞》，与今本仅有二句相近（按：每赞均八句三十二字），余皆不合，则今本赞乃郭元祖撰者。《文选》卷二《西京赋》注、卷一一《游天台山赋》注所引《列仙传赞》二段，俱非今赞所有，似即孙赞。但《初学记》卷二三引孙绰《老子赞》却与今本大同，不合者仅七字，可能是孙赞在前而郭赞在后，郭氏作赞，参考了孙赞。郭元祖赞也曾单行，《隋志》杂传类著录《列仙赞序》一卷，郭元祖撰。所谓序即今本书末之"赞曰"云云，亦即总赞。或疑无名氏《列仙传叙》即郭氏序[3]，非也。《旧唐书·经籍志》杂传类著录《列仙传赞》二卷，刘向撰，未言撰赞者，当为郭赞。郭元祖于史无考，孙绰乃东晋人，则

---

[1] 唐陈子良注《辨正论》卷六："案刘向《古旧二录》云：佛经流于中夏一百五十年后，老子方说五千文。"亦此技。
[2] 《四库全书总目提要》云："'嬶续'上似脱一字"，盖以嬶为名，非也。姚振宗《隋书经籍志考证》卷二〇曰："案嬶是姓，非名。魏有奉车都尉嬶弘，辽东人，见《魏志·公孙度传》。此盖'嬶'下夺去一字耳。"
[3] 见清姚振宗《汉书艺文志拾补》卷六。

郭元祖亦为东晋人而晚于孙绰。据《北史》卷一九《文成五王传》，北魏安丰王拓跋延明曾注《列仙传》，《隋志》无目，盖流传不广。

今本《列仙传》凡七十传①，非足本。按葛洪《论仙篇》云《列仙传》"仙人七十有余"，《神仙传序》亦云"七十余人"②，仅举大概。据郭元祖总赞佚文，当是七十二人。陶弘景《真诰·握真辅》、杜台卿《玉烛宝典》卷四及《历代三宝记》，法琳《破邪论》等引郭元祖总赞以及《崇文总目》、《直斋书录解题》、《续博物志》卷七等亦均作此数③。《中兴馆阁书目》神仙家类著录《列仙传》三卷，云"凡六十三人"，当据删本或残本而言。之所以为七十二传，大约是以与孔门七十二贤之数相契。

今本逸去二传，昔人考证今本缺了哪些人的传，说法颇多。姚振宗《隋书经籍志考证》卷二〇引钱熙祚跋云："又诸书所引有老莱子、马明生、西王母、赵廓，亦无之。"杨守敬《日本访书志》卷六云："考《御览》三十八引《列仙传》曰：'王母者，神人也，人面蓬头发，虎爪豹尾，善啸穴居，名西王母，在昆仑山中。'又三十九卷引《列仙传》曰：'马明生，从安期先生受金液神丹，乃入华阴山中，合金神丹升天也。'合此恰当七十二人之数。"沈涛《十经斋文集》卷二《列仙传斠注序》云："《史记·老子列传》《集解》（按：系张守节《正义》，非裴骃《集解》）引《列仙传》曰'老莱子，楚人也'云云，则有《老莱子传》；《太平广记》七十六方士部'武昌赵廓，齐人也'云云，出《列仙传》，则又有《赵廓传》。"王照圆《列仙传校正》据《广韵》"羑"字注"又姓，《列仙传》有羑门"及《艺文类聚》卷七八灵异

---

① 《四库提要》卷一四六《列仙传》提要称七十一人，系将《江妃二女传》算作二人。
② 《神仙传》《四库全书》本作"七十一人"。五代王松年《仙苑编珠序》引抱朴子语、《郡斋读书志》卷九引《神仙传序》、《四库提要》卷一四六引《神仙传序》皆作"七十一人"，并误。《说郛》卷四三引《神仙传序》同今本，作"七十余人"。
③ 按：《世说新语·文学》注引作"故撰得七十"，当脱"二"字。

部上引《列仙传》"汉淮南王刘安,言神仙黄白之事"云云,又补《羡门传》和《刘安传》。这样,诸家所补已有六人。其实,诸书所引远非止此,如《艺文类聚》卷九二引简狄、季仲甫(按:《神仙传》"季"作"李"),《北堂书抄》卷一六〇引豫章女子戴氏事,《太平御览》引蔡经、沈建、广成子、白石先生、黄山君、李意期、封衡、王仲都、戴孟、王遥、陈子皇、栾巴、左慈、眉间尺、葛洪、司马季主、守玄白、愕绿华、王夫人、蔡天生、韩崇、董威辇、吉伯阳、刘景、灵昭夫人、太元真人、裴真人等等,《类说》卷三录《列仙传》又有许碏、太玄女、舜、许真君、吴真君等,其余《事类赋注》、《太平寰宇记》、《重修政和证类本草》、《事林广记》、《分门集注杜工部诗》、《分类补注李太白诗》等书亦引有许多。上述诸仙,除刘安、老莱子可能本属刘向《列仙传》外,其余皆非本书。葛洪《神仙传》亦有题为《列仙传》者,焦竑《国史经籍志》道家类著录葛洪《列仙传》十卷,即《神仙传》。诸书所引多有与《神仙传》相合者,知其本属葛书。又《隋志》著录《列仙传赞》三卷,乃向作鲰续,或亦有出鲰续《列仙传》者。《南史》卷三六《江禄传》称南齐江禄撰《列仙传》十卷行于世,则似又有出江书者。愕绿华等见陶弘景《真诰》,许碏等见五代沈汾《续仙传》。类书征引书名多误,不可尽信。

《列仙传》之版本,主要有《道藏》、《古今逸史》、《汉唐三传》、《四库全书》、《秘书廿一种》、《指海》、《郝氏遗书》、《琳琅秘室丛书》、《龙溪精舍丛书》、《道藏举要》、《道藏精华录》、《丛书集成初编》等本,大都为二卷。《古今逸史》、《秘书廿一种》、《汉唐三传》等本无赞。明黄鲁曾《汉唐三传》本不分卷,有黄鲁曾赞。清郝懿行《郝氏遗书》本乃王照圆校正本,民国郑国勋《龙溪精舍丛书》、守一子《道藏精华录》所收皆为王照圆校正本。《琳琅秘室丛书》本乃清胡珽校讹本,《丛书集成初编》取此本。又《云笈七签》卷一〇八录《列仙传》凡四十八人,系节本。《绀珠集》卷六摘录十一条(题刘向),《类说》卷三摘录十七条,其中羼入不少《神仙传》等六

209

朝唐五代其他仙传文字。《说郛》卷七《诸传摘玄》自《类说》取二条。《说郛》卷四三收《列仙传》七十人,与今本同,但次第有异,只摘录名号里籍而无事迹,前有无名氏序,题下注一卷,知据宋元一卷本摘录;《五朝小说·魏晋小说》、《重编说郛》卷五八、《古今说部丛书》等取此本,然脱四人。《旧小说》甲集选录十八人。今本诸传亦有阙文,王照圆《列仙传校正》、洪颐煊《列仙传校正序》、孙志祖《读书脞录》卷四《列仙传》、沈涛《列仙传斠注序》、孙诒让《札迻》卷一一《列仙传校勘记》、姚振宗《汉书艺文志拾补》卷六、余嘉锡《四库提要辨证》等皆有考证。清末王仁俊《玉函山房辑佚书补编》辑"吕尚"、"江妃二女"、"萧史"三条,皆见今本,唯文字有异。

刘向,事迹具《汉书》卷三六《楚元王传》附《刘向传》。向字子政,本名更生,后改今名。沛(今江苏徐州市沛县)人,楚元王刘交五世孙。约生于昭帝元凤四年(前77),卒于哀帝建平元年(前6)。仕宣、元、成、哀四朝,官至光禄大夫、中垒校尉,故后人称刘光禄或刘中垒。刘向"专积思于经术",是西汉有名经学家,同时"能属文辞",也是有名文学家,并系目录学创始人。主要著作有《尚书洪范五行传论》、《五经通义》、《列女传》、《列士传》、《新序》、《说苑》、《别录》及辞赋等,有《刘向集》六卷行世,后佚。

《列仙传》是刘向晚年作品。隋杜台卿《玉烛宝典》卷四、唐释法琳《破邪论》卷下、道世《法苑珠林》卷三〇等谓成帝时刘向撰《列仙传》,《破邪论》还明确说"成帝鸿嘉三年(前18),岁在癸卯,刘向撰《列仙传》"。然书中《谷春传》云谷春成帝时为郎,称成帝谥号,则书成时哀帝已即位(前7)。隋费长房《历代三宝记》说是作于平帝世,误,其时向卒已久。

佚名《列仙传叙》叙述了刘向撰是书的背景和动机,叙曰:

《列仙传》者,光禄大夫刘向之所撰也。初,武帝好方士,淮南王安亦招宾客，有《枕中鸿宝密秘》之书，言神仙使鬼物，及邹衍重道延命之术，世人莫见。先是安谋反伏诛，向父德为武帝治淮南王狱，独得其书，向幼而好之，以为奇。及宣帝即位，修武帝故事，向与王褒、张子乔等，并以通敏有俊才，进侍左右。向及见淮南铸金之术，上言黄金可成。上使向典尚方铸金，费多不验，下吏当死。兄安成侯（按：当作"阳城侯"）安民乞入国户半赎向罪。上亦奇其材，得减死论。复征为黄门侍郎，讲五经于石渠。至成帝时，向既司典籍，见上颇修神仙之事，乃知铸金之术，实有不虚，仙颜久视，真乎不谬，但世人求之不勤者也。遂辑上古以来及三代秦汉，博采诸家言神仙事者，约载其人，集斯传焉。①

序文所述刘向事据《汉书》本传。可以看出，刘向是在神仙方术盛行的情况下，出于对神仙的向往和宣传目的而撰集《列仙传》的。他搜集古来神仙事迹，据葛洪云，秦大夫阮仓之《列仙图》是重要参考书。《后汉书》卷四二《东平宪王传》云："帝（按：章帝）特留苍，赐以秘书、《列仙图》、道术秘方。"疑此《列仙图》或即阮仓所撰者。《列仙传》所记上古三代仙人约占总数一半，可能这些都取自阮书。汉世仙人亦占一半，数量之大反映着汉代神仙方术之盛行。

《列仙传》中的神仙，一些是子虚乌有亡是公一流的传说人物，黄帝、赤松子、江妃二女等是也；一些是有案可查的真实历史人物，老子、吕尚、介子推、范蠡、东方朔、钩翼夫人等是也；可能还有其他真实人物，但于史无考。《列仙传》把众多的神仙集中在一起，各各述其事迹，构成荒幻多彩的神仙画廊。神仙的形象已不同神话和伪神话中的神，形象特征已完全人化，变得使人可以亲近。

---

① 此序见《说郛》卷四三，孙诒让录入《札迻》卷一一，《太平御览》卷六七二所引有删节。孙诒让所录与《说郛》亦有不符。余嘉锡参校两本，录入《四库提要辨证》卷一九。此处所引序文即据余氏之写定者。

只有少数还残存着怪异痕迹,如黄帝龙形,偓佺、毛女形体生毛,务光、黄阮丘耳长七寸,子主毛身广耳披发等。黄帝龙形,明显带有神话的原始痕迹。而战国秦汉以仙人为羽人,"图仙人之形,体生毛,臂变为翼"①,在汉代画像石中有大量仙人生翼的图像,甚至西王母也常常是身有双翼②,故毛女、偓佺、子主皆形体生毛,与以后仙人形象有所不同,表现出早期的仙人观念。仙人之奇,主要表现在他们奇特的法术变化和生活方式上。他们不食五谷,餐霞饮露,服食水玉、云母、丹沙、消石、石脂、桃、李、菊花、桂芝、茯苓、蒲根等等。他们善炼形尸解、导引行气之术,能够积火自烧,乘风随雨,飞举升天,死而复生,返老还童。有的还善变形,修羊公化为白羊,王子乔化为白蜺、大鸟③。他们的座骑有龙、赤鲤、白鹤、凤凰等。他们的生活环境,有些在人间,有些在山泽,其中蓬莱、方丈等是仙人集中的海外仙山。王逸《天问注》引《列仙传》佚文曰:"有巨灵之龟,背负蓬莱之山,而抃舞戏沧海之中。"景象是够奇妙的。关于仙人仙境的神仙家幻想,在《列仙传》中表现得比较丰富,成为后世神仙故事的幻想基础。

在具体题材上,《列仙传》有些很可注意的东西。首先是第一次在志怪小说中引进了人和神仙的爱情故事。最有名的是卷上的《江妃二女》和《萧史》:

> 江妃二女者,不知何所人也。出游于江汉之湄,逢郑交甫。见而悦之,不知其神人也。谓其仆曰:"我欲下,请其佩。"仆曰:"此间之人,皆习于辞,不得,恐罹悔焉。"交甫不听,遂下,与之言曰:"二女劳矣。"二女曰:"客子有劳,妾何劳之有!"交甫曰:"橘是柚也,我盛之以笥。令附汉水,将流而

---

① 王充《论衡·无形篇》。按:出土的汉石画像,多有生双翼的仙人形象。参见罗二虎《汉代画像石棺》,巴蜀书社,2002年版,第178页。
② 参见罗二虎《汉代画像石棺》,巴蜀书社,2002年版。
③ 今本无化白蜺、大鸟事,见《汉书·郊祀志》注、《楚辞·天问》注引《列仙传》佚文。

下。我遵其旁,采其芝而茹之。以知吾为不逊也,愿请子之佩。"二女曰:"橘是柚也,我盛之以筥。令附汉水,将流而下。我遵其旁,采其芝而茹之。"遂手解佩与交甫。交甫悦,受而怀之,中当心。趋去数十步,视佩,空怀无佩。顾二女,忽然不见。《诗》曰:"汉有游女,不可求思。"此之谓也。①

刘向前此事已载汉初韩婴《韩诗外传》②,来源较古,二女所赠者乃所佩之珠。故事很美,是后代骚人墨客喜欢用的掌故。其中交甫和二女问答用诗,仆人云"此间之人,皆习于辞",即指赋诗言志。盛橘以筥、采芝而茹云云,以比兴法托物言情,颇有韵味。郑交甫作为故事的主体,其情感活动的过程描写得很真切,而且形象具有个性特征。他自作多情,爱美心切,不顾仆人劝阻决然下车请佩,表现得极为自信;问候二女言辞得体,一副彬彬有礼模样,随即直入正题,委婉请佩,显示出他的聪颖机敏,温文尔雅。得佩而悦,珍藏怀中,透出得意之状。而怀中佩不翼而飞,二女忽然不见,请佩终归化为泡影,可以想见郑交甫的无奈惆怅之态。得佩失佩,这个结尾极富戏剧性,表明郑交甫经历的不是一场浪漫的人神艳遇,而是一场感情游戏,我们似乎可以听到二女在冥冥中的窃笑。这里自然包含着人神非匹的宗教含义,甚至也可能包含着《太平广记》(卷五九)引文中所说的"言其以礼自防,人莫敢犯,况神仙之变化乎"那样的儒家礼范,但故事本身显示出的更多的是少男少女的善意调弄,富于人情味。透过二女的狡黠之举,也似乎可以感受到她们"道是无情却有情"的细微情意。文中说江妃二女"不知何所人也",按《山海经·中次十二经》云帝之二女居洞庭山,常游于江

---

① 引文除另注明者外均据《龙溪精舍丛书》王照圆校正本。
② 今本无,见《文选》卷四张衡《南都赋》李善注和《初学记》卷七引。引文较简,郑交甫遇二女处是在汉皋,所请之物是佩珠。《太平广记》卷五九引《列仙传》也有二女"皆丽服华装,佩两明珠,大如鸡卵"的描写,《古本蒙求》卷上注引《列仙传》亦云"佩两明珠,大如鸡卵"。何者系原文已不好确指。

渊。郭璞注:"天帝之二女而处江为神也。"尧帝二女娥皇、女英嫁舜为妃,舜崩九嶷,二女自溺湘水,死后为神。郑交甫所逢二女出入江汉之滨,大概正是娥皇、女英。后世附会出襄阳万山即郑交甫见二妃处①,还立庙纪念②,表明这个故事是多么受后人欢迎。

> 萧史者,秦穆公时人也。善吹箫,能致孔雀、白鹤于庭。穆公有女字弄玉,好之,公遂以女妻焉。日教弄玉吹箫作凤鸣,居数年,吹似凤声。凤凰来,止其屋。公为作凤台,夫妇止其上,不下数年。一旦,皆随凤凰飞去。故秦人为作凤女祠于雍宫中,时有箫声而已。③

萧史弄玉故事也非常优美动人,虽写学仙全无道术气,在男女主人公的爱情和求仙生活描写中交织着箫、箫声、凤凰、凤声这些美丽意象,充满魅力。男女主人公的姓名也是美丽浪漫的,萧姓谐箫④,弄玉之名也颇隽秀。结末写秦人在秦宫作凤女祠纪念弄玉和萧史,祠中"时有箫声",描写足可引发遐想。据《水经注》卷一八《渭水》载,雍县确有凤台、凤女祠,只是"今台倾祠毁,不复然矣"。故事在后世流传很广,晋皇甫谧《帝王世纪》(南宋张邦幾《侍儿小名录拾遗》引),五代杜光庭《墉城集仙录》卷六、《仙传拾遗》(《太平广记》卷四引),元赵道一《历世真仙体道通鉴》卷三《萧史》和后集卷二《嬴女》等都记有萧史弄玉故事,故事在长期流

---

① 《续汉书·郡国志四》"南郡襄阳县"刘昭注引习凿齿《襄阳耆旧传》:"县西九里有万山。父老传云交甫所见游女处,此山下之曲隈是也。"
② 《水经注》卷二七《沔水》:"汉水又东迳汉庙堆下。昔汉女所游,侧水为钓台,后人立庙于台上。"又卷二八:"沔水又东迳万山北……山下水曲之隈,云汉女昔游处也,故张衡《南都赋》曰'游女弄珠于汉皋之曲'。汉皋,即万山之异名也。"
③ 据《艺文类聚》卷四四又卷七八、《文选》卷二八鲍照《升天行》又卷三一江淹《拟班婕妤咏扇诗》注、《蒙求注》卷下、南宋蔡梦弼《杜工部草堂诗笺》卷二《郑驸马宴洞中》及卷二一《玉台观》注引及《绀珠集》卷六《列仙传》、《类说》卷三《列仙传》校补。
④ 《艺文类聚》卷四四、《文选·升天行》及《拟班婕妤咏扇诗》注、《初学记》卷一〇、《蒙求注》卷下俱引作"箫史",更是直接以箫为姓。

传中已发生了很大演变。明清杂剧《秦楼萧史引凤》、《吹箫引凤》、《跨凤乘龙》①都是根据这个故事改编的。萧史、弄玉是古代诗文常用的典故,比如著名的唐词《忆秦娥》(相传李白作)即是。唐代著名诗人和小说家沈亚之写了篇《秦梦记》,虚构了自己梦入秦宫娶弄玉的故事,用的也是这个故事的素材。唐代妇女用水银腻粉饰面,相传就是萧史炼丹炼出来给弄玉涂面用的②。唐代终南山有座寺院叫仙游寺,据说是弄玉"习仙升云之所"③;而洪州(今江西南昌市)西山绝顶有萧史石仙坛和石室,有萧史的画像④。

此外,《赤松子传》记炎帝少女追赤松子仙去;《犊子传》记酒家女倾心仙人犊子,共牵黄犊而去;《园客传》记仙女给园客做妻,夫妇同养神蚕,后双双不知所之,都较佳。上古神话传说中只有神之间的恋爱,如伏羲与女娲,舜和娥皇、女英,禹和涂山女。人神恋爱大约始于宋玉《高唐赋》、《神女赋》,不过楚怀王遇巫山神女是在梦中,缥缈得很。汉世始有《孝子传》中董永织女及《列仙传》上述故事出现。这是神仙家的功绩。也正因出于神仙家之口,这类被我们称为人神(或仙)恋爱的故事其实并非经意于爱情本身,而是传达仙凡相通及超世度人的神仙观念。这种题材很新鲜,因而在后世小说中越来越多,而且爱情越来越成为主题因素。

---

① 见傅惜华《明代杂剧全目》、《清代杂剧全目》著录。
② 《类说》卷二五《玉泉子》(唐佚名撰):"秦穆公女弄玉善吹箫。萧史降于宫掖,炼飞灵丹,第一转与弄玉涂之,名曰粉,今之水银腻粉也。"五代马缟《中华古今注》卷中《粉》:"自三代以铅为粉。秦穆公女弄玉有容德,感弦人箫史,为烧水银作粉与涂,亦名飞云丹。传以箫曲,终而同上升。"又载五代马鉴《续事始》(《说郛》卷一〇)引《二仪实录》、南宋李石《续博物志》卷一〇。
③ 唐道宣《续高僧传》卷一四《释童真传》:"终南山仙游寺,即古传云秦穆公女名弄玉,习仙升云之所也。"
④ 《太平广记》卷四引《神仙传拾遗》(五代杜光庭撰):"今洪州西山绝顶,有萧史石仙坛、石室,及岩屋真像存焉,莫知年代。"

其次,《列仙传》还记有外人偶然进入神秘仙窟的故事,开后世《搜神后记》"袁柏根硕"、《幽明录》"刘晨阮肇"一类传说之先河。卷下《邗子传》载:

> 邗子者,自言蜀人也。好放犬子,知相犬。犬走入山穴,邗子随入。十余宿行,度数百里,上出山头。上有台殿官府,青松森然,仙吏侍卫甚严。见故妇主洗鱼,与邗子符一函并药,便使还,与成都令桥君。桥君发函,有鱼子也。著池中养之,一年皆为龙。邗子复送符还山上,犬色更赤,有长翰。常随邗子,往来百余年。遂留止山上,时下来护其宗族。蜀人立祠于穴口,常有鼓吹传呼声。西南数千里,共奉祠焉。①

这个故事开创了世人随物入仙穴的原型模式,犬成为导入物。这一人类穿越异境的模式对后世也产生了巨大影响。

再次,华山毛女这个包含有早期神仙观念——如食松叶成仙,仙人生羽翼能飞——的奇特故事,不仅直接导出《抱朴子内篇·仙药篇》的终南山毛女和造成毛女的广泛流传,不仅成为晚唐裴铏传奇小说集《传奇》中《陶尹二君》的素材,不仅使华山有了一座毛女峰,并从唐代开始就成为羽士墨客关注的对象,更重要的是它开创了具有原型意义的一类意象、母题,一种叙事模式:

> 毛女者,字玉姜,在华阴山中。猎师世世见之,形体生毛,自言秦始皇宫人也。秦坏流亡,入山避难。遇道士谷春,教食松叶,遂不饥寒,身轻如飞,百七十余年。所止岩中,有鼓琴声云。

---

① 据《云笈七签》卷一〇八《列仙传》,《北堂书抄》卷一五八、五代王松年《仙苑编珠》卷中、《太平御览》卷九〇五、《事类赋注》卷二三、《杜工部草堂诗笺》卷二一《滕王亭子》注引校补。

毛女模式可概括为：避难入山—遇道士—食松叶—生毛能飞—成仙。其中最主要的是避秦乱（并延伸为乱世避难）入山和形体生毛成仙，这是毛女原型的两大基本特征，也正是在这两个方面毛女发挥着其原型意义。在后世古小说的大量故事中，毛女模式的几个结构要素或多或少地反复不断地被复制被改造被移植，形成有关避难、出世、成仙等等内容的种种故事，表达着宗教或世俗的不同情感和不同观念。①

最后，《子英传》、《马师皇传》记渔翁子英获赤鲤养于池，马医马师皇为龙治病，后二人一乘鱼、一乘龙俱升天成仙。救有神性的动物而得报，在后世小说中也是比较常见的有特色的母题。

《列仙传》文字简单，长的不到二百字，短的仅四五十。除少数较佳外，一般不大生动，个别枯燥乏味。葛洪批评它"殊甚简略，美事不举"②。不过其优秀者古朴稚拙而不乏丽泽，乃又为葛洪《神仙传》所不及。作为第一部仙传，它为志怪小说提供了一种题材类型和叙事类型，唐顾况《戴氏广异记序》列举历代志怪之士，首为刘子政之《列仙》。历代继作极多，如葛洪《神仙传》等等，形成了一个丰富的仙传小说系统。

（二）杂传小说：《汉孝武故事》、《蜀王本纪》、《徐偃王志异》

《汉孝武故事》又题作《汉武帝故事》、《汉武故事》，原书二卷，旧题班固撰。是书始见晋葛洪《西京杂记题辞》："洪家复有《汉武帝禁中起居注》一卷，《汉武故事》二卷，世人希有之者。"未言撰人为谁。无名氏《三辅黄图》卷五始有征引，称班固《汉武故事》。按《三辅黄图》乃产生于汉魏间的《黄图》之增订本，六朝及

---

① 参见拙作《论"毛女"》，《古稗斗筲录——李剑国自选集》，南开大学出版社，2004年版；中国社会科学院文学研究所中国古代小说研究中心《中国古代小说研究》第一辑，人民文学出版社，2005年版。

② 《神仙传序》。

唐人又有所增益。① 可知有可能在汉魏六朝已有班固作《汉武故事》的说法②。征之史志书目，《隋书·经籍志》旧事类、《日本国见在书目录》旧事家、《旧唐书·经籍志》及《新唐书·艺文志》故事类著录二卷，《日本目》、《新志》作《汉武帝故事》，均不著撰人，《崇文总目》杂史类则著录为《汉武故事》五卷，释云："班固撰。本题二篇，今世误析为五篇。"知五卷本乃二卷本之析。《通志·艺文略》故事类、《郡斋读书志》传记类亦作《汉武故事》二卷，《中兴馆阁书目》故事类、《宋史·艺文志》故事类则作《汉武故事》五卷，《中兴目》无撰人，《宋志》作班固。《遂初堂书目》杂传类亦有《汉武故事》，无撰人、卷数。

宋代曾又流行王俭造之说。此说起于初唐张柬之，晁伯宇《续谈助》卷一《洞冥记跋》引张柬之语曰："昔葛洪造《汉武内传》、《西京杂记》，虞义造《王子年拾遗录》，王俭造《汉武故事》"。同书卷三《汉武故事跋》又云："世所传班固所撰《汉武故事》，其事与《汉书》时相出入而文不逮，疑非固所撰也。"其后晁公武《郡斋读书志》卷九传记类称："世言班固撰。唐张柬之《书洞冥记后》云：'《汉武故事》，王俭造。'"张柬之的说法影响很大。胡应麟《少室山房笔丛·九流绪论下》云："《汉武故事》称班固撰，诸家咸以王俭造。考其文颇衰苶，不类孟坚，是六朝人作也。"《四库全书总目提要》卷一四二小说家类三云："唐初去梁未远，当有所考也。"周中孚《郑堂读书记》卷六六小说家类云："窃谓柬之初唐人，其言王俭造，当有所受之，或不诬也。"近人余嘉锡在《四库提要辨证》卷一八中亦谓："其言固当可信。"

---

① 陈直《三辅黄图校证·序言》云："今本为中唐以后人所作，注文更略在其后。《黄图》一书在古籍中所引，始见于如淳《汉书注》，如淳为曹魏时人，则原书应成于东汉末、曹魏初期。"陕西人民出版社，1980年版。
② 姚振宗《隋书经籍志考证》卷一六、余嘉锡《四库提要辨证》卷一八并谓称班固者自《崇文总目》始，非也。

我以为,称班固作或王俭作或六朝人作皆非。称班固作,可能是因为《汉武故事》多出入《汉书》,但仔细对照,尽有不合处。如《汉书·外戚传》载栗姬、钩弋夫人皆失宠忧死①,《故事》则称栗姬自杀,钩弋自知死日而卒;《公孙弘传》载弘有瘳,年八十,终丞相位,《故事》却作尸谏自杀。虽说《故事》采逸闻非实录,但此等基本史实不应在同一人手中自相抵牾。司马光《资治通鉴考异》卷一已断言后人伪托班固:"《汉武故事》语多诞妄,非班固书,盖后人为之,托固名耳。"晁载之《续谈助》卷三《汉武故事跋》亦称:"世所传班固所撰《汉武故事》,其事与《汉书》相出入而文不逮,疑非固所撰也。"不过,古人辨伪常概言伪托,但伪造古书托名某人是一回事,不知原作者而妄加撰人是另一回事。《汉武故事》的情况当属后者,可能是在流传中脱去撰名,后人见其所记多出入于《汉书》,遂妄加班固名。

至于说王俭造,亦难成立。张柬之《书洞冥记后》颇能标新立异,湘东造《洞冥》、虞义造《拾遗》等皆闻所未闻。论者仅以其乃初唐人去古未远,遂深信不疑,殊不知张氏并未提出任何证据。其实,葛洪家既已藏有《汉武故事》,则不得为王俭造之,显然与事实有矛盾。余嘉锡却以为:"疑葛洪别有《汉武故事》,其后日久散佚,王俭更作此以补之。"②乃是对张说曲为回护。王俭宋齐间人,《南史》卷二二、《南齐书》卷二三有传。曾校古籍,著《七志》、《元徽四部书目》、《古今丧服集记》等。姚振宗疑王俭把《汉武故事》抄入《古今集记》,故张柬之以为王俭造,推测也有问题③。不论如

---

① 《史记》卷四九《外戚世家》称钩弋被武帝处死。
② 《四库提要辨证》卷一八。
③ 《隋书经籍志考证》卷一六。按:《南史》、《南齐书》本传作《古今丧服集记》,《隋书·经籍志》礼类著录王俭《丧服古今集记》三卷,《旧唐书·经籍志》、《新唐书·艺文志》同。观书名,当取关于丧服之记载,似不应取《汉武故事》。

何解释,应当说王俭绝非《汉武故事》的作者。《汉武故事》文风简雅,近似《史》、《汉》,不类南朝文风,故王文濡云:"或谓后人王俭撰,相其古雅,殆非齐梁小儿笔墨。"①

清人孙诒让据葛洪《西京杂记题辞》,断《汉武故事》出葛稚川手②。余嘉锡亦以为葛洪假托刘歆之名而造《西京杂记》,都是猜测而已,全无根据。考西晋潘岳《西征赋》"厌紫极之闲敞,甘微行以游盘"云云,已用《汉武故事》汉武帝微行柏谷事③,远在葛洪、王俭之前,故游国恩据此认为此书即不出班固手,至晚当亦建安、正始间人所作④。另外《西征赋》之"卫鬓发以光鉴"也是用《汉武故事》典⑤。

《汉武故事》的真正作者已难以确定,但其产生时代却是有案可查。传世本《汉孝武故事》(张宗祥校明钞本《说郛》卷五二)明谓:"长陵徐氏号仪君,善传朔术,至今上元延中已百三十七岁矣,视之如童女。"按元延乃汉成帝年号,既称"今上",则为成帝时人作,不得出自班固及王俭手。宋人刘弇、清人俞樾等均已指出这一点。⑥

但有人怀疑"今上元延"的话。胡玉缙云:"书本伪托,则所称今上元延亦奚足据。"⑦这个说法很不负责,很不讲道理,既然伪托者伪造"今上元延"之语,却又假名班固,固在成帝之后,岂非自露

---

① 《说库提要》。
② 《札迻》卷一一。
③ 《文选》卷一〇《西征赋》:"厌紫极之闲敞,甘微行以游盘。长傲宾于柏谷,妻睹貌而献餐。畴匹妇其已泰,胡厥夫之缪官。"李善注引《汉武帝故事》:"帝即位,为微行。尝至柏谷,夜投亭长宿,亭长不纳,乃宿逆旅。逆旅翁要少年十余人,皆持弓矢刀剑,令主人妪出遇客。妇谓其翁曰:'吾观此丈夫,非常人也。且有备,不可图也。'天寒,妪酌酒多与其夫。夫醉,妪自缚其夫,诸少年皆走。妪出谢客,杀鸡作食。平旦,上去还宫,乃召逆旅夫妇见之,赐妪金千金,擢其夫为羽林郎。"
④ 见《居学偶记》,《文史》第五辑。
⑤ 李善注引《汉武故事》:"卫子夫得幸,头解,上见美发,悦之。"
⑥ 参见宋刘弇《刘云龙先生文集》卷二九《汉武故事书后》、清黄廷鉴《第六弦溪文抄》卷三《重辑汉武故事又跋》、俞樾《春在堂随笔》卷四。
⑦ 《四库全书总目提要补正》卷四二小说家类二。

马脚？余嘉锡亦以为葛洪假托刘歆之名而造《西京杂记》，又故弄狡狯，称成帝为"今上"，造出《汉武故事》①，也是纯出臆测，不足为训。

《续谈助》卷三所抄《汉武故事》中有关于佛教的记载："神君所言……率言人事多，鬼事少。其说鬼事，与浮屠相类，欲人为善，责（按：疑为'贵'字之讹）施与，不杀生。"一般认为东汉明帝时佛教始入中国，故黄廷鉴怀疑贵施与不杀生云云"似出东汉后人语"②。按哀帝元寿元年（前2）大月氏王使伊存已向博士弟子景卢口授《浮屠经》③，其时下去元延中（前12—前9）最长才十年。武帝时即通西域，西汉人对佛教不能不风闻一二，这几句话并不能推翻书出西汉成帝时的结论。

据《中兴馆阁书目》所云，本书"杂记武帝旧事及神怪之说，末略载宣帝事"，知记事下限在宣帝时。《太平御览》卷八〇八引《汉武故事》曰："汉成帝为赵飞燕造服汤殿，绿琉璃为户。"《杜工部草堂诗笺》卷一一注引《汉武故事》语及平帝、哀帝，均非成帝时人语。④ 但今本《汉武故事》及《续谈助》所录者均无此二事，不是《御览》、《草堂诗笺》引书有误，就是所据之本经过了后人妄增。事实上《汉武故事》确实被后人增补过，如《绀珠集》（卷九）本的《黄眉翁》、《吉云》两条就是根据《洞冥记》增益的。另外《太平御览》卷八八引《汉武故事》，武帝有"汉有六七之厄，

---

① 见《四库提要辨证》卷一八小说家类三。按葛洪《西京杂记题辞》云洪家世有刘歆《汉书》一百卷、《汉武帝禁中起居注》一卷、《汉武故事》二卷，世人希有，今从《汉书》抄出为二卷，名曰《西京杂记》（今本六卷）。唐宋以来多有人疑《西京杂记》为洪伪造，并伪造《汉武故事》、《汉武内传》、《异闻记》，诚如是，葛洪则为作伪之老手矣。其实都属主观臆断，黄伯思、胡应麟、毛晋、钱曾、卢文弨、姚振宗、孙志祖等都相信《西京杂记》是葛洪从刘歆《汉书》中抄出，不疑其伪。或又谓吴均伪造，亦无依据。至于《汉武内传》、《异闻记》亦非葛洪伪造，说详后。
② 《第六弦溪文抄》卷三《重辑汉武故事又跋》。
③ 《三国志》卷一三《乌丸鲜卑东夷传》注引《魏略·西戎传》。
④ 鲁迅均辑入《古小说钩沉·汉武故事》。

法应再受命,宗室子孙,谁当应此者?六七四十二,代汉者当途高也"一段谶语,是隐喻曹魏代汉。所谓"六七之厄"是从王莽说的"三七之厄"①延伸出来的,是说自刘邦建汉到赤眉起王莽代汉,自刘秀光复汉室到黄巾起事各经历了两个"赤厄三七",即两个二百一十年②;所谓"当途高"指魏,宫门双阙称魏阙,当途高立③。"六七之厄"显然非前汉人语,汉末前人亦不可道,故论者据此或断本书出魏晋以后,或谓出建安末年亲曹派文人之手④。但所记武帝这段话未必是原书所有,极可能也是后人增益,而增益者之为曹魏人乃殊无可疑。要之,古人增益古书之事极为常见⑤,不能依据增益内容而判定原作的创作时代,尤不能轻率否定"今上元延"的真实性。

《汉武故事》本二卷,今存一卷,最早载于明本《说郛》卷五二,凡两千八百余字,题作《汉孝武故事》,撰人为班固。书题注五卷,知据宋人五卷本摘录。值得注意的是书名中有"孝"字,符合汉帝

---

① 《汉书》卷九九上《王莽传上》:"(居摄三年),是岁广饶侯刘京、车骑将军千人扈云、大保属臧鸿奏符命。……莽上奏太后曰:'陛下至圣,遭家不造,遇汉十二世三七之厄,承天威命,诏臣莽居摄,受孺子之托,任天下之寄。……'"

② 见《汉书》卷五一《路温舒传》、《新辑搜神记》卷一二《赤厄三七》、《宋书·符瑞志上》。

③ 《三国志·魏书·文帝纪》注引《献帝传》:"故白马令李云上事曰:'许昌气见于当途高,当途高者当昌于许。'当途高者,魏也。象魏者,两观阙是也。当道而高大者魏,魏当代汉。"

④ 见徐震堮《汉魏六朝小说选注》,上海古典文学出版社,1955年版;刘文忠《〈汉武故事〉写作年代新考》,《中华文史论丛》1984年第二辑。王国良也引用徐、刘之说,认为"六七之厄"与"今上元延"矛盾抵触,"似乎说明了《汉武故事》的成书年代应再做更细密的考察才行"。《〈唐前志怪小说史〉评介》,台湾清华大学人文社会学院中国语文系主编《小说戏曲研究》第一集。

⑤ 如唐初欧阳询编类书《艺文类聚》,今本有苏味道、李峤、沈佺期、宋之问等人的诗文,都是后人增补。参见汪绍楹《校艺文类聚序》,中华书局,1982年版。虞世南在隋时所编《北堂书抄》,明万历陈禹谟校刻本"至以贞观后事及五代十国之书杂入其中,尽失其旧",《四库全书总目》卷一三五子部类书类一。

谥号典制①，可能是原题。《说郛》本后收入明陆楫《古今说海》、李栻《历代小史》、吴琯《古今逸史》及清《四库全书》、王文濡《说库》等。明黄昌龄《稗乘》本改题《汉武事略》，有所删削。另外，《续谈助》节录十五条（题班固），多不见今本。《类说》卷二一摘录《汉武帝故事》十五条②，《绀珠集》卷九摘录《汉武故事》（题班固）十九条，均简。诸本皆不完具，佚文犹夥，前人多有辑佚者。辑佚本所知者有：洪颐煊《经典集林》本，二卷；王仁俊《玉函山房辑佚书补编》本，辑一条。黄廷鉴曾有《重辑汉武故事》，以《古今逸史》与《续谈助》本为主补辑佚文凡得三十一条③，未见。鲁迅《古小说钩沉》本，凡五十三条，此本较洪本完备，特有条理，下边讨论《汉孝武故事》即据此本。不过，鲁迅辑校未据《说郛》一卷本，而且也有漏辑误辑处，难称善本④。

《汉孝武故事》记武帝一生遗闻，主要内容有四方面：（一）武帝幼时和即位后内宫后妃们的故事，（二）武帝求仙的故事，（三）武帝其他逸事，（四）武帝死后事。其中二、四项神怪色彩最为浓厚，第二项尤盛，是全书的中心。

武帝一生好仙，如书中说，"颇信鬼神事"。他的事迹和与他有关的其他一些人的事迹，给神仙家提供了编造神仙故事的极好材料，因而武帝、刘安、东方朔、李少君、李少翁、栾大、钩弋夫人等

---

① 《汉书·惠帝纪》颜师古注："孝子善述父之志，故汉家之谥，自惠帝已下皆称'孝'也。"《汉书·武帝纪》称武帝为"孝武皇帝"。
② 《类说》天启刊本未署撰名，伯玉翁嘉靖抄本题汉班固撰，注："《通鉴考异》曰语多诞妄，非固书也。唐张柬之曰王俭造。"《类说》严一萍校订本，台湾艺文印书馆，1970年版。
③ 见《第六弦溪文抄》卷三《重辑汉武故事跋》。
④ 《太平广记》卷一六一引《汉武故事》张宽事未辑，似以其见载《搜神记》卷四而疑《广记》出处有误，殊不知今本《搜神记》此条乃据《广记》滥辑。《广记》卷二九引《汉武故事》及《说郛》本之神君事甚详，《钩沉》本只据《续谈助》、《御览》辑录，文字较简。东方朔游鸿濛之泽及云东极有五云之泽二条（据《绀珠集》）又见《洞冥记》，当为后人增益。

很快变成了神异的传说人物。早在武帝生前,方士李少君就被神仙化了。葛洪《抱朴子内篇》卷二《论仙篇》引董仲舒①《李少君家录》曰:"少君有不死之方,而家贫无以市其药物,故出于汉,以假涂求其财,道成而去。"又引《汉禁中起居注》②云:"少君之将去也,武帝梦与之共登嵩高山,半道有使者乘龙持节,从云中下,云太乙请少君。帝觉,以语左右曰:'如我之梦,少君将舍我夫矣。'数日而少君称病死。久之,帝令人发其棺,无尸,唯衣冠存焉。"东方朔的异迹当时更是"行于众庶,童儿牧竖莫不眩耀"③。刘向《列仙传》、郭宪《洞冥记》及佚名《东方朔传》都记有西汉和东汉初流传的东方朔传说。昭帝生母钩弋夫人被谴而死,《史记》卷四九《外戚世家》说她死时"暴风扬尘,百姓感伤";《汉书》卷九七上《外戚传上》又说她是被望气者发现的"奇女",两手拳握不开,武帝披而即伸,由是得幸,号"拳夫人"。这说明钩弋夫人的事迹生前生后已有奇异色彩,《列仙传》中即有钩弋异迹。淮南王刘安是大神仙家,不用说,关于他得道成仙的传说当时是少不了的。

在《汉孝武故事》中,上述诸人都统属在汉武帝传说中,构成一个内容丰富的武帝传说体系。《故事》记刘安及其方术之士"皆为神仙,能为云雨",隐形升行,武帝欲杀之而隐去,不知所之。李少翁"年二百岁,色如童子",招李夫人之魂使武帝见之,被武帝杀死后复见于世,发其棺,"唯有竹筒一枚"。栾大有方术,可以使树在殿前的桙自相击,去地十余丈。钩弋夫人其人其事特异,是一位死后得道的女仙:

---

① 按:应为董仲君,《抱朴子》误。《汉武帝内传》云:"帝夜闲居承华殿,东方朔、董仲舒侍。"钱熙祚校云:"《续谈助》'舒'作'君'。"(《守山阁丛书·汉武帝内传校勘记》)孙诒让《札迻》卷一一据此云:"《抱朴子·论仙篇》引董仲舒《李少君家录》亦董仲君之误。"董仲君,武帝时方士,葛洪《神仙传》有传。

② 葛洪《西京杂记题辞》云:"洪家复有《汉武帝禁中起居注》一卷"。即此书,作者不详,大概是汉魏时书。

③ 《汉书》卷六五《东方朔传》

> 上巡狩过河间,见有青紫气自地属天。望气者以为其下有奇女,必天子之祥。求之,见一女子在空馆中,姿貌殊绝,两手一拳。上令开其手,数百人擘,莫能开;上自披,手即申。由是得幸,为"拳夫人"。进为婕妤,居钩弋宫。解黄帝素女之术,大有宠。有身,十四月产昭帝。上曰:"尧十四月而生,钩弋亦然。"乃命其门曰尧母门。从上至甘泉,因幸。告上曰:"妾相运正应为陛下生一男,七岁妾当死,今年必死。宫中多蛊气,必伤圣体。"言终而卧,遂卒。既殡,香闻十里余,因葬云陵。上哀悼,又疑非常人。发冢,空棺无尸,唯衣履存焉。①

武帝手下的大将军霍去病也被罗织在武帝传说中,《故事》说长陵女子死而有灵为神君,曾打扮得漂漂亮亮要和去病私通,去病不肯,竟病亡,原来神君知其不永,本想以太一精补之,谁知古板的霍去病错过好机会。

最精彩的内容集中在武帝、西王母、东方朔之间。《列仙传》说东方朔是岁星精,岁星即木星,《洞冥记》则说是太白星精,又说他父母是鸿濛之泽的采桑老母和黄眉翁,皆仙人。《汉孝武故事》也说他"非世中人","是木帝精,为岁星,下游人中,以观天下"。历史上的东方朔滑稽多辩,扬雄曾说他"应谐不穷","依隐玩世,诡世不逢,其滑稽之雄乎"②。他被神仙化后,仍保持着滑稽的性格特征:

> 东郡送一短人,长七寸,衣冠具足。上疑其山精,常令在案上行。召东方朔问。朔至,呼短人曰:"巨灵,汝何忽叛来?阿母还未?"短人不对,因指朔谓上曰:"王母种桃,三千年一作子。此儿不良,已三过偷之矣。遂失王母意,故被谪来此。"上大惊,始知朔非世中人。短人谓上曰:"王母使臣来,

---

① 据《古小说钩沉》辑本。
② 《法言》卷一一《渊骞》。

告陛下求道之法:唯有清净,不宜躁扰。复五年,与帝会。"言终不见。①

这段故事从东郡短人写起。在东方朔传说中言其博识是一宗内容,这里显然也是就此入手,从而引出了东方朔。在轻松幽默的笔调中作者既为下文王母之降作出铺垫,又交待出东方朔的真实身份——与王母有特殊关系的"非世中人"。东方朔既被派作王母手下一个调皮的偷儿,而他又是汉武臣子,这样天上的大神和地上的人主就搭上了关系,这就是十分精彩的汉武会王母故事:

> 王母遣使谓帝曰:"七月七日,我当暂来。"帝至日,扫宫内,然九华灯。七月七日,上于承华殿斋。日正中,忽见有青鸟从西方来,集殿前。上问东方朔,朔对曰:"西王母暮必降尊像,上宜洒扫以待之。"上乃施帷帐,烧兜末香。——香,兜渠国所献也。香如大豆,涂宫门,闻数百里。关中尝大疫,死者相系,烧此香,死者止。
>
> 是夜漏七刻,空中无云,隐如雷声,竟天紫色。有顷,王母至,乘紫车,玉女夹驭,载七胜,履玄琼凤文之舄。青气如云,有二青鸟如乌,夹侍母旁。下车,上迎拜,延母坐,请不死之药。母曰:"太上之药,有中华紫蜜、云山朱蜜、玉津金浆。其次药,有五云之浆、风实云子、玄霜绛雪。上握兰园之金精,下摘圆丘之紫奈。帝滞情不迁,欲心尚多,不死之药未可致也。"因出桃七枚,母自啖二枚,与帝五枚。帝留核着前,王母问曰:"用此何为?"上曰:"此桃美,欲种之。"母笑曰:"此桃三千年一著子,非下土所植也。"留至五更,谈语世事,而不肯言鬼神,肃然便去。东方朔于朱鸟牖中窥母,母谓帝曰:"此儿

---

① 引文据拙著《唐前志怪小说辑释》,上海古籍出版社,1986年版。下同,复据《类说》校补。

好作罪过,疏妄无赖,久被斥退,不得还天。然原心无恶,寻当得还,帝善遇之。"母既去,上惆怅良久。

上又至海上,考竟诸道士尤妖妄者百余人。西王母遣使谓上曰:"求仙信邪?欲见神人而先杀戮,吾与帝绝矣!"又致三桃曰:"食此可得极寿。"使至之日,东方朔死。上疑之,问使者,曰:"朔是木帝精,为岁星。下游人中,以观天下,非陛下臣也。"上厚葬之。

神话中的西王母被汉代神仙家看中,人间的武帝也被神仙家看中,由是他们的传说大为丰富,西王母离开昆仑来到人间,于是两个传说系统便合流了。这一合流,可能受到周穆王会见西王母传说的影响。虽说西汉人不一定能看到《穆天子传》,但穆王会见西王母本是战国以来盛传的故事。在武帝传说中引进西王母,是通过东方朔传说为中介,从而实现了武帝传说和西王母传说的合流。西王母会武帝,遂成为汉代最优美的传说之一。

王母七月七日下凡,先是青鸟从西方来,自从《山海经》创造出"为西王母取食"的三青鸟以来,青鸟就成为与王母须臾不离的美丽意象。青鸟给王母打前站,这时又写"上问东方朔",借以再次引出东方朔,通过"非世中人"东方朔博识再引出王母之降。可见,从叙事结构上说,东方朔起着沟通武帝和王母的中介作用。王母降武帝的描写,这是叙事的中心所在。写王母之降,笔墨见繁。写天象变化、车舆随从和王母服饰,渲染出神仙气象之不凡。对王母头戴七胜的描写值得注意,这是从《山海经》西王母"蓬发戴胜"发挥出来的,而再加上对履舄的夸饰,虽只一头一脚,但华贵之状已出。王母武帝之会,对话内容围绕不死之药展开,王母一连气说出十一种仙药。此间又加入王母出仙桃的描述和对话,是前边矮人说桃的应证和呼应。最后再次牵出东方朔,王母的话又是矮人的话的印证和呼应。这里,东方朔的出场是从窗户偷看王母——总离不开一个偷字,一副顽皮模样,到此为东方朔形象彻底定了型。求仙心切的武帝虽是主角,但无疑是一个被否定的人物。王母降真相会毋宁说是对他求仙的一点安慰,并不肯给他成仙的好运气。"帝滞情不迁,欲心尚多,不死之药未可致也",作者通过这一点分明在讲述求仙之道,关键是去尘欲之心,守清净之道。这段故事的叙事结构颇可玩味。第一节短人之出如同楔子或序幕,是主要情节的前奏和铺垫,对武帝、东方朔的形象内涵和特征作了定性,确定了故事的风格基调。然后有条不紊地展开情节,由武帝、王母、东方朔三人的明确关系确定了叙事的情节框架,既实现了对武帝的批判,也实现了对东方朔形象的塑造。还应注意的,是王母桃意象的前后三次出现。王母桃和紫车、青鸟、玉女这些美丽意象对王母的形象起到很好的烘托作用,同时以其作为仙家神品的奇妙和意象的鲜丽也浓化和美化了作品的神仙氛围,而且因其与东方朔的特殊关系成为描写东方朔形象的紧要关目。

《汉孝武故事》在史志书目著录中多归为旧事(亦即故事)一类,或视为杂史、传记①。它以武帝为中心人物,以求仙为中心事件而组织材料,形成长篇结构,其实更近于杂传,属于杂传小说。作为神怪题材的杂传小说,《汉武故事》无疑是汉代小说的佼佼者。它的特色是:第一,历史成分和幻想成分紧密结合。它没有完全脱开历史,许多人物、事件都符合史实,但人物又被幻想化了,或置于幻想情节中,武帝、东方朔、钩弋夫人都是真实性和虚幻性的巧妙结合体。情节或真假相间,或实中有虚,我们把《汉孝武故事》与《汉书》的《武帝本纪》、《外戚传》、《郊祀志》比较一下,会发

---

① 据《隋志》旧事类小序,所谓旧事也称故事,指的是朝廷的"品式章程",但实际上也多涉记事,所以又近于杂史。而其记事以某代帝王为主者,则又近于传记。所以《文献通考》卷一九五《经籍考》杂史类引郑樵语曰:"古今编书,所不能分者五:一曰传记,二曰杂家,三曰小说,四曰杂史,五曰故事。凡此五类书,足相紊乱。"

现二者处于若即若离的状态中。因此可以说,《故事》是神怪和历史的巧妙融合。前人谓其"所言亦多与《史记》、《汉书》相出入,而杂以妖妄之语"①,"语多怪诞,然亦有与《史记》、《汉书》相出入者"②,都指出这一特征。第二,《汉武故事》围绕中心人物(武帝)、中心事件(求仙)组织材料,形成长篇结构,不同于志怪小说琐语丛言的格局,这样可以比较充分地展开描写。这对后世传奇体小说是有着有益影响的。第三,它的文字功夫很好,笔触简洁而又雅致,诚如《中国小说史略》所云:"文亦简雅,当是文人所为。"并且,它还运用了描写手段,摹景状物,渲染气氛,描写对话,都比较生动传神。较之《括地图》之简古而失之枯窘,《神异经》之嘲讽而流入浅薄,《洞冥记》之夸饰而稍嫌靡丽,《列仙传》之粗疏而美事不举,明显地显示出它的优点。胡应麟说它"文颇衰苶",即便是仅就传世的一卷节本而言,也并不符合事实。作者在史笔运作中又具文学性,可以看出作者是吸取了史家记事的优良手法的,难怪后人要误认它是班固之作。这种特色对后世以历史人物为题材的小说也有积极影响。尤其是它对武帝、东方朔、西王母的描写更是直接影响到《洞冥记》、《十洲记》、《汉武内传》等武帝系统小说的创作。而《汉武内传》更是在《汉武故事》的基础上创作出来的。

《蜀王本纪》,又题《蜀本纪》,"纪"或作"记",西汉扬雄撰。《隋书·经籍志》地理类云:"《蜀王本记》一卷,扬雄撰。"新旧《唐志》同。《册府元龟》卷五五五《国史部·采撰一》亦载:"扬雄为郎,给事黄门,撰《蜀王本纪》一卷。"《太平御览经史图书纲目》也著录有《蜀王本纪》和扬雄《蜀王记》。以后书目不见著录,盖佚于宋。《类说》卷三六摘《蜀本纪》六则,除《杜宇》外皆非本书,盖其

---

① 《四库全书总目》卷一四二《汉武故事》提要。
② 王文濡《说库提要》。

书已为后人窜乱。今存辑本多种,有明郑朴《扬子云集》、清严可均《全汉文》、王谟《汉唐地理书抄》、洪颐煊《经典集林》、王仁俊《玉函山房辑佚书补编》①等本。

古蜀国亡于秦,古蜀神话传说从战国以来流传很广,内容极为丰富,引起汉以来许多文人注意。东汉应劭《风俗通义·怪神篇》引《楚辞》佚文已有记载:"鳖令尸亡,泝江而上,到崏(按:即'岷'字)山下苏起,蜀人神之,尊立为王。"这可能是最早的记载。以后所记更多,晋人常璩《华阳国志》卷一二《序志》曰:"司马相如、严君平、扬子云、阳城子玄、郑伯邑、尹彭城、谯常侍、任给事等,各集传记以作《本纪》。"这些人都是蜀人或官于蜀②,其中西汉司马相如首先作《蜀王本纪》,其余皆为继武之作。八家中除扬雄外唯三国蜀汉散骑常侍谯周所作还存有少许佚文③。扬雄史称"博览无所不见",他搜集古老传说撰著《蜀王本纪》,可以想见对故土的热爱。

《蜀王本纪》主要记秦前古蜀国历代君王蚕丛、柏濩、鱼凫、望帝、开明帝的神话和传说,最精彩的是望帝杜宇、开明帝鳖灵和五丁力士的传说。

杜宇夫妇的出生非常奇谲,《本纪》云:

> 后有一男子,名曰杜宇,从天堕,止朱提。有一女子名利,

---

① 王辑本只有两条。
② 司马相如,西汉蜀郡成都人,传见《汉书》卷五七。严君平,名遵(一作尊),西汉末蜀人,卖卜成都,扬雄少时曾就游学,传见《汉书》卷七二。阳城子玄,桓谭《新论》作阳城张,名衡,蜀郡人,可能与扬雄同时。郑伯邑,名廑,东汉人。《华阳国志》卷一二《三州士女目录》云:"述作汉中太守郑廑,字伯邑,临邛人也。"尹彭城,名贡,夜郎人,东汉末人,为彭城相,见《华阳国志》卷四《南中志》。谯常侍,名周,字允南,三国蜀汉人,官至散骑常侍,见《三国志》卷四二本传。任给事,名熙,字伯远,成都人,晋太康间为给事中,见《华阳国志》卷一一《后贤志·任熙传》。
③ 《北堂书抄》卷一〇六引谯周《蜀本纪》武都女一事,《三国志》卷三八《秦宓传》注引谯周《蜀本纪》禹事,皆与扬雄《蜀王本纪》相同,可见是采自扬雄书。

> 从江源地井中出,为杜宇妻。宇自立为蜀王,号曰望帝,治汶山下邑曰郫,化民往往复出。①

一堕自天,一出于井,显见不是凡人。古神话中,部族首领常具有不平常的出生,这是原始民族崇拜祖先的表现。鳖灵来历亦颇神异:

> 望帝积百余岁,荆有一死人名鳖灵,其尸亡去,荆人求之不得。鳖灵尸随江水上至郫,复生,与望帝相见,望帝以为相。②

鳖灵死尸的复活,也是古神话惊人的想象。《山海经》帝女尸化䔄草、女丑之尸生而又被十日炙杀,奢比之尸化为神等等,与此如出一源。鳖灵是位治水英雄,《本纪》云:

> 时玉山出水,若尧之洪水,望帝不能治水,使鳖灵决玉山,民得陆处。

由于现存佚文不完备,没有对治水缘由的交待,治水过程也过于简略,实际内容要丰富得多。《禽经》注引东汉李膺《蜀志》曰:"巫山龙斗,雍江不流,蜀民垫溺。鳖灵乃凿巫山,开三峡,降丘宅,土人得陆居。"③《分门集注杜工部诗》卷二三《杜鹃》王洙注引《成都记》亦云:"会巫山雍江,人遭洪水,开明为凿通流。"交待治水缘由非常清楚,应当说可能也正是《本纪》原书的内容。《风俗通义》和

---

① 据《太平御览》卷八八八引及《史记》卷一三《三代世表》司马贞《索隐》、《文选》卷一五张衡《思玄赋》旧注、《御览》卷一六六、《事类赋注》卷六引、《类说》卷三六《蜀本纪》校辑。
② 此节与下两节据《御览》卷八八八及《文选·思玄赋》注、《后汉书》卷五九《张衡传》注、《蒙求注》卷上、《御览》卷九二三、《事类赋注》卷六、《重修政和证类本草》卷一九、北宋高承《事物纪原》卷一〇、《文选》卷四左思《蜀都赋》注引校辑。
③ 《太平御览》卷五六引《风俗通》佚文亦载:"望帝使鳖令凿巫山,然后蜀得陆处。"颇简。

《蜀记》均作巫山,与玉山不同,玉山即玉垒山,在今四川汶川县西南,可能后世讹作巫山而误传①。鳖灵治水规模很大,而且水患因龙斗引起,幻想颇离奇。

鳖灵代望帝为蜀帝,是为开明帝。《本纪》下文还有望帝和鳖灵的纠葛及望帝的结局:

> 鳖灵治水去后,望帝与其妻通,惭愧。帝自以薄德,不如鳖灵,委国授鳖灵而去,如尧之禅舜。鳖灵即位,号曰开明帝。……望帝去时,子鹉鸣,故蜀人悲子鹉鸣而思望帝。宇死,俗说云宇化为子鹉。子鹉,鸟名也。蜀人闻子鹉鸣,皆曰望帝也。

杜宇的结局是出走了事,但《史通·杂说下》云:"《蜀王本纪》称杜魄化而为鹃。"似原文为化鹃。又,《说文》四上隹部巂字注:"蜀王望帝淫其相妻,惭,亡去,为子巂鸟,故蜀人闻子巂鸣,皆起曰:是望帝也。"《太平御览》卷一六六引《十三州志》云:"望帝使鳖泠凿巫山治水,有功,望帝自以德薄,乃委国禅鳖泠,号曰开明,遂自亡去,化为子规。"《太平寰宇记》卷七二《益州》参伍《山海经》、扬雄《蜀王本纪》、来敏《本蜀论》、《华阳国志》、《十三州志》之说,云:"时巫山雍江,蜀地洪水,望帝使鳖泠凿巫山,蜀得陆处。望帝自以德不如相,因禅位于鳖泠,号开明,遂自亡去,化为子鹃鸟。故蜀人闻子鹃鸣,曰:'是我望帝也。''鳖泠'或作'鳖灵','子鹃'为'子巂'。或云杜宇死,子规鸣。"李膺《蜀志》亦云:"望帝禅位后,修道西山,化为杜鹃鸟。"上述诸记,似本于《蜀王本纪》,是则扬雄原记是杜宇去而化子规。子鹉、子巂、子规皆一音之转,即杜鹃鸟。李商隐《无题》诗"望帝春心托杜鹃"即用此典。杜鹃啼声凄切,喙有红色如血痕,古蜀人以之为杜宇魂魄所化,表达了对这一失国君主

---

① 《华阳国志》卷三《蜀志》载:"其(望帝)相开明决玉垒山以除水害。"所决亦为玉山,与《蜀王本纪》同。

的同情和怀念。这个传说还有另一说法,《重编说郛》卷六〇《寰宇记》云:"望帝自逃之后,欲复位不得,死化为鹃。"(按:今本《太平寰宇记》无此。)这里望帝不是主动让国,而是出逃。袁珂以为这是望帝传说本貌①,近是。古民未必会有什么禅让观念,看来是鳖灵居功,又抓住望帝私通他老婆的把柄,把望帝撵走夺了帝位。所谓禅让可能是扬雄忌讳王莽篡位有意作的改动。望帝虽有毛病,毕竟是善于治国的开明之君,《华阳国志》卷三《蜀志》说他"教民务农",化及巴蜀,所以才在传说中被处理成一个位失身死、化杜鹃而泣血悲鸣的悲剧人物。人死化鸟的幻想,《山海经》已肇其端,是为女娃化精卫。人们在鸟类的某些习性(如精卫鸟衔木石,杜鹃鸟啼声凄惨)和传说人物的性格、经历间,巧妙地建立起幻想联系,以寄托他们的情感。

五丁故事发生在古蜀之末,大意说天生五丁力士,能徙蜀山。秦惠王欲伐蜀,刻五石牛,置金其后,蜀王开明帝(按:开明鳖灵之后皆号开明)以为牛能便金,遂使五丁力士拖牛,结果道路开通,秦国派丞相张仪由石牛道伐蜀。又云蜀王好女色,娶武都山精所化之美女②。秦王乃献五美女,蜀王使五丁迎之。还至梓潼,见一大蛇入山穴中,一丁引其尾,不出,五丁共引蛇,山崩,五丁呼五女及迎送者上山,皆化为石。此传说又见《华阳国志》卷三《蜀志》,情事大同小异。

五丁之丁乃壮士之谓,丁者,壮也,引申为壮士,五丁即五壮士。胡应麟谓五丁当是一人③,非是。五丁传说一方面批评蜀王好色贪货和秦王狯诈,如《路史前纪》卷四《蜀山氏》云:"奈何多欲

---

① 参见袁珂《古神话选释》,人民文学出版社1979年版,第489页。
② 《太平御览》卷八八八引《蜀王本纪》云:"武都丈夫化为女子,颜色美好,盖山之精也。"武都,山名,在四川绵竹市北。精怪化美女,这是最早的记载。但化后老老实实做蜀王的妻子,并不作祟,和后来妖精变美女惑人的传说不同。
③ 见《少室山房笔丛》卷三五《二酉缀遗上》。

之君,溪心壑志,贪以取败,然后百罅启而天地闭矣。予读扬雄《蜀纪》,而感夫蜀之所以通中国者。"一方面也赞美五丁神勇,同时又表达了蜀民对于开辟交通的愿望。李白《蜀道难》"地崩山摧壮士死,然后天梯石栈相钩连",即用此典。这个传说以后又有变化,并附会出许多地名①,这里不细说了。

《蜀王本纪》还记有李冰治水传说:

> 江水为害,蜀守李冰作石犀五枚。二枚在府中,一枚在市桥下,二在水中,以厌水精,因曰石犀里。②

李冰治水传说又载于《史记·河渠书》、应劭《风俗通义》、《华阳国志·蜀志》、《成都记》、《水经注·江水》等,内容很丰富,可惜《本纪》残缺,所言甚简,读者可参看袁珂《古神话选释》。李冰是秦蜀守,可见《本纪》也记古蜀灭亡后的蜀地传说。

《蜀王本纪》因为记述历代古蜀王之事,所以称作《本纪》,这显然是采用了《禹本纪》及《史记》的本纪体式。《蜀王本纪》涉及古蜀地理古迹,但并非地理书,《隋书·经籍志》和两《唐志》皆列入史部地理类,很不合适。它以记叙望帝、开明帝及后代蜀王的事迹为主,体别接近传记,所以我们把它也看作杂传小说。只不过它不同于《汉孝武故事》之主要记载武帝事迹。

前人因《本纪》多记神话传说,讥其荒诞不经。常璩在《华阳国志》卷一二《序志》中曾指责《蜀王本纪》一类书荒诞不经:"世俗间横有为《蜀传》者,言蜀王、蚕丛之间周回三千岁,又云荆人鳖灵死尸化西上,后为蜀帝,周苌弘之血变成碧珠,杜宇之魄化为子鹃……蚕丛自王,杜宇自帝,皆周之叔世,安得三千岁?且太素资始,有生必死,死终物也,自古以来,未闻死者能更生……碧珠出不一处,地之相距动数千里,一人之血岂能致此?子鹃鸟今云是嶲,

---

① 参见拙著《唐前志怪小说辑释》,第94—99页。
② 《艺文类聚》卷九五引,又《太平御览》卷八九〇引。

或曰禹周,四海有之,何必在蜀?"他在撰述《华阳国志·蜀志》时,古蜀国许多传说都被历史化了,杜宇妻成了朱提梁氏女,游江源,杜宇悦之,纳以为妃,非出自江源井,杜宇亦未化鹃,而是让位隐于西山,"时适二月,子鹃鸟鸣,故蜀人悲子鹃鸟鸣也"。这种把神话传说歪曲为"信史"的做法延续着孔子"不语怪力乱神"的传统,实不足为训。刘知几《史通·杂说下》出语更为刻薄:"且雄晒子长爱奇多杂……观其《蜀王本纪》,称杜魄化而为鹃,荆尸变而为鳖,其言如是,何其鄙哉!"宋人吴曾《能改斋漫录》卷九《地理·蜀石牛》亦斥《蜀王本纪》石牛事"尤近诬",并引吴师孟《题金牛驿》诗"唱奇腾怪可删修"云云。用信史的尺度去衡量《本纪》是没有道理的,因为扬雄并非在写实实在在的蜀国历史,史传其体而语怪其实,这是《蜀王本纪》的真正性质。古蜀神话传说充满魅力,有关望帝、五丁、李冰等人的故事长期流传不衰,至今仍在四川广为流传①,充分表现出其巨大的生命力。

《徐偃王志异》无著录,西晋张华《博物志》卷七引有《徐偃王志》。又《水经注》卷八《济水注》引刘成国《徐州地理志》徐偃王事,全同《博物志》,唯云"《徐偃王之异》言……",疑"之"乃"志"字之讹。按《释名》作者刘熙字成国,疑刘成国即刘熙。熙东汉末年北海人,曾官安南太守,著作尚有《谥法》三卷②。疑其曾官徐州,故又作《徐州地理志》。《徐州地理志》既引《徐偃王志异》,则出于汉无疑,《博物志》所引当据《徐州地理志》,但仅二百余字,可能只是概述。

现据《博物志》、《水经注》将《徐偃王志异》辑录如下:

徐君宫人娠而生卵,以为不祥,弃之于水滨。独孤母有

---

① 参见《古神话选释》,第483—487页,第503—505页。
② 参见《四库提要辨证》卷二。

犬,名鹄苍,猎于水滨,得所弃卵,衔以来归。独孤母以为异,覆暖之,遂孵成儿。生时正偃,故以为名。徐君宫中闻之,乃更录取。长而仁智,袭君徐国。后鹄苍临死,生角而九尾,实黄龙也。偃王又葬之徐界中,今见有狗垄焉。

偃王既袭其国,仁义著闻。欲舟行上国,乃通沟陈、蔡之间。得朱弓矢,以己得天瑞,遂因名为号,自称徐偃王。江淮诸侯皆伏从,伏从者三十六国。周王闻之,遣使乘驷,一日至楚,使伐之。偃王仁,不忍斗害其民,为楚所败,逃走彭城武原县东山下,百姓随之者以万数。后遂名其山为徐山。山上立石室,有神灵,民人祈祷,今皆见存。①

文中称徐偃王逃走彭城武原县。按《汉书·地理志》,西汉宣帝地节元年(前69)始改楚国为彭城郡,辖武原等七县,二十年后(黄龙元年,前49)复改为楚国。又《后汉书·郡国志》载,东汉章帝时,改楚国为彭城国。《博物志》征引多古书,似《徐偃王志异》出于东汉章帝(75—88在位)后。

《志异》记徐偃王传说,亦系杂传小说。《博物志》、《水经注》仅撮述大意,惜难窥原貌。徐偃王其人不见先秦史传,最早记叙他的是《尸子》和《荀子》。《尸子》云:"徐偃王有筋而无骨。"又云:"徐偃王好怪,没深水而得怪鱼,入深山而得怪兽者,多列于庭。"《荀子·非相篇》云:"徐偃王之状,目可瞻马。"据梁启雄《荀子柬释》,"马"系"焉"之讹,"焉"借为"颜",额也。这几处记载说的是偃王的形貌特征和爱好。联系他的古怪出身,这一人物的神异性灼然可见。徐国古属东夷,徐偃王传说的创造者当是西周春秋时的东方民族。东方民族关于自己祖先及首脑的降生神话常和鸟卵有关,如商族简狄吞鸟卵生契,秦族(按:本在东方,迁至西土)女

---

① 据《唐前志怪小说辑释》。

修吞玄鸟卵生大业。① 据《拾遗记》卷一云,东方民族的祖先是皇娥儿子少昊氏,又号穷桑氏、金天氏、凤鸟氏。《左传》昭公十七年云:"少皞挚之立也,凤鸟适至,故纪于鸟,为鸟师而鸟名。"实际是说,少昊氏是以鸟为图腾的部族,少昊名挚,挚者鸷也。东方民族长期保留着对本族古老神话和信仰的记忆,于是即有徐偃王卵生之说。

战国关于徐偃王的记载,又见《韩非子·五蠹篇》:"徐偃王处汉东,地方五百里,行仁义,割地而朝者,三十有六国。荆文王恐其害己也,举兵伐徐,遂灭之。"这段记载与《徐偃王志异》大体同,唯时代不合。《志异》称周王遣楚灭徐,周王当系周穆王,《史记》卷五《秦本纪》、卷四三《赵世家》并谓徐偃王反,缪(按:同"穆")王日驰千里马攻之。《汉书》卷二〇《古今人表》有徐隐王,师古注:"即偃王也。"与穆王满同时。穆王是西周第五代天子②。《韩非子》云楚文王(前689—前677在位),文王去穆王三百多年,非同代人,想必有误。③《后汉书》卷八五《东夷传》称徐偃王率九夷伐宗周,穆王令楚伐徐,于是楚文王大举兵而灭之,兼取二说,谬误之甚。徐偃王其人有无姑不论,西周压迫东夷,东夷诸国团结斗争却是史实。我想徐偃王传说即是东夷人民对这段历史的反映。他们突出偃王的有仁有义,正是要同西周王朝的不仁不义形成对照。东夷抗周斗争是失败了,传说却不言失败,而说偃王"不忍斗害其民",主动退避山中,这是为回护民族荣誉而有意为之。

《志异》云后人在徐山立石室纪念偃王。按徐山在今江苏邳

---

① 上述二神话见《史记》之《殷本纪》与《秦本纪》。
② 穆王之前为武、成、康、昭王。《史记·周本纪》:"武王……崩,太子诵代立,是为成王。……成王既崩……太子钊遂立,是为康王。……康王卒,子昭王瑕立。……昭王南巡狩不返,卒于江上。……立昭王子满,是为穆王。"
③ 穆王时,楚尚未称王。武王封熊绎于楚蛮,为子男。历艾、䵣、胜、杨、第六世熊渠当周夷王时,则穆王时殆䵣、胜之辈。而楚文王当东周庄王、釐王之时。见《史记·楚本纪》。

州市西南,邳州正是武原故地。徐偃王所逃之地还有另外说法。《括地志》卷四云:徐城在越州鄮县东南入海二百里,夏侯《志》云翁洲上有徐偃王城。穆王命楚王伐偃王,偃王乃于此立城以终。①鄮县在今浙江宁波市鄞州区东,是则偃王东南逃至今浙江海岛上。韩愈《衢州徐偃王庙碑》②又谓衢州龙丘县(今浙江衢州市龙游县)有徐偃王遗庙,相传"偃王之逃战,不之彭城,之越城之隅,齐玉几研于会稽之水"。唐人于皋亦曾为衢州偃王庙作有碑记,曰《徐偃王后记》③。越州在今浙江东北,衢州在西南,但大体方位差不多。另外,《括地志》卷三云泗州徐城县(今江苏盱眙县西)北三十里有大徐城,乃古徐国,中亦有偃王庙。遗庙之多,说明偃王传说流传之广以及后世人民对这一传说人物的敬慕。

汉后,记载偃王传说的,除《博物志》、《后汉书》、《水经注》等外,还有晋郭缘生《述征记》④、梁任昉《述异记》等。⑤

(三)《汉武内传》及西王母传说的演化

汉代另一部神怪题材的杂传小说是《汉武内传》。

《汉武内传》,或称《汉武帝内传》、《汉武帝传》。唐前已有征引,见《齐民要术》卷一〇、《三辅黄图》卷三,《黄图》所引鲁女生事,出今本外。《汉武内传》始著录于《隋书·经籍志》杂传类,三卷,《日本国见在书目录》杂传家作二卷,《旧唐书·经籍志》杂传类及《新唐书·艺文志》道家类神仙家作《汉武帝传》,二卷,《郡斋读书志》传记类、《中兴馆阁书目》杂传类、《宋史·艺文志》传记类

---

① 《括地志》原书佚,见贺次君辑校《括地志》,中华书局1980年版。下同。
② 载《全唐文》卷五六一。
③ 见清岑建功辑《舆地纪胜补阙》卷一。
④ 见《艺文类聚》卷九四、《初学记》卷二九、《太平御览》卷五五六引。
⑤ 今本《搜神记》卷一四亦载徐偃王事,乃据《初学记》卷八引《博物志》、卷二九引《述征记》缀合而成,非原书所有。

均作《汉武内传》二卷,唯《通志·艺文略》道家类据《隋志》著录。

《汉武内传》今本一卷,凡二种。一为《道藏》本,诸本中较为完备,题作《汉武帝内传》,一卷,又《外传》一卷。明徐𤊹《红雨楼书目》小说类著录《汉武帝内外传》三卷,疑即此本,唯析二卷为三卷耳。《道藏举要》亦载此本。钱熙祚《守山阁丛书》校本所据亦为《道藏》本,以《外传》为附录,并附《内传》校勘记及佚文八则。守山阁校本后印入《丛书集成初编》。一为《广汉魏丛书》本,系据《太平广记》卷三《汉武帝》(原注"出《汉武内传》"),较《道藏》本颇多删削,然亦有《藏》本所无者,《五朝小说·魏晋小说》、重编《说郛》卷一一一、《四库全书》、《增订汉魏丛书》、《龙威秘书》、《墨海金壶》、《无一是斋丛抄》(题《武帝内传》)、《旧小说》等皆收此本。《续谈助》卷四抄《汉孝武内传》六则,情事多有今本之所不载,可补阙佚。又,《类说》卷一摘抄《汉武帝内传》十一则;《说郛》卷七《诸传摘玄·汉武内传》,乃取《类说》本为六则,而中遗《尸解下方》、《五岳真形图》二则。

唐宋诸目俱不著撰人,《读书志》云"不题撰人",《宋志》注云"不知作者",《续谈助》、天启刊本《类说》亦不著名氏。《齐民要术》卷一〇、《三辅黄图》卷三引此书均亦未言作者。然今传明清诸本多题班固撰,盖误传班固作《汉武故事》,又连类而及《内传》也。明白云霁《道藏目录详注》卷一则作"东方朔述",更为荒唐。

《续谈助》卷一《洞冥记跋》云唐张柬之称"葛洪造《汉武内传》",《日本国见在书目录》杂传类《汉武内传》二卷,亦题葛洪,盖因张说。葛洪《西京杂记序》曰:"洪家复有《汉武帝禁中起居注》一卷。"似此为张说之据。孙诒让《札迻》卷一一即据此以为《起居注》即《内传》,葛洪造。余嘉锡亦持是说[①]。按《抱朴子》引有《汉武帝禁中起居注》,则当时确有此书,其书一卷,与《隋志》三

---

① 《四库提要辨证》卷一八。

卷不合，很难说是一书；即便是一书，亦不能认定撰人是葛洪。葛洪造之说绝不可信，楝之又称梁湘东王造《洞冥记》、葛洪造《西京杂记》、虞羲造《王子年拾遗录》、王俭造《汉武故事》，是皆想当然之辞。

北宋晁载之以宋代流传本末附跋语有"予以唐天宝五载景戌岁十月十五日终南山居玄都仙坛，大洞道士王游岩绪附之矣"之语，遂以为"此书游岩之徒所撰也"①。而南宋张淏《云谷杂记》卷二引韩子苍（驹）语云："《汉武内传》盖唐时道家流所为也。"按《内传》著于《隋志》，引于《齐民要术》，其出唐前无疑，晁、韩说非。

《内传》作者已难考知，然产生时代却有迹可寻，我以为时在东汉末年至曹魏间。胡应麟以为"详其文体，是六朝人作，盖齐梁间好事者为之也"②，《四库全书总目提要》卷一四二举郭璞《游仙诗》、葛洪《神仙传》、张华《博物志》文字与本书有相合处，以为"其殆魏晋间文士所为乎"。钱熙祚则举其与葛洪《抱朴子》、《汉武故事》相涉处及用《洞冥记》文，以为"大约东晋以后浮华之士造作诞妄"③。瞿镛云："其文词华缛，近齐梁人。若唐人谓《汉武故事》为齐王俭作，疑亦俭等所为也。"④胡应麟等人判断《内传》的时代，大都依据其文字风格，以为汉人文体不当如此，稍涉靡丽，就说是六朝人伪撰。这一条原则很不可靠，文风因人因体裁而异，不能胶柱鼓瑟。再说汉人的辞赋已很讲究词藻，散文当然也要受到影响。《内传》文字靡丽，与此有关，若说只有六朝浮华之士才能

---

① 《续谈助》卷四《汉孝武内传跋》。按：明嘉靖伯玉翁旧抄本《类说》卷一《汉武帝内传》，题"唐终南玄都道士游岩"，似宋代传本确有题作王游岩者。台湾严一萍校订《类说》，艺文印书馆，1970年版。
② 《少室山房笔丛》卷三二《四部正讹下》。
③ 《汉武帝内传校勘记》。
④ 《铁琴铜剑楼藏书目录》卷一七。

写出这样的文字，实在站不住脚。今之学者，如台湾李丰楙等考定为东晋末刘宋初间作品，是上清派道教徒编造①，日本小南一郎认为可能是魏晋以后方术者流中间产生的作品②。

汉时，武帝、西王母传说十分盛行，《汉孝武故事》、《洞冥记》、《十洲记》都以此为主要内容。《内传》全书系敷衍、增饰《汉孝武故事》中武帝会王母诸事，其景帝梦赤彘事，又抄《洞冥》文而稍作改易，文中又用《十洲记》上元夫人及十洲之说，因袭痕迹甚明③，是则在《故事》、《洞冥》、《十洲》后。而此三书学者多以为六朝人伪托，故亦以本书出于六朝，其实皆为两汉书。西晋张华《博物志》卷八记武帝会王母事，与《汉孝武故事》及本书相较，其中"武帝好仙道，祭祀名山大泽，以求神仙之道"，"此桃三千年一生实"，"东方朔窃从殿南厢朱鸟牖中窥母"，"尝三来盗吾此桃"，皆同《汉武内传》，可见张华此段记载很可能参考了《汉武内传》，或者张华据他书抄录，而他书又因袭《汉武内传》。另外两晋间郭璞《游仙诗》第六首云"燕昭无灵气，汉武非仙才"，后句用本书王母谓武帝"殆恐非仙才"典。葛洪《抱朴子内篇·极言》云："故曰非长生难也，闻道难也；非闻道难也，行之难也；非行之难也，终之难也。"此数语亦见《内传》，称"明科所云"。要么《内传》和《抱朴子》都引

---

① 王国良《魏晋南北朝志怪小说研究》下篇《群书叙录》说："现代学者，若法国施博尔氏撰《道教传说中之汉武帝》，李丰楙撰《汉武内传的著成及其流传》，并根据《内传》所采用之资料，推断此书乃东晋末期或刘宋初年上清派道教徒编造，则较具说服力。"台北文史哲出版社，1984年版，第308页。李丰楙《汉武内传的著成及其流传》，载《幼狮学志》十七卷二期（1982年），增订后收入《六朝隋唐仙道类小说研究》，台北学生书局，1986年版。

② 小南一郎作《〈汉武帝内传〉の成立》，载京都《东方学报》48册（1975年）和53册（1981年），后经修订，作为《中国的神话传说与古小说》的第四章，中云："大体应如鲁迅《中国小说史略》等著作所说，它可能是从魏晋时期以后的方术者流中间产生的。"孙昌武译，中华书局1993年版，第236页。

③ 晁载之《汉孝武内传跋》云："……《汉孝武皇内传》，其言浅陋，又十有五六皆增赘《汉武故事》与《十洲记》。"

述前代道书语,要么《抱朴子》据《内传》引用。所以《汉武内传》可能是东汉末至曹魏间作品。其时道教兴盛,故有斯作。据《内传》佚文,书中还附有鲁女生、封君达、东郭延、蓟子训等人事,此皆汉末方士,乃是后人所加。今本经过后世增补,鲁迅《中国小说史略》第四篇《今所见汉人小说》说《汉武帝内传》"窃取释家言"①,就可能是后人所增,当然还可能包括某些论道的言论。

《道藏》之《外传》记东方朔、钩弋、稷丘君、淮南王、李少翁、公孙卿、鲁女生、封君达、李少君、东郭延、尹轨、蓟子训(按:《守山阁丛书》本作刘子训,误)、王真、刘京十四事。按晁载之《汉孝武内传跋》云:"右抄世所传《汉孝武皇内传》,其言浅陋,又什有五六皆增赘《汉武故事》与《十洲记》。其上卷之末有云:'右从淮南王至稷丘君凡八事附之。案《神仙传》淮南仙事的指,又不出八公定何姓氏。据《刘根真人传》,颍川掾吏王珍问刘君曰:"闻神丹不可仓卒求,不审草木药何者为良?"君曰:"昔淮南八方(一云公)各服一物,以得数百岁,而命神丹而升天。太清韩众服菖蒲,赵他子服桂,衍门子服五味子,羡门子服地黄,林子明服石韦,杜子微服天门冬,仕子季服伏苓,阳子仲服远志,此诸君并已登真,降授淮南王道成,能变化自在。持此故事,仙升定矣。"今因此传末并八公所氏以明之焉。予以唐天宝五载景戌岁十月十五日终南山居玄都仙坛,大洞道士王游岩绪附之矣。'其言鄙俗,其文脱错至此,然则此书游岩之徒所撰也。"《续谈助》所抄末附有公孙卿、鲁女生、封君达、李少君四人事,从其位置看,应在下卷之末(按:原为二卷本),晁跋作上卷,疑字讹。据王游岩跋,《内传》原书卷末附有淮南王至稷丘君等八人之事,今只知六人。考《三辅黄图》、《艺文类聚》、《后汉书·方术传》李贤注、《初学记》、《太平御览》、《太平寰宇记》、

---

① 小南一郎亦称"《内传》的文章可见到几处直接受佛教影响的词语",注云:"例如'十方'的方位计算方法,'五浊'之人的说法,以及'身投饿虎'等用语,都是易见的例子。"《中国的神话传说与古小说》,第247页。

《事类赋注》、《重修政和证类本草》、《孔氏六帖》、《古今事文类聚》等引《内传》李少君、鲁女生、封君达、王真、钩弋夫人事,似余二人为王真、钩弋夫人。诸人既已引于《三辅黄图》、《艺文类聚》、《后汉书》注、《初学记》等,则所附者当为唐前人。《中兴馆阁书目》云:"载西王母事,后有淮南王、公孙卿、稷丘君八事,乃唐终南玄都道士所附。"《云谷杂记》亦云:"自是唐道士王游岩所附也。"乃误读王跋①,颇谬。同时亦可证八人之事原先确实附于《内传》,并无《外传》之称,可能是元明间人将原书下卷所附八人取为《外传》,又增补六人事,而别为一书。十四人中,东方朔事原出《十洲记》,钩弋夫人、淮南王、李少翁、公孙卿四事原出《汉孝武故事》,稷丘君事原出《列仙传》,鲁女生、封君达、李少君、东郭延、尹轨、蓟子训、王真、刘京八事原出《神仙传》。除东方朔、钩弋夫人、淮南王、李少翁、公孙卿、稷丘君、李少君与武帝有关外,其余了不相涉。

《汉武内传》的主要部分是王母会武帝事。其事在《故事》中不足四百字,《内传》则增出墉宫女子王子登传王母命,诸侍女奏乐唱歌,上元夫人应命来降,王母、上元对汉武论服食长生、神书仙术,授以仙书神符等情事,人物增至十数人,诸如董仲君(按:原作董仲舒,据钱校改)、上元夫人、王子登、董双成、许飞琼等,皆为《故事》所无,洋洋万言,竭尽渲染铺陈之能事。内容可分为三大段。第一段写武帝的神奇出生和不凡的幼年。二三段写王母、上元夫人降会武帝,是作品的中心。下边节引两段以见其大略:

> 至二唱之后,忽天西南如白云起,郁然直来,径趋宫庭间。须臾转近,闻云中有箫鼓之声,人马之响。复半食顷,王母至也,悬投殿前,有似鸟集。或驾龙虎,或乘狮子,或御白虎,或

---

① 跋语疑有脱讹,语意不甚明了。所谓"大洞道士王游岩绪附之矣",大概是说王游岩整理作跋。

骑白麟,或控白鹤,或乘轩车,或乘天马,群仙数万,光耀庭宇。既至,从官不复知所在,唯见王母乘紫云之辇,驾九色斑龙。别有五十天仙,侧近鸾舆,皆身长一丈,同执彩毛之节,佩金刚灵玺,戴天真之冠,咸住殿前。王母唯扶二侍女上殿,年可十六七,服青绫之褂,容眸流眄,神姿清发,真美人也。王母上殿东向坐,著黄锦袷襡,文采鲜明,光仪淑穆,带灵飞大绶,腰分头之剑,头上大华结,戴太真晨婴之冠,履玄璚凤文之舄。视之,可年卅许,修短得中,天姿掩蔼,容颜绝世,真灵人也。

王母乃命侍女王子登弹八琅之璈,又命侍女董双成吹云和之笙,又命侍女石公子击昆庭之钟,又命侍女许飞琼鼓震灵之簧,侍女阮凌华拊五灵之石,侍女范成君击洞庭之磬,侍女段安香作九天之钧。于是众声澈朗,灵音骇空。又命侍女安法婴歌《玄灵》之曲,其词曰:"大象虽寥廓,我把天地户。披云沉灵舆,倏忽适下土。空洞成玄音,至灵不容冶。太真嘘中唱,始知风尘苦。颐神三田中,纳精六阙下。遂乘万龙辎,驰骋眄九野。"……①

描写王母出场富丽堂皇,笔墨繁富而有章法。先写白云之起、箫鼓之声、人马之响,声色并茂;再写群从仙官,用七个或字句排比从官坐骑,用笔张扬;再写王母车驾近侍。这一方面描写出王母出行的排场、场面的宏丽,同时也表现出出行队伍由远到近的过程和视觉上由近到远的律动。当王母露面后,并未急于对王母展开描写,而是先描写二侍女,最后才描写王母。对侍女和王母的肖像描写笔法相似,都描写年龄、服饰、气度神情,但描写侍女只用了五句,以"真美人也"作结,描写王母用了十三句,描写愈加细致,文辞愈加华美,以"真灵人也"作结,显然对侍女的描写是有意衬托

---

① 引文据钱校本。

王母形象,突出王母的尊贵、豪华、美丽、端庄。接下去是描写王母设膳、食桃和侍女奏乐作歌,其中歌乐描写最为详细,作者一连列出八位侍女,用铺叙手段描写歌乐之繁富。安法婴所歌《玄灵》二曲(两首五言诗),歌词全录,以王母口气抒写仙家之情。

上元夫人始见于《十洲记》,然未言其为何仙官,此则以其为三天上元之官,是玉女的总班头,地位显赫。作品对上元夫人的描写,用笔全似王母,也写云中箫鼓之声、文武从官、侍女容服,而对上元仪容服饰的描写规格几同,表明了这位年轻美丽仙官的尊贵地位。王母、上元临归前作品描写了上元弹璈作歌和王母令侍女田四飞答歌,又是两首充满神仙家言和美妙想象的五言诗,仍起着渲染气氛、烘托主题和丰富文本的作用。

作品的其余内容,主要是王母和上元夫人对武帝讲修仙之道,冗长乏味,纯为道家言。但值得注意的是,其中始终贯穿着对武帝的批评。本来王母见武帝求仙心切,意欲传以至道,见面后经一番观察,才发现这位"形慢神秽"的"庸主"根本不是什么"仙才",未免失望。因此王母对武帝的教诲是以批评和告诫的形式出现的,告诫其力戒恣、淫、杀、奢、欲。上元夫人也是这样,严厉批评武帝"胎性暴,胎性奢,胎性淫,胎性酷,胎性贼"。王母和上元对武帝的批评和告诫各拈出五字,发聋振聩,语重心长,直指武帝的病根,实际上已宣布了武帝修仙之为不可能,诚如王母所云是"抱石而济长津"的事情。在作品的最后,写到了武帝的一系列表现,他一方面"乃信天下有神仙之事",却又与王母、上元教诲背道而驰,"淫色恣性,杀伐不休,兆人怨于劳役,死者怨于无辜",甚至还自以为"神真见降,必当度世",变本加厉地行杀虐之事,"劳弊百姓,坑杀降卒,远征夷狄",结果两位神仙再也不来了。作品对武帝的批评是符合史实的,《汉书》说武帝"雄材大略",但缺乏文景二帝之恭俭济民,评价基本一致。作品通过武帝给求仙者树立了一个反面样板,启示世之求仙者光有求仙之心求仙之行远远不够,重要的是去欲修心。这个道理是道教的基本思想,是被反复强调着的。可见在道教的修仙理论中融汇着儒家的道德观和政治观,武帝正是从这一角度被批判被否定的,这算是作品在思想上的一点点积极意义。

和《汉孝武故事》一样,东方朔在作品中是一个特殊角色,他是武帝和王母之间的中介人物。作品也穿插了东方朔朱雀窗窥看的描写,和前文汉武问东方朔王子登之事形成照应。对武帝揭东方朔偷桃的老底子,在《故事》中是短人巨灵的事,此则改为王母,而出自王母之口尤可见王母惜爱之情。《故事》只说东方朔"久被斥退,不得还天",未言其故,此则根据《十洲记》的素材增饰方丈山贪玩好酒误了大事而被贬斥,内容丰富多了。《内传》后文也写到东方朔之归天,说:"其后,东方朔一旦乘云龙飞去,同时众人见从西北上冉冉,仰望良久,大雾覆之,不知所在,帝愈懊恼。"较之《故事》"东方朔死"四字要生动详明。东方朔之弃武帝而去,是因为王母对武帝已彻底绝望,武帝的求仙愿望算是彻底破灭了。

《内传》的语言华丽铺张,大量运用排偶笔法,具有汉赋的语言特点,具有强烈的形式美。在文言小说的发展过程中赋曾对小说的题材、主题、文体、语言发生过影响,《内传》便是一例。它又吸收东汉兴起的五言诗形式,夹诗于文,同样也增加了文本的豪华感。《内传》洋洋万言,文辞华美,竭尽渲染夸饰之能,前人称其"文采绚烂,辞章家承用不废"[①],但雕缋满眼,不免损伤作品的生动性,而且着意宣扬道术,满纸莫名其妙的仙人、仙药、仙书、仙术,许多地方枯燥无味,难以卒读,此其大弊。"道家小说",大率如此。作为杂传小说,西晋张敏和东晋曹毗的同类作品《神女传》、《杜兰香传》写神女下降,其叙事结构和语言与《内传》有许多近似处,可能受到《内传》的影响。东晋王嘉的志怪小说集《拾遗记》也具有华丽铺张的语言特点,可能也受到《内传》的影响。

---

① 钱熙祚《汉武帝内传校勘记》。

《汉孝武故事》《汉武内传》的重要人物是西王母。西王母传说源远流长,从先秦到汉末,经历了很多变化。

西王母本是位于西方的一个原始部族的名称。《尔雅·释地》曰:

> 觚竹、北户、西王母、日下,谓之四荒。

郭璞注:"觚竹在北,北户在南,西王母在西,日下在东,皆四方昏荒之国次四极者。"这个西方部族的具体地理位置,记载颇多分歧。一说在玉山。《山海经·西次四经》云:"玉山,是西王母所居也。"郭璞注:"此山多玉石,因以名云,《穆天子传》谓之群玉之山。"《三国志》卷三〇《乌丸鲜卑东夷传》注引《魏略·西戎传》云:"白玉山西有西王母。"疑白玉山亦即玉山。一说在昆仑山。《大荒西经》云:"西海之南,流沙之滨,赤水之后,黑水之前,有大山,名曰昆仑之丘……其下有弱水之渊环之",西王母即在此处。《淮南子·墬形训》:"西王母在流沙之濒。"实际也指在昆仑。又《汉书》卷二八下《地理志下》云金城郡临羌县"西北至塞外,有西王母石室",而《续汉书·郡国志五》称金城郡临羌县有昆仑山,则《汉书》亦谓西王母在昆仑一带。一说在弇山,即弇兹山,又写作崦嵫山。《穆天子传》卷四云"自群玉之山以西,至于西王母之邦",卷三谓穆王访问西王母,登弇山,名之为西王母之山。说法不同,盖传闻异辞。或者玉山、昆仑、弇山本来相去不远,同为西王母族活动地区。昆仑等山,究竟今为何处?《括地志》"肃州酒泉县"下云:"昆仑山在肃州酒泉县南八十里。"并引后魏酒泉太守马岌语曰:"酒泉南山即昆仑之体,周穆王见西王母,乐而忘归,即谓此山。有石室、王母堂,珠玑镂饰,焕若神宫。"[①]《续汉书·郡国

---

① 贺次君《括地志辑校》,中华书局,1980年版。

志》则谓在临羌,即今青海湟源县东南。玉山,毕沅云在肃州(治今甘肃酒泉市)西七十里,昆仑之连麓。① 崦嵫山,《山海经·西次四经》谓在鸟鼠同穴之山西南三百六十里,鸟鼠同穴之山今名鸟鼠山,在甘肃渭源县西南。这些说法不一定确切,不过大致可估计,西王母族当在今青海甘肃一带。② 另外一些记载,把它搬到西亚,如《史记·大宛列传》云:"安息长老传闻条枝有弱水、西王母。"《汉书·西域传上》同。《后汉书·西域传》云:"其国(按:指大秦)西有弱水、流沙,近西王母所居处。"《三国志》注引《魏略·西域传》云:"大秦西有……赤水,赤水西有白玉山,白玉山西有西王母,西王母西有修流沙。"汉通西域后,时人争言西域而为大言,传说中之西王母国本在西方昏荒之地,遂连同赤水、弱水、流沙等被一齐迁至极西处。大秦即古罗马帝国,其地在欧亚之间,去华特远,是不会进入周人的地理观念中的。

西王母可能是以豹为图腾神的部族。朱芳圃说,母为貘之音假。《尸子》:"中国谓之豹,越人谓之貘。"《尔雅·释兽》:"貘,白豹。"貘又转为貊。《穆天子传》中之西膜,亦即西王母。③ 说甚是。《穆传》卷三西王母所吟诗有"虎豹为群,於鹊与处"之语,《山海经》描绘西王母形象是"虎齿豹尾",都透露着个中消息。

西王母部族的首领,也被中国人称为西王母。西王母与中国交通,大约是在西周。今本《竹书纪年》云:"十七年,王(按:指穆王)西征昆仑丘,见西王母。其年,西王母来朝,宾于昭宫。"古本《纪年》亦云:"穆王见西王母,西王母止之曰:'有鸟谞人。'"《史记·赵世家》称缪王"西巡狩,见西王母,乐之忘归"。这些记载,

---

① 见《山海经新校正·西次四经》。
② 据报道,青海省湟源县发现大量墓葬群,出土1000余件文物,最为珍贵的是青铜犬戏牛鸠杖首和四面铜人像。专家认为湟源地区即西王母国所在。见任晓刚《专家认为青海湟源县墓葬群就是西王母墓葬》,《西部日报》,2007年1月9日。
③ 见《西王母考》,《开封师院学报》,1957年第二期。

都极可能有一定的历史依据。不管穆王是否真的去过西王母,在中国西部地区有一个西王母,并和中国有来往,看来是肯定无疑的。因为穆王曾经西征,所以把他同西王母联系起来,形成了穆王见西王母的历史传说。

这一传说,以《穆天子传》所记为详:

> 吉日甲子,天子宾于西王母。乃执白圭玄璧,以见西王母,好献锦组百纯、□组三百纯。西王母再拜受之。□乙丑,天子觞西王母于瑶池之上。西王母为天子谣曰:"白云在天,山陵自出。道里悠远,山川间之。将子无死,尚能复来。"天子答之曰:"予归东土,和治诸夏。万民平均,吾顾见汝。比及三年,将复而野。"西王母又为天子吟曰:"徂彼西土,爰居其野。虎豹为群,於鹊与处。嘉命不迁,我惟帝女。彼何世民,又将去子。鼓笙鼓簧,中心翔翔。世民之子,唯天之望。"天子遂驱升于弇山,乃纪名迹于弇山之石,而树之槐,眉曰"西王母之山"。

此中之西王母完全是异国人君模样,其性别,从"我惟帝女"看是女性,可能彼尚处于母系社会。有人以为《穆传》的西王母是神,那是由于受了郭璞影响。郭璞以《山海经》注《穆传》,给《穆传》涂上神话色彩。其《山海经图赞·西王母赞》云:"天帝之女,蓬发虎颜。穆王执贽,赋诗交欢。韵外之事,难以具言。"显然把《穆传》和《山海经》中的两个不同西王母混为一体。《穆传》之西王母并无神性,"我惟帝女"[1],反映着原始民族的原始宗教观念,并非西王母乃天帝之女。胡应麟云《穆传》之西王母"盖亦外国之

---

[1] 《四库全书》本《太平御览》卷九二一引作"惟我惟女(汝)",中华书局影印宋本同今本《穆传》。《山海经·西次三经》郭璞注引、《事类赋注》卷一九引、明冯惟讷《古诗纪》卷三、梅鼎祚《古乐苑》卷四二、陆时雍《古诗镜》卷三〇亦均作"我惟帝女"。

君"①,《四库全书总目提要》卷一四二亦谓"所谓西王母者,不过西方一国君",是也。西王母传说流传开后,人们又把西王母的历史推向远古。贾谊《新书·修政语上》云:"尧西见王母。"《世本》云:"舜时,西王母献白环及玦。"今本《竹书纪年》、《尚书大传》卷二《皋繇谟》、《大戴礼记·少间篇》、《说文》五上竹部等并有此说,唯或为白玉琯,或为白玉环,或为玉玦,或为玉佩,小小不同耳。《荀子·大略》又云:"禹学于西王国。"这些都是穆王会西王母传说的流绪,西王母或为国名,或为人名,其不为神则一也。

西王母由历史传说进入神话形式的"巫话",亦即由人演化为巫术中的神,这是西王母传说之第一变。这表现在《山海经》中。此时的西王母,其形也,"其状如人,豹尾虎齿而善啸,蓬发戴胜";其居也,穴处于昆仑或玉山;其神格为瘟神和杀神,即"司天之厉及五残";其性别则不明男乎女乎。由人到巫神的变化并不突然。西王母部族本居于昆仑一带,过着"虎豹为群,於鹊与处"的野蛮生活,所以其神则仍穴居野处,并有三青鸟为之取食;它崇拜猛兽,尊豹为图腾神,想来部族居民都以虎豹的毛皮爪牙为饰或作为护身符,所以其神"豹尾虎齿善啸"。

西王母形象使人想起上古神话中半人半兽的神,所以有人以为西王母神话属原始社会的古神话,而到《穆传》,则近人性,反映着西王母神的进化。事实未必如此。其实《山海经》中西王母神话出自战国巫觋之口,我们说过,巫觋熟悉古神话,他们喜欢按照古神话中神的形象来设计新神。原始神虽说怪模怪样,但反映着原始人的朴素的宗教观念和审美观念,本来没有恐吓意味,到巫觋那里,则是有意用来增加神的神秘性和恐怖性。西王母被描绘成丑陋的凶神恶煞,正表现出巫觋们的宗教观和鬼神观。战国之世,巫风大畅,巫觋把古神话和地理博物传说统统加以巫化,西王母就

---

① 《少室山房笔丛》卷三三《三坟补逸上》。

是在这种背景下由人转化为巫神,而出现在《山海经》中的。

随着神仙方术的兴起,西王母由战国巫觋的恶神一变而为掌管人间福寿的善神,这是演化的第二步。但在由战国到汉的漫长时期,各种不同面貌的方术家和文人都纷纷按照自己的观点来诠释西王母,因而西王母形象呈现出多变性和不稳定性。此期间的西王母是从豹尾虎齿的恶神到神仙家及道教徒的美丽天仙的过渡。

《庄子·大宗师》和《归藏》最早显露出变化的端倪。《大宗师》云:"黄帝得之(按:指道),以登云天;颛顼得之,以处玄宫;禺强得之,立乎北极;西王母得之,坐乎少广。"《释文》:"少广,西极山名也。"《归藏》云姮娥窃不死之药,据《淮南子·冥览训》和《灵宪》,原本有羿请不死之药于西王母的内容。这里,西王母已经开始是操不死之术的西方得道者了。西汉司马相如《大人赋》比较具体地描述了西汉人心目中的西王母形象:

> 西望昆仑之轧沕洸忽兮,直径驰乎三危。排阊阖而入帝宫兮,载玉女而与之归。舒阆风而摇集兮,亢乌腾而一止。低回阴山翔以纡曲兮,吾乃今日睹西王母。皭然白首戴胜而穴处兮,亦幸有三足乌为之使。必长生若此而不死兮,虽济万世不足以喜。

大人即仙人,西王母长生不死的仙人性质被明确地肯定下来。但其形貌基本上还是《山海经》时代的那副尊容,稍有变化的是增加了"皭然白首"的特征,俨然已成老人。又,三青鸟变为三足鸟,《括地图》也说"有三足神乌为西王母取食"[①]。

西王母既然是长生不死的"老寿星",再充当"司天之厉及五残"的凶神就不合适了,此时她的神格是赐寿降福、化险去灾的福

---

① 《史记》卷一二三《大宛列传》《索隐》引。

神。《焦氏易林》的卦辞保存了许多传说,有不少是关于西王母的,反映的都是这种情况,如:

> 稷为尧使,西见王母。拜请百福,赐我善子。

> 引船牵头,虽拘无忧。王母善祷,祸不成灾。

> 弱水之西,有西王母。生不知死,与天相保。

> 驾龙骑虎,周遍天下,为人所使,西见王母,不忧不殆。①

扬雄《甘泉赋》也有"想王母欣然而上寿兮,屏玉女而却宓妃"的话。

当时民间确实是把西王母当作福神来奉祀的。《汉书》卷一一《哀帝纪》、卷二六《天文志》、卷二七下之上《五行志下之上》均记哀帝建平四年大旱,成千上万的群众纷纷聚会,载歌载舞祠西王母。有意思的是《五行志》载,京师郡国人民祠西王母,传书云:"母告百姓,佩此书者不死。不信我言,视门枢下,当有白发。"凉州刺史杜邺评论此事时有云:"西王母,妇人之称。"据此再证之以《大人赋》,汉代西王母的一般形象,乃白发老妇。这一形象不仅和她作为福寿象征的身份协调,而且也符合西王母的名字和戴胜的装束。《汉书·司马相如传》师古注:"胜,妇人首饰也,汉代谓之华胜。"刘熙《释名·释首饰》亦云:"华胜,华象草木华也,胜言人形容正等,一人著之则胜,蔽发前为饰也。"

以上主要是西汉民间信仰和民间传说中的西王母。民间主要流行巫术,这种巫术虽已渗入神仙内容,但同神仙家和道教徒的思想观念并不完全一致,因而西王母一般被作为福寿之神而崇拜着。《博物志·杂说上》:"老子云:'万民皆付西王母,唯王、圣人、真

---

① 以上分别见卷一《坤》之《噬嗑》,卷二《讼》之《需》,《讼》之《泰》,卷五《临》之《履》。

人、仙人、道人之命上属九天君耳。'"也是说西王母是管老百姓的神。而在此期间,谶纬家之西王母则又以天命启示者的身份出现。纬书中多有这种记述,如《尚书帝验期》云:"西王母于大荒之国得《益地图》,慕舜德,远来献之。"①《大戴礼记·少间篇》及《雒书灵准听》②亦有类似记载。《尚书帝验期》又云:"王母之国在西荒,凡得道授书者,皆朝王母于昆仑之阙。"③《黄帝出军决》云:"帝伐蚩尤,乃睡,梦西王母遣道人,披玄狐之裘,以符授之……"④凡"圣人"出世,西王母则降符瑞以昭天命,或授以符箓,显然西王母成为天命的象征和化身。

但不管是福寿之神还是天命启示者,西王母的基本品格是神仙,在她初始被"巫化"之后又被"仙化"了。《太平经》卷三九曰:"使人寿若西王母……西者,人人栖存真道于胸心也;王者,谓帝王得案行天道者大兴而王也,其治善,乃无上也;母者,老寿之证也,神之长也。"⑤这个对西王母名字的穿凿解释,融汇了对西王母神性的各种说法,西王母的基本特性就是"神之长"。神仙话语体系中的"神"也就是神仙。汉墓画像石中有大量仙境图,主要形象就是坐在龙虎座上的西王母,并常有日月、灵芝、不死树、蟾蜍、玉兔、九尾狐、三足乌、仙人、仙女等与之组合。⑥汉人在墓中和石棺上刻画西王母图像,显然是祈望死者进入西王母的仙境。西王母成为仙境主角,正印证了其作为"神之长"的地位。不过,这些西王母图像带有民间巫术和早期仙人观念的色彩,比如西王母常常肩生双翼,未免怪诞,这和正统神仙家的观念是有区别的。

---

① 见明孙毂辑《古微书》卷四,此条辑自《玉海》地理门。
② 《艺文类聚》卷一一引。
③ 《太平御览》卷六六一引。
④ 《艺文类聚》卷九九引,又见引于《北堂书抄》卷一〇三、《太平御览》卷六九四、《玉海》卷一九九。
⑤ 王明《太平经合校》,中华书局,1992年版。
⑥ 参见罗二虎《汉代画像石棺》,巴蜀书社,2002年版。

从《汉孝武故事》到《十洲记》、《汉武内传》，反映的是汉以来正统神仙家的观念，他们不是像巫觋及五斗米道、太平道那样偏重祈神祷鬼，消灾祛病，而是讲求修炼成仙，因而西王母不是一个高踞于冥冥之中的福寿之神，而是一位往来于人世的飘飘女仙。随之而来的是一系列变化，居处行止、容貌风韵都与以往不同。西王母的最终面貌终于基本确定下来。这是西王母的第三变。而在这中间，西王母及其传说也仍然处于不断的演化中。

在《汉孝武故事》，西王母是西方仙灵，文中称东方朔游鸿濛之泽，见老母采桑，自言朔母，又有黄眉翁指朔为"吾儿"。此事后为《洞冥记》所采，今本《洞冥记》记此事作"王母采桑于白海之滨"，而黄翁对东方朔说阿母"昔为吾妻，托形为太白之精，今汝此星精也"①。似此王母即西王母，然则西王母尚呈老妇状，黄眉翁者，盖东王公也，西王母之配偶，始出《神异经》。在《十洲记》，描写了西王母的居处及其仙职，昆仑是她的仙都，西王母居此而统辖真官仙灵，显然是仙灵之最，地位当在"总九天之维"的天帝君之下。她的老伴被称作太真东王父，居于东海太帝宫。《汉武内传》则称她为道教最高神元始天王的徒弟，看来位仅次之。她的外貌是年可三十许的中年美人，"修短得中，天姿掩蔼，容颜绝世"，非复白发老妇。派头也大得多了，《汉孝武故事》中已云有"玉女夹驭"，不只是二青鸟引路了，至《内传》，则身旁有王子登等十数仙女侍奉，侍女如云，仙官数千。《十洲记》中已有上元夫人，《内传》又谓其名阿环，号三天真皇之母，年可二十余，是个漂亮女子，看来是王母下属。

由豹尾虎齿的恶神到容颜绝世的"仙灵之最"②，这里反映着

---

① 王国良校本据《永乐大典》卷一一〇七七及《绀珠集》卷九、《三洞群仙录》卷八引《汉武故事》改"王母"作"老母"，"黄翁"作"黄眉翁"。
② 《史记》卷一一七《司马相如列传》颜师古注："昔之谈者咸以西王母为仙灵之最"。

宗教观念和审美观念的变化。黑格尔在论述古典艺术中的神灵形象的变化时指出:"在印度人和埃及人中间,一般地在亚洲人中间,我们看到动物或至少是某些种类的动物是当作神圣而受到崇拜的,他们要借这些动物把神圣的东西显现于直接观照。因此,在他们的艺术中动物形体形成了主要因素,尽管它们后来只用作象征,而且和人的形状配合在一起来用,再到后来只有人才作为唯一真实的东西而呈现于意识。只有到精神达到自觉的时候,动物生活的昏暗的内在方面才不再受到尊重。"①《山海经》中的西王母是仿照古神话中半人半兽的神创造出来的,被突出的是形体的怪异,这是个动物性的昏暗形象。神仙家和道教徒不同于巫觋,他们讲究修道成仙,许多仙人原本都是凡夫俗子,仙人又常常涉足尘世,仙凡相通,不再像巫觋的神处于与人类相对立的彼岸,这样他们所描绘的神仙乃是尘世之人的幻化,就是说神仙完全带着人的外貌和人的情感显现于直接观照。再者,神仙家的神仙主要是要引起人们的向往,而不是使人们敬畏和感到恐惧,因此就不能再赋以可怖的外形。而且从审美观念上看,文明社会长期发展,那种以凶猛古怪为美的原始观念已然打破,只有人才作为唯一美好的东西呈现于意识,神仙家的审美观念也一般地符合于时代的普遍观念,自然不会把他们崇拜吹嘘的神仙再搞成古里古怪的丑模样,而要集中一切人的外貌美来塑造神仙的形象。《内传》中的西王母之所以作为一个实实在在的具有全部女性美的女仙出现,原因即在于此。这一形象一直保持了很久,元代兴建的道教宫殿——山西芮城永乐宫,壁画中的西王母仍还是仪态万方的三十许美妇人。

汉代西王母传说,主要记载在《汉孝武故事》、《汉武内传》等书中。西王母传说同汉武传说的合流,是造成西王母传说丰富化的基本原因。而这个合流,显然又是在穆王见西王母传说的影响

---

① 《美学》第二卷,商务印书馆,1979年版,第179—180页。

下出现的。此时的西王母传说的新特点,不仅表现在西王母本人形象的变化上,而且增加了许多细致生动的情事,如东王公、东方朔、侍女等。其中王母赠桃一节,平添许多情趣。《山海经》中已有神桃的记载,《西次三经》云:"不周之山……爰有嘉果,其实如桃,其叶如枣,黄华而赤柎,食之不劳。"又《齐民要术》卷一〇引《神农经》曰:"玉桃,服之长生不死。"《神异经·东荒经》亦称东方有桃树,其子径三尺二寸,和核羹食之,令人益寿。王母种的三千年一结实的桃,想必由此变来。佚名《尹喜内传》亦云:"老子西游,与王母共食碧桃。"①大约因为《西次四经》中又云嘉果其叶如枣,故而又有西王母枣的传说,《西京杂记》卷一云上林苑中有西王母枣。汉以降,和王母有关的植物很多,除桃和枣,《孝经援神契》②又有西王母杖,即枸杞,仙药也。晋崔豹《古今注》卷下云虎须草织为席,号西王母席,苦荬果实名王母珠,等等。

汉世记载西王母传说者,除上面提到的外,还有一些。《易林》卷三:"金牙铁齿,西王母子。"这是唯一提到西王母儿子的记载。此传说产生当较早,西王母当还是豹尾虎齿之状,故而其子亦金牙铁齿。东汉赵晔《吴越春秋》卷九云越王勾践"立东郊以祭阳,名曰东皇公,立西郊以祭阴,名曰西王母。"汉镜有的铸有东王公、西王母像和铭文,以乞求国泰民安,富贵长寿③。这一对天造地设的老伙伴成为汉人普遍崇拜的对象。

---

① 《白氏六帖》卷九九引。
② 《太平御览》卷九八四引。
③ 南宋洪适《隶续》卷一四《駣氏二镜铭》:"駣氏二镜铭,七言五句,云:'駣氏作竟(镜)四夷服,多贺国家人民息,敌仇殄灭天下复,风雨时节五谷孰,长保二亲得天力。'二镜虽有大小而铭文无异同。……大镜又有两人相向坐,其旁小隶云:'东王公、西王母。'"又如,安徽六合县出土汉神人车马画像镜,男女二神人分别铭曰"东王公"、"西王母","东"字旁并有"寿"字铭文。画像外周铭文曰:"尚方作镜佳且好,左有王父囗行道,右有王母囗囗囗草其后,令人富贵不老,子孙满室。"《皖西博物馆收藏的部分古代铜镜》,《考古》,1996年第12期。

《拾遗记》提到一本《西王母神异传》，卷一《少昊篇》云："蛇丘氏，出《西王母神异传》。"《西王母神异传》或许是汉魏人作，应当是综合有关西王母的各种传说而成。① 西王母传说以后不断演变和丰富化，但万变不离其宗，这里不及细说了。

四、杂记体志怪《异闻记》及其他

汉末杂记体志怪的出现，是志怪史上一个新情况。杂记体志怪有别于杂史杂传体志怪，它不是用史传形式记录历史异闻，它也有别于地理博物体志怪，不是专门记载山川动植及远国异民传说，而是杂记今古各种怪异故事。杂记体志怪是志怪小说的一个重要突破和创新，在题材和手法上获得极大的自由，因而一经出现便成为志怪的主要形式。

杂记体志怪的出现标志，是汉末陈寔的《异闻记》。

陈寔，字仲弓。颍川许（今河南许昌市东）人。生于汉和帝永元十六年（104），卒于灵帝中平四年（187）。少作县吏，有志好学，受业太学。后任郡西门亭长、功曹、闻喜长、太丘长，颇有治绩。灵帝初，大将军窦武辟为掾属。死后谥文范先生。传见《后汉书》卷六二。

《异闻记》不见史志著录，书亦不存，仅见《抱朴子·对俗篇》、唐李伉《独异志》卷下和段公路《北户录》卷一各引一则，鲁迅辑入《古小说钩沉》。② 《中国小说史略》第四篇以为《异闻记》不载史

---

① 《重编说郛》卷一一三有《西王母传》，题汉桓骥。其实是取《太平广记》卷五六《西王母》而妄加撰人。《广记》注出《集仙录》，即五代杜光庭《墉城集仙录》，《道藏》本卷一《金母元君》，即此传。《云笈七签》本（卷一一四）则题作《西王母传》。二本均较《广记》为详。

② 《独异志》所引陈仲弓《异闻记》，事同《抱朴子》引而文简。《钩沉》于该事出处仅注《抱朴子》而不云《独异志》，似未寓目。

志,乃葛洪假托。然《北户录》所引陈仲弓《异闻记》与洪书所引不同,是则《异闻记》确为陈作,断非葛洪依托。《异闻记》之名,得于《论语·季氏》:"陈亢问于伯鱼曰:'子亦有异闻乎?'"何晏集解:"以为伯鱼孔子之子,所闻当有异。"此则指怪异非常之事。

两则佚文兹录于下:

>郡人张广定者,遭乱常避地。有一女年四岁,不能步涉,又不可担负,计弃之。固当饿死,不欲令其骸骨之露。村口有古大冢,上巅先有穿穴,乃以器盛缒之,下此女于冢中,以数月许干饭及水浆与之,而舍去。候世平定,其间三年,广定乃得还乡里。欲收冢中所弃女骨,更殡埋之。广定往视,女故坐冢中,见其父母犹识之,甚喜。而父母犹初恐其鬼也,入就之,乃知其不死。问之从何得食,女言粮初尽时甚饥,见冢角有一物,伸颈吞气,试效之,转不复饥,日月为之,以至于今。父母去时所留衣被,自在冢中,不行往来,衣服不败,故不寒冻。广定乃索女所言物,乃是一大龟耳。女出,食谷初小腹痛,呕逆,久许乃习。

>东城池有王馀鱼池,决,鱼不得去,将死。或以镜照之,鱼看影,谓其有双,于是比目而去。

汉末社会动乱,人民流离,从张广定事,可以多少看出些影象。幼女冢中不死当然是传闻,古人以龟为四灵之一,可以长寿,这个故事的产生和这种龟崇拜有关。道教兴起后,龟被纳入长生理论,这个故事表现的正是关于龟息的道教长生观念,葛洪举其事而云:"此又足以知龟有不死之法,及为道者效之,可与龟同年之验也。"它与以往志怪不同,取材当时社会中民间传闻,给人新鲜朴实之感。苏轼《和读山海经十三首》(《东坡先生诗集注》卷三一)曾咏及此事,云:"乱离弃弱女,破冢割恩怜。宁知效龟息,三岁号穷山。长生定可学,当信仲弓言。支床竟不死,抱一无穷年。"事又见《幽明录》。王馀池鱼事,则是关于动物的异闻。

此书采撷当时流行的各种异闻,故以《异闻记》为名,同以往志怪小说名称绝不相同,而"异"、"怪"之类正是以后志怪的流行名称。

杂记体志怪还可举出应劭的《风俗通义·怪神篇》。《怪神篇》不是独立的志怪书,但作为全书的一篇,主要记怪语神,又多为《搜神记》所取,对后世志怪有影响,所以也值得一论。

应劭字仲瑗①,汝南南顿(今河南项城市西南南顿)人。少笃学,博学多闻。灵帝时举孝廉,辟车骑将军何苗掾,后拜太山太守。献帝时诏拜袁绍军谋校尉。生卒年不详,《后汉书》卷四八本传未载。据《三国志·武帝纪》注引《世语》:"后太祖定冀州,劭时已死。"曹操定冀州,在献帝建安九年(204),然则应劭死于这一年之前②。应劭撰有《汉书集解音义》二十四卷,《汉官仪》十卷(以上均佚),《风俗通义》三十一卷等。

《风俗通义》今存十卷,所亡甚夥。古来版本很多,今人吴树平有《风俗通义校释》,书附《风俗通》佚文,搜罗颇广。继又出王利器《风俗通义校注》③。

《风俗通义》是部"辨物类名号,释时俗嫌疑"④的书。其自序亦称本书旨在"通于流俗之过谬,而事该之于义理"⑤。通者,洞也,就是说要洞晓各种俗说之谬误处,使之符合于义理。《怪神篇》属第九,分十五目,前有序,表明他对鬼神的看法:

---

① 《后汉书》本传作仲远,李贤注:"谢承书、《应氏谱》并云字仲远,《续汉书·文士传》作仲援,《汉官仪》又作仲瑗,未知孰是。"按:《汉官仪》为应劭作,其云仲瑗必最为可信。《水经注》卷二、《文心雕龙·议对》亦并作仲瑗。吴树平《风俗通义杂考》(《文史》第七辑)曾辨其字为仲瑗。
② 参见吴树平《风俗通义校释序》,天津人民出版社,1980年版,第1—2页。
③ 中华书局,1981年版。
④ 《后汉书》卷四八《应奉传》附《应劭传》。
⑤ 引文均据吴树平《风俗通义校释》。

> ……由是观之,则淫躁而畏者,灾自取之,厥咎响应。反诚据义,内省不疚者,物莫能动,祸转为福矣。传曰:"神者,申也。怪者,疑也。"孔子称土之怪为坟羊。《论语》:"子不语怪力乱神。"故采其晃著者曰《怪神》也。

他以为神是人的意念的引申,怪生于人的疑惑,这无疑是唯物主义的见解。为此,在《怪神篇》,他很赞扬九江太守宋均、会稽太守第五伦打击巫觋"依托鬼神,恐怖愚民"的行动;《鲍君神》、《李君神》、《石贤士神》三则故事指出鬼神无中生有,足可破除迷信。但是,应劭又认为"世间多有精物,妖怪百端",记载下十余个当时流传的鬼怪故事,这就是太史公所说的"学者多言无鬼神,然言有物"之意。可见在怪神问题上,应劭是个二元论者,唯物主义观点并不彻底。

"来季德"条记狗怪作祟:

> 司空南阳来季德停丧在殡,忽然坐祭床上,颜色服饰声气熟是也。孙儿妇女以次教诫,事有条贯,鞭挞奴婢,皆得其过。饮食饱满,辞诀而去。家人大哀剥断绝。如是三四,家益厌苦。其后饮醉形坏,但得老狗,便朴杀之。推问里头,沽酒家狗。

又"李叔坚"条亦言狗怪,"张叔高"条言白头公怪,等等。"来季德"、"张叔高"条皆取入《搜神记》[①]。

"汝阳习武亭"条所记乃亭鬼杀人事:

> 汝南汝阳西门习武亭有鬼魅,宾客宿止多死亡,其厉魔者皆亡发失精。寻问其故,云先时颇已有怪物。其后郡侍奉掾宜禄郑奇来,去亭六七里,有一端正妇人,乞得寄载。奇初难

---

① 《新辑搜神记》卷一九、卷一六。按:明刊《搜神记》卷一八"李叔坚"条,未见古类书等引作《搜神记》。此条系据《事类赋注》卷二三引《风俗通》滥辑,文字全同。

之,然后上车,入亭,趋至楼下。吏卒檄白:"楼不可上。"奇云:"我不恶也。"时亦昏冥,遂上楼,与妇人栖宿。未明,发去。亭卒上楼扫除,见死妇,大惊,走白亭长。亭长击鼓会诸庐吏,共集诊之,乃亭西北八里吴氏妇。新亡,以夜临殡,火灭;火至,失之。家即持去。奇发行数里,腹痛,到南顿利阳亭加剧,物故。楼遂无敢复上。

又"郅伯夷"条记赤毛老狸精于亭作祟遭杀,和习武亭事相仿但情事不同。① 亭是秦汉时期设于城乡的治安机构,为往来官民提供住宿。② 在传说中,许多鬼怪事都发生在亭中,将来要谈到的还有鹄奔亭、蘩亭等。

这些有关鬼怪的故事,以往志怪小说绝少看到。不是没有,早在《吕氏春秋》即有黎丘丈人遇鬼事,"曲乡多怪",民间流传是不会少的,只是汉代志怪作者兴趣在神仙羽客而未予注意。不过东汉初有人已开始注意到这类鬼怪故事,桓谭《新论》记有两个狗怪故事:

> 吕仲子婢死,育女四岁,数来为沐头浣濯。道士云其家青狗为之,杀之则止。阳仲文亦言,所知家姬死,忽起饮食,醉后而坐祭床上。如是三四,家益厌苦。其后醉行,坏垣得老狗,便打死杀之,推问乃里头沽家狗。③

情事与《怪神篇》来季德等事颇为相似。到应劭,首次集中地记录下这类民间流传的鬼怪故事,给志怪小说开辟了一块极为重要的题材领域。

---

① 按:此二条亦辑入《搜神记》卷一六和卷一八,"郅"讹作"到"。诸书未见引作《搜神记》,实是明人滥取《风俗通义》,冒充干宝书。
② 亭有都亭、乡亭之别。关于都亭、乡亭,详见张玉莲《汉代都亭考》、《汉代乡亭考》,分别刊于《中国文化研究》2007年第3期、《中华文史论丛》2008年第4辑。
③ 孙冯翼辑本,载《龙溪精舍丛书》。按:此据《太平御览》卷八八五引。又卷九〇五亦引,二者互有异同。

汉代志怪已如上论,这里附带再把《汉书·艺文志》著录的十五家小说的六种汉代小说的性质略加讨论。先把《汉志》所著六家小说录于下,括号中系班固自注及颜师古注:

《封禅方说》十八篇。(武帝时。)

《待诏臣饶心术》二十五篇。(武帝时。师古曰:"刘向《别录》云:'饶,齐人也,不知其姓。武帝时待诏,作书,名曰《心术》。'")

《待诏臣安成未央术》一篇。(应劭曰:"道家也,好养生事,为未央之术。")

《臣寿周纪》七篇。(项国圉人,宣帝时。)

《虞初周说》九百四十三篇。(河南人,武帝时以方士侍郎,号黄车使者。应劭曰:"其说以《周书》为本。"师古曰:"《史记》云:'虞初,洛阳人。'即张衡《西京赋》'小说九百,本自虞初'者也。")

《百家》百三十九卷。

以上六书,《封禅方说》从书名推测,当是方士言方术的[①],武帝曾在泰山行封禅典礼,《史记》中有《封禅书》言此事,并多载方术祭祀之事。虽可能有神仙方术之谈,但不会是志怪小说。《待诏臣饶心术》,大概是讲道德修养的,《管子·七法篇》:"实也、诚也、厚也、施也、度也、恕也,谓之心术。"[②]《待诏臣安成未央术》,据应劭注,乃道家养生之作。唐瞿昙悉达《开元占经》卷六四引《未央术》十二则,皆言分野,乃天文之作。《臣寿周纪》,姚振宗《汉书艺文

[①] 杨树达《汉书窥管》:"方说者,《史记·封禅书》记李少君以祀灶、穀道、却老方见上,亳人谬忌奏祠太乙方,齐人少翁以鬼神方见上,胶东宫人栾大求见言方之类是也。"陈国庆编《汉书艺文志注释汇编》,中华书局,1983年版,第161页。

[②] 袁行霈《〈汉书艺文志〉小说家考辨》以为《管子·心术篇》是宋钘遗著,待诏臣饶大概是宋子后学。《文史》,第7辑,中华书局1979年版,第184页。

志条理》卷二下云:"《周考》考周事,此《周纪》大抵亦纪周代琐事。"其说近是。上四书,都不会是志怪,也不是其他小说。《百家》一书,今存佚文二则,皆出《风俗通义》。① 《太平御览》卷一八八又卷七五〇、《艺文类聚》卷七四引《风俗通义》佚文曰:"《百家书》云:输般见水上蠡,谓之曰:'开汝头,见汝形。'蠡适出头,般以足画图之。蠡引闭其户,终不可开。设之门户,欲使闭藏,当如此固密也。"又《意林》、《御览》卷九三五又卷八六九、《艺文类聚》卷八〇、《事类赋注》卷八、《类说》卷三六、《资治通鉴》卷一六〇胡三省注引曰:"《百家书》:宋城门失火,因汲取池中水以沃灌之。池中空竭,鱼悉露死。喻恶之滋,并中伤重谨也。"② 按刘向《说苑叙录》曰:"护左都水使者光禄大夫臣向言:所校中书《说苑杂事》及臣向书……除去与《新序》复重者,其余者浅薄不中义理,别集以为《百家》。"③ 是则《百家》乃刘向撰,系杂取周秦及汉诸子百家杂说而成,体同《说苑》、《新序》,虽有异闻,但亦不是志怪小说。

含较多志怪因素的,可能是《虞初周说》。颜注引应劭曰:"其说以《周书》为本。"《周书》即所谓《逸周书》,其中多含怪诞之事。作者虞初,武帝时方士。《封禅书》云:"太初元年,西伐大宛,蝗大起。丁夫人、雒阳虞初等,以方祠诅匈奴、大宛焉。"汉武帝惑溺神仙,重用一大批方士,虞初即是其中的一个,位居侍郎。据《封禅书》载,武帝所派遣的进行求仙候神活动的方士使者,都给他们提供传车使用④,虞初号黄车使者,即为此意。《文选·西京赋》李善注引《汉书》曰:"《虞初周说》九百四十三篇。初,河南人也。武帝

---

① 晚唐《百家》犹存。段成式《酉阳杂俎》前集卷一七《虫篇》云:"长安秋多蝇,成式尝日读《百家》五卷,颇为所扰。"殆即其书。
② 见《风俗通义校释·佚文》。
③ 见卢文弨《抱经堂丛书·群书拾补》。
④ 《史记》卷二八《封禅书》:"(武帝)宿留海上,予方士传车及间使求仙人以千数。"

时以方士侍郎,乘马衣黄衣,号黄车使者。"文字较《汉志》多出"乘马衣黄衣"一句,据此虞初所乘传车为马车,且服黄衣,这应当是一种尊贵的待遇,所以特别号之为黄车使者。虞初这样一个装神弄鬼的方士,在神仙之风大炽的情况下,以《周书》纪事框架为基础搞出一本《周说》,估计至少会具有一定的志怪书性质。《文选·西京赋》:"匪惟玩好,乃有秘书。小说九百,本自虞初。从容之求,寔俟寔储。于是蚩尤秉钺,奋鬣被般。禁御不若,以知神奸。螭魅魍魉,莫能逢旃。"薛综注:"小说,医巫厌祝之术,凡有九百四十三篇,言九百,举大数也。"似张衡、薛综见过《周说》,一以"秘书"称之,一以"医巫厌祝之术"视之,总之都是方士巫祝之谈。《西京赋》"从容之求"云云,意思是说持此秘书,储以自随,就可以据而识别神怪之物,免受其害①,这正是《左传》宣公三年"铸鼎象物,百物而为之备,使民知神奸。故民入川泽山林,不逢(按:当作'禁御')不若,螭魅罔两,莫能逢之"之意。可见书中充满方术怪诞之语,这对《周说》可能有志怪性质,也是一个证明。胡应麟《少室山房笔丛·九流绪论下》云:"盖《七略》所称小说,唯此(按:指《虞初周说》)当与后世同。方士务为迂怪,以惑主心。《神异》、《十洲》之祖袭,有自来矣。"这个推断应当比较接近事实。

直接注明出自《虞初周说》的佚文已无法找到,不过有三条出自《周书》的佚文,学者怀疑很可能就是《虞初周说》的文字:

> 岍山,神蓐收居之。是山也,西望日之所入,其气圆,神经光之所司也。②

> 天狗所止地尽倾,余光烛天为流星,长数十丈,其疾如风,

---

① 薛综注:"持此秘术,储以自随。待上所求问,皆常具也。"不确。
② 《太平御览》卷三引《周书》。

其声如雷,其光如电。①

　　穆王田,有黑鸟若鸠,翩飞而跱于衡。御者毙之以策,马佚,不克止之,踬于乘,伤帝左股。②

朱右曾《逸周书集训校释》卷一一以为此三条与《逸周书》不类,疑出《虞初周说》,鲁迅《中国小说史略》第三篇《汉书艺文志所载小说》也引述了朱氏的说法。《虞初周说》原书近千篇,当是杂采群书而成,应当有丰富的神怪故事。只是我们还不好贸然断定它一准是志怪小说,姑于此附而论之。

---

① 《山海经》卷一六注引《周书》。
② 《文选》卷一四《赭白马赋》注引《古文周书》。

第四章　魏晋南北朝志怪繁荣与进步的社会原因及此期志怪的时代蕴含

志怪小说经战国草创，两汉初兴，到魏晋南北朝遂进入繁盛时期。如果说在战国两汉，它还只是少数人的造作，还无力在当时文坛上为自己争得显眼的地位，还只是作为史家之末事和史书之附庸出现，那么在六朝，这昆山片玉、桂林一枝便头角峥嵘地蔚成大国，极一代之奇观。它和六朝的诗文、民歌，同样成为文学史上的"天之骄子"。

六朝志怪的发达情况，可以从以下几种新情况和新特点来观察。首先，数量巨大。四百年间所出志怪，现存和可考者达八九十种之多，大大超过往昔。诚如《蒙求注》卷下云："《搜神》、《列异》，浩浩杂书，若长河之水，流而不息。"①其次，作者队伍宏大，阵容壮观，作者来自各方面，操觚者多有饱学之士和一代文豪。再次，志怪小说的质量提高。这表现在：（一）普遍都是多卷本，部头较大，显示着创作的勤奋、搜集的广泛和内容的丰富。如《齐谐记》七卷，《博物志》、《神仙传》、《拾遗记》、《述异记》、《搜神后

---

① 此据《学津讨原》本《蒙求注》，全文作："李子言：自史子万古之事，史向千卷，况《搜神》、《列异》，浩浩杂书，若长河之水，流而不息。"《四库全书》本《蒙求集注》作："李子言：自《史记》至晋宋，子史向千卷。"均非李翰原注。《佚存丛书》本《古本蒙求》作："言此书自《史记》至晋宋，子史《搜神》、《列异》诸书，盖百千万卷也。"按：《古本蒙求》注乃李翰自撰，《蒙求集注》等本乃宋人徐子光作注，"李子"者即李翰。《古本蒙求》题唐李瀚撰注，《蒙求集注》题唐李瀚撰，名皆误，应作翰。参见余嘉锡《四库提要辨证》，中华书局，1980年版，第三册，第960—963页。

记》、《异苑》、《冥祥记》、《灵异记》、《研神记》等皆十卷,《旌异记》十五卷,《幽明录》二十卷,《搜神记》卷帙最夥,三十卷,堪称六朝志怪之冠。(二)题材广泛、多样化,普天之下奇奇怪怪之事无所不包。取材范围从横处看涉及现实社会和幻想世界的各个方面,不再局限于帝王异闻、神仙灵迹和地理博物传说;从纵处看,上自三皇,下逮近世。(三)现实性和时代感大大增强,社会现实和人民群众的理想、愿望有了越来越多的表现。(四)体制主要表现为杂记体,广泛反映生活,杂史杂传体虽仍有遗响,但数量已大为减少。(五)艺术想象力和表现力得到提高,幻想丰富多彩,许多描写细致精微,篇幅增长,情节曲折多变,形象生动,语言优美。

魏晋南北朝志怪当然是在先秦两汉志怪的深厚基础上发达起来的,但它的繁荣和进步又有着深刻的社会原因,就是说此期间的政治、经济、思想文化情况为志怪的繁荣和进步提供了种种有利条件,同时也规定着此时志怪在内容上所带有的时代特征。这些社会条件与往代有相似的地方,如宗教与文化的发展等,但在程度、范围和性质上六朝毕竟又有着自己的新情况。

一、志怪繁荣进步的社会原因

魏晋南北朝志怪小说之所以繁荣和取得进步,最根本的原因是此期宗教迷信的昌炽及其影响之广泛;其次谈风的盛行,促使了志怪故事的产生、传播和集中;另外,文人著述的活跃和文学创作的发展对志怪小说的创作和艺术进步也起着十分重要的推动作用。

(一)道教与佛教的昌炽

汉代道教始兴,佛教初传,到魏晋南北朝咸得大行于世,影响及于社会各阶层,佛教尤盛。灵魂不死、轮回报应、鬼神显验、肉体飞升等迷信,成为极其普遍的社会心理和社会意识。

先说道教。道教是神仙思想和种种方术的混合物。它虽极为妖妄,但由于长生不死、消灾灭祸的谎言颇能迎合当时醉生梦死的统治阶级及一部分士大夫的心理需求,也给了辗转泥涂的穷苦百姓以许多幻想,故而颇有市场。《魏书·释老志》云:"化金销玉,行符敕水,奇方妙术,万等千条,上云羽化升天,次称消灾灭祸,故好异者往往而尊事之。"另外,道教又以传统道家的某些思想和经过穿凿附会的某些话头为教义,在崇尚老庄、玄风日炽的魏晋,这无疑也获得了很有利的生长气候。

东汉末年以来,道教宗派林立,有于家道(于吉创)、帛家道(帛和创)、李家道(李阿创)、五斗米道即天师道(张陵创)、茅山宗(茅盈创)等。此外还有各种各样巫术气很重的"左道",葛洪称"诸妖道百余种"①。道书也很多,葛洪《抱朴子内篇·遐览篇》著录东晋以前道书仙经一千二百余卷,并称"其余大小,不可具记"。

东晋最大道教学者葛洪,是三国吴国道士葛玄之从孙,郑隐之弟子,又受魏伯阳理论影响,属丹鼎派,晚年隐居罗浮山炼丹。著《抱朴子内篇》以"举长生之理"②,大大发展了道教理论。其时有影响的道徒还有许迈(后改名玄)、许逊(即道教传说中的许旌阳、许真君)、吴猛(即所谓吴真君)。《晋书·艺术传》载两晋方士道徒甚多,称其"怪力乱神,诡时惑世"。南北朝时期,又出南北两位大道徒。齐梁间人陶弘景师法葛洪,居句曲山(茅山)炼丹修道,著书授徒,颇得梁武帝萧衍尊敬。北魏有嵩山道士寇谦之,属符箓派,自称"天师",创新天师道,得到太武帝拓跋焘大力支持。

从三国到隋,历代统治阶级及封建文人很多信奉神仙道术,从中寻求自己所追求的东西,淫逸贪欲者好其服食采补之术,愚妄不

---

① 《抱朴子内篇》卷九《道意篇》。
② 《抱朴子内篇·自序》。

轨者好其召神劾鬼之法,嗜奇好事者好其恍惚迷离之说,愤世嫉俗者好其清静无为之旨。例如,三国时东吴孙权好神仙,史载:"权与张昭论及神仙,翻(按:虞翻)指昭曰:'彼皆死人而语神仙,俗岂有仙人也!'权积怒非一,遂徙翻交州。"①曹氏父子虽未必笃信神仙,但对方术之士的骗人把戏也颇迷恋。《博物志》卷五云:"魏武帝好养性法,亦解方药,招引四方之术士如左元放、华佗之徒,无不毕至。"并云曹操所集方士如封君达、甘始、鲁女生、蓟子训、郤俭、左慈等达十六人之多,这些人并为"魏文帝、东阿王(按:即曹植)、仲长统所悦"。曹丕、曹植都写过不少游仙诗,表现出对"轻举生风云","排雾陵紫虚"的憧憬。曹植又作《释疑论》,说初谓道术诈骗愚民,后观左慈等人之术遂改变看法,"恨不能绝声色,专心以学长生之道"。② 魏晋之际的嵇康亦好神仙服食,他作《养生论》,以为神仙"特受异气,禀之自然",只要专心养性,即"可与羡门比寿,王乔争年"。西晋张华、东晋郭璞都好图纬方伎,是典型的方术化了的文人。王羲之世奉五斗米道,与道士许迈过往甚密,并为其作传。他的儿子会稽内史王凝之事之弥笃,孙恩攻会稽,他对吏民说:"不须备防,吾已请大道,许遣鬼兵相助,贼自破矣。"结果城破被杀。③ 在一些极端愚妄腐朽的统治者和官僚那里,道教更被作为一种统治术或满足野心和私欲的工具使用着。西晋末赵王司马伦和帮凶孙秀"惑巫鬼,听妖邪之说"④,靠着几个道士发动了一场短命政变。东晋末大官僚桓玄为了扑灭起义军,日与道士推算数厌胜之术。司马道子专权,迷恋上一个据说"有服食之术,常衣黄衣,状如天师"⑤的裴姓女人,他的儿子司马元显亦数诣五斗米

---

① 《文选》卷四七袁宏《三国名臣序赞》注引《吴志》。
② 《抱朴子内篇》卷二《论仙篇》引。
③ 见《世说新语·言语篇》注引《晋安帝纪》。
④ 《晋书》卷五九《赵王伦传》。
⑤ 《晋书》卷八四《王恭传》。

道徒孙泰求其秘术。北魏道武帝拓跋珪曾"置仙人博士,立仙坊,煮炼百药"①,希企不死,结果服丹身亡,他的儿子明元帝也是同样下场。太武帝"崇奉天师,显扬新法,宣布天下,道业大行"②,企图用寇谦之创造的新天师道来作为统治人民的手段之一。

在历代统治阶级的大力倡导下广泛发展的道教,不仅在士大夫知识分子那里很有市场,备尝人世辛酸的贫民百姓出于祈福除灾的善良愿望,虽不图长生不老,却也怀着水月镜花般的梦幻,寄希望于鬼神。《抱朴子·道意篇》云:"凡人多以小黠而大愚,闻延年长生之法,皆为虚诞,而喜信妖邪鬼怪,令人鼓舞祈祀。"而农民起义也往往利用道教来发动群众,扩大影响。《晋书》卷一〇〇《孙恩传》载,孙恩奉五斗米道,"愚者敬之如神",起义时风从影响,"旬日之中,众数十万",孙恩号其党为"长生人",兵败投水,信徒说他做了"水仙"。

再说佛教。佛教也得到历代统治者大力提倡,三国孙权、孙皓、魏明帝,晋元帝、明帝、孝武帝及司马道子,宋文帝、孝武帝,齐竟陵王萧子良,梁武帝、简文帝、元帝,陈武帝、文帝、后主,皆崇佛奉法,礼遇沙门。就中梁武最为溺信释教,建寺造像,办斋设会,幸寺舍身,讲经著说,成了日常功课。十六国和北朝隋代弘法尤烈,十分自觉地把佛教与政治结合起来,当作精神统治的工具。比如后秦姚兴待名僧鸠摩罗什以国师之礼,"奉之若神"③,常亲率朝臣僧俗千余人肃容听经。后赵石勒时,佛图澄在军中参谋军事,"号为大和尚,军国规模颇访之"④。北朝除魏太武帝、周武帝几个皇帝曾灭佛外,其余皆趋之若鹜。不唯礼敬沙门,广作佛事,不惮劳费亿计,而且给佛徒以经济特权,立僧祇户、浮图户为寺院输粟服

---

① 《魏书》卷一一四《释老志》。
② 《魏书》卷一一四《释老志》。
③ 《晋书》卷九五《艺术·鸠摩罗什传》。
④ 《魏书》卷一一四《释老志》。

役。皇后们被废或守寡后多削发为尼,北魏胡太后也带头落发。隋代周后,文帝鉴于周武灭佛而重兴佛法。

统治者的提倡造成佛教的兴隆。表现之一是中西佛徒频繁来往,译经、注经及佛学著述非常发达。胡僧来华者极多,从事译经传教。如十六国时天竺沙门鸠摩罗什、西域沙门佛图澄等,各聚徒数百至数千人,翻译佛典。南朝外籍僧人来华操译业者有二十余人,加上国内译师,译经达五百六十三部,一千零七十四卷。中土僧人西行求法,三国时已有,至晋宋之际形成高潮,西行道上沙门不绝。其中法显于西土历十一年,经三十余国,获大量经卷。中国僧人译经者也极多,西晋竺法护、前秦道安、东晋慧远都于此用力颇勤。除译经、注经,各种阐发佛理,记叙佛国圣迹、佛法感通、高僧事迹的论、传、记、志亦纷纭而出。唐释道世《法苑珠林》卷一〇〇《传记篇·杂集部》曾概括东汉以来佛典翻译和著述的情况说:"流被东夏,时经六百,翻译方言,卷数五千。英俊道俗,依傍圣宗,所出文记,三千余卷。"

其二是佛寺佛像遍布全国,僧尼与日俱增,数量庞大。三国吴、魏都曾起浮图。晋世数量猛增,梵宇林立,盛极一时。据《法苑珠林》卷一〇〇《兴福部》云,西晋仅洛阳、长安即有寺院一百八十所,僧尼三千七百人,东晋立寺一千七百六十八所,僧尼二万四千人。此时僧尼已成一股强大的社会势力,孝武帝时左卫领营将军许荣上疏曰:"尼僧成群,依傍法服……流惑之徒,竞加敬事,又侵渔百姓,取财为惠,亦未合布施之道也。"[1]南朝有增无减,佛事更隆。梁武帝时郭祖深上条陈云:"都下佛寺五百余所,穷极宏丽。僧尼十余万,资产丰沃。所在郡县,不可胜言。"担心"方来处处成寺,家家剃落,尺土一人,非复国有。"[2]北朝情况又胜

---

[1] 《晋书》卷六四《司马道子传》。
[2] 《南史》卷七〇《循吏·郭祖深传》。

于南朝,而元魏尤著。《法苑珠林》卷一〇〇《兴福部》云:"元魏君临一十七帝,一百七十年,国家大寺四十七所……王公等寺八百三十九所,百姓所造寺者三万余所。总度僧尼二百余万。译经四十九部。佛教东流,此焉为盛。"寺院佛像都极奢丽,如文成帝兴光元年所铸五尊释迦立像,各高一丈六尺,用赤金二十五万斤。献文帝天安二年造永宁寺,构七级浮屠,高三百余尺,"基架博敞,为天下第一"[①]。北魏还开凿了许多石窟,云岗、龙门、麦积山皆其著者。

佛教如此兴隆,可以想见其影响之大。佛教有它的聪明处,它教人寄希望于来世,渺渺茫茫,无从验证,而道教鼓吹肉体飞升,不免被稍有头脑的人视为妖妄,起码感到实行起来很困难,前世已有秦皇、汉武之殷鉴。佛教骗局之巧妙胜过道教,更能适合人们的心理,因而市场极大。在佛道尖锐斗争中,有些崇道或对佛道均不感兴趣的皇帝三番五次下令灭佛,佛教竟能滋蔓不息,影响日深,原因即在于此。统治者之崇佛已如上言,在士大夫及其知识分子那里,佛教也有极大诱惑力,而且上行下效,迎合时主,也不能不对它表示兴趣,《南史》卷六〇《江革传》载梁武帝"惑于佛教,朝贤多启求受戒"即为其证。再者佛理玄奥精微,很适合知识分子的口味,正好被文人援入清谈。魏晋南北朝许多著名人物,都是佛教信仰者或爱好者,我们可以举出曹植、孙绰、许询、王羲之、习凿齿、谢灵运、颜延之、宗炳、王融、江淹、沈约、庾肩吾、江总、徐陵、魏收、颜之推、薛道衡等一大串名字来。学士文人喜欢研讨佛理,也有的热衷于佛寺佛像的造作,如王羲之、许询即是,但不多。热衷于种种佛事的是那些俗而不雅的官僚地主。杨衒之《洛阳伽蓝记序》云:"王侯贵臣,弃象马如脱屣;庶士豪家,舍资财若遗迹。于是招提栉比,宝塔骈罗,争写天上之姿,竞模山中之影。"信佛风气之盛,

---

[①] 《魏书·释老志》。

还可从这样一个有趣事实看出,即当时士人常从佛教中取名。翻开《南史》、《北史》,以"僧"、"佛"、"法"、"道"、"魔"、"摩诃"、"菩提"、"罗汉"、"佛子"、"沙门"、"法护"、"佛助"、"菩萨"、"摩诃衍"、"婆罗门"、"达摩"、"迦叶"、"维摩"等为名为字者,比比皆是。

庶民百姓迷信佛法亦很盛。出家的极多,史载后赵百姓"男奉佛,皆营造寺庙,相竞出家"①。胡太后执政时,"时人多绝户为沙门"②。这是僧尼数量庞大的原因所在。至于在家的善男信女更多。由于社会动乱,政治黑暗,群众从佛教中寻求安慰是极自然的事。佛教主张好生恶杀,省欲去奢,符合善良百姓的心理;六道轮回、善恶报应,也可被用作阿Q式的自我安慰。晋释道恒《释驳论》③引述时人揭露佛教"乃大设方便,鼓动愚俗,一则诱喻,一则迫胁。云行恶必有累劫之殃,修善便有无穷之庆;论罪则有幽冥之司,语福则有神明之佑"。这诱喻和迫胁两手,确能把无法找到出路的穷苦百姓拉向菩萨的法座之下。

宗教迷信的昌炽是魏晋南北朝志怪小说繁荣的基本原因。如鲁迅所云:

> 中国本信巫,秦汉以来,神仙之说盛行,汉末又大畅巫风,而鬼道愈炽,会小乘佛教亦入中土,渐见流传。凡此皆张皇鬼神,称道灵异,故自晋讫隋,特多鬼神志怪之书。④

此期宗教迷信的规模、声势、影响都大大超过前世,鬼神迷信观念深入人心,虽有少数有识者如晋人阮瞻、阮修、宗岱,刘宋

---

① 《晋书》卷九五《艺术·佛图澄传》。
② 《北史》卷三三《李玚传》。
③ 梁释僧祐编《弘明集》卷六。
④ 《中国小说史略》第五篇《六朝之鬼神志怪书》,人民文学出版社,1963年版,第27页。

范晔都持"无鬼论"①，萧齐范缜著《神灭论》②，但势单力微，毕竟无法改变世风和主流观念。鬼神迷信内容愈来愈丰富、精微，倍于往古。道教集中国以往一切迷信之大成，把巫术、神仙说、谶纬学、卜筮符咒等等一齐抛将出来。从神仙家到民间，祀奉的神仙越来越多，死去的道徒方士照例被说成羽化成仙。"山无大小，皆有神灵"③，神和仙几乎无处不在，无时不有。神仙法术极多，"幻化之事，九百有余"④。鬼和怪也被说成极普遍的东西。道教的观念是什么都可成精，兴妖作怪，《抱朴子·对俗篇》引《玉策记》谓动物长寿之后都可变化，《登涉篇》亦云："万物之老者，其精悉能假托人形"。干宝《搜神记》云："……物老则群精依之，因衰而至。……夫六畜之物及龟蛇鱼鳖草木之属，久者神皆依凭，能为妖怪。故谓之五酉。五酉者，五方之行，皆有其物；酉者老也，故物老则为怪矣。"⑤佛教传入，又增出许多新的迷信观念，诸如佛、菩萨、罗汉、天王、诸天、伽蓝神、阎罗王、观世音、魔、夜叉、罗刹、饿鬼等等都进入鬼神队伍，还有五道轮回、因果报应等等。

宗教迷信和鬼神观念如此发达，如此深入人心，本身又如此繁

---

① 晋裴启《语林》："宗岱，为青州刺史。禁淫祀，著《无鬼论》，甚精，莫能屈。"（又见梁殷芸《小说》引《杂记》，作宋岱）殷芸《小说》引《列传》："阮瞻作《无鬼论》。"（又见《幽明录》）《世说新语·方正》："阮宣子（阮修）论鬼神有无者，或以人死为鬼，宣子独以为无。"《宋书》卷六九《范晔传》："晔常谓死者神灭，欲著《无鬼论》。"又，干宝《搜神记》："吴兴施绩，为吴寻阳督，能言论。有门生，亦有意理，常秉'无鬼论'。"（《新辑搜神记》卷二三）另外《幽明录》又载有"刘道锡与从弟康祖少不信有鬼"，彭虎子"常谓无鬼神"。按："无鬼论"春秋时即有，《墨子·明鬼下》云："今执无鬼者言曰：'夫天下之为闻见鬼神之物者不可胜计也，亦孰为闻见鬼神有无之物哉？'"
② 《梁书》卷四八《范缜传》："初，缜在齐世，尝侍竟陵王子良。子良精信释教，而缜盛称无佛。……缜退论其理，著《神灭论》……"
③ 《抱朴子内篇》卷一七《登涉篇》。
④ 《抱朴子内篇》卷三《对俗篇》。
⑤ 《新辑搜神记》卷一八《五酉》。

复,势必要造成大批鬼神传说的出现和流传,不仅前代产生的旧传说会得到传播的机会,而且新的传说也会大批产生。这样,志怪小说就有了极为丰富的素材来源和幻想基础。

佛教徒和道教徒为宣扬法旨和自神其术,纷纷著书立说,而鬼神之事自然就成为其中的内容。葛洪云:"鬼神之事,著于竹帛……不可胜数。"①有些信徒则又专门搜集记录鬼神故事,这样就有志怪小说纷至沓来。《四库全书总目》卷一四六道家类小序云:"后世神怪之迹,多附于道家,道家亦自矜其异,如《神仙传》、《道教灵验记》是也。"佛家也是如此。魏晋南北朝,志怪作者王浮、葛洪、王嘉、陶弘景、见素子等本人都是道士或道教信仰者,张华、郭璞、萧吉等都是阴阳五行家和数术家,昙永、净辩都是沙门,王琰、王曼颖、萧子良、梁元帝等都是在俗的佛教徒。借志怪来弘教,在佛教徒那里尤为突出,所以南北朝特多《冥祥记》之类"释氏辅教之书"。

六朝文人普遍接受佛道思想,宗教迷信观念极大地支配着他们的写作。若西晋张敏《神女传》、东晋曹毗《杜兰香传》、王羲之《许迈传》,都是文人作的仙传。文人又多崇佛,自然也会秉笔弘法。这样,志怪书也就被他们创造出来,干宝作《搜神记》,刘义庆作《幽明录》和《宣验记》,颜之推作《冤魂志》,大抵都是"明神道之不诬"。即便不信鬼神,为时尚驱使,亦难免技痒而为之一试,陶潜作《搜神后记》大概即属此。

宗教迷信之孵育志怪小说,以往情况也是如此,但魏晋南北朝宗教迷信影响之广泛非前代所能比拟,因而志怪书亦出之特多。更何况此期还有着一些以往所没有或少有的新情况。下边我们将次第谈及。

---

① 《抱朴子内篇》卷二《论仙篇》。

(二)谈风的盛行

六朝谈风盛行,知识分子喜作长日剧谈,这是名士风流的一种表现。

先作一点小说明。这里所云谈风,不专指清谈之风,还包括戏谈和讲故事,后者是一种闲谈。

清谈又称清言。清谈内容大体有两方面。一是评品人物,这是汉末清议的流绪,又同魏晋选取人才的"九品中正制"密切相关。如《世说·品藻篇》载:"抚军问孙兴公:'刘真长何如?'曰:'清蔚简令。''王仲祖何如?'曰:'温润恬和。'"二是谈论老庄哲学即所谓玄理,东晋后又杂入佛理。谈者相互论辩,清虚玄远,故又称玄言。如《世说·文学篇》载:"何晏为吏部尚书,有位望。时谈客盈坐。王弼未弱冠,往见之。晏闻弼名,因条向者胜理语弼曰:'此理仆以为极可,得复难不?'弼便作难,一坐人便以为屈。于是弼自为客主数番,皆一坐所不及。"清谈既是人物评品和虚玄之谈,当然不同于闲聊天。但在谈玄理之时,为了支持自己的论点,也会牵涉一些有关故事,观《庄子》"寓言十九",就可推知清谈的情况。这样,清谈就和讲故事发生了联系。当然,我们尚未找到资料证明,仅是推测而已。

所谓戏谈,就是"嘲戏之谈",或云"戏语",这是同讲故事极有关系的一种谈风。晋郭澄之《郭子》载:

> 许侍郎、顾司空俱作王丞相从事,尝夜在丞相许戏,二人欢极。[1]

又《世说·方正篇》载:

> 苏峻时,孔群在横塘,为匡术所逼。王丞相保存术,因众

---

[1] 见《古小说钩沉》。辑自《太平御览》卷六九九,又卷三九三。

坐戏语。令术劝群酒以释横塘之憾。

"戏语"者为何,二事均未言。《世说·排调篇》有一条记载则很具体:

> 桓南郡与殷荆州语次,因共作了语。顾恺之曰:"火烧平原无遗燎。"桓曰:"白布缠棺竖旒旐。"殷曰:"投鱼深渊放飞鸟。"次复作危语。桓曰:"矛头淅米剑头炊。"殷曰:"百岁老翁攀枯枝。"顾曰:"井上辘轳卧婴儿。"殷有一参军在坐云:"盲人骑瞎马,夜半临深池。"殷曰:"咄咄逼人。"仲堪眇目故也。

戏谈在当时很盛,不仅流行于文人名士那里,在纨袴子弟、市井之徒中间也很普遍。《抱朴子外篇·疾谬篇》云:

> 俦类饮会,或蹲或踞。暑夏之月,露首袒体,盛务唯在摴蒲弹棋,所论极于声色之间。举足不离绮襦纨袴之侧,游步不去势利酒客之门。不闻清谈讲道之言,专以丑辞嘲弄为先。以如此者为高远,以不尔者为騃野。于是驰逐之庸民,偶俗之近人,慕之者犹宵虫之赴明烛,学之者犹轻毛之应飙风。嘲戏之谈,或上及祖考,或下逮妇女。往者务其必深焉,报者恐其不重焉。……其有才思者之为之也,犹善于依因机会,准拟体例,引古喻今,言微理举,雅而可笑,中而不伤,不张人之所讳,不犯人之所惜。若夫拙者之为之也,则枉曲直凑,使人愕愕然,妍之与嬿,其于宜绝,岂唯无益而已哉!乃有使酒之客,及于难侵之性,不能堪之,拂衣拔棘,而手足相及。丑言加于所尊,欢心变而成仇。绝交坏身,构隙致祸,以杯螺相掷者有矣。

文人的"嘲戏之谈"要高雅一些,所谓"雅而可笑",像上所引共作"了语"和"危语"就是。鄙俗的市井之徒所谈则充满"丑辞",甚至讲女人来开心。

无论是何种戏谈,都是《抱朴子外篇·疾谬篇》所称"嘲弄不典之言",可以想象其中一定要讲到各种笑话、故事、传说。文人的戏谈"引古喻今",这就可能包含着对历史传说的讲述。又云"庸民"的戏谈"下逮妇女",这恐怕会涉及有关私情之类的故事和传说。封建社会恋爱不自由,男女私自结合的事很多,在正统文人眼中,讲这类事自然是"丑辞"了。

确也有材料证明,人们戏谈是要讲故事的。《三国志》卷二一《魏书·王卫二刘傅传》注引《魏略》云:

> 淳(按:邯郸淳)一名竺,字子叔,博学有才章……植(按:曹植)初得淳甚喜,延入坐,不先与谈。时天暑热,植因呼常从取水自澡讫,傅粉。遂科头拍袒,胡舞五椎锻,跳丸击剑,诵俳优小说数千言讫,谓淳曰:"邯郸生何如耶?"

邯郸淳是东方朔式的滑稽大师,曹植有意效仿他,给他讲"俳优小说",这"俳优小说"就是滑稽故事。

又《陈书》卷三六《始兴王叔陵传》载:

> 叔陵……夜常不卧,烧烛达晓,呼召宾客,说民间细事,欢谑无所不为。

《魏书》卷九一《蒋少游传》载:

> 高祖时,青州刺史侯文和……滑稽多智,辞说无端。尤善浅俗委巷之语,至可玩笑。

《北史》卷四三《李崇传》附《李若传》载:

> 若性滑稽……并说外间世事可笑乐者,凡所话谈,每多会旨,帝每狎弄之。

所谓"民间细事","浅俗委巷之语","外间世事",除风俗人情外,就是民间发生的和流传的各种故事。

上述四则记载,都不是一般的嘲弄开心的"戏谈",实际上都包含着讲故事。连皇帝郡王对"俳优小说"、"民间细事"之类都有如此浓厚的兴趣,正可想见此风之盛。

《三国志》卷一三《魏书·钟繇传》注引《陆氏异林》钟繇遇女鬼一事,末云:"叔父清河太守说如此。"裴松之注曰:"清河,陆云也。"《异林》所记这个怪异故事,是作者从其叔父陆云那里听来的,可见陆云也是喜欢给人讲故事的。由此亦可推断,志怪作者们记录的故事,许多是在聚谈中搜集到的。

为了在聚谈中有奇闻异事可讲,谈客们自然要尽量掌握许多古今掌故,以示博闻洽见。《抱朴子·疾谬篇》又云:

> 不才之子也,若问以坟索之微言,鬼神之情状,万物之变化,殊方之奇怪,朝廷宗庙之大礼,郊祀禘祫之仪品,三正四始之原本,阴阳律历之道度,军国社稷之典式,古今因革之异同,则恍悸自失,喑呜俯仰,蒙蒙焉,莫莫焉,虽心觉面墙之困,而外护其短乏之病,不肯谧己,强张大谈,曰:"杂碎故事,盖是穷巷诸生、章句之士吟咏而向枯简,匍匐以守黄卷者所宜识,不足以问吾徒也。"

这段话是说,有才之士熟悉种种掌故和知识,其中包括了"鬼神之情状,万物之变化,殊方之奇怪",也就是有关鬼神、变化、博物的知识和传闻。"不才之子"称这些为"杂碎故事",不屑一顾,而博洽之士正是以了解很多的"杂碎故事"为荣的。六朝文人的特点正是这样,陶弘景"一事不知,以为深耻"[1]同样也是其他文人的心理。

戏语和讲故事既成风气,遂有"说话"专家出现,隋代"好俳优杂说"[2]的侯白是其著者。《太平广记》卷二四八引侯白《启颜

---

[1] 《南史》卷六六《陶弘景传》。
[2] 《隋书》卷五八《陆爽传》附《侯白传》。

录》云：

> 白在散官，隶属杨素，爱其能剧谈。每上番日，即令谈戏弄，或从旦至晚，始得归。才出省门，即逢素子玄感。乃云："侯秀才，可为（按：原作'以'，据《太平广记》抄宋本改）玄感说一个好话。"白被留连，不获已，乃云："有一大虫，欲向野中觅肉。见一刺猬仰卧，谓是肉脔，欲衔之。忽被猬卷着鼻，惊走，不知休息，直至山中。困乏，不觉昏睡，刺猬乃放鼻而去。大虫忽起欢喜，走至橡树下，低头见橡斗，乃侧身语云：'旦来遭见贤尊，愿郎君且避道。'"

侯白随口编了个故事，跟杨玄感开了个玩笑，才思相当敏捷。他爱说笑话，这是一种幽默小故事，《启颜录》就是一本笑话集。值得注意的是，此时把故事叫做"话"，动听吸引人的故事就是"好话"，而讲故事叫做"说话"，可以推断，在隋代以前，可能已经有这样的专门称呼了。专称的出现，是讲故事风气极盛的结果。

对小说的创作来说，最有意义的是大量故事集中到文人那里，文人的剧谈风气恰正提供了有利条件。各种传说和故事得到迅速流布、扩散，同时也造成它们在某一范围内的集中，文人就有可能较快地和较多地把它们汇集成书。六朝小说不是文人自己的创作，像侯白那样自己来编故事也不是没有，但主要靠传闻，没有这种谈风盛行的条件，很难想象那么多的志怪作者会收集到数以千计的种种故事和传说。由于宗教迷信发达，流传的故事以鬼神怪异之事为最，而人们对此类故事兴趣亦最浓，因此，在六朝小说中，志怪小说最多，志人、杂事等小说就不免望洋兴叹了。

（三）史传及文学创作的活跃与进步

魏晋南北朝的历史著述和文学创作非常兴旺。知识分子是一个广大阶层，思想活跃，竞相写作。帝王中亦多有善文者，如魏之

"三祖"曹操、曹丕、曹叡及曹植,宋临川王刘义庆,齐竟陵王萧子良,梁武帝萧衍及其诸子昭明太子萧统、简文帝萧纲、元帝萧绎,陈后主叔宝,隋炀帝杨广等。他们视文章之事为"经国之大业,不朽之盛事"①而大力倡导,这就更促使了文事的活跃。学者、诗人、文章家层出不穷,诸子、诗赋、史传、碑铭、乐府、颂赞、书记、杂文等各类作品汗牛充栋。萧统云:"词子才人,则名溢于缥囊;飞文染翰,则卷盈于缃帙。"②文事之盛,极一代之大观,比以往更为发达。

这里我们不想详细介绍这种盛况,只准备谈一下对小说发生重大影响的史传和文学创作的有关情况。

魏晋以降,历朝颇重史事,各各设置著作郎、修史学士、秘书郎等史官。此间良史辈出,《史通》卷一一《史官建置》云:"若中朝之华峤、陈寿、陆机、束晳,江左之王隐、虞预、干宝、孙盛,宋之徐爰、苏宝生,梁之沈约、裴子野,斯并史官之尤美,著作之妙选也。"还有许多文士虽未居史职,但也喜欢撰史。这样的竞相造作,仅国史一项就很可观。《隋书·经籍志》正史类小序云:"自是世有著述,皆拟班、马,以为正史。作者尤广,一代之史,至数十家。"《隋志》正史、古史、霸史三类所录皆为国史,出于魏晋南北朝人手者,竟多达百余种;其中仅晋史就有二十余种。此外,起居注、故事、杂史类又有百二十多种。

作为史体之一的传记,此时尤繁。按体别类型有郡书、别传、外传、内传、家传等,按内容类别有先贤耆旧、高士逸民、僧尼神仙、孝子贞女、忠臣良吏等,绵绵瓜瓞,滋衍不息,诚如《隋志》所云:"作者甚众,名目转广。"③《隋志》杂传类著录各种杂传,其为六朝人作者有一百四五十种。《太平御览》引书目录(《太平御览经史图书纲目》)所列此期别传一项就达百余种之多。志怪书历来被

---

① 曹丕《典论·论文》,见《文选》卷五二。
② 《文选序》。
③ 杂传类小序。

视为一种杂传,在竞相进行历史著述的热潮中,它的大量出现也是必然的。

在文学创作方面,六朝是个辉煌的时代。诗歌、辞赋、散文、骈文极为发达,在艺术上有许多新的发展。此时的著名作家,可以开列出一个令人赞叹的极长的名单。萧统《文选》和徐陵《玉台新咏》的出现,正显示出此时诗文创作的繁荣,而曹丕《典论·论文》、陆机《文赋》、刘勰《文心雕龙》、钟嵘《诗品》等著名文论的问世,又集中反映着文学创作经验的丰富和艺术认识的进步。

在六朝,文学作品的性质和作用,文学创作的规律和特征,人们逐渐对此有了越来越清楚的认识。特别是经过南朝的"文笔之辨",文学作品不唯同经史诸子等非文学性的著作区别开来,而且也同应用性的文章即所谓"笔"划出界限,《文选序》明确提出只有"事出于沉思,义归乎翰藻"的作品才能戴上文学桂冠。影响之下,六朝文风从质朴趋于华丽,从简洁趋于繁密,描写细致绵丽,手段日工。当然"竞骋文华"的结果,带来形式主义的弊病,以致后世不少文人往往斥之以"浮靡",但强调艺术美,注意运用文学技巧,总还是文学的进步。就散文和骈文骈赋来说,六朝不乏佳制,陶渊明的《桃花源记》、《归去来辞》,孔稚圭的《北山移文》,鲍照的《芜城赋》,丘迟的《与陈伯之书》,江淹的《恨赋》、《别赋》,陶弘景的《答谢中书书》,吴均的《与宋元思书》,庾信的《哀江南赋》,郦道元的《水经注》,杨衒之的《洛阳伽蓝记》等,都在艺术上极有成就。

这种情况自然要对史传和志怪小说产生有益影响,就是说史家在继承班、马优良传统基础上,又吸取文学家重描写技巧、重语言美的特点,来增加作品的文学性。范晔《后汉书》,于简练中见出丽密精细的功夫,叙事气势淋漓而又曲曲有致,可看出这种影响。而志怪小说,或出于史学家之手,或出于文学家之笔,自然也脱不开这种影响。特别是南北朝小说,语言清丽雅致,叙事宛转曲折,写景状物、人物描写,表现出生动细密的特征,而且援诗入文,韵味大增。在志怪史上这是一个显著的进步。

六朝文章呈骈化趋势,骈文骈赋盛极一时,文章讲究用典对仗,虽不乏佳制,但许多文章却失之平弱芜冗,这一点也不能不看到。后人对此颇多尖锐的批评,唐代古文运动的目标之一,就是反对骈文而恢复上古汉魏的散文形式。但当时的史书却仍采用散体叙事形式,作为"史之余"的小说,也是如此。因此六朝小说一方面显示出文学技巧的进步,但一般说来,在语言形式上却又基本不受骈风的影响,保持着清新、朴素、劲健的风格,少有一般骈文堆砌浮靡之弊,这是很值得称道的。

二、此期志怪的时代蕴含

魏晋南北朝志怪小说是在当时社会的土壤中生长发展起来的,又多从现实取材,因而它具有非常浓厚的时代感和现实感,蕴含着极丰富的社会内容,带有鲜明的时代特征,同以往志怪相比,这是一个显著特点。

首先,此期志怪广泛反映了六朝社会现实的黑暗和混乱以及人民遭受的苦难。

从三国到隋,三个半多世纪社会陷入分裂混乱的状态,三十个朝代和小国走马灯似地交相更替,各统治集团的争权夺利,使人民蒙受兵荒马乱的巨大灾难。三国时军阀割据,征战不已,"出门无所见,白骨蔽平原"①。西晋末,先闹"八王之乱",长达十六年。《晋书》卷五九《赵王伦传》载:"自兵兴六十余日,战所杀害,仅十万人。"接着是"永嘉之乱"。五胡(匈奴、鲜卑、氐、羌、羯)相继在北方建起十六个国家,相互劫掠屠戮,几无一日之宁,史称"诸夏

---

① 《文选》卷二三王粲《七哀诗》。

纷乱,无复农者"①。东晋偏安江左,但政局极不稳定,先后有王敦、苏峻、王恭、殷仲堪、桓玄等发动武装叛乱。宋、齐、梁、陈四个短命王朝或骨肉相残,王室操戈,或大臣弄权,取而代之。梁时侯景作乱,四年杀人无算。北魏孝文后,内乱不止,先分裂为东西二魏,再代之以北齐、北周,人民备受荼毒。兵荒马乱常又伴随着天灾。永嘉时闹饥荒,连士人都倒霉,《文章流别论》的作者、西晋太常卿挚虞就是那时饿死的②,至于老百姓更可想而知。侯景作乱时,"时江南大饥,江、扬弥甚。旱蝗相系,年谷不登。百姓流亡,死者涂地。父子携手,共入江湖;或兄弟相要,俱缘山岳。芰实荇花,所在皆罄;草根木叶,为之凋残。虽假命须臾,亦终死山泽;其绝粒久者,鸟面鹄形,俯伏床帷……于是千里绝烟,人迹罕见,白骨成聚,如丘陇焉"③。

以上在志怪中都有反映。《幽明录》、《冤魂志》等书许多地方都揭露了此时凶残的统治阶级互相倾轧、兵戎交加的情况,诸如司马氏同曹氏的斗争,苏峻、王恭、桓玄作乱,十六国时许多军阀间的互相暗算、争权夺利等等,都在志怪中留下影迹。天灾人祸带给人民的苦难也得到表现,如《幽明录》"乐安县"条云:"乐安县故市经荒乱,人民饿死,枯骸填地。每至天阴将雨,辄闻吟啸呻叹,声聒于耳。""彭娥"条记一女子在永嘉乱中的遭遇。《冥祥记》"沙门开达"条记东晋隆安二年大饥,羌胡掠众啖食的惨状。

社会之黑暗,还表现在统治阶级和世族庄园地主穷奢极欲,因而加紧对人民的政治压迫和经济剥削上。各朝统治阶级多行恶政,兵役、力役、赋税十分沉重。例如,魏明帝大起宫苑,掠夺民女。西晋大官僚日食万钱犹称无下箸处。傅咸批评说:"奢侈之费,甚

---

① 《晋书》卷一○七《冉闵载记》。
② 《晋书》卷五一《挚虞传》:"及洛京荒乱,盗窃从横,人饥相食,虞素清贫,遂以馁卒。"
③ 《南史》卷八○《侯景传》。

于天灾。"①十六国时,后赵石虎尤为暴虐。《晋书》卷一〇六《石季龙载记上》云:"盛兴宫室于邺,起台观四十余所,营长安、洛阳二宫,作者四十余万人。"又"夺人妻女,十万盈宫"。为对外逞武,频繁征兵,"五丁取三,四丁取二"。东晋、南朝田租户调越来越繁重,还有各种苛捐杂税压在人民头上。农民活不下去,"贫者卖妻儿,甚者或自缢死"②。又有力役扰民,"殆无三日休停"③,妇女儿童亦不能免。北朝统治者多崇信佛教,建寺筑塔,挥霍大量钱财,人民遭受剥削至为惨重。僧侣形成特权阶层,"侵夺细民,广占田宅"④。当时的吏治同样黑暗无比。干宝曾云:"进仕者以苟得为贵,而鄙居正。"⑤地方官独霸一方,更是以聚敛为能事。史称"牧守在官,皆竞事聚敛,劫剥细民,以自封殖,多妓妾、梁肉、金绮,百姓怨苦,民不聊生。"⑥同时还贪赃枉法,草菅人命。世族地主奴役盘剥佃户和部曲,史称"豪强征敛,倍于公赋"⑦,在人民的血泪尸骨上建筑起"有田万顷,奴婢数千人"⑧,"牛羊盖泽,资累巨万"⑨的天堂。

这些在志怪小说中也都有着反映。《拾遗记》卷九"翔风"条记石崇生活之奢侈,《八朝穷怪录》"首阳山天女"条记北魏孝明帝之荒淫,《冤魂志》"弘氏"条记梁时官府抢劫民财,迫害商贾,"太乐伎"条记宋时官府草菅人命,枉杀艺人,都是其例。此外如《列异传》"望夫石",《述异记》"封邵化虎",《搜神记》"韩凭夫妇"、

---

① 《晋书》卷四七《傅玄传》附《傅咸传》。
② 《宋书》卷八二《沈怀文传》。
③ 《晋书》卷七五《范汪传》附《范宁传》。
④ 《魏书》卷一一四《释老志》。
⑤ 《晋纪·总论》,《文选》卷四九。
⑥ 《魏书》卷九八《岛夷萧衍传》。
⑦ 《魏书》卷一一〇《食货志》。
⑧ 《晋书》卷六九《刁协传》附《刁逵传》。
⑨ 《魏书》卷三五《崔浩传》。

"干将莫邪"等等,虽非六朝事,但都实际上反映着此时的黑暗政治。

其次,魏晋南北朝志怪还表现了当时人民群众的反抗斗争以及人民与进步人士的理想和愿望。

为了反抗压迫和剥削,魏晋南北朝农民的逃亡和起义不断发生,所谓"人不堪命,叛为盗贼"①。大中规模起义即有二三十起,小规模的聚众对抗官府的斗争更多。志怪虽然没有正面地直接地表现此期人民的斗争情况,仅有《幽明录》提到过"孙恩作逆",还有的写过"盗贼"的情形,都含有污蔑之词,但在一些古来相传的民间传说如"干将莫邪"中,却透出人民的反抗情绪。人民追求安居乐业的生活,向往自由,则大量表现在《幽明录》、《搜神后记》等记载的关于"桃花源"式的传说中,其中也包含着具有进步理想的隐者们的情绪。六朝一个很普遍的现象,即农民和隐士纷纷避乱入山,所谓"父子携手,共入江湖;兄弟相要,俱缘山岳"。此等情况,史载颇多。如东晋成帝时,太末县界深山中,"有亡命数百家"②。孝武帝太元中,"海陵县界地名青浦,四面湖泽,皆是菰葑,逃亡所聚,威令不能及"③。安帝义熙间,江州境内"男不被养,女无匹对,逃亡去就,不避幽深"④。南齐明帝时,永嘉郡横阳县"山谷险峻,为逋逃所聚"⑤。东晋南朝,许多农民逃到蛮族居住地区,《宋书》卷九七《蛮传》云:"宋民赋役严苦,贫者不复堪命,多逃亡入蛮。蛮无徭役,强者又不供官税。结党连群,动有数百千人,所在多深险。"而蛮民自己也常逃到更深的山里,《水经注》卷三七《沅水注》云:"沅南县西有夷望山,孤竦中流,浮险四绝,昔有蛮民

---

① 《晋书》卷七五《范汪传》附《范宁传》。
② 《晋书》卷八三《江逌传》。
③ 《晋书》卷八一《毛宝传》附《毛璩传》。
④ 《晋书》卷八五《刘毅传》。
⑤ 《梁书》卷五三《良吏·范述曾传》。

避寇居之"。而庶族知识分子在"上品无寒门,下品无世族"的世族门阀制度下,普遍感到没有出路,政治的黑暗、官场的腐败,使他们或愤世嫉俗,或心灰意懒,或慑于激烈的争斗而企图全身远害。现实的打击,再加上玄风日炽,崇尚自然的老庄思想发生作用,于是许多人走上隐居遁世的道路,所谓"介焉超俗,浩然养素,藏身江海之上,卷迹嚣氛之表"①。例如魏晋之际,孙登"以魏晋去就,易生嫌疑"而隐世,晋鲁胜"知将来多故,便称疾去官",董养感于"天人之理既灭,大乱作矣",遂于永嘉中"与妻荷担入蜀,莫知所终"。② 晋宋之际的陶渊明也是因为看透了官场,而弃官就隐的。另有一部分知识分子虽未去官而取逸丘樊,但也以仕为隐,所谓"身在魏阙而心存山林","竹林七贤"就是如此。隐士的情况各不相同,但其中进步者具有否定现实的积极倾向。阮籍、鲍敬言都提出过"无君无臣"的社会理想,嵇康亦有类似思想。他们标榜"饱则安寝,饥者求食"的"鸿荒之世"③,"无君无臣,穿井而饮,耕田而食,日出而作,日入而息"的"曩古之世"④,虽继承了老子"小国寡民"思想,但也包含着现实意义,反映出人民群众反对剥削和压迫的愿望。此时出现的"桃花源"式的各种传说,所反映的正是隐者和农民避世寻求"乐土"的现实情况及他们对没有剥削和压迫的理想社会的追求。

对人民的理想和愿望的反映,还有很多表现在爱情和婚姻上。妇女在夫权社会中没有自由,遭人玩弄、欺凌,《幽明录》彭娥被贼人追逼,《拾遗记》翔风被石崇先宠后弃,《搜神记》丁姑、《异苑》紫姑被婆婆和大妇虐待至死,都是生动表现。男女青年婚姻不自主,追求自由恋爱,自由结合,反对包办买卖婚姻制度,这种情绪深

---

① 《晋书》卷九四《隐逸传序》。
② 以上并见《晋书·隐逸传》。
③ 《嵇康集·难自然好学论》。
④ 《抱朴子外篇·诘鲍篇》引。

刻地反映在为数极多的人神、人鬼、人妖恋爱以及像《幽明录》"卖胡粉女子"、"庞阿"那样的人和人的恋爱故事中。

再次,此期志怪极为突出地反映着宗教迷信的种种情况。前边我们已经介绍过的佛教道教的发展及影响的情况,这在志怪中都可看到。诸如统治阶级对宗教的提倡,修寺筑塔、设会宣法等等崇佛之举,佛徒取经传经,道徒炼丹度人,沙门道士的神迹异术,以及关于地狱、超生、因果报应的佛教观念,关于尸解羽化、神仙感遇、鬼神变化的道教观念,还有佛道斗争,无鬼论、无神论者的情况,宗教迷信的巨大影响,再就是巫觋巫术、占筮卜梦、推灾异、辨瑞应,如此等等,占据着全部志怪的绝大部分篇章。特别是佛教。南北朝隋代佛教极为兴盛,因而"释氏辅教之书"数量很多,构成南北朝隋代志怪一个重要的门类,它们对此时佛教流传和佛教活动的情况有着极为全面而具体的反映。

最后,还有其他的社会状况、社会风气和文化现象也多少不等地表现在志怪中,例如名士清谈等,甚至连南方民歌《子夜歌》,音韵学上的"反切",这些当时流行的现象也被罗织在鬼怪故事中。

第五章　魏晋志怪小说

一、《列异传》与西晋志怪

魏晋志怪可知者约二十余种。魏和西晋历时短促，数量不多，大部出于东晋。魏和西晋的志怪有《列异传》、《异说》、《异林》、《神异记》、《外国图》、《博物志》等。此中《列异传》最为优秀，是可考知的佚文较多的魏晋第一部杂记体志怪小说集。《外国图》和《博物志》拟于下节讨论。

(一)《列异传》

《列异传》原书佚于宋，散见于《水经注》、《齐民要术》、《三国志》裴松之注、《文选》李善注、《后汉书》李贤注、《史记》司马贞《索隐》及《北堂书钞》、《艺文类聚》、《初学记》、《太平广记》、《太平御览》等唐宋诸类书征引。征引者或有称为《列异记》的。是书佚文，民国吴曾祺《旧小说》甲集辑有七条，其中"泰山黄原"一条误取《幽明录》。鲁迅《古小说钩沉》辑五十条，相当完备，但还存在一些漏辑、误辑的问题①。

---

① 其中"黄帝葬桥山"条辑自《太平御览》卷六九七，宋本《御览》作《列仙传》，今见卷上，鲁迅所据殆清鲍崇城刻本，"仙"字讹作"异"字，故误辑，宜删。"江严"条辑自《太平广记》卷四〇一，然据宋潜说友《咸淳临安志》卷八八《祥异》所引"梁元帝记"称"昔宋人江岩"（按：《广记》作"江严"误），则《列异传》不当有此事，乃《录异传》之讹，《御览》卷八〇五引此作《录异传》。"江岩"又接叙邴浪事，《御览》卷八〇五亦引作《录异传》。《古小说钩沉》据《御览》卷八〇五、《事类赋注》卷九均辑入《录异传》。"鄱阳彭姓"条辑自《御览》卷八八八，然《初学记》卷二九、《御览》卷九〇六、《广记》卷四四三并引作《异苑》，且《广记》作晋咸康，乃东晋成帝年号。此二条亦宜删。《艺文类聚》卷九二引"韩冯夫妇"，《御览》卷八八六引"张叔高"，均漏辑，应补。

289

《列异传》最初著录于《隋书·经籍志》史部杂传类,三卷,魏文帝撰。杂传类小序亦云:"魏文帝又作《列异》,以序鬼物奇怪之事。"《旧唐书·经籍志》杂传类鬼神目卷帙同,唯撰人作张华,《新唐书·艺文志》小说家类撰人同《旧志》,卷数则为一卷,或已残阙。《册府元龟》卷五五五《国史部·采撰一》同《旧唐志》,《通志·艺文略》传记类冥异属乃据《隋志》著录。

关于撰人,《隋志》明谓魏文帝,《后汉书》卷一下《光武帝纪下》李贤注、虞世南《北堂书钞》卷一五八、徐坚《初学记》卷二六和卷二八亦均作魏文帝。初唐盛唐人皆不云张华。然检核遗文,有九条均出魏文帝之后。1,"王臣"事在魏明帝景初中;2,"华歆"条称"后果为太尉",据《三国志》本传,歆明帝即位拜太尉;3,"王周南"事在齐王正始中;4,"蒋济"称蒋济为领军,又称作侯,据《三国志》本传,齐王曹芳时济徙领军将军,进封昌陵亭侯;5,"傅尚书"条指傅嘏,据《三国志》本传,傅官尚书在齐王嘉平中;6,"公孙达"事在甘露中①;7,"栾侯"亦事在甘露中;8,"鄱阳彭姓"条又见今本《异苑》卷八,系晋武帝咸宁中事;9,"弦超"原出晋初张敏《神女传》,约作于晋武帝太康中。凡此皆在魏文之后而在张华之前,乃又似出张华②。自然上述诸条个别有可能是征引时错题书名,但多达九条就不好解释。清姚振宗《隋书经籍志考证》卷二〇谓"意张华续文帝书,而后人合之",有一定道理,可以解释上述著录、内容的矛盾之处。而这九条也恰恰无一出张华之后。

魏文帝即曹丕,字子桓,曹操次子。沛国谯(今安徽亳州市)人。生于东汉灵帝中平四年(187),卒于魏黄初七年(226)。建安

---

① 按:此当指高贵乡公年号,西汉宣帝亦有甘露年号,然云公孙达甘露中为陈郡,西汉无陈郡而魏有之。

② 范宁即以为"张华所撰的可能性比魏文帝要大些"。《论魏晋志怪小说的传播和知识分子思想分化的关系》,《北京大学学报(人文科学)》,1957年第2期。

十六年(211)为五官中郎将、副丞相,二十二年立为魏太子。曹操死后为丞相、魏王。延康元年(220)代汉自立,改元黄初,在位七年。传见《三国志》卷二《魏书·文帝纪》。曹丕是著名文学家,与曹操、曹植并称"三曹"。他博学多才,史称"好文学,以著述为务,自所勒成垂百篇"。裴注引《魏书》称"博贯古今经传诸子百家之言"。著《典论》、《魏文帝集》、《士操》等,并敕令臣下编纂中国第一部类书《皇览》,均已散佚。明人张溥辑文集二卷,清丁福保辑六卷。

曹丕对博物学颇有兴趣,《抱朴子内篇·论仙篇》云:"魏文帝穷览洽闻,自呼于物无所不经。"《博物志》卷四《物类》引魏文帝所记分辨诸物之相似乱真者如武夫怪石似美玉云云,见出博物知识之丰富。曹氏父子皆好神仙方士,曹丕的诗多有咏神仙事者,如《游仙诗》云:"西山一何高,高高殊无极。上有两仙童,不饮亦不食。与我一丸药,光曜有五色。服药四五日,胸臆生羽翼。轻举生风云,倏忽行万亿。流览观四海,茫茫非所识。"可见他对神鬼之事亦喜称道。于是即有"以序鬼物奇怪"的《列异传》。时当在自立魏帝前,称帝后必不能为此语怪末事。

《列异传》大都记汉以来近世事,多有很好的故事。如"三王冢":

> 干将莫邪为楚王作剑,三年而成,剑有雄雌,天下名器也。乃以雌剑献王,藏其雄者。谓其妻曰:"吾藏剑在南山之阴,北山之阳;松生石上,剑在其中矣。王若觉,杀我,尔生男,以告之。"及至王觉,杀干将。妻后生男,名赤鼻,具以告之。赤鼻斫南山之松,不得剑,思于屋柱中得之。楚王梦一人,眉广三寸,辞欲报仇。购求甚急,乃逃朱兴山中。遇客,欲为之报,乃刎首,将以奉楚王。客令镬煮之,头三日三夜跳,不烂。王往观之,客以雄剑倚拟王,王头堕镬中,客又自刎。三头悉烂,

不可分别,分葬之,名曰"三王冢"。①

此事最早载于刘向《列士传》,见《北堂书抄》卷一二二、《太平御览》卷三四三和《分门集注杜工部诗》卷一五《前出塞》注引,杜注作《烈士传》。《列士传》楚王作晋君,情事则同。《御览》卷三四三引《孝子传》亦有这个故事。按刘向首作《孝子传》,继武者甚多,这处《孝子传》似是刘向书②。另外,《御览》卷三六四引《吴越春秋》佚文及《搜神记》等亦载其事。晋伏滔《北征记》、袁山松《郡国志》、宋乐史《太平寰宇记》等地志亦记三王墓之遗迹。《搜神记》文较详(《新辑搜神记》卷二五),赤鼻作赤比,并云三王墓"今在汝南北宜春县界"(北宜春县在今河南汝南市西南);《孝子传》赤鼻作眉间尺,云父干将、母莫邪,其王为晋王,同《列士传》;《吴越春秋》亦作眉间尺,称冢在汝南宜春县。《郡国志》云临汾县西南有翻镬池,即煮眉间尺处③;《太平寰宇记》卷一〇五《太平州·芜湖县》云三人头共葬处在宜春县,即芜湖④;《北征记》则谓眉间赤与任敬共杀魏惠王,三人同葬,号三王陵,在宋城县(今河南商丘市南)西北⑤,与诸说大异。大抵传闻异辞,不足为怪,见出这一传说流布之广。三王冢故事表现了被压迫人民对于残暴统治者强烈的复仇精神和见义勇为的自我牺牲精神,故能在群众中世世相传。

表现人民情绪的还有"韩冯夫妇"和"望夫石"。"韩冯夫妇"见引于《艺文类聚》卷九二,《钩沉》漏收。系节引片断,而《搜神

---

① 引文据《唐前志怪小说辑释》,下则同。此条辑自《太平御览》卷三四三。
② 金王朋寿《增广分门类林杂说》卷一《孝行篇》引《孝子传》眉间尺事,又引有萧济广(晋人)《孝子传》,疑眉间尺事当出萧书。
③ 《太平寰宇记》卷四三《晋州·临汾县》引。
④ 按:"宜春县"原讹作"宣城县",中华书局点校本据宋版等校改。宜春县西汉置,东汉改北宜春县,在今河南汝南市西南,并非芜湖。芜湖县西汉置,治今安徽芜湖市东,三国吴移今芜湖市。
⑤ 《太平寰宇记》卷一二《宋州·宋城县》引。

记》所记完整,故暂不论及。且来看"望夫石":

> 武昌阳新县北山上有望夫石,状若人立者。传云:昔有贞妇,其夫从役,远赴国难。妇携弱子,饯送此山,立望而形化为石。①

故事虽短,但情致深刻,令人思味不已。事又载王浮《神异记》②、刘义庆《幽明录》③。人化石的幻想,禹妻涂山氏已开其端,蜀传说也有五丁化石。大凡山石经风雨剥蚀,久而久之多有似人形者,由此便生出人化石的想象。而旧时代妇女常与丈夫生离死别,痛苦最深,令人同情,因此那些状如女子的挺立的山石很自然地被幻想成举目望夫的思妇,于是即产生望夫石、望夫山一类传说。除《列异传》,佚名《临海记》云昔人渔于海滨不返,其妻携七子登山而望,母子皆化为石④,纪义《宣城记》云昔人往楚,累岁不还,其妻登山望夫化为石⑤,顾野王《舆地志》云昔有妇人,夫官于蜀,屡愆秋期,登山望而化石,山因名女观山,所牵狗亦化石⑥,皆其类也。此后历代关于望夫石、望夫山的故事及诗歌极多,昔人称"望夫石在处有之"⑦,大抵由此生发而成。顺便说及,《列异传》"陈宝"条又记雉精陈宝化石事,这是化石母题的又一传说。

"鹄奔亭"一条记刺史周敞平苏娥冤情事,这是见于小说记载中的第一个公案故事:

---

① 辑自《太平御览》卷八八八。
② 《锦绣万花谷》后集卷五引。
③ 《古小说钩沉》。辑自《初学记》卷五、《太平御览》卷四四〇、《事类赋注》卷七。又《御览》卷五二引作《世说》,误。
④ 原书佚,此据曾钊《岭南遗书》辑本。南宋陈耆卿《赤城志》卷二〇引。
⑤ 原书佚,据王谟《汉唐地理书抄》辑本。《太平御览》卷四六引,作《宣城图经》。
⑥ 原书佚,据王谟《汉唐地理书抄》辑本。《太平御览》卷五二引。
⑦ 宋陈师道《后山集》卷二三《诗话》。

> 苍梧广信女子苏娥，行宿高安（按：应作"高要"）鹄奔亭，为亭长龚寿所杀，及婢致富。取其财物，埋致楼下。交趾刺史周敞行部宿亭，觉寿奸罪，奏之，杀寿。

按《钩沉》辑此条，系据《文选》卷三九江淹《诣建平王上书》"鹄亭之鬼，无恨于灰骨"注。原引乃出谢承（三国吴人）《后汉书》，作鹊巢亭。注末云："《列异传》曰鹄奔亭。"《钩沉》所录者系谢承《后汉书》文，本文已佚。又《太平御览》卷一九四、《北堂书抄》卷七九均引谢承《后汉书》，《书抄》讹作《汉书》，周敞误为周勃，《列异传》脱"列"字，作《异传》。范晔《后汉书》无周敞，检《汉书》卷七五《李寻传》哀帝时有周敞为掾，又卷八八《儒林·孔安国传》成帝时有侍御史周敞，皆非谢承书之周敞。谢承前，应劭《风俗通》亦有此事，陶宗仪《南村辍耕录》卷一四"妇女曰娘"条引《风俗通》佚文曰："汉何敞为鬼苏珠娘，按诛亭长龚寿。"何敞东汉元帝、章帝时人，《后汉书》卷七三有传，称"敞性公正"，任汝南太守时"举冤狱以《春秋》义断之，是以郡中无怨声"，是一位清官。此事《搜神记》亦载（《新辑搜神记》卷二二），又载于《水经注》卷三七《浪水注》、《冤魂志》。《搜神记》特详，谓交州刺史何敞行部至苍梧郡高要县，暮宿鹄奔亭，有女鬼从楼下出，自云姓苏名娥字始珠，居广信县，嫁同县施氏，夫死，与婢致富往旁县买缯，被亭长龚寿杀死云云。《冤魂志》事同。《水经注》极简，诉冤者作苏施妻始珠。

封建社会官吏多有虐人害物者，但也有清官循吏为民作主。人民痛恨迫害良善的邪恶之徒，而称颂清正之官，这是"鹄奔亭"一类公案故事产生的社会基础。西汉时已有东海孝妇故事流传，这是个清官为屈死的孝妇昭雪冤狱的故事。"鹄奔亭"是另一类型，清官审断鬼讼为冤鬼报仇。值得注意的是鬼在这里的出现，生前被害而死后诉冤，曲折地表现出人民的复仇精神。谢承《后汉书》所记无鬼讼事，《列异传》应当有，否则不得为"序鬼物奇怪"也。《搜神》所记当即取自《列异传》。我们在论述《搜神记》时还要对这个故事作专门讨论。

《列异传》又记有一则人鬼恋爱事,十分优美:

> 谈生者,年四十,无妇。常感激读书。忽夜半有女子,可年十五六,姿颜服饰,天下无双,来就生为夫妇。乃言:"我与人不同,勿以火照我也。三年之后,方可照。"为夫妻,生一儿,已二岁。不能忍,夜伺其寝后,盗照视之,其腰已上生肉如人,腰下但有枯骨。妇觉,遂言曰:"君负我!我垂生矣,何不能忍一岁而竟相照也?"生辞谢。涕泣不可复止。云:"与君虽大义永离,然顾念我儿。若贫不能自偕活者,暂随我去,方遗君物。"生随之去,入华堂,室宇器物不凡。以一珠袍与之,曰:"可以自给。"裂取生衣裾,留之而去。后生持袍诣市,睢阳王家买之,得钱千万。王识之曰:"是我女袍,此必发墓。"乃取拷之,生具以实对。王犹不信,乃视女冢,冢完如故。发视之,果棺盖下得衣裾。呼其儿,正类王女。王乃信之,即召谈生,复赐遗衣,以为主婿,表其儿以为侍中。①

这是志怪中第一个冥婚故事。谈生一介贫士,在重门第的社会中,竟能得到死去的睢阳王女儿的爱情,人鬼双双结为美眷,这无疑是一种进步的婚姻观念。结局是悲剧,情绪缠绵痛切。这一则故事后被干宝录入《搜神记》(《新辑搜神记》卷二三)。

较好的故事还有"宗定伯"(宗,一作宋),亦见《搜神记》(《新辑搜神记》卷二二)。故事别具风味,写宗定伯胆大机警,捉鬼卖钱,富于幽默感:

> 南阳宗定伯,年少时,夜行逢鬼。问之,鬼言:"我是鬼。"鬼问:"汝复谁?"定伯诳之,言:"我亦鬼。"鬼问:"欲至何所?"答曰:"欲至宛市。"鬼言:"我亦欲至宛市。"遂行数里。

---

① 据《太平广记》卷三一六辑。

鬼言:"步行太迟,可共递相担,何如?"定伯曰:"大善。"鬼便先担定伯数里。鬼言:"卿太重,不是鬼也。"定伯言:"我新鬼,故身重耳。"定伯因复担鬼,鬼略无重。如其再三。定伯复言:"我新鬼,不知鬼悉何所畏忌。"鬼答言:"唯不喜人唾。"于是共行。道遇水,定伯令鬼先渡,听之了无水音。定伯自渡,漕漼作声。鬼复言:"何以有声?"定伯曰:"新死不习渡水故尔,勿怪吾也。"行欲至宛市,定伯便担鬼著肩上,急执之。鬼大呼,声咋咋然,索下,不复听之。径至宛市中,下着地,化为一羊,便卖之。恐其便化,唾之。得钱千五百,乃去。当时有言:"定伯卖鬼,得钱千五。"①

这篇鬼故事,反映出当时的一些鬼观念,如说鬼身轻,渡水无声,不喜人唾。其中鬼畏唾,其实是一种巫术观念,《孔氏志怪》、《搜神后记》中"卢充"条,写众人见到卢充与女鬼生的儿子,"谓是鬼魅,佥遥唾之",和宗定伯唾鬼一样,是一种制鬼法。后来的巫术方术,唾法被广泛运用,如唐孙思邈《千金翼方·禁经》中就记载了许多唾禁法,如"禁唾恶鬼法"、"禁唾痈法"、"禁唾恶疮毒法"等等②。

以上大都系民间传说,具有清新朴实的特色,作者笔墨也朴素无华。除"望夫石",作者的记叙比较具体详细,用笔曲折,间或也进行描写,"宗定伯"写渡水声和鬼叫声,皆情态宛然,人鬼对话简洁而颇能传神,活画出机敏的宗定伯和那个傻小鬼的生动形象。

《列异传》其余故事还有如下几类:一是妖怪变化及作祟事,

---

① 据《太平广记》卷三二一、《法苑珠林》卷六、《太平御览》卷三八七又卷八八四引校辑。按:《法苑珠林》卷六所引,"当时有言"作"于时石崇言",《广记》抄宋本(见严一萍《太平广记校勘记》)作"于时石崇言"。石崇西晋人,若《珠林》不误,则此条亦为张华所增。
② 《千金翼方校注》,朱邦贤等校注,上海古籍出版社,1999年版,第832、837、846页。

如梓精、鳖精、金精、银精、杵精、狸精、蛇精、鲤精等。二是神仙事，所记有黄帝、蒋子文、度索君、东海君、南海君、邓卓、神女、王方平、麻姑、老子等，征引不全，大都简碎。三是记异人道术，常又与上两类相杂，如寿光侯、鲁少千除迷惑女人的蛇精，费长房劾魅、使神、缩地脉，北海营陵道人使人与死人的魂灵相见等。曹氏父子对方术比较感兴趣，曹丕多记此类故事有其由矣。四是谈生冥婚、宗定伯捉鬼之外的其他鬼事。其中较有名的尚有"蒋济亡儿"一条，表现的是另一种意象：

> 蒋济为领军，其妻梦见亡儿涕泣曰："死生异路。我生时为卿相子孙，今在地下为泰山伍伯，憔悴困辱，不可复言。今太庙西讴士孙阿，见召为泰山令，愿母为白侯，属阿令转我得乐处。"言讫，母忽然惊寤。明日以白济，济曰："梦为尔耳，不足怪也。"明日暮，复梦曰："我来迎新君，止在庙下。未发之顷，暂得来归。新君明日日中当发，临发多事，不复得归。永辞于此。侯气强，难感悟，故自诉于母。愿重启侯，何惜不一试验之？"遂道阿之形状，言甚备悉。天明，母重启侯："昨又梦如此。虽云梦不足怪，此何太适适？亦何惜不一验之？"济乃遣人诣太庙下，推问孙阿，果得之，形状证验，悉如儿言。济涕泣曰："几负吾儿！"于是乃见孙阿，具语其事。阿不惧当死，而喜得为泰山令，惟恐济言不信也。乃谓济曰："若如节下言，阿之愿也。不知贤子欲得何职？"济曰："随地下乐者与之。"阿曰："辄当奉教。"乃厚赏之。言讫，遣还。济欲速知其验，从领军门至庙下，十步安一人，以传阿消息。辰时传阿心痛，巳时传阿剧，日中传阿亡。济泣曰："虽哀吾儿之不幸，且喜亡者有知。"后月余，儿复来，语母曰："已得转为录事矣。"①

---

① 据《三国志》卷一四《魏书·蒋济传》注、《太平广记》卷二七六、金王朋寿《重刊增广分门类林杂说》卷六校辑。按：今本《搜神记》卷一六亦有此条，乃据《魏书》注引《列异传》滥辑。《五朝小说·魏晋小说》收所谓晋司马彪《泰山生令记》，即抽取《搜神记》此文。

蒋济儿生时为卿相子孙，死后托老子的门路，由给泰山阴君执杖开路的皂隶一变而为录事，继续享乐。这个鬼走"后门"的故事反映出当时大官僚的特权，今天读来仍觉颇有意义。

在传说中，鬼世界也有统治者和统治机构。《黄帝书》曾云度朔山二神荼与、郁垒统领天下之鬼。汉代，自西汉末年谶纬书出，泰山始被说成是阴府所在。《水经注》卷二四《汶水》引《开山图》（即《遁甲开山图》）："泰山在左，亢父在右。亢父知生，梁父主死。"《博物志》卷一《山水总论》引《援神契》（即《孝经援神契》）："太山，天帝孙也，主召人魂。"又同卷《地》："泰山，一曰天孙，言为天帝孙也。主召人魂魄。东方万物始成，知人生命之长短。"《后汉书·方术传下·许曼传》："祖父峻……自云少尝笃病，三年不愈，乃谒太山请命。"又《乌桓列传》："……使护死者神灵归赤山，赤山在辽东西北数千里，如中国人死者魂神归岱山也。"《三国志·魏志·管辂传》有"泰山治鬼"的话。汉末诗也常写到泰山治鬼这样的意思，如刘桢《赠五官中郎将》："常恐游岱宗，不复见故人。"应璩《百一诗》："年命在桑榆，东岳与我期。"古辞《怨诗行》："齐度游四方，各系太山录。人间乐未央，忽然归东岳。"①《列异传》"蔡支奉书"条和"胡母班"条也都写到泰山神。这一个阴间机构，乃是人间官僚统治机构的反映。

在"蔡支奉书"中，蔡支为太山神致书天帝，"胡母班"条也记凡人为太山府君赍书河伯，但仅寥寥二十余字，乃类书所引不完②，《搜神记》有详细记载（《新辑搜神记》卷六），我们将来还要谈到。现将"蔡支"引录于下：

> 临淄蔡支者，为县吏。曾奉书谒太守，忽迷路。至岱宗山下，见如城郭，遂入致书。见一官，仪卫甚严，具如太守。乃盛

---

① 南宋郭茂倩《乐府诗集》卷四一《相和歌辞十六》。
② 《太平御览》卷六九七引。

设酒肴。毕付一书,谓曰:"掾为我致此书与外孙也。"吏答曰:"明府外孙为谁?"答曰:"吾太山神也。外孙,天帝也。"吏方惊,乃知所至非人间耳。掾出门,乘马所之。有顷,忽达天帝座太微宫殿,左右侍臣,具如天子。支致书讫,帝命坐,赐酒食,仍劳问之曰:"掾家属几人?"对父母妻皆已物故,尚未再娶。帝曰:"君妻卒经几年矣?"支曰:"三年。"帝曰:"君欲见之否?"支曰:"恩唯天帝。"帝即命户曹尚书敕司命,辍蔡支妇籍于生录中,遂命与支相随而去,乃苏。归家,因发妻冢。视其形骸,果有生验。须臾,起坐语,遂如旧。①

这个故事包含了关于冥府、传书、复生这样三个小说母题,具有原型意义,是后世小说常见的题材或情节。《博物志》称太山神是天帝孙,此则为天帝外祖,乃传闻异辞,不过太山神和天帝为近亲则是确定的。"胡母班"又称河伯为太山府君女婿,神之间的联姻,正是要突出太山神的权势和尊贵。太山神为冥府长官,地位相当人世之太守,所以"胡母班"条作太山府君。"蒋济亡儿"的泰山令,大概是泰山府君下属。此后一方山水神祇习惯上均称作府君,或单称君。传书母题的结构模式是凡人为神传书,这两个故事都是这样,六朝此类故事尚多,乃唐传奇《柳毅传》(原名《洞庭灵姻传》)之嚆矢。

《列异传》序鬼物奇怪之事极为丰富,这是魏晋南北朝时期志怪的第一部优秀之作。它继承汉末《异闻记》杂记异闻的形式而发扬蹈厉,使志怪小说进一步突破杂史和神仙传记的内容局限,而大大扩展了它的表现范围,对六朝志怪小说的繁荣起了很大的示范作用和催化作用,尤其是曹丕和张华在文坛上的崇高地位更易于引起文人对《列异传》的关注乃至效仿。东晋著名志怪小说《搜神记》曾大量采录《列异传》,而干宝创作《搜神记》也未必不是

---

① 《太平广记》卷三七五引。

《列异传》直接影响的结果。

(二)《陆氏异林》、《神异记》等

西晋杂记体志怪还有《陆氏异林》和《神异记》。从书名上看,由《异闻记》到《列异传》再到《异林》、《神异记》,都含"异"字,显然贯穿着一条杂述异闻的线索。

《陆氏异林》,不见著录,今存一则佚文,《三国志》卷一三《魏书·钟繇传》及《太平御览》卷八一九、卷八八七并有引。鲁迅辑入《钩沉》。末云"叔父清河太守说如此",裴松之注:"清河,陆云也。"按《晋书》卷五四《陆云传》:"成都王颖表为清河内史。"晋时,诸王国之内史当太守之任①,故《异林》称陆云为清河太守。陆云乃陆机弟,作者呼陆云为叔父,则为陆机子无疑。据《晋书》卷五四《陆机传》,机有子二人名蔚、夏,不知《异林》究系何子所作。陆机、陆云兄弟并陆机二子均被司马颖所杀,时在西晋惠帝太安二年(303),然则《异林》为西晋书无疑。

今据《三国志》注及《御览》所引校辑如下:

> 钟繇尝数月不朝会,意性异常。或问其故,云:"常有好妇来,美丽非凡。"问者曰:"必是鬼物,可杀之。"妇人后往,不即前,止户外。繇问何以,曰:"公有相杀意。"繇曰:"无此。"乃勤勤呼之,乃入。繇意恨恨,有不忍之心,然犹斫之,伤髀。妇人即出,以新绵拭血,竟路。明日,使人寻迹之。至一大冢,木中有好妇人,形体如生人,褊着白练衫,丹绣裲裆,伤左髀,以裲裆中绵拭血。叔父清河太守说如此。②

---

① 《晋书》卷三《武帝纪》:太康十年(289)十一月,"改诸王国相为内史"。卷二四《职官志》:"诸王国以内史掌太守之任。"诸王国内史掌民政,相当郡太守之任。

② 引文据《唐前志怪小说辑释》。

钟繇事后又载于《幽明录》①。这是个人鬼恋爱故事。女鬼不甘寂寞寻找爱情,明知情人有相杀之意亦竟前往赴约,以致被砍伤,表现出对爱情的执着态度。其中"妇人后往"至"乃入"一节,女鬼内心活动从极简的笔墨中隐隐流出。鬼物伤人是传统的准宗教观念,但这个故事显然突破了这一观念,对鬼物作了充分的人情化的诠释。冢中女鬼拭血的描写不仅不具有任何恐吓意味,反倒可以激发读者的深切同情。同《列异传》"谈生"一样,女鬼形象善良可爱,人们把美的形貌和美的心灵赋予这些孤栖于荒冢的女鬼,说明人们是按照现实生活中人的情感来理解鬼的,这样的鬼其实是人,而这样的鬼故事具有浓厚的人情美。人鬼之恋主题的出现可说是文学对宗教的挑战,虽说钟繇在宗教观念的制约下毁灭了美和爱,显示出宗教意识的残留,但在以后大量流行的同类故事中情感最终成为充分的审美主题。②

《神异记》,王浮作。王浮事迹略载于梁释僧祐《出三藏记集》卷一五《法祖法师传》:

> 帛远字法祖……晋惠之末……奄然命终。……后少时有一人,姓李名通,死而更苏,云见祖法师在阎罗王处,为王讲《首楞严经》,云讲竟应往忉利天。又见祭酒王浮,一云道士基公,次被锁械,求祖忏悔。昔祖平素之日,与浮每争邪正,浮屡屈。既意不自忍,乃作《老子化胡经》,以诬谤佛法。殃有所归,故死方思悔。

---

① 《搜神记》二十卷明辑本卷一七辑入此事,文同《三国志》注,乃误辑。
② 对这个故事的题旨尚有别解。张庆民认为:"由于钟繇修炼房中术,所以女鬼频频前来与钟繇约会,正是欲假房中之术而再生!""钟繇与女鬼相合传闻,乃是钟繇修炼彭祖之术的嘲讽、讥刺,也是对当时名士风流的嘲讽、讥刺。"《陆氏〈异林〉之钟繇与女鬼相合事新论》,《文学遗产》,2008年第1期。又见张庆民著《陆氏〈异林〉之钟繇与女鬼相合事考论》,人民文学出版社,2008年版。

梁释慧皎《高僧传》卷一《帛远传》亦载,文字全同。按唐释法琳《辩正论》卷五《佛道先后篇》引《晋世杂录》云:"道士王浮每与沙门帛远抗论,王浮屡屈焉。遂改换《西域传》为《化胡经》……"陈子良注引梁裴子野《高僧传》云:"晋慧帝时,沙门帛远字法祖。每与祭酒王浮,一云道士基公,次共诤邪正,浮屡屈焉。既瞋不自忍,乃托《西域传》为《化胡经》,以诬佛法。遂行于世,人无知者。殃有所归,致患累载。"又引刘义庆《幽明录》云:"蒲城李通死,来云:见沙门法祖,为阎罗王讲《首楞严经》。又见道士王浮,身被锁械,求祖忏悔,祖不肯赴。辜负圣人,死方思悔。"《晋世杂录》,晋末竺道祖撰①,诸家所记殆本此录。从诸书所记来看,王浮是西晋惠帝时五斗米道士,为祭酒(道士头领)②。与僧帛远每争佛道邪正,乃造《老子化胡经》谤佛。佛徒恨之入骨,编造说王浮死后下了地狱受罪。从书中"虞洪"条称"永嘉中"来看(详后),王浮此书作于晋怀帝永嘉(307—313)之后,殆怀、愍之时。

《神异记》史志无目,《太平御览》、《太平广记》、《事类赋注》、《太平寰宇记》等书引数则,《御览》卷八六七称"王浮《神异记》",《太平御览经史图书纲目》亦著录王浮《神异记》。《古小说钩沉》辑录八则,然较完者仅三则,余皆断片。八事中,"陈敏"条③《太平广记》卷二九三引作《神鬼传》,疑《神鬼传》取本书之文。祖冲之《述异记》亦载,文句大同,可以互校。"见春山柚"条④见载于《神异经·东荒经》,当为《神异经》之讹,宜删。"琅邪东武山"条,《太平寰宇记》卷九六引作《神异志》,《钩沉》辑入,以为与《神

---

① 见唐释智升撰《开元释教录》卷一"无量寿经二卷"注。
② 《后汉书》卷七五《刘焉传》附《张鲁传》:"受其道者辄出米五斗,故谓之'米贼'。……其来学者,初名为'鬼卒',后号'祭酒'。祭酒各领部众,众多者名曰'理头'。……诸祭酒各起义舍于路,同之亭传,县置米肉以给行旅。"
③ 《太平御览》卷七一〇引。
④ 《太平御览》卷九七三、《锦绣万花谷》后集卷三八引。

异记》为一书,应存疑。《锦绣万花谷》后集卷五引"望夫石",事同《列异传》,此条《钩沉》漏辑。又,敦煌写本伯3636号类书残卷引《神异记》杨雍种璧事,疑亦为本书佚文。

较完的三事,一为晋冶氏女徒,取自《古文琐语》,"冶"作"治";一为孙皓时江夏太守陈敏失信于宫亭庙神,受覆舟之罚;一为虞洪入山采茗遇仙事,兹录于下:

> 永嘉中,余姚人虞洪,入山采茗。遇一道士,牵三青牛,引洪至瀑布山,曰:"予丹丘子也。闻子善具饮,常思见惠。山中有大茗,可以相给。祈子他日有瓯牺之余,乞相遗也。"因立奠祀。后常令家人入山,获大茗焉。①

丹丘子无疑是仙人,丹丘大茗乃仙品。故事表达的是道教关于仙饵服食的观念,即以茶为仙品。明冯时可《茶录》引此事云:"故知神仙之贵茶久矣。"《搜神后记》所载秦精入武昌山中采茗遇毛人,毛人领至大丛茗处,与此极似。另外,《元和姓纂》卷一〇引云"白狄先生冯翊人"。白狄先生也该是仙人。由此看来,《神异记》原书大约多记神仙之事,这正符合王浮的道士身份。

"晋冶氏女徒"条《御览》卷六四二引作《琐语》,末注"《神异记》又载之",乃取自战国古小说《琐语》。按汲冢书出土于武帝咸宁五年(279),而整理于太康二年(281),王浮可得见之。

"种璧"条云:"杨雍,父母俱丧。葬讫,天神(下有缺)尽生,问雍曰:'孝子何不种菜?'雍答曰:'无子。'天神遂与种子,雍乃种之。□(按:此字辨认不清)生璧玉。中家上者曰:'璧玉夜放神光。'以玉不同也。"②引文不完,抄写讹误,且写本文字残缺。此事

---

① 据《茶经》卷下及卷中、《太平寰宇记》卷九八、《太平御览》卷四一又卷八六七、《太平广记》卷四一二引《顾渚山记》、《舆地纪胜》卷一二校辑。《御览》卷四一讹作《神异经》。"永嘉中"三字据《茶经》卷中《四之器》(未云出处)补。

② 黄永武主编《敦煌宝藏》,台北新文丰出版公司印行,1985年版,第13辑,第129册,第400页。

见《搜神记》(《新辑搜神记》卷八),作阳雍伯,情事有所不同,是另一种传说。

《水经注》卷二九《沔水注》引《神异传》"由卷县"一条,《太平寰宇记》卷二二《海州·朐山县》、《方舆胜览》卷三《嘉兴府·谷水》亦引《神异传》。《方舆胜览》"卷"作"拳",按"卷"字通"拳"。该条《古小说钩沉》辑入刘之遴《神录》,恐非,不知是否是王浮《神异记》佚文。

《神异经》后,又有记、传、志、录诸称而均名"神异",名称相似而难以分辨。古人引用时往往随意改动书名,因而造成了一书多名或异书同名的许多混乱。例如《御览》卷四一引虞洪事题作《神异经》,而《神异经》中文字又常引作《神异记》。《广记》卷四八一《东女国》称"出《神异记》",其实是《神异录》之讹。《神异录》亦即《广德神异录》①,此系唐人作品,多记外国风土,比较近实。所以,这些以《神异》为名的志怪书的佚文,是很难完全确指其归属的。

"由卷县"又载《搜神记》(《新辑搜神记》卷二七)及《神鬼传》②。《搜神记》"卷"作"拳"。《搜神记》大部裁取旧书,如果《神异传》确有其书的话,那么《神异传》当出东晋前。③

《水经注》所引由卷县事如下:

> 由卷县,秦时长水县也。始皇时,县有童谣曰:"城门当有血,城陷没为湖。"有老妪闻之,忧惧,旦往窥城门。门侍欲缚之,妪言如故。妪去后,门侍杀犬,以血涂门。妪又往,见血,走去不敢顾。忽有大水,长欲没县。主簿令干入白令,令见干曰:"何忽作鱼?"干又曰:"明府亦作鱼。"遂乃沦陷为谷矣。

---

① 《太平广记》引《广德神异录》甚多,或又作《广德神异记》、《神异录》、《神异记》。
② 《神鬼传》,《广记》卷四六八引。
③ 《太平广记》卷二九五《曲阿神》,注出《神鬼传》,抄宋本作《神异传》(见严一萍《太平广记校勘记》)。此为东晋孝武帝时事。疑抄宋本误。

《太平寰宇记》所引文字颇异,云:"始皇时,童谣云:'城门有血,城将陷没。'有一老母闻之,忧惧,每旦往窥城门。门传兵缚之,母言如故。门传兵乃杀犬,以血涂门上。母往,见血便走。须臾大水至,郡县皆陷。老母牵狗北走六十里,至伊莱山得免。"所引当非原文,可能援入后起之说。下云:"西南隅今仍有石屋,名曰神母庙,庙前石上,狗迹犹存。"则是记其遗迹。

　　陷湖之事早在战国末即有记,《吕氏春秋·本味篇》载:"有侁氏女子采桑,得婴儿于空桑之中,献之其君。其君令烰人养之,察其所以然。曰:其母居伊水之上,孕,梦有神告之曰:'臼出水而东走,毋顾。'明日,视臼出水,告其邻,东走十里,而顾其邑尽为水。"此为陷湖之原型,与由卷县陷湖有类似的结构,就是呈示异兆("臼出水"和"城门当有血")—妇女出走—城陷没水中。西汉传有历阳县陷湖事,《淮南子》卷二《俶真训》载:"夫历阳之都,一夕反而为湖。"高诱注曰:"历阳,淮南国之县名,今属江都。昔有老妪,常行仁义,有二诸生过之,谓曰:'此国当没为湖。'谓妪视东城门阃有血,便走上北山,勿顾也。自此妪便往视门阃,阃者问之,妪对曰如是。其暮,门吏故杀鸡,血涂门阃。老妪早往视门,见血,便上北山。国没为湖。"情节大同小异。后来,除《神鬼传》和《搜神记》,唐代李伉《独异志》卷中亦记长水县("水"讹作"安")陷为湖事。任昉《述异记》卷上则记历阳县沦为湖事。在古代传说中,陷湖传说还很多,如邛都陷湖、武强陷湖、鬻县陷河、古巢陷湖、郴州陷湖①等。历阳、由拳陷湖,在恶作剧的戏耍中表

---

① 邛都陷湖,见东汉李膺《益州记》(《太平御览》卷七九一、《太平寰宇记》卷七五、《天中记》卷五六引),又载唐焦璐《穷神秘苑》(《太平广记》卷四五六引)。今本《搜神记》卷二〇据《天中记》滥辑。武强陷湖,见《水经注·浊漳水》,又载唐戴孚《广异记》(《广记》卷四五八引)、南宋李石《续博物志》卷八。鬻县陷河,见五代王仁裕《王氏见闻》(《太平广记》卷三一二引)。古巢陷湖,见北宋刘斧《青琐高议》后集卷一《大姆记》。今本《搜神记》卷二〇亦载,盖据《方舆胜览》卷四八及明刊《续道藏》本《搜神记》卷三《巢湖太姥》引《青琐高议》滥辑。《太平寰宇记》卷一二六、《舆地纪胜》卷四五引《九域志》、《方舆胜览》卷四八引郡志亦载此事,事有不同。郴州陷湖,见《青琐高议》后集卷一引《风俗记》。

达的是一种神秘天意,而邛都陷湖等则都和龙蛇的报恩复仇有关,分明倾向于道德的主题。

还有一种《异说》,见引于《博物志》卷三和《初学记》卷七。记有蜀亡事,当出于魏或西晋。《古小说钩沉》未收。

《博物志》曰:

> 《异说》云:瞽叟夫妇凶顽而生舜。叔梁纥,淫夫也;徵在,失行也,加又野合而生仲尼焉。其在有胎教也?

所引非原文,乃撮述大意。瞽叟事见《史记》卷一《五帝本纪》、《列女传》等书,谓舜父瞽叟不喜舜而偏爱舜弟象,多次设计害舜,舜皆大难不死。这是一个很有名的古传说,可参看袁珂《古神话选释》。孔丘父母叔梁纥和颜徵在野合事见《史记》卷四七《孔子世家》。"叔梁纥,淫夫也"云云似非《异说》本文,所引《异说》当只瞽叟一事。

《初学记》引曰:

> 临邛县有火井,汉室之盛则赫炽。桓、灵之际,火势渐微。诸葛孔明一窥而更盛。至景曜元年,人以烛投即灭。其年蜀并于魏。

按蜀亡在后主炎兴元年(263),下去景曜元年(258)五年,《异说》有误。又载今本《异苑》卷四,亦作景曜元年。《博物志》卷二又载:"临邛火井一所,从广五尺,深二三丈。井在县南百里。昔时人以竹木投以取火,诸葛丞相往视之,后火转盛热,盆盖井上,煮盐(按:疑当作'水')得盐。人以家火即灭,讫今不复燃也。"疑此亦引自《异说》,和《初学记》所引系一事,第未举引书耳。

五代杜光庭《录异记》卷七云:"岁星之精坠于荆山,化而为玉。侧而视之色碧,正而视之色白。卞和得之,献楚王。后入赵,献秦始皇。一统天下,琢为受命玺,李斯小篆其文,历世传之为传国宝。又《古今异说》云是大角星精。大角,亦木星是也。"此《古今异说》不知是否即《异说》。

最后附带谈一下《夏鼎志》、《见鬼记》、《百鬼录》、《白泽图》。《夏鼎志》见引于《搜神记》"贲羊"条和"犀犬"条(《新辑搜神记》卷一六),凡二则:

> 《夏鼎志》曰:"罔象如三岁儿。赤目,黑色,大耳,长臂,赤爪,索缚则可得食。"

> 《夏鼎志》曰:"掘地而得狗,名曰贾;掘地而得豚,名曰邪;掘地而得人,名曰聚。聚,无伤也。此物之自然,无谓鬼神而怪之。"

又《抱朴子·登涉篇》:"其次则论《百鬼录》,知天下鬼之名字,及《白泽图》、《九鼎记》,则众鬼自却。"《太平御览》卷八八三引《抱朴子》曰:"按《九鼎记》及《青灵经》,言人物之死,俱有鬼也。马鬼常以晦夜出行,状如炎火。"①《九鼎记》疑即《夏鼎志》②,书名取义于《左传》宣公三年"铸鼎象物,百物而为之备。使民知神奸,故民入川泽山林,不逢(按:当作'禁御')不若,螭魅罔两,莫能逢之"之语。

《见鬼记》,见葛洪《抱朴子·遐览篇》。《遐览篇》著录皆为仙经图箓。《登涉篇》又云:"及按鬼录,召州社及山卿宅尉问之,则木石之怪,山川之精,不敢来试人。""鬼录"大概也是指《百鬼录》。《百鬼录》、《见鬼记》佚文皆无,想必性质相同。鬼泛指鬼怪,古称巫觋为"见鬼者",《国语·楚语下》注:"巫觋,见鬼者。"

---

① 《法苑珠林》卷六亦引,无"马鬼"云云。
② 唐许康佐有《九鼎记》四卷,见《旧唐书》卷一八九下《许康佐传》及《新唐书·艺文志》杂传类,非此。

又称"见鬼人",《北齐书》卷八《幼主(高恒)纪》载"……歌舞人、见鬼人滥得富贵者将万数"。察见鬼魅是巫术一宗重要内容,故云。《见鬼记》分明是巫觋之流对鬼魅物怪的记录,《百鬼录》亦然。

《白泽图》,《隋志》、两《唐志》五行类并有著录,一卷。《南史》卷八《梁本纪下》云简文帝(萧纲)著《新增白泽图》五卷。唐张彦远《历代名画记》卷三《述古之秘画珍图》著录《白泽图》,注云:"一卷,三百二十事。出《抱朴子》黄帝巡东海而遇之。"此本殆即《隋唐志》著录本。该书已佚,但现存佚文很多,主要见引于《法苑珠林》卷四五和《太平御览》卷八八六,清洪颐煊《经典集林》、马国翰《玉函山房辑佚书》有辑本,各辑四十余条。《敦煌宝藏》第五辑、第十三辑收有《白泽精怪图》残卷(斯6261号、伯2682号)①。伯2682号尾题"《白泽精怪图》一卷",中云"精怪有一百□十九",与《历代名画记》著录本相差甚远,可见所依据的不是足本。王重民《敦煌古籍叙录》题作《白泽精话图》,云:"此残卷尚有图二十幅,著以彩色,颇为省目,可藉窥吾国中世纪时,对于万物精魂之想象画,弥足珍矣。"②斯6261号残卷原无题记,观其图像与文字说明,其为《白泽图》无疑③。此残卷共九事,一事缺图。敦煌残卷所记精怪绝大多数不见于类书等征引。另外,《抱朴子·登涉篇》

---

① 《敦煌宝藏》,黄永武编,台北新文丰出版公司印行。第五辑,1982年版;第十三辑,1985年版。

② 《敦煌古籍叙录》,中华书局,1979年版,第174页。按:所附陈槃《古谶纬书录解题》二附记(原载《历史语言研究所集刊》第十二本,第46页,1947年)云:"巴黎国家图书馆藏敦煌写卷,伯希和编目二六八二号《白庆精浡图》,残存丈许,王有三(重民)先生《巴黎敦煌残卷叙录》第一辑子部作《白泽精话图》者,是也。""浡"、"话"皆辨认有误,应作"恠(怪)"。

③ 参见饶宗颐《跋敦煌本白泽精怪图两残卷》,中央研究院《历史语言研究所集刊》,四十一本四分,1969年12月,第539页;台湾建国技术学院周西波《〈白泽图〉研究》,四川大学中国俗文化研究所、乐山师范学院主办《中国俗文化国际学术研讨会》论文,2002年9月。

"山中有大树,有能语者"至"丑日称书生者,牛也"一段文字,实取自《白泽精怪图》①。

干宝《搜神记》对《白泽图》也有引用,凡二则。"傒囊"条(《新辑搜神记》卷一六)引云:"两山之间,其精如小儿,见人则伸手欲引人,名曰傒囊,引去故地则死。""彭侯"条(同上)引云:"木之精名彭侯,状如黑狗,无尾,可烹食之。"都是在关于识别精怪的故事中,引《白泽图》以为验证。《白泽图》所记精怪有与《夏鼎志》相同者,如:"水之精名曰罔象,其状如小儿,赤目,黑色,大耳,长爪。以索缚之则可得,烹之吉。"②

《白泽图》之得名来源于一个关于黄帝白泽神兽的传说:"帝巡狩,东至海,登桓山。于海滨得白泽神兽,能言,达万物之情。因问天下鬼神之事。自古精气为物、游魂所变者,凡万一千五百二十种,白泽言之。帝令图写,以示天下。"③这个传说和夏禹铸鼎象物如出一辙,显然是为精怪图记的出现寻找一个权威的依托。

此四书最晚出于西晋,其成当在东汉至晋初间。葛洪在《抱朴子·登涉篇》中谈"登山之道",说入山"多遇祸害",因此需要辨

---

① 参见周西波《〈白泽图〉研究》。
② 《法苑珠林》卷四五引。
③ 见《云笈七签》卷一〇〇《轩辕本纪》。按:葛洪《抱朴子内篇·极言篇》云:"昔黄帝生而能言,役使百灵……穷神奸则记白泽之辞,相地理则书青鸟之说。"唐瞿昙悉达《开元占经》卷一一一六引《瑞应图》(孙柔之撰)曰:"黄帝巡于东海,白泽出,能言语,达知万物之精,以戒于民,为除灾害。贤君德及幽遐则出。"《大明集礼》卷四三《仪仗·白泽旗》引顾野王《符瑞图》亦曰:"泽兽者一名白泽,能言语,达万物之精神。王者明照幽远则至。黄帝巡狩至于东海。泽兽出,言,以戒于民,为时除害。"《渊鉴类函》卷四三二引《山海经》曰:"东望山有兽名曰白泽,能言语。王者有德,明照幽远则至。"所记皆为白泽兽之事。《渊鉴类函》编于清代康熙间,所引《山海经》乃佚文,不知转引自何书。王仁俊《经籍佚文》所辑《山海经佚文》,有云:"白泽,能言语,出东望山,有德明照幽远则至。"注出《通志》一百八十昆虫草木略兽类引,其实乃是乾隆中修《续通志》,而误为郑樵《通志》。至其所记则是依据《渊鉴类函》。

识种种"老魅"、"山精",所谓"木石之怪,山川之精"。而有了《百鬼录》、《白泽图》、《九鼎记》这些书,便可以知而呼其名字,于是便"众鬼自却"。① 他还记录了许多山精的名目。可见这类鬼魅精怪的名录书,出于巫觋方士或道徒之造作,是巫术、方术的一项内容②。它们没有情节,都不会是志怪小说,但对志怪小说是很有影响的,《搜神记》引用《夏鼎志》、《白泽图》就是一个证明。又如《白泽图》云:"百岁狼化为女人,名曰知女,状如美女。坐道旁,告丈夫曰:'我无父母兄弟。'若丈夫取为妻,经年而食人。以其名呼之,则逃走去。"③讲的是狼化美女迷惑男人。比较《搜神记》"阿紫"条(《新辑搜神记》卷一八)引《名山记》"狐者先古之淫妇也,其名曰阿紫,化而为狐,故其怪多自称阿紫也"的记载,以及《玄中记》"狐五十岁,能变化为妇人。百岁为美女,为神巫,或为丈夫,与女人交接。能知千里外事。善蛊魅,使人迷惑失智。千岁即与天通,为天狐"的记载,可以看出一些十分类似的观念。而志怪小说的精怪变化,正是以这些观念为基准,形成一个物老为怪、化女

---

① 道教相信只要呼鬼怪名字,鬼怪便会避走。《抱朴子·杂应篇》云:"明镜或用一,或用二,谓之日月镜。或用四,谓之四规镜。四规者,照之时,前后左右各施一也。用四规所见来神甚多,或纵日,或乘龙驾虎,冠服彩色,不与世同,皆有经图。欲修其道,当先暗诵所当致见诸神姓名位号,识其衣冠。不尔,则卒至而忘其神,或能惊惧,则害人也。"《道藏》之《无上玄元三天玉堂大法》卷五云:"其鬼众多,其名不一,游行天下,杀害良民,故立杀鬼制魔之法,有以治之。有知鬼名,终身不敢加害,三呼其名,其鬼自灭。"《白泽精怪图》亦云:"……此皆是其鬼名,故先呼其名,即使人不畏之,鬼亦不伤人者也。"按:姓名是人和鬼怪的符号,与本体密切相关,呼名则必触及本体。这是一种属于交感巫术的姓名巫术。

② 在后代民俗中,常以白泽像辟邪,如白泽门像(《鉴诫录》卷八、《类说》卷二七《南唐野史》)、白泽桃符(《岁时广记》卷五引《皇朝岁时杂记》)、白泽枕(《朝野佥载》卷五)、白泽屏风(《钱氏私志》)、白泽鼎(《宣德鼎彝谱》卷五及卷八)等等。宋米芾《宝晋英光集》卷一《天马赋》云:"画白泽以除灾。"唐以降历代皇帝仪仗中皆有白泽旗,如《元史》卷七九《舆服志二·仪仗》载:"白泽旗,赤质,赤火焰,脚绘兽,虎首,朱发而有角,龙身。"也是为得辟邪。凡此都是从白泽兽的识怪特性引发出的巫术信仰,即认为白泽兽可以执鬼。

③ 《法苑珠林》卷四五引。

惑男的叙事类型。

二、地理博物体志怪之遗响

魏晋以降,地理博物书剧增,凡州郡县邑、天文星野、道里土田、山陵水泉、宫室寺观、风俗出产、先贤旧好、古迹逸事、外番异邦,靡不毕记。仅以魏晋而论,总志性质的地书有挚虞《畿服经》、袁山松《郡国志》、张勃《吴地理志》、佚名《太康地记》、王隐《晋地道记》、阚骃《十三州志》、黄恭《十四州记》、乐资《九州岛要记》等,地区性的地书有辛氏《三秦记》、伏琛《三齐记》、佚名《三齐略记》、陆机《洛阳记》、贺循《会稽记》、袁山松《宜都记》、陆翙《邺中记》、罗含《湘中记》、佚名《九江记》、邓德明《南康记》、张僧鉴《寻阳记》、刘欣期《交州记》、顾微《广州记》、任豫《益州记》、潘岳《关中记》等,旅行记有郭缘生《述征记》、戴祚《西征记》,山记有佚名《名山记》、《嵩高山记》等。记风土时俗者有康泰《扶南风俗传》、周处《风土记》等,记动植博物者有嵇含《南方草木状》,谯周、薛珝、续咸三家《异物志》,朱应《扶南异物志》,万震《南州异物志》和《巴蜀异物志》,薛莹《临海异物志》,沈莹《临海水土物志》,佚名《凉州异物志》,束皙《发蒙记》,郭义恭《广志》等,记外国者有康泰《吴时外国传》、释道安《西域志》、释法显《佛国记》。上述书内容一般比较平实,这是继承了《禹贡》、《黄图》及东汉杨孚《异物志》的传统,但所涉广泛,特别是大都含有"四远八荒、殊俗异闻、神仙鬼怪之属"[①],实中有虚,有志怪化的倾向,显又取法《山海》、《神异》二经。

不过魏晋人的地理博物观念已趋平实,大多数作者志在进行比较实在的记述,并不醉心于恍言惚语,即便杂以神异,亦系

---

① 王谟《汉唐地理书抄序》。

点缀性质。因而此期地理博物书虽极多,但地理博物体志怪却甚少。只有少数方术化的文人才在前代《山海》、《括地》、《神异》、《十洲》、《洞冥》及图纬方伎书的基础上构建他们的虚幻的地理博物学系统。胡应麟云:"古今称博识者,公孙大夫、东方待诏、刘中垒、张司空之流尚矣。彼皆书穷八索,业擅三冬,而世率诧其异闻,标其僻事。"又云:"两汉以迄六朝,所称博洽之士,于数术方技靡不淹通,如东方、中垒、景纯、崔敏、崔浩、刘焯、刘炫之属,凡三辰七曜、四气五行、九章六律,皆穷极奥眇,彼以为学问中一事也。"①他说的张司空、郭景纯正是两晋的二位极为著名的数术化了的博洽之士,都撰有地理博物体志怪小说,即《博物志》和《玄中记》。在魏晋纷繁的志怪之林中,它们作为地理博物体志怪日见衰落的后裔,只是寥寥落落的几丛小花,未免孤寂,一方面保持着祖宗遗传的形态色泽,一方面又在新的时代土壤中发生着变异。

(一) 张华《博物志》

张华字茂先,范阳方城(今河北廊坊市固安县西南方城)人。生于魏明帝太和六年(232),卒于晋惠帝永康元年(300)。少孤贫而学业优博,阮籍叹为"王佐之才"。仕魏为佐著作郎、长史、中书郎,入晋历任黄门侍郎、中书令、度支尚书、都督幽州诸军事、太常、右光禄大夫、侍中、中书监,官终司空,领著作,故世称张司空。赵王司马伦篡位,遇害。《晋书》卷三六有传。

张华嗜书博学。本传称:"雅爱书籍,身死之日,家无余财,唯有文史溢于机箧……天下奇秘,世所稀有者,悉在华所。由是博物洽闻,世无与比。"特别是精于数术方伎,"图纬方伎之书莫不详览"。关于张华此方面的传说极多,《异苑》等书记有不少,其中若

---

① 《少室山房笔丛》卷三八《华阳博议引》及卷三九《华阳博议下》。

辨海凫毛、龙肉鲊、蛇化雉,察豫章剑气等等,均被采入《晋书》本传,看得出张华的方术家作派。

张华的著作,《晋书》本传仅载《博物志》十篇,又云"及文章并行于世"。《隋书·经籍志》称其注《神异经》,并著录《张公杂记》一卷、《杂记》十一卷,疑本为一书,已佚。《宋史·艺文志》地理类又著录张华《异物评》二卷,疑系好事者从《博物志》中抄出地理异物之事而别为一书。张华也是文学家,诗赋之作甚多,皆辞藻温丽。《隋志》有《晋司空张华集》十卷录一卷,后佚,明人张溥辑有《张司空集》一卷。

《博物志》诸书征引或又作《博物记》。《隋志》杂家类著录十卷,与本传合,两《唐志》改入小说家,卷帙同。又《日本国见在书目录》杂家类、《崇文总目》小说类、《通志·艺文略》杂家类、《郡斋读书志》小说类、《中兴馆阁书目》杂家类、《直斋书录解题》杂家类及小说家类、《宋史·艺文志》杂家类并同。今本正作十卷,然并非全帙,今人范宁《博物志校证》①辑佚文二百十二条,占今本三分之二(按:今本凡三百二十三条),足见阙失之严重。

关于这一批佚文,前代论者颇有些说法。胡应麟及清人黄丕烈、周中孚皆以为佚文出自《张公杂记》,因为《隋志》于《张公杂记》下注云"与《博物志》相似,小小不同"。② 然诸书称引明标《博物》,绝无作《张公杂记》者。梁人刘昭注《续汉志》引《博物记》五十余处,大都出于今本之外,遂有人以为别有《博物记》一书,宋末周密《齐东野语》卷七、明杨慎《丹铅总录》卷一一、《四库全书总目》卷一四二、马国翰《玉函山房辑佚书·博物记序》皆持此说。杨、马并谓《博物记》乃汉唐蒙造,其实这是一个由句读错误而闹

---

① 中华书局,1980年版。
② 胡说见《少室山房笔丛》续甲部《丹铅新录一》,黄说见《士礼居丛书·刻连江叶氏本博物志序》,周说见《郑堂读书记》卷六七。

出的笑话。①《博物记》即《博物志》,二名通用,孙志祖《读书脞录》卷四《博物记》、王谟《汉唐地理书抄·张华博物志跋》、段玉裁《经韵楼集》卷七《唐蒙博物记辨》、余嘉锡《四库提要辨证》卷一八、范宁《博物志校证·后记》考辨甚详。

关于《博物志》阙佚之多,昔时又有删落之说。王嘉《拾遗记》卷九载,张华造《博物志》四百卷,奏于武帝,武帝以为记事采言多浮妄,语多怪异,恐惑乱后生,命他遵仲尼删《诗》《书》,不及鬼神幽昧之事、不言怪力乱神之义,删为十卷。王谟信之,以为《博物志》佚文即删落之余②。按《拾遗记》乃小说家言,诚如余嘉锡云,"杜撰无稽,殆无一语实录"③。而且今本《博物志》有大量怪力乱神之说,何以存而不删?又《博物志》书出武帝后,卷四云"武帝泰始中武库火"可证,自然不能奏于武帝。

《魏书》卷八二、《北史》卷四二《常景传》载北魏常景曾"删正晋司空张华《博物志》"。论者遂又以为今本即常景删节本。④ 然常删本是否行于世,并无记录可寻,而且常景后历代书籍所引《博物志》大量脱载于今本,显见所据并非常本,就是说一直有未删本传世,因而以为佚文系常景删落者绝不能成立。

《博物志》阙佚既多而其文又次第紊乱,断乱不成章,以致颇有人疑其非张华手笔⑤,或又认为系后人拾掇佚文、杂取诸书而成⑥,

---

① 《后汉书·郡国志五》"犍为郡安南县"刘昭注:"《蜀都赋》注曰:'鱼符津数百步,在县西北三十里。县临大江,岸便山岭相连,经益州郡,有道广四五尺,深或百丈,斩凿之迹今存,昔唐蒙所造。'《博物记》:县西百里有牙门山。'……"杨慎将"昔唐蒙所造"与下《博物记》连读为一句。
② 见《汉唐地理书抄·张华博物志跋》及《增订汉魏丛书·博物志跋》。
③ 《四库提要辨证》卷一八。
④ 见清丁国钧《补晋书艺文志》。
⑤ 见明韩敬《序董斯张撰广博物志》及清姚际恒《古今伪书考》。
⑥ 见宋朱胜非《秀水闲居录》、明李诩《戒庵老人漫笔》卷三、胡应麟《少室山房笔丛》卷二九《九流绪论下》、《四库全书总目提要》卷一四二。

这些自然全出臆测,羌无根据。但今天见到的《博物志》也确实是被后人窜乱删削过的,原貌被大大改变了。

今天所能见到的版本有二系:一是常见的通行本,分三十九目(《杂说》分上下),收在《古今逸史》、《广汉魏丛书》、《格致丛书》、《稗海》、《快阁丛书》、《秘书廿一种》、《四库全书》、《增订汉魏丛书》、《百子全书》等丛书中,单行刻本亦多。一为清黄丕烈刊《士礼居丛书》本,据黄氏云,此本系汲古阁影抄宋连江叶氏刻本,《指海》、《龙溪精舍丛书》、《四部备要》等所收皆为士礼居刊本。此本亦十卷,与通行本内容全同,唯卷四"司马迁"条(按:通行本在卷五)下周日用注为通行本脱载。周中孚《郑堂读书记》卷六七谓通行本"不能如此本之详备",以为此本"当为张氏原书",迷信古本而又不肯检对,鲁莽之甚。二本的不同处是次第迥异,条文分合亦不尽同,且士礼居本只分卷不分细目。士礼居本源于宋刻,通行本似为后人重新编排分类而成。通行本分类编排虽多有失当处,但眉目要清楚得多。昔人以士礼居本系宋人本而鄙薄通行本,这是偏见。宋本虽早出,殊不知亦非张氏之旧,不一定它就接近原貌。

此二本均有周日用、卢氏等人注①。《郡斋读书志》小说类、《直斋书录解题》小说家类著录有周日用、卢氏注十卷本和卢氏注六卷本,据《读书志》云,"两本前六卷略同,无周氏注者稍多而无后四卷",卢注本原亦十卷,六卷本乃残本。《中兴馆阁书目》亦云"有周日用、卢氏注释,间见于下"。考《太平御览》卷九四九引《博物志》"蠦蜰虫"、卷九五〇引《博物志》"蜜蜡"并有卢氏注,似卢氏乃北宋以前人。但《太平御览》的编纂实际是主要取材于南北

---

① 通行本存周注十九处,卢注七处,注人不详者两处,凡二十八处,而士礼居本卷四"司马迁"条多周日用注一处。

朝唐初类书《修文殿御览》、《艺文类聚》、《文思博要》等①，所以卢氏也可能是南北朝人。又考今本卷五《辨方士》周注曰"《唐书》云蜀有女道士谢自然白日上升"。按谢自然中唐女道士。新旧《唐书》只有《新唐书》提到一次谢自然，《新唐书·艺文志》神仙家类著录李坚《东极真人传》一卷，注："果州谢自然。"然与周注文字不同，所云《唐书》非今传新旧《唐书》。据此周氏可能是唐人。周、卢注寥寥二十余条，亦有亡佚。

另外，《绀珠集》卷四摘录二十一条，《类说》卷二三摘录四十二条，《说郛》卷二摘录三十五条，中有不见今本者。清末《无一是斋丛抄》收一卷本，亦节本。今人范宁以《秘书廿一种》本为底本，参考诸本，旁涉百家，作《博物志校证》。台湾唐久宠续撰《博物志校释》（台北学生书局出版）。

《博物志》辑佚本，前代有清王谟辑《博物记》一卷，载《汉唐地理书抄》；马国翰《博物记》一卷，载《玉函山房辑佚书》，误为汉唐蒙撰；周心如《博物志补遗》二卷，载《纷欣阁丛书》；钱熙祚《博物志佚文》一卷，载《指海》；陈穆堂《博物志补遗》一卷，载《博物志疏证》；王仁俊《博物志佚文》，载《经籍佚文》。范宁《博物志校证》辑佚文二百多条，收罗甚备。

《博物志》卷一有张华自序，序称：

---

① 中华书局影印宋刻本《太平御览》卷前引用《国朝会要》云："先是帝阅前代类书，门目纷杂，失其伦次，遂诏修此书。以前代《修文御览》、《艺文类聚》、《文思博要》及诸书，参详条次，分定门目。"陈振孙《直斋书录解题》卷一四类书类亦云："以前代《修文御览》、《艺文类聚》、《文思博要》及诸书，参详条次修纂。……或言国初古书多未亡，以《御览》所引用书名故也。其实不然，特因前诸家类书之旧耳。以《三朝国史》考之，馆阁及禁中书总三万六千余卷，而《御览》所引书多不著录，盖可见矣。"陈氏所论甚确。《修文殿御览》，北齐后主高纬敕撰，见《北齐书·后主纪》，《旧唐书·经籍志》类事类著录三百六十卷。《艺文类聚》，唐高祖武德中欧阳询等奉诏撰，今存。《文思博要》，一千二百卷，唐太宗贞观中高士廉、房玄龄、魏徵等十六人奉诏撰，见《新唐书·艺文志》类书类。

> 余视《山海经》及《禹贡》、《尔雅》、《说文》、地志,虽曰悉备,各有所不载者,作略说。出所不见,粗言远方,陈山川位象,吉凶有征。诸国境界,犬牙相入。春秋之后,并相侵伐。其土地不可具详,其山川地泽,略而言之,正国十二。博物之士,览而鉴焉。①

观此序不类全书总序。序后有"地理略,自魏氏目已前,夏禹治四方而制之"一行大字(按:士礼居本在序前),疑此序乃《地理略》之小序,序中所称"略说",盖即《地理略》也。

前三卷全记地理动植。卷一分《地理略》、《地》、《山》、《水》、《山水总论》、《五方人民》、《物产》七目,卷二分《外国》、《异人》、《异俗》、《异产》四目,卷三分《异兽》、《异鸟》、《异虫》、《异鱼》、《异草木》五目。材料大都取自旧书,如女娲补天取《淮南子》,轩辕国、君子国、三苗国、驩兜国等取《山海经》、《括地图》、《河图玉板》等,鲛人取《洞冥记》,续弦胶、胡人猛兽取《十洲记》,等等,均无新鲜之处。唯卷三《异兽》"猴玃"一条较为别致:

> 蜀中西南高山上,有物如猕猴,长七尺,能人行,健走,名曰猴玃,一名马化,或曰猳玃。伺行道妇女有好者,辄盗之以去,人不得知。行者或每遇其旁,皆以长绳相引,然故不免。此得男子气自死,故取女也。取去为室家。其年少者,终身不得还。十年之后,形皆类之,意亦迷惑,不复思归。有子者,辄俱送还其家,产子皆如人。有不食养者,其母辄死,故无敢不养也。及长,与人无异,皆以杨为姓。故今蜀中西界多谓杨,率皆猳玃、马化之子孙,时时相有玃爪者也。②

此事不见他书载,但玃盗妇人传说西汉即有。西汉焦延寿《焦氏

---

① 据范宁《博物志校证》本。
② 引文据《唐前志怪小说辑释》。

《易林》卷一《坤》之《剥》云:"南山大玃,盗我媚妾。怯不敢逐,退而独宿。"传说当出自四川南部山区。玃是一种猴类。《尔雅·释兽》云:"玃父,善顾。"郭璞注:"貑玃也,似猕猴而大,色苍黑,能攫持人,好顾盼。"传说中把这种动物神异化了,崔豹《古今注》卷中《鸟兽》云:"猿五百岁化为玃也。"《抱朴子·对俗篇》引《玉策记》亦云:"猕猴寿八百岁变为猿,猿寿五百岁变为玃,玃千岁。"既善变化又喜攫人,人们再给它加上抢女人作妻的事情是颇不为怪的。猿猴传说古来很多,《吴越春秋》下卷第九即有袁公之事,猿盗妇人传说又给猿猴传说增添了新异内容,开创了一个猿猴盗妇人的母题,影响深远,屡为后世小说所袭用。唐初《补江总白猿传》,南唐徐铉《稽神录》"老猿窃妇人"条①,《清平山堂话本》的《陈巡检梅岭失妻记》,明瞿佑《剪灯新话》中的《申阳洞记》等,都以此为题材。孙悟空在元末明初杨景贤《西游记》杂剧中,也干过抢金鼎国公主为妻的不光彩事,显见也是祖袭猿盗妇人传说。

卷四、卷五主要是方术家言。卷六系杂考,包括《人名》、《文籍》、《地理》、《典礼》、《乐》、《服饰》、《器名》、《物名》八目。小说性的文字极少。最具小说意味的是卷七《异闻》、卷八《史补》、卷九卷十《杂说》,记有许多神话传说和史地奇闻异事,然亦多见于往代子史及卜筮、谶纬、志怪书。也有一些是近世事。这里介绍几个有代表性的故事。

卷七记有三个死人复生故事,第一个是:

> 汉末关中大乱,有发前汉时冢者,人犹活。既出,平复如故。魏郭后爱念之,录著宫内,常置左右,问汉时宫中事,说之了了,皆有次序。后崩,哭泣过礼,遂死焉。②

事又见郭璞《山海经·海内西经》注、《艺文类聚》卷四〇引《吴

---

① 见《类说》卷一二,今本无。
② 据范宁《博物志校证》本。

志》、《三国志·魏书·明帝纪》注引顾恺之《启蒙注》、《宋书·五行志五》①,是西晋流行的一个有名传说。其余二事为范明友奴冢、窦伍恩女复生事。复生传说六朝极多,《博物志》前,《列异传》已有史均复生②。死人复生是一个很重要的幻想情节,它在后世许多小说家手里演成动人的悲欢离合故事。而"汉家宫人"和"范明友奴冢"二事,又是两个关于古冢殉葬者的奇闻,与《拾遗记》卷五所记始皇家生埋工人墓开时未死相类。

卷一〇"八月槎"条所记是一个流传很久的传说,充满美妙的奇思遐想:

> 旧说云:天河与海通,近世有人居海渚者,年年八月有浮槎来,甚大,往反不失期。人有奇志,立飞阁于查上,多赍粮,乘槎而去。十余日中,犹观星月日辰,自后茫茫忽忽,亦不觉昼夜。去十余日,奄至一处,有城郭状,屋舍甚严。遥望宫中多织妇,见一丈夫牵牛,渚次饮之。牵牛人乃惊问曰:"何由此至?"此人具说来意,并问此是何处,答曰:"君还至蜀郡,访严君平,则知之。"竟不上岸,因还如期。后至蜀,问君平,曰:"某年月日有客星犯牵牛宿。"计年月,正是此人到天河时也。③

牵牛织女传说早已流传,以后我们还要谈到。关于浮槎,《拾遗记》卷一也有一段记载:"尧登位三十年,有巨查浮于西海,查上有光,夜明昼灭。海人望其光,乍大乍小,若星月之出入矣。查常浮绕四海,十二年一周天,周而复始,名曰贯月查,亦谓挂星查。羽人栖息其上,群仙含露,以漱日月之光,则如暝矣。虞、夏之季,不复

---

① 按:今本《搜神记》卷一五亦载,乃据《后汉书·五行志五》注引《博物志》滥辑。
② 亦载《新辑搜神记》卷二一,文详,史均作史姁。
③ 据《初学记》卷六引校补。

记其出没。游海之人,犹传其神仙也。"《拾遗记》虽出《博物志》之后,然巨查传说当更早一些。今人或以为巨查可能是古人见到的外星人的载人宇航飞行器,说法虽难以令人置信,但可以肯定的是,巨查传说反映着古人企图飞往宇宙的美妙幻想。《博物志》所记"八月槎"传说在古老的海槎传说基础上又同牛郎织女神话联系起来,因而赋予了它更大的魅力。

乘槎人未有姓氏,后来却传为张骞之事。并说张骞得织女支机石,持归问严君平。此说唐代极为流行。《史记·大宛列传》司马贞述赞云:"大宛之迹,元因博望。始究河源,旋窥海上。"竟把此传说用于史赞。杜甫《夔府咏怀》:"槎上似张骞。"《秋兴》:"奉使虚随八月槎。"赵璘《因话录》卷五曾辨云:"《汉书》载张骞穷河源,言其奉使之远,实无天河之说。惟张茂先《博物志》说近世有人居海上(下略)。后人相传云:得织女支机石,持以问君平。都是凭虚之说。今成都严真观有一石,俗呼为支机石,皆目云当时君平留之。……前辈诗往往有用张骞槎者,相袭谬误矣。"赵璘还说,他曾在京洛途中遇见官差民夫抬着所谓"张骞槎"①。

按支机石事起于刘义庆《集林》,《太平御览》卷八引曰:"昔有一人寻河源,见妇人浣纱,以问之,曰:'此天河也。'乃与一石而归。问严君平,云:'此织女支机石也。'"陈阴铿《咏石诗》"天汉支机罢"即用此典。而乘槎人之演为张骞,梁庾肩吾诗《奉使江州舟中七夕》已有之:"九江逢七夕,初弦值早秋。天河来映水,织女欲攀舟。汉使俱为客,星槎共逐流。莫言相送浦,不及穿针楼。"其子庾信《杨柳歌》云:"流槎一去上天池,织女支机当见随。"《七夕》云:"星槎通汉使,机石逐仙槎。"用事全同。其后又见于《荆楚岁时记》隋杜公瞻注②。《太平御览》卷五一引《荆楚岁时记》曰:

---

① 唐李绰《尚书故实》也提到文宗朝取"张骞海槎"入内。
② 昔人常将宗懔《荆楚岁时记》和杜公瞻注混为一谈,下边诸书所引《岁时记》,其实都是杜注。

"张骞寻河源,得一石,示东方朔,朔曰:'此石是天上织女支机石,何至于此?'"南宋胡仔《苕溪渔隐丛话》前集卷一一据宋黄朝英《缃素杂记》、王观国《学林新编》而云:"《荆楚岁时记》直曰:张华《博物志》云:汉武帝令张骞穷河源,乘槎经月而去……"支机石作楮(音支)机石。① 周密《癸辛杂识》前集《乘槎》条也有"及梁宗懔作《荆楚岁时记》,乃言武帝使张骞使大夏,寻河源,乘槎见所谓织女牵牛"云云。② 杜注所引《博物志》文,非原文,而是掺进了后起传闻。八月槎传说,不仅在晋后很快又演出张骞乘槎及支机石事,而且唐时成都严真观真的有了支机石③。《洞天集》还载,唐麟德殿珍藏着所谓"严遵仙槎"④,这大概和赵璘说的"张骞槎"是一类的东西。这一切,可以看出人们对这一传说的欣赏程度。

卷一〇"千日酒"条亦佳:

> 昔刘玄石于中山酒家酤酒,酒家与千日酒,忘言其节度。归至家当醉,不醒数日,而家人不知,以为死也,权葬之。酒家计千日满,乃忆玄石前来酤酒,醉向醒耳。往视之,云玄石亡来三年,已葬。于是开棺,醉始醒。俗云:"玄石饮酒,一醉千日。"⑤

这个故事显然是对酒力的极度夸张。左思《魏都赋》也用过千日酒的典故,云:"醇酎中山,流湎千日。"可见这个故事当时颇为流传。魏晋名士好饮酒,以示旷放,酒的传说即产生于这种风气中。《博物志》还有一些关于酒的记载,卷一〇"王尔"条记三人冒重雾

---

① 按:今本《缃素杂记》、《学林新编》无此记载。
② 今本《荆楚岁时记》但言"旧说天河与海通"云云,事同《博物志》今本,无涉张骞,亦未称引《博物志》。
③ 今成都西郊文化公园有一石高数尺,名曰支机石,成都并有支机石街。参见袁珂《古神话选释》,人民文学出版社,1982年版,第168页。
④ 见《太平广记》卷四〇五引。
⑤ 据《唐前志怪小说辑释》。

行,一人无恙,一人病,一人死,无恙者常饮酒;同卷"瓜"条又记瓜可解酒;卷八"君山"条云君山有美酒数斗,得饮者不死。然都不及千日酒传说之妙。千日酒又见唐初句道兴《搜神记》,大加铺饰,要生动得多,八卷本《搜神记》也有采录①。《北堂书抄》卷一四八引《杂鬼神志怪》记齐人田乃巳酿千日酒,过饮一斗,醉卧千日乃醒,是千日酒的另一个故事。晚清小说《老残游记》第二十回写有一种药水叫"千日醉",吃一点便醉千日,其构思怕是受了"千日酒"的启示。

作为地理博物体志怪,《博物志》是受了《山海经》影响的。宋人李石《续博物志序》云:"张华述地理,自以禹所未至,且天官所遗多矣。经所不载,以天包地,象纬之学,亦华所甚惜也。虽然,华仿《山海经》而作,故略。"书中,地理博物知识及传说,占很大比重,昔人云:"天地之高厚,日月之晦明,四方人物之不同,昆虫草木之淑妙者,无不备载。"②这一点很像《山海经》。《山海经》的地理博物是巫术化和方术化了的,《博物志》"陈山川位象,吉凶有徵",多有图谶方伎之说,也是同样性质,不过是增加了汉以来的新迷信内容。而它"虽多奇闻异事,而简略不成大观"③,也还是《山海经》式。

《博物志》自然也有自己的特点,它虽多记地理博物,但并不限于山川动植、远国异民。一是记载了许多全无故事性的杂考杂说杂物,二是又记载了许多故事性较强的非地理博物性的传说。本来地理博物体志怪的小说特征就不及杂记体来得鲜明,再加上这第一点,结果是博则博矣,但却大大削弱了它的小说性,丛脞芜杂,鸡零狗碎,几乎成了一盘大杂烩。因此,历代史志书目多有列为杂家者,《百川书志》则入于格物家,而《四库全书总目》列入小

---

① 明辑二十卷本《搜神记》亦据八卷本辑入。
② 崔世节《博物志跋》,见《博物志校证》附录。
③ 唐琳《博物志序》,见《增订汉魏丛书》本《博物志》。

说家类琐语之属。胡应麟《少室山房笔丛·九流绪论下》云:"《博物》,《杜阳》①之祖也。"也是把它当作杂俎看待。作为小说,这是它不及《山海》,更不及《神异》、《洞冥》等书的地方。好在第二点又增加了它的小说性,突破了地理博物体志怪专记山川动植、殊方异族的范围,具有杂记体志怪的一定品格,这又是它胜于《山海》、《神异》等书的地方。

总的来说,《博物志》上承《山海经》、《神异经》、《洞冥记》一系,而内容更加广泛,实际是地理博物杂说异闻的总汇,但地理博物的内容仍处于突出地位,故书以"博物"为名。就其取材来说,除少数为自记近世见闻外(如"汉家宫人"、"范明友奴冢"等等),大都录自春秋战国秦汉古书,可考者约有四十种左右。作为小说,不是优秀之作,只因它还记载了一些较好的传说,尚可差强人意。不过它对后世影响很大,历代征引不绝,唐林登、宋李石《续博物志》,明董斯张《广博物志》皆以续书相标榜,而晋郭璞《玄中记》、梁任昉《述异记》、唐郑常《洽闻记》、苏鹗《杜阳杂编》之属亦其流亚,而其内容之杂博,又为唐段成式《酉阳杂俎》所仿。

(二)郭璞《玄中记》及《外国图》

《玄中记》,一题《郭氏玄中记》、《元中记》②。《隋志》、《唐志》无目,《崇文总目》地理类著录《玄中记》一卷,不题撰人,《通志·艺文略》同。《太平御览经史图书纲目》及《太平广记引用书目》均作《郭氏玄中记》,未具其名。

《玄中记》原书不传,《绀珠集》、《类说》均无摘录,《说郛》卷四《墨娥漫录》摘录四条。明末毛扆《汲古阁珍藏秘本书目》著录

---

① 《杜阳》即《杜阳杂编》,唐苏鹗撰。是书记唐时杂事,又多夸远方珍异。
② 《元中记》系清人避康熙玄烨讳改。《左传》宣公四年孔颖达正义又引作《玄中要记》,此名仅此一见。

精抄《玄中记》一本,当是明人辑本。《重编说郛》卷六〇辑十七条。清人辑本有四:茆泮林《十种古逸书》本(《玄中记》一卷、《补遗》一卷),黄奭《汉学堂丛书》本(《郭氏玄中记》一卷),马国翰《玉函山房辑佚书》本(《玄中记》一卷),叶德辉《观古堂所著书》本(《郭氏玄中记》一卷,又载《郋园先生全书》),鲁迅《古小说钩沉》亦有辑本。其中《钩沉》本最备,凡辑七十一条,观古堂辑本少三条,然亦有优于《钩沉》本处。明杨慎《丹铅总录》卷四引"黄帝臣",诸本未辑,宜补。

唐前,《异苑》卷三,《齐民要术》卷一〇,《玉烛宝典》卷一、卷五、卷一二引《玄中记》文,知其为唐前古书。而刘宋刘敬叔《异苑》卷三引《玄中记》"山精如人"云云①,知《玄中记》出自宋前无疑。鲁迅《中国小说史略》第五篇《六朝之鬼神志怪书(上)》云:"六朝人虚造神仙家言,每好称郭氏,殆以影射郭璞,故有《郭氏玄中记》。"以为《玄中记》系托名郭璞。其实,是书作者正是郭璞。最先指出郭氏即郭璞的,是南宋初人罗苹。《路史发挥》卷二《论盘瓠之妄》罗苹注曰:

> 《记》(按:指《玄中记》)云:"高辛时,犬戎为乱。帝曰:'有讨之者,妻以美女,封三百户。'帝之狗曰盘瓠,去三月而杀犬戎,以其首来。帝以女妻之,不可教训,浮之会稽东,有海,中得地三百里封之。生男为狗,女为美人。是为犬封氏。"《玄中》之书,《崇文总目》不知撰人名氏,然书传所引皆云《郭氏玄中记》,而《山海经》注狗封氏,事与《记》所言一同,知为景纯(按:原讹作纪,据《四库全书》本改)。

罗氏意见是正确的。《海内北经》"犬封国"郭璞注云:"昔盘瓠杀戎王,高辛以美女妻之,不可以训,乃浮之会稽东,海中得三百里地

---

① 《太平广记》卷三九七引同,今本《异苑》即辑自《广记》。

封之。生男为狗，女为美人，是为狗封之国也。"与《路史》注及《太平御览》卷九〇五引《玄中记》比较，文句虽小异，但内容完全相同，显出一人之手，而《风俗通》《魏略》《搜神记》《后汉书·南蛮传》《水经注》等书所记盘瓠事与此差别甚大。

类似的例证还可找出许多。《山海经·海外西经》"奇肱国"条郭注曰："其人善为机巧，以取百禽。能作飞车，从风远行。汤时得之于豫州界中，即坏之，不以示人。后十年西风至，复作遣之。"而《御览》卷七五二引《玄中记》亦称："奇肱氏，善奇巧，能为飞车，从风远行。"文句同郭注前半而无"汤时"云云，盖《御览》所引不全耳。又"丈夫国"条郭注曰："殷帝太戊使王孟采药，从西王母至此，绝粮不能进，食木实，衣木皮。终身无妻，而生二子，从形中出，其父即死。是为丈夫民。"《御览》卷三六一引《玄中记》与此大同，仅少数地方小小有异，如"王孟"作"王英"，"从形中出"作"从背胁间出"，古书传写多误，不足怪也。另外，《大荒西经》"昆仑之丘"条"弱水之渊环之"注："其水不胜鸿毛。"《海内北经》"大蟹在海中"注："盖千里之蟹也。"郭璞《山海经图赞》亦云："弱出昆山，鸿毛是沉。""大蟹千里，亦有陵鳞。旷哉溟海，含怪藏珍。"而与《玄中记》"天下之弱者，有昆仑之弱水焉，鸿毛不能起也"，"天下之大物，北海之蟹，举一螯能加于山，身故在水中"的记述如出一辙。其实，《玄中记》既冠以郭氏，而晋代博闻洽见之郭姓者，非郭璞莫属；若说他人托名郭璞，他未必会占有《玄中记》所表现出来的那么丰富的学识和掌故，倘若真能如此博洽，必有闻于世，也不必假他人之名了。

郭璞，事迹具《晋书》卷七二《郭璞传》。璞字景纯，河东闻喜（今属山西）人。生于西晋武帝咸宁二年（276），卒于东晋明帝太宁二年（324）。惠帝末避河东乱过江，为宣城太守殷祐参军，复随迁石头督护。怀帝永嘉初（307）王导佐琅琊王司马睿（晋元帝）镇建邺，引为参军。晋元帝即位后用为佐著作郎①，迁尚书郎。丁母忧去职，未服阕而大将军王敦起为记室参军。永昌元年（322）敦起兵武昌作难，璞归休建康，颇受明帝赏识。太宁二年（324）敦再作乱，使璞筮吉凶，璞曰"无成"，以为起兵必及祸，敦怒斩之。敦乱平，追赠弘农太守。后世称为郭记室或郭弘农。

郭璞是两晋之际有名文学家，本传称其"词赋为中兴之冠"，"为中兴才学之宗"，他的《游仙诗》极负盛名。《隋志》著录《晋弘农太守郭璞集》十七卷，后散失，今传《郭弘农集》二卷系明人张溥所辑。他也是博物家、训诂家，好古文奇字，传称"笃志绨缃，洽闻强记，在异书而毕综，瞻往滞而咸释"。曾注《山海经》、《穆天子传》、《尔雅》、《方言》等，作《山海经图赞》二卷，今悉见存。他还长于阴阳卜筮之学，为当时著名数术家。他曾从郭公学卜筮，传称"洞五行、天文、卜筮之术，攘灾转祸，通致无方，虽京房、管辂不能过也"。此方面著作颇多，《隋志》五行类著有《周易新林》九卷、《易洞林》三卷等，均佚。大凡古来的方术之士总是被人们加上一串奇举异迹，郭璞也像张华一样，是个被传说化了的人物。干宝和他相识，《搜神记》记有他神于数术的几个故事，如筮偃鼠、活赵固马、筮顾球娣病②，第二事被采入《晋书》本传。他的《易洞林》也记有许多自神其术的事，如：

郭璞为左尉周恭卜，云："君堕马伤头。"尉后乘马行，黄昏，坂下有犊车触马，马惊，头打石上，流血殆死。③

---

① 《晋书》本传作"著作佐郎"。按：唐杜佑《通典》卷二六《职官八·秘书监·著作郎》："魏明帝太和中始置著作郎……魏氏又置佐著作郎，亦属中书。晋佐著作郎八人。……宋齐以来遂迁佐于下，谓之著作佐郎。"应作"佐著作郎"。

② 《新辑搜神记》卷三。按：今本《搜神记》尚有郭璞买婢、占伤寒二事。前事乃据《晋书·郭璞传》辑录，后事据《初学记》卷二九引郭璞《洞林》辑录，皆非《搜神记》本文。

③ 《太平御览》卷三六四引《易洞林》，又《艺文类聚》卷一七引《洞林》。

陶潜《搜神后记》(《新辑搜神后记》卷二)记其卜卦自知凶终,曾脱袍与一少年,及临刑,果此人行刑。此事采入《晋书》本传。《广汉魏丛书》本《神仙传》卷九《郭璞》亦有此事,且云郭璞被王敦杀死后,"殡后三日,南州市人见璞货其平生服饰,与相识共语,非但一人。敦不信,开棺无尸。璞得兵解之道,今为水仙伯"。① 臧荣绪《晋书》甚至还说郭璞是鼍精②,这就更为奇特了。

胡应麟《少室山房笔丛》卷三八《华阳博议上》曾云郭璞"博于方舆","博于《尔雅》",是"术之博者"。《玄中记》的内容也正是方舆、动植、数术的混合。具体而言,《玄中记》内容大致有四类。一类是关于伏牺、女娲、颛顼、刑天、锺山神的神话,数量少,破碎不成大观。第二类是远国异民传说,如狗封氏、丈夫、扶伏民、化民、奇肱氏、君子国等,大抵采撷《山海》、《括地》。其中盘瓠传说最佳,它本来是南方蛮族关于民族起源的神话(详见后文《搜神记》部分),但《玄中记》却取来同《山海经》中的犬封国联系起来,改变了本来面貌,显示出犬封国传说的演化。以上诸国纯属虚构,还有些关于伊俗、飞路、丁零、大秦、天竺、大月氏等真实民族或国家的虚实参半的传说,则走的是《洞冥记》的路子。如:

> 大月氏及西胡有牛名为日及,今日割取其肉三四斤,明日其肉已复,创即愈也。③

日及牛其肉今日割而明日复,全类《神异经·南荒经》之"无损之兽"和《博物志·异兽》之越巂国稍割牛,是对大月氏良种食用牛

---

① 据《广汉魏丛书》本。《四库全书》本无郭璞传。按:《广汉魏丛书》本此条实际是据《太平广记》卷一三引《神仙传》辑录。
② 《文选》卷一二郭璞《江赋》李善注引臧荣绪《晋书》:"有人见其睡形变鼍,云是鼍精也。"
③ 此条《古小说钩沉》据《艺文类聚》卷六五、《太平御览》卷八二五及《北堂书抄》卷一四五、《御览》卷九〇〇又卷一六六、《通典》卷一九二、《事类赋注》卷二二、《太平寰宇记》卷八〇校辑。《钩沉》"日及"作"日反",据《通典》改。

的极度夸张,言其上膘极快。

第三类是关于山川动植的记载,少实而多虚,有些已见《括地》、《神异》,如沃焦山、炎火山、桃都山等。关于桃都山还有些问题要谈一下,先把《玄中记》原文引于下:

> 东南有桃都山,山上有大树,名曰桃都,枝相去三千里。上有一天鸡,日初出,光照此木,天鸡则鸣,天下鸡皆随而鸣也。下有二神,左名隆,右名窊,并执苇索,以伺不祥之鬼,得而煞之。今人正朝作两桃人立门旁,以雄鸡毛置索中,盖遗象也。①

桃都山是一个非常有名的传说,它为至少从春秋时代即已出现的以桃木避邪的民俗和鬼畏桃的巫术观念做了一个饶有兴味的解释②。传说中二神之名,诸书记载歧出。《论衡·订鬼篇》引《山海经》佚文云"一曰神荼,一曰郁垒"。《风俗通义·祀典》引《黄帝书》云"有荼与郁垒昆弟二人",人皆读为荼和郁垒。《齐民要术》卷一〇引应劭《汉旧仪》,亦云:"上有二神人,一曰荼,二曰郁櫑。"诸书引《风俗通义》,多又作"神荼"③,是据《论衡》于"荼"上增"神"也。《事类赋注》卷四引《括地图》乃云:"下有二神,一名郁,一名垒"。《战国策·齐策三》"桃梗"高诱注云:"上有二神人,一曰荼(按:一本作'余',与'荼'通)与,一曰郁雷。"《玄中记》名称独异,与诸说一无同处。古人今人一般看法是二神名为神荼、郁垒,垒又作櫑、檑、儡、雷、律者,皆一音之转。俞樾则以为二神一

---

① 据《齐民要术》卷六、《玉烛宝典》卷一注、《艺文类聚》卷九一、《太平御览》卷二九又卷九一八、《事类赋注》卷一八、《说郛》卷四《玄中记》校辑。

② 《左传》昭公四年:"桃弧棘矢,以除其灾。"杜预注:"桃弓棘箭,所以禳除凶邪。"《周礼·夏官·戎右》:"赞牛耳、桃茢。"郑玄注:"桃,鬼所畏也。"《艺文类聚》卷八六引《庄子》佚文:"插桃枝于户,连灰其下……鬼畏之。"

③ 参见吴树平《风俗通义校释》,注称《后汉书·礼仪志》刘昭注等所引皆有"神"字,吴校据补。

名荼,一名郁櫑,《风俗通》所云系以"神"字包下二名,非以"神荼"连读也。又谓高诱注称"荼与",误衍"与"字。① 按俞说及"神荼"说皆非,高诱注《战国策》云"一曰荼与,一曰郁雷"是也。《风俗通义》"有荼与郁垒昆弟二人",其实应读为"有荼与、郁垒昆弟二人",不得将"与"字当作连词。唐释慧琳《一切经音义》卷一一称《搜神记》及《风俗通义》并引《黄帝书》云:"上古之时,有二神人,一名荼与;二名郁垒,一名郁律。"可为旁证。《续博物志》卷五"荼与郁垒居其门"也是以荼与、郁垒为二神名,下又称"遂以荼、垒并挂苇索于门",乃是省称。《论衡》及蔡邕《独断》所云"神荼与郁垒二神居其门"等,均系误读《山海经》、《黄帝书》②,而后人又以讹传讹。俞樾自以为得其真,其实也大误。至于《括地图》云一名郁,一名垒,乃遗一名而误将"郁垒"析为二名。③《玄中记》云隆、窭者,不知所出。这是要说明的第一点。其次,山名多作度朔山,唯《括地图》及《玄中记》作桃都山,盖山有桃树,故度朔演为桃都也。桃上鸡鸣事亦只载《括地》和《玄中》,《括地》作金鸡,《玄中》作天鸡,似与《神异经》扶桑山玉鸡、金鸡、石鸡事有关。《玄中记》亦记扶桑山事,然称天鸡鸣而阳乌应之,阳乌鸣则天下之鸡皆鸣,与《神异》有异。

《玄中记》所记山川动植,也有些是此前不见于其他志怪书的新鲜传说,如:

> 昆仑西北有山,周回三万里,巨蛇绕之,得三周。蛇为长九万里。蛇居此山,饮食沧海。④

---

① 见《茶香室丛抄》卷一五《神荼郁櫑异名》。
② 《论衡·订鬼》所引《山海经》当非原文,疑原文应同《黄帝书》,王充误读,述其意曰"一曰神荼,一曰郁垒",非原文如此。
③ 荼与、神荼之辨,参见《唐前志怪小说辑释》,第203—204页。
④ 《古小说钩沉》,据《艺文类聚》卷九六、《太平广记》卷四五六及《白帖》卷九八、《御览》卷三八校辑。

东方之东海,有大鱼焉。行海者一日逢鱼头,七日逢鱼尾,其产则三百里水为血。①

第四类是关于精怪的记载,其中最佳者是姑获鸟传说:

天下有女鸟,名曰姑获。姑获鸟夜飞昼藏,盖鬼神类。衣毛为鸟,脱毛为女人。名为天帝少女,一名夜行游女,一名钩星鬼,一名隐飞鸟。喜以阴雨夜过,飞鸣徘徊人村里,唤"得来"者是也。是鸟纯雌无雄,不产。阴气毒化生。喜落毛羽中尘,置人儿衣中,便令儿作痫病,必死,即化为其儿也。今时小儿生之衣不欲夜露者,为此物爱以血点其衣为志,即取小儿也。故世人名为鬼鸟,荆州为多。

昔豫章男子,见田中有六七女人,不知是鸟,扶匐往。先得其所解毛衣,取藏之,即往就诸鸟。各走就毛衣,衣此飞去。一鸟独不得去,男子取以为妇,生三女。其母后使女问父,知衣在积稻下,得之,衣之而飞去。后以衣迎三女,三女儿得衣飞去。

此条见引于《水经注》卷三五《江水》、《荆楚岁时记》注、唐孙思邈《备急千金要方》卷一一、王焘《外台秘要方》卷三五、段公路《北户录》卷一、《太平御览》卷八八三又卷九二七、《重修政和证类本草》卷一九引陈藏器《本草拾遗》、日人丹波康赖《医心方》卷二五,文字多有异同,今参酌诸书校辑。鲁迅所辑,末有"今谓之鬼车"五字,乃据《御览》卷九二七,原为注文。按鬼车又称九头鸟,非姑获鸟,或混为一谈。《御览》注文,系浅人妄注。

此鸟名目极多,诸如姑获鸟、天帝少女(又作帝少女)、夜行游

---

① 《古小说钩沉》,据《御览》卷九三六、《广记》卷四六四及成玄英《庄子·逍遥游》疏校辑。

女（又作夜飞游女）、女鸟、钩星（又作钓星）、钩皇鬼、隐飞等。其中钩星、钓星、钩皇鬼，应以钩皇鬼为是，"钓"、"星"皆讹。而姑获之名实亦钩皇之音转，声母相同。然"钩皇"费解，颇疑实是"钩魂"之音讹，唐陈藏器《本草拾遗》云"姑获，能收人魂魄"，可证。

姑获究系何鸟，唐刘恂《岭表录异》卷中说是鸺鹠，即鸱，也就是猫头鹰，并云："好食人爪甲，则知吉凶，凶者辄鸣于屋上，其将有咎耳。故人除指甲埋之户内，盖忌此也。亦名夜行游女，与婴儿作祟，故婴孩之衣，不可置星露下，畏其祟耳。"所记又增入《博物志》事①。段成式《酉阳杂俎》前集卷一六记夜行游女同《玄中》，并谓此鸟"胸前有乳"，系"产死者所化"。《政类本草》卷一九引唐陈藏器《本草拾遗》也有同样记载，还说它一名乳母鸟。猫头鹰夜出昼藏，叫声难听，历来被视为不祥之物，故传说中有作祟之说。但观《玄中记》，它为害于人之处，只是喜偷小儿养为己子而已。对人来说当然失去小孩是灾祸，但对姑获鸟来说却是出于想满足它当母亲的心愿的傻念头，并无坏心。因此它不显得那么使人讨厌，很有人性，更何况它是死去的产妇所化，尤值得同情。女鸟传说其中包含着一些民俗观念，如魂魄附衣等。传说的后半十分有趣，是"脱毛为女人"的姑获鸟给豫章男子作妻子的故事。这是第一个人鸟结合的传说，开《聊斋志异·竹青》一类故事之先河。《搜神记》（《新辑搜神记》卷二〇）亦记此事，作豫章新喻县男子。男子藏毛羽得妻的情节，亦常为后世民间故事所采用。如唐句道兴《搜神记·田昆仑》和《董永变文》及民间流传的牛郎织女故事均有得天女之天衣而娶之为妻的情事。

在妖怪体系中，狐妖是一个引人注目的角色。《玄中记》记曰：

---

① 《北户录》卷一引《博物志》佚文云："鸺鹠鸟，一名鸧鹠。昼日无所见，夜则目至明。人截手爪弃露地，此鸟夜至人家拾取视之，则知有吉凶。凶者辄更鸣其家，有殃也。"

> 狐五十岁能变化为妇人,百岁为美女,为神巫,或为丈夫,与女人交接。能知千里外事,善蛊惑,使人迷惑失智。千岁即与天通,为天狐。①

在古代人们的观念中,生性狡黠的狐狸是种不平常的动物。中国原始社会曾出现过狐崇拜,至汉又以狐为瑞物,最著者乃九尾狐、白狐、玄狐。神话中,大禹夫人涂山女就是九尾白狐②,故《聊斋志异·青凤》中老狐精自称"我涂山氏之苗裔"。九尾狐在《竹书纪年》、《山海经》、《周书·王会篇》等均有记,是吉祥之物。郭璞《山海经图赞》云:"青丘奇兽,九尾之狐。有道祥见,出则衔书。作瑞于周,以摽灵符。"白狐亦如是,纬书《潜潭巴》云:"白狐至,国民利。"③但也是在汉代狐开始被妖精化,《说文》十上犬部狐字注云:"狐,妖兽也,鬼所乘之。"《焦氏易林》卷一〇《睽》之《升》云:"老狐屈尾,东西为鬼,病我长女,坐涕诎指,或西或东,大华易诱。"卷一二《萃》之《既济》又云:"老狐多态,行为蛊怪,惊我主母,终无咎悔。"说明汉代已传狐妖迷惑女人之事。魏晋之时,狐妖传说更多。《抱朴子·对俗篇》引《玉策记》云:"狐狸豺狼皆寿八百岁,满五百岁则善变为人形。"《新辑搜神记》卷一六《变化》云:"千岁之狐,起为美女。"又卷一八《阿紫》引《名山记》云:"狐者先古之淫妇也,其名曰'阿紫',化而为狐。故其怪多自称'阿紫'也。"此说尤奇,《搜神记》即记有阿紫引诱男人的故事。《玄中》所记,可以说给狐妖的特性作了个概括:变美女或淫妇以惑男,变丈夫以诱女,变神巫则可施行法术。狐千岁通天,称作天狐,后世或称通天狐④。

---

① 《太平广记》卷四四七引。《初学记》卷二九引《玄中记》作:"千岁之狐为淫妇,百岁之狐为美女。"《太平御览》卷九〇九引《玄中记》作:"五十岁之狐为淫妇,百岁狐为美女,又为神巫。"

② 见《艺文类聚》卷九九、《北堂书抄》卷一〇六引《吕氏春秋》佚文及《吴越春秋》卷六《越王无余外传》。

③ 《艺文类聚》卷九九引。

④ 如《六帖》卷九七引《牛羊日历》有"通天狐"之称,清宣鼎《夜雨秋灯录》卷七《狐侠》:"我通天狐也。"

天狐之说仍然保留着狐为神物的观念,成为后世狐神信仰和狐仙信仰的根底。魏晋南北朝天狐故事流传下来的很少①,而在唐代民间流行天狐信仰,有关天狐的故事极多。后世狐妖故事,大率如《玄中记》所言。罗贯中《平妖传》第三回即引《玄中记》此节文字,称诸虫百兽"算来总不如狐成妖作怪,事迹多端",演出狐妖圣姑姑、胡媚儿、左瘸儿母子三人兴妖作怪的一部大书。

《玄中记》还记有树精、鼠精、蝙蝠精、蟾蜍精、玉精、金精等,写法颇同《白泽图》,大抵无故事性。如"千岁树精为青羊,万岁树精为青牛","铜精为僮奴,铅精为老妇"等等。

《玄中记》是六朝地理博物体志怪的代表作之一,叶德辉《辑郭氏玄中记序》称其"恢奇瑰丽,仿佛《山海》、《十洲》诸书"。可惜的是原书失传,不得见其全豹。

西晋尚有《外国图》。此书史志无著录,《古小说钩沉》未辑。清陈运溶有辑本,载《麓山精舍丛书》第二集《古海国遗书抄》,丁国均《补晋书艺文志》地理类著录此书。佚文散见《水经注》、《齐民要术》、《北堂书钞》、《艺文类聚》、《法苑珠林》、《史记正义》、《太平御览》、《路史》注,凡二十余条,皆无撰人。《水经注·河水注》引云:"从大晋国正西七万里,得昆仑之墟,诸仙居之。"观此其出西晋无疑。然《史记·秦始皇本纪》《正义》引《括地志》云:"吴人《外国图》云亶洲去琅邪万里。"似吴亡入晋后所作。

《外国图》全拟《括地图》,材料亦多取《括地》。又多出入《博物》、《玄中》,它当出于《博物志》之前。下举三例以概其余:

---

① 《新辑搜神后记》卷六《伯裘》中的千岁狐伯裘最后上天化为神,便是一个天狐。《新辑搜神记》卷一八《斑狐书生》中的燕昭王墓斑狐亦有"千岁之质",但为张华所制,乃是准天狐。

> 方丘之上暑湿,生男子,三年而死。其潢水,妇人入浴,出则乳矣。是去九疑二万四千里。①

> 无首民乃与帝争神,帝斩其首,敕之此野。以乳为目,脐为口。去玉门三万里。②

> 高阳氏有同产而为夫妇者,帝怒放之,于是相抱而死。有神鸟以不死竹覆之,七年男女皆活,同颈异头,共身四足,是为蒙双民。③

第一事,郭璞注《山海经·海外西经》女子国,采入此说。第二事为刑天神话之演化。第三事又载《博物志》,情事奇特,反映了原始社会的血婚制度,而又融入不死之说。

三、"鬼董狐"干宝的《搜神记》

(一)干宝的生平事迹与《搜神记》的写作过程

晋代志怪的佼佼者是《搜神记》,作者是东晋初期著名史学家干宝。

干宝传记最早载于刘宋何法盛《晋中兴书》④,书已亡,《干宝传》仅存片断。《世说新语·排调篇》注引《中兴书》云:

> 干宝,字令升。新蔡人。祖正,吴奋武将军。父莹,丹阳丞。宝少以博学才器著称,历散骑常侍。

---

① 《太平御览》卷三六〇引,又卷三九五引,作"黄水"。
② 《御览》卷七九七引。
③ 《齐民要术》卷一〇引。
④ 《隋书·经籍志》正史类著录宋湘东太守何法盛《晋中兴书》七十八卷,今有辑本多种,最佳者乃清汤球辑本,载《广雅书局丛书·晋书辑本》,《丛书集成初编》收入。

又《文选》卷四九干令升(宝)《晋纪论晋武帝革命》李善注引何法盛《晋书》：

> 干宝，字令升。新蔡人。始以尚书郎领国史，迁散骑常侍，卒。撰《晋纪》，起宣帝迄愍，五十三年。评论切中，咸称善之。

《晋书》卷八二《干宝传》，则当据萧齐臧荣绪《晋书》所载①，是现存最详细的传记。传文云：

> 干宝，字令升，新蔡人也。祖统，吴奋武将军、都亭侯。父莹，丹杨丞。宝少勤学，博览书记，以才器召为著作郎。平杜弢有功，赐爵关内侯。中兴草创，未置史官，中书监王导上疏曰："……宜备史官，敕佐著作郎干宝等渐就撰集。"元帝纳焉。宝于是始领国史。以家贫，求补山阴令，迁始安太守。王导请为司徒右长史，迁散骑常侍。著《晋纪》，自宣帝迄于愍帝五十三年，凡二十卷，奏之。其书简略，直而能婉，咸称良史。性好阴阳术数，留思京房、夏侯胜等传。宝父先有所宠侍婢，母甚妒忌，及父亡，母乃生推婢于墓中。宝兄弟年小，不之审也。后十余年，母丧，开墓而婢伏棺如生。载还，经日乃苏。言其父常取饮食与之，恩情如生。在家中吉凶辄语之，考校悉验。地中亦不觉为恶。既而嫁之，生子。又宝兄尝病气绝，积日不冷。后遂悟，云见天地间鬼神事，如梦觉，不自知死。宝以此遂撰集古今神祇灵异人物变化，名为《搜神记》，凡三十卷。以示刘惔，惔曰："卿可谓鬼之董狐。"宝既博采异同，遂混虚实，因作序以陈其志……宝又为《春秋左氏义外传》，注

---

① 中华书局版《晋书·出版说明》："但此书(《晋书》)的编撰者只用臧荣绪《晋书》作蓝本，并兼采笔记小说的记载，稍加增饰。"按：《隋书·经籍志》正史类著录齐徐州主簿臧荣绪《晋书》一百一十卷，已佚，今有辑本多种，最佳者乃清汤球辑本，载《广雅书局丛书·晋书辑本》，《丛书集成初编》收入。

《周易》、《周官》,凡数十篇,及杂文集,皆行于世。

又唐许嵩《建康实录》卷七也有关于干宝的传记资料:

> (咸康二年)三月,散骑常侍干宝卒。宝字令升,新蔡人,少勤学。中宗即位,以领国史,累迁散骑常侍。修《晋纪》,上自宣帝迄于建兴,凡五十三年,成二十卷。辞简理要,直而能婉,世称良史。初,父亡,有所幸婢,母忌之,乃殉葬。后十余年,母丧,开冢合葬,殉婢乃活,取嫁之。因问幽冥,考校吉凶,悉验。遂著《搜神记》三十卷。将示刘惔,惔曰:"卿可谓鬼之董狐也。"

以上三书记载干宝事迹均比较简略。事迹又散见《晋书》及其他文献。关于干宝生平事迹,学者曾作过一些考证和研究,尚不完善①。现依据文献记载,将干宝生平事迹作梳理考证如下②。

干宝③,字令升。原籍汝南郡新蔡县(今属河南)。汉末汝南

---

① 葛兆光《干宝事迹材料稽录》(载《文史》第7辑,中华书局1979年版)主要从《晋书》钩稽出一些材料,作了初步考辨。日本《东方学报》第六九册(1997年3月)所刊小南一郎《干宝〈搜神记〉の编纂》(上),其中第二章《干宝——时代と生涯》对干宝生平事迹作了详细研究,运用资料相当丰富,但论文更注重于对干宝社会背景和社会关系的推测和描述,对干宝经历中的若干紧要问题则疏于考证,或者考证有误,这样所描述的社会关系也就多为想当然之辞,而且一些重要资料也未掌握。

② 参见拙作《干宝考》,《文学遗产》2001年第2期,《魏晋南北朝文学与文化论文集》,南开大学出版社,2002年8月。前者系删节本。又见拙作《新辑搜神记新辑搜神后记》之《前言》。

③ 干宝姓氏,古书常讹作于。唐林宝《元和姓纂》卷四干姓载:"《左传》,宋大夫干犨之后。陈干徵师,汉蜀郡尉干献,吴军师干吉,晋将军干瓒。""新蔡"下云:"干犨之后。晋丹阳丞干莹(按:当作莹),生宝,著《晋纪》及《搜神记》。"干犨见《左传》昭公二十一年:"干犨御吕封人。"干徵师见《左传》昭公七年:"楚人执陈行人干徵师杀之。"干氏既出干犨,其不作于甚明。明董毂《碧里杂存》卷下《干宝》云:"干宝者,即于宝也。本姓干,后人讹为于字。"在古籍中,干宝之姓还有讹作"千"的,宋人毛居正《六经正误》卷一《释文》曾辨云:"干者,晋人干宝也。姓干戈之干,作千百之千,误。"

为黄巾所据,约在此期间干宝先人避乱南徙,定居海盐(今浙江海盐市东北、平湖市东南),遂为海盐人。据后世方志记载,海盐有干宝墓、干莹(宝父)墓,海宁有干宝故宅①。三国时海盐为吴地,干宝祖父名统②,仕吴为奋武将军,封都亭侯。父莹,字明叔,曾任海盐令、丹杨丞、立节都尉③。兄名干庆,曾为晋豫宁令④。干宝约生于吴末⑤,幼年父亡。惠帝元康末至太安之间(299—303),曾在

---

① 见南宋王象之《舆地纪胜》卷三《嘉兴府·古迹》,元徐硕《至元嘉禾志》卷一三《冢墓·海盐县》,明李贤等修《明一统志》卷三九《嘉兴府·陵墓》,明樊维城、胡震亨等修《海盐县图经》卷三《方域篇》,董榖《碧里杂存》卷下《干宝》,清戬鲁村《海宁州志》卷六《古迹》,方溶《澉水新志》卷七《名胜下·古迹》。按:海宁原属海盐,吴分立盐官县,元改称海宁州。县治今在硖石。

② 《世说新语·排调》注引《中兴书》作"正",盖梁刘峻注《世说》避皇太子萧统讳而改。

③ 干莹字明叔及为立节都尉,见《至元嘉禾志》卷一三《冢墓·海盐县》《考证》引旧图经、《海盐县图经》卷三《方域篇》、《碧里杂存》卷下《干宝》引旧图经、《澉水新志》卷七《名胜下·古迹》;为海盐令见乾隆中嵇曾筠等修《浙江通志》卷二三六《陵墓二·嘉兴府·海盐县》。

④ 本传载干宝有兄,未具名,后世记载言为干庆。《太平广记》卷一四引《十二真君传》(唐高宗时豫章西山道士胡慧超撰)载宝兄为武宁县令干庆,元赵道一《历世真仙体道通鉴》卷二七《吴猛》云西安令于(干)庆。西安即武宁,汉末置,吴曰西安,晋武帝太康元年(280)改豫宁,唐置为武宁(见《宋书·州郡志二》、《新唐书·地理志五》)。唐无名氏《文选集注》卷六二江文通《拟郭弘农游仙诗》注引《文选抄》则云:"吴猛,豫章建宁人。干庆为豫章建宁令……"据《晋书·地理志下》、《宋书·州郡志二》,豫章郡无建宁。《晋书》卷九五《艺术·吴猛传》:"吴猛,豫章人也。"未具县名。而《历世真仙体道通鉴》云:"吴君名猛,字世云。濮阳人,仕吴为西安令,因家焉。"可见吴猛为豫章西安人,干庆仕晋,则为豫宁令无疑。

⑤ 干宝父仕吴,当亡于吴,而时干宝年幼,由此推断当生于吴末。张忱石《建康实录·点校说明》据干宝参加平定杜弢,而杜弢反于永嘉五年(311)来推测干宝生年,说:"干宝参加平定杜弢时年龄至少在二十五以上,往上推溯二十五年,干宝生于晋武帝太康七年(286)左右,他大概活了五十多岁。"(中华书局1986版)中国大百科全书出版社1993年版《中国古代小说百科全书》"干宝"条(许逸民撰,第101页)即用此说,定干宝生卒年为286?—336年。小南一郎文以为干宝出生可以确定是西晋初年的事情,见第33页。

江淮,时已成人①。少勤学,博览书记,性好阴阳术数,留思京房、夏侯胜等人所作《易》传,怀帝永嘉以前曾向韩友请教占卜之术②。

永嘉年间干宝以才器被召为佐著作郎,永嘉五年(311)扬烈将军周访奉镇东大将军司马睿(晋元帝)之命领兵南下屯彭泽,以防备江州刺史华轶不听号令,途经姑孰和干宝见面,干宝时为佐著作郎③。此年正月杜弢据长沙反,江州平定后司马睿即命振武将军、寻阳太守周访随荆州刺史陶侃讨杜,干宝也参加了讨杜的战事。建兴元年(313)四月愍帝即位,五月,加镇东大将军、琅邪王为左丞相,三年二月进丞相、大都督、督中外诸军事。丞相军咨祭酒华谭荐干宝等人后上笺求退,他荐干宝,很可能是代己之职,但华谭辞职未获批准,故而荐事亦作罢④。建兴三年八月陶侃击败杜弢,杜死于道,湘州平,干宝因功赐爵关内侯。

晋王建武元年(317)十一月中书监王导上疏置史官,在王导举荐下干宝以著作郎领国史⑤。当时任佐著作郎的先后还有王隐、郭璞、虞预、朱凤、吴震等。成帝咸和初(326),干宝以家贫,求补山阴令,荐挚友司徒咨议参军葛洪代己。葛洪迁为散骑常侍,领大著作(即著作郎),然固辞不就,改由秘书丞虞预领著作郎⑥。干宝为著作郎始建武元年讫咸和元年,达十年之久。后由山阴令迁始安太守。在始安曾遣船资助隐居寻阳有"通家之好"的翟汤,汤

---

① 《新辑搜神记》卷一四《江淮败属》云:"元康之末,以至于太安之间,江淮之域有败属自聚于道,多者或至四五十量。余尝视之,使人散而去之,或投林草,或投渊谷。"所据为《北堂书抄》卷一三六、《开元占经》卷一一四、《太平御览》卷六九九引及《宋书·五行志一》、《晋书·五行志上》。
② 见《晋书》卷九五《艺术·韩友传》。
③ 见《晋书》卷六一《华轶传》、卷五八《周访传》。
④ 参见《晋书》卷五二《华谭传》。
⑤ 《文选》卷四九干令升《晋纪论晋武帝革命》李善注引何法盛《晋书》(即《晋中兴书》)云干宝"始以尚书郎领国史",记载有出入。可能《晋中兴书》记载有误,或者引文有脱讹之处。
⑥ 见《晋书》卷七二《葛洪传》、卷八二《虞预传》。

廉让而不肯接受①。

明帝即位,王导受遗诏辅政,太宁元年(323)四月迁司徒,咸康元年(335)四月,司徒府置左右长史,干宝被召为司徒右长史,时去咸和元年调补山阴令也是首尾十年。干宝在司徒府曾撰立司徒府属僚官仪,《南齐书》卷一六《百官志》载:"司徒府领天下州郡名数户口簿籍。……常置左右长史、左西曹掾属、主簿、祭酒、令史以下。晋世王导为司徒,右长史干宝撰立官府职仪已具。"《隋书·经籍志》职官类著录干宝《司徒仪》一卷②,即此书。约在咸康一二年,干宝迁官散骑常侍,兼领著作郎。《晋书·职官志》载:"魏文帝黄初初,置散骑,合之于中常侍,同掌规谏,不典事,貂珰插右,骑而散从,至晋不改。……常为显职。"散骑常侍"不典事",无日常职守,所以常用作加官和兼官,或领其他职事。《北堂书抄》卷五七引《晋中兴书·太康孙录》云:"干宝以散骑常侍领著作。"《册府元龟》卷六〇五《学校部·注释一》亦云:"干宝为散骑常侍,领著作。"可见干宝当时是以散骑常侍而兼领著作郎,这是第二次出任大著作。

干宝官终散骑常侍、著作郎,这是绝无疑义的。然唐初道宣《续高僧传》卷一三《唐京师大庄严寺释慧因传》称"晋太常宝",道宣《道宣律师感通录》亦云:"余曾见太常晋于(干)宝撰《搜神录》"。而释法琳《破邪论》卷下云:"晋中书侍郎干宝撰《搜神录》"。这里冒出太常和中书侍郎两个官职。小南一郎以为太常可能是干宝死后的赠官③,这是有道理的。据《宋书·百官志下》,散骑常侍和诸卿均为第三品,而太常为诸卿之一④,依晋代赠官制

---

① 见《晋书》卷九四《隐逸·翟汤传》。
② 《旧唐书·经籍志》、《新唐书·艺文志》作《司徒仪注》五卷。
③ 见小南文,第66页。
④ 《晋书·职官志》:"太常、光禄勋、卫尉、太仆、廷尉、大鸿胪、宗正、大司农、少府、将作大匠、太后三卿、大长秋,皆为列卿。"

度,散骑常侍卒赠太常并不违例①。从《续高僧传·释慧因传》来看,道宣了解干宝世系,因此他称作"太常干宝"应当予以充分注意,以之为干宝的卒后赠官是目前可以做出的最合理的解释。至于法琳说的"中书侍郎",绝对不能成为干宝的赠官,因为中书侍郎是第五品。如果法琳记载可靠,那么中书侍郎只能是生前某时所任官。干宝仕历长达二十五年,本传记其官政可能有遗。不过太常、中书侍郎以及尚书郎目前还难以比较确定地排入干宝的仕宦经历中,都是疑点,这个问题尚待发现佐证资料,也只能存疑而已。

干宝卒年,《建康实录》有明文记载,卒于成帝咸康二年(336)三月。大约享年六十余岁。过去研究者没有发现《建康实录》的记载,推断干宝卒年均不确切。② 干莹、干宝父子墓均在海盐县西南四十里金牛山南③。据唐释道宣《续高僧传·释慧因传》载,干宝后裔有干朴,梁散骑常侍;朴子元显,梁中书舍人;元显子慧因,

---

① 《晋书》卷六五载,尚书王悦赠太常,中书令王珉赠太常,尚书、中书令亦为第三品。

② 明胡震亨《搜神记引》始以刘惔卒年考《搜神记》成书之年,然谓惔卒于明帝太宁间,大误(详下文)。宁可《论魏晋志怪小说的传播和知识分子思想分化的关系》(刊《北京大学学报》〈人文科学〉1957年第2期)亦据刘惔卒于永和五年前推断成书应在穆帝永和初。确定干宝卒年,似始于张忱石点校《建康实录》(中华书局1986版),《点校说明》特别提到《建康实录》对干宝卒年的记载。(第12页)中国大百科全书出版社1993年版《中国古代小说百科全书》"干宝"条(许逸民撰,第101页)及小南一郎文(第66页)均据《建康实录》确定干宝卒年。关于干宝卒年的考证,葛兆光曾引用了《晋书·五行志上》一条材料:"司马道子于园内列肆,使姬人酤鬻,身自贸易。干宝以为贵者失位,降在皂隶之象也。"认为司马道子事在晋孝武帝太元十年(385)之后,时干宝已九十余岁,"恐其中有误"。干宝确实不可能活到司马道子的年代,但这条记其实并未有误。《晋志》之说本《宋书·五行志一》载司马道子于府北园列肆酤酒为戏事,云:"汉灵帝尝若此,干宝以为君将失位,降在皂隶之象也。"此据《搜神记》,见《法苑珠林》卷四四引。干宝所论乃汉灵帝事,《宋志》引之比附司马道子事,以其相类。《晋志》删去"汉灵帝尝若此"六字,遂生歧义。

③ 见清方溶《澉水新志》卷七《名胜下·古迹》。董毅《续澉水志》卷一《地理纪·山川》:"金牛山,在湖西北。"湖指永安湖,据图,在海盐城西南。后淤塞。

年十二出家,唐太宗贞观元年(627)卒于京师大庄严寺,年八十九。①

干宝著作颇多,据《晋书》本传、《册府元龟》卷六〇五《学校部·注释一》及卷八五四《总录部·立言》、《隋书·经籍志》、《旧唐书·经籍志》、《新唐书·艺文志》,总共二十二种,除《晋纪》二十卷、《搜神记》三十卷,还有《周易注》十卷、《周官礼注》十二卷、《春秋左氏函传义》十五卷、《干子》十八卷、《干宝集》四卷、《百志诗》九卷等,经史子集都涉及到了,非常广泛,可惜全部散佚,今存者全系辑本②。其中最有影响的是西晋编年史《晋纪》二十卷③和

---

① 《文学遗产》2009年第5期刊张庆民《干宝生平事迹新考》提出一些新的看法,可参考。王尽忠《干宝研究全书》(中州古籍出版社,2009年版),引有《干氏宗谱》中的四件文献,即晋元帝大兴改元(318)二月《赐爵关内侯制诰》、穆帝永和七年(351)《御制神道碑》(昭德殿制文)、盐官六世孙朴(干朴)天监三十五年《灵泉乡真如寺碑亭记》,以及胡震亨据《干氏宗谱》所作《盐官肇宗略》。王尽忠即根据这些文献考证干宝生平。按:《赐爵关内侯制诰》称"原任始安太守干宝,总督淮扬军旅,运筹帷幄之中","特赐尔爵关内侯,仍领秘书监事,纂修国史",时间错乱,史实不确,而改元大(太)兴实在三月。《御制神道碑》"前尔原任尚书省散骑侍郎,宜特加尚书令,从祀学宫"云云以及昭德殿,亦不见于史料。干朴《碑亭记》云"龙嘉元年,荥阳高皇祖令升公,初仕晋为盐官州别驾。……家于盐之灵泉乡",又云干宝茔在盐之青山。盐官晋、梁为县,属扬州吴郡,何得称州别驾?天监终于十八年(519),何来三十五年?要之《干氏宗谱》三件资料的真实性颇可怀疑。又据《浙江日报》2001年10月30日《〈搜神记〉作者干宝家谱续修本在海盐问世》的报道,称干氏四十八世裔孙干乃军作干宝宗谱续修本,云干宝官终礼部尚书,永和七年(351)亡。按:礼部及礼部尚书北魏始置,干宝卒于成帝咸康二年史有明文,此亦夸大无稽之词,不足取信。

② 干宝佚著辑本,《盐邑志林》有《易解》三卷;《汉魏二十一家易注》有《周易注》一卷;《玉函山房辑佚书》有《周易干氏注》三卷、《周官礼干氏注》一卷,《晋纪》一卷,《后养议》一卷,《干子》一卷;《黄氏逸书考》有《易注》一卷、《周官注》一卷、《晋纪》一卷;《易学六种》有《干氏易传》三卷;《汉魏遗书抄》有《周官礼注》一卷;《广雅书局丛书》有《晋纪》一卷;《辑佚丛刊》有《晋纪》二卷;《玉函山房辑佚书续编》有《干子》一卷。今存二十卷本《搜神记》乃明人胡应麟等所辑。

③ 中华书局点校本《晋书·干宝传》作二十卷,《册府元龟》卷五五五《国史部·采撰》同,《晋书斠注》作三十卷。《隋书·经籍志》古史类作二十一卷,《旧唐书·经籍志》、《新唐书·艺文志》编年类作二十二卷,《新志》正史类又重出干宝《晋书》二十二卷。

志怪小说《搜神记》三十卷。

关于《搜神记》的写作动机,据《晋书》本传所载,与父婢与兄复生事有关。这段情由在《世说·排调篇》注引《孔氏志怪》、《文选集注》卷六二江文通《拟郭弘农游仙诗》注引《文选抄》、《太平广记》卷一四引《十二真君传》、《建康实录》、元赵道一《历世真仙体道通鉴》卷二七《吴猛》等书中都有类似记载①。所不同的是由于各书所记侧重点不同,以及征引时有所删削,所以《孔氏志怪》只说因父婢复生而作《搜神记》,而《文选抄》、《十二真君传》、《真仙通鉴》只举其兄复生,《建康实录》则二事并举,与《晋书》本传相同。本传把《搜神记》的创作和干宝父婢及其兄复生两件事联系起来,说宝"以此遂撰集"《搜神记》,其他记载均亦作此说,可见这两件事极可能是干宝《搜神记序》中所记,只不过序中叙父婢事不会言为其母妒而推着墓中,《晋书》本传可能是参照《孔氏志怪》记录的。本传所录序文,开头即云"虽考先志于载籍",无此文法,分明是前有删削,因为本传将婢和兄复生事以叙述文字前已载之,所以在引用序文时就略去了②。

从《文选抄》所引《搜神记序》"建武中,有所感起,是用发愤焉"③的话来看,干宝作《搜神记》的直接起因是有感于其兄干庆的死而复生(其实是假死现象),同时也由此联想到发生在少年时的所谓父婢复生的传闻。因为干宝父婢殉葬本是干宝幼年之事,当时干宝兄弟还懵懂无知,所谓十余年后开墓复生当然也不过是

---

① 宝父婢事又见《搜神后记》(《新辑搜神后记》卷八)、《太平广记》卷三七五引《五行记》、《独异志》卷上;宝兄事又见《广记》卷三七八、《太平御览》卷八八七引《幽明录》。

② 参见余嘉锡《四库提要辨证》卷一八,中华书局1980年版,第三册,第1143页。

③ 《孔氏志怪》所引只"有所感起"四字。

曲乡传闻之辞。建武中有所感起应当主要是针对干庆的所谓复生之事。干庆的复生当在建武中，所以序称"建武中有所感起"。建武元年干宝以著作郎领修国史，其撰《搜神记》必始于此年。《十二真君传》谓"庆弟晋著作郎宝"，举其撰《搜神记》时之官，是正确的。

据方志记载，干宝早年曾是无鬼论者，曾著《无鬼论》①。如前所述，无鬼论是魏晋时期的一个重要思潮，在当时许多小说中都有反映。干宝无疑是受到这种思潮的影响，但建武中干庆复生，"云见天地间鬼神事"，尽管不过是昏迷状态中由于鬼神信仰和心理暗示产生的幻觉而已，但却成了干宝转变的关捩，"感起"而"发愤"，遂撰《搜神记》"明神道之不诬"（序中语），也就是证实有鬼论的正确和无鬼论的荒谬。

干宝在著作省开始撰《搜神记》还有这样一件证据。西晋张敏曾撰《神女传》，干宝采入《搜神记》②。《太平御览》卷七二八引有《智琼传》这样一节文字：

> 弦超为神女所降，论者以为神仙，或以为鬼魅，不可得正也。著作郎干宝以《周易》筮之，遇《颐》之《益》，以示同寮郎，郭璞曰："《颐》贞吉，正以养身，雷动山下，气性唯新。变而之《益》，延寿永年，乘龙衔风，乃升于天：此仙人之卦也。"

这篇《智琼传》作者不详，但应当是抄自《搜神记》，而这节文字应当是干宝在篇末所系论赞，大约原文为"著作郎干宝曰"云云。魏时弦超自称遇神女成公智琼，沸沸扬扬，腾在人口，张敏作《神女赋》、《神女传》，其事更传。当时人们或不信智琼为仙，干宝于是

---

① 《明一统志》卷三九《嘉兴府·陵墓·干莹墓》注语云："莹，吴散骑常侍宝之父也。宝尝著《无鬼论》，莹卒，以幸婢殉。后十年妻死合葬，婢犹存。宝始悟幽冥之理，撰《搜神记》三十卷。"称"吴散骑常侍宝"，盖缘干莹仕吴而涉误。
② 参见拙作《〈神女传〉〈杜兰香传〉〈曹著传〉考论》，《明清小说研究》1998年第4期；又载李剑国《古稗斗筲录——李剑国自选集》，南开大学出版社，2004年版。

筮之,而郭璞作解,干宝将此事系于篇末,明其为仙人。这里干宝的署衔是著作郎,可见干宝在《搜神记》中记此事是在著作任,所云同寮郎,即佐著作郎,而郭璞建武至太兴元年(318)间正为佐著作郎,不久迁调尚书郎①。

干宝任著作郎历时十年,这期间除撰《晋纪》,同时也搜集记录《搜神记》的资料。《搜神记》不会很快成书,依据古小说集的一般写作规律,大都是随时而记,积久成编的。干宝写《搜神记》曾遇到缺乏纸笔的困难,北宋苏易简《文房四谱》卷四引有这样一条材料:

> 干宝表曰:"臣前聊欲撰记古今怪异非常之事,会聚散逸,使自一贯,博访知古者。片纸残行,事事各异。又乏纸笔,或书故纸。"诏答云:"今赐纸二百枚。"②

此表非《搜神记》成书后的进书表,而是上于皇帝的请纸表③。六朝时期纸笔昂贵,而写书又颇费纸笔。干宝虽为著作郎,但俸禄不足养家,而郡县守令待遇丰厚,所以有后来求补山阴令之事,因此无力购买写书用纸是可以想象得到的。他撰《晋纪》,是奉诏修国史,可以用著作省官用纸张。但《搜神记》乃私人著述,就不好用公家纸张了。干宝上表专为写《搜神记》而请纸,表明他对《搜神记》的重视,皇帝批准给纸二百枚(张),数量不少,也说明皇帝的支持态度。干宝上表之时,估计《搜神记》已积累了相当多的材料,所以才有纸张之乏,其时大约在明帝朝(322—325)。

从表中看,干宝撰作《搜神记》"会聚散逸,使自一贯",一方面是把散见于古书和前人书中的有关资料——所谓"片纸残

---

① 见《晋书》卷七二《郭璞传》。
② 《初学记》卷二一、《太平御览》卷六〇一亦引,无"诏答"等九字。
③ 汪绍楹校注《搜神记》据《初学记》卷二一录入此表,题曰《进搜神记表》,不当。

行"——搜集集中起来,这也就是自序中说的"缀片言于残阙","承于前载"。但同时也从当代人口中搜集材料,所谓"博访知古者",也就是序中所说"访行事于故老","采访近世之事"。序称:"群言百家,不可胜览;耳目所受,不可胜载。"说的就是这两个方面。干宝身在著作,有方便条件阅读前人书和古书,这也就是他任著作郎时开始写《搜神记》的原因。但据《隋书·经籍志序》云,本来魏晋秘书省藏书多达二万九千九百四十五卷,而经惠、怀之乱,国家藏书"靡有孑遗",到东晋永和中著作郎李充校书时也才只有三千一十四卷,那已是干宝死后十几年的事情了①。因此干宝只利用秘府书是远远不够的,还须自己采访书籍,"博访知古者","访行事于故老","采访近世之事",这些话不光是指口头采访,也包含着访书。

此后干宝在外任县令郡守十年,估计还在继续撰作《搜神记》。本传载干宝曾将《搜神记》拿给刘惔看,刘惔说:"卿可谓鬼之董狐。"②这应当是《搜神记》成书后的事情。考刘惔于穆帝永和三年(347)十二月自侍中迁丹杨尹③,卒官,年三十六④。传载亡后孙绰作诔,诣褚裒言及惔而流涕,而褚裒卒于永和五年十二月⑤。《世说·伤逝》载王长史蒙卒时刘尹(丹杨尹)临殡,而王蒙卒于永和三年⑥。由此来看刘惔约卒于永和四年(348),生年则在建兴元年(313)。到咸康二年干宝卒,刘惔才二十四岁。刘惔是

---

① 《晋书》卷九二《李充传》载,李充辟丞相王导掾,转记室参军。征北将军褚裒引为参军,求为剡县令。遭母丧,服阕为大著作郎。据《晋书·穆帝纪》,永和二年(346)七月以兖州刺史褚裒为征北大将军,推知李充为大著作至早在永和五六年。

② 当采自《世说新语》,《世说·排调》:"干宝向刘真长叙其《搜神记》,刘曰:'卿可谓鬼之董狐。'"《建康实录》卷七亦载。

③ 《建康实录》卷八:"(永和三年)冬十二月,以侍中刘惔为丹杨尹。"

④ 见《晋书》卷七五《刘惔传》。

⑤ 见《晋书·穆帝纪》。

⑥ 《法书要录》卷九张怀瓘《书断》。参见余嘉锡《世说新语笺疏·伤逝》引程炎培,中华书局1983年版,第642页。

东晋名士,本传载:"恢少清远,有标奇。……人未之识,惟王导深器之。后稍知名,论者比之袁羊。……尚明帝女庐陵公主。"干宝咸康元年由始安调任王导司徒府右长史,刘恢既受王导器重,很可能当时也任职于司徒府,干宝给刘恢看《搜神记》,大约是供职司徒府时的事情,若此,必在咸康元年二年间,书成大约也在此间。从建武元年开始"发愤"著书,到咸康二年,历时二十年,这是一个颇为不短的写作过程。

干宝对刘恢出示其书,当然因为他是名流,品藻为世所重。刘恢对干宝书的评价是以春秋晋国秉笔直书的良史董狐为喻,似乎是称赞,其实是讥讽干宝以史家实录态度对待鬼神荒渺之事,所以《世说新语》以此事入于《排调门》。《世说·品藻》载刘恢自视极高,自许"第一流"人物,未必对年长于他三四十岁的干宝佩服。而且《世说·言语》载,刘恢曾说"吉凶由人"。又载:"刘尹在郡,临终绵惙,闻阁下祠神鼓舞,正色曰:'莫得淫祀。'外请杀车中牛祭神,真长(刘恢字)答曰:'丘之祷久矣,勿复为烦。'"看来他颇不信鬼神之事,属无鬼论一派,所以拿干宝来调侃,意思是做董狐可做鬼董狐则不可,《晋纪》固为良史,《搜神记》则为妖妄。"鬼董狐"之评明扬暗抑,这是刘恢的品藻之妙,《晋书》从《世说》采入,则未解其意,以为称赏,从此后世也就以"鬼董狐"为语怪美称了①。

(二)《搜神记》的流传、散佚与辑录刊行

《晋书》本传、《建康实录》卷七、《册府元龟》卷五五五《国史部·采撰一》均载干宝撰《搜神记》三十卷。《隋书·经籍志》杂传类始见著录,又载《日本国见在书目录》杂传家、《旧唐书·经籍志》杂传类鬼神家、《新唐书·艺文志》小说类,均作《搜神记》三十

---

① 宋黄庭坚《山谷外集》卷一〇《廖袁州次韵见答并寄黄靖国再生传次韵寄之》:"史笔纵横窥宝铉。"自注:"干宝作《搜神记》,徐铉作《稽神录》,当时谓宝鬼之董狐。"南宋沈氏有小说集名《鬼董狐》(一名《鬼董》)。元末杨维祯《说郛序》:"其搜神怪,可为鬼董狐。"

卷。此后，宋人公私书目明确著录《搜神记》三十卷的惟有南宋郑樵《通志·艺文略》（传记类冥异属），但郑氏《艺文略》乃综合前代书目史志而成，并非其藏书目录，所著干宝撰《搜神记》三十卷必是据隋唐史志。尤袤《遂初堂书目》小说类亦有《搜神记》，则系尤氏藏书。今本《遂初堂书目》出自陶宗仪《说郛》（卷二八），撰人卷数皆为陶氏削去，无法知道这本《搜神记》究竟是不是干宝所撰三十卷本。《崇文总目》小说类著录有《搜神总记》十卷，释云："不著撰人名氏，或题干宝撰，非也。"《中兴馆阁书目》小说家类著录此本，全引《崇文目》之说。而《宋史·艺文志》小说类著录作干宝《搜神总记》十卷，注"不知作者"。盖据《崇文目》之"或题干宝"妄加撰名，又据"不著撰人名氏"注曰"不知作者"，以致自相抵牾。《遂初堂书目》小说类又有《搜神摅记》，疑即《搜神总记》①。《搜神总记》书名卷数均与《搜神记》不合，肯定不是干宝书，《崇文目》的释文是崇文院馆臣寓目原书所作，自然可信。有的学者认为《搜神总记》十卷本就是干宝《搜神记》②，说非。

南宋著录极富的晁公武《郡斋读书志》和陈振孙《直斋书录解题》均无《搜神记》，说明《搜神记》在南宋罕见流传。南宋初朱胜非所编《绀珠集》卷七摘录干宝《搜神记》十一条，曾慥《类说》卷七摘录《搜神记》十二条，其中"阿香推车"实出《续搜神记》③，"审雨堂"实出《妖异记》④，可见《绀珠集》、《类说》所据《搜神记》已

---

① 余嘉锡《四库提要辨证》卷一八《搜神记二十卷》云"不知是否一书"。中华书局，1980年版，第三册，第1138页。按："总"字又作"摠"，与"摅"字形近，故疑"摅"乃"总"之讹。

② 张锡厚《敦煌写本〈搜神记〉考辨——兼论二十卷本、八卷本〈搜神记〉》："宋代以后已见不到三十卷本《搜神记》，《宋史·艺文志》卷二〇六只著录'干宝《搜神总记》十卷'。可惜的是，就连这个十卷本也没有流传下来。"《文学评论丛刊》第16辑。

③ "阿香"条诸书或引作《搜神记》，或引作《续搜神记》，今本《搜神后记》卷五、《新辑搜神后记》卷三辑入。事在永和中，必出《续记》。

④ 此事见《太平广记》卷四七四引《穷神秘苑》，而《穷神秘苑》乃引《妖异记》，为后魏庄帝永安二年（529）事，远在干宝之后。

不是原书,与《续记》相混,并羼入他书内容。元末陶宗仪编《说郛》,收书极多,但他没看到《搜神记》,只是在书中卷四从《类说》转录了三条。这些情况表明《搜神记》在宋元间已经散佚,前人疑其南宋已佚①,是大体可以成立的。

明人书目,或亦可见关于《搜神记》的著录。明英宗正统六年(1436)杨士奇登记永乐十九年(1421)迁都北京后从南京移贮北京文渊阁的国家藏书为《文渊阁书目》,卷一六道书类有《搜神记》一部一册,旧题叶盛《菉竹堂书目》卷六道书类也曾著录《搜神记》一册②。嘉靖中高儒《百川书志》卷一一子部神仙类著录《搜神记》二卷,干宝编。嘉靖中周弘祖《古今书刻·书坊》杂书类著录《搜神记》,表明嘉靖前坊间曾刊行《搜神记》。隆庆万历中《赵定宇书目》著录《稗统续编》,中有《搜神记》一本。这几本《搜神记》,作者卷数大都未加说明,惟有《百川书志》著录为二卷,并称干宝编。但须注意的是《百川书志》与《文渊阁书目》、《菉竹堂书目》都隶于道书类或神仙类,而干宝《搜神记》并非神仙道书,可以推断所著录的不是干宝书而是同名的其他书,而在元明时期确有道书类的《搜神记》数种。《古今书刻》著录书坊所刻者和《稗统续编》所收者大约也都是这类书。

从《搜神记》问世后袭用干宝书名的很多,北魏昙永《搜神论》、唐代句道兴《搜神记》、宋代流传的《搜神总记》都是这样的书,元明间冒名《搜神记》的道书也有几种。《续道藏》有《搜神记》一本,六卷。前有《引搜神记首》,未署名,但文中作引者自称

---

① 清周中孚《郑堂读书记》卷六六小说家类异闻属云:"然《读书志》、《书录解题》均不载,疑其书宋时已佚。"余嘉锡《四库提要辨证》云:"晁、陈书目皆不著录,则宝书在南宋似已不传。"第1138页。

② 清陆心源以为今本《菉竹堂书目》非叶盛原书,而是伪本,抄撮《文渊阁书目》而成。《仪顾堂题跋》卷五《粤雅堂书刻伪菉竹堂书目跋》云:"盖书贾抄撮《文渊阁书目》,改头换面,以售其欺。"参见张雷《〈菉竹堂书目〉的真本和伪本》,《江苏图书馆学报》,1998年第3期。

"登",即明人罗懋登①。引云:

> 昔新蔡于(干)常侍著《搜神记》三十卷,刘惔见,谓曰"鬼之董狐"。夫于(干)晋人也,迄今日千百年,于斯善本已就圮,虽闽②刻间有之,而存什一于千伯,不免贻漏万之讥。登不肖走衣食,尝溯燕关,探邹鲁,游齐梁,下吴楚欧越之区。……万历纪元之癸巳,来止陪京。为批阅书记,得《搜神记》于三山富春堂。读之,见其列以卷,别以类,且绘以像,质之不肖前日所周览者而一墨。盖不袭于(干)旧,能得于(干)意,发于(干)未明,增于(干)所未备。

罗引说干宝书"于斯善本已就圮,虽闽刻间有之,而存什一于千伯",证之以《古今书刻》,万历前确有刻本。如果坊间所刻确是干宝书的话,大约很可能是后人的辑本,而且很不完备;不过罗懋登所说坊间所刻也未必定是干宝书,恐怕是有其名而无其实的别路货色。六卷本《搜神记》乃罗懋登万历癸巳(二十一年,1593)得于南京,与干宝书了不相干,罗懋登自己已说得很清楚③。它实是在元刊《新编连相搜神广记》基础上增补而成。考书中有云"本朝洪武初","本朝洪武永乐中",则系明永乐后人所编,而在万历二十一年癸巳岁之前久已刊行流传于世,罗懋登得其本,复又刊之。

元刊《新编连相搜神广记》分前后集,有插图。题淮海秦晋④,

---

① 按:范宁《关于〈搜神记〉》引罗懋登刻《出像增补搜神记》序(《文学评论》1964年第1期),知与《续道藏》本乃一书,则登即罗懋登,作《三宝太监西洋记通俗演义》者也。《出像增补搜神记》当有绘图,《续道藏》本删去,故但称《搜神记》。《出像》本未见。

② "闽"原作"间",日本浅草文库旧藏《金陵唐氏富春堂梓刻出像增补搜神记大全》本作"闽",今改。胡从经《胡从经书话》第六辑《稗海衔微·异本〈搜神记〉》对此本有介绍。引自《引》的全文。北京出版社1998年,第288页。

③ 上海古籍出版社1990年影印《绘图三教源流搜神大全(外二种)》,收入此书,《出版说明》称"据干宝本重新编撰",误。

④ 上海古籍出版社《出版说明》称元秦子晋撰,与目录所题淮海秦晋不合。

中称元为"圣朝",出于元人无疑。毛扆《汲古阁珍藏秘本书目》子部著录有此书,著录作《元板画相搜神广记》前后二集二本,注:"凡三教圣贤及世奉众神皆有画像,各考其姓名字号爵里及封赠谥号甚详,亦奇书也。"

明世又有一本《绘图三教源流搜神大全》,七卷。叶德辉得明刻本,于宣统元年(1909)影写重刊。叶氏谓"此书明人以元板《画像搜神广记》增益翻刻"①,少许内容取自明刊《搜神记》六卷本,但大部分系自增。

元代尚流传有另一种《搜神记》。明刊《国色天香》卷一《龙会兰池录》②中蒋世隆云:

> 予尝稽董狐《搜神记》,释迦乃维摩王子。观音,妙庄王女。达摩至卢能,托芦传钵六叶,卒于汉溪。佛祖则宜春县人,曰印肃。老君则楚县人,曰李耳。张真人道陵,乃汉张良后。许真人逊,晋零陵令。吴真人猛,时真人奇,皆晋时人。天王封于唐太宗征高丽间。福神蒋子(按:疑下脱"文"字)死于锺山下。唐、葛、周三将军,周宣王时人。赵玄坛名公明,秦始皇时高士。关公羽封义勇武安王,始于宋道君。茅君匡裕,庐山法祖。钟馗受享,自玄宗一梦。万回国公文(按:此字当讹,《绣谷春容》本作"又",连下读),张家子。灶神张单,厕神何丽卿,户神彭质、彭君、彭矫,疟神颛顼三太子。厉神曰伯张,隋朝乃见。火回禄,水玄冥,备存《左氏》。

所谓董狐《搜神记》,指的是干宝《搜神记》,但也并不是干宝书,假其书名而已。其中提到的观音,张道陵,吴真人猛,时真人奇,天王,匡裕,户神彭质、彭君、彭矫,疟神颛顼三太子,厉神伯张,火神

---

① 见叶德辉《重刊绘图三教源流搜神大全后序》。
② 明刊《绣谷春容》卷二亦载,题《龙会兰池全录》。

回禄,水神玄冥等,均不见元刊《搜神广记》,其余相合者亦多有出入①。这些不见于元刊《搜神广记》的内容,只有一小部分在两种明刊《搜神记》所增补的条目中可以看到,但所叙事实亦有所不同②。可见这是别一本《搜神记》。《龙会兰池录》系元无名氏作品③,因此这本《搜神记》亦可能出自元人手。

上述四种《搜神记》都是记载历代诸神,佛道杂糅,兼及民间淫祀,与干宝书风马牛不相及。可以确定,《文渊阁书目》著录的道书《搜神记》就是元代所刊这类书。而《百川书志》著录的神仙书《搜神记》二卷,很可能也是元人秦晋《新编连相搜神广记》的明代刻本,此书原分前后集,而改为二卷,并妄加干宝编。

凡此都不是干宝《搜神记》,大都是有意托名《搜神记》。

明代还流传有八卷本《搜神记》。此本原收在嘉靖中何镗所编《汉魏丛书》百种中,未刊,万历中程荣刊三十八种,今存,中未有《搜神记》。万历二十年(1592)屠隆亦据何镗稿本刊六十卷《汉魏丛书》,见《千顷堂书目》与《明史·艺文志》类书类著录,已佚。何允中曾见屠刊本,所刊《广汉魏丛书》七十六种可能就是根据屠刊本重刻的,书前有屠隆万历二十年序。至清乾隆五十六年(1791),王谟又据何刊本增补为《增订汉魏丛书》八十六种,何本、王本均有八卷本《搜神记》④。另外,万历壬寅(三十年)商濬编刊

---

① 如元刊《搜神广记》及明增补二种云许真君蜀旌阳县令,宋真宗封关羽义勇武安王,宋徽宗封崇宁至道真君,皆与此有异。
② 如明刊二种云天王降神于唐太宗从高祖起义兵时,封于高祖即位后,庐山匡续号匡阜先生,与此不同。
③ 参见李剑国、何长江《〈龙会兰池录〉产生时代考》,《南开学报》1996年第5期;又载李剑国《古稗斗筲录——李剑国自选集》,南开大学出版社,2004年版。
④ 参见王谟《增订汉魏丛书凡例》、中华书局1983年版《丛书集成初编目录·丛书百部提要》。

《稗海》①，中亦收八卷本《搜神记》，此本与《广汉魏丛书》本文字相同，大约即据《汉魏丛书》本刊刻。民国间王文濡辑《说库》，也收入八卷本。

与元明刊四种托名《搜神记》的道书不同，八卷本《搜神记》径题晋干宝撰，而内容亦接近干宝书，所以王谟认为它是干宝书的残本②，其实纯系冒名干宝的赝书。关于八卷本，范宁解放前曾撰《八卷本搜神记考辨》③，考证颇详，1964年发表在《文学评论》第一期的《关于〈搜神记〉》一文，第一部分《甲　八卷本》又重申前之考辨。他提出六个方面的证据力驳王谟之说，归纳起来最重要的是这样几点：一是八卷本有后代官制，如都护府、尚书员外为隋唐官制；二是有后代地名，如定州置于北魏，越州置于南朝宋，易州置于唐；三是有后世之人和事，如卷一为后魏事，京兆韦英宅见魏杨衒之《洛阳伽蓝记》卷四，卷四崔皓即后魏崔浩；四是书中多改窜唐人书，如卷六德化张令出《太平广记》卷三五〇引《纂异记》，卷七李楚宾、李汾事出《太平广记》卷三六九、卷四三九引《集异记》，僧志玄事改窜宋释赞宁《宋高僧传》卷二四《唐沙门志玄传》。范宁的结论是："此书不是干宝所撰，实唐宋以后人所撰集，且多处系窜改他书成文。"

这个结论完全正确，实际上还可举出其他一些证据，如卷八李德用事实取《太平广记》卷一二八《王安国》，出《集异记》，只不过改变了人名，并将"唐宝历三年冬夜"改为"元嘉中年元夜"，以没其迹，而其余文字基本相同。八卷本从《集异记》采事凡三，这三

---

① 《稗海》康熙重刊无商濬序。程毅中《古代丛书琐谈》云："郑振铎先生旧藏的《稗海大观》，作为《稗海》的初印本，保存着万历壬寅（三十年，1602）商濬的序和陈汝元的凡例。"见《学林漫录》14集，中华书局，1999年版。
② 王谟《增订汉魏丛书·搜神记跋》："今《丛书》本只存八卷，固为残缺，毛氏《津逮秘书》乃有二十卷，当为足本。"
③ 载于《天津民国日报》，1947年7月18日、25日。

事都应出自晚唐陆勋的《集异记》①。前文《纂异记》,亦晚唐小说,李玫撰。又如卷五赵明甫、李进勖二事,即《太平广记》卷一一七、卷一一八引《报应录》之《范明府》《熊慎》,改易人名,又加以敷演。《报应录》,五代王毂撰②。还有一项很重要的证据,八卷本共四十条,与历代古书所引《搜神记》来对照,只有卷三随侯珠、盘瓠、雍州神树,卷四燕惠王墓狐狸、陈司空、太祖亡儿六事相合,不足六分之一,而且这六事的故事情节也有很大差异,更不用说文字的差别了。因此八卷本肯定是宋以后人杂采包括《搜神记》在内的诸书编纂而成的。有的学者反对范宁的意见,认为八卷本与通行的二十卷本有密切关系,"并不一定要否定八卷本为《搜神记》残本的说法",意思是它确实是干宝书的残本,只不过其中"杂入非干宝原书的条目"③,这种说法绝难成立,它和干宝书的关系其实就是窃用了干宝书的名字和少许材料而已。而且用八卷本和二十卷本对照也极不科学,因为二十卷本是个很不可靠的辑录本(详下),要对照只能和经过鉴别的《搜神记》佚文来对照。

唐释道宣《续高僧传》卷六《魏洛阳释道辩传》曾云道辩弟子昙永撰《搜神论》,范宁据而认为八卷本"或即据昙永所撰的《搜神论》残卷而增补的。因出于佛徒之手,所以很多冥报的故事"。这自然只是推测,不过从书中卷五"李进勖"末所云"余尝览佛书,见论十千天子报恩,何异于是乎"来看,作者即非僧人,亦必为奉佛的佛教信徒,而且对干宝身世并不了解,所以书中采入大量东晋以后事而又托名干宝。佛徒之所以托干宝《搜神记》以纂此书,因为自晋以来佛徒极重《搜神记》。本来《搜神记》没有太多的佛教内容,但佛徒认为其中的许多故事都可以成为佛

---

① 参见拙著《唐五代志怪传奇叙录》下册,第834—837页,南开大学出版社1998年版。
② 参见拙著《唐五代志怪传奇叙录》下册,第1080页。
③ 张锡厚《敦煌写本〈搜神记〉考辨》。

教教义的例证,刘宋宗炳《明佛论》①曾说:"干宝、孙盛之史,无语称佛而妙化实彰。"所说干宝之史,不单指《晋纪》,实际也兼指《搜神记》。唐初释道宣《道宣律师感通录》、法琳《破邪论》卷下都提到过干宝《搜神录》,而唐初释道世编佛教类书《法苑珠林》更是大量征引《搜神记》,原因都是因为《搜神记》可以发挥"无语称佛而妙化实彰"的弘佛功能。佛徒看重干宝书或许还和干宝后裔慧因是名僧有关,唐释道宣《续高僧传》卷一三《唐京师大庄严寺释慧因传》载:"释慧因,俗姓于(干)氏,吴郡海盐人也。晋太常宝之后胤,祖朴,梁散骑常侍,父元显,梁中书舍人,并硕学英才,世济其美。"慧因自梁入唐,年高望重,这恐怕也可以影响到唐初僧人对乃祖干宝的重视了。可以说在佛徒的文献传承体系中干宝《搜神记》是件有分量的东西,所以才有赵宋以后人托名干宝纂集别本《搜神记》,所以也才有句道兴《搜神记》的编纂并被藏于敦煌石窟。

范宁在考证八卷本《搜神记》出于昙永《搜神论》时,又疑八卷本即《遂初堂书目》中的《搜神总记》(按:应为《搜神摭记》)及《崇文总目》中的《搜神总论》(按:应为《搜神总记》),这自然也只是猜测。他研究八卷本没有提到句道兴《搜神记》,这是个重大失误。《敦煌变文集》所辑校的句本存三十五事,有十五事见于八卷本,集中在八卷本前三卷,卷五也有二事,因此可以判定八卷本和句本有密切联系。张锡厚《敦煌写本〈搜神记〉考辨》引用日人内田道夫《搜神记的世界》说:"八卷本中多数故事同敦煌本有着一致之处,因而,一直认为来历不明的八卷本,却是从敦煌本系统中引出来的,但又不是直接出自敦煌本。至少可以这样假定,确有和敦煌本同一系统的《搜神记》存在,故而推测八卷本是追随它们之

---

① 载梁释僧祐编《弘明集》卷二。

后而产生也是可能的。"①这个看法是有道理的。据我研究,句道兴是唐初下层文人②,他可能出于对干宝《搜神记》的仰慕,故而也纂集一本《搜神记》。此书以抄本流传于民间和寺院,而且流传很广,所以在敦煌文书中有多个写本③。它虽发现于敦煌,但实际并未消失,大约在宋代有佛徒对此书的某一种已经残缺的写本进行增订补缀,这便是八卷本了。

句本只有少许条目见于《搜神记》,而且文字不同④,正如八卷本非干宝书一样,它也和干宝书没有关系。项楚《敦煌本句道兴〈搜神记〉本事考》说:"不过仔细探究起来,若干蛛丝马迹表明,它和《稗海》本《搜神记》存在着某种联系,而和干宝《搜神记》则并不相干。"⑤张锡厚则认为"它的渊源所自,极可能是从干宝《搜神记》原书,择其所需,选编成册",意思是句本是干宝原书的选本。内田道夫也说:"可以假定八卷本的祖本和二十卷本同出于古本是可信的,那么敦煌本也是由之派生出来的民众的写本。"他们都把句本、八卷本、二十卷本看作是干宝《搜神记》的不同版本,这是绝对错误的。致误的重要原因,如前所述,就是太相信二十卷本的可靠性了。

《搜神记》二十卷本首载于《秘册汇函》,《秘册汇函》由海盐

---

① 《文化》1951年第17卷第3期。

② 见《唐五代志怪传奇叙录》上册,第177—178页。

③ 《敦煌变文集》卷八王庆菽校辑句道兴《搜神记》,凡用日本中村不折藏本、斯0525、斯6022、伯2656四本,《敦煌遗书总目索引》著录六本,又有斯2072、伯5545,据日本金冈照光《敦煌出土文书文献分类目录》还有斯3877本,凡七本。然据张锡厚研究,斯2072系某类书残卷,伯2656是《孝子传》之类作品,均非句道兴《搜神记》写本。台湾黄永武主编《敦煌宝藏》第十五册亦将斯2072著录为佚类书。新文丰出版公司,1984年版。

④ 除去二十卷本《搜神记》误辑自八卷本者,确实为干宝书所载者有郭巨、丁兰、董永、随侯珠、张嵩五事。郭巨、董永、随侯珠皆见二十卷本,丁兰见中华书局1979版汪绍楹校注《搜神记》所辑佚文,张嵩事伯2656类书残卷有引,注"事出《搜神记》也"。

⑤ 项楚《敦煌文学丛考》,上海古籍出版社,1991年版,第39页。

人胡震亨和姚士粦编刊于万历中,收书二十四种,由于是随刻随续,非一时刊成①,所以《千顷堂书目》类书类著录胡震亨、姚士粦《秘册汇函》只作二十卷,当是最初刊成的数种。书未刊竟而毁于火,残版归常熟毛晋,毛晋刊为《津逮秘书》②,其中《搜神记》二十卷,即用《秘册汇函》版③。

这本《搜神记》,在书前绣水沈士龙和海盐胡震亨所作《搜神记引》中均未交待来历,也没有怀疑它的真实性,只是对书中个别内容表示质疑④。这个二十卷通行本其实并非干宝原书,而是据明人胡应麟的辑录本修订刊行的。《四库全书总目》卷一四二《搜神记》提要引证许多古书,认为此本辑自古书,提要云:"然其书叙事多古雅,而书中诸论亦非六朝人不能作,与他伪书不同。疑其即诸书所引,缀合残文,傅以他说。……观书中谢尚无子一条,《太平广记》三百二十二卷引之,注曰出《志怪录》,是则捃拾之明证。胡震亨跋,但称谢尚为镇西将军在穆帝永和中,宝此书尝示刘惔,

---

① 《津逮秘书》卷首载胡震亨《小引》,乃《秘册汇函》之《小引》,云:"抄书旧有百函,今刻其论序已定者,导夫先路,续而广之。"

② 胡震亨《津逮秘书题辞》:"而余向所与亡友沈汝纳氏刻诸杂书,未竟而残于火者,近亦归之君(毛晋),因并合之,名《津逮秘书》以行。"毛晋崇祯庚午(三年,1630)《津逮秘书序》亦言此事。

③ 《四库全书总目提要》卷一三四子部杂家类存目《津逮秘书》提要:"震亨初刻所藏古笈为《秘册汇函》,未成而毁于火,因以残版归晋,晋增为此编。凡版心书名在鱼尾下,用宋本旧式者,皆震亨之旧;书名在鱼尾上,而下刻汲古阁字者,皆晋所增也。"《搜神记》及《搜神后记》皆书名在鱼尾下,而无汲古阁字样,知用《秘册汇函》版。

④ 沈氏云:"若令升所载,皆出前史及诸杂记,故晋宋《五行志》往往采之。《晋书》本传称兄气绝复苏,而不名。道书《吴猛传》谓宝兄西安令干庆,而本记称西安令干庆,而绝不谓兄,亦可疑也。"胡氏云:"第所载秦闵王女一段,则嬴秦无谥闵者。惟晋武帝子秦献王无嗣,闽帝尝以吴王晏子出嗣秦王,岂即愍帝邪?然愍帝时,秦为虏境,秦妃安得在秦而有二十三年之久?至谓'今之国婿,亦为驸马都尉',此正晋事耳。又有谢镇西之称,按谢尚于穆帝永和间始加镇西将军。宝书成,尝示刘惔,惔卒于明帝太宁间。则镇西之号,去书成时,尚后二十余年,安得预称此?殊不可晓。"按:《搜神记》所辑秦闵王女及谢尚二事,均系滥取他书,前事取自八卷本《搜神记》,后事取自《太平广记》卷三二二引《志怪录》。

惔卒于明帝大宁中,则书在尚加镇西将军之前二十余年,疑为后人所附益,犹未考此条之非本书也。"王谟《增订汉魏丛书·搜神记跋》认为《津逮秘书》二十卷本"当为足本,然亦非原书",他说:"盖原书虽统论鬼神事,仍各有篇目。如《水经注》引张公直事云出干宝《感应篇》,《荆楚岁时记》又引干宝《变化篇》,必皆原书篇名。而毛本皆不见此体例,故其书前后亦无伦次,特较《丛书》(《汉魏丛书》)本为完善耳。"周中孚《郑堂读书记》说:"此本所载,证以古书所引,或有或无,当属宋以后联缀旧文而以他说增益成帙,非当时之原书也。故于第六卷乃全抄两汉志书《五行志》,而续以《晋书·五行志》中三国事,一字不改,其依托之显然者也。"余嘉锡《四库提要辨证》卷一八也认为是"自诸书录出",他说:"诸家所引,又或不见于今书,可见其非干宝原书,《提要》疑之,是也。……余谓此书似出后人缀缉,但十之八九出于干宝原书。"他又提出两条证据:一是今本自序与《晋书》本传全同,而本传所载为史臣所削,非全篇。二是《岭表录异》"韩朋鸟"条引《搜神记》"韩凭妻"条,末云"南人谓此禽即韩朋夫妇之精魂",而今本亦有此句,此可为自诸书录出之证。鲁迅在《中国小说史略》第五篇《六朝之鬼神志怪书(上)》中亦谓《搜神记》二十卷"亦非原书",而在《中国小说的历史的变迁》第二讲《六朝时之志怪与志人》中更是非常明确地说:"但《搜神记》多已佚失,现在所存的,乃是明人辑各书引用的话,再加别的志怪书而成,是一部半真半假的书籍。"他不仅指出二十卷本是明人辑录的,而且还指出书中不尽是干宝书的内容,还加进去别的志怪书中的内容,因此是一部"半真半假"的书。

鲁迅的看法非常正确,可以说已成定论,中华书局版《搜神记》①的《出版说明》就采纳了鲁迅这个说法。周中孚《郑堂读书

---

① 《搜神记》,汪绍楹校注,中华书局,1979年版。

记》在讨论二十卷本时说:"然核其体例,俨然古籍,不与他伪书等,盖由其人本有学识,善于作伪,若非细心搜讨,无从知其伪也。"确实,由于二十卷本的刊行者胡震亨以"秘册"相标榜,所以蒙骗了许多人,但经历代学者研究终于明了了其为辑录本而非原书。尤其是汪绍楹校注《搜神记》,称得上是"细心搜讨",更证实了二十卷本的"半真半假"的性质。

但是鲁迅和上述诸人都未指出二十卷本究竟是哪个明人辑录的,范宁1957年在《论魏晋中国小说的传播和知识分子思想分化的关系》①一文中指出:"原书佚散,今通行本乃明人胡元瑞(胡应麟字元瑞)辑录。"后又在1964年所发表《关于〈搜神记〉》中,根据胡应麟《甲乙剩言》和姚士粦《见只编》的记载重新考证了胡应麟辑录二十卷本的问题②。这个看法也非常正确,也可以说已成定论,中华书局版《搜神记》的《出版说明》也采纳了这个说法③。

姚士粦《见只编》卷中云:

> 江南藏书,胡元瑞号为最富,余尝见其书目,较之馆阁藏本,目有加益,然经学训注,稍有不及。有《搜神记》,余欣然索看,胡云不敢以诒知者,率从《法苑珠林》及诸类书抄出者。……顷见元瑞《甲乙剩言》,云有卢思道《知己传》二卷,则又前目之所不载者。

胡应麟《甲乙剩言·知己传》云:

> 余尝于潞河道中,与嘉禾姚叔祥(按:叔祥,姚士粦字)评论古今四部书。姚见余家藏书目中,有干宝《搜神记》,大骇

---

① 载《北京大学学报(人文科学)》1957年第2期。
② 范宁说:"这样看来,胡元瑞(胡应麟字元瑞)已经自供曾从类书中辑录过《搜神记》。""胡元瑞既然说他辑过这部书,那末这个本子是他编辑过的可能性最大。"
③ 《出版说明》说:"今天我们所看到的二十卷本,据考证,可能是明代胡元瑞从《法苑珠林》及诸类书中辑录而成的。"

曰:"果有是书乎?"余应之曰:"此不过从《法苑》、《御览》、《艺文》、《初学》、《书抄》诸书中录出耳,岂从金函石箧幽岩土窟掘得邪?大都后出异书,皆此类也。惟今浙中所刻《夷坚志》,乃吾箧中五分之一耳。"别后乃从都下得隋卢思道《知己传》二卷,上自伊周,下至六代,由君相父兄妻子友朋以及鬼神禽畜涉于知己者皆录。第诸葛孔明与先主最相知,以为有"君自取之"一语为大不知己,不录,盖有激乎其言之也。因寻校此书,惟《隋志》有之,自唐已下,不复有也。能不愧金岩石箧,遽以语叔祥者乎?

把这两条记载对照起来读,可知胡应麟确实辑录过《搜神记》,并把辑录好的本子著录在自己藏书的书目中①。在潞河与姚士粦谈论古书,姚见其藏书目录中有《搜神记》这部久佚不传的古书,不免大吃一惊,胡应麟不敢欺瞒姚士粦这位谙熟古书的专家,便坦然相告乃辑自类书,凡举五种,都是唐宋类书。他虽然没有明言是他本人辑录,但实际已经表明了这一点,所以姚士粦并不追问是何人辑录。

实际上胡应麟对前代文言小说一直有着特殊爱好,并一向就有辑录古小说的兴趣,这在《少室山房笔丛》中有突出反映。他少年时即曾辑录书名带"异"字的志怪小说为《百家异苑》,并作《百家异苑序》②,又曾"遍搜诸小说",辑录鬼诗一集数百篇③。并"尝欲取宋太平兴国后及辽金元氏以讫于明,凡小说中涉怪者,分门析

---

① 胡应麟藏书所名二酉藏书山房,书目名《二酉山房书目》,胡应麟《少室山房笔丛》卷四《经籍会通四》云"近辑《山房书目》"。据《经籍会通引》,万历己丑十七年(1589)七月成《经籍会通》,则《二酉山房书目》编成于是年。

② 胡应麟《少室山房笔丛》卷三六《二酉缀遗中》。《百家异苑序》又载于《少室山房类稿》卷八三。据吴晗《胡应麟年谱》(原载《清华学报》第九卷第一期,1934年1月),《百家异苑》编成于嘉靖四十四年(1565),时十五岁。《吴晗史学论著选集》,第一卷,人民出版社,1984年版,第376页。

③ 《少室山房笔丛》卷三七《二酉缀遗下》。

类,续成《广记》之书,殆亦五百余卷",但因卷帙繁重,这部《续太平广记》终未成书①。另外他还有憾于"古今小说之祖"《汲冢琐语》的不传,打算从战国秦汉古书中杂摭语怪、近实、远诬者,"凡瑰异之事,汇为一编,以补汲冢之旧"②,大约也没有成书。胡应麟既对辑录古小说有如此浓厚的兴趣,而他又颇为赏识干宝《搜神记》,说"令升、元亮博于神"③,因此他辑录《搜神记》自在情理之中。而且,胡应麟藏书极为丰富,王世贞万历八年作《二酉山房记》,称胡元瑞藏书"合之为四万二千三百八十四卷"④,确如姚士粦所说,"江南藏书,胡元瑞号为最富",这也就使得他辑录古书有了很充分的图书保证。

据吴晗《胡应麟年谱》,万历二十二年(1594)胡应麟挈家从故乡兰溪入京应试,寄寓潞河胡谷元家,准备参加明年春会试,时与诸友好晨夕过从⑤,他和姚士粦谈论《搜神记》即在此时。《搜神记》既然已经编入《二酉山房书目》,说明《搜神记》辑成于万历二十二年以前。

《搜神记》辑本被刻入《秘册汇函》当与姚士粦有关,因为姚叔祥知道胡应麟辑有《搜神记》,而《秘册汇函》又恰是他和胡震亨一起编纂的⑥。在这种情况下,姚士粦将胡应麟所辑《搜神记》编入《秘册汇函》是顺理成章的事情。这里还有一层缘故,就是姚、胡都是海盐人,而干宝祖上自新蔡南徙后也居海盐,胡震亨和海盐知县樊维城编纂《海盐县图经》就载入干宝传记,因

---

① 《少室山房笔丛》卷三六《二酉缀遗中》。
② 《少室山房笔丛》卷三六《二酉缀遗中》。
③ 《少室山房笔丛》卷三八《华阳博议上》。
④ 见《胡应麟年谱》,《吴晗史学论著选集》,第一卷,第391页。
⑤ 《吴晗史学论著选集》,第一卷,第418—419页。
⑥ 钱谦益《列朝诗集小传》丁集《姚叟士粦》载:"士粦,字叔祥,海盐人。与里人胡震亨孝辕同学,以奥博相尚,蒐讨秦汉以来遗文秘简,撰《秘册汇函》若干卷,跋尾各为考据,具有原委。"

此《汇函》收干宝《搜神记》不仅企图以辑本冒充秘册,也是张扬本土人物之意。出自同样的目的,胡震亨和樊维城在天启三年(1623)编印盐籍人著作为丛书《盐邑志林》时也将《搜神记》收入(合为上下两卷)。

《秘册汇函》是随编随刊的,推断起来,应当说胡辑《搜神记》刊于胡应麟万历三十年(1602)死后是没有多大问题的。因为二十卷本的问题太多,辑有大量未见诸书引作《搜神记》而见于他书的内容,可以肯定大都是胡、姚二人在胡应麟死后对辑本重新作了增补的结果。自然,一部分也有可能是胡应麟自己误辑或滥辑的。胡震亨《搜神记引》提到书中秦闵王女条不合史实;谢尚穆帝永和间始加镇西将军,干宝不得预有"谢镇西"之称,从而表示怀疑,以为"殊不可晓"。这两条,前事出于八卷本《搜神记》,后事乃误取《太平广记》卷三二二引《志怪录》。这二事可能是胡应麟原辑本所有。

胡震亨《秘册汇函小引》云:"抄书旧有百函,今刻其论序已定者,导夫先路,续而广之。"所谓"论序已定",其中就包含着对《搜神记》这类辑佚书的修订工作。实际上胡震亨、姚士粦尽管辑录刊印了许多古书,号称博洽,但却据说也是作伪老手。《四库全书总目》著录旧题齐陈仲子撰的《於陵子》,《提要》引用王士禛《居易录》云:"今类书中所刻唐韩鄂《岁华纪丽》,乃海盐胡震亨所造。《於陵子》,其友姚士粦叔祥所作也。"①旧题宋郑思肖《心史》,《提要》云:"徐乾学《通鉴后编考异》以为姚士粦所伪托,其言必有所据也。"②另外,万历中屠乔孙、项琳、姚士粦校刊北魏崔鸿《十六国春秋》一百卷,实际是辑佚本。清王鸣盛《十七史商榷》卷五二称:"屠乔孙迁之刻,贺灿然为序者,亦为一百卷,乃乔孙与友人姚士

---

① 《四库全书总目》卷一二四子部杂家类存目。
② 《四库全书总目》卷一七四集部别集类存目。

粦辈,取《晋书·载记》、《北史》、《册府元龟》等书伪为之,非原本。"辑录颇不规范,清汤球批评说,此本"自是伪撰","务为夸多,凡关十六国者一概收入",所以汤球"别为辑本",务求"信而有徵"①。尽管这些书未必都是向壁虚造的纯伪之书,可能或辑录佚文而成,或整理旧本,但胡、姚等塞进去假货,所以实际上也是半真半假的东西。

胡辑本原稿分没分卷分多少卷不得而知,但未必就已分为二十卷,因为既然增补了大量内容,必然在卷帙分析上有变,故疑二十卷是胡、姚等人增补修订后所分。胡震亨等编刊《盐邑志林》,《搜神记》则合为二卷,这也说明《搜神记》辑本分卷本来就不是早已确定好了的。

干宝《搜神记》原书三十卷,辑本则为二十卷。按《晋书·干宝传》所载《搜神记》卷数,不同版本有二十卷和三十卷之异,中华书局点校本以金陵书局本为工作本,作三十卷,《册府元龟》卷五五五《国史部·采撰一》及《晋书斠注》等俱同。然王谟《搜神记跋》引《晋书》本传作二十卷,且以证《隋唐志》三十卷之误,鲁迅《中国小说史略》、余嘉锡《四库提要辨证》亦均称《晋书》干宝本传作二十卷,今本卷数与本传合。而武英殿聚珍版本、《四库全书》本等《晋书》版本恰均作二十卷。胡应麟或胡震亨、姚士粦等所见《晋书》版本必是作二十卷,所以也编定为二十卷,以充全帙。②

今本《搜神记》绝大部分条目见引于南北朝至明的类书及其他书籍引用。古人征引常常不照录原文,这样就使得诸书所引的文字同原书不相吻合。如果今本《搜神记》不是辑录本,那么也应

---

① 汤球《十六国春秋辑补叙例》,《丛书集成初编》本。
② 关于《搜神记》二十卷本的著录、流传、异本、辑录刊刻等问题,参见拙作《二十卷本〈搜神记〉考》,《文献》2000年第4期,收入《古稗斗筲录——李剑国自选集》,南开大学出版社,2004年版。又见李剑国辑校《新辑搜神记 新辑搜神后记》之《前言》。

当存在这种情况,但情况恰恰相反,大量条目同引书所引文句相同,甚至一字不差,这正好说明今本是辑录本。胡元瑞《甲乙剩言》称《搜神记》录自《法苑》、《御览》、《艺文》、《初学》、《书抄》等唐宋类书(按:还有《太平广记》,胡氏偶遗耳),情况确实如此。特别是《法苑珠林》、《太平广记》引文较完,所以更是辑录的主要依据。《珠林》引一百多条,全部见于今本,且绝大部分条目文句全同或大同。《广记》亦然。《广记》宋刻罕传,明时有抄本行世,嘉靖四十五年无锡谈恺始刊印《广记》。谈刻本错误很多,如卷二九二引《丁氏妇》"安处不著船中",以明抄本校之,衍一"不"字,卷四三九引《吴郡士人》"因逼猪栏中",明抄本"逼"作"过",谈本讹,等等。而今本《搜神记》上述各条全同谈刻《广记》所引,均从而讹之,说明辑录者所据《广记》是谈刻本。胡应麟系隆、万时人,卒于万历三十年,其时谈本已行世,故应麟得以见之。①

胡氏辑《搜神》主要依据《珠林》、《广记》,一般只有在二书未有引录的情况下才采取《北堂书抄》、《艺文类聚》、《初学记》、《太平御览》等类书。如卷二"陈节"条只见引于《御览》卷八一六,卷一"何敞"条,见引于《类聚》卷一〇〇(《书抄》卷三五、七八亦引),卷一六"挽歌"条,只见引于《初学记》卷一四,引文全同今本,表明今本上述诸条系从上述诸书抄出。引用《搜神记》的古书很多,不只上述几种,唐前已有《世说》注、《水经注》、《荆楚岁时记》、《齐民要求》等,唐宋书尚多。它们的引文往往不同今本,说明辑录时未取以为据。

---

① 按《少室山房类稿》卷一一六《燕中与祝生杂柬八通三》云:"《太平广记》近乃有刻本,出晋陵谈氏,雠校颇精,今六代唐人小说杂记存者,悉赖此书。第中间数卷全缺,仅目存首帙。吾暇当与足下参互订补,俾此书复称完璧,亦异代子云也。"可证胡氏确有谈本《广记》。又《少室山房笔丛》卷三五《二酉缀遗上》也论及谈本《广记》云:"《广记》稍前刻于锡山谈中丞,谈于此书颇肆力雠校。又藏书家有宋本,故虽间有舛讹,视《御览》则天渊。"

胡应麟辑录《搜神记》，除主要利用他提到的唐宋古书外也有明人书，其中十分重要的是陈耀文所编的类书《天中记》六十卷。陈耀文字晦伯，汝宁府确山人。民国《确山县志》卷一八《人物下》载："登嘉靖庚戌（二十九年，1550）进士，授中书舍人。官有余闲，得博极群书，自经史外若坟典丘索、奇文奥字以及星历术数，无不毕览。"《天中记》是他在故乡家居时所编，以所居近汝南天中山，故取为书名。《天中记》今尚存光绪四年戊寅（1878）听雨山房重镌本，前有万历乙未（二十三年，1595）屠隆序、万历己丑（十七年，1589）陈文烛叙、洪吉亮叙、李袭隆庆己巳（三年，1569）叙。洪叙后题"古闽林则徐校刊"，则听雨山房乃据林则徐校刊本重刻。李叙云："盖自登第迄今历二十年而乃成此书。"陈耀文嘉靖二十九年登进士第，去隆庆己巳恰二十年。李叙称"凡分类□分卷□"，类数卷数皆空缺，似其时所成为初稿，尚未编目分卷。而陈叙云："汝南有天中山，陈晦伯先生记类书而辑之，盖著作藏名山之意云。余访先生精舍，委序语余。稿凡四易……"殆至万历十七年前又曾修订方定其稿。是书每卷卷首皆题朗陵陈耀文晦伯甫纂，四明屠隆纬贞甫校，则似由屠隆初刻于万历二十三年乙未岁。有证据表明，二十卷本《搜神记》有不少条目辑自《天中记》，如《天中记》卷四〇引《教住》条，注《搜神秘览》。《搜神秘览》北宋章炳文撰，此事载于卷上，题《王旻》。《天中记》所引文字有讹误，如"大若人"原作"客人"，乃以"客"字误析为"大若"二字，不知古地名并无大若。二十卷本卷三有此条，文字与《天中记》全同，"客"亦讹作"大若"。二十卷本卷一三："蟛蟛，蠏也。尝通梦于人，自称长卿，今临海人多以长卿呼之。"又："木蠹生虫，羽化为蝶。"此二条未见他书引作《搜神记》，仅见《天中记》卷五七，注出《搜神记》，必是据《天中记》所辑。

《搜神记》原本是分篇的。《水经注》卷三九《庐江水注》引吴郡太守张公直沉女事（见今本卷四），末云："故干宝书之于《感应》

焉。"是则原有《感应篇》。同书卷二一《汝水注》引叶令王乔事（今本卷一），末云："是以干氏书之于《神化》。"是原有《神化篇》。今本卷一二首条论述万物变化之事，系辑自《珠林》卷三二《变化篇》，称"干宝记云"。《荆楚岁时记》注云："干宝《变化论》云：'朽稻为蚕，朽麦为蛱蝶。'"此二句《珠林》引作"朽苇之为蚕也，稻之为蛩也，麦之为蝴蝶也"。则又有《变化篇》，此为该篇之序论。《珠林》卷三一《妖怪篇》云："妖怪者，干宝记云：盖是精气之依物者也……"见今本卷六，则尚有《妖怪篇》，此亦为序论。① 又《珠林》卷六三引"夏桀之时厉山亡"一大段亦似《妖怪篇》之序论。今本不分篇，只是大体按题材分类而编。

《御览》等书所引《搜神记》条文有许多是有注的，非干宝书原有。这些旧注，时代不明。《御览》取材主要是北朝类书《修文殿御览》和唐初类书《艺文类聚》、《文思博要》等，因此可能是南北朝人作注。如《御览》卷二二引"金燧"条末有"言丙午日铸为阳燧"等二十二字小字注，今本《搜神记》卷一三全同，其从《御览》抄出明甚。

胡氏在辑录时，并非完全是照抄引书，还做了一番校补缀合工作，因而将引文同今本对照，常有不相吻合之处。有时是改字，如卷一三"由拳县"条，全录《初学记》卷七，《初学》原作"由权"，而改为"由拳"。有时是据他书来补字句，如卷一一"郭巨"条，全同《艺文类聚》卷八三引，唯于开头"郭巨"后增出"隆虑人也，一云河内温人"，这是据刘向、宋躬等人的《孝子传》所添。诸书共引同一事，若文句互有长短，有时则缀而合之。如卷一"鲁少千"条记鲁少千"拄金杖，执象牙扇"，《御览》卷七〇二引无"拄金杖"，卷七

---

① 段成式《酉阳杂俎》前集卷四《境异》引《于氏志怪》曰："南方落民，其头能飞。其俗所祠名曰虫落，因号落民。"今本《搜神记》卷一二有此条，文详。汪绍楹校注《搜神记》，于该条后注云："《酉阳杂俎》四作'于氏《志怪》'。疑即本书。《志怪》或亦本书篇名之一。"按：于氏必为干氏之讹，但"志怪"者乃志怪书之泛称，未必定指篇名。

一〇引无"执象牙扇",遂缀合二者。若引书文字过简而其他书又有相同记载,遂易以他书文字。如卷一四"宋士宗母"条全同《珠林》卷三二引《续搜神记》,而不同于《类聚》卷九六所引《搜神记》该事,即此故也。又如卷一六"紫玉"条,实据《太平广记》卷三一六引《录异传》辑录,卷一八"燕昭王墓斑狐"条,实据《广记》卷四四二引《集异记》辑录,都不是据《搜神记》佚文辑录,很不符合辑佚规范。上述情况的例证极多,我们只举出少数几个。二十卷本辑录修订的质量非常差,如资料不全,辑录不规范,校勘不精,错讹百出,多有漏辑误辑,而最严重的问题大量滥取他书以冒。在四百六十四则故事中,竟有一百六十余则未见诸书引作《搜神记》,几占三分之一。如"蒋济亡儿"取《列异传》,"焦山老君"取《西阳杂俎》,"杜兰香"取《杜兰香传》,"夏侯弘"取《志怪录》,"费孝先"取《搜神秘览》,"古巢"取《青琐高议》,"楚僚"、"王道平"、"辛道度"、"狄希"、"黑龙"等皆取八卷本,如此等等。还有少数故事虽引作《搜神记》,但实为他书,亦从而误辑,如"审雨堂"出《穷神秘苑》,"建业妇人"出《稽神录》等。另外,辑录者同时还辑录《搜神后记》,对一些故事的归属也有失察处,如"白水素女"应辑入《搜神记》而误入《后记》。还有二书重辑的,如"卢充"等。今本实真伪参杂之书,鲁迅称之为"一部半真半假的书籍",良有以也。1979年中华书局出版汪绍楹校注本,对二十卷本作了相当翔实的考辨工作,并补辑佚文三十四条。不过所辑佚文有少数并非本书①,实际上佚文还有不少。2007年3月中华书局又出版我所辑校的《新辑搜神记 新辑搜神后记》②,对《搜神记》及《后记》作了

---

① 如关于高祖宣帝的两条,实际是《晋纪》文字,汪绍楹在按语中也疑为《晋纪》文;"李(应作孝)王灵"条乃南齐王灵之(又作王虚之)事;"刘阮"条事在晋太元中;"鹄奔"出《北史》;"蚕曰龙精"属"蚕马"中文字。详见李剑国《汪绍楹〈搜神记佚文〉辨正》,《古典文学知识》,2005年第4期。

② 2008年5月第2次印刷本作了少许修补。

重新校录编辑。《新辑搜神记》编为三十卷。凡是明刊本误辑滥辑和有疑的条目一概从正文中删除,列入附录(《旧本〈搜神记〉伪目疑目辨证》、《旧本〈搜神后记〉伪目疑目辨证》)。

二十卷辑录本除已经提到的《秘册汇函》、《津逮秘书》、《盐邑志林》丛书本外,还有《四库全书》、《学津讨原》、《百子全书》等本。张海鹏《学津讨原》本各条加有标目,汪绍楹校注本即据《学津讨原》本。另外《五朝小说·魏晋小说》、《重编说郛》卷一一七、《鲍红叶丛书》、《无一是斋丛抄》、《古今说部丛书》等收一卷本,乃二十卷本之摘录本。又《绿窗女史》、《剪灯丛话》、《五朝小说》所载《秦女卖枕记》、《苏娥诉冤记》、《东越祭蛇记》、《度朔君别传》(并题晋干宝)、《吴女紫玉传》、《楚王铸剑记》(并题汉赵晔)、《太古蚕马记》(题吴张俨)、《山阳死友传》(题晋蒋济)、《丁新妇传》(题晋殷基)、《泰岳府君记》(题晋庾翼)、《泰山生令记》(题晋司马彪)、《天上玉女记》(题晋贾善翔)、《夏侯鬼语记》(题晋孔晔)、《乌衣鬼军记》(题晋李朏)、《古墓斑狐记》(题晋郭颁),共十五篇,皆抽取自二十卷本而别制篇名,甚至妄加撰人。①《旧小说》甲集绝大部分取入,又录《搜神

---

① 《秦女卖枕记》即今本卷一六"辛道度"条,原出八卷本,非本书。《苏娥诉冤记》即今本卷一六"鹄奔亭"条。《东越祭蛇记》即今本卷一九"李寄"条。《度朔君别传》即今本卷一七"度朔君"条。《吴女紫玉传》即今本卷一六"紫玉"条,实据《太平广记》卷三一六引《录异传》辑录。《楚王铸剑记》即今本卷一一"干将莫耶"条。《太古蚕马记》即今本卷一四"蚕马"条。《山阳死友传》即今本卷一一"范式"条,实是删取《后汉书》卷八一《独行列传·范式传》而成,非本书。蒋济非晋人,乃魏人。《丁新妇传》即今本卷五"丁姑"条。《泰岳府君记》即今本卷四"胡母班"条。《泰山生令记》即今本卷一六"蒋济亡儿"条,实据《三国志》卷一四《魏书·蒋济传》注引《列异传》辑录。《天上玉女记》即今本卷一"成公智琼"条。贾善翔,乃北宋道士,非晋人。《夏侯鬼语记》即今本卷二"夏侯弘"条,实据《广记》卷三二二引《志怪录》辑录,非本书。《乌衣鬼军记》即今本卷五"赵公明参佐"条。《古墓斑狐记》即今本卷一八"燕昭王墓斑狐"条,实据《广记》卷四四二引《集异记》辑录。《古今说海》、《五朝小说》、《唐人说荟》等又有《蒋子文传》一卷,题为唐罗邺撰(《说海》无撰人),实系取《广记》卷二九二"蒋子文"条,该条《广记》注出《搜神记》,《幽明录》、《志怪》等书。

记》二十六则。

(三)《搜神记》的主要内容

《晋书·干宝传》引录《搜神记》自序曰：

> 虽考先志于载籍，收遗逸于当时，盖非一耳一目之所亲闻睹也，亦安敢谓无失实者哉！卫朔失国，二传互其所闻；吕望事周，子长存其两说。若此比类，往往有焉。从此观之，闻见之难，由来尚矣。夫书赴告之定辞，据国史之方策，犹尚若兹，况仰述千载之前，记殊俗之表，缀片言于残阙，访行事于故老，将使事不二迹，言无异途，然后为信者，固亦前史之所病。然而国家不废注记之官，学士不绝诵览之业，岂不以其所失者小，所存者大乎？今之所集，设有承于前载者，则非余之罪也；若使采访近世之事，苟有虚错，愿与先贤前儒分其讥谤。及其著述，亦足以明神道之不诬也。群言百家，不可胜览，耳目所受，不可胜载。今粗取足以演八略之旨，成其微说而已。幸将来好事之士，录其根体，有以游心寓目而无尤焉。

干宝建武中因其兄死而复生而"有所感起"，是以"发愤"而作《搜神记》。人死复生自然是荒唐之说①，但竟也成为干宝由"无鬼论"转变为"有鬼论"立场，并写作《搜神记》的直接动因。从中可看出，干宝作《搜神记》并非完全出于一般嗜奇者的好奇心理，而是持严肃的态度。他自谦《搜神记》是"微说"，但也要见出微言大义，这大义就是"明神道之不诬"，"演八略之旨"。所谓"八略"是就"七略"而言。西汉末刘向、刘歆父子校订整理

---

① 毛晋《津逮秘书》十一集《搜神记引》云："顾宇宙之大，何所不有，令升感圹婢一事，信纪载不诬，采录宜矣。"董毂《碧里杂存》卷下《干宝》甚至说干宝作《搜神记》，"想当时必闻婢谈地中鬼神故耳"。皆相信复生之事，非常荒唐。

图书,刘歆"总群书而奏其《七略》",为《辑略》、《六艺略》、《诸子略》、《诗赋略》、《兵书略》、《术数略》、《方技略》,班固《汉书·艺文志》就是根据《七略》删削而成①。除《辑略》,其余六略是对图书的分类。干宝对"七略"又增出一略而称作"八略",所指应当是汉魏以来不断出现的佛教道教著作②,而"演八略之旨"就是发挥佛典道书的大旨,也正是张皇神鬼仙佛。不过,干宝并不是机械地实用主义地完全以鬼神观念作为选材的标尺,并不打算将《搜神记》弄成佛道的弘教之作,"明神道之不诬"只是一项终极原则。而且他也重视"游心寓目"的愉悦作用,充分理解一般"好事之士"的阅读期待,可以说他为读者预设的期待视野统一在宗教神鬼的认同和好奇心理的舒纾上。因此他取材的范围很大,但凡古今奇怪之事都在网罗之中。书名"搜神","神"字不过是一个相当宽泛的概念。

从自序和前文所引请纸表看,《搜神记》取材一方面是"承于前载","会聚散逸",一方面是"访行事于故老","采访近世之事","博访知之者"。在现存遗文中,大部分是采录前载,采录的前人书有数十种,主要有《左传》、古本《竹书纪年》、《吕氏春秋》、《淮南子》、《史记》、《列仙传》、《孝子传》、《汉书》、《风俗通义》、《论衡》、《列异传》、谢承《后汉书》、司马彪《续汉书》、《三国志》、《博物志》、《玄中记》等。其中取自《列仙传》、《列异传》者尤多。亦有重见于《晋纪》者,如"成夫人"(今本卷四,《新辑搜神记》卷七)、"盘瓠"(今本卷一四、《新辑搜神记》卷二四)。可以推想,作者"撰记古今怪异非常之事",肯定受到《列异传》的很大影响。作者身居史官,得见大量古书,兼之广泛采访,"群言百家,不可胜

---

① 见《汉书·艺文志序》。
② 南朝宋秘书丞王俭撰《七志》,分七类,又附录道、佛二类,实是九类。梁阮孝绪撰《七录》,正式将佛录、道录列入七录。见《隋书·经籍志序》。

览;耳目所受,不可胜载",因此搜集材料非常丰富,远超过《列异传》。另外,现存佚文还有少许为干宝亲所闻见,如"江淮败屩"、"张小"等条。广征博收,应有尽有,的是志怪之集大成。近二十年间花费如许精力和心血,遂使《搜神记》成为一部足可"游心寓目"的绝佳之作。

在体例上作者分门别类编排故事,从有关文献看,原书有《感应》、《神化》、《变化》、《妖怪》诸篇,前已言之。

下边概述《搜神记》的主要内容,均以《新辑搜神记》为据。

内容大体有如下几方面:

第一,神仙术士及其法术变化之事。《搜神记》原有《神化篇》,所记当即此类。这类事《新辑搜神记》编入卷一至卷三。

所记赤松子、宁封子等古仙,多数取自《列仙传》。但许多神仙系晚出,多数是东汉三国人,如叶令王乔、蓟子训、左慈、干吉、介琰、徐光等等。所记仙人事迹,大率是法术变化之属。记其事迹侧重法术变化,如王乔双凫化舄,左慈盘中钓鱼,干吉身入镜中,徐光杖地种瓜,皆称奇妙。这里将《徐光》引录如下:

> 吴时有徐光,常行幻术于市里。从人乞瓜,其主勿与,便从索瓣,扶地而种之。俄而瓜生蔓延,生花成实,乃取食之,因赐观者。鬻者反视所出卖,皆亡耗矣。常过大将军孙綝门,褰裳而趋,左右唾溅。或问其故,答曰:"流血覆道,臭腥不可耐。"綝闻而怒杀之,斩其首无血。后綝上蒋陵,有大风荡綝车,顾见光在松树上,拊手笑之。俄而綝诛。①

---

① 《法苑珠林》卷三一、《太平广记》卷一一九引《冤魂志》(《广记》作《还冤记》),亦载孙綝杀徐光事,然无种瓜事。《珠林》卷七六引徐光种瓜事,脱出处,当亦出《冤魂志》。《冤魂志》文字与《搜神记》大同,然则《冤魂志》乃采《搜神记》

《丁令威》①一条,写丁令威学仙化鹤归辽,是在后世流传很广的著名神仙故事,后又载《洞仙传》。故事情节与《汉魏丛书》本《神仙传》卷九《苏仙公》写苏耽化鹤归乡有明显的因依关系。丁令威所唱的歌,表现仙尘强烈对比,充满人生喟叹:

> 辽东城门有华表柱,忽有一白鹤集柱头。时有少年举弓欲射之,鹤乃飞,徘徊空中而言曰:"有鸟有鸟丁令威,去家千岁今来归,城郭如故人民非,何不学仙冢垒垒?"遂高上冲天而去。后人于华表柱立二鹤,至此始矣。今辽东诸丁,云其先世有升仙者,不知名字。

还有不少故事描述术士、巫觋、道人(即沙门)之流的法术或幻术。比如寿光侯劾百鬼众魅,郭璞、管辂、淳于智等神于卜筮,营陵道人召魂,天竺胡人行幻术等等。

东汉以来道教初创,道士蜂出,神仙之说大畅天下,所以神仙道士故事极为流行。《列仙传》中的仙术主要是辟谷服食、乘风雨烟火上下之类,这是西汉神仙家的观念;《搜神记》反映的是汉末以来的观念,法术要丰富精妙得多,盖其时道教始兴,道徒术士竞为奇说故也。后世小说描写法术,虽又有种种新花样,但大抵不出

---

① 本条明本《搜神后记》辑入。按:《艺文类聚》卷七八、唐写本类书残卷伯2524号(《鸣沙石室古籍丛残》《敦煌宝藏》)《神仙篇》、《三洞群仙录》卷三、《古文苑》卷九《游仙诗》章樵注、《九家集注杜诗》卷二九《秋日夔州咏怀寄郑监审李宾客之芳一百韵》注、《古今事文类聚》前集卷三四、《古今合璧事类备要》前集卷五〇、《群书类编故事》卷一〇等引作《搜神记》,《类聚》卷九〇、《事类赋注》卷一八、《九家集注杜诗》卷三一《卜居》注、《山谷诗集注》卷一一《戏书秦少游壁》注、《山谷外集诗注》卷九《玉京轩》注、《后山诗注》卷二《从苏公登后楼》注、《增广笺注简斋诗集》卷一七《与季申信道自光化复入邓书事四首》其三注、《增修笺注妙选群英草堂诗余》前集下王介甫《千秋岁引》注、《云谷杂纪》卷三、《野客丛书》卷一九、《古今事文类聚》后集卷四二、《唐诗鼓吹》卷一许浑《经故丁补阙山居》注等引作《续搜神记》。按:《类聚》、唐写本类书早出,《类聚》书名二歧而唐写本类书作《搜神记》,其余宋人类书诗注多承旧籍,殆非亲见原书,不足为据,其出干书的可能性很大。

《搜神记》所描写的画符念咒、隐身变形、劾鬼召神、呼风唤雨等名目,《聊斋志异·种梨》即仿徐光种瓜的情事。《天竺胡人》一条所记永嘉中天竺胡人来江南行断舌续舌及吐火,反映了汉以来中西文化交流中幻术在中国的传播。《旧唐书》卷二九《音乐志二》云:"幻术皆出西域,天竺尤甚。汉武帝通西域,始以善幻人至中国。安帝时天竺献伎,能自断手足,刳肠胃。自是历代有之。"

尤其值得注意的是"焦湖庙巫"故事,后又采入《幽明录》:

> 焦湖庙有一柏枕,或云玉枕,枕有小坼。时单父县人杨林为贾客,至庙祈求。庙巫谓曰:"君欲好婚否?"林曰:"幸甚。"巫即遣林近枕边,因入坼中,遂见朱门琼室。有赵太尉在其中,即嫁女与林。生六子,皆为秘书郎。历数十年,并无思乡之志。忽如梦觉,犹在枕傍,林怆然久之。

故事想象奇妙,不单在表现巫术,更在于通过枕中梦幻世界和枕外现实人世的对照,表达对人生的解读,就是人生和富贵都像梦一样短暂而虚幻,这显然是道家的虚无思想。唐人传奇《枕中记》即脱化于此。杨林是商贾,地位低贱,而梦中联姻于高官,这似乎又在讽喻在"法律贱商人","禁商贾不得仕宦"[①]的背景中商贾的白日梦。《枕中记》中入梦者乃士人,梦中勾画的则是唐代士人的升官图。

第二,神灵感应之事,《新辑搜神记》编入卷四至卷九《感应篇》,凡六卷,内容非常丰富。所记神灵,人数众多。海神若东海君,水神若河伯、庐山君、青草湖君、苍水使者,冥神若泰山府君、赵公明,余如天使、玉女、织女、白水素女、蒋山神、黄石公、丁姑、灶神等等,其中有些已见于《列异传》、《博物志》。诸神大都是民间所祠,突出反映了各地民间流行的种种神灵崇拜。汉以来民间尚淫

---

① 《汉书》卷二四上《食货志上》、《盐铁论》卷一《本议》。

祠,几乎无处不有神,神祠在在皆是。结果是各种神灵显应故事的大量流传。《搜神记》这类故事,基本内容都是神人感通。宣扬崇拜神灵,把人的命运交给神去支配,当然是荒谬的思想,但许多传说都包含着比较进步的善恶观念,特别是其中的民间传说,常常又寄托着或带有人民的情绪和愿望,如流行于江南的丁姑神即是如此:

> 淮南全椒县有丁新妇者,本丹阳丁氏女,年十六适全椒谢家。其姑严酷,每使役,皆有程限,或违顷刻,仍便笞捶。不可堪处,以九月七日自经而死。遂有灵响闻于民间,仍发言于巫祝曰:"念人家妇女,工作不已,使避九月七日,勿用作。"吴平后,其女幽魂思乡欲归。永平元年九月七日,见形,著缥衣,戴青盖,从一婢。至牛渚津求渡,有两男子共乘船捕鱼,仍呼求载。两男子笑,共调弄之,言:"听我为妇,即当相渡也。"丁妪曰:"谓汝是佳人,而无所知。汝是人,当使汝入泥死;是鬼,使汝入水。"便却入草中。须臾,有一老翁乘船载苇又至,妪从索渡,翁曰:"船上无装,岂可露渡?恐不中载耳。"妪言无苦。翁因出苇半许,安处着船中,径渡之,至南岸。临去,语翁曰:"吾是鬼神,非人也,自能得过,然宜使民间粗相闻知。翁之厚意,出苇相渡,深有惭感,当有以相谢者。翁速还去,必有所见,亦当有所得也。"翁曰:"愧燥湿不至,何敢蒙谢!"翁还西岸,见两少男子覆水中。进前数里,有鱼千数,跳跃水边,风吹置岸上,翁遂弃苇载鱼以归。于是丁妪遂还丹阳。今江南人皆呼为"丁姑",九月七日不用作事,咸以为息日也。今所在祠之。

丁姑是位民间神。江南劳动妇女根据自己的痛苦生活遭遇和利益要求,创造了自己的保护神,将每年九月七日定为自己的节日。丁姑憎爱分明,惩恶赏善,反映的也是人民的道德观念。

有一些神灵故事是写人神结合。虽说主要还在于表现仙凡相通、人神感应以及度人济世的主题,但却多已增加了人情味,有了爱情描写,比《列仙传》大有进步。而且,在人神感应的主题中往往程度不同地注入道德因素。

《张璞》记庐山君聘吴郡太守张璞女为儿妇,最后为张义气所动,又送还其女。《成公智琼》记弦超早失父母,天帝哀其孤苦,遣令天上玉女成公智琼下嫁。晋初张敏有《神女传》记此事,《列异传》亦载,是晋代最早的神女降真故事。神女赠物赠诗,见出较多的人情因素,构成特殊的人神遇合模式,对后世小说颇见影响。关于《神女传》,后文还要详加讨论。

董永故事写织女奉天帝命下嫁董永,助其偿债,是著名的孝感故事,借助感天的幻想表达对孝道的彰扬:

> 董永父亡,无以葬,乃自卖为奴。主知其贤,与钱千万遣之。永行三年丧毕,欲还诣主,供其奴职。道逢一妇人曰:"愿为子妻。"遂与之俱。主谓永曰:"以钱丐君矣。"永曰:"蒙君之恩,父丧收藏。永虽小人,必欲服勤致力,以报厚德。"主曰:"妇人何能?"永曰:"能织。"主曰:"必尔者,但令君妇为我织缣百匹。"于是永妻为主人家织,十日而百匹具焉。主惊,遂放夫妇二人而去。行至本相逢处,乃谓永曰:"我是天之织女,感君至孝,天使我偿之。今君事了,不得久停。"语讫,云雾四垂,忽飞而去。

这是著名的《天仙配》的本事,原出刘向《孝子传》。此后曹植诗《灵芝篇》有云:"董永遭家贫,父老财无遗。举假以供养,佣作致甘肥。责家填门至,不知何用归。天灵感至德,神女为秉机。"①《珠林》卷四九引刘向《孝子传》注云"郑缉之《孝子感通传》曰永

---

① 《乐府诗集》卷五三《舞曲歌辞二》。

是千乘人",则郑缉之《孝子传》亦有董永事。东汉武梁祠画像石亦有董永图像,永父坐独轮车上,手持鸠杖,车上放置一陶罐,董永站立父前,身朝脚下竹筐,回首望父。董永上空有一仙女,肩生双翼,俯身朝下。图中有题曰:"董永,千乘人也。"① 千乘,县名,秦置,今山东淄博市高青县高苑镇北,西汉置郡,治千乘。② 后世亦多有记载,董永遗迹分布极广,湖北孝感(今为市)之名即由董永而生,相传董永避乱居此养父而遇织女③。并改编成话本戏曲,情事不断演化,见唐《董永变文》、前蜀杜光庭《录异记》卷八、南宋王象之《舆地纪胜》卷八四、《清平山堂话本·董永遇仙传》、南戏《董永遇仙记》、明清传奇《织锦记》(一名《天仙记》)、《卖身记》等等,不复赘述。

明本误辑入《搜神后记》的白水素女故事④也是流传久远的著名传说,写晋安侯官谢端孤贫无妻而恭谨自守,天帝哀之,令天汉中白水素女下就守舍炊烹,素女化螺而助之。故事原文如下:

---

① 参见朱锡禄《武氏祠汉画像石》,山东美术出版社,1986年版。
② 研究者或以为千乘县即今山东滨海市博兴县,见高汉君等《汉孝子董永及其故里的考证》、汉孝子董永及其故里论证会《关于〈汉孝子董永及其故里的考证〉的意见书》,载李建业、董金艳主编《董永与孝文化》,齐鲁书社,2003年版。据《汉孝子董永及其故里的考证》称,《博兴县志·人物志》中载:"永墓在今崇德社(今陈户镇),去墓数里有董家庄,永故宅也。"董家庄在今博兴县陈户镇(位于县城北约30华里),董家庄原有董公庙。《山东通志》载"董永庙在城东北三十里,祀董永",即指此地。《山东通志》还载:"仙孝祠在西门,内祀汉孝子董永。"原祠已圮,明代知县翁兆云重修,康熙四年博兴知县蒋维藩又重修。今博兴县建有董永博物馆。按:高青、博兴二县相临,据《中国历史地图集》,汉千乘县距今高青较博兴为近。《中国历史大辞典》《历史地理》分册"千乘县"条注为"治今山东高青县高苑镇北"。
③ 见明陈士元《江汉丛谈》卷二,《明一统志》卷六一《德安府·祠庙》、《陵墓》、《山川》、《流寓》。
④ 《艺文类聚》卷九七,《北户录》卷二,《太平御览》卷八、卷九四一,《太平广记》卷六二,《太平寰宇记》卷一〇〇,《三洞群仙录》卷一,《舆地纪胜》卷一二八,《方舆胜览》卷一〇,《淳熙三山志》卷六,《榕阴新检》卷一三等均引作《搜神记》。明本《搜神后记》辑入此条,首云"晋安帝时",乃将"晋安"(郡名)误为晋安帝,遂误断所属,并妄加"帝时"二字。

谢端，晋安侯官人也。少丧父母，无有亲属，为邻人所养。至年十七八，恭谨自守，不履非法，始出作居。未有妻，乡人共愍念之，规为娶妇，未得。端夜卧早起，躬耕力作，不舍昼夜。后于邑下得一大螺，如三升壶，以为异物，取以归，贮瓮中畜之。十数日，端每早至野，还见其户中有饭饮汤火，盘馔甚丰，如有人为者，端谓是邻人为之惠也。数日如此，端便往谢邻人，邻人皆曰："吾初不为是，何见谢也？"端又以为邻人不喻其意。然数尔不止，后更实问，邻人笑曰："卿以自娶妇，密着室中炊爨，而言吾人为炊耶？"端默然，心疑不知其故。

后方以鸡初鸣出去，平早潜归，于篱外窃窥其家，见一少女美丽，从瓮中出，至灶下燃火。端便入门，径造瓮所视螺，但见壳。仍到灶下问之曰："新妇从何所来，而相为炊？"女人惶惑，欲还瓮中，不能得，答曰："我天汉中白水素女也。天帝哀卿少孤，恭慎自守，故使我来，权相为守舍炊烹，十年之中使卿居富得妇，自当还去。而卿今无故窃相伺掩，吾形已见，不宜复留，当相委去。虽尔，后自当少差，勤于田作，渔采治生。今留此壳去，以贮米谷，常可不乏。"端请留，终不肯。时天忽风雨，翕然而去。端为立神座，时节祭祀。居常饶足，不致大富耳。于是乡人以女妻端。端后仕至令长云。今道中素女是也。

这个故事未言人神结合，但情节主题与董永故事十分相似，而化螺的幻想非常优美，至今仍流传着田螺姑娘的民间故事。

另有一类是记凡人为神灵传书。《胡母班》一条《列异传》已载之，但佚文仅为片断，《搜神记》所存佚文记叙特详，大类唐人传奇。记云胡母班过泰山侧，为绛衣骑召至泰山府君处。府君云有女为河伯妇，求班传书于彼处。班应允而往，遵嘱于河中流扣舟呼青衣，遂被领至河伯府中，临去赠以青丝履。后至泰山返命，见父着械徒作，班苦求府君，遂许其父为社公。有意思的是胡母班求见泰山府君时,扣树而驺出,这是一种六朝神灵传说的传书模式。类似的故事很多,如晋乐资《春秋后传》记华山使托郑容致书镐池君,郑容也是以文石扣池边梓树①,刘宋刘义庆《异苑》卷五"江伯神"条也有扣悬藤的情节②,唐李朝威《洞庭灵姻传》柳毅扣橘树正是袭取了这种表现方式。

在这些神灵故事中,神灵虽庄严神秘,但有常人的情感和欲望,他们和凡人交往时常出于纯世俗的愿望,如结亲、探亲、报恩等等,因而带上了浓厚的人情味。宗教性的减弱和世俗化的加强,是民间流传的神灵故事的特点,和宗教徒的纯宗教故事颇不相同。

编在卷八的《董永》是孝行感天的感应故事,此卷还有十三个孝感故事,有名的如《丁兰》、《郭巨》、《阳雍伯》、《东海孝妇》、《先雄》等。干宝对这宗孝感题材的重视分明是受了西汉刘向《孝子传》的巨大影响,但也有时代原因,这就是晋王朝标榜"以孝治天下"③。孝感故事的基本思想是孝能感天,将孝伦理和天意结合起来,宣扬天意对孝行的肯定和表彰。而在东海孝妇传说中,除孝感主题外更含有更强烈的现实批判性,因此尤其出色:

《汉书》载:东海孝妇,养姑甚谨。姑曰:"妇养我勤苦,我已老,何惜余年,久累年少。"遂自缢死。其女告官云:"妇杀

---

① 《水经注》卷一九《渭水》、《北堂书抄》卷一六〇、《初学记》卷五、《太平御览》卷五一又卷九五八、《事类赋注》卷七引乐资《春秋后传》。《隋书·经籍志》杂史类著录《春秋后传》三十一卷,晋著作郎乐资撰。事又见《史记·秦始皇本纪》、《汉书·五行志中之上》、《论衡·纪妖》,然无扣树情节。明本《搜神记》卷四辑入此事,误也。
② 事又载《太平广记》卷二九一引《南越志》。《隋书·经籍志》杂史类著录《南越志》八卷,沈氏撰。
③ 《晋书》卷三三《何曾传》:"时步兵校尉阮籍负才放诞,居丧无礼……因言于帝(司马昭)曰:'公方以孝治天下,而听阮籍以重哀饮酒食肉于公座。宜摈四裔,无令污染华夏。'"卷五五《潘岳传》:"昔者明王以孝治天下,其或继之者尠哉希及。逮我皇晋,实光斯道。仪刑乎于万国,爱敬尽于祖考。故躬稼以供粢盛,所以致孝也;劝穑以足百姓,所以固本也。能本而孝,盛德大业至矣哉!"卷八八《孝友传·李密传》:"伏惟圣朝以孝治天下。"按:《孝经·治孝》:"子曰:昔者明王之以孝治天下也。"

我母。"官收系之,拷掠毒治。孝妇不堪楚毒,自诬服之。时于公为狱吏,曰:"此妇养姑十余年,以孝闻彻,必不杀也。"太守不听。于公争不得理,抱其狱辞哭于府而去。自后郡中枯旱三年。后太守至,思求其所咎,于公曰:"孝妇不当死,前太守枉杀之,咎当在此。"太守即时身祭孝妇之墓,未反而大雨焉。长老传云:孝妇名周青。青将死,车载十丈竹竿,以悬五幡。立誓于众曰:"青若有罪,愿杀血当顺下;青若枉死,血当逆流。"既行刑已,其血青黄,缘幡竹而上极标,又缘幡而下云尔。

这个故事,其深刻意义在于揭露和抨击吏治之昏暗,生动表现了一个善良女子对于颠倒黑白、草菅人命的封建法制的控诉和反抗,同时赞美清官,表达了百姓的愿望。关汉卿正是看准了这一点,才把它改编为《窦娥冤》。

于公是个真实人物,西汉人。《说苑·贵德篇》说于公是丞相西平侯于定国之父,东海下邳(今江苏睢宁县西北)人,为县狱吏、决曹掾,决狱平法未尝有所冤,东海郡民给他立生祠。《说苑》并记载了他为东海孝妇平冤一事。《汉书》卷七一《于定国传》亦载于公、东海孝妇事,唯称于公系东海郯(今山东郯城县北)人。据此,东海孝妇其人其事似属实有。但孝妇死后枯旱三年及平冤后天立雨,显系传闻之辞。

这就是说这一真实事件在流传中被传说化了。我以为它首先受到了齐寡妇传说的影响。《淮南子·览冥训》云:"庶女叫天,雷电下击景公,台陨,支体伤折,海水大出。"高诱注云:"庶贱之女,齐之寡妇,无子不嫁,事姑谨敬。姑无男有女,女利母财,令母嫁妇。妇益不肯,女杀母以诬寡妇。妇不能白明冤结,叫天,天为作雷电,下击景公之台。陨,坏也。毁景公之支体,海水为之大溢出也。"《太平御览》卷九、《事类赋注》卷二引作《史记》,与此同而文简。齐寡妇传说地点和情事都接近东海孝妇事,因而东海孝妇故事在流传中肯定融合了同地区的齐寡妇传说。

东海孝妇《说苑》、《汉书》均不云其名,《搜神记》后半称长老传云孝妇名周(一作用)青。按周青又见王韶之《孝子传》(《太平御览》卷四一五、卷六四六引),云周青东郡(治所在今河南濮阳市西南)人,许同郡周少君,未嫁夫卒,周青供养公姑,誓不更嫁。公姑并自杀,女姑诬周青,青被杀,行刑前请监杀立幡竿,血缘幡竿上天。王韶之刘宋人,在干宝后,但其所记周青事也正是干宝说的"长老传云"。看来这是又一传说,干宝先据《说苑》、《汉书》记东海孝妇事,又据长老所传记周青事,二者遂融合为一。

其后又有上虞寡妇和陕妇人事。上虞寡妇事见晋虞预《会稽典录》(《御览》卷六四五引)、《后汉书》卷七六《循吏·孟尝传》,全同东海孝妇事,只是以上虞易东海,以孟尝易于公,后太守名曰殷丹而已,《后汉书》且记孟尝对殷丹述于公昭雪东海孝妇冤情事。《六帖》卷四七"上虞寡妇"下注云"养姑事同东海孝妇"。陕妇人事见载《晋书》卷九六《列女传》,发生在十六国前赵刘曜时之陕县。妇人亦寡居,姑病死,女诬杀其母,有司不察而诛之。时有群乌悲鸣尸上,曝尸十日不腐,境内经岁不雨。刘曜遣呼延谟为太守,平冤而天大雨。此二事虽载于正史,但所据当是传闻,恐怕都和东海孝妇事有关,就是说东海孝妇事广泛传开后,该地区发生的类似事件,被按照东海孝妇传说的模式进行了加工。

这五个同类型故事,构成了一个"东海孝妇"母题,此中包含着许多深刻的思想和社会意义,它涉及家庭伦理问题、封建吏治问题、天人感应问题,这都为古人所热切关注。

还有不少感应故事主要记瑞应符命,如《忠孝侯印》记鸟堕地化为圆石,梁国相张颢破之得一金印,文曰"忠孝侯印",后官至太尉;《孙坚夫人》记孙坚夫人梦月入怀而生孙策,梦日入怀而生孙权,等等。还有一些故事乃古老神话传说,如附宝感电光生黄帝、庆都感赤龙生尧,都是感生神话。

第三，妖怪之事，属于原书《妖怪篇》，《新辑搜神记》编入卷一〇至卷一五，凡六卷。所谓"妖怪"不是后世用以指称的变化人形的妖物精怪，乃谓《汉书》等《五行志》所记天灾地妖。卷一〇前两条论妖怪，盖为原书《妖怪篇》的序论。干宝论曰："妖怪者，盖是精气之依物者也。气乱于中，物变于外。形神气质，表里之用也。本于五行，通于五事。虽消息升降，化动万端。其于休咎之征，皆可得域而论矣。"诸如马化狐、牛五足、牛言狗语、两性同体等等，即是"休咎之征"。许多素材取自《汉书·五行志》和司马彪《续汉书·五行志》，其基本思想是阴阳五行及灾异之说。大都缺乏故事性，简窘破碎，小说意味很少，是全书文学价值最低的部分。

第四，物怪变化之事，属原书《变化篇》。《新辑搜神记》辑入卷一六至卷二〇，凡五卷。卷一六之《变化》本是原书《变化篇》的序，以阴阳五行观点解释万物变化，以为五气的变化，生成具有不同特性的事物和引起事物的变形易性，如千岁之雉入海为蜃，千岁之狐起为美女等等。又《刀劳鬼》赞语云："气分则性异，域立则形殊，莫能相兼也。生者主阳，死者主阴。性之所托，各安其方。太阴之中，怪物存焉。"卷一六、卷一七所记就是种种物怪及其形性变化，如贲羊、犀犬、落头民、刀劳鬼、蚓、鬼弹等等，内容一似《白泽图》、《夏鼎志》等书，而材料亦常取自这类书。

《变化篇》最突出的是精怪故事，数量极众，多姿多彩。这些故事虽大抵都是写成精作怪，但精怪的禀性行为却有种种区别，因而精怪故事呈现出极大的丰富性和多样性。一种精怪是作恶者，或淫人妻女，或加灾于人。如《虞国》条，精怪变为他人之形冒名顶替，淫人之女；《司徒府二蛇》条，蛇怪数食小儿及鸡犬之属，骨骼盈室。《秦巨伯》条明本《搜神记》辑入卷一六，盖以其怪为鬼，其实是庙中木偶像变化的精怪：

>琅邪秦巨伯,年六十。尝夜行饮酒,道经蓬山庙。忽见其两孙迎之,扶持百余步,便捽伯颈着地,骂:"老奴,汝某日捶我,我今当杀汝。"伯思惟,某时信捶此孙。伯乃佯死,乃置伯去。伯归家,欲治两孙,孙惊愧叩头,言:"为子孙,宁可有此!恐为鬼魅,乞更试之。"伯意悟。数日,乃诈醉,行此庙间。复见两孙来,扶持伯。伯乃急持,动作不得。达家,乃是两偶也。伯着火灸之,腹背俱焦坼。出着庭中,夜皆亡去,伯恨不得之。后月,又佯酒醉夜行,怀刃以去,家不知也。极夜不还,其孙恐又为此鬼所困,乃俱往迎之,伯乃刺杀之。

事本《吕氏春秋·慎行论·疑似》黎丘奇鬼的故事。又《吴兴老狸》亦类乎此。

也有的精怪并不作大恶,只是一般的惊扰人家。《倪彦思家魅》中的鬼魅即是如此,该条记事甚佳,录于下:

>吴时,嘉兴倪彦思,居县西埏里。有鬼魅在其家,与人语,饮食如人,唯不见形。彦思奴婢有窃骂大家者,云今当以语。彦思治之,无敢詈之者。彦思有小妻,魅从求之,彦思乃迎道士逐之。酒肴既设,魅乃取厕中草粪,布着其上。道士便盛击鼓,召请诸神。魅乃取伏虎,于神座上吹作角声音。有顷,道士忽觉背上冷,惊起解衣,乃伏虎也。于是道士罢去。彦思夜于被中窃与姬语,共患此魅。魅即屋梁上谓彦思曰:"汝与妇道吾,吾今当截汝屋梁。"即隆隆有声。彦思惧梁断,取火照视,魅即灭火,截梁声愈急。彦思惧屋坏,大小悉遣出,更取火视,梁如故。魅大笑,问彦思:"复道吾不?"郡中典农闻之曰:"此神正当是狸物耳。"此魅即往谓典农曰:"汝取官若干百斛谷,藏着某处。为吏污秽,而敢论吾!今当白于官,将人取汝所盗谷。"典农大怖而谢之,自后无敢道。三年后去,不知所在。

故事很有趣,含有幽默味道。又载《录异传》。鬼魅锯梁情事,《冤魂志》"徐铁臼"条亦有。

一种精怪并不害人,只是在正当范围内实现自己的某种愿望,多数表现为女性精怪对男子的追求。如:

> 吴郡无锡有上湖大陂,陂吏丁初,天每大雨,辄循堤防。春盛雨,初出行塘。日暮间,顾后有小妇人,姿容可爱,上下青衣,戴青伞,追后呼:"初掾待我。"初时怅然,意欲留伺之,复疑本不见此,今忽有妇人冒阴雨行,恐必鬼物。初便疾行,顾见妇人,追之亦速。初因急走,去之转远,顾视妇人,乃自投陂中,泛然作声,衣盖飞散,视是大苍獭,衣伞皆荷叶也。此獭化为人形,数媚年少者也。

又《鼍妇》记荥阳人张福泊船水边,夜有女子乘小船来投,云日暮畏虎,不敢夜行,遂相共寝。中夜视之,乃一大鼍,枕臂而卧,向乘小舟,乃一枯槎段。这样的妖怪,往往不给人以可怖或可厌的感觉,甚至使人觉得可爱,虽然她们的原形确乎是不美的。这是因为她们不仅获得了人的美好外形,而且同时也在追求人应当获得的其他美好事物。不过,与后世同类故事相比,这些妖精虽说被赋予较强的人情味,但妖精意象还存在着人性妖性的对立,表现在她们最后的现形上,有意识造成不和谐的反差,凸现她们的异类本相。

作为妖精重要角色的狐妖,这里也有多处记载,《阿紫》、《胡博士》、《宋大贤》、《斑狐书生》即是。《阿紫》确立了女狐惑人的基本类型,对后世狐妖故事影响极大,《斑狐书生》、《胡博士》都描写了各具个性的雄性狐妖形象。燕昭王墓斑狐——以燕昭王之喜招贤暗示斑狐为千岁才智之狐——化为白面书生,一如风流才子,和张华"商略三史,探赜百家,谈老庄之奥区,披风雅之绝旨",竟使张华甘拜下风。那位自称"胡博士"的老狐俨然一皓首宿儒,集群狐于家中讲书。这种十分新颖别致的幻想,为狐妖传说增加了新的内容,塑造了才狐、学狐的形象。宋大贤杀狐妖,则写人妖斗争,很有意义:

> 南阳西鄂有一亭,人不可止,止则害人。邑人宋大贤,以正道自处,不可干。尝宿亭楼,夜坐鼓琴而已,不设兵仗。至于夜半时,忽有鬼来登梯,与大贤语,瞋目磋齿,形貌可恶。大贤鼓琴如故,鬼乃去。于市取死人头来,还语大贤曰:"宁可行小熟唉?"因以死人头投大贤前。大贤曰:"甚佳,吾暮卧无枕,正当得此。"鬼复去,良久乃还,曰:"宁可共手搏耶?"大贤曰:"善。"语未竟,大贤前便逆捉其胁,鬼但急言:"死!死!"大贤遂杀之。明日视之,乃是老狐也。因止亭毒,更无害怖。

《安阳亭》、《庐陵亭》、《李寄》等也是写人妖斗争的。其中少女李寄只身携剑带犬深入蛇窟,斩除蛇怪,是一个很好的故事。末云"其歌谣至今存焉",说明曾在民间长期流传,只是歌谣已不可考知。

《搜神记》所描写的精怪意象呈现出品质和气性上的多样性,是一个特点。另外,有的以人形出现,有的以非人形出现,这是外形上的多样性。而以人形出现者,又常常在其形体、服饰、姓名、特性上显示出其原形的某些特征。这是精怪故事的另一特点。比如:町筋竹精"长丈许,面如方相"(《竹中长人》);鼠妇精"长数寸"(《鼠妇》);山羊精"髯须甚长",名"高山君"(《高山君》);母猪精"着皂单衣",雄鸡精"冠帻赤衣"(《安阳亭》);黑头白躯狗怪着"黑帻白单衣"(《黑头白躯狗》);杵精名"细腰"(《细腰》);狐妖名"胡博士"(《胡博士》);苍獭怪"上下青衣,戴青伞",雨天而出(《獭妇》)。如此等等,富于暗示性,读来饶有兴味。

第五,复生(或曰再生、重生)事,《新辑搜神记》编在卷二一。

远古神话传说就有复生故事,但复生者均非平常人,如《括地图》无启民百年复生,《蜀王本纪》鳖灵尸复生等。而平常人复生事当以放马滩秦墓竹简中丹的复生为早。《列异传》《博物志》亦有几个复生故事。本书所记尤多,共十三个故事,数量不少。① 干宝感其兄及父婢复生而作《搜神记》,看来他颇留意于对这类故事的搜集。其中较好的有河间男女、贾偶、李娥等事。《河间男女》通过女方还魂终与意中人结合来歌颂爱情,有意味的是复生还引发了一场官司:

> 武帝世,河间郡有男女相悦,许相配适。既而男从军,积年不归。父母以女别适人,女不愿行。父母逼之而去,无几而忧死。其男戍还,问女所在,其家具说之。乃至冢所,始欲哭之叙哀,而已不胜其情。遂发冢开棺,女即时苏活。因负还家,将养数日,平复。其夫闻,乃往求之。其人不还,曰:"卿妇已死,天下岂闻死人可复活耶? 此天赐我,非卿妇也。"于是相讼。郡县不能决,以谳廷尉。廷尉奏以精诚之至,感于天地,故死而更生。在常理之外,非礼之所处,刑之所裁,断以还开冢者。

廷尉的判决没有拘泥于"礼"——其女已嫁——和"刑"——其人盗墓,而是以这对男女的"精诚"作为断案准则,在法律中注入人情因素,这一判决无疑是公正而快慰人心的。

《贾偶》条记贾偶不当死,太山冥府放还,道逢一少女,亦系放生者。贾悦而求爱,女不肯私合而拒之。复生后,两家为之配合。故事很有情味。《李娥》也写李娥被误召入冥而复生,并代冥中所遇外兄传书,而其复生方式是盗发其墓,这一点与《河间男女》类

---

① 明本《搜神记》卷一七共十三个复生故事。其中有五个非本书。"王道平"取自八卷本,"戴洋"删取《晋书》卷九五《艺术传·戴洋传》,"前汉宫人"据《后汉书·五行志五》注引《博物志》,"太原妇人"据《三国志·魏书·明帝纪》注引《傅子》,"马势妇"应属《搜神后记》。另外,田无啬儿复生事,今本辑入卷六。《独异志》卷中引冯棱妻复生,《集古今佛道论衡》引李通事,明本未辑。

似。非法盗墓和因情掘墓,以及《史妪》、《颜畿》为助死者复生的掘墓,作为几种复生途径,颇为后世相承。这一幻想的思维逻辑是:人死入墓,复活也必然开墓而出。这类入冥复生故事与以后盛行的旨在弘佛的佛教入冥故事有很大不同,内容要丰富得多。

第六,鬼事。集中《新辑搜神记》卷二二、卷二三两卷,佳制甚多,奇彩纷呈。具体内容有这几类:

一是人鬼恋爱,这是最引人注目的题材。人鬼恋爱,《列异传》和《陆氏异林》已开其端,本书采入上二书中的谈生、钟繇故事。著名的故事还有《紫玉》:

> 吴王夫差小女,名紫玉。童子韩重有道术,紫玉悦之,许与韩重为婚。韩重乃学于齐鲁之间,临去,属其父求婚。王怒,不与女,紫玉结气亡,葬于阊门之外。重三年归,闻其死哀恸,至紫玉墓所哭祭之。紫玉忽魂出冢旁,见重流涕。重与言,乃左顾宛颈而歌曰:"南山有鸟,北山张罗。鸟既高飞,罗将奈何。志欲从君,谗言孔多。悲结生疾,没命黄垆。命之不造,冤如之何!""羽族之长,名为凤凰。一日失雄,三年感伤。虽有众鸟,不为匹双。故见鄙姿,逢君辉光。身远心近,何尝暂忘!"遂邀重入冢。三日三夜,重请还。临去,紫玉取径寸明珠并昆仑玉壶以送重。重赍二物诣夫差,夫差大怒,按其发冢。紫玉见梦于父,以明重之事。夫差异之,悲咽流涕,因舍重,以子婿之礼待之。

这是个情调凄婉的爱情悲剧,紫玉形象很有动人之处,她为情而死,为情而冥会,为情而救韩重,热情执着,死生不渝,生动表现了旧时代青年对爱情的追求和对封建婚姻制度的反抗。

紫玉传说的雏形最先记录在《吴越春秋》和《越绝书》。《吴越春秋》卷四《阖闾内传》云吴王阖闾有女名滕玉，因其父把自己先吃过一半的鱼给她吃，感到受了委屈而自尽。死后埋在阊门外，化白鹤舞于吴市。《吴地记》引《越绝书》佚文则谓夫差小女字幼玉，愿与书生韩重为偶，不果，结怨死，葬阊门外。其女化形而歌曰："南山有鸟，北山张罗。鸟既高飞，罗当奈何。志愿从君，谗言孔多。悲怨成疾，没身黄坡。"已经很接近《搜神》所记。《太平寰宇记》卷九一引《山川记》也记有梗概，《太平寰宇记》并称苏州吴县阊门外有吴王女墓。此事后又载入《录异传》，《太平广记》卷三一六等有引，夫差小女名玉。①

二是鬼魂显验和作祟事，旨在明神鬼之不诬。《无鬼论》云施绩门生执无鬼论，有鬼来辩论，辩不过就说"仆便是鬼"，来取门生。门生求饶，鬼便将面貌相似的一个都督凿死。无辜的都督李代桃僵，做了替死鬼。魏晋一度流行无鬼论，干宝开始也是无鬼论者，后来转向有鬼论，这个故事明显是有鬼论的形象图解。

富有特色的故事是《鹄奔亭》、《宗定伯》，均已见《列异传》。《列异传》"鹄奔亭"佚文文字简略，《搜神记》所存佚文校详，不妨将辑文引录如下，以了解其详情：

> 汉九江何敞为交趾刺史，行部到苍梧高要县，暮宿鹄奔亭。夜犹未半，有一女子从楼下出，呼曰："明使君，妾冤人

---

① 明本《搜神记》即据《广记》辑录，改名"紫玉"。按：《艺文类聚》卷八四，《太平御览》卷五七三、卷七六一、卷八〇三、卷八〇五，《姑苏志》卷五九，《古诗纪》卷二、卷一四四《紫玉歌》，《古乐苑》卷五二《紫玉歌》引《搜神记》皆作"玉"。《太平寰宇记》卷九一引《山川记》亦作"玉"。《天中记》卷一九末注："《搜神记》作紫玉。"《乐府诗集》卷八三作《紫玉》，《古诗纪》、《古乐苑》歌名《紫玉歌》，当本《乐府诗集》。明本《搜神记》作"紫玉"，疑据《天中记》改。《五色线集》卷中、《吴郡志》卷四七引《搜神记》、《永乐大典》卷二二五六又卷一三一三六引《稽神异苑》、《天中记》卷一九乃作"紫珪"。《稽神异苑》多取《搜神记》，所记紫珪亦必采自《搜神记》。又《吴郡志》卷四七引《稽神异苑》"刘元"条，亦作"紫珪"，今本《异苑》卷六辑入，改作"紫玉"。《稽神异苑》先唐书，其作"紫珪"当最为可信。

也!"须臾,至敞所卧床下跪曰:"妾本居广信县,修里人。早失父母,又无兄弟,嫁与同县施氏,薄命先死。有杂缯百十匹,及婢致富一人。妾孤穷羸弱,不能自振,欲之旁县卖缯。从同县男子王伯赁牛车一乘,直钱万二千,载缯,妾乘车,致富执辔,乃以前年四月十日到此亭外。时日暮,行人断绝,不敢复进,因即留止。致富时暴得腹痛,妾之亭长舍乞浆取火,而亭长龚寿操刀持戟,来至车旁,问妾曰:'夫人何从来?车上何载?丈夫何在?何故独行?'妾应曰:'何劳问之?'寿因持妾臂曰:'年少爱有色,冀可乐也。'妾惧怖不应,寿即持刀刺胁下,一疮立死。又刺致富,亦死。寿掘楼下合埋,妾在下,婢在上。取财物而去,杀牛烧车,车釭及牛骨贮在亭东空井中。妾既冤死,痛感皇天,无所告诉,故来自归于明使君。"敞曰:"今欲发之,汝何以为验?"女子曰:"妾上下着白衣、青丝履,皆未朽也。妾姓苏,名娥,字始珠。愿访乡里,以散骨归死夫。"掘之,果然。敞乃驰还,令吏捕寿,考问具服。问广信县,与娥语合。寿父母兄弟,皆捕系狱。敞表:"寿常律杀人,不至于族。然寿为恶,隐密经年,王法所不得治。今鬼神自诉者,千载无一。请皆斩之,以明鬼神,以助阴教。"上报听之。初掘时,有双鹄奔其亭,故曰鹄奔亭。

此事后又被颜之推取入《冤魂志》。与鹄奔亭故事相似的还有《冤魂志》等所载汉郿县令王忳在鼗亭遇女鬼诉冤的故事,以后我们要谈到。

"亭,停也。道路所舍,人所停集也"①。秦汉制度,亭是在县的领属之下设立的以治安管理为主的一种行政机构。置于乡村者为乡亭,置于城市者为都亭。乡亭一般每隔十里一设。汉魏六朝的亭故事很多,《搜神记》中除《鹄奔亭》,前文提到的《安阳亭》、

---

① 《释名·释宫室》。

《庐陵亭》也是。从叙事模式上说,这类故事多以"亭不可宿,若宿杀人"始,以"亭毒遂静,永无灾横"终,形成一种特殊的"亭结构"。"亭结构"基本上具备三个要素,即:亭、人(宿客)、鬼(包括精怪)。其中,亭作为人、鬼活动的场所和条件,是不变的元素;而人与鬼的关系,则具有不同的性质和模式。由于鬼怪的介入,亭常常成为人不敢宿的"凶亭";而由于人(宿客)的介入,人鬼之间便发生了关系。人鬼之间的关系具有不同性质,一种是帮助和被帮助的关系,《鹄奔亭》女鬼报冤即是如此;一种是对立关系,《安阳亭》、《庐陵亭》中的宿客和"鬼魅"(都是精怪)就是如此,形成人鬼较量。前者的鬼是正,后者的鬼是邪;而人(宿客)无一例外是正义力量,成为表彰和颂扬对象。① 鹄奔亭和䱉亭故事,杀害留宿妇女的都是亭长。汉代亭的亭长负责禁盗捕贼的治安工作,须配备兵器,而亭长又多为恃勇薄德之辈,常有作奸犯科之事。《鹄奔亭》所叙,可谓实录。

此外,《石子冈》写女巫在乱坟中寻找朱主的尸骨,是所谓"见鬼"巫术。今本卷一六《夏侯恺》条写苟奴"察见鬼神"也是这种巫术。《国语·楚语下》韦昭注:"巫、觋,见鬼者。"作为交通鬼神的巫觋,察见鬼神是其重要任务,所以称作"见鬼者"。②

第七,神话传说、历史传说和故事,见《新辑搜神记》卷二四至卷二六。古神话传说有推原神话、感生神话及其他传说。最有名的是盘瓠神话,当采自《风俗通义》和《魏略》(《后汉书·南蛮西南夷列传》注引),是古蛮族的民族起源神话。编在卷二〇《变化篇之五》的《蚕马》,也是古老神话,解释桑蚕的来源,放在这里一起讨论。二者在情节上有类似处,都是人兽结合,反映着原始崇拜现象,在后世都长久流传不衰,并发生着演化。

---

① 参见李剑国、张玉莲《汉魏六朝志怪小说中的亭故事》,《南开学报》,2008年第3期。
② 参见拙作《巫的"见鬼"术》,《文史知识》,2006年第6期。

盘瓠神话：

高辛氏有老妇人，居于王宫。得耳疾历时，医为挑治，出顶虫，大如茧。妇人去后，盛以瓠蓠，覆之以盘。俄尔顶虫乃化为犬，其文五色，因名"盘瓠"，遂畜之。时戎吴盛强，数侵边境，遣将征讨，不能擒胜。乃募天下有能得戎吴将军首者，购金千斤，封邑万户，又赐以少女。后盘瓠衔得一头，将造王阙。王诊视之，即是戎吴。"为之奈何？"群臣皆曰："盘瓠是畜，不可官秩，又不可妻，虽有功，无施也。"少女闻之，启王曰："大王既以我许天下矣，盘瓠衔首而来，为国除害，此天命使然，岂狗之智力哉！王者重言，霸者重信，不可以子女微躯，而负明约于天下，国之祸也。"王惧而从之，令少女随盘瓠。

盘瓠将女上南山，山草木茂盛，无人行迹。于是女解去上衣，为仆鉴之结，着独力之衣，随盘瓠升山入谷，止于石室之中。王悲思之，遣往视觅，天辄风雨，岭震云晦，往者莫至。盖经三年，产六男六女。盘瓠死后，自相配偶，因为夫妻。织绩木皮，染以草实。好五色衣服，裁制着用，皆有尾形。经后母归，以语王，王遣追之男女，天不复雨。衣服褊裢，言语侏离，饮食蹲踞，好山恶都。王顺其意，有诏赐以名山广泽，号曰"蛮夷"。蛮夷者，外痴内黠，安土重旧。以其受异气于天命，故待以不常之律。田作贾贩，无关缯符传、租税之赋。有邑君长，皆赐印绶。冠用獭皮，取其游食于水。今即梁、汉、巴、蜀、武陵、长沙、庐江群夷是也。用糁杂鱼肉，叩槽而号，以祭盘瓠，其俗至今。故世称"赤髀横裙，盘瓠子孙"。

按《后汉书·南蛮列传》亦载盘瓠事，与此大同，然无盘瓠出身事。李贤注云："此已上并见《风俗通》。"《风俗通》今本不载，已佚，南宋罗泌《路史发挥》卷二《论盘瓠之妄》有引，引文简略。李贤注又引鱼豢《魏略》、干宝《晋纪》①，均记其事。所引《魏略》系盘瓠出身一段，同《搜神》，是则干宝乃取材《风俗通》和《魏略》。其后，《水经注·沅水注》亦有记，和《搜神记》差不多。《玄中记》所记，系另一传说系统，已如前述。唐人樊绰《蛮书》卷一〇引王通明《广异记》，所记盘瓠来历与干宝不同，云高辛氏之时人家生一犬，弃之于道，盛以盘而覆以叶，七日不死，禽兽乳之；主人以为瑞，献于帝，因名盘瓠。又云高辛封之为定边侯，生七男，为巴东七姓，犬戎即其后。亦与干宝所记不同。八卷本《搜神记》则谓盘瓠所杀者乃房王，封会稽侯，"只今土蕃乃盘瓠之胤也"，疑本于句道兴《搜神记》。唐人所记盘瓠神话已非复旧观。

盘瓠故事是古时蛮族关于自己始祖及民族起源的推原神话。其时蛮族处于原始社会阶段，神话反映了这一民族对狗图腾的崇拜和兄弟姊妹自相婚配的血婚制度。《搜神记》等书所记自然不是这个神话的原生态，在长期流传中它掺入许多后起的观念，如天命、王霸之论等，但其原始面貌还基本保留着。古蛮族种类很多，分布在南方广大地区，有"八蛮"之称，同今天的苗、瑶、侗、土家、仡佬等族有渊源关系。在蛮族地区，盘瓠神话曾广为流传，皆奉之为始祖，有许多遗迹，刘宋盛弘之《荆州记》、《水经注·沅水注》、黄闵《武陵记》、《靖州图经》、范成大《桂海虞衡志》、郑伸《桂阳志》、欧阳忞《舆地广记》卷二八等书均有记载。②

蚕马神话：

> 寻旧说云：太古之时，有大人远征，家无余人，唯有一男一女，并牡马一匹，女亲养之。穷居幽处，女思念其父，乃戏马曰："尔能为我迎得父还，吾将嫁汝。"既承此言，马乃绝缰而去，径至父所。父见马惊喜，因取而乘之。马望所自来，悲鸣

---

① 《太平御览》卷七八五亦有引。
② 详见《唐前志怪小说辑释》，第261—264页。

不息,父曰:"此马无事如此,我家得无有故乎?"乃亟乘以归。为畜生有非常之情,故厚加刍养。马不肯食,每见女出入,辄喜怒奋击,如此非一。父怪之,密以问女,女具以告父,必为是故也。父曰:"勿言,恐辱家门,且莫出入。"于是伏弩射而杀之,曝皮于庭。父行,女与邻女于皮所戏,以足蹙之曰:"汝是畜生,而欲取人为妇耶?招此屠剥,如何自苦?"言未及竟,马皮蹶然而起,卷女以行。邻女忙怕,不敢救之,走告其父。父还求索,已出失之。后经数日,得于大树枝间,女及马皮尽化为蚕,而绩于树上。其茧纶理厚大,异于常蚕。邻妇取而养之,其收数倍。因名其树曰桑。桑者,丧也。由斯百姓竞种之,今世所养是也。言桑蚕者,是古蚕之余类也。

案《天官》:"辰为马星。"《蚕书》曰:"蚕曰龙精。月当大火,则浴其种。"是蚕与马同气也。《周礼》马质职掌"禁原蚕者",注云:"物莫能两大,禁原蚕者,为其伤马也。"汉礼,皇后亲采桑,祀蚕神,曰苑窳妇人、寓氏公主。公主者,女之尊称也;苑窳妇人,先蚕者也。故今世或谓蚕为女儿者,是古之遗言也。

前半记蚕马神话,后半解释蚕和马的关系,以为辰星(即大火星)系马星,而月当大火之时(即农历二月)则浴蚕种,所以蚕、马同气。说本《周礼·夏官》郑玄注,宋人戴埴亦用此说①,非是。至于蚕和女子的关系,仅云蚕神系女性,俗呼蚕为女儿,说尤不明。蚕之所以和女子发生联系,首先是因为古时养蚕采桑是妇女之任,其次蚕体白腻,也容易使人想到女子的肌肤。把蚕说成女子,最早见于《山海经·海外北经》:"欧丝之野,在大踵东。一女子跪,据树欧丝。"郭注:"言噉桑而吐丝,盖蚕类也。"又蚕首似马,因而又在蚕与马之间建立起联想,于是马和女子便融合成蚕的形象,这就是《荀子·赋篇》中说的"身女好而头马首"。在这一幻想基础上,蚕

---

① 《鼠璞》卷下。

马神话便创造出来。蚕被说成是马和少女在并非两厢情愿的情况下通过奇特方式结合后的产物。马对少女的爱情是一个悲剧,它不及五色犬盘瓠幸运。但这个神话并非表现爱情,它是远古先民解释桑蚕的来源。

《古今事文类聚》前集卷三六引《图经》也记有蚕马神话,与《搜神》大同,但末云:"一日,蚕女乘云驾此马,侍卫数十人,谓父母曰:'太上以我身心不忘义,授以九宫仙嫔矣,无复忆念也。'今冢在什邡、绵竹、德阳三县界。每岁祈蚕者四方云集。蜀之风俗,宫观诸化塑女像披马皮,谓之马头娘,以祈蚕焉。"说少女成了神仙,而那匹不幸的马终归成了她的坐骑,显然是道教之徒出于陋见作出的歪曲。动物爱上少女,或甚至像盘瓠神话那样人和狗结合,听起来似乎不怎么雅驯,但在这些神话中,马和犬虽具动物之形,其实内在情感完全是人的,我们主要感受到的是它们美好的人性,而几乎忘记了它们是兽,所以我们不会因高辛少女愿嫁盘瓠而惊诧,同时也对另一位少女的薄情而愤慨,而对有功而反遭屠剥的马寄予同情。本来在神话和民间故事中就多有兽婚型故事,反映着先民朴素的宗教观念和审美情趣,这种艺术奥妙古板先生们体会不出来,于是硬叫那位寡情女子带着"不忘义"的美名而升为九宫仙嫔,把马贬到她的胯下,可说是大杀风景。然而老百姓还是相信马皮裹少女化蚕之说,以为这才是美的,因而马头娘的塑像仍旧是披着马皮而不是骑着马。

历史传说和故事,有记勇士豪客者,如熊渠子射石虎,养由基射白猿,古冶子斩鼋,无名客为赤比报父仇等;有记循吏者,如谅辅、何敞、徐栩、王业等,以诚消弭灾情等;也有的记博物之士若东方朔辨"患"。这类传说、故事中的主要人物大都是真实的,也有的是传说人物,不过被置于真实的历史背景中。其中许多宣传迷信和封建道德,但也有些颇有社会意义,特别是韩冯(同"凭")夫妇传说、干将莫耶传说,流传很广。这两个故事《列异

传》都有记载,只是今存佚文简略,不如《搜神记》详备。先看韩冯夫妇传说:

> 宋时大夫韩冯,娶妻而美,康王夺之。冯怨,王囚之,论为城旦。妻密遗冯书,缪其辞曰:"其雨淫淫,河大水深,日出当心。"既而王得其书,以示左右,左右莫解其意。臣苏贺对曰:"'其雨淫淫',言愁且思也;'河大水深',不得往来也;'日出当心',心有死志也。"俄而冯乃自杀。其妻乃阴腐其衣。王与之登台,妻遂自投台下,左右揽之,衣不中手而死。遗书于带曰:"王利其生,妾利其死,愿以尸骨,赐冯合葬。"王怒弗听,使里人埋之,冢相望也。王曰:"尔夫妇相爱不已,若能使冢合,则吾弗阻也。"宿昔之间,便有文梓木生于二冢之端,旬日而大盈抱,屈体以相就,根交于下,枝错于上。又有鸳鸯,雌雄各一,恒栖树上,晨夜不去,交颈悲鸣,音声感人。宋人哀之,遂号其木曰"相思树"。相思之名,起于此也。今睢阳有韩冯城,其歌谣至今存焉。

这个传说产生于何时不明,但至晚从西汉就流传于民间是可以肯定的。1979年敦煌马圈湾汉代烽燧遗址出土西汉竹简,其中有韩朋故事。残简文字为:"书,而召韩偝问之。韩偝对曰:臣取妇二日三夜,去之来游,三年不归,妇"①。观此二十七字残文,其事当远较今所知者为详。《列异传》也载有此事,《艺文类聚》卷九二引曰:"宋康王埋韩冯夫妇,宿夕文梓生。有鸳鸯雌雄各一,恒栖树上,晨夕交颈,音声感人。"(按:《古小说钩沉》漏收),虽系节录,犹可得见为《搜神记》所本。

这个故事揭露宋康王荒淫残暴至为深刻,歌颂韩冯夫妇忠贞爱情感人至深。故事结尾冢墓生树、魂化鸳鸯的幻想情节十分优

---

① 见甘肃省文物考古研究所编《敦煌汉简》,中华书局,1991年版,下册,第238页;裘锡圭《汉简中所见韩朋故事的新资料》,《复旦学报》(社会科学版),1999年第三期。

美,体现着人民的审美理想。这种幻想性结局,在民间悲剧性爱情故事中是颇为常见的意象,汉代乐府民歌《古诗为焦仲卿妻作》的结尾"枝枝相覆盖,叶叶相交通,中有双飞鸟,自名为鸳鸯"云云,就是一例。《搜神记》末云"其歌谣至今犹存",看来此传说也如焦仲卿、刘兰芝事一样是被编成歌谣在民间传诵着的。

韩冯事六朝尚见载于晋袁山松《郡国志》,称其台为青陵台①。其后记载甚夥,大都是对《搜神》的明征暗引,而又时出异辞。唐刘恂《岭表录异》卷中作韩朋,并称所化鸟名韩朋鸟,乃凫鹥之类。《太平寰宇记》卷一四《济州·郓城县·青陵台》所引,称韩凭妻自投台下,左右揽之,着手化为蝶,且称冢在郓城县。诸书所引大都不是照录原文,而是凭记忆陈述大意,记忆中难免不掺进当时所传情事。因而这正好说明此故事在后世一直流传不息,且不断演化。事实确也如此。李商隐《青陵台》诗云:"莫许韩凭为蛱蝶,等闲飞上别枝花。"有化蝶情事。敦煌文书有《韩朋赋》,用俗赋形式敷衍这一传说,内容大为丰富化和生动化。韩朋妻名叫贞夫,二人死后先化石,再化树,复又化鸳鸯。宋人路振《九国志》谓妻为何氏,系自缢而死,死前作《乌鹊歌》以见志,歌曰:"南山有乌,北山张罗,乌自高飞,罗当奈何!乌鹊双飞,不乐凤凰,妾是庶民,不乐宋王。"②前半全同紫珪之辞。《分类补注李太白诗》卷四《白头吟》杨齐贤注所记事同,且又云死后化为蝴蝶,青陵台在开封。明彭大翼《山堂肆考》羽集卷三四亦云:"俗传大蝶必成双,乃梁山伯、祝英台之魂,又云韩凭夫妇之魂。"

干将莫耶故事表达了反暴虐的主题、复仇主题、豪侠主题,具有丰富的思想内涵和社会内涵。鲁迅据而改编为小说《铸剑》。故事已见《列异传》,不再赘述。但《搜神记》所存佚文较《列异

---

① 北宋乐史《太平寰宇记》卷一四《济州·郓城县·青陵台》引《郡国志》云:"宋王纳韩凭之妻,使凭运土,筑青陵台。至今台迹依然。"

② 原书已佚,见明陈耀文《天中记》卷一八引。

传》为详,故将辑文引录于下,以资对照:

> 楚干将莫耶,为楚王作剑,三年乃成。王怒,欲杀之。其剑有雄雌。其妻重身当产,夫语妻曰:"吾为王作剑,三年乃成,王怒,往必杀我。汝若生子是男,大,告之曰:'出户望南山,松生石上,剑在其背。'"于是即将雌剑,往见楚王。楚王大怒,使相之,剑有二,雄雌,雌来雄不来。王怒,诛杀之。莫耶子名赤比,后壮,问其母曰:"吾父所在?"母曰:"汝父为楚王作剑,三年乃成,王怒,杀之。去时嘱我:'语汝子:出户望南山,松生石上,剑在其背。'"于是子出户南望,不见有山,但睹堂前松柱下,石砥之上,则以斧破其背,得剑,日夜思欲报楚王。

> 楚王梦见一儿,眉间广尺,欲报仇,王即购之千金。儿闻之,亡去。入山行歌,客有逢者,谓:"子年少,何哭之甚悲耶?"曰:"吾干将莫耶子也。楚王杀吾父,吾欲报之。"客曰:"闻王购子头千金,将子头与剑来,为子报之。"儿曰:"幸甚。"即自刎,两手捧头及剑奉之,立僵。客曰:"不负子也。"于是尸乃仆。客持头往见楚王,楚王大喜。客曰:"此乃是勇士头也,当于汤镬煮之。"王如其言煮头,三日三夕不烂,头踔出汤中,踬目大怒。客曰:"此儿头不烂,愿王自临视之,是必烂也。"王即临之,客以剑拟王,王头堕汤中。客亦自拟己颈,头复堕汤。三首俱烂,不可识别。分其汤肉葬之,故通名"三王墓"。今在汝南北宜春县界。

第九,地理方物异闻,编在卷二七、卷二八。前者如《虹塘》、《马邑城》、《由拳县》等,后者如《鲛人》、《飞涎乌》、《火浣布》等。这类故事传说是地理博物志怪的主要内容。

第十,动物报恩故事,载于卷二九。如《苏易》条:

> 苏易者,庐陵妇人,善看产。夜忽为虎所取,行六里,至大圹,厝易置地,蹲而守。见有牝虎当产,不得解,匍匐欲死,辄

仰视。易悟之,乃为探出之,有三子。生毕,虎负易送还,并送野肉于门内。

此外还有玄鹤、黄雀、蛇、蝼蛄等报恩故事。这类故事赋予动物以人性,包含着道德训诫意义。

(四)《搜神记》的艺术成就及其影响

刘惔称干宝是"鬼之董狐"。董狐是晋国史官,孔子有"古之良史"之誉,见《左传》宣公二年。刘惔之意,虽语含揶揄,倒也肯定干宝述神语鬼而有良史之笔意。宋人黄山谷诗云"史笔纵横窥宝铉"①,亦此之谓也。宝有史才,《晋书》本传称其《晋纪》"其书简略,直而能婉,咸称良史"。《史通》卷一一《史官建置》亦称干宝"史官之尤美,著作之妙选"。

虽然干宝在《搜神记序》中以史家的态度强调取材的"实"、"信"问题,力求避免"失实","虚错",说是"将使事不二迹,言无异途,然后为信"。这表明他还没有将小说和史书作出本质区分,还没有建立自觉的虚构意识;但他也明白,小说"微说"毕竟不同于史书,有着供"好事之士""游心寓目"的愉悦功能,因此必须注意材料的择取和叙事功夫。因此,《搜神记》叙事简洁而又曲尽其情,语言朴素而又雅致清峻,确实也可以"直而能婉"来概括。自然和《晋纪》的"直而能婉"不会完全相同,如果说《晋纪》表现为书写史实的直率和委婉上,那么《搜神记》则主要体现为一种叙事风格。

从小说艺术发展的角度看,较之以往志怪小说,《搜神记》在原有基础上作出了许多新的努力和贡献。

首先,增强了叙事的完整性和丰富性,扩大了志怪小说的容量。《搜神记》虽仍是"丛残小语"格局,所谓"片纸残行,事事各

---

① 见《黄山谷诗集》外集卷一〇《廖袁州次韵见答并寄黄靖国再生传次韵寄之》,自注:"干宝作《搜神记》,徐铉作《稽神录》,当时谓宝鬼之董狐。"

异",但有些段目明显加长。如《成公智琼》、《胡母班》、《丁姑》、《赵公明参佐》、《三王墓》、《韩冯夫妇》等,都有较长的篇幅。其中若《胡母班》长达五六百字。篇幅的增长主要是由于情节的完整化和丰富化。一般志怪大抵是一条一事,上述段目有些则是围绕某一中心人物连缀数事,《左慈》、《丁姑》条就是这样。即便只叙一事,也比较具体细致,开始改变粗陈梗概的写法。《三王墓》在许多地方作较细的叙写,增加了对话和细节。

其次,与前者相联系的是运用和加强各种表现手段来提高叙事的艺术性。这在较长的故事中尤为突出。具体说,一是叙事讲究条理章法,而且避免平铺直叙,有意起波澜、出周折。像《胡母班》叙写胡母班所历异事,时开时合,斗折蛇行,已有唐传奇笔意。二是加强对话描写,通过人物自身对话来显示情节和推进情节发展,而不是主要由作者用自己的话代为叙述。有的对话也颇能传达人物的情绪和口吻,如《秦巨伯》中"老奴,汝某日捶我,我今当杀汝",可说是情貌宛然。三是对场面、人物动作等进行细节性的描写渲染。如《赵公明参佐》描写赵公明参佐率众到汝南王司马祐家后的情景:

> 见其从者数百人,皆长二尺许,乌衣军服,赤油为志。祐家击鼓祷祀。诸鬼闻鼓声,皆应节起舞,振袖飒飒有声。

读来非常生动。四是在叙事中穿插诗歌,如紫玉、韩冯妻赋四言诗,智琼赋五言诗,诗句皆录于文中,增加了文学色彩。

最后,一些段目开始注意加强人物形象的描写。志怪小说一般都偏重叙述故事,人物只是情节的承担者,本身缺乏形象特征,或者只有外貌服饰上的特征。应当说《搜神记》基本上还是如此,但少数段目却有所改变。比较突出的是《成公智琼》、《紫玉》、《倪彦思家魅》等条,注意表现人物的特定情绪和内在性格,使人物形象具有了一定程度的可感性和生动性。例如《成公智琼》中的一段:

> 后夕归，玉女已求去，曰："我神仙人也，虽与君交，不愿人知。而君性疏漏，我今本末已露，不复与君通接。积年交结，恩义不轻，一旦分别，岂不怅恨。势不得不尔，各自努力矣。"呼侍御人下酒啖食。发箧，取织成裙衫两裆遗义起，又赠诗一首。把臂告辞，涕零溜漓，肃然升车，去若飞流。义起忧感积日，殆至委顿。

紫玉的悲剧形象也很生动，特别是从墓中出来与韩重相见一段，哀婉凄绝，楚楚动人。《倪彦思家魅》注意到了性格刻画，狸魅的顽皮行径，半真半假的恐吓，孩子气的话语，使这一形象显露出诙谐机敏而又幼稚顽皮的鲜明性格。

自然，《搜神记》大量取材前人书，上述不少作品实际都是取自《列异传》。和《列异传》的同一故事相比，文字尽管常常有繁简之别，但我们相信那时由于《列异传》的佚文不完备，并不是《搜神记》对它作了加工补充。照古小说写作的一般情况，大抵是辗转抄录。但即便如此，也不能抹煞《搜神记》的成绩，它毕竟没有对现成的东西删繁就简；再说，还有不少故事是干宝采集记录的呢。

《搜神记》在两晋志怪中独占鳌头，对后世影响很大，是六朝乃至整个古代志怪小说的杰出代表，有很高的艺术成就，历代传颂不已，引起许多志怪爱好者和创作者的重视，以致成为志怪经典。《北史》卷九二《僭伪附庸传》载，河西王沮渠蒙逊"就宋司徒王弘求《搜神记》，弘与之"。杨维祯《说郛序》称"其搜神怪，可为鬼董狐"，举《搜神》为语怪之代表。蒲松龄《聊斋自志》云"才非干宝，雅爱搜神"，引干宝为志异之同道。历代小说家者流都从《搜神记》那里获得许多艺术启示和艺术营养。

另外，《搜神记》的许多内容也不断为以后的志怪、传奇、话本所采取，以六朝志怪而论，取材于《搜神》者比比皆是。如前所述，明人所编小说汇编也多选《搜神记》作品，表明在非常重视小说的明人心目中，《搜神记》处于重要地位；而胡应麟辑录、胡震亨刊刻

《搜神记》也正出于同样的态度。

《搜神记》之后,续作和仿作者很多,陶潜作《搜神后记》,昙永作《搜神论》,唐句道兴作《搜神记》,焦璐作《搜神录》(即《穷神秘苑》),无名氏作《搜神总记》及八卷本《搜神记》,元明有多种道书《搜神记》,如《新编连相搜神广记》、《出像增补搜神记》等,凡此都是有意袭用它的书名而踵其步武。它的故事还被画成图画,张彦远《历代名画记》卷三《古之秘画珍图》中即有《搜神记图》。戏曲也有取材于《搜神》者,如《窦娥冤》等。至于诗文用为典故者,就更多了。

四、杂传杂史体志怪《神仙传》与《拾遗记》

(一)葛洪《神仙传》

葛洪,字稚川,丹阳句容(今江苏句容市)人。生于晋武帝太康四年(283),卒于康帝建元元年(343),年六十一。① 从祖葛玄,

---

① 葛洪生卒年《晋书》本传不载,仅云年八十一。按:《太平御览》卷三二八引《抱朴子》曰:"昔太安二年,京邑始乱,三国举兵攻长沙王乂。小民张昌反于荆州,奉刘尼为汉主,乃遣石冰击定扬州,屯于建业。宋道衡说冰,求为丹阳太守。到郡发兵以攻冰,召余为贮兵都尉,余年二十一。"又《抱朴子外篇·自叙》:"洪年二十余,……会遇兵乱"。考《晋书·惠帝纪》,太安二年五月张昌起兵,七月石冰据扬州,十二月顾秘讨石冰。《晋书·葛洪传》又载:吴兴太守顾秘为义军都督,秘檄洪为将兵都尉。然则太安二年(303)葛洪二十一岁,由此可推知生于太康四年(283)。八十一而卒,则卒于兴宁元年(363)。王明《抱朴子内篇校释·序言》即用此说(中华书局1985年版,第3页),而任继愈主编《中国道教史》从之(上海人民出版社1997年版,第74页)。但本传载葛洪卒时邓岳为广州刺史。按咸和五年(330)邓领广州刺史(《资治通鉴》卷九四),咸康二年(336)伐夜郎,卒后由其弟逸继任(《晋书》本传),卒年不详。从咸和五年到兴宁元年领广州已三十余年,似无可能。《太平寰宇记》卷一六〇引《罗浮记》谓卒年六十一,则卒于康帝建元元年(343)。陈国符《道藏源流考》即据此定卒年为此年(中华书局,1986年版,上册,第95—97页)。今采其说。卿希泰主编《中国道教史》第一卷以为云卒年六十一与《神仙传》卷一〇《平仲节传》记平仲节卒于"晋穆帝永和元年(345)五月一日"一语相左(四川人民出版社,1988年版,第304页)。今按平仲节不见于毛晋刊《神仙传》,见于《广汉魏丛书》本《神仙传》,此条乃据《历世真仙体道通鉴》卷一七滥辑。

号葛仙公,吴道士。少家贫好学,尤好神仙导养之法,早年从学于葛玄弟子郑隐,后又师事南海太守鲍靓,娶其女。惠帝时参与对石冰起义军的镇压,有功加伏波将军。光熙元年(306)嵇含为广州刺史,表洪为参军,洪留广州多年,频为节将邀用皆不就,后还乡里。建兴元年(313)琅琊王司马睿(晋元帝)为左丞相,辟为掾,以平石之功,赐爵关内侯。东晋成帝咸和初(326),司徒王导召补州主簿,转司徒掾,迁咨议参军。著作郎干宝荐洪才堪国史之任,选为散骑常侍,领大著作,洪以年老欲炼丹固辞不就。闻交趾出丹砂,求为句屚令。后至广州,刺史邓岳留不听去,隐罗浮山炼丹,自号抱朴子。岳表补东莞太守,辞不就。临终前作书与岳言当远行寻师,岳至已卒,世以为尸解得仙。事迹见《晋书》卷七二、《抱朴子外篇·自叙》、何法盛《晋中兴书》(汤球辑本)卷七、《太平寰宇记》卷一六〇引袁彦伯《罗浮记》。

葛洪究览典籍,著述颇富,《晋书》本传称"博闻深洽,江左绝伦,著述篇章富于班、马,又精辨玄赜,析理入微"。主要著作有《抱朴子》七十卷、《神仙传》、《良吏传》、《隐逸传》、《集异传》各十卷,《肘后要急方》四卷,《金匮药方》一百卷,《汉书抄》三十卷,并编辑《西京杂记》二卷,涉及政治、历史、宗教、医学、文学各个方面,此外,"所著碑诔诗赋百卷,移檄章表三十卷"①。

《晋书》本传载洪撰《神仙传》十卷。本书初著录于《隋书·经籍志》杂传类,十卷,《旧唐书·经籍志》、《新唐书·艺文志》道家类、《册府元龟·国史部·采撰一》、《郡斋读书志》传记类、《宋史·艺文志》道家类同,皆与《神仙传自序》、《抱朴子外篇自叙》合。唯《日本国见在书目录》杂传类作二十卷,盖析之。《崇文总目》道书类、《通志·艺文略》道家类、明焦竑《国史经籍志》道家类有葛洪《神仙传略》一卷,当是节本,殆与今存《说郛》本

---

① 见《晋书·葛洪传》,《隋书·经籍志》无葛洪文集。

相类。

现存主要版本均原刊于明世。一是《四库全书》本,出明末毛晋所刊,凡八十四人;一是《广汉魏丛书》本,凡九十二人,后又刊于《增订汉魏丛书》《龙威秘书》《说库》。均有自序。二本差异很大,库本比《汉魏》本多六人,《汉魏》本比库本多十三人,相重者七十七人(其中刘纲、樊夫人库本分列,《汉魏》本合为一传,西河少女与伯山甫、麻姑与王远《汉魏》本分列,库本只立伯山甫、王远各一传),文字的详略异同比比皆是。按《云笈七签》卷一〇九节录二十一人,全在库本中,次序大体合,文字接近,又《说郛》卷四三摘录本(只摘名号梗概,有自序)本亦八十四人,见于库本者八十一人,缺三人,多出库本者三人,次序大体一致。这些情况说明库本来源较古,大约是宋本的一个残本。然《云笈七签》卷八六《尸解·灵寿光》引"《神仙传》第十云",而《灵寿光》在库本卷七,说明库本虽然来源较古,但编次也不同于更早的本子。《四库全书总目提要》卷一四六和周中孚《郑堂读书记》卷六九认定是"原帙",非是。《汉魏》本有五十八人取自《太平广记》所引[1],而《太玄女》、《樊夫人》、《东陵圣母》、《西河少女》四传《广记》引作《女仙传》,《程伟妻》《广记》引作《集仙录》,亦为《汉魏》本所辑。其余二十九人,见于库本者二十六人,但文字多不相同异,实际上大都是取自元赵道一《历世真仙体道通鉴》。不见库本及《广记》者有四人,即平仲节、董子阳、戴孟、陈子皇,都在卷一〇。经查对,平仲节取自《历世真仙体道通鉴》卷一七,时在葛洪后;戴孟,取自《太平御览》卷六六三引刘向《列仙传》[2],实见梁陶弘景《真诰》卷一四,均非本书。董子阳取自《御览》卷六六二引葛洪《神仙传》,

---

[1] 按:《广记》《葛玄》、《介象》重引,《李少君》缺出处。《麻姑》乃从《王远》割出(五十八人中含麻姑)。又引《太真夫人》,实出《墉城集仙录》,《广记》误,《汉魏》本未辑。

[2] 今本无,出处误。

陈子皇取自《御览》卷九八九引《神仙传》,乃本书佚文。另外,《广记》卷一三引《郭璞》,末称"《晋书》有传"(《汉魏》本删去),不似葛洪语。且《郭璞》写到郭璞被杀,璞卒于太宁二年(324),而《神仙传》于太兴年间(318—321)成书(见后),殆《广记》出处有误,此传盖亦非本书。可见《汉魏》本是辑自诸书而真伪混杂的杂凑之本。《四库提要》谓"核其篇第,盖从《太平广记》所引抄合而成",《郑堂读书记》谓"核检其文,乃即《太平广记》所引抄合而成,又勒取他书以足数",甚是。此本有几处注语,卷五《刘凭》末注"玮按"云云,即明万历人朱谋玮,曾校《神异经》。

除以上二本,《艺苑捃华》本五卷,二十九人,即《汉魏》本前五卷。《道藏精华录》本乃取《汉魏》本,又增若士、华子期二人,凡九十四人。《五朝小说》、《重编说郛》卷五八收一卷本,乃删自《说郛》本,七十九人,有序。《五朝小说》、《绿窗女史》、《重编说郛》卷一一三又收《麻姑传》一篇,即《汉魏》本自《广记》辑出之《麻姑》。宋代还有两个摘录本:《类说》卷三摘录四十五条(《说郛》卷七《诸传摘玄》自《类说》取三条),凡四十一人,见库本者二十六人,另三人见《汉魏》本,十二人不见今本;《绀珠集》卷二摘录本三十五条,凡三十一人,见库本者二十六人,五人不见今本,皆在《类说》本中。此十二人大都非本书,而出其他仙传①,只有青精先生、九疑仙人可能属本书佚文。可见《类说》、《绀珠集》所摘录之《神仙传》已为后人窜乱增益。又《旧小说》甲集选辑四十五人。以上诸本所载除去滥辑、增益的共一百零一传,而再除去析出的麻姑、西河少女二人,为九十九传。

---

① 琴高出《列仙传》,王母出《墉城集仙录》和《仙传拾遗》,东王父、郭文、陶隐居、刘商、王次仲出《仙传拾遗》,萧静之出《神仙感遇传》,许真君出《十二真君传》,蔡少霞出《集异记》。

下将《神仙传》主要版本对照列表如下(表中数字为卷次或序次,加×者为后人增益):

序次	标目	库本	汉魏	广记	七签	绀珠集	类说	说郛
1	广成子	1	1 取自《广记》	1	1			1
2	若士	1			2	2 与汗漫期(一士)	6 与汗漫期(一士)	2
3	沈文泰	1	10 取自《历世真仙体道通鉴》卷4		3			3
4	彭祖	1	1 取自《广记》	2 末附黄山君		34 丧四十九妻失五十四子	32 彭祖丧妻,36 彭祖经	4
5	白石生	1	2 白石先生,取自《广记》	7 白石先生		4 白石为粮,5 隐遁仙人	8 白石为粮	5
6	黄山君	1	10 取自《体道通鉴》卷12					6
7	凤纲	1	8 取自《广记》	4		6 百花煎丸	9 采百花草	7
8	皇初平	2	2 黄初平,取自《广记》	7 作皇	4			8 作黄
9	吕恭	2	6 吕文敬,取自《广记》	9 吕文敬				9
10	沈建	2	6 取自《广记》	9	5			10
11	华子期	2			6			
12	乐子长	2						11
13	卫叔卿	2	8 取自《广记》	4		1 飞仙之印	1 五色云母	12
14	魏伯阳	2	1 取自《广记》	2	7	31 魏伯阳	24 作丹	13

403

序次	标目	库本	汉魏	广记	七签	绀珠集	类说	说郛
15	沈羲	3	8 取自《广记》	5	8	7 碧落侍郎	10 碧落侍郎	14
16	陈安世	3	8 取自《广记》	5				15
17	李八伯	3	2 李八百,取自《广记》	7 作百	9 作百			16 作百
18	李阿	3	2 取自《广记》	7	10			17
19	王远	3	2 王远,7 麻姑,均取自《广记》	7,60	11 王远,12 蔡经	8 玉壶十二,9 真书廊落	11 十二玉壶	18
20	伯山甫	3	2 伯山甫,7 西河少女,均取自《广记》	7,59《女仙传》		10 女子答老翁	12 女答老翁	19
21	墨子	4	8 取自《广记》	5			37 未央丸	20
22	刘政	4	8 取自《广记》	5		11 聚壤成山刺地成渊	13 一人作千人	22
23	孙博	4	8 取自《广记》	5	14	12 青赤丸,13 引镜为刀	14 赤丸起火	21
24	班孟	4	10 取自《广记》	61				23
25	玉子	4	8 取自《广记》	5	15	14 泥马	15 泥马	24
26	天门子	4	8 取自《广记》	5	16			25
27	九灵子	4	10 皇化,取自《体道通鉴》卷五《皇化》,有删节					26

序次	标目	库本	汉魏	广记	七签	绀珠集	类说	说郛
28	北极子	4	10 取自《体道通鉴》卷5					27
29	绝洞子	4	10 李修，取自《体道通鉴》卷5《李修》					28
30	太阳子	4	10 离明，取自《体道通鉴》卷10《离明》			15 旧驱俗态		29
31	太阳女	4						30
32	太阴女	4						31
33	太玄女	4	7 取自《广记》	59 出女仙传				32
34	南极子	4	10 柳融，取自《体道通鉴》卷5《柳融》		17	16 龟杯	44 龟杯	33
35	黄卢子	4	10 葛越，取自《体道通鉴》卷5《葛越》		18	19 白羊公（黄芦子）		34
36	马鸣生	5	2 取自《广记》	7				35
37	阴长生	5	4 取自《广记》	8				36
38	茅君	5	9 取自《广记》	13		22 时下玄洲戏赤城	17 乘赤龙	38
39	张道陵	5	4 取自《广记》	8	19	23 七试	18 肘后丹经	37
40	栾巴	5	5 取自《广记》	11	20			39

序次	标目	库本	汉魏	广记	七签	绀珠集	类说	说郛
41	淮南王	6	4 刘安,取自《广记》	8 刘安	21 淮南王八公	24 八公,25 鸡犬诸物得仙	19 刘安登仙	40
42	李少君	6	6 取自《广记》	9 缺出处				41
43	王真	6	10 取自《体道通鉴》卷21、《御览》卷662引《三洞珠囊》、《后汉书·方术列传·王真》注引《汉武内传》					42
44	陈长	6	10 取自《体道通鉴》卷21					43
45	刘纲	6	7 合樊夫人,取自《广记》	60 出女仙传				44
46	樊夫人	6	7 取自《广记》	60 出女仙传		17 唾盘成鲤	41 唾盘成鲤	45
47	东陵圣母	6	7 取自《广记》	60 出女仙传				46
48	孔元	6	6 孔元方,取自《广记》	9 孔元方				47 孔元方
49	王烈	6	6 取自《广记》	9		18 神仙五百年一开	16 石髓	48
50	涉正	6	10 取自《体道通鉴》卷5,有删节		13	20 四百岁小儿	28 四百岁小儿(陟正)	49
51	焦先	6	6 取自《广记》	9		21 煮石如芋(焦光)		50

序次	标目	库本	汉魏	广记	七签	绀珠集	类说	说郛
52	孙登	6	6 取自《广记》	9				51
53	东郭延	7	10 取自《太平御览》卷38引《神仙传》					52
54	灵寿光	7	10 取自《体道通鉴》卷12					53
55	刘京	7	10 取自《体道通鉴》卷12					54
56	严青	7	7 严清,取自《御览》卷662引《真诰》,作青					56 严清
57	帛和	7	7 取自《御览》卷663引《学道传》、卷45引《隋图经》			26 石壁神丹方(韦和)	29 熟视石壁(帛祖)	55
58	赵瞿	7	3 取自《广记》	10				57 赵翟
59	宫嵩	7	10 取自《体道通鉴》卷20					58
60	容成公	7						59
61	董仲君	7	10 取自《体道通鉴》卷7					63
62	倩平吉	7	10 清平吉,取自《体道通鉴》卷12《清平吉》					64 清平吉

407

序次	标目	库本	汉魏	广记	七签	绀珠集	类说	说郛
63	王仲都	7	10 取自《体道通鉴》卷7					65
64	程伟妻	7	7 取自《广记》		59 集仙录			66
65	蓟子训	7	5 取自《广记》	12		27 二十三处见子训	23 二十三处见子训	67
66	葛玄	8	5 取自《广记》卷71	71,又466节一事				68
67	左慈	8	5 取自《广记》	11			26 六甲行厨,27 分杯	69
68	王遥	8	5 取自《广记》	10		28 九节杖	20 九节杖	70
69	陈永伯	8	10 取自《体道通鉴》卷5	10 有目正文缺				71
70	太山老父	8	5 太作泰,取自《广记》	11 作泰				72
71	巫炎	8	5 取自《广记》	11				
72	河上公	8	3 取自《广记》	10				
73	刘根	8	3 取自《广记》	10				73
74	壶公	9	5 取自《广记》	12			42 缩地脉	74
75	尹轨	9	9 取自《广记》	13				75
76	介象	9	9 取自《广记》卷13	13,又466节一事				76
77	董奉	10	6 取自《广记》	12				77
78	李根	10	10 取自《体道通鉴》卷12			29 方瞳	21 八百岁瞳子方	78

序次	标目	库本	汉魏	广记	七签	绀珠集	类说	说郛
79	李意期	10	3 取自《广记》	10				79
80	王兴	10	3 取自《广记》	10				80
81	黄敬	10	10 取自《体道通鉴》卷12					81
82	鲁女生	10	10 取自《后汉书·方术列传》注引《汉武内传》					82
83	甘始	10	10 取自《体道通鉴》卷12					83
84	封君达	10	10 封衡,取自《体道通鉴》卷21					84
85	老子		1 取自《广记》	1			34 老子仆徐甲	
86	李仲甫		3 取自《广记》	10				
87	李常在		3 取自《广记》	12			40 李常在	
88	刘凭		5 取自《广记》	11				
89	西河少女		7 取自《广记》	59 出女仙传				
90	麻姑		7 取自《广记》	60 节自王远				
91	苏仙公		9 取自《广记》	13				
92	孔安国		9 取自《广记》	13				
93	成仙公		9 取自《广记》	13				
94	×郭璞		9 取自《广记》	13				

序次	标目	库本	汉魏	广记	七签	绀珠集	类说	说郛
95	尹思		9 取自《广记》	13			38 月中人带甲（君思）	
96	×平仲节		10 取自《体道通鉴》卷17					
97	董子阳		10 取自《御览》卷662引葛洪《神仙传》，董或作黄					
98	×戴孟		10 取自《御览》卷663引刘向《列仙传》					
99	陈子皇		10 取自《御览》卷989引《神仙传》					
100	×琴高						3 琴高乘赤鲤	
101	×王母						2 碧藕白橘，4 飚车羽轮，33 王母玉环	
102	×陶隐居						5 修本草	
103	青精先生					3 青精先生	7 一日九餐	

序次	标目	库本	汉魏	广记	七签	绀珠集	类说	说郛
104	九疑仙人					30 九节菖蒲	22 九节菖蒲	
105	×蔡少霞					33 碧瓦鳞差瑶阶肪截	25 新宫铭	
106	×王次仲					32 落翿山（王次中）	30 落翿山	
107	×萧静之					35 肉芝	31 肉芝	
108	×东王父						35 玉女投壶	
109	×郭文						39 能理民则训虎	
110	×刘商						43 仙术	
111	×许真君						45 一木上破天	
112	中黄子							60
113	许由巢父							61
114	石阳							62
115	×太真夫人			57 实出《墉城集仙录》卷4				

411

原书究竟载有多少仙人，已难确定。元道士赵道一《历世真仙体道通鉴序》云："白海蟾先生曰：晋抱朴子作《神仙传》所纪千有余人，刘纲法师复缀一千六百，为《续仙传》，宋朝王太初集仙者九百人，为《集仙传》。"此数恐是道士夸张之言，不可信。据唐人梁肃《神仙传论》云："予尝览葛洪所记……《神仙传》凡一百九十人，予所尚者唯柱史、广成二人而已，余皆生死之徒也。"①又五代天台道士王松年《仙苑编珠序》云："《抱朴子》云：'秦大夫阮仓所记有数百人，刘向撰《列仙传》止于七十一人。'葛洪更撰《神仙传》一百一十七人。"②如果梁肃、王松年所见之本未经增益的话，可知原书至少有一百九十人，至王松年所见已散佚小半，明世所传本则所亡更多。《神仙传》佚文多见诸书，唐王悬河《三洞珠囊》、《仙苑编珠》、《太平御览》、宋道士陈葆光《三洞群仙录》等引本书颇夥，其中多有佚文，可据补遗。③

《神仙传》大约是葛洪三十多岁时的作品，当时官居丞相掾。《抱朴子外篇·自叙》云："至建武中乃定，凡著《内篇》二十卷、《外篇》五十卷……又撰俗所不列者，为《神仙传》十卷。"知传作于东晋元帝建武间（317）以后，在《抱朴子内外篇》之后。按洪先著《外篇》后成《内篇》，《抱朴子内篇序》云"与《外篇》各起次第也"，《内篇·黄白》云"余所著《外篇》"皆可证，但《外篇·自叙》则作于《内外篇》成书之后。《自叙》云"今齿近不惑"，以三十九岁计，时乃元帝太兴四年（321）。这说明《神仙传》作于太兴年间（318—321）。

《神仙传》自序曰：

---

① 见《文苑英华》卷七三九。
② 见《道藏》洞玄部记传类。
③ 清王仁俊曾辑《神仙传》，载《玉函山房辑佚书续编》。凡老子、蓟子训、栾巴、左慈、费长房、董奉六人，皆为片断。老子已见《汉魏》本（辑自《广记》卷一），其余皆已见库本，均非佚文。

> 洪著《内篇》，论神仙之事，凡二十卷。弟子滕升问曰："先生曰仙化可得，不死可学，古之得仙者，岂有其人乎？"答曰："昔秦大夫阮仓所记，有数百人，刘向所撰又七十一人。盖神仙幽隐，与世异流，世之所闻者，犹千不得一者也……"余今复抄集古之仙者见于仙经、服食方及百家之书、先师所说、耆儒所论，以为十卷，以传知真识远之士。其系俗之徒，思不经微者，亦不强以示之矣。则知刘向所述，殊甚简要，美事不举。此传虽深妙奇异不可尽载，犹存大体，窃谓有愈于向多所遗弃也。①

从序中可看出几点：一是葛洪撰《神仙传》是为了宣扬"仙化可得，不死可学"的神仙之说，反对"莫信神仙之事，谓为妖妄之说"②的看法，故而有意仿效刘向《列仙传》，继其书而续撰仙传。二是有憾于刘向《列仙传》"殊甚简要，美事不举"，"多所遗弃"的缺陷，有意要搞出一本更为完备的神仙传记。三是广泛取材于仙经道书、百家之说以及当世所传神仙故事。

从今存各本所记来看，西汉以前古仙和西汉仙人如广成子、若士、白石生、黄山君、玉子、墨子、卫叔卿等等都属于《列仙传》遗弃不载者，而若彭祖、老子虽亦见《列仙传》，但记叙都远不及洪书详尽，此即"美事不举"之谓。至于东汉至晋世新出神仙记述亦多，如壶公、张道陵、左慈、王烈、孙登、焦先、葛玄、尹思、尹轨等。

较之《列仙传》，《神仙传》文字显见增长了，诸仙行事大都较完备，着笔比较细致，一定程度上克服了《列仙》"殊甚简略"的毛病。但在记诸仙事迹时，很多是服食修炼度人这一套，因此它一般显得不及《列仙传》较为自然朴素，特别是广成子、老子、彭祖、魏伯阳、河上公等传，充满道家言，全无生气，十分枯燥乏味。但由于神仙道教

---

① 引文据《四库全书》本，下同。
② 《抱朴子内篇自序》。

富于想象力,因此在描写仙人形象和法术变化时常常有生动瑰丽的笔墨,如皇初平叱白石成羊、壶公入壶别有洞天、麻姑手爪似鸟等等,都是流传很广脍炙人口的著名故事。下面摘引几段:

> 皇初平者,丹溪人也。年十五,而家使牧羊。有道士见其良谨,便将至金华山石室中。四十余年,忽然不复念家。其兄初起,入山索初平,历年不能得见。后在市中,有道士善卜,乃问之曰:"吾有弟名初平,因令牧羊失之,今四十余年,不知死生所在。愿道君为占之。"道士曰:"金华山中有一牧羊儿,姓皇名初平,是卿弟非耶?"初起闻之惊喜,即随道士去寻求,果得相见。兄弟悲喜,因问弟曰:"羊皆何在?"初平曰:"羊近在山东。"初起往视,了不见羊,但见白石无数。还谓初平曰:"山东无羊也。"初平曰:"羊在耳,但兄自不见之。"初平便乃俱往看之,乃叱曰:"羊起!"于是白石皆变为羊,数万头。……(卷二《皇初平》)

> ……麻姑至,蔡经亦举家见之。是好女子,年十八九许。于顶中作髻,余发散垂至腰。其衣有文章,而非锦绮,光彩耀日,不可名字,皆世所无有也。入拜方平(按:指王远,字方平),方平为之起立。坐定,召进行厨,皆金玉盘杯无限也。肴膳多是诸花果,而香气达于内外。擘脯而行之,如行狙炙(按:原作如松柏炙,据《初学记》卷二六、《云笈七签》改),云是麟脯也。麻姑自说:"接待以来,已见东海三为桑田。向到蓬莱,水又浅于往昔会时略半也,岂将复还为陵陆乎?"方平笑曰:"圣人皆言海中行复扬尘也。"……麻姑手爪不如人爪,形皆似鸟爪。蔡经中心私言:"若背大痒时,得此爪以爬背,当佳也。"方平已知经心中所言,即使人牵经鞭之,曰:"麻姑神人也,汝何忽谓其爪可以爬背耶?"但见鞭着经背,亦不见有人持鞭者。方平告经曰:"吾鞭不可妄得也。"……(卷三

《王远》)

> 壶公者,不知其姓名。……汝南费长房,为市掾,时忽见公从远来,入市卖药,人莫识之。其卖药口不二价,治百病皆愈。语买药者曰:"服此药,必吐出某物,某日当愈。"皆如其言。得钱日收数万,而随施与市道贫乏饥冻者,所留者甚少。常悬一空壶于坐上,日入之后,公辄转足跳入壶中,人莫知所在。唯长房于楼上见之,知其非常人也。……公语长房曰:"卿见我跳入壶中时,卿便随我跳,自当得入。"长房承公言,为试展足,不觉已入。既入之后,不复见壶,但见楼观五色,重门阁道。见公左右侍者数十人。公语长房曰:"我仙人也,忝天曹职。所统供事不勤,以此见谪,暂还人间耳。卿可教,故得见我。"……(卷九《壶公》)

皇初平,《广汉魏丛书》本姓作黄,叱石成羊颇见幻化之趣。在白石和白羊间建立起美妙的联想关系。

壶公入壶而息的幻想十分奇特,后称行医为"悬壶"即本此。《洞冥记》卷四写女人"巨灵"出入青珉唾壶,或许受到《洞冥记》影响。又古印度《旧杂譬喻经》①中记梵志吐壶,壶中有女人,也可能受了梵志故事的影响。但这恐怕还只是表面的相似或联系。壶公的"壶"应当是"瓠",即葫芦。《诗经·豳风·七月》:"七月食瓜,八月断壶。"毛传:"壶,瓠也。"瓠中为神仙洞天,或许和我国许多少数民族的葫芦神话有关——葫芦是一对兄妹在洪水中的避难场所,此后他们完成了人类的再造。② 原始神话中的葫芦分明具有宇宙和人类永生的含义,故而道教借以表达一个特殊的仙境。《拾遗记》卷一将海上三仙山方壶、蓬壶、瀛壶称作"三壶"——以

---

① 载《大正新修大藏经》卷四,吴康僧会译。
② 关于葫芦神话,参见游琪、刘锡诚主编《葫芦与象征》,商务印书馆,2001年版。

其"形如壶器"。仙山呈葫芦状,想必也是植根于对葫芦的崇拜。后来道教的"壶天"之说,就本于壶公之壶①。

麻姑是道教传说中的一位著名仙女,以她那十个鸟爪般的手指闻名于世,麻姑所云"东海三为桑田",也是颇流行的典故。《列异传》已记有麻姑事,《太平御览》卷三七〇引曰:"神仙麻姑降东阳蔡经家,手爪长四寸。经意曰:'此女子实好佳手,愿得以搔背。'麻姑大怒。忽见经顿地,两目流血。"与《神仙传》所记有异。后世有关麻姑的传说很多,附会出许多麻姑的遗迹②。

葛洪前后,神仙传记特多。若蔡邕《王乔传》、魏华存《清虚真人王君内传》、李遵《茅三君传》、华侨《紫阳真人周君内传》、范邈《南岳魏夫人内传》、周季通《苏君记》、王羲之《仙人许远游传》、佚名《刘根别传》、《葛仙公别传》、《吴猛别传》、《雷焕别传》、《孙登别传》等等,为数不少。这些大都是道教仙传,或者说是"老氏辅教之作"。它们都含异闻,和志怪小说有密切关系。但一般来说文学性较差。《神仙传》作为神仙传记其实也是道书,所以历代书目小说类皆不与焉。它实际是《抱朴子内篇》的形象化辅教之作,是道教神仙思想的生动教材。如卷一〇《王兴》记汉武帝服用仙药半途而废,而凡夫俗子王兴却坚持到底,终于成仙。《汉魏》本卷四《张道陵》记张道陵七试弟子赵升,这类故事都在说明学道的艰难和贵在持之以恒,成为历代神仙之作的一项重要内容。在道教史上,《神仙传》起了重要作用,梁代大道士陶弘景就是在十岁时读了此书而有养生之志的③。但鉴于它内容比较丰富,有一定文学性,流行极广,对后来小说甚有影响,且又杂记诸仙异事,非

---

① 《云笈七签》卷二八引《云台治中录》曰:"施存,鲁人,夫子弟子。学大丹之道三百年,十炼不成,唯得变化之术。后遇张申,为云台治官。常悬一壶,如五升器大,变化为天地,中有日月如世间。夜宿其内,自号壶天,人谓曰壶公,因之得道在治中。"
② 详见拙著《唐前志怪小说辑释》,第341—344页。
③ 见《梁书》卷五一《陶弘景传》。

单人传记,接近杂传体志怪小说体式,故亦应与《列仙传》同例,以备志怪小说之一体。以前有些人正是把它当作小说的,顾况《戴氏广异记序》云:"志怪之士,刘子政之《列仙》,葛稚川之《神仙》"。① 鲁迅在《中国小说的历史的变迁》第一讲《从神话到神仙传》亦云:"……此外有刘向的《列仙传》是真的。晋的葛洪又作《神仙传》,唐宋更多,于后来的思想及小说,很有影响。但刘向的《列仙传》,在当时并非有意作小说,乃是当作真实事情做的,不过我们以现在的眼光看去,只可作小说观而已。"志怪小说和传奇小说中描写神仙法术,往往会受到《神仙传》启示,如唐牛僧孺《玄怪录·杜子春》道士用幻术杀子以试杜道心坚否,与本书蓟子训作术摔死邻家小儿似有因袭关系。

从道教史和小说史上看,继《列仙传》、《神仙传》之后,类似的神仙类传很多,如《洞仙传》、《桂阳列仙传》、《后仙传》、《仙传拾遗》、《墉城集仙录》、《女仙传》、《续仙传》、《宾仙传》、《疑仙传》、《历世真仙体道通鉴》等等,构成了一个丰富的仙传体系。其中的不少作品也都和《列仙传》、《神仙传》一样,成为志怪小说中的一个特殊类型,即类传体仙传小说。对于这类作品的制作,《神仙传》无疑发挥着巨大的影响作用。

葛洪还作有志怪小说《集异传》。《晋书》本传载:"其余所著……《神仙》、《良吏》、《隐逸》、《集异》等传各十卷。"按《抱朴子外篇·自叙》云:"又撰俗所不列者,为《神仙传》十卷,又撰高尚不仕者,为《隐逸传》十卷。"不云《集异传》者,盖其时尚未作此书也。当是《列异传》之类的志怪小说,佚文不存。

(二) 王嘉《拾遗记》

《拾遗记》,又作《王子年拾遗记》、《拾遗录》,王嘉撰。《晋

---

① 见《文苑英华》卷七三七。

书》卷九五《艺术·王嘉传》载：嘉字子年，陇西安阳（今甘肃秦安县东北）人。不食五谷，清虚服气，穴居东阳谷，弟子受业者数百人，亦皆穴处。后赵石虎之末，至长安，隐于终南山、倒虎山。前秦主苻坚累征不起，公侯以下咸躬望参诣，好尚之士无不师宗之。后秦姚苌入主长安，颇礼嘉。苌欲杀秦主苻登定天下，以问嘉，答曰："略得之。"苌怒曰："得当云得，何略之有！"遂斩之。苻登闻其死，设坛哭之，赠太师，谥文。本传云："及苌死，苌子兴，字子略，方杀登，'略得'之谓也。"又云："嘉之死日，人有陇上见之。"分明已得神仙不死之道。《洞仙传》亦有《王嘉传》①，所载王嘉被杀事有不同："姚苌定长安，问嘉：'朕应九五不？'嘉曰：'略当得。'苌大怒曰：'小道士，答朕不恭。'有司奏诛嘉及二弟子。苌先使人陇右，逢嘉将两弟子，计已千余里，正是诛日。嘉使书与苌，苌命发嘉及二弟子棺，并无尸，各有竹杖一枚。苌寻亡。"

《晋书》本传还记有王嘉与释道安的一段交往："先此，道安谓嘉曰：'世故方殷，可以行矣。'嘉答曰：'卿其先行，吾负债未果去。'俄而道安亡，至是而嘉死，所谓'负债'者也。"按此事原见于梁释慧皎《高僧传》卷五《释道安传》。道安卒于晋太元十年（385）二月，王嘉之卒在其后。据《晋书·孝武帝纪》及姚苌、苻坚、苻登等人《载记》，太元九年四月苻坚将姚苌背坚起兵，自立为王，国号秦。十年八月姚苌杀苻坚，十一年即帝位于长安，改元建初。此年十一月苻登即帝位陇东，二国交战不已。《高僧传》云："及姚苌之得长安也，嘉时故在城内。苌与苻登相持甚久，苌乃问嘉：'朕当得登不？'……"观此，王嘉被杀最早也应在太元十二年。《高僧传》称王嘉洛阳人，与本传异，《洞仙传》亦谓陇西安阳人。

《晋书》本传云王嘉"著《拾遗录》十卷，其记事多诡怪，今行于世"。今本正作十卷，唯书名作《拾遗记》。前有萧绮序，曰：

---

① 《云笈七签》卷一一〇。

《拾遗记》者,晋陇西安阳人王嘉字子年所撰。凡十九卷,二百二十篇,皆为残缺。当伪秦之季,王纲迁号,五都沦覆,河洛之地,没为戎墟,宫室榛芜,书藏堙毁。荆棘霜露,岂独悲于前王;鞠为禾黍,弥深嗟于兹代。故使典章散灭,簧馆焚埃,皇图帝册,殆无一存,故此书多有亡散。文起羲、炎已来,事讫西晋之末,五运因循,十有四代。王子年乃搜撰异同,而殊怪毕举,纪事存朴,爱广尚奇,宪章稽古之文,绮综编杂之部,《山海经》所不载,夏鼎未之或存,乃集而记矣。辞趣过诞,音旨迂阔,推理陈迹,恨为繁冗。多涉祯祥之书,博采神仙之事,妙万物而为言,盖绝世而弘博矣。世德陵夷,文颇缺略。绮更删其繁紊,纪其实美,搜刊幽秘,掇采残落。言匪浮诡,事弗空诬。推详往迹,则影彻经史;考验真怪,则叶附图籍。若其道业远者,则省辞朴素;世德近者,则文存靡丽。编言贯物,使宛然成章。数运则与世推移,风政则因时回改。至如金绳鸟篆之文,玉牒虫章之字,末代流传,多乖曩迹,虽探研镌写,抑多疑误。及言乎政化,记乎祯祥,随代而次之。土地山川之域,或以名例相疑;草木鸟兽之类,亦以声状相惑。随所载而区别,各因方而释之。或变通而会其道,宁可采于一说。今搜检残遗,合为一部,凡一十卷,序而录焉。①

由序中可知,王嘉原书凡十九卷,二百二十篇,但经兵乱,多有亡失,已经残缺不全,萧绮一方面"搜刊幽秘,掇采残落",进行补订,一方面又嫌原书繁冗而进行删削,最后改定为十卷,并为之叙录。由此可见传世之十卷本乃萧绮删订本,本传云十卷者,乃据删订本而言也。

《隋书·经籍志》杂史类著录为《拾遗录》二卷,注伪秦姚苌方士王子年撰,此当为原书之残本,又著录《王子年拾遗记》十卷,注

---

① 序文及后引正文除另注者外均据齐治平校注本,中华书局,1981年版。

萧绮撰,此为萧绮整理本,而误为萧绮撰。《日本国见在书目录》杂史家只著录后本,全同《隋志》。二本新旧《唐志》杂史类均有目,《拾遗录》作三卷,疑误书;《王子年拾遗记》(《新志》作《拾遗记》)十卷,注萧绮录。《拾遗录》二卷或三卷本亡于宋,《册府元龟》卷五五五《国史部·采撰一》载:"王子年撰《拾遗录》二卷。隐士,无官。"《通志·艺文略》传记类冥异属亦有《拾遗录》二卷,注伪秦姚苌方士王子年撰,均本《隋志》。十卷本则又见《崇文总目》传记类、《通志略》传记类冥异属、《郡斋读书志》传记类、《中兴馆阁书目》别史类、《直斋书录解题》小说家类、《文献通考·经籍考》小说家类、《宋史·艺文志》小说类等,书名或作《王子年拾遗记》,或作《拾遗记》。十卷本流传至今。

胡应麟曾以为《拾遗记》"盖即萧绮撰而托之王嘉"①,他不信萧绮序是真话。但《晋书》本传及《隋志》言之凿凿,胡氏凭空构疑,未见其审也。故而清人杨守敬嘲之曰:"胡氏故为高论,以矜其具眼,而不核《隋唐志》三卷之录(按:《隋志》二卷,此有误),失之目睫也。"②宋晁载之《续谈助·洞冥记跋》引唐人张柬之之语,称"虞义造《王子年拾遗录》",此说甚新,然不知何依据。张柬之所言湘东王造《洞冥记》,葛洪造《汉武内传》、《西京杂记》,王俭造《汉武故事》,皆为妄说,其云虞义造《王子年拾遗录》,绝不可信。虞义不详何人,《隋志》有《齐前军参军虞羲集》九卷,疑虞义即此虞羲,其名形似而讹。

本书传世版本很多,主要有《古今逸史》、《稗海》、《汉魏丛书》、《广汉魏丛书》、《四库全书》、《增订汉魏丛书》、《秘书廿一种》、《百子全书》等丛书本,皆十卷。《稗海》、《汉魏丛书》本题《王子年拾遗记》,余皆作《拾遗记》。《稗海》本多有异文,各卷无

---

① 《少室山房笔丛》丁部卷三二《四部正讹下》。
② 《日本访书志》卷八。

篇名,无萧序,萧录大部删去,系别一系统。《四库全书》采用《稗海》本,补序。《历代小史》本(《王子年拾遗记》)并作一卷,削去萧绮序录。又有《无一是斋丛抄》一卷节抄本(《拾遗记》)。中华书局1981年出版齐治平校注本,底本是明世德堂翻宋本,是今存最早的刻本。齐氏并据《广记》、《御览》等补辑佚文,佚文详其所属者录入各节校语,其余辑附书后,凡十三条。《绀珠集》卷八摘七十九条,《类说》卷五摘八十二条,《说郛》卷三〇摘二十八条,前二书有八条不见今本,齐氏辑为佚文。《五朝小说·魏晋小说》、《重编说郛》卷六六、《古今说部丛书》、《旧小说》甲集有《拾遗名山记》八条,乃抽取本书末卷而成。据《直斋书录解题》小说家类,南宋已有《名山记》一卷行世,陈振孙云:"亦称王子年,即前之第十卷。"《通考》作《名山说》。《绿窗女史》、《五朝小说》、《合刻三志》、《剪灯丛话》、《旧小说》收有《薛灵芸传》、《糜生瘗岬记》、《丽姬传》、《赵夫人传》、《翔风传》五篇,皆题王嘉撰,亦割自本书,即卷七"薛灵芸"条,卷八"糜竺"条、"孙亮"条、"赵夫人"条,卷九"翔风"条。《旧小说》甲集选录《王子年拾遗记》十九则。

　　《拾遗记》全书共分三十篇,所记上自庖牺下迄石赵,历述各代逸事,如萧绮云:"子年所述,涉乎万古。"①《隋志》、《唐志》视之为杂史,《崇文目》、《通志》、晁氏《读书志》则列入传记,陈氏《解题》、《宋志》、《通考》乃隶于小说。《拾遗记》虽用史体架构,然不类一般杂史和传记。《晋书》本传谓其"记事多诡怪",萧绮序称其"殊怪毕举",《史通·杂述》亦云:"如郭子横之《洞冥》、王子年之《拾遗》,全构虚辞,用惊愚俗。"此后《四库全书总目提要》卷一四二云:"嘉书盖仿郭宪《洞冥记》而作,其言荒诞,证以史传皆不合。"清谭献《复堂日记》卷五云:"《拾遗记》艳异之祖,恢谲之尤,文富旨荒,不为典要。"它的性质是杂史体志怪小说。王谟云:"二

---

① 《拾遗记》卷二"夏鲧"条萧绮录。

志厕之杂史,谬矣,《通考》以入小说家尚为近之。"①甚是。究其体例,实是杂史体志怪小说。然亦如《洞冥记》之多述别国,且载名山之异,亦有地理博物之因素。

《拾遗记》前九卷全记历史遗闻逸事。卷一记庖牺、神农、黄帝、少昊、高阳、高辛、尧、舜八代事,卷二至卷四记夏至秦事,卷五、卷六记汉事,卷七、卷八记三国事,卷九记晋事及石赵事。所记人物事件诸般事物,全系神话和传说,且又"多涉祯祥之书,博采神仙之事"。此间上古事,大都是人所熟知的图纬数术家的伪神话以及种种符命祥瑞之说,如青虹绕神母而生庖牺,昌意遇黑龙负玄玉图而生颛顼,黄帝鼎湖登仙等等。唯云鲧自沉羽渊化为玄鱼乃古朴之神话,而与他书所记鲧神话有异,自成一说。又记尧时贯月查,颇类今人所说的外星飞船,见出想象之丰富优美。周以降则多有比较新鲜的历史传说和故事。

如卷三记周穆王传说,云穆王驾八骏巡天下,会西王母:

> 王驾八龙之骏,一名绝地,足不践土;二名翻羽,行越飞禽;三名奔霄,夜行万里;四名越影,逐日而行;五名逾辉,毛色炳耀;六名超光,一形十影;七名腾雾,乘云而奔;八名挟翼,身有肉翅。递而驾焉。按辔徐行,以匝天地之域。……三十六年,王东巡大骑之谷,指春宵宫,集诸方士仙术之要。……西王母乘翠凤之辇而来,前导以文虎文豹,后列雕麟紫麛。曳丹玉之履,敷碧蒲之席、黄莞之荐,共玉帐高会,荐清澄琬琰之膏以为酒。又进洞渊红花、嵊州甜雪、昆流素连、阴歧黑枣、万岁冰桃、千常碧藕、青花白橘。……西王母与穆王欢歌既毕,乃命驾升云而去。

八骏之名,与《穆天子传》、《博物志》、《列子·周穆王篇》颇

---

① 《拾遗记跋》,见《增订汉魏丛书》。

不同①。穆王会西王母事,也不同于《穆传》、《列子》,它是模仿《汉武内传》而成,着意铺陈笔墨,充分发挥自由想象,赋予这个古老传说以绚烂色彩。自从西王母由历史传说中的西方首领变为神仙后,大凡好神仙的君王,大都有西王母前来光顾。穆王之时虽无神仙之说,他本人自然也无求仙之举,但因他在传说中早已会过西王母,神仙道徒当然不会忘记他,但却改变了他原来的面貌,也成了汉武式的人物,而得以品尝西王母的仙果仙酒。《穆传》中的传说,此时遂发生了质的变化。燕昭王是最早的好仙的君王之一,《拾遗记》卷四也记有昭王会王母传说,还说玄天之女化为旋娟、提嫫二美女来给昭王跳舞,卷一〇"方丈山"条亦云昭王与西王母常游居通霞台。

秦始皇是个例外。大概此人过于残暴,且坑杀过许多方士,方士们对他印象不佳,不肯给他这样的好运气。相反的,却传播了一些对他不利的传说。辛氏《三秦记》曾载:"始皇生时作阁道,至骊山八十里,人行桥上,车行桥下。金石柱见存。西有温泉。俗云,始皇与神女戏,不以礼。女唾之,则生疮。始皇怖谢,神女为出温泉。后人因洗浴。"②《拾遗记》卷五也记有一个,即"怨碑"故事:

> 昔始皇为冢,敛天下瑰异,生殉工人。倾远方奇宝于冢中,为江海川渎,及列山岳之形。以沙棠、沉檀为舟楫,金银为凫雁,以琉璃杂宝为龟鱼。又于海中作玉象、鲸鱼,衔火珠为星,以代膏烛,光出墓中,精灵之伟也。昔生埋工人于冢内,至被开时皆不死。工人于冢内琢石,为龙凤仙人之像,及作碑文辞赞。汉初发此冢,验诸史传,皆无列仙龙凤之制,则知生埋

---

① 八骏之名,《穆传》卷一作赤骥、盗骊、白义、逾轮、山子、渠黄、华骝、绿耳。《列子》同,仅白义作白䇳。《博物志》卷六白义作白蚁,绿耳作騄耳,无山子、逾轮,而有飞黄、騧騟。

② 《太平御览》卷七一引。又《水经注》卷一九《渭水》亦引,文字有所不同。

匠人之所作也。后人更写此碑文,而辞多怨酷之言,乃谓为"怨碑"。

发冢而人犹活,此等传说六朝颇多,怨碑事则有自己的特色,不失为佳作。它揭露秦始皇的奢侈和残暴,完全符合历史真实。

卷三还记有西施传说:

> 越谋灭吴,蓄天下奇宝、美人、异味进于吴。……越又有美女二人,一名夷光,二名修明,以贡于吴。吴处以椒华之房,贯细珠为帘幌,朝下以蔽景,夕卷以待月。二人当轩并坐,理镜靓妆于珠幌之内,窃窥者莫不动心惊魂,谓之神人。若双鸾之在轻雾,沚水之漾秋蕖。吴王妖惑忘政。及越兵入国,乃抱二女以逃吴苑。越军乱入,见二女在树下,皆言神女,望而不敢侵。今吴城蛇门内有朽株,尚为祠神女之处。①

夷光、修明,《拾遗记》注云:"即西施、郑旦之别名。"

西施其人其事,不见《左传》、《国语》、《史记》。《国语·越语上》仅云:"越人饰美女八人纳之大宰嚭"。又《史记·越王句践世家》:"句践乃以美女宝器,令种(按:文种)间献吴大宰嚭,嚭受。"都是说勾践求和,伍子胥劝吴王夫差不可答应。勾践遂让大夫文种以美女宝器贿赂太宰嚭,夫差在太宰嚭劝说下接受勾践求和。②这里,既无西施其人,而且所献美女是给太宰嚭,并不是夫差。

史书之外的周秦汉书却多载西施之名,不过都是以作为一个古之美女的身份出现,并无句践献吴之事。如《管子·小称》:"毛嫱、西施,天下之美人也。"《慎子·威德》:"毛嫱、西施,天下之至姣也。"《孟子·离娄下》:"西子蒙不洁,则人皆掩鼻而过之。"赵岐注:"西子,古之好女西施也。"《庄子·齐物论》:"厉与西施,恢诡

---

① 据《稗海》本、《四库全书》本及《太平广记》卷二七二引校补。
② 《左传》哀公元年但云:"使大夫种因吴大宰嚭以行成,吴子将许之,伍员曰:'不可……'弗听。"没有提到献美女之事。

谲怪,道通为一。"《天运》:"西施病心而颦其里,其里之丑人见而美之。"《荀子·正论》:"好美而恶西施也。"《阙子》:"西施自窥于井,不恃其美。"①《尸子》:"人之欲见毛嫱、西施,美其面也。"②《九章·惜往日》:"虽有西施之美容兮,谗妒入以自代。"《韩非子·显学》:"故善毛嫱、西施之美,无益吾面。"《战国策·齐策四》:"后宫……岂有毛廧、西施哉!"又:"世无毛嫱、西施,王宫已充矣。"《楚策三》:"西施衣褐而天下称美。"宋玉《神女赋》:"西施掩面,比之无色。"东方朔《七谏·怨世》:"西施媞媞而不得见兮,嫫母勃屑而日侍。"贾谊《新书·劝学》:"夫以西施之美而蒙不洁,则过之者莫不睨而掩鼻。"陆贾《新语·术事》:"美女非独西施。"《淮南子·精神训》:"视毛嫱、西施,犹颠丑也。"高诱注:"毛嫱、西施,皆古之美人。"《本经训》:"虽有毛嫱、西施之色,不知悦也。"《齐俗训》:"待西施、毛嫱而为配,则终身不家矣。"高诱注:"西施、毛嫱,古好女也。"《说山训》:"画西施之面,美而不可说。""嫫母有所美,西施有所丑。"《说林训》:"西施、毛嫱,状貌不可同,世称其好美,钧也。"《修务训》:"曼颊皓齿,形夸骨佳,不待脂粉芳泽而性可说者,西施、阳文也。""美不及西施。""故美人者,非必西施之种。""今夫毛嫱、西施,天下之美人。"刘向《八叹·愍命》:"西施斥于北宫兮,仳倠倚于弥楹。"《说苑·尊贤》:"古者有毛廧、西施,今无有。"《盐铁论·遵道》:"说西施之美,无益于容。"《焦氏易林》卷一一《夬》之《复》:"姬姜既欢,二姓为婚。霜降合好,西施在前。"卷一二《升》之《井》:"刻画为饰,毛嫱西施,求事必得。"如此等等。西施又作先施,《文选》宋玉《神女赋》李善注引《慎子》,西施作先施。又《文选》枚乘《七发》:"使先施、徵舒……之徒,杂裾垂髾,目窕心与。"李善注:"皆美女也。先施即西施也。《战国

---

① 见《玉函山房辑佚书》子编纵横家类《阙子》辑本。按:此条见《太平御览》卷三七八引。
② 见《二十二子》所载《尸子》辑本。按:此条见《太平御览》卷七七引。

策》：鲁仲连谓孟尝君曰：'君后宫十妃，皆衣缟纻，食粱肉，岂毛廧、先施哉！'"（按：今本《战国策·齐策四》作西施。）

由上可见，西施是一个春秋以来相传的美女，她和毛嫱都是一个符号，一个美女的象征，其属何国，其有何事，一概不晓。唯《墨子·亲士篇》云："孟贲之杀，其勇也；西施之沉，其美也；吴起之裂，其事也。"但究竟因何事被沉水而死，仍不详。

到东汉，西施才同吴越事联系起来，而且又增出郑旦。东汉初会稽袁康、吴平《越绝书》卷一二《越绝内经九术》云："越乃饰美女西施、郑旦，使大夫种（文种）献之于吴王。曰：'昔者越王句践窃有天之遗西施、郑旦，越邦涔下，贫穷不敢当，使下臣种再拜献之大王。'吴王大悦。"卷八《越绝外传记地传》："美人宫……句践所习教美女西施、郑足（按：'旦'字之讹）宫台也。女出于苎萝山，欲献于吴。"嗣后明帝、章帝时会稽山阴人赵晔①《吴越春秋》下卷第九《勾践阴谋外传》云："十二年，越王谓大夫种曰：'孤闻吴王淫而好色，惑乱沉湎，不领政事。因此而谋，可乎？'种曰：'可破。夫吴王淫而好色，宰嚭佞以曳心，往献美女，其必受之。惟王选择美女二人而进之。'越王曰：'善。'乃使相工索国中，得苎萝山鬻薪之女，曰西施、郑旦，饰以罗縠，教以容步，习于土城。临于都巷，三年学服，而献于吴。乃使相国范蠡进曰：'越王勾践窃有二遗女，越国涔下困迫，不敢稽留，谨使臣蠡献之大王。不以鄙陋寝容，愿纳以供箕箒之用。'吴王大悦，曰：'越贡二女，乃勾践之尽忠于吴之证也。'"献美者非文种而系范蠡。苎萝山，据《会稽志》、《舆地志》、

---

① 《后汉书》卷七九下《儒林传·赵晔传》："赵晔字长君，会稽山阴人也。少尝为县吏，奉檄迎督邮。晔耻于斯役，遂弃车马去。到犍为资中，诣杜抚受《韩诗》，究竟其术。积二十年，绝问不还，家为发丧制服。抚卒，乃归。州召补从事，不就。举有道，卒于家。"《杜抚传》："杜抚字叔和，犍为武阳人也。少有高才，受业于薛汉，定《韩诗章句》。后归乡里教授……弟子千馀人。……建初中，为公车令，数月卒官。"建初乃章帝年号（76—84）。

《十道志》云,在诸暨县①,一说在馀暨县②。关于西施结局,《越绝》、《吴越》二书今本皆不载。唐陆广微《吴地记》引《越绝书》曰:"西施亡吴国,后复归范蠡,同泛五湖而去。"宋姚宽《西溪丛语》引《吴越春秋》曰:"吴亡,西施被杀。"杨慎《丹铅总录》卷一三《西施》又称:"后检《修文御览》见引《吴越春秋》逸篇云:'吴亡后,越浮西施于江,令随鸱夷以终。'乃嗟曰:此事正与《墨子》合。……随鸱夷者,子胥之潜死,西施有力焉。胥死盛以鸱夷,今沉西施,所以报子胥之忠,故云随鸱夷以终。"说法颇异,但不知何以觅见久已失传的北齐《修文殿御览》③。

总而言之,西施并非真实人物,只是毛嫱一类的传说中的古之美女,《越绝书》、《吴越春秋》始把她附会、嫁接到吴越斗争的史实中去,于是便广传于世,以致人们都当成真人真事。而吴越斗争也因美人西施的参与,增添了香艳色彩。传说的历史化和历史的传说化,这是一个典型例证。夫差惑西施而亡国,在夏桀妹喜、商纣妲己、周幽褒姒之后,又一次演绎着"女色亡国"的历史观念,这恐怕是西施被嫁接到吴越历史中的一个重要思想根源。

《拾遗记》也记了西施传说,但又作了些改动。给西施、郑旦又取了两个颇含道家意味名字,并模模糊糊地好像把二人说成是神女;其结局既不是随范蠡泛五湖,也不是被沉江而死,语焉不详。从后人设神女祠来看,似乎二人确乎是神人,大概是秉承天意,借越国献美之机入吴而乱其政,最后当然是回到仙府神宫,留下仙容神迹受世人祀奉。这样看来,西施传说到方士手里便被神仙化了,但人们除接受了夷光这个新名号外,其余概不承认,还是愿意叫西

---

① 《吴越春秋》元徐天祜注引。
② 《后汉书·郡国志四·会稽郡·馀暨》刘昭注:"《越绝》曰西施之所出。"馀暨县即今浙江杭州市萧山区。
③ 明陈耀文怀疑所谓"逸篇"是杨慎杜撰,《正杨》卷三云:"逸篇宁非影撰耶?"又云:"杨谓逸篇者出何典耶?"

施作为一位民间美女,最后跟范蠡结为情侣一块到五湖(太湖)游玩。

除上述传说,还有许多,诸如老子、师旷、宋子韦、介之推、苌弘、张仪、苏秦、鬼谷子、李少君、刘向、薛灵芸、糜竺、周群、张华等等,或为新出,或本乎旧事而自骋新辞,多妙丽可观,这里不暇细说。

《拾遗记》还记有三十几个国家的风俗物产。如卷四宛渠国:

> 始皇好神仙之事,有宛渠之民,乘螺舟而至。舟形似螺,沉行海底,而入水不浸入,一名沦波舟。其国人长十丈,编鸟兽之毛以蔽形。始皇与之语,及天地初开之时,了如亲睹。……

螺舟俨然是今世之潜水艇,见出古人想象力之丰富。又如卷六含涂国:

> 二年,含涂国贡其珍怪,其使云:"去王都七万里,鸟兽皆能言语,鸡犬死者,埋之不朽。经历数世,其家人游于山阿海滨,地中闻鸡犬鸣吠。主乃掘取还家养之,毛羽虽秃落,更生,久乃悦泽。"

对异国外邦的记载一般不同于《山海经》、《神异经》、《括地图》之古拙荒怪,风貌接近《洞冥记》。所以《四库提要》卷一四二称"嘉书盖仿郭宪《洞冥记》而作"。

卷一〇独记名山,凡昆仑、蓬莱、方丈、瀛洲、员峤、岱舆、昆吾、洞庭八山。渲染奇景异物,间记神仙人物,自为创设,大都与《十洲记》所记不同。其中值得一提的是《洞庭山》所记采药人入灵洞逢仙女事:

> 其山又有灵洞,入中常如有烛于前,中有异香芬馥,泉石明朗。采药石之人入中,如行十里,迥然天清霞耀,花芳柳暗,

丹楼琼宇,宫观异常。乃见众女霓裳,冰颜艳质,与世人殊别。来邀采药之人,饮以琼浆金液,延入璇室,奏以箫管丝桐。饯令还家,赠之丹醴之(按:疑当作"为"字)诀。虽怀慕恋,且思其子息,却还洞穴,还若灯烛导前,便绝饥渴而达旧乡。已见邑里人户,各非故乡邻,唯寻得九代孙,问之,云:"远祖入洞庭山采药不还,今经三百年也。"其人说于邻里,亦失所之。

入仙洞遇仙,《列仙传》已有记,然没有这种男女欢悦的情事。南朝这类传说多起来,如《搜神后记》袁柏根硕、《幽明录》刘晨阮肇,《拾遗记》此记可说是发其先声,开创了一种仙境模式。其中所写采药人从灵洞归乡后唯寻得九代孙,已经过去了三百年,堪称奇思妙想,即后世所谓"山中方七日,世上已千年"①者也。仙境和天界作为神仙居处、与人迥异的特别空间,在时间上也有着特别性,二者时间不同步,其时间单位长度要比人间长得多,存在巨大的时间反差和错位。这种反差类似于《庄子·逍遥游》中"以八千岁为春、八千岁为秋"的大椿与"不知晦朔"的朝菌、"不知春秋"的蟪蛄的差别,也就是"大年"与"小年"的差别。神仙道教创设的这一模式,就从时间上强化了仙境和天界的彼岸性和神秘性。

本书是六朝志怪上选之作,作者虽为道士,意在弘扬神仙,但颇重藻思文心,文字缛丽,铺彩错金,艺术风格类似《洞冥记》、《十洲记》等而辞藻更为丰美,确如谭献所说是"艳异之祖",所以"历代词人,取材不竭"②。

萧绮的录或在各条后,或在各篇末,凡三十七则。周中孚云:"录即论赞之别名也。"③内容大抵是就该条或该篇所记事进行发

---

① 《元曲选》王子一《刘晨阮肇误入桃源》杂剧第三折:"方知道山中方七日,世上已千年,信有之也。"《醒世恒言》卷三八《李道人独步云门》:"古诗有云:'山中方七日,世上已千年。'"
② 《四库全书总目》卷一四二小说家类三。
③ 《郑堂读书记》卷六六小说家类异闻之属。

挥或补证。萧绮《拾遗记序》后半所云"推详往迹,则影彻经史"等等,主要是对自己叙录的说明。萧绮于史无考,今本或题为梁人。严可均《全梁文》卷二四云:"绮爵里未详,梅鼎祚以为梁人。"梁宗室有萧统、萧纪、萧综等,又多文学之士,萧绮或亦在焉。

五、东晋其他志怪小说

在东晋时,出现了一批以"志怪"为小说专集书名的小说集。"志怪"在《庄子·逍遥游》中本是记录怪异之事的意思,东晋出现的这些志怪小说集,使得"志怪"成为一种小说书的通名。这些小说集有孔约《志怪》、曹毗《志怪》、祖台之《志怪》。除此而外,还有荀氏《灵鬼志》、戴祚《甄异传》、谢敷《观世音应验记》等。下边依次讨论。

孔约《志怪》,今佚。《隋书·经籍志》杂传类著录《志怪》四卷,注孔氏撰。《旧唐书·经籍志》杂传类、《新唐书·艺文志》小说家类同。书当佚于宋。《绀珠集》、《类说》等均无采录,《通志·艺文略》传记类冥异属乃据《隋志》著录。

关于本书作者,《太平御览经史图书纲目》亦著录《孔氏志怪》,《初学记》卷三〇又作《孔氏志》,《艺文类聚》卷八九作《孔氏志怪记》,皆不称名字,唯《太平广记》卷二七六引《晋明帝》,注出孔约《志怪》,知其名约。

孔约,不详何人。丁国钧《补晋书艺文志》小说类云:"《文苑英华》载顾况《广异记序》称孔慎言《志怪》,疑即此书。"秦荣光《补晋书艺文志》小说家类亦持是说。按《文苑英华》卷七三七《戴氏广异记序》云:"国朝燕公《梁四公传》、唐临《冥报记》、王度《古镜记》、孔慎言《神怪志》、赵自勤《定命录》。"孔慎言系唐人,且其书亦不曰《志怪》,丁说非也。孔约生平无考。《世说·方正篇》记陆机骂卢志为"鬼子",刘孝标注引《孔氏志怪》"卢充"条,末云:"充……其后生植,为汉尚书,植子毓,为魏司空,冠盖相承至今也。"按卢志系卢毓子,晋初人,孔氏云"冠盖相承至今"之"今",当系晋世,按常理不会冠盖相承到南朝,而且佚文亦无晋后事。又《太平御览》卷九三一引《孔氏志怪》"谢宗"条,首云"会稽吏谢宗",《太平广记》卷四六八引《志怪》作"会稽王国吏谢宗赴假"。按:会稽王即东晋简文帝司马昱。元帝永昌元年(323)封琅邪王,成帝咸和元年(326)徙封会稽王。咸康八年(342)六月废帝即位,复徙封琅邪,而封王子昌明为会稽王,昱固让,虽封琅邪而不去会稽之号。咸安元年(371)冬十一月即皇帝位。① 可见孔约乃成帝以后人。《世说·排调》注引《孔氏志怪》干宝感父婢复生而作《搜神记》事,是则孔约乃在干宝之后。

孔约《志怪》《古小说钩沉》有辑本,凡十则。② 其"落民"条引于《酉阳杂俎》卷四,作《于氏志怪》,鲁迅以为"于氏疑是孔氏之讹",非是。按此事《法苑珠林》卷三二(百二十卷本卷四三)、《艺文类聚》卷一七、《太平御览》卷三六四又卷八八八有引,俱作《搜神记》③。干宝古书多误作于宝,此于氏必是干氏之误,"志怪"则志怪书通称,用指《搜神记》也。

九条佚文大都是汉末至晋的异事,最好的是"卢充",后见《搜神后记》,文句大同。

> 卢充者,范阳人也。家西三十里,有崔少府墓。充先冬至一日,出家西猎戏。见一獐,举弓而射,即中之。獐倒而复起,充逐之,不觉远。忽见一里门,如府舍,中一铃下,有唱:"客

---

① 见《晋书·简文帝纪》。
② 赵景深《中国小说丛考》中《评介鲁迅的〈古小说钩沉〉》一文云《事类赋》引《孔氏志怪》五条,鲁迅悉未采辑。检《事类赋》各本,并未引《孔氏志怪》,不知赵氏所据《事类赋》是何种版本。齐鲁书社,1980年版,第20页。
③ 明本《搜神记》卷一二辑入。

前。"充问曰:"此何府也?"答曰:"崔少府府也。"充曰:"我衣恶,那得见贵人?"须臾,即有人提一幞新衣,充着,尽可体。便进见少府,展姓名。酒炙数行,崔曰:"近得尊府君书,为君索小女婚,故相延耳。"即举书示充。充父亡时虽小,然已识父手迹,便歔叹无辞。崔即敕内,令女郎庄严,使充就东廊。充至,女已下车,立席头共拜焉。三日毕,还见崔,崔曰:"君可归矣。女有娠相,生男,当以相还;生女,当自留养。"敕外严车送客。崔送至门,执手涕零,离别之感,无异生人。复致衣一袭,被褥一副。充便上车,去如电逝。须臾至家,家人相见悲喜。推问,知崔是亡人,而入其墓,追以懊惋。

居四年,三月三日,临水戏。水中忽见二犊车,乍沉乍浮。既上岸,充往开车后户,见崔氏女,与三岁男儿共载。充见之忻然,欲捉其手。女举手指后车曰:"府君,见之。"即见少府,充往问讯。女抱儿还充,又与金碗别,并赠诗曰:"煌煌灵芝质,光丽何猗猗!华艳当时显,嘉异表神奇。含英未及秀,中夏罹霜萎。荣曜长幽灭,世路永无施。不悟阴阳运,哲人忽来仪。会浅离别速,皆由灵与祇。何以赠余亲,金碗可颐儿。爱恩从此别,断肠伤肝脾。"充取儿碗及诗,忽不见二车处。将儿还,四坐谓是鬼魅,佥遥唾之,形如故。问儿:"谁是汝父?"儿迳就充怀。众初怪恶,传省其诗,慨然叹死生之玄通,人鬼之合礼也。

充诣市卖碗,高举其价,不欲速售,冀有识者。欻有一老婢问充得碗之由。还报其大家。大家,即女姨也。遣儿视之,果是。谓充曰:"我姨姊,崔少府女,未出而亡。家亲痛之,赠一金碗,着棺中。今视卿碗甚似,得碗本末,可得闻不?"充以事对。即诣充家迎儿。儿有崔氏状,又似充貌。姨曰:"我甥三月末间产,父曰:'春煖温也,愿休强也。'即字温休。温休,盖幽婚也,其兆先彰矣。"儿大,遂成为令器,历数郡二千石,皆著绩。其后生植,为汉尚书。植子毓,为魏司空。冠盖相承至今也。①

作品描述曲折,极有情致,是一篇佳作。卢充射獐入崔府,采用了常见的凡人入仙窟的导入模式,而女鬼赠物赠诗的情节,也常见于神女降凡故事中,形成另一种叙事模式。

又"谢宗"条记人妖恋爱事,也是一个有特色的故事:

> 会稽吏谢宗赴假吴中,独在船。忽有女子,姿性妖婉,来入船。问宗:"有佳丝否?欲市之。"宗因与戏,女渐相容。留在船宿,欢宴继晓。因求宗寄载,宗便许之。自尔船人恒夕但闻言笑,兼芬馥气。至一年,往来同宿。密伺之,不见有人。方知是邪魅,遂共掩之。良久,得一物,大如枕。须臾又得二物,并小如拳。以火视之,乃是三龟。宗悲思,数日方悟。自说此女子一岁生二男,大者名道愍,小者名道兴。既为龟,送之于江。②

龟精以欲市佳丝的隐语挑逗谢宗,以"丝"谐"思",这是六朝民歌的常用手法,如《子夜歌》"理丝入残机,何悟不成匹","春蚕易感化,丝子已复生"云云③,同时又暗寓《诗经》"氓之蚩蚩,抱布贸丝,匪来贸丝,来即我谋"之意,饶有趣味。

"楚文王"条记鹰击杀大鹏雏,后又载《幽明录》,殆袭本书。"周处"条记三害故事,又见祖台之《志怪》、《世说·自新》及《晋书·周处传》,是流传很广的著名故事。

---

① 据《世说新语·方正篇》注、《分门类林杂说》卷一三、《杜工部草堂诗笺》卷二七注、《古本蒙求》注卷上引《孔氏志怪》及《珊玉集》卷一二引《世说》校辑,并参考诸书所引《续搜神记》、《搜神记》,稍作补正。
② 《太平御览》卷九三一引。
③ 《乐府诗集》卷四四《清商曲辞一》。

曹毗《志怪》，今佚。《隋志》、《唐志》无目。《初学记》卷七、《太平御览》卷六七、宋苏易简《文房四谱》卷五、蔡梦弼《杜工部草堂诗笺》卷二六又卷三八注引一事，乃外国道人辨昆明池劫灰事：

> 汉武凿昆明池，极深，悉是灰墨，无复土。举朝不解，以问东方朔。朔曰："臣愚，不足以知之，可试问西域胡人。"帝以朔不知，难以移问。至后汉明帝时，外国道人入来洛阳，时有忆方朔言者，乃试以武帝时灰墨问之。胡人云："天地大劫将尽，则劫烧，此劫烧之余。"乃知朔言有旨。①

《古小说钩沉》只据《初学记》、《草堂诗笺》辑入。事又载《三辅黄图》卷四引《关辅古语》、《文房四谱》卷五引《幽明录》、《玉烛宝典》卷四引《杂鬼怪志》、《高僧传》卷一《竺法兰传》②。《高僧传》所载辨灰者乃竺法兰。故事表现了东方朔的博识和佛教关于"劫"的观念。劫是佛教概念，以为世界经历若干年就会毁灭一次，毁而复生，一个周期谓之一劫。一劫又包括成、住、坏、空四劫，到"坏劫"便有火、水、风三灾出现，使世界归于毁灭，"坏劫"时的火，称为"劫火"。此条中的外国道人，即外国沙门，他讲的"天地大劫"云云，即是佛家这种观念。这类故事的出现，乃是佛教影响的结果。东方朔之博洽多识，汉人书多有记载。这里把他又同佛家事联系起来，看来直到六朝，人们还喜欢取奇言怪语以附于朔。

曹毗，《晋书》卷九二《文苑》有传。字辅佐，谯国（治今安徽亳州市）人。魏大司马曹休玄孙③。少好文籍，善属词赋。郡察孝廉，除郎中。蔡谟举为佐著作郎。历仕句章令、太学博士、尚书郎、镇军大将军从事中郎、下邳太守，累迁至光禄勋。卒年《晋书》未载。考《晋书》卷二三《乐志下》云："永和十一年（355），谢尚镇寿

---

① 据《古小说钩沉》。
② 明本《搜神记》卷一三误辑入此事。
③ 《世说新语·文学》注引《中兴书》云魏大司马曹休曾孙。

阳,于是采拾乐人,以备太乐,并制石磬,雅乐始颇具。而王猛平邺,慕容氏所得乐声又入关右。太元中,破苻坚,又获其乐工杨蜀等,闲习旧乐,于是四厢金石始备焉。乃使曹毗、王珣等增造宗庙歌诗……"下列曹毗造宗庙歌十一首,起高祖宣帝,讫哀帝,简文、孝武二歌乃王珣造。据《晋书》卷七七《蔡谟传》,蔡谟以平苏峻勋,赐爵济阳男。冬烝,谟领祠部,主者忘设明帝位,与太常张泉俱免,白衣领职。顷之迁太常,领秘书监。成帝临轩,遣使拜太傅、太尉、司空。按峻平在成帝咸和三年(328)九月①,是年冬祭领祠部免官,顷之复迁太常,领秘书监,亦当在是年冬。佐著作郎属秘书监②,其举曹毗为佐著作郎当在此时,不会晚于咸和四年。太元中破苻坚,指肥水之战,时在太元八年(383)十月③。咸和四年曹毗若以二十五岁计,到太元八年已年近八十,必不能尚在官。因此,《晋书·乐志》所载必须作正确的理解。"乃使曹毗、王珣等增造宗庙歌诗",并不是在时间上接续"太元中"而言。"太元中"云云及其前所叙,乃是记述东晋宗庙雅乐的散失和恢复过程,这是独立的一块记录。以下记述朝廷令曹毗、王珣等增造宗庙歌诗云云,是另一块记录。这两个记录板块之间是因果关系,并不完全是时间承续关系。增造宗庙歌,是在宗庙雅乐逐渐恢复过程中先后进行的行为。就是说曹毗造宗庙歌实际应在永和以后、太元以前,而王珣之造则是始于太元后④。曹毗所造宗庙歌诗凡十帝⑤,终于哀

---

① 见《晋书》卷七《成帝纪》。
② 《晋书》卷二四《职官志》:魏明帝太和中置著作郎,隶中书省。晋惠帝元康二年改隶秘书省。著作郎一人,佐著作郎八人。秘书省长官为秘书监。
③ 见《晋书》卷九《孝武帝纪》。
④ 《晋书》卷六五《王珣传》:"安(谢安)卒后,迁侍中,孝武深仗之。转辅国将军、吴国内史。……征为尚书右仆射,领吏部。转左仆射。加征虏将军,复领太子詹事。时帝雅好典籍,珣与殷仲堪、徐邈、王恭、郗恢等,并以才学文章见昵于帝。……珣梦人以大笔如椽与之,既觉,语人曰:'此当有大手笔事。'俄而帝崩,哀册谥议,皆珣所草。"
⑤ 另有《四时祠祀》一首。

帝,而简文、孝武二帝乃王珣造。哀帝后、简文前有废帝海西公司马奕,被桓温所废,未作歌。由此来推测,咸安二年(372)七月简文帝崩前曹毗已卒,故简文歌由王珣造。而哀帝崩时的兴宁三年(365),曹毗尚在世,故造哀帝歌。因此曹毗卒年应在兴宁三年后至咸安二年前,大约享年六十余岁。①

曹毗著述,《晋书》本传云"凡所著文笔十五卷,传于世",《隋志》著录晋光禄勋《曹毗集》十卷,又《晋曹毗集》四卷,两《唐志》作《曹毗集》十五卷。《隋志》又著录《论语释》一卷、《曹氏家传》一卷。又作《杜兰香传》。从他作《杜兰香传》来看,此人好神仙说。《晋书·文苑传》史臣曰:"曹毗沉研秘籍","秘籍"即图纬神仙之书。故其为《志怪》,不为无由。

祖台之《志怪》,亦亡于宋。《晋书》卷七五《王国宝传》附《祖台之传》称台之"撰志怪书行于世",不云卷数。《隋志》杂传类著录《志怪》二卷,《旧唐书·经籍志》杂传类、《新唐书·艺文志》小说家类作四卷,当系析其卷帙。《通志·艺文略》传记类冥异属据《隋志》著录。

台之字元辰,范阳遒县(今河北涞水县)人。祖冲之曾祖。东晋孝武帝太元中为尚书左丞,在宴席上遭中书令王国宝凌辱不敢言,诏以台之懦弱非监司体与国宝并免官,时约在太元末。安帝时为御史中丞②,官至侍中、光禄大夫。《隋志》别集类有《祖台之集》十六卷,亡。

---

① 关于曹毗卒年,曹道衡认为其卒年当在穆帝升平年间或稍后一些时间,见《晋代作家六考》,《文史》,1984年总第20期。张可礼认定其卒年肯定在太元八年(383)以后,见《许询生平和曹毗卒年新说》,《山东大学学报》(哲社版),1988年第2期。按:曹考忽略《晋书·乐志下》材料,张考亦嫌粗率,结论均不能成立。
② 《宋书》卷六〇《范泰传》:"桓玄辅晋,使御史中丞祖台之奏泰及前司徒左长史王准之、辅国将军司马珣之并居丧无礼。"

《古小说钩沉》辑十五则。《重编说郛》卷一一七辑祖台之《志怪录》九则(后又收入《古今说部丛书》),七则见《钩沉》辑本,多"孙弘"、"会稽郡大鬼"二条。按孙弘应为夏侯弘,此事《艺文类聚》卷九三作《怪志》,《太平广记》卷三二二引作《志怪录》,《太平御览》卷八九七引作《志怪集》,又卷八八四引作《志怪》。"会稽郡大鬼"条,《广记》卷三二三引作《志怪录》(题《谢道欣》),《御览》卷八八四引作《志怪》。皆不云祖氏,不宜辑入,鲁迅辑入《杂鬼神志怪》。

"陈悝"条记隆安(397—401)中事,可知书当作于晋末。

《祖氏志怪》所记,少数为汉、吴事,如汉武帝、东方朔见"藻居",描写了一群"春巢幽林,冬潜深河"的"水土之精"的奇特形象,想象优美,后又载《幽明录》、任昉《述异记》。刘照夫人与太守冥婚事,后为《录异传》所取。晋事最多,有许多事涉著名历史人物,如张茂先(华)知剑气,陶太尉(侃)营葬,周处斩蛟,苟晞杀千里牛,都是关于晋代名公巨卿的异事,《晋书》张、周、苟本传皆略载其事,周处事又载《孔氏志怪》、《世说·自新篇》。

"曹著"写人神遇合,取自《曹著传》,详见下节。关于鬼怪的故事短小有趣,如"徐元礼嫁女"描写了一个栩栩如生的"鬼子"形象:

> 廷尉徐元礼嫁女,从祖与外兄孔正阳共诣徐家。道中有土墙,见一小儿,倮身正赤,手持刀,长五六寸,坐墙上磨甚快,独语。因跳车上曲兰中坐,反覆视刀,辄舐之。至徐家门前桑树下,又跳下,坐灰中,复更磨刀。日晡,新妇就车中,见小儿持刀入室,便刺新妇,新妇应刀而倒。扶还,解衣视,心腹紫色,如酒盘大,有顷便亡。鬼子出门舞刀,上有血,涂桑树,火然,斯须烧尽。①

---

① 据《太平御览》卷三四五引辑录。

又如关于美人鱼的幻想,新颖别致:

> 隆安中,丹徒民陈悝,于江边作鱼筺。潮去,于筺中得一女人,长六尺,有容色,无衣服。水去不能动,卧沙中,与语不应。人有就辱之。悝夜梦云:"我是江黄,昨失道落君筺,小人遂见加凌,今当白尊神杀之。"悝不敢移,潮来自逐水去。奸者寻病死。①

古人对水下有无人一样的生物很感兴趣,生出许多幻想。先此已有人鱼、鲛人、海人的传说,"江黄"即是江中美人鱼。"吴中士大夫"写猪精化女子惑人,取自《搜神记》。

《灵鬼志》,荀氏撰,佚。②《隋书·经籍志》杂传类著录《灵鬼志》三卷,荀氏撰,《旧唐书·经籍志》杂传类、《新唐书·艺文志》小说家类同,《太平御览经史图书纲目》亦有荀氏《灵鬼志》。《通志·艺文略》传记类冥异属据《隋志》著录。是书不见南宋书征引,当亡于北宋。荀氏,不详何人。

《古小说钩沉》辑《灵鬼志》二十四条。其中"南平国蛮兵"(辑自《太平广记》卷三二二)云"予为国郎中",乃刘敬叔语,此条见《异苑》卷六(《艺文类聚》卷四四、《太平御览》卷五八二均引作《异苑》),《广记》误注出处,应删。"沙门昙游"条,辑自《广记》卷三五九,然《广记》所引凡两事,前事为"荥阳廖氏",后事即本条,

---

① 据《太平御览》卷六八引辑录,以《说郛》卷四郑常《洽闻记》、卷七五《洽闻记》、《太平广记》卷二九五引《洽闻记》校补。
② 《合刻三志》志鬼类、《唐人说荟》一六集等说部丛书收有《灵鬼志》一卷,系纂集《太平广记》的若干鬼事而成(书中亦收入荀氏《灵鬼志》之"嵇康"条),而妄题撰人为唐常沂。燕京学社所编《太平广记引得》将《灵鬼志》作者注为唐常沂,误甚。荀氏此书早已散失,《太平广记》等书所引《灵鬼志》,正是荀书之遗文。又《重编说郛》卷一一六亦有《灵鬼志》一篇,即《广记》卷三四二之《独孤穆》(出《异闻录》,即唐末陈翰所编《异闻集》),而撰人竟题曰唐荀氏,可笑之极。参见拙著《唐五代志怪传奇叙录》,南开大学出版社,1998年版,第1191—1192页。

而《广记》注作"出《灵鬼志》及《搜神记》"(明抄本作《续搜神记》)。其意乃指"荥阳廖氏"出自《灵鬼志》,"沙门昙游"出自《续搜神记》,非二书并记二事也。据《太平御览》,前事《御览》卷七四二引作《灵鬼志》,后事《御览》卷七四二、卷九四六引作《续搜神记》。然则此条实出陶潜书,亦应删去。"嵇康"二条本系一事,辑自《广记》卷三一七,而《御览》卷五七九、《事类赋注》卷一一引作《灵异志》。又"蔡谟"条《广记》卷三二〇引作《灵异志》、《幽明录》,《钩沉》辑入本书,盖以为亦《灵鬼志》之讹。按《灵异志》有其书,隋崔赜、许善心撰,意鲁迅以为《灵异志》即《灵鬼志》之讹,非是,此条不应辑入。"李通"条《北堂书钞》卷一二九引作《虚异志》,鲁迅疑亦是《灵鬼志》,但书名相异,似非一书,亦不宜辑入。"曹公载妓船"条《御览》卷三九九引作《灵魂志》,鲁迅谓"魂当是鬼字之讹",这个看法则是对的。

《世说》注引四条①皆题作《灵鬼志·谣徵》,可见《灵鬼志》与干宝《搜神记》一样,原书是分篇的,但今可考知者仅此一篇。《谣徵篇》所记皆为歌谣谶语应验事,除《世说》注四事,尚有"河间王"条。下边举一则:

> 明帝初,有谣曰:"高山崩,石自破。"高山,峻也;硕,峻弟也。后诸公诛峻,硕犹据石头,溃散而逃,追斩之。②

晋成帝咸和三年(328)苏峻反,不久为温峤、陶侃击败,此条说的即是此事。其余谣征皆类此,意味不大。

较多的是鬼魅故事,占一半多。如:

> 石虎时,有胡道人驱驴作估,于外国深山中行。有一绝涧,窈然无底,行者恃山为道,鱼贯相连。忽有恶鬼牵之,下入

---

① 《世说·忿狷篇》注引"桓石民"条,《钩沉》误作《汰侈篇》。
② 据《世说·方正篇》注引辑录。

涧中。胡人急性,便大嗔恚,寻迹涧中,并祝誓,呼诸鬼神下。远忽然出一平地,城门外有一鬼,大锁项,脚着大铁桎。鬼见道人,便乞食,曰:"得食,当与汝。"既至门,乃是鬼王所治。前见王,道人便自说驱驴载物,为鬼所夺,寻迹至此。须臾即得其驴,载物如故。①

《灵鬼志》多涉佛家事,上"胡道人"条即是。胡道人就是外国和尚。他得到鬼王救助,显见是在宣扬当和尚的好处。此外,"周子长"条云周子长被鬼所捉而放之,而周是佛弟子;"南郡议曹掾"条云南郡议曹掾为鬼所祟,道人为诵经,鬼畏道人而去,不再作祟;"张应"条云张应妻是佛家女,竺昙镜为之祛病消灾,后又载于《冥祥记》,文甚长。除释氏辅教书外,此前志怪书绝少佛事,《搜神记》、曹毗《志怪》等偶有之,《灵鬼志》则首次给予较多的反映。由于佛法传播,印度佛教故事也流入中土,并对中国故事产生影响,《灵鬼志》记有一个,就是颇有名的"外国道人":

> 太元十二年,有道人外国来,能吞刀吐火,吐珠玉金银。自说其所受术,即白衣,非沙门也。尝行,见一人担担,上有小笼子,可受升余。语担人云:"吾步行疲极,欲暂寄君担上。"担人甚怪之,虑是狂人,便语云:"自可尔耳,君欲何许自厝耶?"其答云:"若见许,正欲入笼子中。"笼不便,担人愈怪其奇:"君能入笼中,便是神人也。"下担,入笼中,笼不更大,其亦不更小,担之亦不觉重于先。既行数十里,树下住食,担人呼共食,云:"我自有食。"不肯出,止住笼中。出饮食器物罗列,肴膳丰腴亦办,反呼担人食。未半,语担人:"我欲与妇共食。"即复口出一女子,年二十许,衣裳容貌甚美,二人便共食。食欲竟,其夫便卧。妇语担人:"我有外夫,欲来共食,夫

---

① 据《太平御览》卷七三六引辑录。

觉,君勿道之。"妇便口中出一年少丈夫,共食。笼中便有三人,宽急之事,亦复不异。有顷,其夫动,如欲觉,其妇便以外夫内口中。夫起,语担人曰:"可去。"即以妇内口中,次及食器物。

此人既至国中,有一家大富,货财巨万,而性悭吝,不行仁义。语担人:"吾试为君破奴悭囊。"即至其家。有好马,甚珍之,系在柱下。忽失去,寻索不知处。明日,见马在五升罂中,终不可破取,不知何方得取之。便语言:"君作百人厨,以周穷乏,马得出耳。"主人即狼狈作之。毕,马还在柱下。明旦,其父母老在堂上,忽复不见,举家惶怖,不知所在,开妆器,忽见父母在泽壶中,不知何由得出。复往守请之,其云:"当更作千人饮食,以饴百姓穷者,乃当得出。"既作,其父母自在床上。①

故事的前半演自古印度《旧杂譬喻经》卷一八②。原文云:

昔有国王,持妇女急。正夫人谓太子:"我为汝母,生不见国中。欲一出,汝可白王。"如是至三。太子白王,王则听。太子自为御车出,群臣于道路奉迎为拜,夫人出其手开帐,令人得见之。太子见女人而如是,便诈腹痛而还。夫人言:"我无相甚矣!"太子自念:"我母尚如此,何况余乎!"夜便委国去,入山中游观。时道边有树,下有好泉水。太子上树,逢见梵志独行来,入水池浴。出饭食,作术吐出一壶。壶中有女人,与于屏处作家室,梵志遂得卧。女人则复作术,吐出一壶。壶中有年少男子,复与共卧,已便吞壶。须臾,梵志起,复内妇着壶中,吞之已,作杖而去。太子归国白王,请道人及诸臣下,持作三人食,着一边。梵志既至,言:"我独自耳。"太子曰:

---

① 据《法苑珠林》卷六一及《太平御览》卷三五九、卷七三七引校辑。
② 见《大正新修大藏经》卷四。

"道人当出妇共食。"道人不得止,出妇。太子谓妇:"当出男子共食。"如是再三,不得止,出男子共食。已便去。王问太子:"汝何因知之?"答曰:"我母欲观国中,我为御车,母出手令人见之。我念女人能多欲,便诈腹痛还。入山见是道人藏妇腹中,当有奸。如是,女人奸不可绝,愿大王赦宫中自在行来。"王则赦后宫中,欲行者从志也。师曰:"天下不可信女人也。"

梵志①故事表现男女间互相隐瞒私情的不正常关系。荀氏所记外国道人事显由梵志事脱化而来。另外据鲁迅云,道人入担中不觉小,又本于《观佛三昧海经》卷一所记佛白毫毛内有百亿光,其中现化菩萨,"菩萨不小,毛亦不大"。② 故事后半写道人以缩身术尽情捉弄一"不行仁义"的守财奴,非常有趣。其中人入泽壶的情事,与《洞冥记》卷四所写女人"巨灵"出入青珉唾壶,《神仙传》所写壶公日入入壶而息,都有相似处。梁吴均《续齐谐记》有"阳羡书生",事类外国道人,不过已彻底中国化了。

志怪小说中开始较多出现佛教题材,本书是较早的一部,作者当信奉佛法。"外国道人"事在东晋孝武帝太元十二年(387),而"张应"又载于齐王琰《冥祥记》,"胡道人"、"曹公载妓船"又载陶渊明宋初作《搜神后记》,故疑荀氏此书作于东晋末期安帝之时。

《甄异传》,佚于宋。《隋志》杂传类著录三卷,注"晋西戎主簿戴祚撰"。《旧唐志》杂传类、《新唐志》小说家类、《册府元龟》卷五五五《国史部·采撰一》、《通志·艺文略》传记类冥异属,俱作

---

① 梵志,非佛教的"外道"的出家者或承其法的不出家者。《大智度论》卷五:"梵志者,是一切出家外道。若有承其法者,亦名梵志。"又指婆罗门,即印度四种姓的最尊种姓。这里当指"外道"修行者。参见任继愈主编《佛教大辞典》,江苏古籍出版社,2002年版,第1087页。
② 见《中国小说史略》第五篇《六朝之鬼神志怪书(上)》。

三卷。

《齐民要术》、《北堂书抄》、《太平广记》、《太平御览》、苏易简《文房四谱》等书引有遗文，或又题《甄异记》、《甄异录》，皆未著撰名。鲁迅辑录十七条，载《古小说钩沉》①。有漏辑者，《艺文类聚》卷四四"陈都尉"宜补。另外谈恺刻本《广记》卷二七六《桓豁》，注出《甄异记》，而许自昌本、《四库全书》本作《述异记》。②

《重编说郛》卷一一八、《龙威秘书》辑戴祚《甄异记》五条，除《夏侯》辑自《类聚》卷八六，系本书佚文外，《卢耽》取《太平御览》卷九一六引邓德明《南康记》，《陈济》取《初学记》卷二引《续搜神记》，《贾弼》删取《御览》卷三六四引《幽明录》，《查道》取《类说》卷二四《狙异志》（即北宋聂田《祖异志》），均非本书文字。《旧小说》丁集辑"夏侯文规"、"华逸"二则，误以戴祚为宋人。

戴祚《晋书》无传，据《隋志》，其为晋西戎主簿③，地理类著录戴祚《西征记》一卷，又戴延之《西征记》二卷，是知祚字延之。新旧《唐书》还著录戴延之《洛阳记》一卷。封演《封氏闻见记》卷七云："戴祚作《西征记》云：'开封县东二佛寺，余至此见鸽大小如鸠，戏时两两相对。'祚，江东人，晋末从刘裕西征姚泓，至开封县始识鸽，则江东旧亦无鸽。"这是关于戴祚事迹的唯一一条记载。据《晋书·安帝纪》、《宋书·武帝纪》及《庐陵孝献王义真传》，东晋义熙十二年（416）中外大都督刘裕西征后秦主姚泓，明年克长安，擒姚泓，以桂阳公刘义真行都督雍凉秦三州等诸军事、安西将军、领护西戎校尉、雍州刺史。祚为西戎校尉府主簿，即为刘义真

---

① 《太平御览》卷七一八引"章沉"条，《太平广记》卷三八六作"章泛"，注出《异苑》，据严一萍《太平广记校勘记》，抄宋本作《甄异记》，作"章沉"，今本《异苑》卷八有"章沉"条。

② 今本《异苑》卷七辑入此条，误也。未见诸书有引作《异苑》者。

③ 《册府元龟》卷五五五《国史部·采撰一》云："戴祚为西戎太守，撰《甄异传》三卷，《西征记》一卷。"按晋世军府的主簿总领府事，位当太守，所以《册府元龟》称戴祚为西戎太守。

部下。据《宋书·庐陵孝献王义真传》,刘义真寻又都督司雍秦并凉五州军事,为建威将军、司州刺史。按护西戎校尉兼任雍州刺史,治长安①,义真既已移镇司州,当不再任护西戎校尉。戴祚此书作于西戎校尉府主簿任上,然则时当在义熙十三年。

《甄异传》书名是彰明怪异之意,甄,明也。书所记皆为晋事,且不见此前志怪书,盖采自当时传闻。大都是鬼怪事,较好的是"秦树"、"杨醜奴"二则人鬼和人妖恋爱故事。原文如下:

> 沛郡人秦树者,家在曲阿小辛村。义熙中,尝自京归。未至二十里许,天暗失道。遥望火光,往投之。见一女子秉烛出,云:"女弱独居,不得宿客。"树曰:"欲进路,碍夜,不可前去,乞寄外住。"女然之。树既进坐竟,以此女独处一室,虑其夫至,不敢安眠。女曰:"何以过嫌,保无虑,不相误也。"为树设食,食物悉是陈久。树曰:"承未出适,我亦未婚,欲结大义,能相顾否?"女笑曰:"自顾鄙薄,岂足伉俪!"遂与寝止。向晨,树去,乃俱起执别。女泣曰:"与君一睹,后面莫期。"以指环一双赠之,结置衣带,相送出门。树低头急去,数十步,顾其宿处,乃是冢墓。居数日,亡其指环,结带如故。②

> 河南杨醜奴,常诣章安湖拔蒲。将暝,见一女子,衣裳不甚鲜洁,而容貌美。乘船载莼,前就醜奴。家湖侧,逼暮不得返,乃停舟寄住。借食器以食,盘中有干鱼生菜。食毕,因戏笑。醜奴歌嘲之,女答曰:"家在西湖侧,日暮阳光颓。托荫遇良主,不觉宽中怀。"俄灭火共寝。觉有臊气,又手指甚短,乃疑是魅。此物知人意,遽出户,变为獭,径走入水。③

---

① 见《晋书·职官志》。
② 据《太平广记》卷三二四、《太平御览》卷七一八引辑录。按:今本《异苑》卷六亦载,文同《广记》,乃滥辑。
③ 据《广记》卷四六八引辑录。

前一事女子独居旷野而食物陈久,隐隐透出一股鬼气;后一事女子食干鱼生菜、气臊指短,隐隐透出妖气。最后真相大白,所遇正是鬼和怪。和六朝许多鬼怪故事一样,鬼怪意象的人性化还是不彻底的,含有宗教恐吓意味。不过很普通的鬼怪故事写得还是比较生动曲折的。又用五言诗,也增加了韵味。"杨醜奴"后又载于《幽明录》,作河东常醜奴①。

另外,"张阊"条记鬼奉命收录张阊,感其殷勤又有贵相,遂刺杀同名者以代之,较有意义,看来冥府也作奸枉法。"张牧"条记一鬼形如少女,面黑衣青,至张牧家来助驱使,并使其由贫变富,最后逝去,也较好。其中云鬼自称"高褐",盖为反语,"高褐"者葛号②也。反语就是反切,这是音韵学上的新创造,这里用在故事中,倍觉有味。

除上述作品,唐释法琳《辩正论》卷八《出道伪谬篇》据道士陆修静答宋明帝所上目录,著录由汉至宋诸子所为道书四十七种,中有《怪异志》一部十二卷,疑为东晋书。此书不见诸书征引。又,谢敷《光世音应验记》(《观世音应验记》)乃是宣扬观世音应验之作,南朝宋张演《续光世音应验记》、齐陆杲《系观世音应验记》皆其续书,我们将在下章专门讨论。

六、两晋志怪题材的杂传小说

继《穆天子传》、《燕丹子》、《汉孝武故事》、《蜀王本纪》、《赵飞燕外传》、《汉武内传》等之后,两晋时期出现了张敏《神女传》、

---

① 见《艺文类聚》卷八二、《太平御览》卷九八〇又九九九引。按:"常醜奴"及"秦树"又见今本《异苑》卷八及卷六,实系明人滥辑。

② 《钩沉》辑本脱"号"字。按:"高"字声母与"褐"字韵母拼为"葛"字,"褐"字声母与"高"字韵母拼为"号"字,此之谓"反切"。

曹毗《杜兰香传》和无名氏《曹著传》、《赵泰传》等一批杂传小说，它们和上述作品构成一种小说体系——即单篇传记型小说体系。它们不仅丰富了杂传小说的题材，而且在小说史上也发挥出重要作用。这四篇杂传小说，都以志怪内容为题材，所以也提出加以论述①。

《神女传》，《北堂书抄》卷一二九引张敏《神女传》一节："班义起感神女智琼，智琼复去，赐义起织成裙衫。"智琼事后又载于《列异传》和东晋干宝《搜神记》。《列异传》原书已佚，《太平御览》卷七六一引《列异传》佚文曰："济北弦超，神女来游，车上有壶榼、青白琉璃五具。"《搜神记》所载见今本卷一，智琼复姓成公，所嫁者弦超，字义起，今本《北堂书抄》姓氏作班，盖传录之讹。《搜神记》所记智琼事必是依据张敏《神女传》或《列异传》。《搜神记》原书散佚已久，诸书引《搜神记》此事者有《法苑珠林》卷五②、《艺文类聚》卷七九、《太平御览》卷六七七，《类聚》、《御览》引文并简，《珠林》文详，今本《搜神记》所辑主要依据《珠林》。五代时期前蜀杜光庭《墉城集仙录》③原书亦载智琼事，今本阙，见引于《太平广记》卷六一，注出《集仙录》，题《成公智琼》，文句与《珠林》所引《搜神记》大同而颇有详于《珠林》处。《墉城集仙录》序称"编记古今女仙得道事实"，所记大都依据古来神仙传记和志怪小说，所谓"纂彼众说，集为一家"。自序提到十余种书，其中有《搜神记》，可见智琼事采自《搜神记》。胡应麟等辑《搜神记》此篇主要依据《珠林》，亦据《集仙录》补《珠林》之阙，但补而未备。应当说《集仙录》最接近《搜神记》原文。而《搜神记》所载无论是

---

① 参见拙作《〈神女传〉〈杜兰香传〉〈曹著传〉考论》，《明清小说研究》1998年第4期；又载李剑国《古稗斗筲录——李剑国自选集》，南开大学出版社，2004年版。
② 此据百卷本，百二十卷本在卷八。
③ 原书十卷，今残存六卷，载《道藏》。

取自《列异传》还是径采张敏原作,都可视为即张敏《神女传》的文本,古小说陈陈相因,大抵如此。要复原《神女传》原文,应据《广记》所引《集仙录》及《珠林》《类聚》《御览》等书所引加以校订,于原传庶可近之。现据《新辑搜神记》卷七将《神女传》引录如下:

魏济北国从事掾弦超,字义起。以嘉平中夜独宿,梦有神女来从之。自称天上玉女,东郡人,姓成公,字智琼,早失父母,天帝哀其孤苦,遣令下嫁从夫。义起当其梦也,精爽感悟,嘉其美异,非常人之容。觉寤钦想,若存若亡。如此三四夕。一旦,显然来游,驾辎𫐄车,从八婢,服绫罗绮绣之衣,姿颜容体,状若飞仙。自言年七十,视之如十五六女。车上有壶榼、清白琉璃五具,饮啖奇异,馔具醴酒,与义起共饮食。谓义起曰:"我天上玉女,见遣下嫁,故来从君。不谓君德,盖宿时感运,宜为夫妇。不能有益,亦不能为损。然行来常可得驾轻车乘肥马,饮食常可得远味异膳,缯素常可得充用不乏。然我神人,不能为君生子,亦无妒忌之性,不害君婚姻之义。"遂为夫妇。

赠其诗一篇,其文曰:"飘飖浮勃逢,敖曹云石滋。芝英不须润,至德与时期。神仙岂虚降,应运来相之。纳我荣五族,逆我致祸灾。"此其诗之大较。其文二百余言,不能悉录。又注《易》七卷,有卦有象,以象为属,故其文言既有义理,又可以占吉凶,犹扬子之《大玄》、薛氏之《中经》也。义起皆能通其旨意,用之占候。作夫妇经七八年。父母为义起娶妇之后,分日而燕,分夕而寝。夜来晨去,倏忽若飞,唯义起见之,他人不见也。虽居暗室,辄闻人声,常见踪迹,然不睹其形。每义起当有行来,智琼已严驾于门,百里不移两时,千里不过半日。

义起后为济北王门下掾,文钦作乱,景帝东征,诸王见移于邺宫,宫属亦随监国西徙。邺下狭窄,四吏共一小屋。义起独卧,智琼常得往来,同室之人,颇疑非常。智琼止能隐其形,不能藏其声,且芳香之气,达于室宇,遂为伴吏所疑。后义起尝使至京师,空手入市,智琼给其五匣弱绯、五端细纻,采色光泽,非邺市所有。同房吏问意状,义起性疏辞拙,遂具言之。吏以白监国,委曲问之,亦恐天下有此妖幻,不咎责也。后夕归,玉女已求去,曰:"我神仙人也,虽与君交,不愿人知。而君性疏漏,我今本末已露,不复与君通接。积年交结,恩义不轻,一旦分别,岂不怆恨。势不得不尔,各自努力矣。"呼侍御人下酒啖食。发簏,取织成裙衫两裆遗义起,又赠诗一首。把臂告辞,涕零溜漓,肃然升车,去若飞流。义起忧感积日,殆至委顿。

去后积五年,义起奉国使至洛,到济北鱼山下。陌上西行,遥望曲道头,有一马车,似智琼。驱驰前至,视之,果是玉女也。遂披帷相见,悲喜交至。控左授绥,同乘至洛,遂为室家,克复旧好。至太康中犹在,但不日日往来,每于三月三日、五月五日、七月七日、九月九日、月旦、十五,辄下往来,来辄经宿而去。

张敏还作有《神女赋》,原作亦佚。《艺文类聚》卷七九节引晋张敏《神女赋》,前有序;《集仙录》只录序,较《类聚》完整;《文选》卷三〇谢灵运《拟魏太子邺中集诗·拟陈琳诗》注引张敏《神女赋》二句。《集仙录》与《珠林》所引《搜神记》均误以《神女赋》张茂先(张华)作。这不像是干宝原书如此,干宝不应有此误,也不像是《珠林》、《集仙录》或《广记》的错误,因为不大可能其误相同如此,可能是《搜神记》版本的错误,《珠林》和《集仙录》沿误而已。《列异传》所记此篇当为张华续,因此也有可能是将原作者张敏误为张华。① 现亦据《新辑搜神记》引录如下:

> 世之言神仙者多矣,然未之或验也。至如弦氏之妇,则近信而有征者。甘露中,河济间往来京师者,颇说其事,闻之常以鬼魅之妖耳。及游东土,论者洋洋,异人同辞,犹以流俗小

---

① 汪绍楹校注《搜神记》云"疑《法苑珠林》误作张华",非是。

人好传浮伪之事,直谓讹谣,未遑考核。会见济北刘长史,其人明察清信之士也。亲见义起,受其所言,读其文章,见其衣服赠遗之物,自非义起凡下陋才所能构合也。又推问左右知识之者,云当神女之来,咸闻香薰之气,言语之声,此即非义起淫惑梦想明矣。又人见义起强甚,雨行大泽中而不沾濡,益怪之。夫鬼魅之近人也,无不羸病损瘦,今义起平安无恙,而与神人饮燕寝处,纵情兼欲,岂不异哉!余览其歌诗,辞旨清伟,故为之作赋。

赋曰:皇览余之纯德,步朱阙之峥嵘。靡飞除而入秘殿,侍太极之穆清。帝愍余之勤肃,将休余于中州。托玄静以自处,寔应夫子之好仇。于是主人怃然而问之曰:"尔岂是周之褒姒,齐之文姜,孽妇淫鬼,来自藏乎?傥亦汉之游女,江之娥皇,厌真僁(按:此字疑为伴字之讹)、倦仙侍乎?"于是神女乃敛袂正襟而对曰:"我实贞淑,子何猜焉!且辩言知礼,恭为令则;美姿天挺,盛饰表德。以此承欢,君有何惑?"尔乃敷茵席,垂组帐。嘉旨既设,同牢而飨。微闻芳泽,心荡意放。于是寻房中之至嬿,极长夜之欢情。心眇眇以忽忽,想北里之遗声。既澹泊于幽默,扬觉寐而中惊。赋斯时之要妙,进伟服之纷敷。俯抚衽而告辞,仰长叹以欷吁。乘云雾而变化,遥弃我其焉如。

张敏,《晋书》无传。严可均辑《全晋文》卷八〇张敏小传云:"敏,太原中都人。咸宁中为尚书郎、领秘书监。太康初出为益州刺史。有集二卷。"按《文选》卷五六张孟阳《剑阁铭》注引臧荣绪《晋书》云:"张载父收,为蜀郡太守。载随父入蜀,作《剑阁铭》。益州刺史张敏见而奇之,乃表上其文,世祖遣使镌石记焉。"《晋书》卷五五《张载传》亦载:"张载,字孟阳,安平人也。父收,蜀郡太守。……太康初,至蜀省父,道经剑阁。载以蜀人恃险好乱,因著铭以作诫……益州刺史张敏见而奇之,乃表上其文,武帝遣使镌之于剑阁山焉。"

此太康初出为益州刺史之本。《隋书·经籍志》别集类著录晋尚书郎《张敏集》二卷,注"梁五卷",指梁《四部目录》著录为五卷。《旧唐书·经籍志》、《新唐书·艺文志》、《宋史·艺文志》均有《张敏集》二卷,《遂初堂书目》亦有《张敏集》,无卷数。《通志·艺文略》著录《尚书郎张敏集》五卷,盖据《隋志》,非南宋初五卷本尚存。关于张敏事迹,南宋洪迈《容斋五笔》卷四《晋代遗文》有重要记载,为严氏所未见,云:"故簏中得旧书一帙,题为《晋代名臣文集》,凡十四家,所载多不能全,真太山一毫芒耳。有张敏者,太原人,仕历平南参军、太子舍人、济北长史。其一篇曰《头责子羽文》,极为尖新。古来文士,皆无此作。……其文九百余言,颇有东方朔《客难》、刘孝标《绝交论》之体。《集仙传》所载《神女成公智琼传》,见于《太平广记》,盖敏之作也。"洪迈所见《晋代名臣文集》,其中当有《神女赋》,他把《集仙传》(即《墉城集仙录》)中《成公智琼传》推断为张敏原作,定是据《神女赋序》。所述张敏里籍仕历,也是根据《晋代名臣文集》中张敏文章而断。

张敏初仕平南参军,平南指平南将军,晋将军称号。《通志·职官略·武官第八下·四平将军》云:"平南将军,晋卢钦、羊祜、胡奋等为之。"据《晋书》,晋武帝泰始元年(265)卢钦为都督沔北诸军事、平南将军,后入为尚书仆射,咸宁四年(278)卒①。羊祜,泰始元年进号中军将军,加散骑常侍。四年进尚书左仆射、卫将军,五年为都督荆州诸军事,散骑常侍、卫将军如故。后加车骑将军,八年帅兵出江陵拒吴将陆抗失利,贬平南将军。咸宁二年除征南大将军、开府仪同三司,四年卒②。胡奋,咸宁二年监并州诸军事,三年自左将军为都督江北诸军事,五年十一月晋大举伐吴,胡奋为平南将军,奉命帅军出夏口,次年(太康元年,280)灭吴③。平

---

① 《晋书·卢钦传》。
② 《晋书·武帝纪》及《羊祜传》。
③ 《晋书·武帝纪》。

南将军只设一员,泰始元年至八年为卢钦,八年至咸宁二年为羊祜,胡奋咸宁三年后始为平南,疑羊、胡间还有一人。张敏太康初已为益州刺史,必不能在此年和上年尚为胡奋参军,因此平南将军非指胡奋。至于卢钦、羊祜和失考的另一人,以卢钦可能性最大,因为据严可均考定,咸宁中张敏已为尚书郎、领秘书监①。

张敏《头责子羽文》云:"维泰始元年,头责子羽曰:吾托子为头,万有余日矣……"知秦子羽泰始元年(265)约三十岁②。而序称"余友秦生者,虽有姊夫之尊,少而狎焉",子羽乃张敏姊夫,则张敏时二十余岁。他为平南将军卢钦参军,约在泰始头数年间。晋制,诸将军属官有长史、司马、功曹、主簿等,"受命出征则置参军"③。此后张敏为太子舍人、济北长史。济北,晋诸国名,始置于汉。张敏为济北长史约在泰始、咸宁间。

从《神女赋序》所述来看,《神女赋》即作于济北。弦超在魏嘉平、正元间(249—256)任济北国从事掾、门下掾,遇合神女智琼即在此时,到甘露中(256—260)弦超的传闻已广泛流传于河济京师,其间才仅几年的时间。迨及十数年后张敏"游东土",也就是任职济北,更是洋洋于耳,"异人同辞"了。张敏正是根据济北刘长史(按:张敏当代其任)和其他僚吏所述及亲见智琼歌诗,写出《神女赋》的。《神女传》之撰则在此后,传文云智琼"至太康中犹在",可见作于太康中(280—289)或其后。

晋郭缘生《述征记》亦载弦超智琼事,《太平寰宇记》卷一三《郓州·东阿县·鱼山》、《乐府诗集》卷四七有引。又有《智琼

---

① 严氏所据未详。
② 《头责子羽文》序称秦生"同时好暱"温颙、荀寓、张华、刘许、邹湛、郑诩六子"数年之中继踵登朝"。六子中张华为著名文人,仕魏为太常博士、佐著作郎、长史等,晋立拜黄门侍郎。张华生于魏明帝太和六年(232),泰始元年三十四岁,正与秦子羽年纪仿佛。
③ 见《晋书·职官志》。

传》,《太平御览》卷三九九、卷七二八引二节。

从现有材料来看,《神女传》似是最早的一篇人神遇合小说,具有开创性。人神遇合题材发轫于战国宋玉的《高唐赋》、《神女赋》,受其影响,在汉末曾出现过一个竞相撰作《神女赋》的小热潮,撰作者有王粲、应场、杨修、陈琳等①,魏初曹植作《洛神赋》也是同类题材。张敏《神女赋》正是在这样的背景中产生的,所不同的是他所描写的是魏以来广泛为世人传扬的一件人神遇合奇闻,不像王粲等人所作神女身份大抵模糊,即便是《洛神赋》所写洛神有明确的身份,但遇神本身也缺乏事实的支持,事实上他们都是在表达一种情感性的向往和追求。正因为题材有此不同,所以张敏才有可能以传记形式进行再度创作,继《神女赋》之后写出《神女传》来。

《杜兰香传》,又称《杜兰香别传》,东晋曹毗撰。原传不传,但诸书引用佚文颇多,计有:《齐民要术》卷一〇引《杜兰香传》;《北堂书钞》卷一四三、卷一四八引曹毗《杜兰香传》;《艺文类聚》卷八一引曹毗《杜兰香传》,又卷七一、卷七九、卷八二引《杜兰香别传》;《六帖》卷一〇引曹植(当为毗字之讹),无书名;《太平御览》卷三九六引曹毗《神女杜兰香传》,又卷七五九、卷七六一、卷八四九、卷九八四、卷九八九引曹毗《杜兰香传》,又卷五〇〇、卷八一六、卷九六四引《杜兰香传》,又卷七六九、卷九七六引《杜兰香别传》,又卷一八六引"曹毗曰";《太平广记》卷二七二引《杜兰香别传》。另外,《说郛》卷七《诸传摘玄》摘《杜兰香别传》两节,文字与《类聚》卷七九、卷八一所引基本相同,疑即取自《类聚》②。

---

① 陈、王、杨三赋见《艺文类聚》卷七九引,应赋见《太平御览》卷三八一引,皆为片断。
② 《重编说郛》卷一一三及《绿窗女史》卷一〇曹毗《杜兰香传》,均取《说郛》。胡应麟辑《搜神记》,亦合此两节为一篇载于卷一,文字有讹误。所据疑为《说郛》,因《说郛》未题撰人,遂妄断为干宝《搜神记》佚文。汪绍楹校注《搜神记》,云此篇"是否本书,俟再考",亦疑其非出干宝。

以上所引，传名虽有《杜兰香传》、《神女杜兰香传》、《杜兰香别传》之别，撰人或题曹毗或不举姓名，经相互证对，实都为同一作品。今以《类聚》为底本，以他书校补，辑录如下：

神女姓杜字兰香，自称南阳人。以建兴四年春，数诣南郡张传。传年十七。望见其车在门外，婢通言："阿母所生，遣授配君，君不可不敬从。"传先改名硕。硕呼女前，视可十八九，说事邈然久远。自云家昔在青草湖，风溺大小尽没，香时年三岁，西王母接而养之于昆仑之山，于今千岁矣。

有婢子二人，大者萱支，小者松支。钿车青牛，上饮食皆备。作诗曰："阿母处灵岳，时游云霄际。众女侍羽仪，不出墉宫外。飘轮送我来，岂复耻尘秽。从我与福俱，嫌我与祸会。"为诗赠硕云："纵辔代摩奴，须臾就尹喜。"摩奴是香御车奴，曾忤其旨，是以自御。

香降张硕，赍瓦榼酒、七子樏，气芳馨。樏多菜而无他味，亦有世间常菜，辄有三种色，或丹或紫，一物与海蛤相象。常食粟饭，并有非时果味。硕云食之亦不甘，然一食可七八日不饥。兰香与硕织成袴衫。

至其年八月旦来，复作诗曰："逍遥云雾间，呼嗟发九嶷。流女不稽路，弱水何不之。"出署豫子三枚，大如鸡子，云："食此令君不畏风波，辟寒温。"硕食二，欲留一，不肯，令硕尽食。言："本为君作妻，情无旷远，以年命未合，其小乖。太岁东方卯，当还求君。"

硕问祷祀何如，香曰："消摩自可愈疾，淫祀无益。"香以药为消摩。香戒张硕曰："不宜露头食也，不宜露头上厕，夜行必以烛。若脱误，当跪拜谢。"

杜兰香降张硕，硕妻无子，取妾，妻妒无已。硕谓香："如此云何？"香曰："此易治耳。"言卒而硕妻患创委顿。硕曰："妻将死如何？"香曰："此创所以治妒，创已亦当瘥。"数日之

453

间,刱损而妻无妒心。遂生数男。

香降张硕,硕既成婚,香便去,绝不来。年余,硕船行,忽见香乘车于山际。硕不胜惊喜,遥往造香,见香悲喜,香亦有悦色。言语顷时,硕欲登其车,其婢举扞之,巍然山立。硕复欲车前上,车奴攘臂排之,于是遂退。

硕说如此。

以上所辑佚文有不连贯、不清晰之处,为资料所限只能如此。就中有几点颇有疑问。一是杜兰香究竟是何处人。《类聚》卷七九所引云"自称南阳人",而《御览》卷三九六所引云"家昔在青草湖"。青草湖在洞庭湖东南,湘水所汇而成,与洞庭沙洲相隔,水涨连为一湖,故唐宋人均以杜兰香居洞庭湖(详见下文)。但作南阳并不误,南阳、京兆乃杜姓郡望,杜兰香自称南阳人,乃举其郡望而已。明本《搜神记》作南康人,大误。二是张硕究竟是何处人。《御览》卷八一六引《杜兰香传》称南郡张硕,张硕为南郡人,晋时洞庭湖正在南郡境。《晋书·曹毗传》称桂阳张硕,与南郡张硕不合,桂阳郡远在南郡之南,疑《晋书》有误,或别有他据,非本曹毗《杜兰香传》①。前蜀杜光庭《墉城集仙录》卷五《杜兰香》云"其后于洞庭包山降张硕家",洞庭包山即太湖洞庭西山,而楚地洞庭湖之山乃君山,疑包山当为君山之误②。唐牛僧孺《玄怪录》卷二《柳归舜》写柳在君山遇鹦鹉仙鸟,一鸟云"杜兰香教我真篆",分明以君山为杜兰香居止之处。后世又传为金陵人(详下)。三是

---

① 四川大学中国俗文化研究所《新国学》第五卷刊胡蔚《女仙杜兰香故事源流考——兼与李剑国等先生商榷》一文,认为:"《晋书·曹毗传》所称'桂阳张硕'不能轻易否定,毕竟《晋书》成书更早,所见张硕从桂阳人变为南郡人,很可能同样是故事流传到洞庭湖区以后被更改了的。"巴蜀书社,2005年3月,第242页。

② 胡蔚《女仙杜兰香故事源流考》说:"我认为这跟道教对杜兰香故事的改造有关。因为包山已被道教渲染为第九洞天……且有洞庭湖君山与包山(太湖洞庭西山)相通之说……"第243页。按:唐司马紫微(承祯)《天地宫府图》(《云笈七签》卷二七)、五代杜光庭《洞天福地记》,都将君山列为七十二福地之一,似无将君山改作包山的必要。

杜兰香降张硕究竟在什么时候。《类聚》所引云建兴四年（316），乃西晋最后一年。《晋书·曹毗传》云："毗少好文籍，善属词赋。郡察孝廉，除郎中，蔡谟举为佐著作郎。父忧去职，服阕，迁句章令，征拜太学博士。时桂阳张硕为神女杜兰香所降，毗因以二篇诗嘲之，并续兰香歌诗十篇，甚有文彩。"前文考证，蔡谟举曹毗为佐著作郎当在咸和三年（328）冬或咸和四年，时曹毗约二十余岁。其为太学博士最早也得过四五年，约在咸和八九年间。此间所谓神女杜兰香犹与张硕相往来，可见建兴四年乃杜兰香初降之年。曹毗作此传大约即在咸和（326—334）末①，已去建兴四年约十多年。《御览》卷五〇〇引《杜兰香传》云"晋太康中兰香降张硕"，

---

① 《宋书》卷二九《符瑞志下》载："晋成帝咸康八年九月，庐江春谷县留珪，夜见门内有光，取得玉鼎一枚，外围四寸。豫州刺史路永以献，著作郎曹毗上《玉鼎颂》。"胡蔚《女仙杜兰香故事源流考》认为"著作郎"前当脱一"佐"字。咸康八年（342）曹毗还只是佐著作郎，任太学博士至少也在三四年后，即永和年间（345—357），传应作于此时或更后。第244页。按：《宋书》明谓著作郎，《册府元龟》卷三七《帝王部·颂德》、《玉海》卷八八《器用·鼎鬲·晋玉鼎颂》亦皆作著作郎，故不得谓《宋书》脱"佐"字。曹毗咸和三四年为佐著作郎，复为句章令、太学博士。此后任尚书郎、镇军大将军从事中郎、下邳太守等。此间咸康八年为著作郎，无不合理之处。东晋官制，博士、尚书郎、公府从事中郎将、著作郎均为第六品，郡太守则为第五品。见《宋书·百官志下》。关于曹毗任下邳太守时间，《艺文类聚》卷一〇〇引曹毗《请雨文》曰："下邳内史曹毗，敬告山川诸灵。……"下邳（治今江苏睢宁县西北）东汉置国，建安十一年改郡，晋太康初复为国，刘宋复改郡。曹毗为下邳国内史，内史当太守之任，故《晋书》本传作下邳太守。《请雨文》云"旱亢阴消"，"盛夏应暑而或凉"，乃夏旱请雨。曹毗为下邳应在咸康八年任著作郎之后。查《晋书·五行志中》，咸康八年后的夏旱，有康帝建元元年（343）五月，穆帝永和元年（345）五月、五年七月、六年夏、八年夏，哀帝隆和元年（362）夏，海西公（废帝）太和元年（366）夏等。曹道衡《晋代作家六考》（《文史》1984年总第20期）认为"穆帝永和六年和八年都是'夏旱'。可见此文作于永和六年或八年，此时他已官至下邳内史"。实际永和前后夏旱并不止这两次，但从时间上说，曹毗为下邳在永和六年或八年是比较合理的。此后即累迁光禄勋。张可礼《许询生平和曹毗卒年新说》（《山东大学学报》1988年第2期）认为曹毗所遇是夏季大旱，只能是《晋书·五行志》中太元四年（379）夏大旱。这与他所推定曹毗卒于太元八年后有关。其实曹毗太元前已卒，前已考之矣。

455

误。明本《搜神记》乃妄称"汉时有杜兰香者",且误建兴为建业①。

杜兰香降张硕的传说在后代仍有流传。《类说》卷四〇摘录旧题南齐焦度《稽神异苑》,有《杜兰香在白帝君所》一条,引《征途记》曰:"晋张硕与杜兰香相别后,于巴县见一青衣,云:'兰香在白帝君所。若闻白帝野寺钟声随风而来,则兰香亦随风而至。'际夜,果闻钟声,兰香亦至焉。"白帝乃西方之神,《晋书·天文志上》:"西方白帝,白招矩之神也。"《郡国志》载:"金陵西浦,亦云项口,即张硕捕鱼遇杜兰香处也。"②以张硕为金陵西浦捕鱼人,显然是后世传闻。刘宋刘敬叔《异苑》载一事云:"交州阮郎,晋永和中出都,至西浦泊舟,见一青衣女子,云:'杜兰香遣信托好君子。'郎愕然曰:'兰香已降张硕,何以敢尔?'女曰:'见伊年命不修,必遭凶厄。钦闻姿德,志相存益。'郎弯弓射之,即驰牛奔毂,轩游霄汉。后郎寻被害也。"③这是东晋时期由杜兰香降张硕故事派生出来的新传闻,兰香欲舍张而就阮,可惜阮郎不识好歹结果亦遭凶

---

① 建业乃地名,治今南京。晋太康元年(280)改秣陵,三年分置建邺,建兴元年(313)避愍帝司马邺讳改建康。

② 《御览》卷七五引。《太平寰宇记》卷九〇《升州·上元县·西浦》亦引,文同。《郡国志》,《隋书·经籍志》、《旧唐书·经籍志》无目,《新唐书·艺文志》地理类著录十卷,不著撰人。东晋袁山松有《郡国志》,《水经注》多有引用,当为《御览》、《寰宇记》所引者。《宋史·艺文志》地理类著录曹大宗《郡国志》二卷,非一书。

③ 《太平寰宇记》卷八九《润州·丹徒县·西浦》引。按:《太平寰宇记》卷九〇《升州·上元县》亦有西浦。胡蔚《女仙杜兰香故事源流考》,称《郡国志》所记金陵西浦与《异苑》之西浦非一地,后者在润州丹徒县。第243—245页。然金陵西浦"亦云项口",而《寰宇记》卷八九"西浦"引《南徐州记》云"京口,旧名项口",别名一致。(按:《舆地纪胜》卷七《镇江府·景物上·西浦》引《徐州记》:"京口,旧名须口。"乃取自《寰宇记》,"项"、"须"之异乃传刻之讹。)显然又称项口的西浦恐怕只能是一处。《异苑》所记阮郎出都(即建康,别名金陵,今南京)至西浦泊舟,未明言西浦在何地。乐史将此事系于丹徒县(今镇江),未必可信,乃是附会《南徐州记》"京口旧名项口"之说。袁山松《郡国志》明言金陵西浦亦云项口,《南徐州记》乃以丹徒京口为项口,疑不能明也。南徐州本东晋侨置之徐州,刘宋改南徐州,治郯县(今镇江),隋废。《新唐书·艺文志》著录山谦之《南徐州记》二卷,山谦之刘宋人,《宋书》有载。

厄。值得注意的是阮郎在西浦遇到为杜兰香传信的青衣,与《郡国志》所载正合,说明东晋已有西浦之说。又前蜀杜光庭《墉城集仙录》卷五亦载:

> 杜兰香者,不知何许人也。有渔父者,于湘江洞庭投纶自给。一旦,于洞庭之岸,闻儿啼哭声,四顾无人,惟三岁女子在于岸侧。渔父怜而举之还家,养育十余岁,天姿奇伟,灵颜姝莹,迨天人也。忽有青童灵人,自空玄而下,来集其家,携女而去。临升天,谓其父曰:"我仙女杜兰香也。有过谪于人间,玄期有限,今将去矣。"于是凌空而去。自后时亦还家。其后于洞庭包山降张硕家,硕盖修道者也。兰香降之三年,授以举形飞化之道,硕亦得仙。初降时,留玉简、玉唾盂、红火浣布,以为登真之信焉。又一夕,命侍女赍黄鳞羽帔、绛履玄冠、鹤氅之服、丹玉佩、挥灵剑,以授于硕,曰:"此上仙之所服,非洞天之所有也。"不知张硕仙官定何班品,传记未显,难得详载也。渔父亦自老益少,往往不食,亦学道江湘间,不知所之矣。①

情事有很大变化,突出了道教意味,这显然是道教徒的加工改造。元赵道一《历世真仙体道通鉴后集》卷五《杜兰香》,即删取《墉城集仙录》而成。

北宋张君房编《丽情集》,中有《贾知微》一篇,写贾知微遇杜兰香事,原作者不详。拙著《宋代传奇集》据《异闻总录》卷二、《类说》卷二九等校辑其佚文②。文中曾城夫人、京兆君即杜兰香,《类说》便作曾城夫人杜兰香。"曾"通"层",曾城又作增城,相传西王母所居之昆仑山有曾城九重③,而杜兰香乃西王母养女,故以曾城

---

① 《广记》卷六二、《御览》卷六七六有引。
② 《宋代传奇集》,中华书局,2001年版,第141—142页。
③ 见《淮南子·坠形训》。

为号。至于称京兆君者,则取杜姓郡望。假托遇合古美女仙姝以逞文人风流是唐宋人惯技,贾知微遇合杜兰香的故事反映的正是这种情趣。

曹毗《杜兰香传》可说是《神女传》的踵武之作。二者在叙事结构上有许多相似处,构成一种特殊的人(男)神(女)遇合模式:1,男方为人间年青男子,女方为美貌神女;2,神女奉命下嫁;3,神女出异馔美食(即道教之所谓"行厨",上天所降的食盒),或赠奇物,皆为人间罕见;4,神女有神术,且能诗。在作品中,男方皆真实人物,遇合神女实出其自述,只不过由别人记述而已。这种神女下降凡人的模式虽然有可能受到汉以来西王母降汉武帝故事的一定影响,但却具有全新的结构和含义。它包含着这样一些社会文化心理和士人心态:一是神仙信仰,二是男子的女色赏玩心理和女才赏玩心理,三是白日梦式的自慰和自娱。这些原本是士人社会中男子们的普遍心态,在人神遇合主题中得到了淋漓尽致的发扬。

《太平御览》卷五七三引《幽明录》载狸精感费升,作歌云:"成公从义起,兰香降张硕。苟云冥分结,缠绵在今夕。"表明成公智琼、杜兰香之事在晋宋流传极广,已经成为遇合掌故。从宗教角度看,《神女传》和《杜兰香传》都反映着晋代士人社会中所流行的道教信仰,成公智琼、杜兰香都是女仙。自此以后仙女降真度授凡世男子成为道教的一种重要宣传方式,东晋上清派道教即擅此道,梁陶弘景《真诰》中保存着这类上清派降真记录。其中《运象篇》记录的升平三年(359)愕绿华降羊权,兴宁三年(365)安郁嫔降杨羲,兴宁三年王媚兰降许谧,都是采用神女降真婚合的形式[1]。杨

---

[1] 参见台湾李丰楙《魏晋神女传说与道教神女降真传说》,载《魏晋南北朝文学与思想研讨会论文集》,文史哲出版社,1991年版。又载李丰楙《误入与谪降:六朝隋唐道教文学论集》,台湾学生书局,1996年版。李文对成公智琼、杜兰香、何参军女及《真诰》三事有详细讨论。

羲、许谧等人在东晋哀帝兴宁间创上清派①,假托得于仙真传度,编造道教新神话以为实录,其中所谓神女降真无疑是接受了《神女传》《杜兰香传》的影响,赠诗赠物的情节都非常相似。而在后世小说中人神或人仙遇合成为一大宗小说题材,不断见于描写。以六朝而论,宋初陶潜《搜神后记》载有西王母养女何参军女奉命"与下土人交"而嫁豫章刘广之事②,情节与《杜兰香传》相较有明显的因袭处。而梁吴均《续齐谐记》之赵文韶遇清溪庙女神,无名氏《八朝穷怪录》刘子卿之遇庐山康王庙女神,萧总之遇巫山神女,萧岳之遇东海姑③,也是同类故事。虽然叙事模式与《神女传》《杜兰香传》有所不同,都是春风一度的艳遇,但士人艳遇神女这一基本结构是一致的,所包含的情感也有相近处,只不过更强调了文人风流自得的情怀。正因为如此,智琼、兰香的那种威烈之性,那种"纳我荣五族,逆我致祸灾","从我与福俱,嫌我与祸会"的威吓,这个晋人对神女仙女所作的宗教性阐释——神(仙)凌驾于凡人之上——已经发生变化,神女意象愈来愈多地带上世俗人情因素。唐世此类作品尤多,像张荐《灵怪集·郭翰》、戴孚《广异记·汝阴人》、无名氏《后土夫人传》(收入陈翰《异闻集》)、陈劭《通幽记·赵旭》、裴铏《传奇·萧旷》等等都是很有名的传奇作品④。而像《郭翰》写天上织女奉上帝命游人间而降于郭翰,《赵旭》写天上仙女青童君降赵旭为妻,叙事结构更接近《神女》《杜兰香》二传。《汝阴人》写中乐南部将军之女嫁汝阴许姓男子,所

---

① 参见卿希泰主编《中国道教史》第一册第三章第六节《上清派的出现》,四川人民出版社,1988年版。
② 此事《法苑珠林》卷四九、《御览》卷九八一引作《续搜神记》,《御览》作王广。明本《搜神后记》卷五、《新辑搜神后记》卷三辑入。
③ 以上三篇见《太平广记》卷二九五、卷二九六引。
④ 见《广记》卷六二、卷三〇一、卷二九九、卷六五、卷三一一引。

携食器中也竟有杜兰香之七子樏①,更可见出因依之迹。

《曹著传》,原传不传。《水经注》卷三九《庐江水》云:"又按张华《博物志》、《曹著传》,其神自云姓徐,受封庐山。后吴猛经过,山神迎猛,猛语曰:'君王此山近六百年,符命已尽,不宜久居,非据。'猛又赠诗云:'仰瞩列仙馆,俯察王神宅。旷载畅幽怀,倾盖付三益。'"按吴猛《晋书·艺术传》有传,东晋人。本传称江州刺史庾亮向猛问疾,后"亮疾果不起",而庾亮卒于成帝咸康六年(340)②。张华西晋人,《博物志》不可能记及吴猛,因此《水经注》所引庐山神迎吴猛事必出《曹著传》,《博物志》所载只庐山神自云姓徐而已③。

所引《曹著传》传文只涉庐山神与吴猛,未及曹著。曹著事见载东晋祖台之《志怪》,《古小说钩沉》据《北堂书抄》卷一四二、《太平御览》卷五七三又卷八四九辑一节,又据《书抄》卷七七又卷一二九、《初学记》卷二六辑一节④。《永乐琴书集成》⑤卷一七亦引祖台《志怪》。又《御览》卷七五八引《志怪》"建康小吏曹著"云云,当亦为祖书⑥,属同一篇。另外《六帖》卷一三引《幽怪志》亦引"曹著为建康小吏"云云,与《御览》卷七五八引《志怪》同。今据诸书所引辑校如下:

> 庐山神自云姓徐,受封庐山。后吴猛经过,山神迎猛,猛语曰:"君王此山近六百年,符命已尽,不宜久居,非据。"猛又

---

① 《广记》讹作七子螺。按:樏为食器,《玉篇》木部:"樏,扁榼谓之樏。"《广韵》纸韵:"樏,似盘,中有隔也。"
② 见《晋书》卷七三本传。
③ 今本缺载。
④ 按:《御览》卷六九三引祖台之《志怪》亦此节,鲁迅漏辑。
⑤ 《永乐琴书集成》,明成祖敕撰,明内府写本,台北新文丰出版公司影印,1983年版。
⑥ 鲁迅辑入《杂鬼神志怪》。

赠诗云:"仰瞩列仙馆,俯察王神宅。旷载畅幽怀,倾盖付三益。"

建康小吏曹著,为庐山府君所迎。见府门有一大瓮,可受数百斛,但见风云出其中。著见庐山夫人,夫人为设酒啖。金乌啄罂,其中镂刻,奇饰异形,非人所名。下七子合盘,盘中亦无俗中肴。夫人命女婉出,与著相见。婉见著欣悦,命婢琼林,令取琴出,婉抚琴歌曰:"登庐山兮郁嵯峨,晞阳风兮拂紫霞,招若人兮濯灵波。欣良运兮畅云柯,弹鸣琴兮乐莫过,云龙会兮乐太和。"歌毕,婉便还去。配以女婉,著形意不安,屡求请退。婉潸然流涕,赋诗叙别,并赠织成裈衫也。①

祖台之所叙曹著事疑即取自《曹著传》,原传主要叙写曹著在庐山府君府中所遇,又涉及庐山府君来历及与吴猛交往之事。吴猛东晋初人,而祖台之《志怪》出晋末,然则此传当出东晋中期人手。

在晋世,庐山神是著名神灵,传闻甚多,《搜神记》载有庐君(即庐山神)为男求娶吴郡太守张璞之女事。曹著故事也是关于庐山神的传说,写其为女招婿,但曹著心存畏惧并未接受婚事,终使婉女潸然赋别,未能结为人神之好。这与张璞女终究又被送还都出自同样的观念,即"鬼神非匹",宗教观念破坏了爱情主题。

与《神女传》、《杜兰香传》一样,《曹著传》也有婉女作歌赠物的情节,并有关于酒馔食器的描写,显然属于同一类型的叙事模式,只不过非神女降凡,而且人神遇而未合,有此不同而已。

由于原文失传,无法看到《神》、《杜》、《曹》三传的原貌。即就辑文来看,《神女传》文长七百余字,《杜兰香传》五百五十余字,篇幅视一般志怪之"丛残小语"都比较长。叙事比较细致,运用了

---

① 明本《搜神记》卷四"曹著"条,系辑录《御览》卷六九三所引祖台之《志怪》,并非出自《搜神记》,明人妄辑。

一些描写手段。语言富有文采,还穿插了诗歌,丰富了文本。从这些方面来看,此三传以单篇体制较为细致具体地描述人神遇合故事,其艺术成就虽不及《赵飞燕外传》,但应当说在文言小说史上具有不可忽视的意义。从小说发生学的意义上说它们与其他杂传小说启示了唐传奇的形成,成为传奇的一个重要源头。从小说题材学的意义上说,它们开启了人神遇合的小说题材,奠定了人神遇合的叙事结构模式,对唐传奇有重要影响。

此外,还有《赵泰传》,颇值得注意。百卷本《法苑珠林》卷六引《赵泰传》,无撰人。赵泰事《辩正论》卷七《信毁交报篇第八》注、《太平广记》卷一〇九作《幽明录》,《珠林》卷七及《广记》卷三七七引作《冥祥记》。《珠林》所引《赵泰传》删削颇剧,只有一百二十余字,而《幽明录》长九百余字,《冥祥记》更长达一千一百余字。对照三本,虽详略不同,但实文字相近,细情之异盖缘今本《辩正论》、《珠林》、《广记》传录传刻之讹误所致。疑《赵泰传》先出,《幽明录》、《冥祥记》皆取《赵泰传》,只不过可能在文字上有所改动。

赵泰入冥之时,《珠林》、《广记》引《冥祥记》云:"时晋太始五年七月十三日也。"《广记》引《幽冥(明)录》云:"宋太始五年七月十三日夜半忽心痛而死。"《辩正论》注则作"晋太始五年七月三日夜半卒心痛而死"。按太始即泰始,西晋武帝年号,五年是269年;宋明帝年号亦有泰始,五年乃469年。刘义庆卒于元嘉二十一年(444),《幽明录》必不能记宋明帝泰始五年之事,故《广记》卷三七七称宋太始五年必误,盖《广记》编纂者妄加"宋"字。鲁迅《幽明录》校云:"宋,《论》注作晋,误。"非是。据《冥祥记》末云:"泰自书记,以示时人。"则赵泰曾自记其事,但《赵泰传》并非泰自作,因为言及泰"终于中散大夫"(据《冥祥记》本),当为晋无名氏据赵泰自述和其他材料所记。

赵泰,字文和,清河贝丘(今山东临清市东南)人。出身仕宦之家,祖父父兄皆曾为太守。郡举孝廉,公府辟不就,精思典籍。晚节始入仕,终中散大夫。此传所记乃其三十五岁时的一件入冥故事,说他心痛而死,梦被二冥吏领入冥府见泰山府君。冥官以其无罪,令其案行地狱,遂见诸狱种种惨毒之状,又在开光大舍见佛度人出狱。事毕放还复生,为家人亲友讲冥中所历,闻者皆惧然奉法。

约在两汉之际佛教传入中国,中外僧人大量翻译佛经,佛教教义迅速传播,魏、吴统治者还兴建佛寺,奉佛者日见其众。在这种佛教流行的背景中赵泰受到佛教影响也奉行佛法,遂自言入冥,宣扬佛教地狱报应之说,以警告世人奉佛信法。赵泰故事是最早的佛家入冥小说,以后同类题材的故事和小说越来越多,历久不衰,至其所记乃大体相似,形成一种固定的入冥模式。今传三本皆不完备,以《幽明录》、《冥祥记》二本互校可得较备之本,约一千数百字。从文体上看本传属于单篇杂传体小说,叙事详备,文字细密,在艺术表现上颇有可取之处。

第六章 南朝志怪小说

宋齐梁陈四朝凡一百六十九年,志怪之作约有三十多种。以时间而论,短于魏晋三十一年,以作品论,却超过一半以上,足见南朝志怪之兴盛。其中宋梁二代最长,作品也最多,且多名作,如宋世有《搜神后记》、《幽明录》、《异苑》,梁有《续齐谐记》、《新述异记》等。

南朝志怪在内容上发生了一个大的变化,就是多佛家事,并且出了许多专讲因果感应的志怪,即所谓"释氏辅教之书"。胡应麟云:"齐梁弘释典,故多因果之谈。"①即此之谓。在艺术上,南朝志怪有明显进步,这方面《幽明录》、《续齐谐记》等书可为代表。虽然基本仍是丛残小语,小说作家还未进入自觉的创作状态,但若《续齐谐记》的少数作品,已然发唐传奇之先声,从小说文体学上看可谓意义重大。

一、陶潜《搜神后记》

《搜神后记》,今本十卷,是干宝《搜神记》的续书,又名《续搜神记》,梁唐人多称作《搜神录》,此其别称。书成于宋初,书中有永初、元嘉间事。书的作者,《隋书·经籍志》以下史志书目皆题为陶潜撰。《隋志》杂传类著录《搜神后记》十卷,陶潜撰,《日本国见在书目录》同,两《唐志》等均无目,《通志·艺文略》

---

① 《少室山房笔丛》卷二九《九流绪论下》。

传记类冥异属据《隋志》著录。考梁释慧皎《高僧传序》有"陶渊明《搜神录》"之语,《高僧传》末附王曼颖《致慧皎书》亦有云:"挽出君台之记,糅在元亮之说"。"君台之记",指朱君台《征应传》,"元亮之说"即指陶氏《搜神后记》。以后,隋萧吉《五行记》"车甲"条亦引陶潜《搜神记》,见《太平广记》卷四四三。唐初释道宣《集神州三宝感通录》卷下《神僧感通录》著录有《搜神录》,下注陶元亮。法琳《破邪论》卷下著录"晋中书侍郎干宝撰《搜神录》,彭泽令陶元亮撰《搜神录》"。玄宗时徐坚等撰《初学记》,卷二八引陶潜《搜神后记》,卷二九引陶潜《搜神记》和陶潜《搜神后记》。梁人、唐初人都众口一词地提到陶潜《搜神录》,应当是真实可信的,特别是慧皎、王曼颖去宋初未远,百余年耳,其说应当是比较可靠的。只不过佛徒把《搜神记》、《搜神后记》都称作《搜神录》,书名相混。

据此,《后记》之为陶渊明作灼然无疑,但清以来许多人认为《后记》作者非陶潜,题作陶潜乃是伪托。王谟曾感叹前人编次陶集于此书"弃而不省"[①],不过那主要不是出于"漫以为稗官小说"的轻视,而是根本不认为是陶潜作品。《四库全书总目》卷一四二小说家类三《搜神后记》提要认为"赝撰嫁名","其为伪托,固不待辨",清周中孚《郑堂读书记》卷六六云"当由隋以前人所依托",都是认为它是后人托名陶潜。鲁迅在《中国小说史略》第五篇中也十分明确地说:"续干宝书者,有《搜神后记》十卷。题陶潜撰。其书今具存,亦记灵异变化之是如前记,陶潜旷达,未必拳拳于鬼神,盖伪托也。"《中国小说的历史的变迁》中也说:"至于《搜神后记》,亦记灵异变化之事,但陶潜旷达,未必作此,大约也是别人的托名。"《四库提要》和鲁迅的说法影响很大,中华书局版《搜神后

---

① 《增订汉魏丛书·搜神后记跋》。按:《增订汉魏丛书》所收《搜神后记》是《唐宋丛书》的二卷节录本。

记》(汪绍楹校注)的《出版说明》即引述上述观点,称本书为"赝撰嫁名"之作。今本书中卷八"盛道儿"条为宋元嘉十四年事,而此条《太平广记》卷三二五引作《搜神记》,汪绍楹校云"当是《续搜神记》",陶潜卒于元嘉四年,汪绍楹之所以未说明此条非属本书,自然也是认为本书并非陶潜所作。台湾王国良《搜神后记研究》明确指出:"《搜神后记》是宋、齐时代一位不知名文士的作品。"①

其实,诚如范宁在《论魏晋中国小说的传播和知识分子思想分化的关系》一文中所说:"这部书旧题陶渊明作,有人怀疑这个说法靠不住,但无确证。"②上述种种证据实际都难成立。书中固然有元嘉四年后事,但类书引录多误书名,或者为后人增益,这都是常见现象。说陶潜旷达,殊不知陶潜也喜读古怪之书,"泛览《周王传》,流观《山海图》"③者便是,此亦正颜延之《陶徵士诔》之所谓"心好异书",因此陶潜未必没有拳拳于鬼神(不是迷信,而是好奇)的时候。把古人的思想性格理解成为永远是凝固的、静态的,总是一副面孔、一个声音,这是非常不科学的方法。

今本十卷最早刊于《秘册汇函》,题晋陶潜撰,撰名同《隋志》。后版归毛晋,刊入《津逮秘书》。《秘册汇函》没有交待《搜神后记》版本来历,沈士龙《搜神记小引》云:"至于《后记》,多后人附益,绝非元亮本书。如元亮卒于宋元嘉四年,而有十四、十六年等事。《陶集》多不称宋代年号,以干支代之,何得书永初、元嘉?又诸葛长民与宋武,比肩晋臣也,陶必不谓伏诛。凡此数

---

① 王国良《搜神后记研究》,台北文史哲出版社,1978年,第30页。
② 《论魏晋中国小说的传播和知识分子思想分化的关系》,《北京大学学报》(人文科学),1957年第二期。
③ 《陶渊明集》卷四《读山海经十三首》其一,逯钦立校注,中华书局,1979年版,第133页。按:《周王传》即《穆天子传》,《山海图》即《山海经》,皆战国古小说。

事,皆不可不与海内淹赡晓辩之也。"胡震亨《搜神记小引》云:"若渊明《后记》,梁皎法师称其旁出高僧,叙其风素,王曼颖报书亦云高僧行迹糅在元亮之说。今记中仅佛图澄、昙游二人,应散佚不少。"只指出《后记》内容多后人附益及散佚不少,但都没有说此十卷本来自何处。《四库全书总目》卷一四二小说家类三《搜神后记》提要称"今所传刻者犹古本","题陶潜撰者固妄,要不可谓六代遗书"。周中孚《郑堂读书记》卷六六小说家类据《津逮秘书》著录,本《四库提要》为说,认为"所记词致雅饬,体例严整,实非抄撮补缀而成,当由隋以前人所依托,与世所传于(干)氏《搜神记》固迥然不侔矣"。余嘉锡《四库提要辨证》卷一八也举《法苑珠林》所引《续搜神记》或《搜神续记》"多大同小异"为证,以为"益可证古本无大异同"。都认为今本是"古本"。

就沈士龙《搜神记小引》来看,实际上沈氏已经发现今本绝不是原书。不过三条证据只有第一条可以为证。今本卷六有宋元嘉十四年事一条,卷一○元嘉二十三年事一条①,均在陶潜后。至于另外两条并不能作为证据。所谓"不称宋代年号"云云,那是出于对陶潜的误解。沈约《宋书·陶潜传》云:"自以曾祖晋世宰辅,耻复屈身后代,自高祖王业渐隆,不肯复仕。所著文章,皆题其年月,义熙以前,则书晋氏年号,自永初以来,唯云甲子而已。"而今本卷三称元嘉元年,卷七称宋元嘉初,宋元嘉三年等等,所以沈氏以为这些亦非元亮本书。其实,陶集中绝大部分作品作于晋世,凡诗皆以干支纪时,而文又多用年号,这是陶潜的行文习惯。元嘉四年所作《自祭文》虽云"岁维丁卯,律中无射",但那是一种修辞手段,所以看不出陶潜在纪时问题上有什么"春秋"笔法,《宋书》本传之说

---

① 但无十六年事,沈士龙有误。

并不可靠,前人已有辨析①。卷八"诸葛长民"条云诸葛长民伏诛,《晋书》卷八五《诸葛长民传》载,长民为晋末朝廷重臣,为刘裕杀。沈氏之意,以为陶潜为晋遗民,不应对晋大臣诸葛长民使用"伏诛"这样用在乱臣贼子身上的词语。姑且不论陶潜是否真的愚忠于司马氏,也不论诸葛长民这个"骄纵贪侈,不恤政事",被杀后"士庶咸恨正刑之晚"的"凶恣"之徒值不值得陶潜同情,实际上此条并非《后记》文字,而载于《幽明录》②,又被《晋书·诸葛长民传》采入,今本乃是据《晋书》录入。

沈士龙说今本是后人增益本,没有说到点子上。其实今本是辑录本,所谓诸葛长民伏诛,所谓"宋元嘉十四年"云云,都是后人从诸书辑录的证据③。和《搜神记》一样,《后记》早已亡佚。在宋代,《太平广记》、《太平御览》多引之,然《绀珠集》、《类说》未有摘

---

① 清王士禛《池北偶谈》卷一二《谈艺二·陶诗甲子辨》条引述傅占衡、宋濂之说驳《宋书》之谬甚力,云:"临川人傅平叔(占衡)《永初甲子辨云》:'陶诗中凡题甲子者十,皆是晋年。最后丙辰,安帝尚在,琅邪未立,虽知裕篡代形成,何得先弃司马家年号,而豫题甲子乎?自沈约、李延寿并为此说,颜鲁公《醉石诗》亦云:"题诗庚子岁,自谓羲皇人。"盖始以集考之,谓庚子后不复题年矣。不知陶公之出处大节,岂在区区耶?《晋书·陶传》削去甲子之说,昭明《靖节传》亦无是语。一在《南史》前,一在《宋书》后,同时若此,不妄附会。'及读《宋文宪公集》,乃知此论先发于潜溪,平叔特踵其说耳。宋跋渊明像云:'有谓渊明耻事二姓,在晋所作,皆题年号,入宋之时,惟书甲子。则惑于传记之说,而其事不得不辨。今渊明之集具在,其诗题甲子者,始于庚子,而迄于丙辰,凡十有七年,皆晋安帝时所作,初不闻题隆安、元兴、义熙之号。若《九月闲居》诗,有"空视时运倾",《拟古九章》有"忽值山河改"之语。虽未敢定于何年,必宋受晋禅之后所作,不知何故反不书甲子也。其说盖起于沈约,而李延寿著《南史》,五臣注《文选》皆因之,虽有识如黄庭坚、秦观、李焘、真德秀,亦踵其谬而弗之察。独萧统撰本传,以曾祖晋世宰辅,耻复屈身后代。朱元晦述《纲目》遂本其说,书曰"晋徵士陶潜卒"可谓得其实矣。乌虖! 渊明之节,其待书甲子而后见耶?'"
② 《太平御览》卷八八五引。
③ "宋元嘉十四年"条,辑自《太平广记》卷三二五,引作《搜神记》。《后记》辑录者以其事在刘宋,故而辑入《后记》。《广记》体例,凡于引事开头之年号、姓名前常加朝代,此"宋"字即其加。"元嘉二十三年"条辑自《太平御览》卷九三〇引,作《续搜神记》。《御览》体例,不加朝代,故无"宋"也。此二事出处皆误,否则《后记》在流传中已有增益。

录,看来该书亡于宋。元末陶宗仪《说郛》卷四摘录晋陶潜《续搜神记》三条,陶氏于所取之书皆于书题下标明原书卷数,此书未标,当是转据类书而摘,非见原书。范宁在《论魏晋中国小说的传播和知识分子思想分化的关系》中则明确指出今本"实非原帙",他举卷七"刘聪"条"聪后刘氏产一蛇一兽",《魏书》卷九五《刘聪传》"兽"作"虎",以为唐人撰修《晋书》避讳改"虎"为"兽",此处显系抄袭《晋书》原文①,又举《玉烛宝典》卷七引"钩鶬"条不见今本,他认为今本是赵宋后人辑录的。王国良也以为今本乃辑本,说是"明季始有好事者收集古注类书所引遗文,重加编排刊行"②。汪绍楹校注《搜神后记》,依其校注《搜神记》例,逐条一一考证所出,认为"本书亦出后人纂辑,中有窜乱"③,与今本《搜神记》属同样性质。

《搜神后记》与《搜神记》同时刊于《秘册汇函》,这就使人不能不怀疑它也是原由胡应麟辑录的,并且也经过了胡震亨等人的修订。实际上辑录《搜神记》绝对要涉及到《后记》,因为二书密切相关,一个显著现象是类书古注等在引用时常常是同一条目此作《搜神记》彼作《续搜神记》,或者是本属干书而误作陶书,本属陶书而误作干书,这样在辑录时就不能不加以甄别辨析。既然如此,既然辑录干书的过程实际也包含着对陶书佚文的搜集整理,也就是说虽为二书但却是一个统一的操作过程,那么在辑录干书的同时也辑录陶书,实在是顺理成章的事情,再说陶书佚文并不很多。

这里可以举出一些具体事例证明二书的辑录出自一手。今本卷五"白水素女",《艺文类聚》、《北户录》、《太平御览》、《太平广记》、《太平寰宇记》、《三洞群仙录》、《类说》都引作《搜神记》,无

---

① 按:此条实抄自《晋书·五行志中》。唐高祖李渊祖名虎,故唐初避虎字。
② 《魏晋南北朝志怪小说研究》,台北文史哲出版社,1984年版,第321页。
③ 《搜神后记》,中华书局,1981年版,第148页。

一书作《续搜神记》,但是偏偏二十卷本《搜神记》未辑而辑入《后记》。原来诸书所引原作"晋安侯官人谢端",晋安指晋安郡,侯官是其属县,可是辑录者误将晋安理解成晋安帝,遂在"安"字下妄加"帝时"二字,而干宝在晋安帝时已亡,所以辑录者便辑为陶书。显然,只有同一人辑录二书才会出现这种情况。又如,吴猛的几件事迹,诸书所引或作《搜神记》或作《续搜神记》,辑录者分别辑入《搜神记》卷一和《后记》卷二,绝不重复。比如吴猛至孝一节辑入《后记》,尽管《太平御览》、《事类赋注》多处引作《搜神记》,《搜神记》也不再辑录。再如,"赵固"、"吴望子"、"卢充"三条,诸书所引也不一致,而文字详略不同,辑录者二书俱辑,但都是一简一繁,文字绝不两相重复。

从二书的体例编排上看,都是同类题材集中在一起,而题材的编排次序,《后记》大体是卷一神仙,卷二道术,卷三征应,卷四复生及化物,卷五神灵,卷六鬼,卷七卷八妖怪,卷九卷十动物及精怪。《搜神记》的题材比《后记》丰富,就与《后记》相类似的题材看,排列次序是:神仙、道术、神灵、妖怪、征应、复生、鬼、精怪、动物,虽有调整但大体是差不多的。

凡此都表明胡应麟在辑录《搜神记》时同时也辑录了《后记》,辑本中也大量辑录进他书文字,可能也是胡震亨、姚士粦等人滥加修订的结果。①

《秘册汇函》、《津逮秘书》本共一百一十六条,清代张海鹏校勘后刊入《学津讨原》,在卷四末增入"宋士宗母"一条②。在一百一十六条中,有二十二条未见诸书引作《续搜神记》或《搜

---

① 以上参见拙作《二十卷本〈搜神记〉考》,《文献》,2000年第4期,收入《古稗斗筲录——李剑国自选集》,南开大学出版社,2004年版;《新辑搜神记 新辑搜神后记》之《前言》。
② 此条《搜神记》卷一四辑入,但只有《艺文类聚》引作《搜神记》,《法苑珠林》、《太平御览》、《太平广记》皆引作《续搜神记》,似应出《后记》。

神记》,都是滥取他书假冒。仅以卷一的十一条而论,即有七条刺取他书①。这表明,《后记》辑录质量很差,也是一本"半真半假"的书。

《后记》十卷本,除《秘册汇函》、《津逮秘书》、《学津讨原》,还有《四库全书》、《百子全书》、《丛书集成初编》等。《唐宋丛书》、《重编说郛》(卷一一七)、《龙威秘书》、《鲍红叶丛书》、《无一是斋丛抄》、《古今说部丛书》、《晋唐小说畅观》等本,为一卷本,《五朝小说·魏晋小说》本二卷,而内容与之无异,又有《增订汉魏丛书》二卷本,皆为十卷本之删节本。《旧小说》甲集辑十四则。台湾王国良《搜神后记研究》下篇《校释》,以《学津讨原》本为底本进行校释及考辨真伪,增卷十一《补遗》,补佚文十八条(包括明刊《搜神记》辑入者)。中华书局1981年出版汪绍楹校注本,亦以《学津讨原》本为底本,对各条皆有考辨校释,并补辑佚文六条。2007年复出版我所著《新辑搜神后记》十卷(与《新辑搜神记》合编),对《后记》重作校辑,凡明本误辑滥辑者,均编入附录之《旧本〈搜神后记〉伪目疑目辨证》,加以考辨。

作者陶潜是人所熟知的诗人兼隐士,事迹具颜延之《陶徵士诔》、萧统《陶渊明传》及《晋书》卷九四、《宋书》卷九三、《南史》卷七五的《隐逸传》。《莲社高贤传》亦有传。陶潜一名渊明,字元亮,或曰字渊明,世号靖节先生。寻阳柴桑(今江西九江市)人,曾祖乃东晋大司马陶侃。生于晋哀帝兴宁三年(365),卒于宋文帝元嘉四年(427)。曾任州祭酒、镇军参军、建威参军、彭泽令,安帝义熙二年(406)去职归隐,义熙末征著作佐郎,不就,隐居乡里直

---

① "仙馆玉浆",与《初学记》卷五引《世说》(按:当为《世说》注)文字大同而有增饰;"桃花源"即陶集《桃花源记》;"刘骥之"取自《晋书·隐逸传》;"目岩"、"石室乐声"二条全同《艺文类聚》卷六引盛弘之《荆州记》;"贞女峡"全同《类聚》卷六引王韶之《始兴记》;"姑苏泉"全同《类聚》卷九引《宣城记》。

至下世。① 著作有《陶渊明集》,《隋志》著录九卷,今存七卷。

陶渊明并不迷信鬼神,他说:"天道幽且远,鬼神茫昧然。"②他所生活的江州,佛教、道教很流行,但他对佛道都无好感。庐山和尚慧远招他入莲社,他在允许喝酒的条件下才前往,但却"忽攒眉而去"。③ 他"不能为五斗米折腰","五斗米"就是道教的五斗米道。④ 在生死、形神这些根本问题上,陶渊明坚持自然观,反对宗教观。针对慧远的《形尽神不灭论》,他作《形影神》一诗⑤进行辩驳。他说草木荣悴、世人奄去这是"常理"。形尽神灭,无所谓"腾化"、"存生"。他写道:"三皇大圣人,今复在何处?彭祖爱永年,欲留不得住。老少同一死,贤愚无复数。"他的《连雨独饮》诗也说:"运生会归尽,终古谓之然。世间有松乔,于今定何间?"在陶渊明看来,道教肉身不死、佛教灵魂不灭,都是虚诞,违背了"运生归尽"的"自然"法则。所以,陶渊明作《后记》的动机,不是像干宝那样"明神道之不诬"。他喜爱神话和传说,写过《读山海经》诗十三首,自谓在穷巷草庐,"泛览《周王传》,流观《山海图》"而怡然自得。于此我们可以看到陶渊明造作《搜神后记》的缘由,乃是干宝说的"游心寓目"。对于鬼神佛道之事,不过是妄言之妄听之而已。《后记》有多条事在元嘉中,当作于入宋后,是晚年遣兴之作。

材料除少数取自《孔氏志怪》、《灵鬼志》等志怪书外,绝大部分采自当时传闻,多有新鲜优美的故事。作为《搜神记》续书,堪称其亚。下边依据《新辑搜神后记》,讨论《后记》的内容。

神灵仙人道术故事,编在前三卷。神灵事较多,卷三《阿香》

---

① 陶渊明名字、生年、享龄、仕宦经历等,文献记载颇有歧异,古今众多陶谱亦纷纭其说。这里的介绍参考了邓安生《陶渊明年谱》,天津古籍出版社,1991年版。
② 《陶渊明集》卷二《怨诗楚调示庞主簿邓治中》。
③ 《莲社高贤传》,《增订汉魏丛书》。
④ 参见逯钦立《关于陶渊明》,《陶渊明集》附录一,第209—210页。
⑤ 《陶渊明集》卷二。

很有特色：

> 义兴人姓周，永和年中出都，乘马，从两人行。未至村，日暮，道边有一新草小屋，见一女子出门望，年可十六七，姿容端正，衣服鲜洁。见周过，谓曰："日已暮，前村尚远，临贺讵得至？"周便求寄宿，此女为然火作食。向至一更，闻外有小儿唤"阿香"声，女应曰："诺。"寻云："官唤汝推雷车。"女乃辞行，云："今有官事，当去。"夜遂大雷雨。向晓女还。周既上马，自异其处，返寻，看昨所宿处，止见一新冢，冢口有马迹及余草，周甚惊惋。至后五年，果作临贺太守。

阿香推雷车表达了关于雷的奇妙想象，而雷神居于冢墓，分明是与鬼相关的意象，可见阿香本是女鬼而司雷神之职。在历代诸多的雷神中，阿香是颇有特色的一个。此外，阿香预知周某为临贺太守，表达了前定、命定观念，并提供了一种前定叙事模式。这个故事后人经常用为典故。

同卷《吴望子》是个人神恋爱故事，其神为苏侯神。《宋书·礼志四》："蒋侯，宋代稍加爵，位至相国、大都督、中外诸军事，加殊礼，钟山王。苏侯，骠骑大将军。"苏侯与蒋侯（蒋子文）刘宋时均被册封列入祀典。《宋书》卷七二载，始安王刘休仁出征，"与苏侯神结为兄弟，以求神助"。《南史》卷三二《张冲传》载，齐骁骑将军薛元嗣等被萧衍围在鲁山城中，"无他经略，唯迎蒋子文及苏侯神，日禺中於州听上祀以求福，铃铎声昼夜不止"。可以看出对苏侯神的迷信态度。苏侯神据说是东晋叛臣苏峻[①]。会稽鄮县十六岁的漂亮姑娘吴望子与苏侯结好，从此"望子芳香流闻数里，颇有神验，一邑共奉之"。背后的事实应当

[①] 《南齐书》卷二八《崔祖思传》："崔祖思，字敬元，清河东武城人。……初，州辟主簿，与刺史刘怀珍于冢庙祀神，庙有苏侯像。怀珍曰：'尧圣人，而与杂神为列。欲去之，何如？'祖思曰：'苏峻今日可谓四凶之五也。'怀珍遂令除诸杂神。"《四库全书》本《考证》曰："按：建康亦有苏侯像，宋元凶劭尝迎入宫中，拜为骠骑将军。此自是当时淫祀，未必果为苏峻。峻之入台，穷凶极暴，残酷无道，建康之人岂有奉为神明而祀之者乎？"

是:望子乃女巫,奉苏侯为神。

《何参军女》为神女降真与刘广交好故事,惜乎引文过简。《虹丈夫》写一长大丈夫和陈济妻秦氏交好生子,丈夫乃虹精,亦神也。

> 庐陵巴丘人陈济者,作州吏。其妇姓秦,独在家。忽疾病,恍惚发狂,后渐差。常有一丈夫,长大,仪貌端正,着绛碧袍,采色炫耀,来从之。后常相期于一山涧间。至于寝处,不觉有人道相感接,忽忽如眠耳。如是积年。秦每往期会,不复畏难。比邻人观其所至,辄有虹见。秦云:"至水侧,丈夫有金瓶,引水共饮。"后遂有娠。生儿如人,多肉,不觉有手足。济寻假还,秦惧见之,乃内儿着瓮中。因见此丈夫,以金瓶与之,令覆儿。济时醉眠在牖下,闻人与秦语,语声至怆,济亦不疑也。又丈夫语秦云:"儿小,未可得将去。不须作衣,我自衣之。"即以绛囊与裹之,令可时出与乳。于时风雨晦冥,邻人见虹下其庭。秦常能辨佳食肴馔,丰美有异于常。丈夫复少时来,将儿去,亦风雨晦冥,人见二虹出其家。数年而来省母。后秦适田,见二虹于涧,畏之。须臾,见丈夫云:"是我,无所畏。"从此遂疏。

有关虹的传说《山海经》中已有之。《海外东经》云:"蚩在其北,各有两首。"蚩即虹字。古人以为虹是阴阳二气相交的产物,故常与男女私情联系起来。《太平御览》卷一四《易通卦验》:"虹者阴阳交接之气,阳唱阴和之象。"引《春秋元命苞》:"阴阳交为虹蜺。"又引《周书》:"虹不收藏,妇不专一。"虹精与秦氏爱恋,正是"虹不收藏,妇不专一"的表现。此事又载《神异录》,见《太平广记》卷三九六引①。

---

① 明施显卿编《新编古今奇闻类纪》卷二引作《神异传》,文字全同《广记》。

鬼故事,编在卷九、卷一〇,数量甚大,有十八则。如《鲁肃墓》条记京口王伯阳平鲁肃墓葬其妇,鲁肃鬼魂率众击杀伯阳。鲁肃生前一谦恭君子,死后为鬼竟横暴非常,倒也有趣。大凡帝王将相之鬼,多呈威严之相。《张姑子》条记诸暨县吏吴详逢一女鬼,发生恋爱,天明女赠以紫巾,详报以布手巾而别。虽无新意,但文笔不错。这类事还有《卢充》,取自《孔氏志怪》,不再赘言。

复生故事,皆在卷八,凡七条。最佳者乃《李仲文女》、《徐玄方女》二条,都是写亡女与阳间男子结合而复生,表达美好的爱情。据汤显祖《牡丹亭题词》,显祖撰《牡丹亭》,即吸取了这两个故事的素材。

> 武都太守李仲文,在郡丧女,年十八,权假葬郡城北。后有张世之代为郡,世之男字子长,年二十,侍从。在厩中,梦一女,年可十七八,颜色不常。自言前府君女,不幸早亡,会今当更生,心相爱乐,故来相就。如此五六夕。忽然昼见,解衣服,熏香殊绝。遂为夫妻,寝息,衣皆有污,如处女焉。后仲文妇遣婢视女墓,因过世之妇相闻。入厩中,见此女一只履在子长床下。取之啼泣,呼言发冢。持履归,以示仲文。仲文惊愕,遣问世之:"君儿何由得亡女履耶?"世之呼问儿,具陈本末。李、张并谓可怪,发棺视之,女体已生肉,颜姿如故,右脚有履,左脚无也。后夕,子长梦女来曰:"夫妇情至谓偕老,而无状忘履,以致觉露。我比得生,今为所发。自尔之后,遂死肉烂,不得生矣。万恨之心,当复何言!"泣涕而别。

> 东平冯孝将为广陵太守,儿名马子,年二十余。独卧厩中,夜梦见一女子,年十八九,言:"我是前太守北海徐玄方女,不幸早亡,亡来出入四年。为鬼所枉杀,案生录,当年八十余,听我更生。要当有依凭了,乃得生活,又应为君妻。能从所委,见救活不?"马子答曰:"可尔。"遂与马子克期当出。至

期日,床前地头发正与地平,令人扫去,逾分明,始悟是所梦见者。遂屏除左右,人便渐渐额出,次头面出,一炊顷,形体顿出。马子便令前坐对榻上,陈说语言,奇妙非常。遂与马子寝息,每诫云:"我尚虚,君当自节。"问:"何时得出?"答曰:"出当得本生生日。"生日尚未至,遂住厩中。言语声音,人皆闻之。女计生日至,具教马子出己养之方法,语毕拜去。马子从其言,至日,以丹雄鸡一只、黍饭一盘、清酒一升,酹其丧前,去厩十余步。祭讫,掘棺出,开视,女身体完全如故。徐徐抱出,着毡帐中,唯心下微暖,口有气。令婢四人守养护之。常以青羊乳汁沥其两眼,始开,口能咽粥,积渐能语。二百日中持杖起行,一期之后,颜色肌肤气力悉复常。乃遣报徐氏,上下尽来。选吉日下礼聘,为三日,遂为夫妇。生二男一女。长男字元庆,永嘉初为秘书郎中。小男字敬度,作太傅掾。女适济南刘子彦,徵士延世之孙也。

二事一悲一喜,李仲文女复生未成,令人叹惋。后事又见今本《异苑》卷八和《幽明录》①,所存文字甚简。徐玄方女的复生过程很奇特,在掘墓开棺前不是以鬼魂出现,而是其本体自地下浮出——先发,次头面,最后整个形体依次而出②。她和马子寝息,乃是要获得阳气元精补充,促成肉体气血的充实——这是由道教房中术引出的观念。而到本生日将至前再归墓中,然后才开棺而出,想来

---

① 《太平广记》卷二七六引《幽明录》。《异苑》今本亦系辑录本,此条未见有引作《异苑》者,疑为滥辑。

② 这一奇特复生方式,在唐人小说中仍有描述。《沈氏惊听录·李仲通婢》(《太平广记》卷三七五引)写开元中鄢陵县令李仲通婢死,埋于鄢陵,经三年迁蜀郫县。"家人扫地,见发出土中,频扫不去,因以手拔之,鄢陵婢随手而出,昏昏如醉。"又,陈劭《通幽记·韦讽女奴》(同上引)写韦讽祖女奴丽容被主妇埋于园中,冥司判令重生。其重生过程是:"小童薙草锄地,见人发,锄渐深,渐多而不乱,若新梳理之状。……即掘深尺余,见妇人头,其肌肤容色,俨然如生。更加锹锸,连身背全,唯衣服随手如粉。"亦相似。

是获得一个郑重的复生形式。

精怪故事,编于卷六。精怪品类甚多,有虎、鹿、猕猴、狗、狐、蛇等,皆幻诞万端,引人入胜。其中狐精仍是分外受关注的对象:

> 吴郡顾旃,猎至一岗,忽闻人语声云:"咄!咄!今年衰。"乃与众寻觅,岗顶有一穿,是古时冢,见一老狐蹲冢中,前有一卷簿书,老狐对书屈指,有所计校。放犬咋杀之,取视,口中无复齿,头毛皆白。簿书悉是奸爱人女名,已经奸者,朱钩头。所疏名有百数,旃女正在簿次。

古人认为狐性淫,此老狐堪为典型。伯裘则是另一类型的狐:

> 酒泉郡每太守到官,无几辄卒死。后有渤海陈斐见授此郡,忧愁不乐。将行,就卜者占其吉凶。卜者曰:"远诸侯,放伯裘,能解此,则无忧。"斐仍不解此语,卜者报曰:"君去自当解之。"斐既到官,侍医有张侯,直医有王侯,卒有史侯、董侯,斐心悟曰:"此所谓'诸侯'矣。"乃远之。即卧,思"放伯裘"之义,不知何谓。至夜半后,有物来上斐被上。斐觉,便以被冒取之。其物跳踉,訇訇作声。外人闻,持火入,欲杀之。魅乃言曰:"我实无恶意,但欲试府君耳。听一相赦,当深报府君恩。"斐曰:"汝为何物?而忽干犯太守?"魅曰:"我本千岁狐也,今变为魅,垂垂化为神,而正触府君威怒,甚遭困厄,听一放我。我字伯裘,有年矣。若府君有急难,但呼我字,当自解矣。"斐乃喜曰:"真'放伯裘'之义也。"即便放之,小开被,忽然有赤光如震电,从户出。
>
> 明日,夜有击户者,斐问曰:"谁?"答曰:"伯裘也。"问曰:"来何为?"答曰:"白事。"问曰:"白何事?"答曰:"北界有贼发,奴也。"斐案发则验。后每事先以语斐,于是酒泉境界无毫发之奸,而咸曰"圣府君"。后经月余,主簿李音私通斐侍婢,既而惊惧,虑为伯裘所白,遂与诸侯谋杀斐。伺旁无人,便

使诸侯持杖直入,欲格杀之。斐惶怖,即呼:"伯裘,来救我!"即有物如曳一匹绛,割然作声,音、侯伏地失魂,乃以次缚取之。考问来意故,皆服首。云斐未到官,音已惧失权,与诸侯谋杀斐。会诸侯见斥,事不成。斐即杀音等。伯裘乃谢斐曰:"未及白音奸情,乃为府君所召,虽效微力,犹用惭惶。"后月余,与斐辞曰:"今得为神矣,当上天去,不得复与府君相见往来也。"遂去不见。

郭璞《玄中记》已有千岁天狐的概念,伯裘即是,这是六朝时期唯一的一个天狐故事,到唐代才大量出现。天狐作为雄狐,不同于其他淫乱的雄狐和阿紫那样的雌狐,志在上天为神,乃狐之神者,故而不唯神通广大,且亦有正义感。

《鹿女》条记一鹿精故事:

> 有一士人姓车,是淮南人。天雨,舍中独坐。忽有二年少女来就之,姿色甚美,着紫缬襦、青裙,天雨而衣不濡,立其床前,共语笑。车疑之:天雨如此,女人从外来,而衣服何不沾湿?必是异物。其壁上先挂一铜镜,径数寸。回顾镜中,有二鹿在床前。因将刀斫之,而悉成鹿。一走去,获一枚。以为脯,食之。

以镜照妖怪原形,这是较早的记载之一①。此前,《抱朴子内篇·登涉篇》也记有张盖蹋、郅伯夷以镜照鹿精、犬精二事。《林虑山亭》条即其后一事。

以上各类题材都是《列异传》以来志怪小说中普遍出现过的。《后记》还有两类突出的题材为以往少有。

一类是佛法佛徒故事。东晋末已有《光世音应验记》,然仅限

---

① 《洞冥记》卷一云有祇国献金镜,照见魑魅,不获隐形。时代更早,然无具体情事。

于观世音感应事,荀氏《灵鬼志》也开始有较多反映,但不及《后记》为多。这类故事主要记佛徒的神术异迹,如卷二胡道人咒誓恶鬼,昙猷道人食蛊,历阳神祠鬼畏二沙门,卷三竺昙遂死为清溪庙神,卷九竺法度死后显灵等。又如卷二《高荀》乃是观世音应验故事。陶渊明并不奉佛,仅和佛徒有过些来往,但由于东晋以来佛教愈来愈盛,自然不能不影响到他的志怪创作。《后记》较多地记录了佛徒故事,反映出晋宋之际志怪内容开始发生重要变化。佛徒佛法故事较多出现在志怪书中本书是第一部,所以南朝隋唐僧人都对本书十分重视,屡有称引,《高僧传序》所言"旁出诸僧,叙其风素"①,即指本书中的这类故事。

这类故事一般不生动,远远赶不上另一类,即关于仙窟异境的传说。

"神仙有无何渺茫,桃源之说诚荒唐"②。《陶渊明集》有《桃花源记》,虚构了一个与世隔绝、有良田美池桑竹、人人怡然自乐的桃源异境。今本《后记》卷一也有这个故事,那是明人据《陶渊明集》妄辑。不过《后记》确实记有几个"桃花源"式的故事,即《袁柏根硕》③、《韶舞》、《梅花泉》。

晋宋间关于洞窟的传说极多,陶潜根据武溪石穴的传说作《桃花源记》,大约是融合了四种传说和思想资料而创造出来的。一是神仙家或在神仙之说影响下创造出来的荒幻无稽的神山仙窟传说。这在《列仙传》、《拾遗记》中已有表现,纯然出于虚构,后来梁道士陶弘景《真诰·稽神枢》中记载特多。二是有一定现实根据的洞窟传说,或者可能是古时隐者羽客之流居住过留下遗迹,或是古时什么场所的遗址,后人发现后加以神秘化,此类传说往往说洞中有室舍用具书籍等。如《洞庭山记》云阖闾时令威丈人入洞

---

① 《高僧传序》。
② 《韩昌黎全集》卷三《桃源图》。
③ 今本"柏"作"相"。

庭穴,初极狭,后遇一石室,高二丈,内有石床枕砚素书①。刘宋王韶之《神境记》云荥阳郡何家岩穴中有室宇,中有书和竹杖②。盛弘之《荆州记》云小酉山石穴藏书千卷③。顾野王《舆地志》云赣县黄堂山有石室数千间,室前有车马迹,林木繁茂,水石幽绝,室中有石人,山下居人每丙日辄闻石室有笳鼓箫乐之声④。三是和现实生活更为接近的关于避乱之地和隐居之地的传说。《荆州记》载:"宋元嘉初,武溪蛮人射鹿,逐入石穴,才容人。蛮人入穴,见其旁有梯,因上梯,豁然开朗,桑果蔚然,行人翱翔,亦不以怪。此蛮于路斫树为记,其后茫然,无复仿佛。"⑤南齐黄闵《武陵记》,也有相同记载⑥。《周地图记》还记有蜀中白鹿山"小成都"传说:"宋元嘉九年,有樵人于山左见群鹿,引弓将射之,有一麚所趋险绝。进入石穴,行数十步,则豁然平博,邑屋连接,阡陌周通。问是何所,有人答曰小成都。后更往寻之,不知所在。"⑦四是《老子》小国寡民社会及魏晋阮籍、鲍敬言等人的关于无君无臣社会的空想⑧。

如前所述,魏晋社会动荡混乱,入山避乱及隐居山林者特多,再加上神仙思想和老庄思想的影响,上述种种传说就有了产生和流传的现实土壤。它们有些虽记载较晚,但应当说晋世都有流传。陶渊明构织桃花源世界的蓝图,主要是前所述第三类传说,特别是

---

① 旧题唐陆广微《吴地记》引。
② 《北堂书抄》卷一五八、《太平御览》卷五四引。
③ 《太平御览》卷四九引。
④ 《太平御览》卷四八、《太平寰宇记》卷一〇八引。
⑤ 《初学记》卷八引。今本《异苑》卷一辑入,文字全同,乃实是据《初学记》滥辑。
⑥ 《太平寰宇记》卷一一八、《太平御览》卷五四引。
⑦ 《太平寰宇记》卷七三引。
⑧ 阮籍《大人先生传》:"君立而虐兴,臣设而贼兴。坐制礼法,束缚下民。"葛洪《抱朴子·外篇·诘鲍篇》:"鲍生敬言,好老庄之书,治剧辩之言,以为古者无君,胜于今世。故其著论云……"其论有"君臣既立,众慝日滋"云云。

《荆州记》所记,连地点也吻合①。黄闵《武陵记》云:"武陵山中有秦避世人居之,寻水,号曰桃花源,故陶潜有《桃花源记》。"又云:"昔有临沅黄道真,在黄闻山侧钓鱼,因入桃花源,陶潜有《桃花源记》。今山下有潭,立名黄闻,此盖闻道真所说,遂为其名也。"②可见武陵地区确有桃花源传说。晋宋时武陵地区乃汉蛮避乱之处,生出此等传说是很自然的事。《荆州记》所云武溪蛮人大概就是黄道真辈,盖蛮人多以黄为姓也。渊明以武陵桃花源传说为主要依据,再融合神仙洞府一类幻想以增加神秘感,并渗透进去有关无君无臣的"鸿荒之世"的思想以及自己和群众的体验和愿望,这样就创造出一个美好的桃花源世界。清邱嘉穗《东山草堂陶诗笺》云桃花源"设想甚奇,直于污浊世界中另辟一天地,使人神游于黄农之代",颇能抉其髓。

《后记》记的几个洞窟故事,它们一般不像《桃花源记》那样经过了很大加工,而大抵保持着原始面貌,有的很简单。其中《韶舞》比较接近"桃花源":

> 荥阳人姓何,忘其名,有名闻士也。荆州辟为别驾,不就,隐遁养志。尝至田舍,人收获在场上。忽有一人,长一丈,黄疏单衣,角巾,来诣之。翩翩举其两手,并舞而来,语何云:"君尝见《韶舞》不?此是《韶舞》。"且舞且去。何寻逐,径向一山。山有一穴,裁容人。其人即入穴,何亦随之。初入甚急,前辄开广,便失人。见有良田数十顷。何遂垦作,以为世业。子孙于今赖之。

相传舜时之乐名《韶》,见《尚书·益稷篇》及《论语·八佾篇》,

---

① 《荆州记》之武溪,《武陵记》作武陵溪。《水经注·沅水》:"武陵有五溪,谓雄溪、樠溪、无溪、酉溪、辰溪其一焉。"《舆地纪胜》卷六八《常德府·景物下》:"武陵溪,在武陵县西二十里,亦名德胜泉。"

② 《太平御览》卷四九引。

《韶舞》自然是舜时之舞。故事在暗示乐园之所在,即是陶唐虞舜之世,也就是阮籍等人所构想的那种无君无臣的"鸿荒之世"、"曩古之世"。陶渊明也常把自己的理想社会托之于往古,《劝农》云:"悠悠上古,厥初生民,傲然自足,抱朴含真。"《饮酒》其二十云:"羲农去我久,举世少复真。"他自称是"羲皇上人"[1]、"无怀氏之民"、"葛天氏之民"[2]。而《韶舞》故事正好给这种思想作了一个生动注脚。另外,《梅花泉》记人入水中穴,别有人世,亦类乎此。

《袁柏根硕》所记乃另一类型,与《幽明录》刘阮故事相似,写袁、根二人逐羊入山穴遇二仙女结为家室:

> 会稽剡县民袁柏、根硕二人猎,经深山重岭甚多。见一群山羊,六七头,遂经一石桥,桥甚狭而峻,羊去,根等亦随,渡向绝崖。崖正赤壁立,名曰赤城。上有水流下,广狭如匹布,剡人谓之瀑布。羊径有山穴,如门,豁然而过。既入,内甚平敞,草木皆香。有一小屋,二女子住其中,年皆十五六,容色甚美,着青衣。一名莹珠,一名□□。见二人至,忻然云:"早望汝来。"遂为室家。忽二女出行,云:"复有得婿者,往庆之。"曳履于绝岩上行,琅琅然。二人思归,潜去归路。二女已知,追还。乃谓曰:"自可去。"乃以一腕囊与根,语曰:"慎勿开也。"于是得归。后出行,家人开其囊,囊如莲花,一重去复一重,至五尽,中有小青鸟飞去。根还知此,怅然而已。后根于田中耕,家依常饷之,见在田中不动,就视,但有皮壳,如蝉蜕也。

故事系人仙恋爱,但与以往同类传说情节不同,前半倒和桃花源故事相仿,因此这一传说实际也是桃花源式的,与桃花源故事有精神上的相通处和情节上的一致处,在表现神仙出世思想的同时,也体现着人民和进步人士对美好生活的向往,这仍和晋宋之际的现实

---

[1] 《陶渊明集》卷七《与子俨等疏》。
[2] 《陶渊明集》卷六《五柳先生传》。

密切相关。

《后记》以上几个故事,还有《桃花源记》和《荆州记》的故事,都是人类穿越异境的叙事结构,采用了《列仙传·邗子》已有的导入模式,导入物有溪水、鹿、山羊、韶舞大人、新斫木片。这些导入物大都具有暗示性,甚或带有神秘感或象征性。顺流而下的新斫木片,作为人迹的标记,暗示穴中人世的存在;芳华鲜美的桃花林和溪水,乃是世外乐土的前兆,显示着世外桃源之美;山羊和鹿的引入,表面上事出偶然,但隐含着神秘意志的有意识引导;手舞足蹈大人的意象最为奇特,更是具有深刻的象征意义。

二、刘义庆《幽明录》

在六朝志怪作者名单上,刘义庆的名字应当同干宝并列在一起。他作有两部志怪,其中《幽明录》内容之丰富多彩、文笔之雅洁优美,足以和《搜神记》相媲美。

刘义庆,彭城(今江苏徐州市)人。生于晋安帝元兴二年(403),卒于宋文帝元嘉二十一年(444)。宋宗室,长沙景王道怜第二子,出嗣临川王道规,永初元年(420)袭封临川王。历仕侍中、丹阳尹等,先后为荆州、江州、南兖州刺史,并带都督,加开府仪同三司。卒赠司空,谥康王。事迹具《宋书》卷五一《宗室传》和《南史》卷一三《宋宗室及诸王传上》。

刘义庆好文学,聚招才学之士,袁淑、陆展、何瑜、鲍照等皆引为佐史国臣。著述颇多,传称文辞"足为宗室之表"。著有小说《世说新语》、《幽明录》、《宣验记》,又撰《徐州先贤传赞》九卷、《江左名士传》一卷、《集林》二百卷、《后汉书》五十八卷、文集八卷,见本传及《隋志》、《唐志》。除《世说》,余皆亡佚。

《幽明录》、《宣验记》本传未录。《隋志》杂传类著录《幽明录》二十卷、《宣验记》十三卷。法琳《破邪论》卷下云:"宋临川康王义庆撰《宣验记》一部,又撰《幽明录》一部。"道宣《集神州三宝感通录》卷下亦著录《宣验记》和《幽明录》,前者作者讹作刘度(按:一本作"刘度之"),后者作宋临川(按:一本作"临川王")。两《唐志》唯著《幽明录》(《新唐志》改入小说家类),作三十卷,殆分卷不同。以后书目不见著录,唯《通志·艺文略》传记类冥异属据《隋志》著录。当佚于南宋。南宋洪迈《夷坚三志辛序》云:"《幽明录》今无传于世。"唐宋类书及《法苑珠林》等引有二书佚文。曾慥《类说》卷一一摘录《幽明录》六条。《说郛》卷三《谈垒》摘《幽明录》三条,第一条嵇康、阮德如事合为一条,实四事,前三事同《类说》。今存各本皆辑本。《幽明录》,《五朝小说·魏晋小说》、《重编说郛》卷一一七辑十一条[1],属选辑性质。清胡珽《琳琅秘室丛书》刊本(据钱曾述古堂抄本)辑一百五十八条。王仁俊《玉函山房辑佚书补编》从《寰宇记》(即《太平寰宇记》)卷一一五辑"芦塘"一条。鲁迅《古小说钩沉》辑二百六十五则,在诸本中是最完备的辑本。《宣验记》,《五朝小说·魏晋小说》、《重编说郛》卷一一八辑三则,《古小说钩沉》辑三十五则。

鲁迅所辑《幽明录》存在一些疑问。"嵩高山大穴"条,《初学记》卷五、《太平御览》卷三九引作刘义庆《世说》,鲁迅按云:"今本《世说》无此文,唐宋类书引《幽明录》,时亦题《世说》也。"但《太平广记》卷一九七引作"小说"[2]。"徐长"条,《御览》卷八八二、《广记》卷二九四亦引作《世说》。"施子然"条,《钩沉》未注出处,《太平御览》卷九四八引无出处,《四库全书》本作《述异志》,《太平广记》卷四七三引作《续异记》,但文句不同,不知鲁迅据何书而辑。"贾雍"条,《钩沉》据《广记》卷三二一辑,然谈恺刻本引无出处,《四库全书》本作《述异记》,《御览》卷三六四、卷三七一则引作《录异传》。此四条究竟是否是《幽明

---

[1] 前十条属本书,《鱼报》误辑《太平御览》卷六七引辛氏《三秦记》。
[2] 鲁迅辑入梁殷芸《小说》。按:此事明本《搜神后记》卷一辑入,冒为陶书所有。

录》佚文殊可怀疑。《钩沉》亦有漏辑。《类说》本"嵇康"①、"羊祜"二条,宜补。另外,《广记》卷二九三《蒋子文》,注"出《搜神记》、《幽明录》、《志怪》等书",卷四七三《蒋虫》,注"出《搜神记》",其事即卷二九三之第一事,而末称"《幽明录》亦载焉"。《永乐琴书集成》卷一七引"江南鸿翳",《本草纲目》卷五一下引"木客"(当转引他书),此三条亦宜补入。②

《幽明录》和《宣验记》内容有明显不同,前者杂记种种怪异神奇,属杂记体志怪小说集,后者专记佛法灵验,如《辩正论》卷三《十代奉佛上篇》所云:"《宣验记》,赞述三宝。"它属于"释氏辅教之书",留待后文与南朝其他同类书一并讨论,这里只谈《幽明录》。

《幽明录》的书名,取义于《周易·系辞》:"是故知幽明之故。"注:"幽明者,有形无形之象。"有形者谓明,无形者谓幽,乃阴阳人鬼(泛言神鬼等)之意。古代神鬼故事,幽明二界往往互相融合,人神人鬼互相交通,书名"幽明"即此之谓。诸书或又引作《幽冥录》、《幽冥记》③,"幽冥"则只有幽冥鬼神之意,意思已变,但并不影响概括书的内容。

《幽明录》卷帙同《搜神记》相差不多,内容包罗万象,博采广收,文笔生动,亦仿佛之。但它也有些不同于《搜神》的特点。第一,《搜神记》多取旧闻,本书和《世说》一样,当系刘义庆令门客集体纂集而成,亦多采前人书,如《异闻记》、《列异传》、《博物志》、《异林》、《搜神记》、孔约《志怪》、曹毗《志怪》、祖台之《志怪》、《灵鬼志》、《甄异传》、《搜神后记》等,大部分是晋人书。但采自旧书者不足四分之

---

① 按:《说郛》本亦有,事又载《语林》(《北堂书抄》卷一〇九、《艺文类聚》卷四四、《六帖》卷一四、《太平御览》卷五七七又卷八七〇引)、《灵鬼志》(《太平广记》卷三一七引),今本《异苑》卷六辑入。

② 又,《四库全书》本《分门古今类事》卷一七引《滕公佳城》,注《蜀异志》及《幽明录》,然《十万卷楼丛书》本作见《独异志》并《西京杂记》,今见《西京杂记》卷四。

③ 《道宣律师感通录》云:"《志怪》、《录幽》。"《录幽》亦指《幽明录》。

一,绝大部分是首出,而且主要是晋宋时闻,因而全书有较强的时代感。第二,《搜神记》多取神话传说、历史异闻,而《幽明录》绝大多数是关于现实生活中士民道俗的奇闻异事,因而全书呈现出这样一种状态:其人其事近在耳目间,实实在在,而又渺渺茫茫,实中见幻,平中见奇,给人一种虚幻性的现实感。它实际是和《世说》分别从虚实两方面反映晋宋社会,二者相得益彰。应当说《列异传》以来包括《搜神记》在内的许多志怪,特别是晋末几种志怪都多少有这种特点,但《幽明录》最为突出,这种内容特色十分稳定。第三,它取材更为广泛和丰富,较之《搜神记》等书增加了不少新的题材,新的故事类型,新的幻想形式。第四,在语言运用上,《幽明录》绵密而洗炼,平易流畅而又文雅丰腴,在表现手段上有些新的技巧,显然较《搜神记》有进步,这一点后边还要谈到。

下边拣一些有代表性的故事看看本书的特色。

"刘晨阮肇"条与"黄原"条是《搜神后记》"袁柏根硕"式的传说,突出表现了混乱社会中的人们对于爱情、自由的向往。它描写人仙结合,但已经不主要是仙凡相通的主题,虽然还带一些这种痕迹,较之《搜神记》中同类故事在基调上显见有所变化,增加了更多的爱情因素,富有生活气息和人情味,文笔比"袁柏根硕"也要细腻生动得多。兹将此条校辑文字引录如下:

> 汉明帝永平五年,剡县刘晨、阮肇共入天台山取榖皮,迷不得返。经十三日,粮乏尽,饥馁殆死。遥望山上有一桃树,大有子实,而绝岩邃涧,永无登路。攀援藤葛,乃得至上。各啖数枚,而饥止体充。复下山,持杯取水,欲盥漱,见芜菁叶从山腹流出,甚鲜新。复一杯流出,有胡麻饭糁。相谓曰:"此必去人径不远。"便共没水,逆流行二三里,得度山。出一大溪边,有二女子,姿质妙绝。见二人持杯出,便笑曰:"刘、阮二郎捉向所失流杯来。"晨、肇既不识之,缘二女便呼其姓,如似有旧,乃相见忻喜。而悉问来何晚,因邀还家。

其家铜瓦屋,南壁及东壁下各有一大床,皆施绛罗帐,帐角悬铃,金银交错。床头各有十侍婢,敕云:"刘、阮二郎经涉山岨,向虽得琼实,犹尚虚弊,可速作食。"食胡麻饭、山羊脯、牛肉,甚甘美。食毕行酒。有一群女来,各持三五桃子,笑而言:"贺汝婿来。"酒酣作乐,刘、阮忻怖交并。至暮,令各就一帐宿,女往就之。言声轻婉,令人忘忧。

至十日后,欲求还去。女云:"君已来是,宿福所牵,何复欲还耶?"遂停半年。气候草木,常是春时,百鸟啼鸣,更怀悲思,求归甚苦。女曰:"罪牵君,当可如何!"遂呼前来女子,有三四十人,集会奏乐,共送刘、阮,指示还路。既出,亲旧零落,邑屋改异,无复相识。问讯得七世孙,传闻上世入山,迷不得归。至晋太元八年,忽复去,不知何所。①

刘、阮故事十分有名,骚人墨客不断播入诗词。梁吴均《续齐谐记》取入此篇②。唐传奇《游仙窟》、《聊斋志异》中的《翩翩》等即源于此。

一般志怪少描写,《搜神记》偶或用之,本条亦有多处具体而微的场景描绘,而且叙事娓娓,曲折迂回,颇有峰回路转,渐入佳境之韵。这种文学散文的表现手法的运用,提高了志怪的表现力和文学性。

"黄原"条记黄原放犬逐鹿误入仙穴而与仙女妙音结合事,笔墨也特生动,写景状物历历在目,不亚"刘阮"条,也是一篇描写优美的佳作:

汉时,太山黄原,平旦开门,忽有一青犬在门外伏,守备如

---

① 据《法苑珠林》卷三一、《艺文类聚》卷七、《白氏六帖》卷五、《太平御览》卷四一又卷九六七、《事类赋注》卷二六引校辑。
② 见《蒙求注》卷中、《重修政和证类本草》卷二四、《舆地纪胜》卷一二引《续齐谐记》。《类说》卷六《传记》亦有该事。

家养。原继犬,随邻里猎。日垂夕,见一鹿,便放犬。犬行甚迟,原绝力逐,终不及。行数里,至一穴,入百余步,忽有平衢,槐柳列植,行墙回匝。原随犬入门,列房栊户,可有数十间,皆女子,姿容妍媚,衣裳鲜丽。或抚琴瑟,或执博棋。至北阁,有三间屋,二人侍直,若有所伺。见原,相视而笑云:"此青犬所引致妙音婿也。"一人留,一人入阁。须臾,有四婢出,称:"太真夫人白黄郎,有一女,年已弱笄,冥数应为君妇。"既暮,引原入内。内有南向堂,堂前有池,池中有台,台四角有径尺穴,穴中有光,照映帷席。妙音容色婉妙,侍婢亦美。交礼既毕,宴寝如旧。经数日,原欲暂还报家。妙音曰:"人神道异,本非久势。"至明日,解佩分袂,临阶涕泗:"后会无期,深加爱敬。若能相思,至三月旦,可修斋洁。"四婢送出门。半日至家,情念恍惚。每至其期,常见空中有轴车,仿佛若飞。①

故事结局与刘阮不同,表达出一种"人神道异"的观念,犹如《搜神记》张璞故事所言"鬼神非匹",宗教观念成为人神爱情的阻隔。不过每三月旦妙音驾轴车飞行空中令黄原一见,也还透出浓郁的人情意味。黄原入仙窟的导入方式,是青犬引路,与《列仙传》邗子故事之犬子及《荆州记》之射鹿相似。刘阮故事则是由溪流饭食导入,表面上表明"此必去人径不远",但二仙女预知刘阮之来,芜菁叶、胡麻饭也就成为有意的安排。这和引致妙音婿的青犬一样,都出自"冥数"。

又"洛中穴"条,又载梁殷芸《小说》②。记人入穴中仙都,道教意味很浓。

"黄金潭金牛"条记金牛异事:

---

① 据《法苑珠林》卷三一引及《太平广记》卷二九二引《法苑珠林》校辑。
② 《古小说钩沉》未辑,余嘉锡《殷芸小说辑证》据《类说》辑入,见《余嘉锡论学杂著》,中华书局,1977年版,上册,第318页。周楞伽《殷芸小说》亦辑入,上海古籍出版社,1984年版,第138页。

> 巴丘县自金岗以上二十里,名黄金潭,莫测其深。上有濑,亦名黄金濑。古有人钓于此潭,获一金锁,引之,遂满一船。有金牛出,声貌奔壮。钓人波骇,牛因奋勇,跃而还潭。锁将乃尽,钓人以刀斫得数尺。潭、濑因此取名。①

按巴丘县晋属庐陵郡,今江西峡江县。另"牛渚津"条亦云淮牛渚津出金牛,则在淮水。《太平寰宇记》卷一〇〇《福州·闽县》引《闽中记》(唐林谞撰)载晋康帝诏于渔父钓金牛处立庙,则在今福州,钓牛之江名金锁江②。《太平御览》卷九〇〇引刘宋郭季产《集异记》,则云兖州人牵锁出白牛,与常牛无异。此外记载尚多,地点为当涂金牛渚、赣县赣潭、九真(在今越南)、增城县、罗浮山牛潭等等③。诸记地点不一而情事仿佛,足见流传之广。民间故事的传播规律是外地故事的本土化,几乎遍布南北各地的金牛故事大概都是由巴丘金牛发源的。到唐代,传奇作家李公佐在《古岳渎经》描写了一个钓猿的故事,实际上是钓牛故事的演化,唯易牛为猿耳④。

"吴龛"写吴得五色石化为河伯女,是一个优美的传说:

> 阳羡县小吏吴龛,有主人在溪南。尝以一日乘掘头舟过水,溪内忽见一五色浮石。取内床头,至夜化成一女子,自称是河伯女。⑤

后又载《异苑》卷二、《续齐谐记》、任昉《述异记》卷下。

鬼故事极多,尽有佳者。"晋元帝世甲者"条记司命误召甲

---

① 据《艺文类聚》卷八三、《事类赋注》卷九、《太平御览》卷八一一又卷九〇〇校辑。
② 今本《异苑》卷二记晋康帝建元中渔父钓金牛事,即删取《闽中记》而成。
③ 参见《唐前志怪小说辑释》,第458—461页。
④ 参见《唐五代志怪传奇叙录》,上册,第365—366页。
⑤ 据《北堂书抄》卷一三七、《初学记》卷五、《太平御览》卷五二、《事类赋注》卷七引校辑。

者复放还,甲者脚痛不能行,遂易以乙者脚归,"马仲叔"条记马仲叔亡后,念友人王志都无妻,遂为摄得清河太守女,情事皆奇。"故章县老公"条记群鬼杀死老公,弄尸而抃掌欣舞;其家杀猪,老鬼乞肉被捉,诸鬼呼云:"老奴贪食至此,甚快!"记叙甚为生动。"陈庆孙"条记一鬼冒充天神向陈庆孙勒索乌牛,不获,遂连杀其儿及妇,并以"汝不与我,秋当杀汝"相胁。庆孙终不为所动,鬼乃屈服,云"见君妇儿终期,为此欺君索食"。这些鬼都被赋予了现实中某类人的性格和感情,是人的鬼化,或者说是鬼的人化,因而给人的感觉是真实的。鬼的性格不是单一的,不是只有狰狞之状而一味害人,具有多色彩性。下边引一条最富情趣的鬼故事:

> 有新死鬼,形瘦疲顿。忽见生时友人,死及二十年,肥健。相问讯曰:"卿那尔?"曰:"吾饥饿,殆不自任,卿知诸方便,故当以法见教。"友鬼云:"此甚易耳,但为人作怪,人必大怖,当与卿食。"新鬼往入大墟,东头有一家,奉佛精进。屋西厢有磨,鬼就推此磨,如人推法。此家主语子弟曰:"佛怜吾我家贫,令鬼推磨。"乃輂麦与之。至夕磨数斛,疲顿乃去。遂骂友鬼:"卿那诳我?"又曰:"但复去,自当得也。"复从墟西头入一家,家奉道,门旁有碓,此鬼便上碓,如人舂状。此人言:"昨日鬼助某甲,今复来助吾,可輂谷与之。"又给婢簸筛。至夕,力疲甚,不与鬼食。鬼暮归,大怒曰:"吾自与卿为婚姻,非他比,如何见欺?二日助人,不得一瓯饮食。"友鬼曰:"卿自不偶耳。此二家奉佛事道,情自难动。今去,可觅百姓家作怪,则无不得。"鬼复去,得一家,门首有竹竿。从门入,见有一群女子,窗前共食。至庭中,有一白狗,便抱令空中行。其家见之大惊,言自来未有此怪。占云:"有客鬼索食,可杀狗,并甘果酒饭,于庭中祀之,可得无他。"其家如师言,鬼果大得

食。此后恒作怪,友鬼之教也。①

这个故事又载《遍略》,见《辩正论》卷七注引。新死鬼先入二家,一家奉佛,一家奉道,道亦佛也。第三家"门首有竹竿",注意这一点——竹竿乃镇邪之物,《新辑搜神记》卷三记郭璞作法活赵固马,遣二三十健儿持竹竿拍打社庙树林,得一似猴之物。可见此家笃信巫术,而道教本亦巫道,那个"师"便是巫师或道士。这个故事在对比中宣扬奉佛事法,于道教颇有微词。但就描述来看,那憨厚新鬼,既入鬼道,便逐渐变得狡黠起来,并深谙作祟索食之伎。故事像一个小喜剧,幽默诙谐,妙趣横生。后世鬼推磨之说大约由此而来。

佛教中有罗刹恶鬼,慧琳《一切经音义》第二十五云:"罗刹,此云恶鬼也。食人血肉,或飞空或地行,捷疾可畏也。"在志怪中,《幽明录》始有罗刹记载,云宋时有一国,罗刹数入境,食人无度,国王与罗刹约定定期由各家送往,一奉佛家独子当行,罗刹惧佛法威力不得近食之。

可见《幽明录》中的鬼故事有了佛家观念,这是以往极少见的新内容。另外,佛家地狱观念也得到大量表现,这就是"赵泰"、"康阿得"、"石长和"、"舒礼"等条所记的入冥故事。其中,"赵泰"条叙事最为繁富,乃取自晋无名氏《赵泰传》,前文已有考述。《冥祥记》亦取入,存文较《幽明录》为详。"舒礼"条也描写了太山冥司,文云:

> 晋巴丘县有巫师舒礼,永昌元年病死,土地神将送诣太山。俗人谓巫师为道人。路过冥司福舍门前,土地神问吏:"此是何等舍?"门吏曰:"道人舍。"土地神曰:"是人亦是道人。"便以相付。礼入门,见数千百瓦屋,皆悬竹帘,自然床

---

① 据《太平广记》卷三二一校辑。

榻,男女异处。有诵经者,呗偈者,自然饮食者,快乐不可言。礼文书名已,至太山门,而又身不至到。推土地神,神云:"道见数千间瓦屋,即问吏,言是道人,即以付之。"于是遣神更录取。礼观未遍,见有一人,八手四眼,捉金杵逐,欲撞之。便怖,走还出门。神已在门迎,捉送太山。太山府君问礼:"卿在世间,皆何所为?"礼曰:"事三万六千神,为人解除、祠祀,或杀牛犊、猪羊、鸡鸭。"府君曰:"汝佞神杀生,其罪应上热鏊。"使吏牵着鏊所。见一物,牛头人身,捉铁叉,叉礼着鏊上。宛转,身体焦烂,求死不得。已经一宿二日,备极冤楚。府君问主者:"礼寿命应尽?为顿夺其命?"校录籍,余算八年。府君曰:"录来。"牛头人复以铁叉叉着鏊边。府君曰:"今遣卿归,终毕余算,勿复杀生淫祀。"礼忽还活,遂不复作巫师。①

故事宣扬佛教不杀生的教义,对巫术"杀生淫祀"颇施抨弹。"康阿得"条也写到铁床、刀山剑树、赤铜柱,并称地狱凡十狱,各名"赤沙"、"黄沙"、"白沙"等。"石长和"条还说在去冥司的路上奉佛者行大道,余者则行于棘路,"道两边棘刺皆如鹰爪",人行棘中"如被驱逐,身体破坏,地有凝血"。

汉以来即有"太山治鬼"②,"太山,天帝孙也,主召人魂"③之说,道教称泰山神为泰山府君,以为冥府所在,魏晋小说多见之。佛教则有地狱之说,统治者是阎罗王,"蒲城李通"条就提到过阎罗王。但《幽明录》所写地狱,都在泰山,称其主为府君,显然是把佛道二教有关冥司的说法糅合在一起,这也正如后来道教也搬去了佛教中的"十殿阎王"之说一样。事实上,早期佛典翻译,为了

---

① 据《法苑珠林》百二十卷本卷六二、《太平御览》卷七三五、《太平广记》卷二八三校辑。
② 《三国志》卷二九《魏书·管辂传》。
③ 《博物志》卷一引《援神契》。

便于中国人理解,也正是常常是把泰山当作地府所在的①。《法苑珠林》卷七地狱部描绘地狱云:"夫论地狱,幽酸特为痛切。刀林耸日,剑岭参天,沸镬腾波,炎炉起焰,铁城昼掩,铜柱夜燃。如此之中,罪人遍满,周惶困苦,悲号叫唤。牛头恶眼,狱卒凶牙。长义拄肋,肝心碓捣,猛火逼身,肌肤净尽。……"阴森恐怖之状全同《幽明录》所记。佛教制造地狱之说,是为了宣扬五道轮回、因果报应,行善戒恶,要人们皈依佛门,《幽明录》宣扬的正是这些教义。从这一点看,"赵泰"等条一无可取,纯属糟粕。

不过从另外的角度看,这些入冥小说又甚有价值。首先,它们在小说中首次具体细致地描写了入冥和地狱,给小说开辟了一个新的题材,创造了一种独特的入冥母题和叙事模式;而它作为一种独特的幻想形式和幻想素材,完全可以用来表现像唐太宗入冥、孙悟空闹地府及《聊斋志异·席方平》那样有意义的故事。其次,"赵泰"等笔触细致,描写生动,技巧性强,情态如画,历历在目,显示着志怪小说艺术的进步。

《幽明录》也有爱情故事,涉及复生,"卖胡粉女子"是特佳之作,成就超过其他同类记叙:

---

① 萧登福《汉魏六朝佛道两教之天堂地狱说》说:"佛教初译时,常采用中土所本有的思想、名相以比附之。当时称为'格义'。两汉魏晋之际,国人认为人死后归太山,因此初期也有人将泥犁耶译为'太山地狱'或'太山',如三国吴·康僧会《六度集经》卷一'布施无极章'云:'命终,魂灵入太山地狱,烧煮万毒。'吴·支谦《大明度经·地狱品》云:'秋露子言:佛未说谤断经罪入太山……';西晋·法立、法炬译《法句譬喻经·双要品》:'其善念者,四王护之。其恶念者,太山鬼神,令酒入腹如火烧身,出亭路卧,宛转辙中,晨商人车五百乘,轹杀之焉。'东晋·竺昙无兰《佛说自爱经》:'不孝其亲,敬奉鬼妖,淫乱酒悖,就下贱之浊,以致危身灭族之祸,死入太山汤火之酷,长不获人身。'诸经中,或言'太山地狱',或言'太山',显系沿承中土固有名相而来。其中康僧会《六度集经》卷三'布施无极章'云:'福尽罪来,下入太山、饿鬼、畜生。斯之谓苦。'地狱、饿鬼、畜生,三者为佛家所言之三恶道,康僧会于文中不言地狱,而直以'太山'与饿鬼、畜生并列,显示魂归太山的观念,为当时人之共识。"台湾学生书局,1989年版,第68页。

有人家甚富,止有一男,宠恣过常。游市,见一女子美丽,卖胡粉,爱之。无由自达,乃托买粉,日往市,得粉便去,初无所言。积渐久,女深疑之。明日复来,问曰:"君买此粉,将欲何施?"答曰:"意相爱乐,不敢自达。然恒欲相见,故假此以观姿耳。"女怅然有感,遂相许以私,克以明夕。其夜,安寝堂屋,以俟女来。薄暮果到,男不胜其悦,把臂曰:"宿愿始伸于此。"欢踊遂死。女惶惧,不知所以,因遁去,明还粉店。至食时,父母怪男不起,往视,已死矣。当就殡敛。发箧笥中,见百余裹胡粉,大小一积。其母曰:"杀我儿者,必此粉也。"入市遍买胡粉,次此女,比之,手迹如先。遂执问女曰:"何杀我儿?"女闻呜咽,具以实陈。父母不信,遂以诉官。女曰:"妾岂复吝死,乞一临尸尽哀。"县令许焉。径往,抚之恸哭曰:"不幸致此。若死魂而灵,复何恨哉!"男豁然更生,具说情状。遂为夫妇,子孙繁茂。①

这个故事人物形象比较鲜明,特别是富家男的痴情,表现得很生动。男女主人公都系平民,男主人公虽是富人子,但似非官宦人家,女主人公则是胡粉店小商。胡粉即铅粉,古人用以搽脸。《释名·释首饰》云:"胡粉,酗也,脂和以涂面也。"曹魏时刘放曾奏请停卖官粉,云"今官贩粉卖胡粉,与百姓争锥刀之末利,宜乞停之"②,可见胡粉买卖是小本经纪。表现平民爱情,在志怪小说中不多见,这个故事直接表现平民的生活和爱情,反映他们对于爱情的基本态度和愿望,又是那么生动而富有生活气息,因而显得十分珍贵。南宋皇都风月主人编《绿窗新话》卷上《郭华买脂慕粉郎》即据此敷衍。元明清的戏曲,有不少也是以此为题材③。

---

① 据《太平广记》卷二七四引辑录。
② 见严可均辑《全三国文》卷三二。
③ 参见拙著《宋代志怪传奇叙录》,南开大学出版社,2000年版,第294—295页。

表现平民爱情的优美故事还有"石氏女",这是一个首次出现的离魂故事:

> 钜鹿有庞阿者,美容仪。同郡石氏有女,曾内睹阿,心悦之。未几,阿见此女来诣阿。阿妻极妒,闻之,使婢缚之,送还石家,中路遂化为烟气而灭。婢乃直诣石家,说此事。石氏之父大惊曰:"我女都不出门,岂可毁谤如此!"阿妇自是常加意伺察之。居一夜,方值女在斋中,乃自拘执,以诣石氏。石氏父见之愕眙,曰:"我适从内来,见女与母共作,何得在此?"即令婢仆于内唤女出,向所缚者,奄然灭焉。父疑有异故,遣其母诘之。女曰:"昔年庞阿来厅中,曾窃视之,自尔仿佛即梦诣阿。及入户,即为妻所缚。"石曰:"天下遂有如此奇事!夫精情所感,灵神为之冥著,灭者盖其魂神也。"既而女誓心不嫁。经年,阿妻忽得邪病,医药无徵,阿乃授币石氏女为妻。①

精诚所动而魂离躯体,情节十分离奇,但又完全符合人的感情活动的内在逻辑。大凡思深情切,则或心驰神往,或梦寐以求,在梦想中实现自己的目的,以至于恍然若置身于彼间而忘乎此,这种心理特征和灵魂观念的结合,于是即有离魂之说。"石氏女"之后,颇有采用离魂情节来表现爱情故事者,唐陈玄祐《离魂记》、《初刻拍案惊奇》卷二三的《大姊魂游完宿愿,小姨病起续前缘》,以及元郑光祖杂剧《倩女离魂》等等即是。

《幽明录》中的怪魅故事亦甚夥,丰富多彩,时出异趣。"费升"条记狸怪化女子来就费升,弹琵琶作歌,情意缠绵,但被猎犬咬死,"淳于矜"条亦相类。"海西公时孝子"条记一妇人抱儿来孝子处寄宿,入睡后乃一狸抱一乌鸡,结果也被打死。这些女性妖怪并不害人,为恋爱而死于非命,惹人同情。背后所隐藏的,乃是当

---

① 据《太平广记》卷三五八引辑录。

时社会流行的妖精惑人害人的宗教观念。"苏琼"条记雌白鹄精化美丽女子作歌挑逗苏琼为"桑中之欢",也是一个多情的女精怪,形象楚楚动人。"丁诽"条记丁诽夜宿方山亭,有妇人至,作歌交欢,晓忽不见。自《风俗通·怪神篇》以来,鬼魅作祟于亭楼事甚多,但此事中之女魅却无狰狞之状而有缠绵之情,一如上述狸精鹄怪然。又如"吕球":

> 东平吕球,丰财美貌。乘船至曲阿湖,值风不得行,泊菰际。见一少女,乘船采菱,举体皆衣荷叶。因问:"姑非鬼邪?衣服何至如此?"女则有惧色,答云:"子不闻'荷衣兮蕙带,倏而来兮忽而逝'乎?"然有惧容,回舟理棹,逡巡而去。球遥射之,即获一獭。向者之船,皆是苹蘩蕰藻之叶。见老母立岸侧,如有所候望。见船过,因问云:"君向来不见湖中采菱女子邪?"球云:"近在后。"寻射,复获老獭。居湖次者咸云:"湖中常有采菱女,容色过人。有时至人家,结好者甚众。"①

这是我们碰到的第三个獭精传说,《搜神记》"丁初"是第一个,《甄异传》"杨丑奴"是第二个。三者皆富情致,表现也有一致处,荷雨蒲风,小舟丽人,极有诗情画意。此处所记獭精言语心理,刻画生动,自有特色,引用《九歌》诗句,尤增佳趣。然此獭遇人不淑而殒命,读后深感遗憾。

此外,还有各式各样的妖魅故事。"代郡亭"写雄鸡化鬼吹笛,逗能遭杀;"永初嫁女"写三魅惑新嫁娘,蛇传话,龟为媒,鼍做新郎;"朱诞"条写蝙蝠精专门髡人头发,积至数百;"江淮妇人"写一淫妇见二少童爱而抱之,少童忽复形为扫帚:凡此等等,或意含讥讽,或设想新奇,都隽永有味。

顺便说,"朱诞"条写蝙蝠精专门髡人头发,"征北参军从者"

---

① 据《艺文类聚》卷八二引辑录。

条也写到"夜眠大魇","失其头髻"。这里涉及到一个宗教民俗观念,即精怪截发。《风俗通义·怪神篇》"郅伯夷"已有这种事象的记述,亭中老狸精被除后,"发楼屋,得所髡人结(髻)百余"。《洛阳伽蓝记》卷四记狐妖变妇人截发,"京邑被截发者一百三十余人"。《北齐书·后主纪》还载,武平四年正月,"邺都、并州并有狐媚,多截人发"。到唐代,段成式《酉阳杂俎》前集卷一六犹云:"人夜卧无故失髻者,鼠妖也。"牛肃小说集《纪闻·靳守贞》①也记述魅狐断发取发。何以精怪要截取人的发髻?《列异传》在记叙刘(郅)伯夷事后云:"旧说狸髡千人得为神也。"②据此乃是为了"为神",就是获得神性神力。③ 按照巫术原理,人体的某部分以及和人体密切接触的衣服等,都具有人本体的完全生命性——灵魂、生命基因、生命信息、生命能量等,人发也就具备人本身所带有的全部生命特性和力量。精怪截取人发,正是为了从人发获得人的生命力,以便变化成人并具备超自然的神力。怪是如此,鬼也这样。《风俗通义·怪神篇》还载,汝阳习武亭宿客多死亡,"其厉厌者皆亡发失精",原来是一女鬼所为。女鬼取人发和阳精,也是为了获得人的元气和阳神,不过不是为了变化人形,而是还阳再生。

  回到正题。《幽明录》记精怪鬼魅,一般不只满足于情节的离奇,常常赋予妖魅以人情和可感的音容笑貌,因而形象比较鲜明,富于人情味和生活情趣,读来兴味盎然,给人的审美感受比较丰富和深刻。由于不只以惊奇幻诞取胜,注意形象和情节的生动自然,即使一些情节比较平常的故事也显得活泼有味,摇曳生姿,例如"雨中小儿"条:

    元嘉初,散骑常侍刘隽,家在丹阳。后尝闲居,而天大骤

---

① 《太平广记》卷四五○引。
② 《太平御览》卷二五三引。
③ 参见拙著《中国狐文化》,人民文学出版社,2002年版,第97—98页。

雨,见门前有三小儿,皆可六七岁,相率狡狯,而并不沾濡。隽疑非人。俄见共争一皰壶子,隽引弹弹之,正中壶,霍然不见。隽得壶,因挂阁边。明日,有一妇人入门,执壶而泣。隽问之,对曰:"此是吾儿物,不知何由在此?"隽具语所以。妇持壶埋儿墓前。间一日,又见向小儿持来门侧,举之,笑语隽曰:"阿侬已复得壶矣!"言终而隐。①

三小儿行为诡异,淋雨不湿,显系鬼物,但读之并不觉其为鬼,举止动作,声口性情,全是顽皮儿童式的,刻画宛然,栩栩如生。《幽明录》虽系志怪,但在写法上却又与《世说》之志人一脉相通。

书中还有不少其他类型的传说和故事。如"安世高"条记安息高僧安世高异迹,这是关于佛教徒的故事;"贾弼"条记贾弼与人易头,情事颇奇,洪迈异之而录入《夷坚三志辛序》中;"彭娥"条记永嘉乱时,宜阳女子彭娥为长沙贼所缚,面石壁而呼天,石壁为之开,群贼尽被压死山下,娥隐而不出,所带汲水器尽化为石鸡,土人因号山为石鸡山,水为娥潭,故事很有现实意义。好的故事还有许多,这里不再一一细述。

《幽明录》有续书《后幽明录》,详后。

三、刘敬叔《异苑》

刘宋志怪,刘敬叔《异苑》也是重要的一种。

《异苑》唐前有《世说》注、殷芸《小说》、《水经注》、《齐民要术》、《玉烛宝典》、《荆楚岁时记》注诸书征引,《水经注》、《玉烛宝典》均题撰人为刘敬叔。《隋书·经籍志》著录《异苑》十卷,宋给事刘敬叔撰。两《唐志》以下唐宋元史志书目皆无目,唯《通志·艺文略》传记类冥异属据《隋志》著录。《绀珠集》、《类说》、《说

---

① 据《太平广记》卷三二四及《太平御览》卷三五〇引校辑。

郭》收书极多,然均无采录,知书已罕见,可能南宋时已经散逸。不过《太平广记》、《太平御览》等宋人书引用甚多,《广记》、《御览》引用书目著录有《异苑》、刘敬叔《异苑》,其书似仍存于宋初。明万历《赵定宇书目》中《稗统续编》有《异苑》之目,《稗统》是一部《类说》、《说郛》性质的小说笔记汇编,书已失传,编者与成书年代不详,所收《异苑》疑为辑录之本。

今传世本《异苑》十卷,最早由胡震亨于万历间刊入《秘册汇函》,明末毛晋又将此本汇入《津逮秘书》。① 《徐氏红雨楼书目》著录《异苑》十卷,殆即胡刻本②。据胡震亨等人讲,这个本子的底本是胡震亨等人发现的宋抄本。胡氏万历二十七年(1599)所作《异苑题辞》云:

> 戊子岁(按:万历十六年),余就试临安。同友人姚叔祥、吕锡侯诣徐贾检书,废册山积,每抽一编,则飞尘嚏人。最后得刘敬叔《异苑》,是宋纸所抄。三人目顾色飞,即罄酒赀易归,各录一通,随各证定讹漏,互录简端。未几锡侯物故,叔祥游塞。余亦兀兀诸生间,此书遂置为蠹丛。又十年,为戊戌,下第南归,与友人沈汝纳同舟。出示之,复共证定百许字,遂称善本。……考《南史》、《宋书》,通无敬叔传。因汇其事之散在史书者,为小传,俾读者有考焉。己亥六月望,武原胡震亨识。

姚士粦(字叔祥)《见只编》卷中亦云:

> 余与吕锡侯有好书癖,尝从武林徐肆得书三种。曰《异苑》,为六朝刘敬叔撰,多引据古初以及晋宋时事。然其中有

---

① 后又收入《四库全书》、《学津讨原》、《古今说部丛书》、《说库》、《唐宋丛书》、《五朝小说·魏晋小说》、《重编说郛》(卷一一七)所收乃一卷,节录三十四条。《旧小说》录七条。

② 明徐𤊹撰,万历三十年(1602)编成,见徐𤊹万历壬寅(1602)《家藏书目序》。

宋武帝裕及其小字寄奴一段,似非本朝人臣所宜,恐亦他书误入此本也。因相与校订,更从类书诸注少有补缀。……《异苑》为胡孝辕与余录得,刻之《秘册汇函》。……

据胡、姚二人所言,万历十三年戊子岁(1585)胡同友人姚叔祥、吕锡侯在杭州书肆购得《异苑》十卷,"是宋纸所抄",各录一通,并各作校订补缀,互录简端。二十六年戊戌岁(1598)胡与友人沈汝纳复共证定百许字。次年(己亥)六月胡震亨作《异苑题辞》,当是此年以《秘册汇函》丛书的总名称付梓刊行①。

观此,胡刻所据为宋抄本,虽如姚叔祥所言,此本其中有称宋武帝刘裕小字寄奴一段,"似非本朝人臣所宜,亦恐他书误入此本也",但皆不疑其伪。《四库全书总目提要》卷一四二云:"其书皆言神怪之事,卷数与《隋书·经籍志》所载相合。刘知几《史通》谓《晋书》载武库火,汉高祖斩蛇剑穿屋飞去,乃据此书载入,亦复相合。唯中间《太平御览》所引傅承亡饿一条,此本失载②。又称宋高祖为宋武帝裕,直举其国号名讳,亦不似当时臣子之词。疑已不免有所佚脱窜乱。然核其大致,尚为完整,与《博物志》、《述异记》全出后人补缀者不同。且其词旨简澹,无小说家猥琐之习,断非六朝以后所能作。"鲁迅《中国小说史略》第五篇乃以为"非原书",似以其为后人辑录补缀者,但没有提出什么根据。今人台湾王国良认为"今本乃明末好事者,自古注、类书中辑录出遗文,重加编排刊刻而成,既非相传旧本,内容则系真者十之七八,赝者十之二三也"。如"吴龛"、"剪鹎鹃舌"、"司马休"、"孙锺"、"吴猛"、"徐琦"、"王凝之妻"、"颜从"、"郗方回"、"徐精"、"张春"、"常醜奴"、"冯孝将"等十三则并见《幽明录》,"秦树"、"桓豁"、"章泛"

---

① 周本淳《胡震亨的家世生平及其著述考略》认为《秘册汇函》始刻于万历二十六年戊戌,但从《题辞》看应在次年。《杭州大学学报》,1979年第4期。

② 按:此条未失载,见今本卷三。

三则并见《甄异传》,"嵇中散"、"邹湛"两则并见《灵鬼志》,"凡此,诸古注与类书,绝不言出自《异苑》,其为后人随意牵引以凑篇幅,实无疑义"①。

《秘册汇函》所刊《搜神记》、《搜神后记》都是胡、姚等人在胡应麟辑本基础上重加补订的,所辑颇多伪滥。《异苑》实也是这种状况。不过胡、姚说的在杭州购得宋纸抄本恐怕不是故弄狡狯,确实是原有宋人辑本,胡、姚等人以之为底本重加补订,并非完全是他们自己辑录的。细审今本,也可以看出这一点。今本卷三"徐桓"条,云:"晋太元末,徐桓以太元中出门。"末有胡、姚等人校语:"太元中三字误。"按《太平御览》卷八九二引《异苑》此条曰:"太元末,徐桓出门。"无"以太元中"四字,校语即据此而言。这表明确有宋辑本存在。《四库全书》本《御览》有此四字,若非馆臣据今本《异苑》妄改,则《御览》宋代某种版本原本亦如此,而为辑录者所从。其实姚叔祥所说刘裕小字寄奴一段恐他书误入此本,也很清楚地表明有原辑本存在,若说自己滥辑而又自己辨正,"贼喊捉贼",是不好讲得通的。这一段见于卷四,实际是从《南史》卷一《宋本纪》删抄而成②,未见诸书有引《异苑》此事者。可见原辑本质量很差,滥取他书。

今本虽经校订,质量仍旧很差,纰漏极多。如,卷三"蔡喜夫"条,主要据《太平广记》卷四四〇引《异苑》辑录。《广记》首云"宋前废帝景平中",景平(423)乃少帝刘义符年号,而前废帝子业年号乃永光、景和(465)。《广记》体例,于原文年号前往往加上朝代或帝王,此处"宋前废帝"四字即属妄加。今本辑录者见前废帝与景平不合,遂妄改景平为景和,殊不知《初学记》等均引作"景平

---

① 《魏晋南北朝志怪小说研究》,台北文史哲出版社1984年版,第322—323页。
② 任昉《述异记》卷上亦载。

中"①。卷四"王徽之"条,《广记》卷一四一引云"宋文帝元嘉四年",而《御览》卷八八五引无"宋文帝"三字,今本亦据《广记》加"文帝"二字,径称谥号。"甘卓"条未据《御览》卷三五九引文辑录,而组合《晋书·五行志上》及《甘卓传》、《陈训传》而成。"阮明"条据《明一统志》②卷一一辑录,文简,而《太平寰宇记》卷八九所引文详。卷六陆云事掺合了《晋书·陆云传》。卷七"商仲堪"条,辑自《广记》卷二七六引,宋初人避赵匡胤讳改"殷"为"商",今本沿而不改;"一云"以下另事,乃取自《晋书·殷仲堪传》。"刘穆之"条,后事据《广记》卷二七六引《异苑》辑录,而前事乃取《南史》本传。

此犹小者,最严重的问题是大量滥取他书以充篇帙。王国良所举十八例,除卷八"章泛"外③,确实都是他书内容。不光这些,又如:卷一"刘义庆"条,《广记》卷三九六引作《独异志》,见今本卷中。"金牛"条,删节《太平寰宇记》卷一〇〇《福州·闽县》引《闽中记》而成。"吴隶"条取自《明一统志》卷五二,原无出处。"武溪蛮人"条,《初学记》卷八引作《荆州记》,《御览》卷五四引作《武陵记》。卷二"燃石"条,《事类赋注》卷七引作《异志》。"海西"条,取自《晋书·五行志上》、《宋书·五行志二》。"竹生花"条,取自《晋书·五行志中》、《宋书·五行志三》。卷三"朱猗"条,取自《晋书·五行志中》、《宋书·五行志三》。"长鸣鸡"条,《事类赋注》卷一八、《蒙求注》卷中、《御览》卷九一八引作《幽明录》。"雄鹅"条,《艺文类聚》卷九一引作《幽明录》。"义鼠"条,

---

① 《初学记》卷二九、《六帖》卷九八、《太平御览》卷四七九、《古今合璧事类备要》前集卷八〇都作"景平中"。
② 《明一统志》原名《大明一统志》,明李贤等奉勅撰,英宗天顺五年(1461)四月书成。见《四库全书总目》卷六八。
③ "章泛",《太平广记》卷三八六引作《异苑》,不误。然抄宋本(严一萍《太平广记校勘记》)作《甄异记》,"泛"作"沉"。《异苑》辑本"泛"亦作"沉",校:"一作泛。"又"孙锺"条前事为《幽明录》,"一云"以下辑自《太平广记》卷三七四引《异苑》。

《广记》卷四四〇引作《录异记》。卷四"管涔王"条,《事类赋注》卷一三引作《晋书》,《御览》卷三四二引作《晋书·载记》,《太平寰宇记》卷四一引作《前赵录》。"玄冥"条,删自《御览》卷一二四引崔鸿《十六国春秋·前凉录》。"二枭"条,取自《晋书》卷八六《张重华传》。"董养"条,取自《晋书》卷四四《董养传》及《世说新语·赏誉篇》注引王隐《晋书》。"京都火灾"条,取自《晋书·五行志上》。"吴郡狗吠"条,取自明王鏊《姑苏志》卷五九引《历代神异感应录》。"高陵大龟"条,取自《水经注》卷一九引车频《秦书》。"张寔"条,删自《晋书》卷八六《张寔传》。"长广人"条,《广记》卷一三九引作《广古今五行记》。"徐羡之"条,《御览》卷七三〇引作孙严《宋书》。"殷仲文照镜"条,取自《晋书》卷九九《殷仲文传》。"徐羡之见黑龙"条,《御览》卷九二九引作《宋书》。"刘敬宣"条,删取《晋书》卷一七《刘敬宣传》。卷五"竹王神"条,取《广记》卷二九一引《水经》及《华阳国志·南中志》、《水经注·温水》。"陶侃胡奴"条,见《古今事文类聚》后集卷一七、《古今合璧事类备要》前集卷五四,无出处。"圣公"条,《广记》卷二九五引作《酉阳杂俎》,见前集卷一四《诺皋记上》。"王玄谟"条,取自《宋书》卷七六、《南史》卷一六《王玄谟传》。"释僧群"条,《广记》卷一三一引作《高僧传》,见原书卷一二,《法苑珠林》卷六三引作《冥祥记》[1]。卷六"庾绍之"条,《广记》卷七六、《珠林》卷九四引作《冥祥记》。"鬼歌子夜"条,《事类赋注》卷一一引作《晋书》。"颜延之爱妾"条,删自《南史》卷三四《颜延之传》。"胡庇之"条,删取《珠林》卷四六引《述异记》。"刘元"条,《吴郡志》卷四七引作

---

[1] 李丰楙《慧皎〈高僧传〉及其神异性格》一文,在《〈高僧传〉之著成及引用资料》一节中举《异苑》此条与《高僧传》对比,认为"可知慧皎确是根据《异苑》,而文字小有改动;但又补了一段太守索水之事"。其实《异苑》此条主要依据《广记》辑录,又参考了《珠林》所引《冥祥记》凑合而成。李丰楙《误入与谪降:六朝隋唐道教文学论集》,台湾学生书局,1996年版,第322页。

《稽神异苑》。"采薇"条,《广记》卷三二五引作《述异记》。卷七"献马者"条,《广记》卷二七六引作孔约《志怪》。"牛渚矶"条,取自《晋书》卷六七《温峤传》及《明一统志》卷一七。"沈庆之"条,删取《南史》卷三七本传。"谢灵运"条,取自《诗品》卷一。卷八"姑苏男子"条,《吴郡志》卷四七引作《三吴记》、《稽神异苑》。卷九"刘长仁"、"郭恩"、"诸葛原"、"刘邠"①、"王经"条,皆取自《三国志·魏书·管辂传》。卷一〇"刘邕"条,删取《宋书》卷四二《刘邕传》。

在今本的三百八十二条中,竟有至少六十余条滥取他书,所以胡震亨所刊《异苑》和《搜神记》一样,也是一本半真半假的辑本。此本除滥取他书外,也有漏辑的问题。中华书局1996年出版范宁校点本,以《津逮秘书》本为底本。范校本从慧琳《一切经音义》、《初学记》、《艺文类聚》、《开元占经》、《御览》、《路史》注补辑佚文十五条。台湾中国文化大学中国文学研究所研究生吕春明的硕士论文《异苑校证》,从《续谈助》、《北堂书抄》、《太平御览》、《一切经音义》、《事物纪原》辑佚文八条。去其重复,合计十九条。②

佚文还有。南宋陈景沂《全芳备祖》后集卷二九引"紫衣童子"条,又见南宋杨伯嵒《六帖补》卷一九引,然无出处。二书文大同。《六帖补》引云:"骆琼采药北山,月夜见紫衣童子,歌曰:'山悄悄,月朦朦,明月秋分当夜空,烟萝密兮乘枯松。'琼于古松下得

---

① "此山鸡毛也"以上,《广记》卷二一六引作《异苑》。
② 按:吕春明据《事物纪原》卷九辑"稷屈原姊所作"一条,又见《太平御览》卷八五一引《续齐谐记》,为注文,作"稷屈原妇所作也"。清末王仁俊《经籍佚文》从《御览》卷六四三辑"陆欣"条,范、吕辑本皆有。又从明末方以智《通雅》卷二一辑"陆敬叔"一条。此实出《搜神记》,见今本卷一八、《新辑搜神记》卷一六。盖方氏将陆敬叔与刘敬叔相混,臆断为《异苑》也。

紫参一本,如紫衣童子,食之而寿。"①梁元帝萧绎《古今同姓名录》②卷上"二刘惔"云:"一晋人字真长,一字处静。""处静"下注"《异苑》"。卷下"二蔡邕":"一字伯喈,一出《异苑》。"刘惔字处静者,其事不详。蔡邕者,颇疑即《太平广记》卷三二一之"王瑗之"条,注出《齐谐记》:"广汉王瑗之,为信安令。在县,忽有一鬼,自称姓蔡名伯喈。俄复谈议诗,撰知古今,靡所不谙。问:'是昔日蔡邕否?'答云:'非也,与之同姓字耳。'问前伯喈今何在,云:'在天上作仙人,甚是受福,其快乐非复畴昔也。'"③《齐谐记》,宋东阳无疑撰,疑取《异苑》。

刘敬叔史书无传。胡震亨"汇其事之散在史书者",为《刘敬叔传》,兹录于下:

> 刘敬叔,字敬叔,彭城人。少颖敏,有异才。起家中兵参军、司徒掌记。义熙中,刘毅与宋高祖共举义旗,克复京郢,功亚高祖,进封南平郡公。敬叔以公望推借,拜南平国郎中令。既而有诏,拜南平公世子。毅以帝命崇重,当设缮宴,亲请吏佐临视。至日,国僚不重白,默拜于厩中。使人将反命,毅方知之。谓敬叔典礼,故为此慢,大以为恨,遂奏免敬叔官。及毅诛,高祖受禅,召为征西长史。元嘉三年,入为给事黄门郎。数年,以病免。太始中,卒于家。所著有《异苑》十卷行世。

按胡氏此传所据,多不可寻。刘敬叔之字,未见记载,想必臆测。其称彭城(今江苏徐州市)人,盖以刘姓出于彭城。其实敬叔乃广

---

① 《全芳备祖》引作:"骆琼采药北山,月夜见紫衣童子,歌曰:'山涓涓兮树蒙蒙,明月愁兮当夜空,烟岁密兮垂枯松。'遂于古松下得参一本,食之而寿。"(日藏宋刻影印本,农业出版社1982年版)
② 此书又经唐陆善经续,元叶森补,《文渊阁四库全书》收入。
③ 《太平御览》卷八八三亦引。

陵江都人。《太平寰宇记》卷一二三《淮南道一·扬州·人物》载："刘敬叔,广陵人,撰《异苑》。"明天一阁藏《嘉靖惟扬志》①卷一二《经籍志》著录"《异苑》十卷,宋给事广陵刘敬叔撰"。《雍正扬州府志》②卷三五《撰述志》亦有著录:"《异苑》十卷,宋广陵刘敬叔著。"雍正重修《江南通志》卷一九二《艺文志·子部》:"《异苑》十卷,江都刘敬叔。"乾隆重修《江都县志》③卷三〇《经籍志》亦著录《异苑》十卷,宋给事广陵刘敬叔著。方志代代递修,皆有古志依据,称刘敬叔是广陵人或江都人,是可靠的。据《晋书·地理志》,徐州广陵郡有江都县,在今扬州市西南④。

敬叔早年事,王琰《冥祥记》有一则记载:"周嵩妇胡母氏有素书《大品》……会稽王道子就嵩曾孙云求以供养,后常暂居新渚寺。刘敬叔云:'曾亲见此经,字如麻子,点画分明。'"⑤按王琰记敬叔语,大约是依据《异苑》,原书可能言及此经。寻绎文意,似乎敬叔在司马道子处见过此经。道子是晋简文帝司马昱之子,安帝元兴元年(402)被桓玄鸩杀,年三十九⑥。其时去宋立尚有十八年。小传称敬叔"少颖敏,有异才",想必据此而言。

敬叔起家中兵参军、司徒掌记,不知所本。可考者是南平郡公郎中令。《冥祥记》载:"晋沙门竺昙盖……居于蒋山……卫将军刘毅闻其精苦,招来姑孰,深相爱遇。义熙五年,大旱……毅乃请僧设斋,盖亦在焉。……刘敬叔时为毅国郎中令,亲豫此集,自所睹见。"⑦此事当亦取自《异苑》,今本《异苑》卷六载有相关的另一

---

① 朱怀幹修。上海古籍书店,1963年影印。
② 尹会一修。雍正十一年(1733)刊本。
③ 王格、黄湘修,光绪七年(1881)重刻本。
④ 江都县本汉县,西汉属江都国、广陵国,东汉属广陵郡。三国废,西晋复置。东晋省,宋元嘉十三年复置。参见《中国历史大辞典·历史地理》分册,上海辞书出版社,1997年版,第351页。
⑤ 《太平广记》卷一一三引,又《法苑珠林》卷一八亦引。
⑥ 见《晋书》卷六四本传。
⑦ 《珠林》卷六三引。

事:"南平国蛮兵在姑孰……予为国郎中,亲领此土。"刘毅,安帝时随刘裕讨桓玄,义熙二年(406)事平,因功为都督淮南等五郡诸军事、豫州刺史,封南平郡开国公,兼都督宣城军事,镇姑孰。俄进拜卫将军、开府仪同三司。六年,与卢循战,败绩,降为后将军,寻转卫将军、江州都督。① 所谓南平国,即指姑孰,因南平郡公刘毅镇姑孰,故云。郎中令为诸王国属官,与中尉、大农号为三卿,权位甚重。郡公相当小王国,所以也设郎中令。②

义熙七年,敬叔被免官。《宋书·五行志一》载:"晋安帝义熙七年,晋朝拜授刘毅世子。毅以王命之重,当设飨宴,亲请吏佐临视。至日,国僚不重白,默拜于厩中。王人将反命,毅方知,大以为恨,免郎中令刘敬叔官。"③

《异苑》卷三"黄牛"条云:"晋义熙十三年,余为长沙景王骠骑参军。"景王乃刘裕弟刘道怜(邻)④。据《宋书》卷五一本传,义熙十一年,道怜(邻)为都督荆湘等七州诸军事、骠骑将军、开府仪同三司、领护南蛮校尉、荆州刺史。刘裕代晋后封长沙王,永初三年(422)病卒,谥曰景。此事小传脱载。

小传云:"高祖受禅,召为征西长史。"不详所本。据《宋书·武帝本纪下》,永初元年(420)六月,刘裕登帝位,七月,镇西将军李歆进号征西大将军,敬叔可能为其长史。

小传称"元嘉三年,入为给事黄门郎"。按《隋志》称敬叔官号为宋给事,给事即给事黄门侍郎⑤,此小传之本,但云元嘉三年,又云数年以病免,不知何据。

关于敬叔卒于何时,可以从《异苑》中有关记载作些分析。除

---

① 见《晋书》卷八五《刘毅传》。
② 见《晋书·职官志》。
③ 《晋书·五行志上》亦载。
④ 应作刘道邻,见中华书局校点本校勘记。
⑤ 见《宋书·百官志下》。

去上文提到的那些有问题的条目,今本《异苑》最晚的纪年是元嘉二十年(443)与太始初。卷六"王怀之"条,卷七"海陵古墓"条都是元嘉二十年事。卷五"萧惠明"条,首云:"晋武太始初,萧惠明为吴兴太守。"此条辑自《广记》卷二九五引《异苑》,首云:"宋萧惠明为吴兴太守。"按《南史》卷一八《萧思话传》附《萧惠明传》亦载此事,云"泰始初为吴兴太守",今本即据此补"太始初"三字,又妄加"晋武"二字,以为太始乃指晋武帝年号,殊不知乃宋明帝。①宋文帝元嘉凡三十年,历孝武帝、前废帝,而到明帝泰始中。泰始初即泰始元年(465),去元嘉二十年已二十余年,去义熙五年(409)长达五十六年。义熙五年敬叔已官南平郡公郎中令,地位较高,估计至少也得三十岁。以三十岁计,那么到泰始初已八十六岁。泰始凡八年(465—472),取其中以泰始四年(468)计,已近九十岁。按一般情理推断,这种可能性很小,所以颇疑《广记》所注出处有误。《太平御览》卷四六、《太平寰宇记》卷九四引此条均作《宋书》②,而引作《异苑》者只有《广记》③。《广记》所引,前条《张舒》出《异苑》,后条出《独异志》,有可能此条涉前条而误。这样来看,只能说敬叔当卒于元嘉二十年之后,以元嘉三十年(453)为断限,已是七十四岁,这是比较合乎情理的。小传称太始中卒,完全是依据了上述不可靠的材料而误判。

由此亦可知,本书非成于明帝朝,而在文帝元嘉二十年后。卷三"人发变鳣"条明谓"今上镇西参军与司马张逯瞻河际"④,"今上"指宋文帝刘义隆,"镇西"则指镇西将军。《宋书·文帝纪》载,

---

① 太始本作泰始,太、泰相通,故又作太始。
② 此《宋书》非今传沈约《宋书》。沈约《宋书》卷七八《萧惠明传》无此事。据《隋书·经籍志》正史类著录,尚有宋徐爰、齐孙严所撰《宋书》及宋大明中《宋书》。《太平御览经史图书纲目》还著录有王琰《宋书》、王智深《宋书》。《南史》所载见项羽神事,必是据某一家《宋书》而记。
③ 《天中记》卷一六引此事,末注《南史》、《异苑》,作《异苑》者乃据《广记》。
④ 此条《太平御览》卷九三七引刘敬叔《异苑》。

永初元年(420)刘义隆封宜都王,进督北秦,进号镇西将军。

《异苑》书名,系仿刘向《说苑》。荟萃诸种异事,如园林之缤纷然,故云《异苑》。今本分十卷,每卷内容大致有一个中心,不过并不严格,有淆乱混杂的地方。下边依照今本卷次讨论《异苑》内容,凡属滥取他书者一概屏弃不论。

卷一所记,大抵是关于山川和自然现象的传闻。如:

> 古语有之曰:昔者有夫妻,荒年菜食而死,俱化为青绛,故俗呼美人虹。①

这是美人虹传说,可能比较古老。原末有"郭云:虹为雩,俗呼为美人"十字,出自郭璞《尔雅·释天》注,原文为"俗名为美人虹,江东呼雩"。《太平御览》卷一四、《古今合璧事类备要》前集卷四引《异苑》无此,宜删。早在郭璞前,东汉刘熙《释名·释天》已提到虹又称美人,云:"虹,攻也,又曰美人。阴阳不和,婚姻错乱,淫风流行,男美于女,互相奔随之时,则此气盛,故以其盛时名之也。"刘熙所释表现出迷信和封建道德的观念,歪曲了美人虹传说的本来面貌。恐怕这个传说和爱情有关。《异苑》所记语焉不详,是很可惜的。虹的故事还有薛愿见虹饮釜澳事,不及《搜神后记》中那个虹精故事生动。

此外又如"汨潭"条云屈原投川之日,乘白骥而来,"钓矶山"条云陶侃于水中钓得一织梭,变赤龙而去等。

卷二、卷三大都是关于神异之物以及动植物的异闻,一部分内容近乎《博物志》等书。其中有八条故事同张华有关(别卷亦有)。如龙肉鲊、蛇化雉等,都旨在表现张华之博物洽闻,后均采入《晋书·张华传》。"白鹦鹉"条云张华有白鹦鹉善言,华每出行还,辄说僮仆善恶,则不属此类;殷芸《小说》亦载张华异事多条,此事亦

---

① 《太平御览》卷一四、《古今合璧事类备要》前集卷四引《异苑》,"绛"作"虹",《御览》"美人"下无"虹"字。按:绛,即虹。今吴方言、晋方言犹称虹为绛。

在内。卷二、卷三的故事大都不足称,但"大客"写象报恩,是一个很好的民间故事:

> 始兴郡阳山县有人行田,忽遇一象,以鼻卷之,遥入深山。见一象,脚有巨刺。此人牵挽得出,病者即起,相与躅陆,状若欢喜。前象复载人,就一污湿地,以鼻掘出数条长牙,送还本处。彼境田稼,常为象所困。其象俗呼为"大客",因语云:"我田稼在此,恒为大客所犯,若念我者,勿复见侵。"便见踯躅,如有驯解。于是一家业田,绝无其患。

此事是唐世《朝野佥载》、《广异记》、《纪闻》、《传奇》等书所载同类故事①之源。

卷四都是吉验凶兆之事,类似《汲冢琐语》的"卜梦妖怪"和汉世谶纬之说以及《灵鬼志》之《谣征篇》。迷信意味很浓,但也有些值得玩味的生动故事。如"秦世谣"条云秦时有谣云:"秦始皇,何强梁。开吾户,据吾床;饮吾酒,唾吾浆;飧吾饭,以为粮;张吾弓,射东墙。前至沙丘当灭亡。"后始皇发孔子墓,一一应验。通过歌谣应验抨击秦始皇的暴虐。

卷五所记多为神灵事。这些神灵大都是汉晋以来民间所祠之神,如梅姑、青溪小姑、江伯神、紫姑神等等;内容一般都是神灵显验,作威作福,以及世人的崇拜等。此外还有些关于神仙、异僧之类的传说。下边举几个较好的:

> 世有紫姑神,古老相传云是人家妾,为大妇所嫉,每以秽事相次役,正月十五日感激而死。故世人以其日作其形,夜于厕间或猪栏边迎之,亦必须净洁。祝曰:"子胥不在——是其婿名也,曹姑亦归——曹即其大妇也,小姑可出戏。"捉者觉重,便是神来。奠设酒果,亦觉貌辉辉有色,即

---

① 参见拙著《唐前志怪小说辑释》,第505—508页。

跳躨不住。能占众事,卜未来蚕桑。又善射钩,好则大舞,恶则仰眠。平昌孟氏恒不信,躬试往捉,便自跃穿屋而去,永失所在也。①

和《搜神记》的丁姑神一样,紫姑神也是劳动妇女自己的神,民间奉祀极广。《荆楚岁时记》云:正月十五,"其夕迎紫姑,以卜将来蚕桑,并占众事"。

卷六多记鬼事,大多是习见的显形、作祟之类,但也有少数较有特色。例如,"陆机"写陆机陆云兄弟与王弼鬼谈玄:

陆机初入洛,次河南之偃师。时久结阴,望道左若有民居,因往投宿。见一年少,神姿端远,置《易》投壶。与机言论,妙得玄微。机心服其能,无以酬抗。乃提纬古今,总验名实,此年少不甚欣解。既晓便去,税骖逆旅。问逆旅妪,妪曰:"此东数十里无村落,止有山阳王家冢尔。"机乃怪怅。还睇昨路,空野霾云,拱木蔽日,方知昨所遇者信王弼也。②

后又记另一说,遇王弼者乃陆云。按:此节实据《太平御览》卷六一七引《异苑》及《晋书》卷五四《陆云传》缀合而成,已失《异苑》之旧。陆机故事明显带有魏晋玄风的时代烙印。

"李谦"条所记乃一鬼知音,亦稍有情致,同《灵鬼志》中嵇康事相仿。"黄父鬼"条记黄州黄父鬼传说,《神异经·东南荒经》"尺郭"张华注提到"今世有黄父鬼",可见流行于晋代。黄父鬼之状,着黄衣,至人家张口而笑,必得疫疠,是一种恶鬼,和《神异经》中的专吃恶鬼的黄父即尺郭不同。祖冲之《述异记》取此条,又记

---

① 据《荆楚岁时记》、《玉烛宝典》卷一、《北户录》卷二、《太平广记》卷二九二、《太平御览》卷三〇又卷八八四、《岁时记》卷一一引校补。
② 据《艺文类聚》卷七九、《太平御览》卷六一七又卷八八四、《太平广记》卷三一八引校改。

宋孝建年中婢女采薇见黄父鬼事①。又"梁清"条记梁清婢松罗遇鬼事,亦较好,文长四百二十余字。《重编说郛》卷一一三《梁清传》即此文。

卷七记有关冢墓及梦的传说。如:

> 嵇康字叔夜,谯国人也。少尝昼寝,梦人身长丈余,自称:"黄帝伶人,骸骨在公舍东三里林中,为人发露。乞为葬埋,当厚相报。"康至其处,果有白骨,胫长三尺,遂收葬之。其夜复梦长人来,授以《广陵散》曲。及觉,抚琴而作,其声甚妙,都不遗忘。高贵乡公时,康为中散大夫。后为钟会所谮,司马文王诛之。②

讲《广陵散》的来历,设想颇奇。又见《灵鬼志》,情事稍异。至于记冢墓者,若"诸葛间墓"条云冢中有弦歌之声等等,皆不佳。

卷八内容较杂,主要记精怪,还有复生、出生异事、人化动物等。其中妖精事多有佳者,例如:

> 晋怀帝永嘉中,徐奭出行田。见一女子,姿色鲜白,就奭言调。女因吟曰:"畴昔聆好音,日月心延伫。如何遇良人,中怀邈无绪。"奭情既谐,欣然延至一屋,女施设饮食而多鱼。遂经日不返。兄弟追觅,至湖边,见与女相对坐。兄以藤杖击女,即化为白鹤,翻然高飞。奭恍惚,年余乃差。

记白鹤精追求男子,题材虽为习见者,但写得情味颇足。

又"桓谦"、"殷琅"二条记蚂蚁精和蜘蛛精,以前没有碰到过,后来小说多有二精的故事,与《异苑》不能说没有关系。二事录

---

① 《异苑》"黄父鬼",辑自《太平御览》卷八八四引《异苑》,黄州作广州。《太平广记》卷三二五引《述异记》,在"黄州治下有黄父鬼"云云之后记采薇事,《异苑》亦辑入,与"黄父鬼"分作两条。

② 据《天中记》卷四二引校改。

于下：

> 桓谦，字敬叔。太元中，忽有人皆长寸余，悉被铠持槊，乘具装马，从臼中出，精光耀日，游走宅上。数百为群，部阵指麾，更相撞刺。马既轻快，人亦便捷。能缘几登灶，寻饮食之所。或有切肉，辄来丛聚。力所能胜者，以槊刺取，迳入穴中。蒋山道士朱应子，令作沸汤，浇所入处，寂不复出。因掘之，有斛许大蚁死在穴中。谦后以门衅同灭。①

> 陈郡殷家养子名琅，与一婢结好。经年婢死，后犹来往不绝，心绪昏错。其母深察焉。后夕，见大蜘蛛形如斗样，缘床就琅，便宴尔怡悦。母取而杀之，琅性理遂复。

情节都简单，但"桓谦"条描写蚁精极为细致。

复生事有"章沉"条，原载《甄异传》，但所存佚文简略不完，此则文字完备。写章沉入冥，帮助同被录送的女子徐秋英一起遣回复生，并结为夫妻，是一篇极有特色的入冥故事：

> 临海乐安章沉，年二十余死。经数日，将敛而苏。云被录到天曹，天曹主者是其外兄，断理得免。初到时，有少年女子同被录送，立住门外。女子见沉事散，知有力助，因泣涕，脱金钏一只及臂上杂宝，托沉与主者，求见救济。沉即为请之，并进钏物。良久出，语沉已论，秋英亦同遣去。秋英即此女之名也。于是俱去。脚痛疲顿，殊不堪行。会日亦暮，止道侧小窟，状如客舍，而不见主人。沉共宿嬿接，更相问次，女曰："我姓徐，家在吴县乌门，临渎为居，门前倒枣树即是也。"明晨各去，遂并活。

---

① 据《艺文类聚》卷九七、《太平御览》卷九四七、《太平广记》卷四七三、《事类赋注》卷三〇引校改。

>沉先为护府军吏,依假出都。经吴,乃到乌门。依此寻索,得徐氏舍。与主人叙阔,问秋英何在。主人云:"女初不出入,君何知其名?"沉因说昔日魂相见之由。秋英先说之,所言因得,主人乃悟。惟羞不及寝嬿之事,而其邻人或知,以语徐氏。徐氏试令侍婢数人递出示沉,沉曰:"非也。"乃令秋英见之,则如旧识。徐氏谓为天意,遂以妻沉。生子,名曰天赐。①

男女青年于冥中互相帮助,共展情好,复生后结为鸳侣,故事很动人。事类《搜神记》"贾偶"条,但自有特色,不失为佳制。

人化动物事,如"郑袭"条、"易拔"条等皆记人化虎,尚有人化鹿、化熊事,大都平平。

卷九记术士异事,其中记管辂者颇多,大抵类似《搜神记》同类故事。又有"郑玄"条记郑玄拜马融为师,业成而返,马融叹曰"诗书礼乐皆已东矣",忌而欲杀之。玄精于数算,藏于桥下得免。其事颇为流传。

卷一〇所记皆历史传说,如介之推逃禄、曹娥投江觅父尸等,都是古来盛传的著名故事。

本书题材广泛,内容丰富多彩,虽常因袭,大部为新见故事,足可称异闻之苑,这是它的优点。但总的来看,具文学之情致意趣者却不多,不及《搜神记》、《搜神后记》、《幽明录》等。绝大部分条目都很简短,除"梁清"、"章沉"二条较长外,其余多为几十字,且情节平淡,叙事简略,缺乏描写性文字,因此就显得不生动,不形象。《四库全书总目提要》卷一四二赞其"词旨简澹,无小说家猥琐之习",《郑堂读书记》卷六六也说"修词命意,颇有古致,无唐以下小说冗沓之习",其实这正是它的不足。

---

① 《太平广记》卷三八六引《异苑》,作"章汎"。据严一萍《太平广记校勘记》,抄宋本注出《甄异记》,作"章沈(沉)"。引文据抄宋本校改。

《异苑》有两种续书：一种是《异苑拾遗》，另一种是《续异苑》，详见后文。

四、宋齐其他志怪小说

刘宋时期志怪小说集，除上述三种及佛教应验之作还有不少。萧齐国祚短促，仅二十三年，作品不多，但祖冲之《述异记》及萧子良《冥验记》、王琰《冥祥记》都很有名。这里单就宋齐一般志怪书加以论述，"释氏辅教之书"则一并在本章末节专门讨论。

（一）《齐谐记》等宋志怪

宋志怪尚有东阳无疑《齐谐记》、袁王寿《古异传》、郭季产《集异记》、刘质《近异录》、齐谐《异记》，其中以《齐谐记》最好。佚名《桂阳列仙传》，可能作于刘宋或萧齐。

东阳无疑《齐谐记》。《隋书·经籍志》杂传类著录《齐谐记》七卷，宋散骑侍郎东阳无疑撰，两《唐志》同，《新唐志》改入小说家类。《通志·艺文略》传记类冥异属亦有著录，乃据《隋志》。《太平御览经史图书纲目》载有东阳无疑《齐谐记》。《广韵》卷一上平声东韵东字注云："宋有员外郎东阳无疑，撰《齐谐记》七卷。"晋宋之时，员外郎乃员外散骑侍郎之简称。

东阳无疑其名绝不见史传，仅从《隋志》知其朝代及官职。又《冥祥记》"刘龄"条记宋刘龄和道士魏叵不敬佛遭报事，时在元嘉九年，末云："其邻人东安太守水丘和传于东阳无疑。"可证东阳无疑确为刘宋人，大约生于东晋晚期，此条当亦取自《齐谐记》。马国翰《玉函山房辑佚书》子编小说家类《齐谐记序》云："无疑不详何人，据《隋志》知为宋散骑侍郎。《何氏姓苑》云：'东阳氏出于东阳郡。'可考者仅此。书名取《庄子》齐谐志怪之语,所记皆神异事。"《齐谐记》佚文有两条提到东阳郡,或许无疑正是东阳人氏。东阳郡,孙吴宝鼎元年(266)分会稽郡西部置,治所在长山县(今浙江金华市),南朝陈天嘉三年(562)改为金华郡。

《齐谐记》佚于宋。除《北堂书抄》、《艺文类聚》、《法苑珠林》、《初学记》、《白帖》外,仅见宋初《太平御览》、《太平广记》征引。陈振孙《直斋书录解题》卷一一于吴均《续齐谐记》下云:"《唐志》又有东阳无疑《齐谐记》,今不传。"南宋初曾慥《类说》卷五摘录《齐谐记》三条,殆据他书。《重编说郛》卷一一五有目无文。马国翰《玉函山房辑佚书》辑一卷,凡十五则,又载《续金华丛书》。《旧小说》甲集辑有数则。《古小说钩沉》亦辑十五则,辑录质量远胜于马辑本,最为通行,但有疏误。例如:"余杭县"二条又载《幽明录》,实是一事,宜并。"张然狗"条辑自《六帖》卷九八《狗二》,原文仅"尸以诉冤"四字,注"《齐谐志》云",下条为"竦耳注精",所注为张然狗事,无出处,查出《续搜神记》(今本《搜神后记》卷九、《新辑搜神后记》卷七辑入)。此事误辑,实应辑"尸以诉冤",唯本事不详。"蚕神"条辑自《御览》卷三〇和卷八二五,今见《续齐谐记》,此条宜删。古书引用常将《齐谐记》、《续齐谐记》二书相混,如《广记》卷二一〇引《齐谐记》徐景山事,《古今图书集成·神异典》卷四九三引《齐谐记》徐秋夫事,均见《续齐谐记》。这有可能是二书曾合编而统名之《齐谐记》,《太平御览经史图书纲目》并著梁吴均《齐谐记》、《续齐谐记》、东阳无疑《齐谐记》三书,所谓梁吴均《齐谐记》疑即合编本。《类说》所摘三条,《唊朕鳖》(麻姑事)、《针肿》(范光禄事)见本书佚文,而《白獭》见《续齐谐记》。《全唐文》卷七二九崔龟从《书敬亭碑铭》:"又案《齐谐记》云:'宋元嘉二年,有钱塘神姓梓名华,居住东境。友人双霞乃识之,神遂得与携接,同住庙中,更具酒食言宴。别后,县令盛凝之纵火焚烧,来托此山。百姓恭祭,乃号昭亭山。至今祠祷,必致灵验。'"此条宜补。

本书取《庄子·逍遥遊》"齐谐者,志怪者也"名之,可谓善立名者。所记为吴至宋元嘉间异事,殆作于宋文帝元嘉中至孝武帝大明中。从遗文看,《齐谐记》所记故事多有佳者。如"薛道询"条记人化虎事,谓薛道询发狂变为虎,食人无数,后复人形,仕官为殿中令史,座中向人自述化虎事及所食者姓名,同座人多有兄弟父子被食者,捉以付官,饿死狱中。化虎是古代小说一个引人注目的母题,"吴道宗母"记吴母化虎,也颇为别致:

> 义熙四年,东阳郡太末县吴道宗,少失父,单与母居,未有妇。一日,道宗收债,不在家,邻人闻其屋中砰磕之声。窥,不见其母,但有乌斑虎在其屋中。乡里惊恒,恐虎入其家食其母,便鸣鼓会里人,共往救之。围宅突进,不见有虎,但见其母,语如平常。不解其意。儿还,母语之曰:"宿罪见追,当有变化事。"后一月日,便失其母。县界内虎灾屡起,皆云乌斑虎。百姓患之,发人格击之,杀数人。后人射虎中膺,并戟刺中其腹,然不能即得。经数日后,虎还其家故床上,不能复人形,伏床上而死。其儿号泣,如葬其母法,朝冥哭临之。①

薛道询生病不痊,服散发狂而化虎食人,似在隐喻官吏害民,与任昉《述异记》封邵化虎故事用意相似。吴道宗母化虎乃缘"宿罪",是冥冥的一个惩罚手段。其罪为何则未交待。

"吕思"条记狸怪摄妇女,也很别致,情节完整且曲折变化,简短而又不失生动:

> 国步山有庙,又一亭。吕思与少妇投宿,失妇。思逐觅,见一大城,厅事一人,纱帽凭几。左右竞来击之,思以刀斫,计当杀百余人。余者便乃大走,向人尽成死狸。看向厅事,乃是

---

① 据《法苑珠林》卷三二、《太平御览》卷八八八、《太平广记》卷四二六引校辑。

古始大冢。冢上穿,下甚明,见一群女子在冢里。见其妇如失性人,因抱出冢口。又入抱取于先女子,有数十,中有通身已生毛者,亦有毛脚、面成狸者。须臾天晓,将妇还亭。亭吏问之,具如此答。前后有失儿女者,零丁有数十。吏便敛此零丁,至冢口迎此群女,随家远近而报之,各迎取于此。后一二年,庙无复灵。①

狸精在六朝志怪中极为常见。狸精所窃女子皆失性,日久者亦化为狸。《博物志》卷三写猴玃所盗女子"十年之后,形皆类之,意亦迷惑,不复思归",《搜神记·阿紫》写狐妖阿紫所窃男子"其形颇象狐",都反映着一样的观念:精怪取人而日久化为同类。

又,"董昭之"条记蚂蚁报恩,也是动物报恩故事中较好的一个:

> 吴富阳县董昭之,尝乘船过钱塘江。江中见一蚁,着一短芦,芦长二三尺,走一头回,复向一头,甚惶遽。昭之曰:"此畏死也。"因以绳系芦,欲取着船头。船中人骂:"此是毒螫物,不可长,我当踏杀之。"昭意甚怜此蚁。船至岸,蚁缘绳得出。中夜,梦见一人,乌衣,从百许人,来谢云:"仆不慎堕江,惭君济活。仆是蚁中王,君若有急难之日,当见告语。"历十余年,时江左所在劫盗,昭之被横录为劫主,系余姚狱。昭之忽思蚁王之梦,结念之际,同被禁者问之,昭之具以实告。"云缓急当告,今何处告之?"狱囚言:"但取两三蚁着掌中祝之。"昭之如其言。暮果梦昔乌衣人云:"可急去,入余杭山。天下既乱,赦令不久也。"于是便觉。蚁啮械已尽,因得出狱。

---

① 据《太平御览》卷五八九引校辑。

过江,投余杭山,旋遇赦得免。①

袁王寿《古异传》。《隋志》著录《古异传》三卷,宋永嘉太守袁王寿撰。《旧唐书·经籍志》杂传类撰名讹作袁仁寿。《新唐书·艺文志》小说家类乃同《隋志》。《通志·艺文略》传记类冥异属亦有著录,题宋袁王寿撰,盖据《隋志》。《册府元龟》卷五五五《国史部·采撰一》云"袁生寿撰《古异传》三卷",名亦讹。

《旧唐志》有的版本或作《石异传》。姚振宗《隋书经籍志考证》卷二〇曰:"《唐经籍志》及《册府元龟》所载书名撰人各不同,未详孰是。魏晋皆有石异之事,详见子部五行家,或近似之。"然据《古异传》佚文,未有石异之事,姚说非,"石"乃"古"之异,决然无疑。中华书局点校本《旧唐书》即作《古异传》。

袁王寿仅据《隋志》知为宋永嘉太守,余失考。《古异传》佚文仅存一则。《玉烛宝典》卷五引云:

> 斫木,本是雷公采药使,化为鸟。

这是关于啄木鸟的古老神话传说,可惜太简单。北宋高承《事物纪原》卷一〇引《古今异传》云:"啄木,本雷公采药使,为此鸟也。"与《宝典》文字稍异。《重修政和证类本草》卷一九《啄木鸟》引《古今异传》同,唯末句作"化为此鸟"。《古今异传》显然是《古异传》之别称,此亦可证是书绝不会是以"石异"为名。但本书所记当为古老传说,故以"古异"为名,疑后人妄加"今"字,遂失原意。

---

① 据《艺文类聚》卷九七、《初学记》卷二〇、《太平御览》卷四七九又卷六四三、《太平广记》卷四七三校辑。明本《搜神记》卷二〇误辑此条。按:《初学记》、《御览》卷六四三作"吴当阳县",《广记》作"吴富阳县",《类聚》、《御览》卷四七九作"富阳"。从叙事地域看,当作富阳(今属浙江)。然富阳县原名富春县,东晋咸安二年(372)避郑太后讳改名富阳,吴时不当称富阳县,盖作者用宋时之名也。

郭季产《集异记》。是书史志无目,见引于《北堂书抄》、《艺文类聚》、《太平广记》、《太平御览》诸书。撰人或误作李产①。《太平御览经史图书纲目》有郭季产《集异记》(又列《集异记》,亦郭书)。季产史书无传,《隋志》古史类著录《续晋纪》五卷,题宋新兴太守郭季产撰,知为宋人。《宋书》和《南史》之《蔡兴宗传》云前废帝时领军王玄谟有所亲故吏郭季产,当即其人。祖冲之《述异记》又载,"郭仲产宅在江陵枇杷寺南","及孝建中被诛"②。唐余知古《渚宫旧事》亦载此事,郭仲产时为南郡王从事③。按郭仲产疑乃郭季产之兄④,还当有郭伯产者,长兄也。孝建乃宋孝武帝年号(454—456)。

《古小说钩沉》有《集异记》辑本,凡十一条,辑自《北堂书抄》、《艺文类聚》、《太平御览》、《太平广记》四类书。按唐薛用弱、陆勋也有《集异记》,书名同。《书抄》、《类聚》唐初书,所引《集异记》自是郭季产书;《御览》所引亦为郭氏书。《钩沉》全部辑入,是也。《广记》引《集异记》不题撰人,大部分出薛、陆二书。薛书、陆书载唐事,绝不涉唐前事(唐人小说多如此),故事在魏晋者必为郭书。卷二七六"孙氏",卷三六八"刘玄"、"游先朝",卷四三八"朱休之",卷四四二"张华"诸条文字简短,多为晋宋事,当出郭书。然《钩沉》只辑入前三事。盖以"朱休之"条,《类聚》、《御览》引作《述异记》(祖冲之),"张华"条,又见《搜神记》、《续齐

---

① 《太平广记》卷二七六《张天锡》,末注:出李产《集异传》。
② 《太平御览》卷八八五引,《广记》卷三六〇亦引。按:《永乐大典》卷一九八六六(《海外新发现永乐大典十七卷》,上海辞书出版社,2003年版)引作任昉《述异记》,误。其文不类任书。
③ 据《四库全书》本《渚宫旧事·补遗》。南郡王乃刘义宣,元嘉三十年,宋孝武帝即位封南郡王,镇江陵,在镇十年。见《宋书》卷六八《南郡王刘义宣》传。《太平寰宇记》卷一四六引《渚宫旧事》作"南郡从事"。
④ 郭仲产著述颇多,《隋志》地理类著录《湘州记》一卷,《新唐志》地理类著录《荆州记》二卷。《太平寰宇记》引有郭仲产《秦川记》(卷一三四),《南雍州记》(卷一四二、卷一四三)。

谐记》。其实六朝小说相互因袭者固多,宜断为本书佚文。

本书内容多记鬼魅征应之事,文字简略,可观者寡,唯"张华"所载乃著名的燕昭王墓斑狸故事,已见《搜神记》。其余姑举一事如下:

> 中山刘玄,居越城。日暮,忽见一人,着乌袴褶来。取火照之,面首无七孔,面莽党然。乃请师筮之。师曰:"此是君家先世物,久则为魅,杀人。及其未有眼目,可早除之。"刘因执缚,刀斫数下,变为一枕。乃是其先祖时枕也。①

刘质《近异录》。是书著录于《隋书·经籍志》杂传类,二卷。又见《旧唐书·经籍志》和《新唐书·艺文志》,《新唐志》入小说家类。所记当为近世异事,佚文不存。《重编说郛》卷一一八载宋刘质《近异录》四则,全取自南宋洪迈《夷坚志》,乃伪书。②

刘质,彭城吕(今江苏徐州市东南)人。宋侍中、尚书左仆射、领护军将军、东昌县开国侯刘延孙子。大明五年(461)延孙卒,质嗣位。泰始中(465—471),有罪国除。传附《宋书》卷七八《刘延孙传》。

齐谐《异记》。《辩正论》卷六云:"干宝《搜神》,未闻其说;齐谐《异记》,不载斯灵。"齐谐《异记》与干宝《搜神》对举,似齐谐为撰名,《异记》为书名,非谓《齐谐记》或《续齐谐记》。梁陈间有《续异记》,既曰"续",其前必有《异记》,此亦可证也。齐谐,宋人。《高僧传》卷一一神异门下《宋京师杯度传》记释杯度种种异迹,诸如乘木杯渡水,遗尸假死,投石化牛等,下云:"又有齐谐,妻

---

① 据《太平御览》卷七〇七、《太平广记》卷三六八校辑。
② 南宋《秘书省续编到四库阙书目》小说类有杨牧《近异录》一卷,与本书同名,书已佚。

胡母氏病，众治不愈。后请僧设斋，斋坐有僧聪道人，劝迎杯度。度既至，一咒病者即愈。齐谐伏事为师。因为作传，记其从来神异，大略与上同也。至元嘉三年九月，辞谐入东，留一万钱物寄谐，倩为营斋。于是别去，行至赤山湖患痢而死。谐即为营斋，并接尸还葬建业之覆舟山。"所述杯度事，疑即取自齐谐《异记》。其他佚文未见。

还有佚名《桂阳列仙传》一种，可能出于宋齐间，附论于此。

本书无著录，《太平御览经史图书纲目》有此书。原书不存。《水经注》卷三九《耒水》引苏耽成仙事，又见《太平御览》卷一八九引，仅为其中一节，但文句稍繁。敦煌卷子本伯2526号《修文殿御览》残卷①引苏耽（讹作肮）化鹤事，二事当在一篇。《北堂书钞》卷一四八、《御览》卷二九又卷七三六引成武丁事。佚文可考者只此二人，《麓山精舍丛书》辑入。《御览》卷二九又引陈禅谏汉安帝观赏西南夷幻人事。按陈禅事见《后汉书》卷五一，禅巴郡安汉人。彼非道客羽士，又非桂阳人氏，不知何以入于《桂阳列仙传》，疑《太平御览》错引书名。

苏耽、成武丁事迹详见《广汉魏丛书》本《神仙传》卷九，称苏仙公、成仙公，皆桂阳人。诸书引《桂阳列仙传》苏耽事迹，或述大意，或取片断，兹将《水经注》所引录于下：

> 耽，郴县人。少孤，养母至孝。言语虚无，时人谓之痴。常与众儿共牧牛，更直为帅，录牛无散。每至耽为帅，牛辄徘徊左右，不逐自还。众儿曰："汝直，牛何道不走耶？"耽曰："非汝曹所知。"即面辞母云："受性应仙，当违供养。"涕泗。又说年将大疫，死者略半，穿一井饮水，可得无恙。如是有哭

---

① 黄永武主编《敦煌丛刊初集》，第6册，罗振玉编《鸣沙室佚书》，台北新文丰出版公司，1985年版。

声甚哀。后见耽乘白马,还此山中。百姓为立坛祠,民安岁登,民因名为马岭山。

《修文殿御览》所引,云苏去山之后,有白鹄十数头夜集郡东门楼上,其一作字言曰:"城郭是,人民非,三百年,当复遇。"苏耽这些事迹,大体与《神仙传》一致。

成武丁事只一件,即成武丁于会中以酒沃庭中,有司问其故,对曰临武县失火,以酒救之,验之果然,同郭宪事仿佛。《神仙传》所记要详尽得多,此为其中之一。

桂阳郡置于汉高祖时,治郴县。本书专记桂阳所出神仙,属郡邑仙传。郦道元卒于北魏孝明帝孝昌三年(527)①,当梁大通元年,而《水经注》最晚的记事年代是延昌四年(515),当梁天监十四年,可以推断本书成书年代上限在晋末,下限在梁初,以作于南朝宋齐间可能性最大。

(二)祖冲之《述异记》

《述异记》,《隋书·经籍志》杂传类著录十卷,祖冲之撰,《旧唐书·经籍志》杂传类、《新唐书·艺文志》小说家类同。《通志·艺文略》传记类冥异属亦有著录,当据《隋志》。书佚于宋,遗文散见《北堂书抄》、《艺文类聚》、《法苑珠林》、《太平广记》、《太平御览》、《事类赋注》等书,尤以《广记》、《御览》为多。是书古无辑本,《旧小说》甲集辑八则,撰人题祖冲之。鲁迅《古小说钩沉》辑九十则,但有疏误。

唐宋诸书所引《述异记》,除《初学记》卷一九"长人"条、卷二二"漆澄"条,《御览》卷三七七"长人"条、卷四四一"陈琬"条、卷四七九"周氏婢"条题祖冲之外②,绝大部分未署撰名。而梁任昉

---

① 见《北史》卷二九《萧宝夤传》。
② 《御览》卷四七九引"周氏婢"条讹作桓冲之。

亦有《述异记》，这就发生了问题，诸书所引《述异记》，究竟哪些属于任氏书，哪些属于祖氏书？按任书多记神话传说、奇禽怪兽及灵异变化等，风貌接近《博物志》、《玄中记》，诸书所引《述异记》不少是这类记载，许多又见于今本任昉《述异记》（原名《新述异记》），可知这类记载大抵属任氏书。至于记近世异事者，则大抵属祖氏书。不过这是就一般情况而言，并非绝对如此。

鲁迅所辑《述异记》，收录比较谨饬，但也有见于今本任书者。其中"梦口穴"、"朱休之"、"荀瓌"、"吴龛"四条均注明亦见今本任昉书中，又"历阳湖"、"园客"、"封邵化虎"三条亦见任书，均未注。按"梦口穴"、"朱休之"二条均详于今本任书，可能是二书并载，其余五条或与任书文同或有删缩，实际都出任书，不宜辑入。"桓冲"条辑自《类聚》卷九又卷八八、《御览》卷九三六，注"亦见今本任昉记中"，但任书今本实不载，唯《御览》卷九五五引作任昉《述异记》，而《珠林》卷二八、《御览》卷六六引作《述征记》（晋郭缘生撰），此条似应出任书。尹雄生角一事亦似任书文字。

祖冲之，事迹具《南齐书》卷五二、《南史》卷七二《文学传》。冲之字文远，东晋侍中祖台之曾孙，范阳遒县（今河北涞水县）人。宋文帝元嘉六年（429）生，齐东昏侯永元二年（500）卒。历仕宋齐二代。宋孝武帝使直华林学省，解褐南徐州迎从事、公府参军。孝武崩，出为娄县令、谒者仆射。官终长水校尉。祖冲之是卓越科学家及文学家，精通算学、历法，以精确计算圆周率，造《大明历》，发明指南车、水碓磨、千里船而名闻中外，并擅文章，长著述。据本传及《隋志》著录，注释过《周易》、《老子》、《庄子》、《论语》、《孝经》、《九章》等书，有《长水校尉祖冲之集》五十一卷，均亡。

冲之先人台之曾作《志怪》，冲之著此书可谓家学渊源。《述异记》所记，大率是晋宋神怪妖异之事，题材比较广泛。故事绝大部分系新出，少数故事采于前人书，如"山㺑"见《搜神后记》，"黄父鬼"见《异苑》，"陈敏"见《神异记》等。同南朝其他志怪相比，在内容上有些特点。一是很少有神仙及佛教事,二是多记关于吉凶征兆一类妖异故事。祖冲之是天文历算家,古代之星历家都有借天象观人事的天人感应观念,祖冲之自不能例外,这就是他颇留意于妖祥之事的原因。如:

> 郭秀之,寓居海陵。宋元嘉二十九年,年七十三,病止堂屋。北有大枣树,高四丈许。小婢晨起,开户扫地,见枣树上有一人,修壮黑色,著皂襆帽,乌韦袴褶,手操弧矢,正立南面。举家出看,并见了了。秀之扶杖视之,此人谓秀之曰:"仆来召君,君宜速装束。"日出便不复见。积五十三日如此。秀之亡后,便绝。①

这类故事多达二十几条,一般都不出色,不过又都是比较完整的故事,较之《五行志》天灾地妖一类记载强得多。

《述异记》较好的故事都在此外的各类传说中。如"比肩人":

> 吴黄龙年中,吴郡海盐有陆东美,妻朱氏,亦有容止。夫妻相重,寸步不相离,时人号为"比肩人"。夫妇云皆比翼,恐不能佳也。后妻死,东美不食求死。家人哀之,乃合葬。未一岁,冢上生梓树,同根二身,相抱而合成一树。每有双鸿,常宿于上。孙权闻之嗟叹,封其里曰"比肩",墓又曰"双梓"。后子弘与妻张氏,虽无异,亦相爱慕,吴人又呼为"小比肩"。②

这是个民间故事,结局的幻想与韩凭夫妇、焦仲卿夫妇事相仿佛,带有当时民间故事的共同色彩。

像这样较好的爱情故事还有一些。"崔基"条记载了一个爱情悲剧,凄婉感人:

> 清河崔基,寓居青州。朱氏女姿容绝伦,崔倾怀招揽,约

---

① 《太平广记》卷三二五引,据抄宋本(见严一萍《太平广记校勘记》)校补。
② 《广记》卷三八九引,据抄宋本校改。

女为妾。后三更中,忽闻扣门外,崔披衣出迎。女雨泪呜咽,云:"适得暴疾丧亡,忻爱永夺。"悲不自胜。女于怀中抽两匹绢与崔,曰:"近自织此绢,欲为君作裤衫,未得裁缝,今以赠离。"崔以锦八尺答之。女取锦曰:"从此绝矣!"言毕,豁然而灭。至旦,告其家。女父曰:"女昨夜心痛,夜亡。"崔曰:"君家绢帛无零失耶?"答云:"此女旧织余两匹绢,在箱中。女亡之始,妇出绢,欲裁为送终衣,转眄失之。"崔因此具说事状。①

又"庾邈"条亦类此,不同者女子乃因遭强人奸污,不能守节,为社神所责,心痛而死,悲剧性更强,颇能透见旧时代妇女的悲惨命运。

报应事亦多有记述,有的较有意义。如"大(同太)乐伎"条记太乐伎被草菅人命的昏官枉杀,化鬼复仇,事又载《冤魂志》,以后还要谈到。"伍考之"条记伍考之无端杀猴,遭化虎之恶报,对坏人坏事有所抨击,"山都"条也是同样的主题。

还有些鬼事,"王瑶家鬼"生动地描写了一个傻鬼的可爱形象,淘气恶作剧,颇富滑稽感:

> 王瑶,宋大明三年在都病亡。瑶亡后,有一鬼细长黑色,袒著犊鼻裤,恒来其家。或歌啸,或学人语,常以粪秽投人食中。又于东邻庾家犯触人,不异王家时。庾语鬼:"以土石投我,了非所畏;若以钱见掷,此真见困。"鬼便以新钱数十,正掷庾额。庾复言:"新钱不能令痛,唯畏乌钱耳!"鬼以乌钱掷之,前后六七过,合得百余钱。②

在魏晋以来的鬼故事中,一些鬼已经改变了阴毒酷虐的性格,或者为善良多情的女鬼,或者以淘气或傻气的面貌出现,这后一点使得某些鬼故事具有诙谐幽默的特点。在人们的审美追求中,滑

---

① 据《太平御览》卷八一七引校辑。
② 据《广记》卷三二五引校辑。

稽美是一个重要内容,从邯郸淳《笑林》到侯白《启颜录》的出现,反映着魏晋以来人们特好滑稽幽默的脾性。这种审美趣味也向鬼怪故事发生渗透,就是说滑稽和离奇结合,这样就产生了这类以幽默、滑稽为特征的鬼怪故事。

"颍川庾某"条①记庾某被阴司收录,因寿算未尽复放还,门吏索钱,庾某无所赍持,一新亡少女张氏脱钏以与门吏,遂得放行。这是个入冥复生故事,与同类大量故事不相雷同而自具姿态,也是《述异记》的一篇佳制。另外,"马道遒"写两鬼入马道遒耳中,将其魂推出落于履上,其状似虾蟆,想象奇特。

较好的故事还有"黄耳"条,记陆机犬黄耳通人语,为陆机送家书事,流传特广;"董逸"条记狸精化作董逸所慕邻女梁莹惑人事,等。

《述异记》文字雅洁。一些故事较长,像"黄苗"、"薄绍之"、"胡庇之"诸条,都有三五百字。《述异记》在南朝志怪中是比较优秀的作品,原书十卷,部头不算小,可惜书已散失。

五、任昉《新述异记》与吴均《续齐谐记》

南朝四代,志怪创作最繁荣者,除刘宋便是萧梁,达十数种之多。梁代文学发达,人才辈出,志怪兴盛自非偶然。梁代最有名的志怪是任昉《新述异记》和吴均《续齐谐记》。

(一)任昉《新述异记》

任昉是著名文学家,和沈约齐名,时有"任笔沈诗"之语。《梁书》卷一四、《南史》卷五九本传载,昉字彦升,乐安博昌(今

---

① 该条谈刻本《广记》卷三八三注出《还记》,黄晓峰本同,"还"乃"述"之讹。中华书局校本校作《还冤记》,误。许自昌本乃作《述异记》。

山东寿光市北)人。生于宋孝武帝大明四年(460),卒于梁武帝天监七年(508)。幼而好学,早知名。十六岁即被宋丹阳尹刘秉辟为主簿。历奉朝请、太常博士(一作太学博士)、征北行参军。齐永明初为丹阳尹王俭主簿,迁司徒行狱参军事,人为尚书殿中郎,转司徒竟陵王萧子良记室参军。明帝萧鸾深加器重,拜太子步兵校尉,管东宫书记。明帝崩,迁中书侍郎。永元末为司徒右长史。萧衍(梁武帝)为骠骑大将军,辟为记室参军。梁建,拜黄门侍郎,迁吏部郎中,寻掌著作。天监二年(503)出为义兴太守。重除吏部郎中,寻转御史中丞、秘书监、领前军将军。六年春出为宁朔将军、新安太守,明年卒官。追赠太常卿,谥敬子。任昉长散文,传称"雅善属文,尤长载笔,才思无穷,当世王公表奏,莫不请焉。昉起草即成,不加点窜。沈约一代词宗,深所推挹"。据《梁书》本传,著作有《杂传》二百四十七卷,《地记》二百五十二卷,文集三十三卷①,《隋书·经籍志》又著录《地理书抄》九卷、《文章始》一卷。除《文章始》(一题《文章缘起》)皆散佚,明人辑《任彦升集》六卷②。

《新述异记》通名作《述异记》,题任昉撰,但前人有疑其为赝作者。《四库全书总目提要》卷一四二云:

> 其书文颇冗杂,大抵剽剟诸小说而成。如开卷"盘古氏"一条,即采徐整《三五历记》;其余"精卫"诸条,则采《山海经》;"园客"诸条,则采《列仙传》;"龟历"诸条,则采《拾遗记》;"老桑"诸条,则采《异苑》。以及防风氏、蚩尤、夜郎王之类,皆非僻事……其"武陵源"一条,则袭陶潜所记,而于桃外增李,移其地于吴中。《周礼》孤竹之管、空桑之琴瑟二条,则

---

① 此据《梁书》本传。《隋志》杂传类著录《杂传》三十六卷,注云"本一百四十七卷,亡",别集类著录《梁太常卿任昉集》三十四卷,皆与本传卷数不合。"一百"疑为"二百"之讹。
② 载明汪士贤辑《汉魏诸名家集》。

附会竹生东海,空桑生大野山,尤为拙文陋识。考昉本传,称著《杂传》二百四十七卷,《地志》二百五十二卷,文章三十三卷,不及此书。且昉卒于梁武帝时,而下卷"地生毛"一条云"北齐武成河清年中",按河清元年壬午,当陈天嘉三年、周保定二年、后梁萧岿天保元年,距昉之卒久矣,昉安得而记之?其为后人依托,盖无疑义。……考《太平广记》所引《述异记》,皆与此本相同,则其伪在宋以前。其中桃都天鸡事,温庭筠《鸡鸣埭歌》用之,燕昭王为郭隗筑台事,白居易《六帖》引之,则其书似出中唐前。蛇珠龙珠之谚,乃剽窃《灌畦暇语》,则其书又似出中唐后。或后人杂采类书所引《述异记》,益以他书杂记,足成卷帙,亦如世所传张华《博物志》欤?

《提要》的证据有三:一是"地生毛"条记任昉卒后事,二是本传不载此书,三是内容大抵剽剟诸小说。并以剽窃中唐人书为据,定为中唐前后人伪作。

这些论证并不能说服人。(一)任昉此书不见《隋志》和本传不假,但可以解释为缺载,这种情况并不罕见。而且本传称任昉著《杂传》二百四十七卷,《隋志》亦有著录,又《新唐书·艺文志》著录任昉《杂传》一百二十。夫《杂传》者非一书之名,乃诸杂传之合称,很可能《述异记》即其中之一种,《隋志》杂传类即著录有大量志怪书。王谟云:"今考《隋唐志》并载祖冲之《述异记》十卷,无任昉记,而《艺文类聚》、《太平御览》等书所引祖记,又往往为今本任记所无,无妨任、祖二人当时各自有记,而《隋唐志》或偶失载也。《南史》本传亦载昉撰《杂传》二百四十七卷,不及此记,岂即在《杂传》中欤?"[①]这个推测是可信的。再者,唐玄宗开元年间徐坚等撰《初学记》,所引书凡确知撰人者,一律标明,其于卷一九、卷二二引祖冲之《述异记》,又于卷二八引任昉《述异记》曰:"魏文

---

① 《述异记跋》,见《增订汉魏丛书》。

帝安阳殿前,天降朱李八枚,唻之日不食。"①此条见今本任记卷下,文句全同而略其后半,是则当时确有祖、任二种《述异记》。又天宝中人苏师道《司空山志》②引梁任彦升《述异记》齐司空张岊事(今本缺载),均表明盛唐时已流传有任昉《述异记》,不得疑任书乃中唐人伪托。又,今本任记中多有"昉按"字样,确是任昉口气。如果说系伪造者假托,实在看不出有什么必要。

(二)细检《述异记》,确有与任昉时代不合者。还不止卷下"地生毛"一条,卷下"洛子渊"条云"后魏孝昌年中",考北魏孝明帝孝昌年间,相当于梁武普通六年至大通元年(525—527),其时任昉已卒近二十年。这可以解释为今本已经后人窜乱,并非原书,这种情况也颇为常见。今查得前事原出《隋书·五行志上》,后事出《洛阳伽蓝记》卷三。另外,"王僧辨"条称梁元帝,"鹿娘"条称梁武帝,都非能为任昉所道。又,《述异记》中还出现过一些梁以后的北朝和隋唐地名。如卷上"轩辕磨镜石"条有饶州,隋开皇九年置;"历阳湖"条有和州,北齐置;"王质"条有信安郡,隋大业三年置;卷下"澄水泉"条有沧州,北魏熙平二年置;"丹青树"条有辰州,开皇九年置;"木客鸟"条有吉州,开皇十年置;"大翮山"条有妫州,唐贞观八年置;"玉女房"条有利州,西魏废帝三年置;"九疑山"条有衡州,开皇中置;"鹿娘"条有毗陵郡,西晋太康二年置,永嘉五年改晋陵,隋唐时又曾改常州为毗陵郡。这种情况的出现,大抵是后人传写时误书或改用当时地名所致。如"轩辕磨镜石"条云:"饶州俗传轩辕氏铸镜于湖边,今有轩辕磨镜石。石上常洁,不生蔓草。"而《太平御览》卷五二引《述异记》作:"镜湖俗传轩辕氏铸镜于湖边,今有轩辕磨镜石。石上常洁,不生蔓草。"可见"饶

---

① 按:此节《述异记》文字,见中华书局1980年版《初学记》卷二八附《严陆校宋本异文》。中华书局版《初学记》系用清古香斋袖珍本为底本,该本卷二八无任昉《述异记》。严可均、陆心源所校王昶藏本,据认系宋本,多有与通行本不同处。

② 《全唐文》卷三七一。

州"二字乃"镜湖"之误。"丹青树"条首云"辰州嵩溪有丹青树",末又云"今在辰阳县",按辰阳县西汉置,隋初改为辰溪,隋唐人不得有此语,可知"辰州"二字必为隋唐人妄增或妄改。"王质"条之信安郡,《水经注》卷四〇《浙江水》引《东阳记》(宋郑缉之撰)作"信安县",知"郡"字亦后人妄改或为传写之讹。至如"木客鸟"条前云"庐陵有木客鸟",末云"庐陵即今吉州也",显然此句系唐人加的注而为他人传抄时窜入正文。王谟云《述异记》"中多唐时州名,则此书又经唐人改窜",信然。

除以上地名与梁世不合外,绝大部分并无问题,而从某些地名还可看出,该书绝不会出自唐代。如卷上"谢端"条有晋安郡,该郡晋太康三年置,开皇九年废;而"元绪"条东阳郡,吴宝鼎元年置,陈天嘉三年改为金华郡。卷下"印颊鱼"条城阳县,西晋改成阳为城阳,北齐废。凡此更可证是书出于梁代。

(三)志怪书往往从旧书取材,《述异记》亦然,《提要》以为《述异》系唐人剽剟诸小说而成,实为陋见。仔细看一下《述异记》,其所取于他书者,皆在梁前,唐人书与《述异》相合者,乃唐人取《述异》,非《述异》取唐人书也。而且,书中多有新材料显非伪托者剽剟旧小说。又唐宋类书所引《述异记》,多有不见今本者,若如《提要》所云"后人杂采类书所引《述异记》,益以他书杂记,足成卷帙",那么何以伪托者不尽取之?

总之,任昉作《述异记》是可信的,没有充分证据可以推翻旧案。《梁书》、《南史》本传及《隋志》、《唐志》不录任氏《述异记》者,盖其书已含于《杂传》之中。宋时《述异记》独传而其余杂传渐亡,故宋代书目始有著录。《崇文总目》小说类著录《述异记》二卷,任昉撰,《中兴馆阁书目》卷帙同,并云:"任昉天监三年撰。昉家书三万卷,多异闻,又采于秘书,撰此记。"《郡斋读书志》卷一二亦有相同说法,唯作"天监中"而不云"天监三年",云:"昉家藏书三万卷,天监中采辑前代之事,纂《新述异》,皆时所未闻,将以资后来属文之用,亦博物之意。"

宋以下史志书目皆作二卷,撰人无异辞。今本亦为上下二卷。缪荃孙《艺风堂文续集》卷六《影宋本述异记跋》和卷八《小说》云,钱塘丁氏八千卷楼藏有影抄宋本《述异记》二卷,与今本内容全同而文字仅有小异。此影宋本未见。徐世昌光绪三十年甲辰(1904)所刊《随庵丛书》本,乃据宋刻本景写重刻。凡上卷一百五十五条,下卷一百五十六条,都三百一十一条。前有无名氏序,末有庆历四年(1044)无名氏刻书后序。前序后有"临安府太庙前经籍铺尹家刊行"一行题识,知为南宋刻本,而其祖本则北宋庆历刻本,来历甚古。无名氏序云:

> 按《梁史》云:昉字彦升。举兖州秀才,拜太学博士,为齐竟陵王记室参军,专主文翰。洎梁武践阼,为给事黄门侍郎,又为吏部郎,迁中书舍人,转御史中丞、秘书监,出为新安太守。卒于官,年四十八。追赠太常,谥曰敬。大梁天监二年,昉迁中书舍人。家藏书三万卷,故多异闻。采于秘书,撰《新述异记》上下两卷。皆得所未闻,将以资后来刀笔之士、好奇之流文词怪丽之端,抑亦博物之意者也。

按无名氏据《梁史》所叙任昉仕历,与唐姚思廉《梁书》有异,《梁书》未言迁中书舍人①,且言卒时年四十九,肯定《梁史》者非姚书。《隋志》有《梁史》五十三卷,陈领军、大著作郎许亨②撰,不知是否是许书,若此无名氏似为隋人。不过从"大梁"的称呼看,无名氏恐怕也是梁朝人,生活于梁朝后期。所说《梁史》,是本朝人修的国史。正因为如此,所以能够掌握任昉撰作《述异记》的相关

---

① 《梁书》本传不载昉为中书舍人,而称:"高祖践阼,拜黄门侍郎,迁吏部郎中,寻以本官掌著作。天监二年,出为义兴太守。"但《南史》本传删去"寻以本官掌著作",似以其有疑。

② 《陈书》卷三四有传,称"撰《梁史》,成者五十八卷"。许亨太建三年(571)卒,年五十四。

资料,如天监二年昉迁中书舍人,家藏书三万卷,采于秘书,撰《新述异记》等,这些重要资料都是不见他书记载的。值得注意的是书名作《新述异记》,这是唯一的记录,也是非常正确的名称,因为南齐祖冲之作《述异记》,所以任昉加"新"字以示区别,断不会蹈袭旧名的。

北宋庆历刊本与南宋刊本都保存着无名氏序,《郡斋读书志》、《中兴馆阁书目》所云都是据序而言,只是天监二年讹作三年。今存诸本脱去二序。

今存主要版本,还有《稗海》、《格致丛书》、《汉魏丛书》、《广汉魏丛书》、《增订汉魏丛书》、《四库全书》、《龙威秘书》、《百子全书》、《说库》等本。诸本文字多有异同,条目分合次序常不一致,《稗海》、《汉魏丛书》、《说库》等本,下卷缺"郭后"一条。不过各本内容大体相同。王谟谓"今《丛书》(按:指《汉魏丛书》)本较《稗海》本又不全",并未仔细将二本对照。还有一卷节本,载《合刻三志》、《五朝小说·魏晋小说》、《重编说郛》卷六五、《古今说部丛书》,只九十六条。又,《绀珠集》卷九摘三十条,《类说》卷八摘六十五条(目录六十六条),《说郛》卷四《墨娥漫录》摘八条,又卷二〇录十八条,注三卷,"三"字当为字讹。

即以最古的宋本来看,并非原帙,也已经在隋唐五代流传中有所变化,经妄人增益改窜,失其旧貌。如前所言,一是增入后起之事,二是杂入不少梁以后的北朝隋唐地名,三是阙文很多。《太平御览》所引黑虹下乐辑营(卷一四)、郭景纯注《尔雅》台、韩夫人愁思台(并卷一七八)、安阳金城(卷一九二)、洛阳斗粟万钱(卷八四〇)、犝牛(卷八九九)、三角羊(卷九〇二)、楉勃(卷九六九)、南海郡香户(卷九八一)九条,《广记》所引夫子墓木(卷四〇六)、御李子(卷四一〇)二条,均不见今本,鲁迅所辑祖冲之《述异记》,中桓冲、尹雄生角等似亦属本书。① 宋本题"梁记室参军任昉撰",这也非原书题署,昉为骠骑大将军萧衍记室参军,尚未建梁。

作为志怪小说,《述异记》不是典型作品,内容冗杂,简短破碎。序称"亦博物之意",后序亦以之与"成式《酉阳》之编"、"子横《洞冥》之志"相比,确实本书风格类似《神异经》、《洞冥记》、张华《博物志》、郭璞《玄中记》之流,属地理博物体志怪小说。故而《四库全书总目》把它同《博物志》归入小说家类琐语之属。任昉学问渊博,多藏秘书,又精通地理,著有《地记》二百五十二卷,写出《博物志》一样的《述异记》是很自然的。

和《博物》相比,它在内容上有自己的特点,即以动植物产、山川古迹、园林楼台为主而杂以异闻。下边具体谈一下它的内容。

(一)各地动植物产。此类数量极多。如南海蛟绡纱、郁林珊瑚、龙珠蛇珠、辟寒香丹、龙刍草、孤竹、空桑、七尺枣、三尺梨、交让树、宫人草、妒草、睡草、神龟、剑鱼、吐绶鸟、怒毛兽、果下牛、果下马、懒妇鱼等,大抵为奇花异草、珍禽怪兽、珠货宝物。一般不像《山海》、《神异》二经那么荒唐漫衍,许多比较近实。有些含有很好的传说,如懒妇鱼、宫人草和相思木,都是有关动植物的动人传说:

> 海南有懒妇鱼。俗云:昔杨氏家妇,为姑所溺而死,化为鱼焉。其脂膏可燃灯烛。以之照鸣琴博弈,则烂然有光;及照纺绩,则不复明焉。②(卷上)

> 昔战国时,魏国苦秦之难,有以民从征戍秦,久不返,妻思而卒。既葬,冢上生木,枝叶皆向夫所在而倾,因谓之相思木。

---

① 清王仁俊《经籍佚文》从《广博物志》卷三六辑夫差作天池及句容别馆一条,其实见于今本卷上,并非佚文。

② 引文据《随庵丛书》本,略作校正,下同。

今秦赵间有相思草,状如石竹,而节节相续。一名断肠草,又名愁妇草,亦名孀草,人呼为寡妇莎,盖相思之流也。①(卷上)

楚中有宫人草,状如金镫而甚氛氲,花色红翠。俗说楚灵王时,宫人数千,皆多愁旷,有囚死于宫中者。葬之后,墓上悉生此花。(卷下)

宫人草等,本身并无奇异之处,估计都是实有之物,但它们有趣的名字都伴有一个优美的民间传说,传说本身又颇有意义,这就使得这类记载比"龟甲香即桂香之善者"之类生动得多,同时也比貗貐龙头马尾虎爪,长四百尺一类荒诞不经的描述富有生活气息。志怪小说也要植根于生活土壤,才有艺术生命力,这是个规律。

(二)山川泉石、园林楼台、古迹遗址。这是《述异记》中比较特殊的一大类,此前地理博物体志怪中不很多见。大都近实,然亦时含异闻,如卷上梦口穴、捣衣山、玉女冈、妒女泉、历阳湖、石室山、螺亭、黄鹤楼、金牛穴、受珠台、公主山、舒姑泉、兄弟石、大翮山小翮山、圣姑祠、盘古庙、蚩尤川、轩辕磨镜石等等。所涉传说,有些是古神话传说,有些是历史传说,有些是民间故事。例如:

信安县石室山,晋时王质伐木至,见童子数人棋而歌,质因听之。童子以一物与质,如枣核。质含之,不觉饥。俄顷,童子谓曰:"何不去?"质起视,斧柯烂尽。既归,无复时人。

荀瓌,字叔伟,寓居江陵。事母孝,好属文及道术,潜栖却粒。尝东游,憩江夏黄鹤楼上。望西南有物,飘然降自霄汉。俄顷已至,乃驾鹤之宾也。鹤止户侧,仙者就席,羽衣虹裳,宾

---

① 据《太平御览》卷九九七、《太平广记》卷四〇八、《海录碎事》卷二二下引校改。

主欢对。已而辞去,跨鹤腾空,眇然而灭。①

此二事都是神仙传说,颇被文人采为典故,后者尤甚。王质事又见《水经注》卷四〇《渐江水注》引《东阳记》,所见童子非棋而歌,乃弹琴而歌。《洞仙传》亦载之。小说多言仙人弈棋,如《幽明录》"黄原"云众仙女"或抚琴瑟,或执博棋","嵩高山大穴"云二仙人围棋。出土汉墓画像石中亦常见仙人弈棋的图画②。仙人弈棋,意在表现仙人的逍遥自在和富于智慧。《异苑》卷五云有人乘马山行,见二老翁相对摴蒲,下马观之,俄顷,鞭烂鞍朽,马唯骨骸,与此情事相类。荀瓌事,是著名的黄鹤楼传说。

又如:

> 并州妒女泉,妇人不得靓妆彩服至其地,必兴云雨。一名是介推妹。

> 天姥山南峰,昔鲁班刻木为鹤,一飞七百里。后放于北山西峰上,汉武帝使人往取之,遂飞上南峰。往往天将雨,则翼翅动摇,若将飞奋。(卷下)

妒女泉事又载《太平御览》卷六四引《隋图经》、唐张鷟《朝野佥载》卷六、《元和郡县志》卷一六《太原府·广阳县》、《太平寰宇记》卷五〇《平定军·平定县》。介之推传说流传很广,这里又附会出他的妹妹。鲁班事尚有二条。一云洛城石室山有鲁班刻石《禹九州图》,一云东北岩海畔有鲁班作大石龟,夏入于海,冬止于山。

此外,"历阳湖"条记历阳县陷为湖,情事颇类由拳县传说,本

---

① 据《稗海》本、《百子全书》本、《类说》卷八及《艺文类聚》卷六三又卷九〇、《太平御览》卷九一六、《事类赋注》卷一八引补正。
② 详见罗二虎《汉代画像石棺》,巴蜀书社,2002年版。

于《淮南子·俶真训》。"螺亭"条记南康采螺女被螺吃掉。"武陵源"条变化桃花源传说,桃外又增李,名曰"桃李源",易地为吴中,并称避秦乱于此地者食桃李而得仙。"贞山"条云梁时毗陵郡鹿产一女号鹿娘,后为女冠,尸解成仙。凡此等等,都是较好的传说。

含有古神话传说的,涉及到盘古、鬼母、蚩尤、神农、防风氏、鲧、精卫等(皆在卷上)。虽多见于往籍,但又间或含有新说。特别是作者是从记载一方古迹风物的角度来叙其情事,因此显得别有风味,并无陈旧之感。记叙时,有时还带有考证和议论。

最有名的是关于盘古、蚩尤的记载。盘古神话已载于徐整《三五历纪》、《五运历年记》等,任昉所记又颇出异辞和新说,并云:"今南海有盘古氏墓,亘三百余里,俗云后人追葬盘古之魂也。桂林有盘古氏庙,今人祝祀。""南海中有盘古国,今人皆以盘古为姓。"(卷上)见出盘古在后世的流传情况。蚩尤神话《山海经》、《龙鱼河图》、《列子》等书已有记叙,《述异记》所记二则亦自有特色,一是集不同说法,二是叙其遗迹影响:

> 轩辕之初立也,有蚩尤氏,兄弟七十二人,铜头铁额,食铁石。轩辕诛之于涿鹿之野。蚩尤能作云雾。涿鹿今在冀州,有蚩尤神。俗云人身牛蹄,四目六手。今冀州人掘地,得髑髅如铜铁者,即蚩尤之骨也。今有蚩尤齿,长二寸,坚不可碎。秦汉间说蚩尤氏,耳鬓如剑戟,头有角,与轩辕斗,以角觝人,人不能向。今冀州有乐,名蚩尤戏,其民两两三三,头戴牛角而相觝。汉造角觝戏,盖其遗制也。

> 太原村落间,祭蚩尤神,不用牛头。今冀州有蚩尤川,即涿鹿之野。汉武时,太原有蚩尤神昼见,龟足蛇首,多疫。其俗遂为立祠。

古老的精卫神话也颇出新意:

> 昔炎帝女,溺死东海中,化为精卫,其名自呼。每衔西山木石,以填东海,怨溺死故也。海畔俗说,精卫无雄,偶海燕而生子。生雌状如精卫,生雄如海燕。今东海畔,精卫誓水处犹存。曾溺于此川,誓不饮其水。一名誓鸟,一名冤禽,又名志鸟,俗呼为帝女雀。①

任昉此记的前几句乃取《山海经》,"偶海燕"云云则为新说,大概是把什么海鸟附会为精卫鸟了。精卫的四个别名也深有意味。

"鬼母"一条则系首次见于记载的神话,情事颇奇:

> 南海小虞山中,有鬼母,能产天地鬼。一产十鬼,朝产之,暮食之。今苍梧有鬼姑神是也,虎头,龙足,蟒目,蛟眉(注:蟒蛇目圆,蛟眉连生)。

还有少数关于殊方异域的记载,大抵类似《洞冥记》,如:

> 大食王国在西海中。有一方石,石上多树,干赤叶青。枝上总生小儿,长六七寸,见人皆笑,动其手足。头着树枝,便摘一枝,小儿便死。(卷上)

这种奇怪果实,使人联想到《西游记》中的人参果。

其中有的记载涉及到少数民族的神话传说,如:

> 哀牢夷,西蜀国名也。其先有妇人,捕鱼水中,触沉木,育生男子十人。沉木为龙,出水上。九男惊走,一儿不去,背龙,因舐之。后诸儿推为哀牢王。(卷下)

这是感生神话,带有母系社会的明显痕迹。《后汉书·西南夷传》已记有此事,较详。李贤注称"自此以上并见《风俗通》也",是则《后汉书》、《述异记》皆取自《风俗通》②。

---

① 据《太平御览》卷九二五引校补。
② 今本《风俗通义》不载。

（三）祥瑞灾异及变化之事。诸如蛟化龙，虎生角，天雨鱼、金、钱、粟、谷、枣、鹿等，多无故事情节，一似史书之《五行志》。只有少数较好，如"封邵化虎"，是一个著名的化虎故事，极富讽刺性：

> 汉宣城郡守封邵，一日忽化为虎，食人，郡民呼之曰"封使君"，因去不复来。故时语曰："无作封使君，生不治民死食民。"夫人无德而寿则为虎。虎不食人，人化虎则食人，盖耻其类而恶之。①（卷上）

《谭子化书·心变》云："至淫者化为妇人，至暴者化为猛虎。心之所变，不得不变。"封邵化虎，讥讽虐民官吏"无德"、"至暴"，正是孔子"苛政猛于虎"之意。

本书内容丰富多彩，确实如宋人后序所说："若造鬻珍之市，列金璧以交辉；如观作绘之坊，绚丹青而溢目。"材料多采自古书，可考者有《山海经》、《国语》、《括地图》、《列仙传》、《蜀王本纪》、《论衡》、《博物志》、《玄中记》、《搜神记》、《拾遗记》、《搜神后记》、《异苑》、《幽明录》、《后汉书》等等，由于古书散佚，因此实有保存资料之功，如南海小虞山鬼母神话即不见他书，此类尚多。但其记事琐碎，从小说角度看大多数难以视作比较完整的作品，表现出突出的资料性。作者在记事中常常引证诗文，并间或考证，足以见作者作为诗文作家和学者的本色和脾性。

（二）吴均《续齐谐记》

从小说艺术上看，《述异记》远不及《续齐谐记》。《续齐谐记》不唯在梁代志怪中独占鳌头，在六朝志怪中亦处优秀之列。

是书作者吴均，字叔庠，吴兴故鄣（今浙江安吉市西北）人。

---

① 据《稗海》本、《类说》卷八及《太平广记》卷四二六、《太平御览》卷八九二引校改。

生于宋明帝泰始五年(469),卒于梁武帝普通元年(520)。出身贫寒,好学有俊才,沈约颇赏其文。梁天监初(502)吴兴太守柳恽召补主簿,六年建安王萧伟为扬州刺史,引兼记室。九年萧伟迁江州,补国侍郎,兼府城局。临川靖惠王萧宏称之于武帝,召待诏著作,累迁奉朝请。后因私撰《齐春秋》,事有不实,坐免。寻奉诏撰《通史》,未成而卒。吴均善诗文,史称"文体清拔有古气,好事者或斅之,谓为吴均体"。著《后汉书》注九十卷、《齐春秋》三十卷、《庙记》十卷、《十二州记》十六卷、《钱唐先贤传》五卷、《续文释》五卷、《吴均集》二十卷等,均散佚,明人辑《吴朝请集》一卷。事迹见《梁书》卷四九、《南史》卷七二《文学传》。

《续齐谐记》,《梁书》卷四九、《南史》卷七二《吴均传》均不载。《隋书·经籍志》杂传类、《旧唐书·经籍志》杂传类、《新唐书·艺文志》小说家类、《通志·艺文略》传记类冥异属、《直斋书录解题》小说家类、《文献通考·经籍考》小说家类、《宋史·艺文志》小说类皆有著录,一卷,《崇文总目》小说类、《日本国见在书目录》杂传家类作三卷,恐系字讹,或析一卷为三卷亦未可知。

今本亦为一卷,然非全帙,才十七则。《四库全书总目提要》卷一四二云:"唯刘阮天台一事,徐子光注李瀚《蒙求》引《续齐谐记》之文,述其始末甚备,而今本无此条。"其实所佚并非刘阮一事①,还有四事:(一)"王敬伯",见引于敦煌本伯2635号《类林》残卷卷九,《琱玉集》卷一二,《太平御览》卷五七九、卷七五七、卷七六一,《事类赋注》卷一一,南宋朱翌《猗觉寮杂记》卷上,姚宽《西溪丛语》卷上,范成大《吴郡志》卷四七(无出处),周守忠《姬侍类偶》卷下,郭茂倩《乐府诗集》卷六〇,《分类补注李太白诗》卷

---

① 刘阮事除见引于《蒙求注》外,《太平御览》卷八六二、《重修政和证类本草》卷二四、《绀珠集》卷一〇、明嘉靖伯玉翁抄本《类说》卷四、《施注苏诗》卷三一、《舆地纪胜》卷一二《景物下》及《仙释》皆亦引。《绿窗新话》卷上《刘阮遇天台女仙》注出《齐谐记》,误。

一三《宿白鹭洲寄杨江宁》杨齐贤注,郑虎臣《吴都文粹》卷一〇(无出处),《永乐大典》卷七三二八,《永乐琴书集成》卷五、卷一二、卷一七,明陈耀文《天中记》卷四二,梅鼎祚《才鬼记》卷一,明万历刊百卷本《记纂渊海》卷七八。《永乐琴书集成》卷一七所引最为完备。诸书或引作王恭伯、王钦伯、王彦伯,皆宋人避赵匡胤祖赵敬讳改。(二)"吴龛",《御览》卷七〇三、《永乐大典》卷二二五六引。(三)"子胥潮",《五百家注音辨昌黎先生文集》卷二《送惠师》洪兴祖注引。(四)"万文娘",《南村辍耕录》卷一四《妇女曰娘》引。加此五条,凡二十二条。

本书版本甚多,有《虞初志》(卷一)、《顾氏文房小说》、《古今逸史》、《广汉魏丛书》、《五朝小说·魏晋小说》、《合刻三志》、《重编说郛》(卷一一五)、《秘书廿一种》、《四库全书》、《增订汉魏丛书》等,题梁吴均撰(或作著,或无撰字)。《类说》卷六摘录十三条①,《绀珠集》卷十摘八条,撰人讹作吴筠,《说郛》卷六五选录四条。《旧小说》甲集亦有选录。台北文史哲出版社1987年出版王国良《续齐谐记研究》,其下编《校释》(底本以明嘉靖顾元庆《顾氏文房小说》为主)对今本及佚文各篇均作校释,可以参考。

《续齐谐记》卷末附有元代陆友跋语,云:

> 齐谐,志怪者也,盖庄生寓言耳。今吴均所续,特取义云耳,前无其书也。考《文献通考》书目亦云。至元甲子吴郡陆友记。②

---

① 《类说》明嘉靖伯玉翁抄本多《天台仙女》一条,天启刊本误入《传记》(伯玉翁抄本卷五,作《国朝传记》,题唐刘餗撰),标目作《刘晨阮肇》。
② 元徐显《稗史集传》载,陆友字友仁,姑苏人。长于五律及八分隶楷,博极群物。柯九思、虞集荐于文宗,未用而归吴,自号砚北生。著《砚史》、《墨史》、《印史》、《杞菊轩稿》。年四十八以疾卒。按陆友跋云至元甲子,是年即元世祖忽必烈至元元年(1264),其时上去文宗(1328—1332)六十余年,陆友尚未出生。疑至元甲子乃至元丙子之讹。顺帝年号亦有至元,至元丙子乃1336年。

按《续齐谐记》之前,已有东阳无疑《齐谐记》,并非"前无其书",云"续"也者,盖即续东阳书也。《文献通考》卷二一五于《续齐谐记》下引陈氏(按:即陈振孙)曰:"《续齐谐记》一卷,梁奉朝请吴均撰。齐谐志怪,本《庄子》语也。《唐志》又有东阳无疑《齐谐记》,今不传,此书殆续之者欤?"陈氏之意,乃谓此书续东阳无疑《齐谐记》,陆友以为续《庄子》齐谐,并称《通考》亦云,误。《虞初志》卷一《续齐谐记》跋云:"均先有《齐谐记》一卷,在唐已失传,而其事往往杂见于诸类书中,均盖自续其书,非祖东阳也。"亦误。清汪师韩《谈书录·续齐谐记》甚至说,"岂东阳无疑即均之隐名耶",非常荒谬。古书引用吴书常作《齐谐记》,与东阳书相混,《太平御览经史图书纲目》即著录有梁吴均《齐谐记》,故前人对二书关系每每作出错误判断。

据陈振孙《书录解题》,《续齐谐记》署梁奉朝请吴均撰,《类说》明嘉靖伯玉翁抄本亦同(明天启刊本无)。若作者原署如此,则书约作于天监九年之后,较任昉《新述异记》为晚;不过也可能是后人所题,不足为凭。

《续齐谐记》中作品,"燕昭王墓斑狸"又见《搜神记》、《琱玉集》卷一二引《晋抄》、《太平广记》卷四四二引《集异记》,"杨宝"亦见《搜神记》,"刘晨阮肇"见《幽明录》,"紫荆树"见《琱玉集》卷一二引《前汉书》,"洛水白獭"见《御览》卷七五〇引《魏氏春秋》,"吴龛"见《幽明录》,又见《述异记》卷下,等①。可知吴均也是把古书旧籍作为取材对象的。

是书所记不外神怪事,不过有一个明显特点,就是有六条皆记民间时俗的来历和传说。"张成"、"曲水"、"屈原"、"成武丁"、"邓绍"、"桓景",构成是一组有关正月十五、上巳、端午、七夕、八

---

① "张成"条,类书或引作《齐谐记》,《古小说钩沉》辑入。其实应属吴书。吴均续东阳书,不应取其事入己书。

月旦、重阳节令风俗的故事。汉崔寔《四民月令》、魏董勋《问礼俗》、晋周处《风土记》、梁宗懔《荆楚岁时记》、隋杜台卿《玉烛宝典》等书,专记时令风俗,其中有些多含传说,以往《玄中》、《搜神》、《异苑》诸志怪亦间有记叙,至《续齐谐记》则有较集中的反映。时俗传说流行于民间,包含着人民群众的理想和审美观念,也反映着他们的生活状态,因而这类传说颇值得注意。

"张成"条记吴县张成夜于宅南角遇一妇人,乃蚕神,嘱成于来年正月半作白粥,泛膏于上祭己,可令蚕桑百倍。成如言,果大得蚕。民间正月半作白膏粥,即自此始。《荆楚岁时记》载:"正月十五作豆糜,加油膏其上,以祠门户。"杜公瞻注即引此记。《御览》卷八二五引作《齐谐记》,书名误,张成作陈氏,文简。

正月十五作白膏粥祭蚕神的习俗,和农民的养蚕劳动有关,另一些习俗又和消灾祛病的愿望有关。"邓绍"条记弘农邓绍八月旦入华山采药,见一童子执五彩囊,承取柏叶上的露水,说是赤松先生取以明目,以后人们遂于八月旦作眼明袋。《荆楚岁时记》也记有"以锦彩为眼明囊,递相饷遗"的习俗,不过时间在八月十四日。杜注引吴均此记,又引《述征记》云:"八月一日作五明囊,盛取百草头露洗眼,令眼明也。"这是古人保护眼睛的一项习俗。"桓景"条云汝南桓景随费长房游学,长房谓曰:"九月九日汝家中当有灾,宜急去,令家人各作绛囊,盛茱萸以系臂,登高饮菊花酒,此祸可除。"景如言,夕见鸡犬牛羊一时暴死。此后世人即于九月九日登高饮酒,妇人佩戴茱萸囊。《荆楚岁时记》云:"九月九日,四民并藉野饮宴。"杜注下引此记。按此即重阳节的来历,王维《九月九日忆山东诸兄弟》诗云:"遥知兄弟登高处,遍插茱萸少一人。"说的正是这种风俗。早在西汉已有此俗,《西京杂记》卷三云:"九月九日佩茱萸,食蓬饵,饮菊华酒,令人长寿。菊华舒时,并采茎叶杂黍米酿之,至来年九月九日始熟,就饮焉,故谓之菊华酒。"费长房是东汉人,其事显见乃附会之说。

另一个富有诗意的节日是七夕,同样寄托着人们特别是妇女的美好愿望。这个节日是从牛郎织女的神话生出。"成武丁"条记云:

> 桂阳成武丁,有仙道,常在人间。忽谓其弟曰:"七月七日,织女当渡河,诸仙悉还宫。吾向已被召,不得停,与尔别矣。"弟问曰:"织女何事渡河?去当何还?"答曰:"织女,天之真女也,暂诣牵牛。吾后三千年当还。"明日,失武丁所在。世人至今犹云七月七日织女嫁牵牛。①

牛郎织女事由来很古。《诗经·大东》已有"跂彼织女,终日七襄,虽则七襄,不成报章;睆彼牵牛,不以服箱"的话,把牵牛、织女二星想象为两个人。湖北云梦县睡虎地秦墓竹简《日书》,其中记"取妻"忌日云:"戊申、己酉,牵牛以取织女,不果,三弃。""戊申、己酉,牵牛以取织女,不果,不出三岁,弃若亡。"②秦时民间已流传牵牛娶织女而最终分离的故事,可惜情事不详。《古诗十九首》有云:"迢迢牵牛星,皎皎河汉女。纤纤擢素手,札札弄机杼。终日不成章,涕泣零如雨。河汉清且浅,相去复几许?盈盈一水间,脉脉不得语。"是则至晚在东汉牛郎织女故事已经成型。四川郫县新胜乡出土之二、三号砖石墓,为东汉晚末期墓葬,其一号石棺盖顶绘有牛郎织女像。"牛郎头戴一山形冠,身着长袍,正牵一水牛欲向织女奔去。织女在画面一端,双髻长裙,一手持梭,一手举起,眺望牛郎方向。在牛郎织女中间,留出大面积空白,应表示二人之间有银河相隔。"③实际上可能在西汉已经基本成型,《三辅

---

① 引文均据《续修四库全书》影印明刊陆采《虞初志》本,并据有关资料及参考王国良《校释》校补。此条据《文选》卷三〇谢惠连《七月七日夜咏牛女》注、《海录碎事》卷二、《岁时广记》卷二六、《杜工部草堂诗笺》卷九《一百五夜对月》注、卷一四《天河》注、卷二九《牵牛织女》注、《东坡诗集注》卷四《芙蓉城》注引校补。
② 见《日书》甲种第155简、第3简。《睡虎地秦墓竹简》,文物出版社,1990年。
③ 罗二虎《汉代画像石棺》,巴蜀书社,2002年,第20页。

黄图》卷四《苑囿》云："《关辅古语》曰：'昆明池中有二石人，立牵牛、织女于池之东西，以象天河。'张衡《西京赋》曰：'昆明灵沼，黑水玄沚。牵牛立其右，织女居其左。'"①《文选》卷一班固《西都赋》也有"左牵牛而右织女，似云汉之无涯"语，注引《汉宫阙疏》云："昆明池有二石人，牵牛、织女象。"而且，早在西汉已有织女渡河之说，《白帖》卷九五引《淮南子》佚文曰："乌鹊填河成桥，渡织女。"唐韩鄂《岁华纪丽》卷三引《风俗通义》佚文亦云："织女七夕当渡河，使鹊为桥。"魏晋南北朝，牛郎织女七月七日相会的传说，广为流传，不断为诗家播入词章。曹植诗《九咏》云："目牵牛兮眺织女，交有际兮会有期。"注云："牵牛为夫，织女为妇，虽为匹偶，岁一会也。"又云："织女、牵牛之星，各处河之旁，七月七日得一会同也。"②傅玄《拟天问》云："七月七日，牵牛织女，时会天河。"③谢惠连《七月七日夜咏牛女一首》云："云汉有灵匹，弥年阙相从。遐川阻昵爱，修渚旷清容。弄杼不成藻，耸辔骛前踪。昔离秋已两，今聚夕无双。倾河易回斡，款颜难久悰。"④《风俗记》并云："织女七夕当渡河，使鹊为桥。相传七日鹊首无故髡，因为梁以渡织女故也。"⑤丰富了鹊桥传说的细节，看来鹊为桥者乃是群鹊相连成桥，牛女脚踩鹊身渡河，所以鹊头变秃。至于唐代王建《七夕曲》⑥所云："遥愁今夜河水隔，龙驾车辕鹊填石。"大概是诗人的想象。喜鹊填石筑桥固然更实际一些，但不免要问，七夕过后那石桥怎么办，还得由鹊们拆吗？

此时还传有牛郎织女分隔银河、一年一会的缘由，和后世民间

---

① 《文选》卷二《西京赋》原文作："酒有昆明灵沼，黑水玄阯，固以金堤，树以柳杞。豫章珍馆，揭焉中峙。牵牛立其左，织女居其右。"
② 《玉烛宝典》卷七引。
③ 《太平御览》卷八引。
④ 《文选》卷三〇。
⑤ 《白帖》卷九引。宋罗愿《尔雅翼》卷一三亦载。
⑥ 《全唐诗》卷二九八。

流传的说法大相径庭。明陈耀文《天中记》卷二引"小说"云:"天河之东有织女,天帝之子也。年年机杼(按:当作杼)劳役,织成云锦天衣,容貌不暇整理。天帝怜其独处,许嫁河西牵牛郎。嫁后遂废织纴,天帝怒焉。责令归河东,但使其一年一度相会。"冯应京《月令广义·七月令》亦引"小说",文同①。梁殷芸、唐刘𫗧均撰有《小说》,后者即《隋唐嘉话》,此记不类二书文。所谓"小说",非专名也,所指何书不详。清褚人获《坚瓠二集》卷二《牵牛织女》述此事乃引作《述异记》,文句大同,唯称织女乃天帝女孙。今本任昉书无此,祖冲之《述异记》佚文亦无此条,亦不见清东轩主人之《述异记》。另一种说法是:"牵牛娶织女,借天帝二万钱下礼,久不还,被驱在营室中。"见《荆楚岁时记》注引道书,又见《御览》卷三一引《日纬书》引道书。

牛郎织女七夕相会于民间流传后,七月七日遂成为一个节日。它主要是属于妇女的。妇女日常工作是女工,希望有一双巧手,于是乎找到了织女。《西京杂记》卷一载:"汉彩女常以七月七日穿七孔针于开襟楼,俱以习之。"可见汉代已有乞巧的习俗,且传入宫中。七夕还要陈设瓜果祭祀织女,据《续汉书》云:"牵牛星,荆州谓之河鼓,主关梁,织女主瓜果。"②目的显然是乞求织女保佑瓜果丰收。关于七夕的情况,《风土记》和《荆楚岁时记》所记甚详。《初学记》卷四引周处《风土记》云:"七月七日,其夜洒扫于庭中,露施几筵,设酒脯时果,散香粉于筵上,以祀河鼓、织女③。言此二星神当会,守夜者咸怀私愿。或云见天汉中有奕奕正白气,有耀五色,以此为徵应,见者便拜,而愿乞富乞寿,无子乞子。唯得乞一,不得兼求,三年乃得言之。颇有受其祚者。"《荆楚岁时记》云:"七

---

① 《月令广义》"杼"作"杼"。按:冯梦龙《古今谭概·荒唐部》亦载牵牛借天帝钱事,题《牵牛借钱》。
② 《太平御览》卷九七八引。《事类赋》卷二七《瓜赋》注亦引。
③ 此句《初学记》脱"筵上以祀"四字,据《荆楚岁时记》注补。

月七日,为牵牛织女聚会之夜。是夕,人家妇女结彩缕穿七孔针,或以金银鍮石为针,陈瓜果于庭中以乞巧。有喜子网于瓜上,则以为符应。"①

还有的习俗表达人们对所敬仰的历史人物的纪念,沿续至今的端午节就是这样。《荆楚岁时记》云:"是日(按:五月五日)竞渡,采杂药。"注云:"五月五日竞渡,俗为屈原投汨罗日,伤其死,故并命舟楫以拯之。"除竞渡,还要包粽子。《风土记》云:"仲夏端午,烹鹜角黍。"②这角黍就是粽子。据《风土记》云,它是"以菰叶裹粘米"而成。何以要包粽子,《续齐谐记》"屈原"条所记甚明:

> 屈原五月五日投汨罗水而死,楚人哀之。每至此日,以竹筒子贮米,投水以祭之。汉建武中,长沙区回,白日忽见一士人,自云三闾大夫,谓回曰:"闻君常见祭,甚善。但常年所遗,并为蛟龙所窃。今若有惠,当以楝叶塞其上,以五彩丝缠之。此二物蛟龙所惮。"回依其言。后乃复见感之。今世人五月五日作粽,并带楝叶、五彩丝,皆汨罗之遗风也。《异苑》

---

① 牛女故事之流传,地域颇为广泛。民俗学界对其发源地或主要流传地之调查及研究,主要有南阳、沂源、长安等说。南阳说谓,牛郎乃河南南阳城西二十里处桑林人,名如意。南阳有白河,乃汉水支流,形如银河。岸边至今仍有牛郎庄、织女庄。牛郎庄位于白河东岸二十里,存有牛郎宅基、饮牛坑、牛家冢、鹊桥等。牛郎相隔一里多之史洼村,称织女庄。自古织女庄姑娘不嫁牛郎庄,为其不能白头到老。南阳即牛郎织女传说发源地,由此而传到各地。见杜全山、周仁民《牛郎织女传说当起源于南阳》,《文史知识》,2008年第5期。沂源说谓,山东沂源县燕崖乡有牛郎官庄,单姓牛,称牛郎是其祖先。庄内有牛郎庙,隔沂河有织女洞。见郭俊红、卢翱《牛郎织女传说的地方化研究》,《民俗研究》,2008年第1期。2007年8月全国首届牛郎织女传说学术研讨会在沂源召开,学者以为沂源乃牛郎织女传说主要流传地。见郭俊红《全国首届牛郎织女传说学术研讨会综述》,同上。长安说谓,陕西长安斗门镇有牵牛与织女石像,流传此地之牛郎织女传说多达十八种,七夕乞巧风俗亦起源于汉代长安斗门。见傅功振、樊列武《长安斗门牛郎织女传说考证与民族文化内涵》,《民俗研究》,2008年第2期。

② 《初学记》卷四引。

云：糉屈原妇所作也。①

楝②即苦楝，楝科落叶乔木，叶小。古人以为楝叶可辟邪。《重修政和证类本草》卷一四引陶隐居曰："（楝）处处有，俗人五月五日皆取叶佩之，云辟恶。"又引《荆楚岁时记》曰："蛟龙畏楝。"（按：今本无）《初学记》卷四引作"菰叶"，乃误用周处《风土记》之说，非原文，但用菰裹粽，确也有其事。菰，浅水植物，叶似芦苇。

结末吴均注语原缺，此据《御览》卷八五一补。《事物纪原》卷九引在正文，作"糉屈原姊所作"。屈原有姊名女媭，《离骚》："女媭之婵媛兮，申申其詈余。"王逸注："女媭，屈原姊也。"《御览》卷一五七引《郡国志》曰："秭归县，屈原乡里。南岸曰归乡，西岸曰秭归。屈原既放，跧归乡里，因曰归乡县。屈原姊女须闻原还，亦来喻之，因曰姊归也。"但《太平寰宇记》卷一四五《襄州·风俗》引《襄阳风俗记》为屈原妻事，云："屈原五月五日投汨罗江，其妻每投食于水以祭之。原通梦告妻，所祭食皆为蛟龙所夺。龙畏五色丝及竹，故妻以竹为粽，以五色丝缠之。今俗，其日皆带五色彩，食粽，言免蛟龙之患。"看来《事物纪原》之"姊"字乃讹字。粽的起源，或说屈原妻，或说区回，乃传闻异辞。

五月五日竞渡和拯救屈原有关，除《荆楚岁时记》注记载，《襄

---

① 据《玉烛宝典》卷五、《艺文类聚》卷四、《初学记》卷四、《史记》卷八四《屈原列传》张守节《正义》、《唐会要》卷二九、《太平御览》卷三一、卷八五一、卷九三〇、《太平广记》卷二九一、《事类赋注》卷四、《事物纪原》卷八、卷九、《类说》卷六、《岁时广记》卷二一、《古今事文类聚》前集卷九、《分门类林杂说》卷三、《群书类编故事》卷二引补。

② 《玉烛宝典》、《史记正义》、《唐会要》、《御览》各引、《类说》、《类林杂说》俱作"练"，今本《荆楚岁时记》注亦作"练叶"。按："练"同"楝"，楝树之"楝"又作"练"。《苕溪渔隐丛话》后集卷一二引《艺苑雌黄》云："《初学记》说筒粽事，引《续齐谐记》曰……东坡尝作《皇太后阁端午帖子》云：'翠筒初窒练，芗黍复缠菰。水殿开冰鉴，琼浆冻玉壶。'注云：'新筒裹练，明皇《端午诗序》也，盖取吴筠（均）《续齐谐记》，今行于世，与明皇所用盖同。徐坚集《初学记》，引筠此记，乃作楝叶，岂传写之误邪？'东坡之意，盖谓'楝'当作'练'也。"其实是"练"、"楝"通用。

阳风俗记》也说:"原五日先沉,十日而出,楚人于水次迅楫争驰,棹歌乱响,有凄断之声,意存拯溺,喧震川陆。风俗迁流,遂有竞渡之戏。"又《北堂书抄》卷一三七引《抱朴子》佚文云:"屈原没汨罗之日,人并命舟楫以迎之。至今以为竞渡,或以水军为之,谓之飞凫,亦曰水马。州将士庶,悉临观之。"《隋书·地理志下》云:"屈原以五月五日赴汨罗,土人追至洞庭不见。湖大船小,莫得济者,乃歌曰:'何由得渡湖?'因尔鼓棹争归,竞会亭上。习以相传,为竞渡之戏。其迅楫齐驰,棹歌乱响,喧振水陆,观者如云。诸郡率然,而南郡、襄阳尤甚。"

"三月三日"条记上巳节曲水流杯的时俗和来由,《荆楚岁时记》亦记有这一时俗。在古时这是个有名节日,古人很重视。《宋书·礼志二》载:

> 旧说后汉有郭虞者,有三女。以三月上辰产二女,上巳产一女。二日之中,而三女并亡。俗以为大忌。至此月此日,不敢止家,皆于东流水上为祈禳,自洁濯,谓之禊祠。分流行觞,遂成曲水。史臣案《周礼》女巫掌岁时袚除衅浴,如今三月上巳如水上之类也。衅浴谓以香薰草药沐浴也。《韩诗》曰:"郑国之俗,三月上巳,之溱、洧两水之上,招魂续魄。秉兰草,拂不祥。"此则其来甚久,非起郭虞之遗风、今世之度水也。《月令》:"暮春,天子始乘舟。"蔡邕章句曰:"阳气和暖,鲔鱼时至,将取以荐寝庙,故因是乘舟禊于名川也。《论语》:'暮春浴乎沂。'自上及下,古有此礼。今三月上巳,袚于水滨,盖出此也。"邕之言然。张衡《南都赋》"袚于阳滨"又是也。或用秋,《汉书》:"八月袚于霸上。"刘桢《鲁都赋》:"素秋二七,天汉指隅,人胥袚除,国子水嬉。"又是用七月十四日也。自魏以后但用三日,不以巳也。魏明帝天渊池南,设流杯石沟,燕群臣。晋海西锺山后流杯曲水,延百僚,皆其事也。宫人循之至今。

上巳日本来指三月上旬第一个巳日,每年的具体日子并不全同,后来固定为三月三日。杜甫诗《丽人行》"三月三日天气新,长安水边多丽人",说的就是这个节日。

《续齐谐记》其他故事亦佳。"金凤凰"条记车辕上所饰金凤凰化鸟飞去,被人用鸟网捕获,设想特奇。"田真兄弟"条记田氏堂前紫荆树于田真兄弟共议分家之时忽枯死,兄弟感动,不再分家,紫荆亦复生。故事极有名,表达了古人的家族伦理观念,与孝感故事具有同样的思想基础和信仰基础。

"阳羡书生"亦颇佳:

> 阳羡许彦,于绥安山行。遇一书生,年十七八,卧路侧,云脚痛,求寄鹅笼中。彦以为戏言。书生便入笼,笼亦不更广,书生亦不更小,宛然与双鹅并坐,鹅亦不惊。彦负笼而去,都不觉重。前行,息树下,书生乃出笼,谓彦曰:"欲为君薄设。"彦曰:"善。"乃口中吐出一铜奁子,奁子中具诸肴馔,海陆珍羞,方丈盈前。其器皿皆铜物。气味香旨,世所罕见。酒数行,谓彦曰:"向将一妇人自随,今欲暂邀之。"彦曰:"善。"又于口中吐一女子,年可十五六,衣服绮丽,容貌殊绝,共坐宴。俄而书生醉卧,此女谓彦曰:"虽与书生结要,而实怀怨。向亦窃得一男子同行,书生既眠,暂唤之,君幸勿言。"彦曰:"善。"女子于口中吐出一男子,年可二十三四,亦颖悟可爱。乃与彦叙寒温,挥觞共饮。书生卧欲觉,女子口吐一锦行障遮书生。书生乃留女子共卧。男子谓彦曰:"此女子虽有心,情亦不甚。向复窃得一女人同行,今欲暂见之,愿君勿泄。"彦曰:"善。"男子又于口中吐一妇人,年可二十许,共酌戏谈甚久。闻书生动声,男子曰:"二人眠已觉。"因取所吐女人,还内口中。须臾,书生处女乃出,谓彦曰:"书生欲起。"乃吞向男子,独对彦坐。然后书生起,谓彦曰:"暂眠遂久,君独坐,当悒悒邪?日又晚,当与君别。"遂吞其女子,诸器皿,悉内口

中。留大铜盘,可二尺广,与彦别曰:"无以藉君,与君相忆也。"彦太元中,为兰台令史,以盘饷侍中张散。散看其铭题,云是永平三年作。①

段成式《酉阳杂俎》续集卷四《贬误》引录此记和《譬喻经》,并云:"余以吴均尝览此事,讶其说,以为至怪也。"按《旧杂譬喻经》有梵志吐壶事,《灵鬼志》据而演为外国道人事,吴均又演为阳羡书生事。由三人又增出一人,易壶、担为鹅笼,记叙曲折有致,富有情趣,可谓"青出于蓝"。王谟《续齐谐记跋》云:"记中唯鹅笼书生极幻。"纪昀《阅微草堂笔记》卷七《如是我闻一》云:"阳羡鹅笼,幻中出幻"。明凌性德所刻《虞初志》本汤显祖评曰:"展转奇绝。"确实,故事表现互相隐瞒的男女关系,想象非常奇特,是《续齐谐记》中情事最为奇幻恢诡的一篇。

"赵文韶"和佚文中的"王敬伯"都是描述美丽的爱情故事,"赵文韶"云:

> 会稽赵文韶,为东宫扶侍。廨在清溪中桥,与尚书王叔卿家隔一巷,相去二百步许。秋夜嘉月,怅然思归,倚门唱《西乌夜飞》,其声甚哀怨。忽有青衣婢,年十五六,前曰:"王家娘子白扶侍,闻君歌声,有关人者。遣月游戏,遣相闻耳。"时未息,文韶不之疑,委曲答之,亟邀相过。须臾女到,年十八九,行步容色可怜,犹将两婢自随。问家在何处,举手指王尚书宅,曰:"是闻君歌声,故来相诣。岂能为作一曲邪?"文韶即为歌《草生盘石下》,音韵清畅,又深会女心。乃曰:"但令有瓶,何患不得水?"顾谓婢子:"还取箜篌,为扶持鼓之。"须臾至,女为酌两三弹,泠泠更增楚绝。乃令婢子歌《繁霜》,自解裙带系箜篌腰,叩之以倚歌。歌曰:"日暮风吹,叶落依枝。

---

① 据《酉阳杂俎》续集卷四《贬误》、《太平广记》卷二八四引、《太平广记校勘记》及《类说》卷六校补。

丹心寸意，愁君未知。歌繁霜，繁霜侵晓幕，何意空相守。坐待繁霜落，歌阕夜已久。"遂相伫燕寝。竟四更别去，脱金簪以赠文韶。文韶亦答以银碗及琉璃匕各一枚。既明，文韶出，偶至清溪庙歇。神座上见碗，甚疑而悉委之，屏风后则琉璃匕在焉，箜篌带缚如故。祠庙中唯女姑神像，青衣婢立在前。细视之，皆夜所见者。于是遂绝。当宋元嘉五年也。①

清溪，又作青溪。女姑即青溪小姑，据《异苑》卷五，青溪小姑是蒋侯神蒋子文第三妹，《搜神后记》(《新辑搜神后记》卷三)亦载其事，皆言其性情刚烈。《乐府诗集》卷四七《吴声歌曲》有《青溪小姑曲》云："开门白水，侧近桥梁。小姑所居，独处无郎。"此篇描写"独处无郎"的清溪女神追求人间美好爱情，桀骜不驯的小姑一变而为多情少女。故事本身是习见的人神恋爱，情节并无多少出奇之处，但记叙委曲，文词清丽，十分优美。特别是歌声的描写和歌曲的穿插，把当时气氛和人物情绪烘托得极好，可以看出吴均的笔下功夫，《虞初志》评曰："骚艳多风，得《九歌》如余意。"此篇后又载于佚名《八朝穷怪录》②和唐林登《续博物志》③。

"王敬伯"写晋王敬伯与女鬼刘妙容之恋：

> 王敬伯者，字子升，会稽余姚人也。少好学术，妙于缀文，性解音乐，尤善鼓琴。容色绝伦，声擅邦邑。少入仕，为东宫扶侍。赴役还都，行至吴通波亭，维舟中流。因升亭玩月凭闼，独怅然有怀，乃秉烛理琴而行歌曰："低露下深幕，垂月照孤琴。空弦兹宵泪，谁怜此夜心？"歌毕，便闻外有嗟叹之声。敬伯乃抗音而问："叹者为谁？清音婉丽。深夜寂寥，无以相

---

① 据《御览》卷七六〇、南宋郭茂倩《乐府诗集》卷四七引及《类说》卷六、《乐府诗集》卷四九校改。
② 《太平广记》卷二九五引，作赵文昭。
③ 《吴郡志》卷四七引。

悦,既演其声,何隐其貌?"便闻帘外有环佩之声。

俄见一女子,披帏而入,丽服香华,姿貌闲美,锵金微妙,雅有容则。曰:"女郎悦君之琴声,踟蹰槛户,颇有攀松之志。且闲于声论,善于五弦,欲前共抚,子可之乎?"敬伯乃释琴整服,殊有祗肃之容。答曰:"仆从役,暂休假托当,幸寄憩此亭。属风天爽丽,独月易流,孤宵难晓,深心无宁,聊以琴歌自欢,不谓谬留赏爱。向闻清婉之音,又袭芬芳之气,因魂肠双断,情思两飞。脱一接容光,并觞共轸,岂不事等朝闻,甘同夕死?"女默受而出,便闻帘外笑声。于是振玉曳绢,开轩徐入。笑逐盼流,芳随步举,容韵姿制,绰有余华。二少女从焉,一则向先至者。命施锦席于东床,敬伯乃就坐,良久,笑而不言。

敬伯常以举动自高,又以机辩难匹。自女至后,卷謇缺然。女乃言曰:"向玩子鸣琴,觉情高志远;及乎见也,意阻容惭。何期倏忽倾变,一至于此!冰霜之志,亦难与言。"答曰:"以木讷之姿,瞻解环之辨;以如寄之状,值倾国之华。得不临对要期,当醉虑别也?女郎脱若优以容接,借以欢颜,使得宣怀抱,用写心曲,虽复为菌为蟪,亦谓与椿与鹄齐龄矣。"女推琴曰:"向虽仿佛清声,未穷其听,更乞华手,再为一抚。"敬伯荐琴曰:"仆此好自幼至长,无相闻受,泛滥何成?以明解临,弥深愧脑。愿请一弹,道其蔽懵。难事请申,固非望内。"女取琴而笑曰:"诚不惜一弹,久废次第耳。"反覆视之,良久而挥弦,乃曰:"此琴殊美,愧无其能,如何?"乃调之,其声哀雅,有类今之登歌。乃曰:"子识此声否?"敬伯答曰:"未曾闻。"女曰:"所谓《楚明光》也。唯嵇叔夜能为此声,自兹以来,传数人而已。"敬伯曰:"情欲受之。"女曰:"此最楚媛,非艳俗所宜,唯岩栖谷隐,所以自娱耳。当为一弹,幸复听之。"女乃鼓琴且歌曰:"凉风窈窕夜襟清,宵馆寂寞晓琴鸣。对佳人兮未极情,惜河汉兮将已倾。"歌毕,长叹数声。谓敬伯曰:

"过隙逝川,光阴易尽。对此良久,弥更哽然。安得游天之姿,一顿嫦娥之辔?"因掩泣久之。

乃命婢曰:"夜已久矣,不久当曙。还取少酒,与王郎饮。"敬伯亦收泪而言曰:"鄙俗寒微,未审何因,得陈高虑。女郎贵氏,可得闻乎?"女曰:"方事绸缪,何论氏族耶?君深意,必当不患不知。"敬伯亦不敢更问。须臾,婢将绿沉漆榼、织成襻,并一银铛,杂果一盘。女命罗绔缓者酌酒相献。可至三更许,宾主皆有畅容。女命大婢酌酒,小婢取箜篌。俄顷而返,将箜篌至。女便弹之,令婢作《婉转歌》。婢甚羞,低回殊久,云:"昨宵在雾气中眠,即日声不能畅。"女逼之,乃解衣,中出绶带,长二尺许,以挂箜篌,状如调脱。女脱金钗,扣琴弦和之,意韵繁谐,声制婉转。歌凡八曲,敬伯唯忆其二。曰:"片月既以明,南轩琴又清。寸心斗酒事芳夜,千秋万岁同一情。歌婉转,婉转凄以哀。愿为星与汉,光景相徘徊。"又曰:"且复共低昂,参差泪成行。红妆绣褥芳无艳,金徽玉轸为谁锵?歌婉转,婉转情复悲。愿为烟与雾,氛氲映芳姿。"歌毕,命取卧具,俄然自来。仍令撤角枕,同衾尽情密焉。

天明即别,各怀缠绵。女留锦四端,锦卧具、绣腕囊并佩各一双与敬伯。敬伯以牙火笼、玉琴爪答之。携手出门庭,怅然不忍别。谓敬伯云:"交疏吐诚至难,昔日倾盖如旧,顿验今晨。深闺不出户,十有六年矣。邂逅于逆旅之馆,而顿尽平生之志,所由冥运,非人事也。饮宴未穷,而别离便始,莫不悲惊白日,思绕行云。直以游溱涉洧之见亲,勿以桑间濮上而相待也。岐阻之后,幸无见哂。一分此袖,终天永绝。欲寄相思,瞻云眺月耳。"言竟便去。敬伯呜咽而已。望回,欻然而灭。

下船至虎牢戍,吴令刘惠明爱女未嫁,于县亡。惠明痛惜,有过于常。遂都部伍,自逻诸大船检搜,公私商旅,悉不得渡。云:"昨夜吴九里埭,且于女郎灵船中,先有锦四端及女郎常所卧具、绣腕囊并佩皆失。"遍搜诸船,并无所见。末至敬伯船而获之,遂执敬伯。令见敬伯风貌闲华,乃无惧色,令亦窃异之。既而问敬伯,敬伯乃说女仪状,及从者容质,并陈所赠物。令便检之,于帐后得牙火笼,巾箱内衾中得玉琴爪以呈。乃恸哭曰:"真吾女婿也。"乃待以婿礼,甚厚加遗赠而别焉。同旅者咸为凄婉。

敬伯乃访部伍人,云:"女郎年十六,名妙容,字稚华,去冬遇疾而逝。未亡之前,有婢名春条,年二十许;一婢名桃枝,年十五,能弹箜篌,又善《婉转歌》。不幸相继而死,并有姿容。昨所从者,即此婢也。"敬伯怅然,愧异不能已。兼叹不可再遇,丽色复难重睹,恍惚积旬,如有遗失。慊慕之志,寝寤莫逢,唯怅恨而已。①

《类林》卷九、《琱玉集》卷一二云王敬伯晋末人,《乐府诗集》卷六〇、《永乐琴书集成》卷一二、《才鬼记》卷一云"晋有王敬伯者",《山河别记》云"晋世王恭伯",则敬伯为东晋人。全文长达一千三四百字,委曲曼长,文采斐然,即便置于唐传奇中也毫不逊色。明显显示出志怪小说向传奇小说演进的踪迹。《太平御览》卷五七七引《晋书》②、《事类赋注》卷一一引《世说》(按:当为《世说》

---

① 据《永乐琴书集成》卷一七及卷五、卷一二,敦煌遗书伯2635号《类林》残卷卷九,《琱玉集》卷一二,《太平御览》卷五七九、卷七五七、卷七六一,《事类赋注》卷一一,南宋朱翌《猗觉寮杂记》卷上,姚宽《西溪丛语》卷上,范成大《吴郡志》卷四七,郭茂倩《乐府诗集》卷六〇,《分类补注李太白诗》卷一三《宿白鹭洲寄杨江宁》杨齐贤注,周守忠《姬侍类偶》卷下,郑虎臣《吴都文粹》卷一〇,《永乐大典》卷七三二八,《天中记》卷四二,万历刊百卷本《记纂渊海》卷七八,梅鼎祚《才鬼记》卷一引校辑。《类林》引作《续齐记》,有脱文,《吴郡志》、《吴都文粹》无出处。

② 梅鼎祚《才鬼记》卷一引作王隐《晋书》"王敬伯,会稽余姚人"云云,似是依据《御览》,前又掺合《乐府诗集》而成。其称王隐,必是妄加。王隐,《晋书》卷八二有传,两晋间人。而王敬伯晋末人,岂得入王隐《晋书》?晋后何法盛、谢灵运、臧荣绪、萧子云、萧子显、郑忠、沈约等均著有《晋中兴书》或《晋书》,《御览》所引当为诸家《晋书》之一。

注)皆载此事。此事后又载于北齐邢子才《山河别记》①、唐初句道兴《搜神记》,文字有所不同。唐李端作有《王敬伯歌》②。明编《才鬼记》卷一③、《艳异编》卷三六、《情史类略》卷八等亦都收载此篇。

书中有五篇故事末有注,乃诗文引证。如"金凤凰"注:"故嵇康《游仙诗》云'翩翩凤辖,逢此网罗'是也。""紫荆树"注:"陆机诗云:'三荆欢同株。'"形式上接近西汉韩婴《韩诗外传》,为诗中典故揭出本事,显示出吴均作为诗文家的喜好和著作风格。

《续齐谐记》是南朝优秀志怪小说,虽仅一卷,但佳制甚多。叙事委婉曲折,想象奇特丰富,文笔清新秀丽,虽云志怪,而颇多人情。最能反映其艺术成就的是"赵文韶"、"王敬伯"两篇爱情故事,行文逶迤,笔墨清丽,有极为强烈的抒情性,堪称唐传奇之先声。《四库全书总目提要》卷一四二誉为"亦小说之表表者",信然。

六、其他梁陈志怪小说

梁志怪及梁陈年间其他志怪小说还有十余种,即陶弘景《周子良冥通记》,江禄《列仙传》,刘之遴《神录》,萧绎《仙异传》、《金楼子·志怪篇》,萧绎、刘毅《研神记》,颜协《晋仙传》,见素子《洞仙传》,《续异记》,殖氏《志怪记》,《神鬼传》,无名氏《录异传》,旧题焦度《稽神异苑》等。下边依次考述。

---

① 《太平广记》卷三一八引。《永乐琴书集成》卷一七引作《山河例记》。
② 《乐府诗集》卷六〇。
③ 明梅鼎祚《才鬼记》卷一引《刘妙容》三篇,分别出《异苑》、《续齐谐记》、王隐《晋书》。所引王隐《晋书》后又附引邢子才《山河别记》。按:所引《异苑》书名有误,不当为刘敬叔《异苑》,疑为《稽神异苑》。

《周子良冥通记》，又称《周氏冥通记》、《冥通记》，四卷，陶弘景撰。

陶弘景，《梁书》卷五一、《南史》卷七六《隐逸传》有传。弘景字通明，丹阳秣陵（今江苏南京市）人。生于宋孝武帝孝建三年（456），卒于梁武帝大同二年（536）。宋、齐之际曾为侍读、奉朝请。永明十年（492）挂冠隐于句曲山（茅山），自号华阳陶隐居。梁武帝待之甚厚，国家大事无不咨询，时号"山中宰相"。卒赠太中大夫，谥曰贞白先生。弘景是著名道士，兼医学家，主三教合流。十岁读《神仙传》，即有养生之志。读书万卷，性好著述，长于阴阳五行、风角星算、山川地理、方图产物、医术本草。著作有《真诰》、《冥通记》、《学苑》、《帝代年历》、《本草集注》、《古今州郡记》等。《真诰》和《冥通记》今存。又有《陶弘景集》三十卷、《陶弘景内集》十五卷。今存《华阳陶隐居集》二卷，明人辑。

《冥通记》记周子良感遇神仙事。卷首有陶弘景所撰《周子良传》，称子良字元龢，豫州汝南郡汝南县（今属河南驻马店市）人，寓居丹阳建康（今南京市），世为胄族。齐建武四年（497）正月生，十二岁为弘景弟子，天监十五年（516）卒，年二十。据陶氏云，周子良临终前，曾将自己感遇神仙的记录封藏于山中，为陶氏觅得。此书乃陶氏据周子良所记编辑而成，由陶氏加了按语和注释。次年，陶氏将此书进呈梁武帝。《陶隐居集》有《进周氏冥通记启》，注云："周子良隐居高第，天监中白日尸解，隐居检平日真降事迹，为四卷，进之。"启亦称："去十月将末，忽有周氏事。既在斋禁，无由即启闻。今谨撰事迹，凡四卷，如别上呈。"启末并附梁武答书，云："省疏并见周氏遗迹真言，显然符验，前诰二三明白，益为奇特，四卷今留之。"

此书不见陶弘景本传，《云笈七签》卷一〇七弘景从子陶翊《华阳隐居先生本起录》所列陶弘景所著书目亦无，然翊注云："又有图象杂记甚多，未得一二尽知尽见也。"可见所著录者并非全部。

《隋书·经籍志》杂传类著录《周氏冥通记》一卷,不著撰人,《旧唐书·经籍志》杂传类书名卷数同,题陶弘景撰。《新志》无目。《崇文总目》小说类作三卷,题《周子良冥通录》,无撰人。《通志·艺文略》传记类冥异属同,注:"记梁隐士周子良与神仙感应事。"按作一卷或三卷疑分卷不同。绍兴所颁《秘书省续编到四库阙书目》仙家类作《周氏冥通记》四卷,又著于小说类,讹作《周公良冥通记》,卷数同,并无撰人。《宋史·艺文志》小说类作《周子良冥通记》四卷,无撰人。明白云霁《道藏目录详注》卷一洞真部记传类、《四库全书总目》卷一四七道家类存目等皆为四卷,《四库》题作梁周子良撰,不确。

今本作四卷,与《进周氏冥通启》及本书卷四陶氏按语合,凡一百三十三条,与陶氏按语亦符,是则乃原帙。是书收入《道藏》、《秘册汇函》、《津逮秘书》、《丛书集成初编》等。《唐宋丛书》、《五朝小说·魏晋小说》、《重编说郛》卷一一四、《旧小说》甲集录二则。

陶弘景曾编辑东晋杨羲、许谧等道士的所谓仙真授受真诀之事而为《真诰》二十卷,《冥通记》内容和体例颇类之,按月日逐条缕述周子良与诸仙神交梦游之事,起天监十四年乙未岁五月,讫十五年丙申岁七月,全是道徒谎言,枯燥无味。所记一百三十三事,前三卷二十四事记叙较详,余皆简略。这些道教徒的梦幻记录并不是文学想象,从小说角度看文学意味较差,但也有不少华美细致的描述,可视为道教小说。兹举一条,以概其余:

> 六月十一日夜,有一女人来岭里。形貌妍丽,作大髻,通青衣。言曰:"今夕易迁中有四人欲来尔所住处,今既在此,当不果。至十九日,只当来耳。"子良言:"侍从师还此,不知今夕有垂降者。欲还住处仰俟,可得尔不?"女曰:"既已在此,已夜,不须还,恐人相疑,亦不须道今夕来此意。"子良问:"不审氏字,可得示不?"女曰:"姓李,字飞华,淮阴人,来易迁

中已九十四年。既始受学,未能超进。今者之来,乃赵夫人见使。"便别曰:"十九日期君于西阿。"子良敛手而别。①

陶弘景又有《梦记》,作于萧齐时。《南史》卷四三《萧铿传》曰:"初,铿出阁时,年七岁,陶弘景为侍读。八九年中,甚相接遇。后弘景隐山,忽梦铿来,惨然言别,云:'某日命过,身无罪,后三年当生某家。'弘景访以幽中事,多秘不出。觉后,即遣信出都参访,果与事符同。弘景因著《梦记》云。"又见《梁书》卷五一《陶弘景传》。按萧铿乃齐高帝萧道成十六子,封宜都王,延兴元年(494)仰药自尽。

陶翊所列书目有《梦记》一卷,注云:"此一记先生自记所梦征想事,不示人。"可见此书并未行世,故而《隋志》未收。是书记梦中幻事,当亦有志怪性质。②

《赤县经》,江淹撰。江淹字文通,济阳考城(今河南商丘市民权县东北)人。生于宋文帝元嘉二十一年(444),卒于梁武帝天监四年(505)。梁时官至金紫光禄大夫。为当时著名文学家。《梁书》卷一四、《南史》卷五九有传。

《南史》本传载:"尝欲为《赤县经》,以补《山海》之阙,竟不成。"《梁书》未载。此书系《山海经》之续作,属地理博物体志怪。

《列仙传》,江禄撰。江禄字彦遐,与江淹同籍。仕梁为太子洗马、湘东王萧绎录事参军、庐陵威王萧续骠骑咨议参军、武宁太守、作唐侯相。《南史》卷三六有传,附《江夷传》后。

本传云禄撰《列仙传》十卷行于世。此书不见《隋志》、《唐志》著录,盖唐初已佚。西汉刘向有《列仙传》,东晋葛洪有《神仙

---

① 引文据《津逮秘书》本。
② 《太平广记》卷二七七引《梦记》二条,非本书。

传》,此书亦其俦。古书所引《列仙传》极多,有的可能是刘向书佚文,有的实出葛洪《神仙传》。如蔡经、沈建等出《神仙传》而误作《列仙传》,若丁次都、朱亥、司马季主、葛洪等二三十人,不知是否出自江禄此传①。六朝仙传纷出,本书佚文颇不易确定。

《神录》,又称《神异录》,刘之遴撰。刘之遴,传见《梁书》卷四〇、《南史》卷五〇。字思贞,南阳涅阳(今河南邓州市东北)人。生于宋顺帝昇明元年(477),卒于梁武帝太清二年(548)。仕梁为中书侍郎、鸿胪卿、中书舍人、南郡太守、秘书监等,终太常卿。博学能文,年少时即受到沈约、任昉赏识,叹为"异才"。之遴好古爱奇,善属文,有前后文集五十卷行于世。《隋志》著录《刘之遴前集》十一卷,《后集》二十一卷,佚。

《神录》见《隋书·经籍志》杂传类、《旧唐书·经籍志》杂传类、《新唐书·艺文志》小说家类、《通志·艺文略》传记类冥异属著录,均作五卷。鲁迅自《水经注》、《太平寰宇记》、《舆地纪胜》辑三条。《太平寰宇记》卷九二、《舆地纪胜》卷九引作刘遴之《神异录》和《伸异录》,人名和书名均有误。

鲁迅辑本有未善处,尚需订补。《寰宇记》原文作:"圣英祠,在县西一百步。刘遴之《神异录》云:'晋陵既阳城,或云是鱼子英庙。'"《舆地纪胜》卷九《仙释》引刘遴之《伸异录》同②,鲁迅辑录为"圣英庙在晋陵既阳城"一句,未善。而"东陵圣母"条《舆地纪胜》引文较《寰宇记》详,但鲁迅据《寰宇记》辑录,仅以《舆地纪胜》参校。《舆地纪胜》卷九《景物下》引刘遴之《神异录》曰:

> 广陵县女杜美有道,县以为妖,桎梏之。忽变形,莫知所之。因其处立庙,号曰东陵圣母。古老相传梁普通中,有商人

---

① 参见本书第三章第三节关于刘向《列仙传》的有关论述。
② 《方舆胜览》亦引,卷五《圣迹圣英祠》:"刘遴之《神录》曰,或曰鱼子英庙。"

乘船,夜梦妇人曰:"我即东陵圣母也,逐流来此。"因立为祠,故桥名圣母。

"由拳县"一条,《水经注》卷二九《沔水注》、《太平寰宇记》卷二二均引作《神异传》,鲁迅辑为本书佚文,以为一书,则有疑问。因为一是《神异传》与《神录》书名差别较大;二是郦道元卒于北魏孝昌三年(527),当梁大通元年,刘之遴犹在世,当时是否已写出《神录》,或郦道元是否已看到《神录》,都颇成问题。颇疑《神异传》乃别一书,出现较早。此事《太平广记》卷四六八又引作《神鬼传》。事又载《搜神记》。《寰宇记》卷一〇一引《神异录》"仙人葬山",江总《摄山栖霞寺碑》①引《神录》"楚靳神"②,此二条宜补。《太平广记》卷三九六引《神异录》陈济妇私虹精事,疑为别一书。此事《初学记》卷二引作《续搜神记》,《太平御览》卷一四引《搜神记》,明本《搜神后记》卷七、《新辑搜神后记》卷三辑入。

本书佚文皆神仙灵迹祠庙之事。东陵圣母原出《神仙传》卷六,鱼子英事原出《列仙传》卷下,然则本书乃掇拾旧事遗闻而成。

《仙异传》、《研神记》,梁元帝萧绎撰。绎字世诚,小字七符,武帝衍第七子,南兰陵(今江苏常州市武进区西北万绥镇)人。天监七年(508)生,承圣三年十二月(555)卒③。天监十三年封湘东郡王,承圣元年(552)即位,在位不足三年。西魏破江陵,被杀。事迹具《梁书》卷五《元帝纪》和《南史》卷八《梁本纪下》。

萧绎自号金楼子,博学好文,多与文士交,著述极富。主要著

---

① 《全隋文》卷一一。
② 南宋张敦颐《六朝事迹编类》卷一二《菩提王庙》亦引《神录》,当据江碑,只一句。
③ 《梁书·元帝纪》载,元帝承圣三年十二月辛未被西魏所害。承圣三年为甲戌。据陈垣《二十史朔闰表》,此年十二月为癸丑朔(初一),辛未为十九日,当公历第二年之1月27日,则卒年为555年。

作有《金楼子》十卷,今存六卷十四篇,《梁元帝集》五十二卷①,今存八卷,乃明人辑本。

《金楼子》卷五《著书篇》,萧绎自录所著书目,中有《仙异传》一帙三卷,自注:"金楼年少时自撰,其书多不经。"据《金楼子自序》,萧绎"年在志学","而有述作之志"。"志学"指十五岁,《论语·为政》:"吾十有五而志于学。"此书大约是他十五六岁时所作。内容当是记神仙怪异之谈,故云"其书多不经"。此书史志无著录,想必在江陵之乱中已毁于兵火。佚文未见。

《著书篇》又有《研神记》一帙一卷,注云:"金楼自为序,付刘毂纂次。"《南史》卷七六《隐逸下·阮孝绪传》曰:"湘东王著《忠臣传》,集释氏碑铭,《丹阳尹录》、《研神记》,并先简孝绪而后施行。"一云自为序,一云自著,说有出入。实际撰述者是门下刘毂,不过萧绎作了总体策划并作序,而且事先还征求过阮孝绪的意见。

刘毂字仲宝,沛郡相县(今安徽濉溪县西北)人。初为宁海令,迁湘东王萧绎记室参军,转中记室,书檄多其所为。历尚书左丞、御史中丞。元帝承圣二年(553)迁吏部尚书、国子祭酒。三年,西魏破江陵,入西魏都城长安。传附《梁书》卷四一《王规传》及《南史》卷五〇《刘瓛传》。

《隋书·经籍志》杂传类著录《研神记》十卷,萧绎撰,《旧唐书·经籍志》杂传类、《新唐书·艺文志》小说家类作《妍神记》十卷,梁元帝撰。《通志·艺文略》传记类冥异属同《隋志》。日人藤原佐世《日本国见在书目录》杂传家则云《研神记》一卷,梁湘东王撰。《金楼子》作一卷,大概是初未分卷,别本或析为十卷。书名"研神"乃搜神、穷神之意,明梅鼎祚《字汇》:"研,穷也,究也。"两《唐志》作"妍",乃讹字。著书之时当为湘东王,题梁元帝不确。

此书在唐世较为流行,《道宣律师感通录·宣律师感天侍传》

---

① 此据《隋志》,本传作五十卷。

云:"余少乐多闻希世拔俗之典籍,故《搜神》、《研神》、《冥祥》、《冥报》、《旌异》、《述异》、《志怪》、《录幽》,曾经阅之。"吕温《吕和叔文集》卷二《上官昭容书楼歌》题注云:"贞元十四年,友人崔仁亮于东都买得《研神记》一卷,有昭容列名书缝处。"歌中有"君不见洛阳南市卖书肆,有人买得《研神记》。纸上香多蠹不成,昭容题处犹分明"云云①。

佚文检得二条。南宋潜说友《咸淳临安志》卷二五《山川四·临安县·华石山》:"在县西二里,高二十五丈。有洞穴,在水中,深不可测。按《研神记》云:秦时神人移来镇此。"又《咸淳临安志》卷八八《祥异》引"梁元帝记"称云:"昔宋人江岩因采药至富春清泉南,见美女,衣紫,踞石而歌,有穿云裂石之声。其词曰:'风凄凄,云溶溶,水潺潺兮不息,山苍苍兮万重。'亟往就之,遽失所在。惟存所踞之石。岩剖石,得紫玉,广长尺许。"所谓"记",颇疑即《研神记》之省称,此条似亦为本书佚文。

萧绎《金楼子》卷五有《志怪篇》,虽非专书,但以专篇语怪,如《风俗通·怪神篇》然,实际也是独立的志怪小说,值得一提。

《金楼子》是梁元帝萧绎在三十余年间积累而成的一部著作②,原书十卷,见《南史》本传及《隋书·经籍志》、《旧唐书·经籍志》、《新唐书·艺文志》、《崇文总目》、《通志·艺文略》、《郡斋读书志》、《直斋书录解题》、《宋史·艺文志》等著录,俱在杂家类。衢本《郡斋读书志》释云:"书十篇,论历代兴亡之迹,《箴戒》、《立言》、《志怪》、《杂说》、《自叙》、《著书》、《聚书》,通曰《金楼子》者,在藩时自号。"袁本作"书十五篇",当是。《直斋书录解题》释云:"杂记古今闻见,末一卷为《自序》。"元明时是书已罕传。清乾隆间四库馆臣从《永乐大典》辑出佚文编为六

---

① 见《吕和叔文集》卷二。
② 参见刘跃进《关于〈金楼子〉研究的几个问题》,载《结网漫录》,学苑出版社,1997年版,第172页。

卷,共十四篇:《兴王》、《箴戒》、《后妃》、《终制》、《戒子》、《聚书》、《二南五霸》、《说蕃》、《立言》、《著书》、《捷对》、《志怪》、《杂记》、《自序》。此本后又经校勘载于《知不足丛书》、《龙溪精舍丛书》、《百子全书》等。

《志怪篇》的篇名承袭东晋以降诸家志怪书常用名。前有序,云:"夫耳目之外无有怪者,余以为不然也。"以为天地万物变化多端,遂生出种种怪异之事。作者采录古今变怪之说作《志怪篇》的目的,就是证明"耳目之外,无有怪者"之不然,此亦正干宝"明神道之不诬"意。

篇凡五十四条。特点是:(一)多采旧说,如"优师木人"、"秦青"条取《列子》,"桃都山"条取《玄中记》,等等。(二)多记动植物产之异。(三)短小简碎。其中有些异事稍可称道。

下边是较好的一则:

> 有人以优师献周穆王,甚巧。能作木人,趋走俯仰如人。頜其颐,则可语;捧其手,则可舞。王与盛姬共观,木人瞋其目,招王左右侍者。王大怒,欲诛优师。优师大怖,乃剖木以示王,皆附会革木所为,五脏完具。王大悦。乃废其肝,则目不能瞋;废其心,则口不能语;废其脾,则手不能运。王厚赐之。[①]

事本《列子·汤问》,有异。这个故事表明,我国早已有关于机器人的设想。早在战国时手工业就很发达,木制机械水平很高。其时有关于"木鸢"的记载,《韩非子·外储说左上》云:"墨子为木鸢,三年而成,飞一日而败。"《抱朴子·应嘲篇》亦云:"墨子刻木鸡以厉天。"另一说是公输般造木鸢,《酉阳杂俎》续集卷四引《朝野金载》云:"六国时,公输般亦为木鸢以窥宋城。"记载虽不可靠,

---

① 引文据清鲍廷博《知不足斋丛书》本。

但起码也是在一定生产成就的基础上产生出来的幻想。所谓木鸢,不妨可看作是现代飞机的雏形。南朝时,任昉《述异记》卷下所云"鲁班刻木为鹤,一飞七百里",乃是木鸢传说的进一步变化。战国时还有所谓"木人",《战国策·燕策二》云宋王为木人,《史记·孟尝君列传》也提到木偶人。这是人形仿制品,无出奇处,但由此发生奇想,便有现代机器人式的"木人"出现。幻想不仅是艺术创造,也包含着科学创造,这一条故事可说是我国古代的科学幻想小品。

《晋仙传》,颜协撰。《金楼子·著书篇》有《晋仙传》一帙五卷,注称"金楼使颜协撰"。可见是在湘东王授意下编纂的。《梁书》卷五〇《文学下·颜协传》称协所撰《晋仙传》五篇行于世,《南史》卷七二《文学·颜协传》同。颜协字子和,琅邪临沂(今山东临沂市北)人,颜之推父。齐永泰元年(498)生,梁大同五年(539)卒。为湘东王萧绎国常侍,兼府记室,萧绎出镇荆州,转正记室。与同僚吴郡顾协才学相亚,府中称为"二协"。卒后萧绎作《怀旧诗》伤之。著《日月灾异图》、文集等,亡。

《晋仙传》所记当为晋世仙人,如葛洪、许迈、许逊等。《梁书》本传云:"协所撰《晋仙传》五篇、《日月灾异图》两卷,遇火湮灭。"《南史》本传作:"协所撰《晋仙传》五篇、《日月灾异图》两卷,行于世。其文集二十卷,遇火湮灭。"所记不同。按颜之推《颜氏家训·文章篇》云:"吾家世文章,甚为典正,不从流俗。……有诗赋铭诔书表启疏二十卷,吾兄弟始在草土,并未得编次,便遭火荡,竟不传于世。"《南史》"其文集二十卷,遇火湮灭"盖本此。大约颜协著述都已毁于兵火,不止文集而已,所以此书《隋志》不载。《皎然集》卷六有《五言赋颜氏古今一事得晋仙传送颜逸》一诗,题下注云:"梁湘东王国常侍颜协著《晋仙传》五篇。"诗云"曾看颜氏传,多记晋时仙"。所依据的大概是《梁书》、《南史》的记载,未必中唐尚存其书。

以上均为梁志怪。还有几种志怪不能确指具体时代，仅可判断大致在梁、陈间。

《洞仙传》，见素子撰。见素子，不详何人，可能是道士隐者之流。《隋书·经籍志》杂传类著录《洞仙传》十卷，无撰人，《旧唐书·经籍志》杂传类、《新唐书·艺文志》道家类神仙属、《通志·艺文略》道家类传属、《中兴馆阁书目》神仙家类、《宋史·艺文志》道家类神仙属撰人俱作见素子。《崇文总目》道书类作九卷，不著撰人。据《中兴馆阁书目》，原书"凡二百九十二人"①。《四库全书总目》卷一四七道家类存目著录《洞仙传》一卷，提要云："不著撰人名氏。晁、陈诸家书目皆未著录，然《太平广记》尝引之。《云笈七签》第十卷、第十一卷亦全载其文，则宋以前人作也。所录自元君迄姜伯，凡为传七十有七。"按《云笈七签》所载《洞仙传》实在卷一一〇、卷一一一，不著撰人，起元君迄姜伯真，共七十七人，《四库》著录本即从《云笈七签》录出而字有讹误。

《太平广记》卷五、卷三三引《洞仙传》《茅濛》、《张巨君》二事，又卷一三引《洞神传》《苏耽》条，文字全同《七签》本，知实为《洞仙传》之误。《茅濛》较《七签》本文繁，知《云笈七签》不仅删去二百一十五人，文字亦有所删略，已非原书。其他佚文还有，如《永乐琴书集成》卷一七引"蓬珠"。台湾严一萍曾辑录此书，载《道教研究资料》第一辑②，未见。

《洞仙》所传诸仙，最近者为范豺、冯伯达，宋元嘉时人，而且许多材料取自梁陶弘景《真诰》。书中有《寇谦之》传，云"不知何许人"，但又称"于今北方犹行其道多焉"，可见作者对寇谦之不熟

---

① 《玉海》卷五八引。
② 台北艺文印书馆，1976年版。

悉,不会是北朝人和隋人。按陶弘景居茅山著《真诰》,卒于梁武帝大同二年(536)。寇谦之改造天师道,北魏太武帝宠信之,"崇奉天师,显扬新法,宣布天下,道业大行",太平真君九年(448)寇谦之卒①。由此来看,本书大约作于梁陈间。

本书是仙传小说,文字简略,与《神仙传》相比小说意味较差。兹据《云笈七签》引一例:

> 帛举,字子高。尝入山采薪,见二白鹄飞下石上,即成两仙人。共语云:"顷合阴丹成,就河北王母索九剑酒,服之至良。"子高闻仙人言,就访王母者,得九剑酒。还告仙人,乞阴丹服之。即翻然升虚,治于云中,掌云雨之任。②

《永乐琴书集成》所引"蓬珠",写遇仙女,较为生动:

> 贝丘西有玉女山。传云,晋太始中,北海蓬珠,字伯坚,入山伐木。忽觉异香,遂溯风寻之,至此山廓然,宫宇盘郁,楼台博敞。珠入门窥之,见五株玉桧。复稍前,有四妇人,端妙绝世,共弹棋于堂上。见珠,俱惊起,谓珠曰:"蓬君何故得来?"珠曰:"寻香而至。"遂复还戏。一小者便上楼弹琴,戏者呼之曰:"元恽,何为独升楼?"珠木下立,觉少饥,乃以舌舐叶上垂露。俄有一女乘鹤而至,遽恚曰:"玉华,汝等何有此俗人?王母即令诣诸仙室。"珠惧而出门,回顾,则寂无所见。至家,乃是建平,旧居庐舍,皆墟墓也。

后又载唐段成式《酉阳杂俎》前集卷二《玉格》(《太平广记》卷六二有引)、五代杜光庭《神仙感遇传》(《云笈七签》卷一一二)、元代赵道一《历世真仙体道通鉴》卷二一,皆作"蓬球"。《真仙通鉴》"建平"作"建中",建中乃唐德宗年号,误,疑赵道一妄改。可

---

① 《魏书·释老志》。
② 据李永晟点校本。中华书局,2003年版,第2437—2438页。

能是"建元"之讹①。晋康帝建元元年(343)去武帝泰始(又作太始)元年(265),已历七十八年。

《续异记》,史志无目,散见于《初学记》、《白帖》、《太平广记》、《太平御览》、《事类赋注》等书。《古小说钩沉》辑十一条。所记为后汉至梁异事,"刘沼"条云"中山刘沼梁天监三年(504)为建康监",估计作者是梁、陈间人。

书中多记精怪事,如"徐邈"条:

> 徐邈,晋孝武帝时为中书侍郎。在省直,左右人恒觉邈独在帐内,以与人共语。有旧门生,一夕伺之,无所见。天时微有光,始开窗户,瞥睹一物从屏风里飞出,直入铁镬中。仍逐视之,无余物,唯见镬中聚菖蒲根,下有大青蚱蜢。虽疑此为魅,而古来未闻,但摘除其两翼。至夜,遂入邈梦云:"为君门生所困,往来道绝。相去虽近,有若山河。"邈得梦,甚凄惨。门生知其意,乃微发其端。邈初时疑不即道,顷之曰:"我始来直省,便见一青衣女子从前度,犹作两髻,姿色甚美。聊试挑谑,即来就己。且爱之,仍溺情。亦不知其从何而至此。"兼告梦。门生因具以状白,亦不复追杀蚱蜢。②

此系人魅恋爱,虽未有超出同类故事的地方,但蚱蜢成精幻化为女子,亦有情致。又"朱法公"条记龟精化女人向朱法公求爱,中云"女衣裙开,见龟尾及龟脚",颇有兴味。反映出早期精怪意象的特征,即人、妖性状的不和谐。

"施子然"条(《广记》卷四七三引)记蝼蛄精化男子事。此精

---

① 《云笈七签》李永晟校:"'建平'乃汉哀帝年号,晋代无之,疑系'建元'之讹。"第2438页。
② 据《太平广记》卷四七三辑,校以清黄晟刻本、《四库全书》本及《情史类略》卷二一《蚱蜢》。

向施子然自称,"仆姓卢,名钩,家在粽溪边,临水",后在田塍西沟边大坎发现许多蝼蛄,其中一个特大,子然始悟客称卢钩,反音则蝼蛄也。这是涉及到反切知识的又一例怪魅事。此事《太平御览》卷九四八引无书名,鲁迅辑入《幽明录》,误。

《续异记》是续《异记》的。《异记》见前。

殖氏《志怪记》。《隋志》著录《志怪记》三卷,两《唐志》无。殖氏名字失考。是书当佚于唐,仅见《北堂书抄》卷二〇、卷一四四引二条,鲁迅辑入《钩沉》。一条仅"客星通(按:当作逼)座"四字,事又见《幽明录》,乃汉武帝事。一条为谢谟事:

> 宗正卿会稽谢谟夜独坐,碗饮室中。忽见人椎发袒臂来饮,倾瓮不去。谟以为盗,援剑逐之。

据《南史》卷一九《谢裕传》,谢谟乃梁人,谢朓子,娶梁武帝萧衍女永世公主,梁初曾为信安县令、王府咨议。则本书殆作于梁、陈间①。

《神鬼传》。《古小说钩沉》未辑。《太平广记引用书目》有《神鬼传》,书中引《神鬼传》八条、《神鬼录》一条,当系一书。《文选》卷一五《思玄赋》注引《鬼神志》一则,不知系本书否。②

遗文多已见载他书。《文选》注引周斐家贫,天帝以张车子财假之一事,见《搜神记》;《广记》卷一〇〇引"张应"条,见《灵鬼志》、《冥祥记》;卷一四二引"柳元景"条,记飘风冲车,明年元景阖门被诛,见祖冲之《述异记》;卷二九三"陈敏"条,记陈失信于宫亭神被罚事,见王浮《神异记》和祖冲之《述异记》;卷四七一引黄母化鼋事,见《搜神记》;卷四六七"子英春"条,见《列仙传》;卷四六八"长水县"条,见《神异传》、《搜神记》。

---

① 《古小说钩沉》题晋殖氏,误。
② 《宋史·艺文志》小说家类著录曾寓《鬼神传》二卷,乃宋人书。

故事大都见于其他志怪小说,只有"张道虚"、"僧善道"、"曲阿神"①三条未见他书。

三事都不甚佳。"张道虚"条②记张道虚、张顺兄弟买新宅得一棺,移于吴将军家,鬼不堪与吴将军日夜争斗,就二张责之,兄弟俱亡。"僧善道"条③记新野某人死三日,见佛弟子不精进,于地狱受罪,复生后遂投善道寺中,精进事佛。"曲阿神"条④所记乃神事,稍好:

> 曲阿当大埭下有庙。晋孝武世,有一逸劫,官司十人追之。劫迳至庙,跪请求救,许上一猪,因不觉忽在床下。追者至,觅不见。群吏悉见入门,又无出处,因请曰:"若得劫者,当上大牛。"少时劫形见,吏即缚将去。劫因云:"神灵已见过度,云何有牛猪之异而乖前福?"言未绝口,觉神像面色有异。既出门,有大虎张口而来,迳夺取劫,衔以去。

虽系迷信之说,但能给人一些积极启示。

本书系杂取前人书而成。佚文至刘宋,多涉晋宋地名,而且有两条见于祖冲之《述异记》,似为梁、陈人作。

《录异传》,作者不详。此书无著录。鲁迅《古小说钩沉》自《北堂书抄》、《艺文类聚》、《初学记》、《太平广记》、《太平御览》等辑二十七条。《广记》卷三二三引《章授》,出《法苑珠林》,有误,据台湾严一萍《太平广记校勘记》,出《录异传》⑤,宜补。

---

① 据严一萍《太平广记校勘记》,抄宋本注出《神异传》。
② 《广记》卷三二三引,作《神鬼录》。
③ 《广记》卷三八二引。
④ 《广记》卷二九五引。
⑤ 《章授》末"元嘉末,有长安僧什昙爽,来游江南,具说如此也。出《法苑珠林》"数句,据《太平广记校勘记》,抄宋本在《广记》本卷《王胡》后,谈本《广记》错简误植于此。是则《王胡》出《法苑珠林》,而《章授》抄宋本注出《录异传》。今检《法苑珠林》,卷一〇引"宋王胡",出《冥报记》,"元嘉末"云云正在此条之末。

此中多有引作《录异记》者,鲁迅一并辑入,以其为《录异传》之别称,是也。五代杜光庭亦有《录异记》,今存,主要记唐事,取材亦不大相同,很容易区别开。《太平御览》卷五〇〇引庐陵欧明事,作《异录传》,系"录异"之颠倒。

《录异传》有许多故事见于其他志怪书。如周尹氏罗鼎作糜,魏安釐王,秦文公伐大梓树,夫差小女玉,贾雍失头,杨度逢鬼,倪彦思家魅,费季妻梦,贺瑀复生,欧明得如愿,隗炤善《易》,刘照亡妇事,张君林家鬼等,见于《列异传》、《搜神记》、《甄异传》、《祖氏志怪》、《幽明录》、《杂鬼神志怪》等,可见本书是杂取前人志怪而成。

是书杂记鬼神怪魅种种异事。下边介绍几个较好的故事,均不见载于他书。

"胡熙女鬼子"条记一鬼子,情事颇奇,鬼子形象比较生动,多用口语:

> 吴左中郎、广陵相胡熙,字元光。女名中,许嫁当出,而歘有身,女亦不自觉。熙父信,严而有法,乃遣熙妻丁氏杀之。歘有鬼语腹中,音声喷喷,曰:"何故杀我母?我某月某日当出。"左右惊怪,以白信。信自往听,乃舍之。及产儿遗地,则不见形,止闻儿声在于左右。及长大,言语亦如人。熙妻别为施帐,时自言:"当见形,使姥见。"熙妻视之,在丹帷里,前后钉金钗,好手臂,善弹琴。时问姥及母所嗜欲,为得酒脯枣之属以还。母坐作衣,儿来抱膝缘背,数戏。中不耐之,意窃怒曰:"人家岂与鬼子相随!"即于旁怒曰:"就母戏耳,乃骂作鬼子。今当从母指中入于母腹,使母知之。"中指即直而痛,渐渐上入臂髀,若有贯刺之者,须臾欲死。熙妻乃设馔,祝请之,有顷而止。①

---

① 据《太平广记》卷三一七校辑。

"邹览"条所记亦为鬼事:

> 谢邈为吴兴郡,帐下给使邹览,乘樵船在部伍后。至平望亭,夜风雨,前部伍顿住。览露船,无所庇宿,顾见塘下有人家灯火,便往投之。至,有一茅屋,中有一男子,年可五十,夜织薄。别床有小儿,年十岁许。览求寄宿,此人欣然相许。小儿啼泣嘘欷,此人喻止之不住,啼遂至晓。览问何意,曰:"是仆儿,以其母当嫁,悲恋故啼耳。"将晓览去,顾视不见向屋,唯有两冢,草莽湛深。行逢一女子乘船,谓览曰:"此中非人所行,君何故从中出?"览具以昨夜所见事告之。女子曰:"此是我儿。实欲改适,故来辞墓。"因哽咽,至冢号啕,不复嫁。①

人鬼殊途,但母子感情相通,写得很有人情味,生动表现了人鬼亲情。

"江岩"条所记事亦异,幻想美丽,虽短而神韵颇足:

> 昔宋人江岩,常到吴采药。及富春县清泉山南,遥见一美女,紫衣,独踞石而歌,声有《碣石》之音。其词曰:"风凄凄,云溶溶,水潺潺兮不息,山苍苍兮万重。"岩往,未及数十步辄去,女处唯见所踞石耳。如此数日。岩乃击破石,遂从石中得一紫玉,广长一尺。后不复见女。

此条据《太平御览》卷八〇五、《事类赋注》卷九引《录异传》校录,又据南宋潜说友《咸淳临安志》卷八八《祥异》所引"梁元帝记"校补。《广记》卷四〇一引作《列异传》,实是《录异传》之讹。

"梁元帝记"当指萧绎《研神记》。"江岩"条似取自《研神记》,然则本书似作于陈。

《稽神异苑》,旧题南齐焦度撰,实际可能是陈人焦僧度撰。

---

① 据《太平广记》卷三一八、《吴郡志》卷四七引校辑。

此书《隋志》、《唐志》无目,亦不见隋唐北宋书引用。首见于南宋晁公武《郡斋读书志》卷一三小说类著录,题南齐焦度撰,十卷。《文献通考·经籍考》小说家类据此著录。《宋史·艺文志》小说类著录焦潞《稽神异苑》十卷,按《新唐志》有焦璐《穷神秘苑》十卷(《宋志》作焦璐《搜神录》),《宋志》误题撰人。

《郡斋读书志》以为此书非焦度撰,并疑该书即《穷神秘苑》。晁氏云:"右题云南齐焦度撰。杂编传记鬼神变化及草木禽兽妖怪谲诡事。按焦度南安氏也,质讷朴戆,以勇力事高帝,决不能著书,又卒于建元四年,而所记有梁天监中事,必非也。《唐志》有焦路(按:应作'璐')《穷神秘苑》十卷,岂即此书而相传之讹欤?"

按焦度事迹见《南齐书》卷三〇及《南史》卷四六。度字文绩,气力弓马绝人,仕宋、齐,累官淮陵太守、游击将军。齐永明元年(483)卒,年六十一。晁氏谓建元四年(482),乃据《南史》误断①。焦度一介武夫,"为人朴涩","好饮酒,醉辄暴怒",很难想象有操觚为文的雅事,晁氏谓《稽神异苑》非度作,极是。然《稽神异苑》绝非焦璐之《穷神秘苑》。考《新唐志》编年类,焦璐"徐州从事,庞勋乱,遇害",乃唐末人。《太平广记》引《穷神秘苑》十一条,《太平御览》引一条,除《鹤民》一条②,与《稽神异苑》无一合者,中又有隋事,而《稽神异苑》只记及梁天监中事,可知乃二书。但二书由于书名撰名相近卷数相同,在流传中常相混,《宋史·艺文志》小说类著录焦潞《稽神异苑》十卷,即是把《穷神秘苑》误作《稽神异苑》。

本书作者之非南齐焦度断无疑义,考梁、陈间有焦僧度,颇疑作者即此人。据《陈书》卷八《周文育传》、卷九《侯瑱传》、卷三五

---

① 《南史》本传:"建元四年,乃除淮阳太守。性好酒,醉辄暴怒,上常使人节之。度虽老而气力如故。除游击将军,卒。"
② 《鹤民》一条,《太平广记》卷四八〇引作《穷神秘苑》,而《永乐大典》卷三〇〇〇引作《稽神异苑》。

《周迪传》，并参酌《陈书·高祖纪上》，可知焦僧度在梁绍泰二年（556）为江州刺史、车骑将军侯瑱部将，劝说侯瑱投靠陈霸先（即后来的陈武帝）。太平二年（557），随平西将军周文育讨平南江州刺史余孝顷。陈文帝天嘉三年（562），为云麾将军、合州刺史，封南固县侯。

《稽神异苑》记事最晚为梁事，晁公武云"记有梁天监中事"，但"首阳山"条在天监后（详后），不过其记事下限不出梁代。时代相合，因此焦僧度极可能就是本书作者。在流传中撰名脱去"僧"字，遂误为焦度，而后人又冠"南齐"二字。

本书明世似尚存，陈第《世善堂藏书目录》语怪类著录有《稽神异苑》十卷，焦度撰。书不见传。《类说》卷四〇摘录十四条，天启刊本无撰人，明嘉靖伯玉翁抄本题南齐焦度编①。除《李夫人遗蘅芜香》②一条外，余皆标明引书。又《永乐大典》、《吴郡志》、《施注苏诗》引十五条，佚文凡二十九条③。

其中《大典》引十二条。卷二三四五"毕勒国细乌"条，原标明引自《洞冥记》。卷二三四五"飞涎鸟"条，卷一四五三六"韩冯"条，原引《搜神记》。卷二二五六及卷一三一三六引"吴王女紫玉"，未标引书，应出《搜神记》。卷八五二七"豫章人"条，未标引书，《太平广记》卷四一七引作《稽神录》，误，疑亦取《搜神记》。卷二八〇六"傅亮"条，卷七五一八"余姚县仓"条，卷一四九一二"朱郭夫妇"条、"薛愿"条，卷一九六三六"北海任谞"条，皆未标引书，乃出《异苑》。卷三〇〇〇"鹤民国"条，未标引书。卷七三

---

① 见严一萍校订《类说》，台湾艺文印书馆出版。严一萍校订《类说》，影印天启六年丙寅（1626）刊本《类说》，以伯玉翁嘉靖三十二年癸丑（1553）抄本校订。

② 标题系《类说》编者所加，下同。嘉靖抄本作《遗芳梦》。按：此条出王嘉《拾遗记》卷五"李夫人"条。

③ 又，吴均《续齐谐记》之《王敬伯》，明梅鼎祚《才鬼记》卷一引《刘妙容》三篇，分别出《异苑》、《续齐谐记》、王隐《晋书》。所引《异苑》书名有误，不当为刘敬叔《异苑》，疑为《稽神异苑》。

二八"唐永"条,未标引书,原出不详。

《吴郡志》卷四七《异闻》引"姑苏男子"、"刘元"条,未标出处,原出不详。今本《异苑》辑入,误也。《施注苏诗》卷二八《次韵黄鲁直寄题郭明父府推颍川西斋》注引"陈实"条,未标出处,乃出自《异苑》。

《类说》本引书凡有《六朝录》、《征途记》、《江表记》(又有《江表录》,盖一书)、《三吴记》、《三齐记》、《九江记》、《搜神记》、《博物志》、《洞冥记》,未标者还可考知有《拾遗记》。《洞冥记》、《搜神记》、《博物志》、《拾遗记》、《异苑》皆熟见志怪小说,兹对其他六种地书略事考辨。

《并枕树》、《白鱼江郎》及《吴郡志》卷四七引《三吴记》、《稽神异苑》"姑苏男子",三事均引自《三吴记》。《太平广记》卷四六八引有《三吴记》之《姑苏男子》;卷三八九引《共枕树》,脱出处,当出《三吴记》①,《海录碎事》卷二一亦引;《广记》卷四六八引《三吴记》之《王素》(即《白鱼江郎》)。《广记》所引,文并详。考《广记》卷一一八引《三吴记》之《刘枢》,乃宋文帝元嘉三年事,则为南朝人撰,非晋顾长生《三吴土地记》②。三吴,指吴兴、吴郡、会稽三郡。《水经注·渐水》云:"永建中,阳羡周嘉上书,以县(会稽)远,赴会至难,求得分置,遂以浙江西为吴,以东为会稽。汉高帝十二年,一吴也,后分为三,世号三吴。吴兴、吴郡,会稽其一焉。"

《书带草》,引《三齐记》,乃东汉郑玄(字康成)事。又见《后汉书·郡国志四》注、《六帖》卷七九、《广记》卷四〇八、《海录碎事》卷二二下、《李太白集分类补注》卷二五《题江夏修静寺》注、《东坡诗集注》卷二九又《施注苏诗》卷一一《书轩》注、《齐乘》卷一引《三齐记》,《太平御览》卷四二、卷九九四及《说郛》卷四《墨

---

① 《太平广记》卷三八九"共枕树"条云潘章与王仲先同性恋,异于此。明人《石点头》卷一四《潘文子契合鸳鸯冢》据《广记》演为话本。
② 见文廷式《补晋书艺文志》卷三。

娥漫录》引作《三齐略记》,《广记》文详。按《崇文总目》地理类著录《三齐记》一卷,李朏撰,《通志·艺文略》同。《遂初堂书目》地理类乃作张朏《三齐记》,《路史余论》卷六《唐国望都》引有张朏《齐地记》。而《太平寰宇记》卷一九又引晏谟《三齐记》,卷一八则引作晏谟《齐地记》,《水经注》卷八《济水》引作晏谟《齐记》。《新唐志》地理类著录有晏模《齐地记》二卷,前后皆为六朝书。李朏,唐人①;张朏,《隋志》总集类著录其《春秋宝藏诗》四卷,当为六朝人。晏谟则晋人,青州秀才,慕容德称帝(即南燕),拜为尚书郎②。《万姓统谱》卷一〇二载:"晋晏谟,临淄人……撰《齐记》三卷。"本书所引《三齐记》,似即晏谟书。《五朝小说·魏晋小说》外乘家、《重编说郛》卷六一辑《三齐略记》九则,题撰人为晋伏琛③,其中辑入书带草事。

《蛟龙寄宿》条引《九江记》,乃陆社儿事。《广记》卷四二五亦引作《九江记》,文亦详。《旧小说》甲集辑《九江记》,中有"陆社儿"一条。《九江记》不晓何人作,《重编说郛》卷六一有《九江志》,五则,妄题晋何晏。

《康王庙神女》(刘子卿)、《东海女姑》(萧岳)二条,出《六朝录》。事又见《广记》卷二九五、卷二九六所引《八朝穷怪录》,乃全文。《六朝录》不详何人作,六朝亦不能确指,从刘子卿、萧岳二事发生在宋、齐看,可能所谓六朝指的是汉、魏、吴、晋、宋、齐。

《云雨从巫山来》(萧总)、《杜兰香在白帝君所》④,引《征途记》。萧总条记萧遇洛神女,云:"萧总遇洛神女,后逢雨,认得香

---

① 《宝刻丛编》卷七著录《唐长安令厅食堂记》,唐李朏开元二十八年撰。《宝刻类编》卷三著录作《长安合癖食堂记》。
② 见《晋书》卷一二七《慕容德载记》。
③ 《水经注·济水》引有伏琛《齐记》,《艺文类聚》卷六二引伏琛《齐地记》。《太平御览》引伏琛《齐地记》颇多。
④ 嘉靖伯玉翁抄本无末五字。

气,曰:'此云雨从巫山来。'"北宋无名氏《五色线集》卷上亦引,文字稍详①。《广记》卷二九六引《八朝穷怪录》萧总遇巫山神女事,与洛神女不同,亦无逢雨认香气的情事。但所记实为一事,"洛神女"必为"巫山神女"之讹,否则不得云"云雨从巫山来"。②《征途记》所载杜兰香事,杜兰香原出东晋曹毗《杜兰香传》。《征途记》不知何人作,然萧总宋人,其为南朝人无疑③。

《沙棠木为舟》条④引《江表记》,为成帝太液池事,乃汉成帝,事见《拾遗记》卷六。《虹化为女子》条引《江表录》,云首阳山虹化女子,明帝逼幸之。《太平广记》卷三九六引作《八朝穷怪录》,为后魏明帝正光二年(521)事,其时相当梁普通二年。此二事都发生在北方,不知何以出自《江表记》,《江表记》亦不晓何人作。

本书是抄撮旧籍而成,分别注明出处,这是六朝志怪中绝无仅有的体例,晁氏云"杂编传记",即此之谓。

就残存的二十九条(若加"王敬伯",乃三十条)遗文看,从诸书所采故事大都清新优美。"马皮化蚕"条出《搜神记》,即著名的蚕马故事。"韩冯"、"紫玉"也都是《搜神记》中的著名作品。杜兰香最早出自《杜兰香传》,写人神遇合,流传很广。萧总、刘子卿、萧岳也都是书生艳遇神女,后取入《八朝穷怪录》。我们留待下文讨论《八朝穷怪录》时再详谈。《并枕树》条记潘章夫妇冢木交枝,号"并枕树",这也是韩凭夫妇、比肩人之属。《白鱼江郎》所

---

① 《五色线集》上《雨香》云:"《征途记》曰:萧总曾遇洛神女,相见。后至葭萌,逢雨,认得香气,曰:'此云雨从巫山来,独我知之。'"明弘治刻本,《四库全书存目丛书》影印。

② 《类说》嘉靖伯玉翁抄本卷三六《稽神异苑》萧总作萧旷,洛神女作洛浦神女。按:萧旷遇洛浦神女,乃唐裴铏《传奇·萧旷》中事(《广记》卷三一一引),绝不可能出自《征途记》。嘉靖抄本误,疑为浅人妄改。

③ 宋宋敏求《长安志》卷一四引孙景安《征途记》,据《魏书》卷九三《赵邕传》,孙景安北魏人,孝明帝时为中散大夫。当非一书。

④ 嘉靖抄本题作《云舟》。

记爱情故事甚为别致：

> 《三吴记》曰：余姚百姓王素，有一女。姿色殊绝。有少年，自称江郎，求婚。经年，女生一物，状若绢囊。母以刀割之，悉是鱼子。乃伺江郎就寝细视，所着衣衫皆鳞甲之状。乃以石碪之。晓见床下一鱼，长六七尺。素持刀断之，命家人煮食。其女后适于人。①

《太平广记》卷四六八引有全文，亦录下，以为对照：

> 吴少帝五凤元年四月，会稽余姚县百姓王素，有室女，年十四，美貌。邻里少年求娶者颇众，父母惜而不嫁。尝一日，有少年姿貌玉洁，年二十余，自称江郎，愿婚此女。父母爱其容质，遂许之。问其家族，云居会稽。后数日，领三四妇人，或老或少者，及二少年，俱至家。因持资财以为聘，遂成婚媾。已而经年，其女有孕。至十二月，生下一物如绢囊，大如升，在地不动。母甚怪异，以刀割之，悉白鱼子。素因问江郎："所生皆鱼子，不知何故？"素亦未悟。江郎曰："我所不幸，故产此异物。"其母心独疑江郎非人，因以告素。素密令家人，候江郎解衣就寝，收其所着衣视之，皆有鳞甲之状。素见之大骇，命以巨石镇之。及晓，闻江郎求衣服不得，异常诟骂。寻闻有物偃踣，声震于外。家人急开户视之，见床下有白鱼，长六七尺，未死，在地拨剌。素砍断之，投江中。女后别嫁。

《稽神异苑》所采故事多涉爱情，大都优美别致，后来《八朝穷怪录》袭取了它的几条故事。

《续洞冥记》，陈顾野王撰。顾野王字希冯，吴郡吴（今江苏苏州市）人。生于梁天监十八年（519），卒于陈太建十三年（581）。

---

① 据严一萍校订本。

历仕梁、陈,累迁光禄卿。《陈书》卷三〇、《南史》卷六九有传。野王遍观经史,精通天文、地理、历史、文字等学,亦长文学,著有《玉篇》、《舆地志》等。

《续洞冥记》不见《隋志》,本传有目,凡一卷。是书乃《洞冥记》续书,佚而不传。

七、南朝"释氏辅教之书"

南朝时期,佛教得到了很大的发展,并对当时的社会生活、思想意识以及文学创作都产生了深远的影响。南朝志怪在内容上发生了一个很大的变化,就是出现了许多由佛教信徒创作的弘扬佛教义旨,鼓吹奉佛避厄、因果报应的小说。胡应麟云:"齐梁弘释典,故多因果之谈。"[①]鲁迅把这些小说称之为"释氏辅教之书",他在《中国小说史略》第六篇《六朝之鬼神志怪书(下)》中说:

> 释氏辅教之书,《隋志》著录九家,在子部及史部,今唯颜之推《冤魂志》存,引经史以证报应,已开混合儒释之端矣。而余则俱佚。遗文之可考见者,有宋刘义庆《宣验记》,齐王琰《冥祥记》,隋颜之推《集灵记》,侯白《旌异记》四种,大抵记经像之显效,明应验之实有,以震耸世俗,使生敬信之心,顾后世则或视为小说。

按法琳《辩正论》卷六云:"如干宝《搜神》、临川《宣验》及《徵应》、《冥祥》、《幽明录》、《感应传》等,自汉明已下,讫于齐梁,王公守牧、清信士女及比丘、比丘尼等,冥感至圣,目睹神光者,凡二百余人。"道世《法苑珠林》卷五亦云:"古今善恶祸福征祥,广如《宣验》、《冥祥》、《报应》、《感通》、《冤魂》、《幽明》、《搜神》、《旌

---

① 《少室山房笔丛》卷二九《九流绪论下》。

异》、《法苑》、《弘明》、《经律》、《异相》、《三宝》、《征应》、《圣迹》、《归心》、《西国行传》、《名僧》、《高僧》、《冥报》、《拾遗》等，卷盈数百，不可备列，传之典谟，悬诸日月，足使目睹，当猜来惑。"其中所引诸书，除《搜神记》（也应包括《搜神后记》）、《幽明录》外，都是专门弘明佛教的，而其中《宣验记》、《冥祥记》等，又都是以志怪书面貌出现者。道世称《宣验记》等记"古今善恶祸福征祥"，把它们同《高僧传》、《弘明集》等佛书等量齐观，因而鲁迅目之为"释氏辅教之书"，极为确切。

（一）《观世音应验记》三种

关于南朝的"释氏辅教之书"，应当先从观世音系列小说谈起。观世音是佛教著名菩萨，早期汉译佛经又译为"光世音"①，唐人避李世民讳，称作观音。自佛教在中国广泛传播以后，各种佛教经典大量译成汉文，其中包括《法华经》、《华严经》、《观无量寿经》等。这样，对观世音的信仰便在我国广泛流行开来，并由此产生了许多观世音菩萨救苦救难的故事。晋谢敷《光世音应验记》是专记观世音应验的首出之作。

谢敷，字庆绪。会稽山阴（今浙江绍兴市）人。隐太平山十余年。东晋简文帝时镇军郗愔召为主簿，台征博士，皆不就。事迹见《晋书》卷九四《隐逸传》、《法苑珠林》卷一八引《冥祥记》。谢敷虽为隐士，但笃信佛法，《冥祥记》云"笃信大法，精勤不倦，手写《首楞严经》"。根据刘宋傅亮《光世音应验记序》所云：

> 右七条，谢庆绪往撰《光世音应验》一卷十余事，送与先君。余昔居会土，遇兵乱，失之。顷还此竟，寻求其文，遂不复存。其中七条具识事，不能复记其余，故以所忆者更为此记，

---

① 如西晋竺法护译《正法华经》即作光世音。梁僧祐《出三藏记集》卷一《前后出经异记》："旧经光世音，新经观世音。"

以悦同信之士云。

谢敷搜集观世音应验故事凡十余事编为一卷,把此书送与家于会稽的傅亮之父,即傅瑗。晋末遇孙恩起义,是书散失,傅亮根据记忆追记七事。这七事是《竺长舒》、《沙门帛法桥》、《邺西寺三胡道人》、《窦傅》、《吕竦》、《徐荣》、《沙门竺法义》。

此后作《观世音应验记》的还有数家,唐唐临《冥报记序》云:"昔晋高士谢敷,宋尚书令、太子中书舍人张演,齐司徒从事中郎陆杲,或一时令望,或当代名家,并录《观世音应验记》。"

傅亮等三家《观世音应验记》中土久佚,但约在唐代即由日本僧人带回日本,经辗转传抄,流传至今的是日本京都青莲院所藏古抄卷子本,经日本学者研究,确定写于镰仓时代中期。古抄本包含傅亮《光世音应验记》、张演《续光世音应验记》、陆杲《系观世音应验记》三书。1970年日本平乐寺书店出版牧田谛亮校注本,1994年中华书局出版孙昌武点校本《观世音应验记三种》,2002年江苏古籍出版社出版董志翘《〈观世音应验记三种〉译注》①。

傅亮《光世音应验记》,题"宋尚书令北地傅亮字季友撰"。此书《隋书·经籍志》杂传类著录,作《应验记》一卷,宋光禄大夫傅亮撰。傅亮,《宋书》卷四三、《南史》卷一五有传。字季友,北地灵州(今陕西耀县东南)人。生于晋孝武帝宁康二年(374),卒于宋文帝元嘉三年(426)。博涉经史,善文辞。晋末仕至中书令,宋建迁太子詹事,中书令如故,又转尚书仆射。少帝即位,进为中书监、尚书令。文帝登基,加散骑常侍、左光禄大夫、开府仪同三司,两年后被文帝刘义隆诛杀。《隋志》有《宋尚书令傅亮集》三十一卷,卷亡。

---

① 董志翘对孙校本作过批评,见董本附录《中华书局本〈观世音应验记三种〉校点献疑》。董志翘又有《〈观世音应验记三种〉校点举误》,发表于《古籍整理研究学刊》1996年第5期、1997年第2期。本书引文据董本。

傅亮作《光世音应验记》时,官尚书令。本传载:"少帝即位,进为中书监、尚书令。"此记大约作于少帝景平(423—424)前后。

从《光世音应验记》自序看,傅亮此书并非自记闻见,而是谢书的追忆记录。不过《徐荣》一条作者称:"与荣同舟者,有沙门支道蕴,谨笃之士也,具见其事。后为余说之,与荣同说。"《沙门竺法义》记及先君(傅瑗)与竺法义的交往,说"义住始宁保山,余先君少与游处",因而又不完全是谢书的追录。

王琰《冥祥记》"竺法义"条云:

> 晋兴宁中,沙门竺法义山居好学。住在始宁保山,游刃众典,尤善《法华》。受业弟子,常有百余。至咸安二年,忽感心气,疾病积时,攻治备至,而了不损,日就绵笃。遂不复自治,唯归诚观世音。如此数日,昼眠,梦见一道人,来候其病,因为治之。刳出肠胃,湔洗腑脏,见有结聚不净物甚多。洗濯毕,还内之。语义曰:"汝病已除。"眠觉,众患豁然,寻得复常。案其经云:"或现沙门、梵志之像。"意者义公所梦其是乎?义以太元七年亡。自竺长舒至义六事,并宋尚书令傅亮所撰。亮自云,其先君与义游处,义每说其事,辄懔然增肃焉。①

从文中看,《冥祥记》依据的是傅亮《光世音应验记》,而不是谢敷原书。自竺长舒至竺法义应当是七事,疑作"六"乃《法苑珠林》传抄之误。今存《冥祥记》佚文,只有竺长舒、窦傅、吕竦、徐荣、竺法义五事。

梁释慧皎《高僧传》卷四、卷一三采入竺法义、帛法桥二人事迹。

其后张演作《续光世音应验记》一卷。本书题作"宋太子中舍

---

① 据王国良辑校本。《冥祥记研究》,台北文史哲出版社,1999年版。此条辑自《法苑珠林》卷九五及卷一七。

吴郡张演字景弘撰"。《宋书》卷五三《张茂度传》载:"张茂度,吴郡人,张良后也。……茂度子演,太子中舍人,演弟镜,新安太守,皆有盛名,并早卒。镜弟永。"《南齐书》卷三二《张岱传》载:"张岱,字景山,吴郡吴人也。祖敞,晋度支尚书,父茂度,宋金紫光禄大夫。岱少与兄太子中舍寅①、新安太守镜、征北将军永、弟广州刺史辨,俱知名,谓之张氏五龙。"观此,张演为吴郡吴(今江苏苏州市)人,官至太子中舍人,卒时尚年轻。考元嘉六年(429)宋文帝立皇子劭为皇太子(时六岁)②,张演在东宫为中舍人,太子必是刘劭③。《隋志》集部《宋员外郎荀雍集》注中有《太子中舍人张演集》八卷。

本书自序云:

> 演少因门训,获奉大法,每钦服灵异,用兼绵慨。窃怀记拾,久而未就。曾见傅氏所录,有契乃心。即撰所闻,继其篇末,传诸同好云。

书凡十条:《徐义》、《张展》、《惠简道人》、《孙恩乱后临刑二人》、《道泰道人》、《释僧融》、《江陵一妇人》、《毛德祖》、《义熙中士人》、《韩当》。皆记逢难念光世音而光世音救苦救难之事。其中《徐义》、《江陵一妇人》、《道泰道人》④又见《冥祥记》,《毛德祖》又见《宣验记》,但文字不同,盖各据所闻。

其后萧齐陆杲续作《系观世音应验记》一卷,题"齐司徒从事

---

① 中华书局点校本校:"'寅'《宋书·张茂度传》、《张敷传》并作'演'。此盖子显避梁武帝嫌名改。"

② 见《宋书·文帝纪》及《宋书》卷九九《元凶(刘劭)传》。

③ 武帝即位立长子刘义符为皇太子,永初三年(422)继位,是为少帝。张演所事太子,非刘义符。

④ 《大正新修大藏经》本《法苑珠林》卷一七引《冥祥记》十四验中有此条,又见《太平广记》卷一一〇引《法苑珠林》。《四库全书》本、《四部丛刊初编》本(并百二十卷,卷二五)、中国书店影印宣统三年刻本(百卷)、中华书局2003年版周叔迦《法苑珠林校注》本,皆脱此条。鲁迅《古小说钩沉》、王国良《冥祥记研究》皆未辑此条。

中郎吴郡陆杲字明霞撰"。本书著录于《旧唐书·经籍志》杂传类和《新唐书·艺文志》小说家类,题《系应验记》,一卷,作者讹作陆果。

陆杲《梁书》卷二六、《南史》卷四八有传。字明霞。吴郡吴(今江苏苏州市)人。生于宋孝武帝大明三年(459),卒于梁武帝中大通四年(532)。南齐为太子舍人、尚书殿中曹郎、司徒从事中郎,入梁为义兴太守、太常卿、金紫光禄大夫、扬州大中正。《梁书》本传称"素信佛法,持戒甚精,著《沙门传》三十卷"。

自序云:

> 昔晋高士谢敷,字庆绪,记光世音应验事十有余条,以与安成太守傅瑗,字叔玉。傅家在会稽,经孙恩乱,失之。其子宋尚书令亮,字季友,犹忆其七条,更追撰为记。杲祖舅太子中舍人张演,字景玄,又别记十条,以续傅所撰。合十七条,今传于世。杲幸邀释迦遗法,幼便信受。见经中说光世音,尤生恭敬。又睹近世书牒及智识永传其言,威神诸事,盖不可数。益悟圣灵极近,但自感激。申人人心有能感之诚,圣理谓有必起之力。以能感而求必起,且何缘不如影响也。善男善女人,可不勖哉!今以齐中兴元年,敬撰此卷六十九条,以系傅、张之作。故连之相从,使览者并见。若来哲续闻,亦即缀我后。神奇世传,庶广飡信。此中详略,皆即所闻知。如其究定,请俟飡识。

作者称张演为祖舅(即父亲的舅父),则陆杲是张演外孙。因张演曾续傅亮《光世音应验记》,故又为此书以续傅、张二书,系即续的意思。书作于齐和帝中兴元年(501),据本书题署,时为司徒从事中郎。作者将己书连属于傅、张二书之后,并希望后人继续续补,表现出极大的宗教热情。

全书记观世音应验之事六十九条,数量远超过傅、张二书。六十九事的编排很有特点,即依照《法华经·观世音菩萨普门品》和《请观世音菩萨消伏毒害陀罗尼咒经》所记观世音救难的不同类别,把同类故事排在一起,一共十一组故事,每组后边系以《普门品》或《请观世音》的一两句简短经文点题,从而把应验故事和《观世音经》配合起来,大大强调了本书的辅教特性。其中有十九事见于《冥祥记》,作者与王琰同时,又是朋友,作书时《冥祥记》已成,当有所参考,如《彭子乔》条即取自《冥祥记》,末云:"义安太守太原王琰,与杲有旧。作《冥祥记》,道其族兄琎识子乔及道荣,闻二人说,皆同如此。"①但作者为求征信而大都自记闻见,并不完全照抄《冥祥记》。作者也参考过刘义庆《宣验记》,但对刘书载事表示不满意,所以大都屏而不取,书中多次说过"杲谓事不及此,故不取"的话,只《彭城妪》抄自《宣验记》,《吴兴郡吏》、《高荀》、《郭宣》、《李儒》四条亦见《宣验记》,可能也有所参考。《高僧传》、《续高僧传》、《观音义疏》、《法华传记》等取资本书者颇多。如《观音义疏》②卷上云:"晋世谢敷作《观世音应验传》,齐陆杲又续之。"凡引《应验传》十五事,除"竺长舒"出谢外,其余皆出本书。《续高僧传》卷二六《释法力传》载释法力观世音感应事,又叙魏末沙门法智、道集、法禅遇难呼观世音得免事,末云:"别有《观音感应传》,文事包广,不具叙之。"四事皆见《系观世音应验记》,知《观音感应传》即陆书。

卷末附《观世音应验记》二事,一为梁时百济沙门发正事,一为唐贞观十三年百济武广王事。中有识语云:"既是隔海之事,加复闻见浅薄,如斯感应,实非窥见所迷。但杲云后叶好事之人,其或继之,自不量力,谨著二条,续之篇末。"唐僧详《法华传记》卷六

---

① 《法苑珠林》卷二七引《冥祥记》此条,末云:"琰族兄琎,亲识子乔及道荣,闻二人说,皆同如此。"

② 《观音义疏》,隋天台智者大师智顗说,门人灌顶记。《大正新修大藏经》第三十四卷。

曾采入前一事,因此作者似是在唐的百济人。

三种《应验记》所记八十六个故事,都着力向读者灌输一种信念:无论遇到什么苦难,只要一心诵念《观世音经》,便能逢凶化吉。从小说角度看,故事情节单调雷同,艺术价值不大,但作为一种有特殊文化内涵的小说类型仍有一定的小说史价值。这里姑且举《系应验记·海盐一人》一条,以概其余:

> 海盐有一人,年卅,以海采为业。后入海遭败,同舟尽死,唯此人不死,独与波沉浮。遂遇得一石,因住身其上。而以石独,或出或没,判是无复生理。此人乃本不事佛,而尝闻观世音。于是心念口叫,至诚无极。因极得眠,如梦非梦。见两人乘一小船,唤其来入。即惊起开烟,遂见真有此事,跳透就之,入便至岸,向者船人不觉失去。此人遂出家,殊精进作沙门也。

佛徒编造这类荒诞故事,目的也正是吸引人们精进佛法。

(二)《宣验记》与《冥祥记》

南朝"释氏辅教书"最重要的是《宣验记》和《冥祥记》。《宣验记》,刘义庆撰,是南朝第一部专为宣明因果应验的佛家观念的志怪。

《宋书》本传称义庆"晚节奉沙门,颇致费损",可见他是位佛教信徒。《幽明录》已记有许多佛徒佛法事,言之不足又专门摭拾应验事以为《宣验记》,其用心亦苦、用力亦勤矣。《辩正论》卷三《十代奉佛上篇》云:"宋世诸王并怀文藻,大习佛经,每月六斋,自持八戒,笃好文雅,义庆最优……著《宣验记》,赞述三宝。"作为"释氏辅教之书",《宣验记》不是第一部,此前已有谢敷、傅亮、张演《观世音应验记》,但专就观世音应验而记,且存事不多,影响不是很大,而《宣验记》广泛搜神语怪而以弘佛,因而要论此等志怪书的创作,义庆实有发轫之功。

佚文中"安荀"条记元嘉十六年(439)事,本书盖晚年所撰。

《宣验记》见《隋书·经籍志》杂传类著录,《通志·艺文略》传记类冥异属同。又唐释法琳《破邪论》卷下著录:"宋临川康王义度(按:庆字之讹)撰《宣验记》一部,又撰《幽明录》一部。"道宣《三宝感通录》卷下亦著录,并无卷数。原书已佚。《五朝小说·魏晋小说》、《重编说郛》卷一一八辑三则,《古小说钩沉》辑三十五则。

《古小说钩沉》所辑,"王导兄弟"条,《太平御览》卷七四〇引作《灵验记》,谈恺本《太平广记》卷一三二引作《宣验志》(明抄本讹作《宣室志》)。《广记》首云"唐王遵","唐"字乃《广记》编纂者妄加,"导"、"遵"形近,必有一讹。按"鹦鹉"条,《艺文类聚》卷九一、《初学记》卷三〇、《御览》卷九二四均引作《宣验记》,而《白氏六帖》卷九四引作《灵验记》,知"灵"字系"宣"字之讹,《钩沉》辑入亦宜矣。"吴唐"、"周氏三子"二条,《御览》卷九〇六、卷九二二引作《宣验记》,而《事类赋注》卷二三、卷一九引作《冥验记》,此二条不易确定,应存疑。

鲁迅辑本未备。陆杲《系观世音应验记》多次言及《宣验记》,《释法纯道人》条云"临川康王《宣验记》又载竺慧庆、释道听、康兹、顾迈、俞文、徐广等遭风",《梁声》条云"临川王《宣验记》又载孙崇阳、元祖乾、归国人、长安人富阳落水事",《南公子敫》条云"《宣验记》载上明二劫",《释慧标》条云"《宣验记》又载会普贤亦入尸下得活",《有人姓台》条云"《宣验记》又载卞说之、孙道德求男事",凡举十四事,只有俞文事见《钩沉》辑本,其余皆本书佚目,只是内容不详。又,《法苑珠林》卷一六云:"宋临川康王撰《宣验记》,亦载其(按:指山阴灵宝寺)显瑞。"下载戴逵所见灵宝寺佛像夜放光明事,该事《钩沉》亦失收。又唐张彦远《历代名画记》卷五记戴逵造像三年乃成,迎至山阴灵宝寺,注云"见《晋书》及《宋书》及《逵别传》、徐广《晋纪》、《会稽记》、《郭子》、刘义庆《世说》、宋朝临川王《冥验记》"。此事当与前事同为一条,《钩沉》亦漏。《冥验记》乃《宣验记》之讹,齐萧子良有《冥验记》,常与《宣验记》相混,《涵芬楼秘笈》本《冥报记序》称"齐竟陵王萧子良作《宣验记》",即讹"冥"为"宣",盖"冥"、"宣"字形相近,故时时互讹也。

《宣验记》内容不外乎这几方面:一是敬奉佛法得福。如"刘遗民"条记多病者精思禅业而病愈,"郑鲜"条记短命者崇法而获延年,等。

二是不奉佛受惩。如"孙皓"条记吴主孙皓置金像于厕,尿像头上,不久便阴囊肿痛,后供奉佛像于殿,叩头谢过,当夜痛止肿消。此类事有的明显表现出反道教的思想,"程道慧"条记程道慧奉道不信佛,结果病死,见阎罗王始知佛法可崇。《幽明录》也有此类故事,这是佛道斗争的产物。

三是杀生受报。如"王导":

> 王导,河内人也。兄弟三人,并得时疾。其宅有鹊巢,旦夕翔鸣,闻其喧噪,兄弟俱恶之,念云:"差当治此鸟。"既差,果张取鹊,断舌而杀之。既而兄弟悉得喑疾。家渐贫,以至行乞。①

又"吴唐"条记吴唐射死鹿母子,结果后来误射杀亲生子得到报应。"周氏三子"条采自《搜神后记》,记周氏儿时用蒺藜害死三只小燕,长大后三子皆哑,皆此类也。佛家戒杀生,故多有此等故事。

四是观世音显验,有好几条,如"沈甲":

> 吴郡人沈甲,被系处死。临刑市中,日诵观世音名号,心口不息。刀刃自断,因而被放。一云,吴人陆晖系狱,分死,乃

---

① 据《太平御览》卷七四〇、《太平广记》卷一三二引校辑。

令家人造观世音像,冀得免死。临刑,三刀,其刀皆折。官问之故,答云:"恐是观世音慈力。"及看像,项上乃有三刀痕现。因获奏免。①

事又载《感应传》、《旌异记》,但人名地点不同。佛教中,观世音是救苦难众生的菩萨,据说有难者只要呼观世音名号,即能寻声往救,所以善男信女们对他礼拜最勤。

五是佛像显应,如"丁零"等条,不再详说。

《宣验记》还有二则佛经中的故事,一则为鹦鹉灭火事:

> 有鹦鹉飞集他山,山中禽兽辄相爱重。鹦鹉自念,虽乐不可久也,便去。后数月,山中大火。鹦鹉遥见,便入水沾羽,飞而洒之。天神言:"汝虽有志意,何足云也!"对曰:"虽知不能救,然尝侨居是山。禽兽行善,皆为兄弟,不忍见耳。"天神嘉感,即为雨灭火。②

另则系片断,事同,惟救火者乃雉。鹦鹉救火事取自吴康僧会所译《旧杂譬喻经》二十三。雉救火事又见载于《大唐西域记》卷六。谓有大茂林,是毛群羽类居穴处,忽起火,一雉鼓濯清流,飞空奋洒。天帝释说它以微躯而欲扑灭大火,行为太愚,雉答云:"今天帝释有大福力,无欲不遂,救灾拯难若指诸掌,反诘无功,其咎安在?猛火方炽,无得多言!"天帝释受了感动,掬水泛洒,树林即火灭烟消。二者显然是同一故事的不同说法。故事虽反映佛教普救众生的观念,但本身还是有积极意义的。

本书对后世影响较大,南齐陆杲《系观世音应验记》虽对《宣验记》颇多微词,但还是取为参考,有五事见于本书,王琰《冥祥记》亦多所取资,有十二事见于本书。不过,《宣验记》故事一般不

---

① 据《太平广记》卷一一一、《辩正论》卷七《信毁交报篇第八》引校辑。
② 据《艺文类聚》卷九一、《初学记》卷三〇、《六帖》卷九四、《太平御览》卷九二四引校辑。

大生动,少有情味,远不及《幽明录》。释氏辅教之作,大率如此。

《冥祥记》是南朝最重要的"释氏辅教之书",齐王琰撰。

《隋志》杂传类著录曰:"《冥祥记》十卷,王琰撰。"《旧唐志》同,《新唐志》小说家类作一卷,疑讹。《通志·艺文略》传记类冥异属亦有目,盖据《隋志》。本书首见于南齐陆杲《系观世音应验记》,《彭子乔》条云:"义安太守太原王琰,杲有旧,作《冥祥记》,道其族兄琎识子乔及道荣,闻二人说,皆同如此。"梁唐间传播极广,佛教论传多言及此书。慧皎《高僧传序》:"太原王琰《冥祥记》。"法琳《破邪论》卷下:"太原王琰撰《冥祥记》一部。"唐临《冥报记序》:"王琰作《冥祥记》。"道宣《三宝感通录》卷中:"南齐王琰《冥祥记》。"又卷下作《冥祥传》。道世《法苑珠林》卷一○○:"《冥祥记》一部十卷,右齐王琰撰。"《新唐志》以后不见著录,当佚于宋。

《类说》卷五摘录四则,《说郛》卷四摘录一则,大约转据他书。《法苑珠林》、《太平广记》等书引用极多,《重编说郛》卷一一八辑七则,然窜入唐事①,又误题作晋王琰,《旧小说》甲集辑五则。《法苑珠林》、《太平广记》所引,多有舛误,不少是《冤魂志》、《冥报记》等书中的文字,而《珠林》、《广记》引本书又常误作《冥报记》、《述异记》。鲁迅自《珠林》、《广记》及《三宝感通录》、《辩正论》注、《初学记》、《太平御览》等书辑出自序一篇和正文一百三十一条,因经过甄别故而相当可靠。但其中有二事重出:"竺长舒"条,《珠林》卷二三和《辩正论》卷七《信毁交报篇》注并引,文字有所不同;"谢敷"条,《珠林》卷一八引全文,《文房四谱》卷四节引,

---

① 《明相寺》、《薛孤训》二条,皆系辑自《太平广记》卷一一六,注出《冥祥记》,误。实出《冥报记》。参见拙著《唐五代志怪传奇叙录》上册,南开大学出版社,1998年版,第199页。

鲁迅皆误辑为二条。去此二条实是一百二十九条①。台湾王国良在鲁迅辑本基础上自《三宝感通录》卷下、《释门自镜录》卷上补辑"晋简文帝"、"释僧妙"二条，是最完备的辑本②。

王琰,史书无传。据梁慧皎《高僧传序》等,王琰祖籍为太原(治今山西太原市西南古城营)。《冥祥记序》云："琰稚年在交阯,彼土有贤法师,道德僧也。见授五戒,以观世音金像一躯,见与供养……琰奉以还都,时年在龆龀,与二弟常尽勤至,专精不倦。后治改弊庐,无屋安设,寄京师南涧寺中。于时百姓竞铸钱,亦有盗毁金像以充铸者。时像在寺,已经数月。琰昼寝,梦见立于座隅,意甚异之。时日已暮,即驰迎还。其夕,南涧十余躯像,悉遇盗亡。其后久之,像于曛暮间放光,显照三尺许地,金辉秀起,焕然夺目。琰兄弟及仆役同睹者十余人。于时幼小,不即题记;比加撰录,忘其日月,是宋大明七年秋也。至泰始末,琰移居乌衣,周旋僧以此像权寓多宝寺。琰时暂游江都,此僧仍适荆楚。不知像处,垂将十载,常恐神宝,与因俱绝。宋升明末,游躅峡表,经过江陵,见此沙

---

① 《古小说钩沉》辑有《祥异记》二则,全出自《太平广记》,即卷一○九《释慧进》、卷一三一《元稚宗》。按:此二事《法苑珠林》卷九五、卷六四引作《冥祥记》(元作阮),文同。《释慧进》首云"前齐永明中",《珠林》亦如是。前齐二字当为《珠林》作者道世所加,《广记》实据《珠林》转录,故知作《祥异记》必误。据台湾严一萍《太平广记校勘记》(台北艺文印书馆1970年版)云,孙潜校宋本《广记》《释慧进》条注出《冥祥记》,然则《元稚宗》亦当出《冥祥记》,谈本俱讹作《祥异记》而已。南北朝志怪小说本无《祥异记》一书,鲁迅既据《珠林》将二事辑入《冥祥记》,又据《广记》辑《祥异记》,颇误。

② 见王国良《王琰〈冥祥记〉小考》,《东吴中文学报》,1997年第三期,以及王国良《冥祥记研究》,文史哲出版社,1999年版。按:《大正新修大藏经》本《法苑珠林》卷一七引《冥祥记》十四验中有"晋沙门释道泰"条,又见《太平广记》卷一一○引《法苑珠林》。《四库全书》本、《四部丛刊初编》本(并百二十卷,卷二五)、中国书店影印宣统三年刻本(百卷)、中华书局2003年版周叔迦《法苑珠林校注》本,皆脱此条。《古小说钩沉》、《冥祥记研究》皆未辑此条。《广记》卷一三一引《述异记》"阮倪"条,记割牛舌之报,宣明佛家杀生报应观念,与祖冲之书内容不类(《钩沉·述异记》未辑),似应属本书。

门,乃知像所。其年琰还京师,即造多宝寺访焉。……时建元元年七月十三日也。"①据此,是知稚年在交趾,从贤法师受五戒,约七八岁还都。宋大明七年(463)"于时幼小",按十岁算,当生于宋孝建元年(454)。宋明帝泰始末(471)移居乌衣。曾游江都、峡表,齐高帝建元元年(479)还京师,时约二十六岁。

唐王方庆编《万岁通天进帖》中有王僧虔《太子舍人帖》,云:"太子舍人王琰牒:在职三载,家贫,仰希江、郢所统小郡。谨牒。"②按建元元年四月萧道成即帝位,六月立皇太子萧赜。四年三月高帝崩,萧赜即位,立皇太子长懋。③而王僧虔建元元年为侍中、抚军将军、丹阳尹,二年授左光禄大夫,侍中、尹如故,冬出镇湘州。武帝即位,授侍中、特进、左光禄大夫,永明三年(485)七月卒。④综合这些情况,王琰为太子舍人,大约在建元、永明间。居官三载,求出任江州、郢州所统小郡,肯定是在永明三年王僧虔去世之前。陆杲《系观世音应验记》称"义安太守太原王琰"。据《南齐书·州郡志下》,郢州有义安左郡。宋、齐设于蛮族居住区的郡称左郡,义安即此义安左郡。此郡是个小郡,才辖绥安一县。⑤《隋志》古史类著录王琰《宋春秋》二十卷,注云"梁吴兴令",则后复仕梁。卒年不详,估计在梁天监间。以天监末(十八年,519)计,约已六十六岁。

陆杲《应验记》作于齐和帝中兴元年(501),知《冥祥记》作于此前。其称王琰为义安太守,并不是指王琰中兴元年所任职,乃是据《冥祥记》题署而称,书作于义安左郡太守任内。书中"王四娘"

---

① 引文除另注者外均据王国良校辑本。
② 见《三希堂法帖》。
③ 见《南齐书·高帝纪》、《武帝纪》。
④ 见《南齐书》卷三三《王僧虔传》及《武帝纪》。
⑤ 《南齐书·州郡志上》。广州亦有义安郡,辖绥安、海宁、海阳、义招、潮阳、程乡六县。

条记永明三年(485)事,所以成书当在永明年间(共十一年)。到中兴元年陆杲作书,已经过去十几年。

王琰笃信佛教,永明中范缜著《神灭论》反佛,他曾著论讥讽云:"呜呼范子! 曾不知其先祖神灵所在。"①作为佛家弟子,他在自序中说明了作书缘由。称稚年从贤法师处得一躯观世音金像,后此像常显神异,作者"循复其事,有感深怀,沿此征觌,缀成斯记"。为宣扬佛法而撰写的这部志怪,内容一如《宣验》、《应验》诸记。部头较大,所存遗文又最多,可说是"释氏辅教书"的代表作。它采有《搜神记》、《灵鬼志》、《搜神后记》、《幽明录》等书少数材料,《光世音应验记》、《续光世音应验记》、《宣验记》等弘法小说自然也有取资,不过绝大部分却是新出,从汉至齐,搜罗颇广。

序称"镜接近情,莫逾仪像;瑞验之发,多自此兴"。看来原书多记佛像瑞验之事,不过遗文中仅存数条,如:

> 晋世沙门僧洪,住京师瓦官寺。当义熙十二年时,官禁熔铸,洪既发心铸丈六金像:"像若圆满,我死无恨。"便即偷铸。铸竟,像犹在模,所司收洪,禁在相府,锁械甚严。心念观世音,日诵百遍。便梦所铸金像往狱,手摩头曰:"无虑。"其像胸前方一尺许,铜色焦沸。当洪禁日,感得国家牛马不肯入栏,时以为怪。旬日敕至彭城,洪因放免,像即破模自现。

此像似乎是观世音。"史俊"、"陈玄范妻"二条亦记观世音显验;"释慧玉"条则为弥勒佛像。

《冥祥记》还有十数条观世音应验故事,虽然不是写观世音像,但同上述事其实属一类,序称仪像瑞验当亦包括这类故事。它们大抵是记佛弟子遇难,心念观世音,遂得到保佑,情节雷同。

序又称:"若夫经塔显效,旨证亦同。事非殊贯,故继其末。"

---

① 《南史》卷五七《范缜传》。

遗文中塔寺显效事特少,佛经显效事较多,有十数条。所涉佛经最多者是《观世音经》,又有《大品》、《小品》、《首楞严经》、《法华经》等。如"刘度"条记晋时虏主木末欲灭辽城,刘度率众归命观世音,顷之,木末见《观世音经》从空中下,遂省刑戮,此城免害。余皆仿此,独"丁承"条情事颇奇,特有异趣:

> 汉济阴丁承,字德慎。建安中,为颍阴令。时北界居民妇,诣外共汲水。有胡人长鼻深目,左过井上,从妇人乞饮。饮讫,忽然不见。妇则腹痛,遂加转剧,啼呼。有顷,卒然起坐,胡语指麾。邑中有数十家,悉共观视。妇呼索纸笔来,欲作书。得笔,便作胡书,横行,或如乙,或作巴。满五纸,投着地,教人读此书。邑中无能读者。有一小儿,十余岁,妇即指此小儿能读。小儿得书,便胡语读之。观者惊愕,不知何谓。妇教小儿起舞,小儿既起,翘足,以手弄相和,须臾各休。即以白德慎。德慎召见妇及儿,问之,云当时忽忽,不自觉知。德慎欲验其事,即遣吏赍书诣许下寺,以示旧胡。胡大惊,言佛经中间亡失,道远忧不能得,虽口诵不具足,此乃本书。遂留写之。①

此外,还有相当数量的故事是表现僧人的高行神迹,"耆域"、"竺佛调"、"犍陀勒"、"于法兰"等等皆是。如"耆域"条云:

> 晋沙门耆域者,天竺人也。自西域浮海而来,将游关洛,达旧襄阳,欲寄载船北渡。船人见梵沙门衣服弊陋,轻而不载。比船达北岸,耆域亦上,举船皆惊。域前行,有两虎迎之,弭耳掉尾,域手摩其头,虎便入草。于是南北岸奔往请问,域曰无所应答。及去,有数百人追之。见域徐行,而众走犹不

---

① 据《法苑珠林》卷一八辑,校以梁释僧祐《出三藏记集》卷五、唐释智升《开元释教录》卷一八。

及。……

余事尚有许多,文长不尽录。佛徒传说中多有伏虎事,此条也有表现。

《幽明录》有"赵泰"、"石长和"等条反映地狱之事,《冥祥记》亦载之,另外尚有"支法衡"、"孙稚"、"李清"等一二十条,大抵类似赵泰事。这是书中十分突出的另一类故事,篇幅大都较长。

另外还有其他内容的故事,均系弘明释教者。如"陈秀远"、"董青建"条宣扬轮回转世等等。

《冥祥记》所表现的主题和观念,都是宗教迷信,有的更是直接鼓吹服从封建统治。但从艺术上看,却不无可取之处。首先,书中颇有些比较新鲜奇特的幻想情节,读起来比较有味。后世志怪、传奇和神魔小说,其中多有佛教故事,《冥祥记》这类释氏辅教书关于佛法神力变化的各种幻想情节和幻想形式,无疑对它们有着艺术构思的启示作用。

其次,《冥祥记》篇幅大大加长,这在南朝志怪中最为突出。就百多条遗文看,三百字以上者达三十六条,其中五百字以上者十二条,又有三条在千字以上。这是创纪录的数字。如果再考虑到这样一个事实,即诸书征引时,有些是节录或撮述大意,以致把长文化短,那么,上述数字将会更大。

篇幅增长不是行文拖沓的结果。《冥祥记》的语言是简练的。原因在于情节较复杂曲折,叙事较具体细致。作者着意求细,运用对话、描写等手段,把故事叙写得具体生动,使读者有亲临其境之感。这是志怪小说在艺术上一个很大的跃进。

"赵泰"、"陈安居"条长达一千一百余字,"刘萨荷"条长达一千二百余字。"刘萨荷"条亦记地狱。首节写沙门慧达(刘萨荷)出身、性情及死而复苏。次节写被缚送往地狱时路上所见情景:执弓带箭人指路;入人家室乞食不得,险遭杵击;老妪与书;女子向慧达要书;同两沙门对话。用笔精细,曲曲折折。又有场景描写,如:

"向西北行,行路转高,稍得平衢,两边列树","屋舍甚多,白壁赤柱","屋内床帐光丽,竹席青几"等。三节写至"寒冰狱"。刻画狱中鬼形:"身甚长大,肤黑如漆,头发曳地";描摹狱中情状:"其处甚寒,有冰如石飞散,着人头头断,着脚脚断"。下边又补叙前所逢两沙门来历;写逢从伯于此狱,通过从伯自述,交待他堕入此狱的缘由。四节述刀山地狱及其他观见,用略笔概而述之。五节写见观音大士及观音大士的说法,对观音形象作了较细的描写。六节写此后在地狱中备受磨难:铁叉叉,镬汤煮。中间有人物对话和幻景描写,用以补叙慧达生前杀鹿射雁的罪孽。七节写遣归,八节写复活后出家奉法。"陈安居"条用笔也是这样缜密委曲,例如陈安居死而复苏这个简单情节,按粗陈梗概的写法,寥寥数字就够了,王琰却是这样写的:

> 永初元年,病发,遂绝。但心下微暖,家人不敛。至七日夜,守视之者,觉尸足间如有风来,飘衣动衾,于是而苏,有声。家人初惧尸蹶,并走避之;既而稍能转动,末求饮浆。家人喜之,问从何来,安居乃具说所经见……

刻画入微,历历在目。这样的例子还有不少。

在南北朝同类书中,其余诸作莫能望其项背,后来侯白《旌异记》稍得其笔意。本书所载故事许多后来被《系观世音应验记》、《高僧传》等书所采。梁王曼颖撰《补续冥祥记》。

(三)其他弘佛小说作品

南朝其余"释氏辅教书"尚有不少,依次考述如下。

王延秀《感应传》。《隋书·经籍志》杂传类著录《感应传》八卷,王延秀撰,又载杂家类,称晋尚书郎王延秀撰,称晋误,当作宋。《旧唐书·经籍志》杂传类、《新唐书·艺文志》小说家类书名卷数撰人同。《通志·艺文略》传记类冥异属亦有著录,盖据《隋志》。

慧皎《高僧传序》云："太原王延秀《感应传》"。王曼颖《致慧皎书》云"《感应》或所商榷"，亦指此书。法琳《破邪论》卷下亦云："太原王延秀撰《感应传》。"法琳《辩正论》卷六所云"如干宝《搜神》、临川《宣验》及《征应》、《冥祥》、《幽明录》、《感应传》等"，其《感应传》当亦指王书。

王延秀史书无传。《宋书》卷六六《何尚之传》载：元嘉十三年（436）何尚之置玄学，聚生徒，太原王延秀等人并慕道来游，谓之南学。卷一六《礼志三》载宋明帝泰始六年（470）曹郎王延秀重议改革郊祭事，又载泰始七年祠部郎王延秀议祠明堂事。泰始七年已至宋末，去宋初五十一年，是则王延秀乃宋人。两《唐志》杂史类著录其《史要》一书，已佚。

《感应传》书已佚。《辩正论》卷六卷七陈子良注引《感应传》四事。一为扬州长干寺育王像显灵事；一为庐陵发蒙寺育王像显灵事；一为济建安王念观音不息，观音为之治疮事，又见《太平广记》卷一一一引《感应传》，作齐建安王，是也；一为张逸临刑刀折事，又见《广记》卷一一四引。按南齐建安王萧子真，海陵王延兴元年（494）被杀，年十九，事迹具《南齐书》卷四〇。王延秀估计卒于宋末，其书当无南齐事，所以，《辩正论》注和《广记》所引《感应传》，非延秀书。释道宣《续高僧传》卷一一《慧海传》引《感应传》慧海事，慧海大业二年（606）卒，年五十七，亦在王延秀后。又卷三六《阇提斯那传》记隋开皇时事，云"见《感应传》"，此《感应传》亦非王书。考隋释净辩亦有《感应传》，上引《感应传》似为净辩作者。至于王延秀之《感应传》遗文，则无从发见。

朱君台《征应传》。梁慧皎《高僧传序》云："太原王延秀《感应传》、朱君台《征应传》、陶渊明《搜神录》，并旁出诸僧，叙其风素。"王曼颖《致慧皎书》："挽出君台之记，糅在元亮之说。"所指即为朱君台《征应传》和陶渊明《搜神录》。按王延秀宋人，陶渊明由晋入宋，朱君台殆亦晋宋间人。唐初释徒书常提到本书，法琳《破邪论》卷下："太原王延秀撰《感应传》，吴兴朱君台撰《征应传》。"《辩正论》卷六："如干宝《搜神》、临川《宣验》及《征应》、《冥祥》、《幽明录》、《感应传》等，自汉明已下讫于齐梁，王公牧收、清信士女及比丘比丘尼等，冥感至圣，目睹神光者，凡二百余人。"道世《法苑珠林》卷五列"古今善恶祸福征祥"之书二十种，中有《征应》。道宣《三宝感通录》卷下著录《征应传》，撰人误作祖台。《隋书·经籍志》无此书，《旧唐书·经籍志》杂传类、《新唐书·艺文志》小说家类著录《征应集》二卷，不著撰人，疑即《征应传》。佚文不存。《高僧传》曾有采录，唯不可分辨。

萧子良《冥验记》。史志不见著录。《法苑珠林》卷一〇〇《传记篇·杂集部》著录《三宝记》二十卷、《净住子》二十卷、《宣明验》三卷、《杂义记》二十卷，云："右四部六十三卷，齐司徒竟陵文宣王萧子良撰。"《宣明验》仅见于此，而唐唐临《冥报记序》云："齐竟陵王萧子良作《冥验记》①，王琰作《冥祥记》，皆所以征明善恶，劝戒将来，实使闻者深心感悟。"《珠林》不著此书，颇疑《冥验记》即《宣明验》之别称。

《冥验记》已佚，北宋吴淑《事类赋》卷一九《燕赋》注、卷二三《鹿赋》注引有《冥验记》二事。前条记周氏儿时杀三燕子，后其三子皆喑不能言，后条记吴唐射杀鹿及其母而后射鹿时误中其子，都是杀生遭报之事。此二事《太平御览》卷九二二、卷九〇六引作《宣验记》。"宣"、"冥"形似，必有一讹，但无法判定属于《宣验记》还是《冥验记》。鲁迅辑为《宣验记》佚文。周氏事《太平广记》卷一三一及《太平御览》卷七四〇、卷九九七引《续搜神记》亦载，文句不同。

---

① 按：《涵芬楼秘笈》本讹作《宣验记》。

兹将吴唐事引录于下:

> 吴唐,庐陵人也。少好驱媒猎射,发无不中,家以致富。后春月,将儿出射,正值麂鹿将麑。母觉有人气,呼麑渐出。麑不知所畏,径前就媒。唐射麑,即死。鹿母惊还,悲鸣不已。唐乃藏于草中,出麑值净地。鹿母直来地,俯仰顿伏,绝而复起。唐又射鹿母,应弦而倒。至前场,复逢一鹿。上弩将放,忽发箭反激,还中其子。唐掷弩拥儿,抚膺而哭。闻空中呼曰:"吴唐,鹿之爱子,与汝何异!"唐惊听,不知所在。①

萧子良,传见《南齐书》卷四和《南史》卷四四。子良字云英,南兰陵兰陵(今江苏常州市武进区西北万绥镇)人。齐武帝萧赜次子。生于宋孝武帝大明四年(460),卒于齐郁林王隆昌元年(494)。封竟陵郡王,历任都督、侍中、司徒、太傅等职。子良好佛,传称"招致名僧,讲语佛法,造经呗新声,道俗之盛,江左未有也"。又喜延揽文士,著书立说。《隋志》著录《齐竟陵王子良集》四十卷,佚,明人辑有《南齐竟陵王集》二卷,载《汉魏六朝百三名家集》。

王曼颖《补续冥祥记》。《隋书·经籍志》杂传类著录《补续冥祥记》一卷,王曼颖撰,《旧唐书·经籍志》作《续冥祥记》十一卷。《新唐书·艺文志》改入小说家类,作王曼颖《续冥祥记》十一卷,颖字讹。《通志·艺文略》传记类冥异属同《隋志》。

清姚振宗《隋书经籍志考证》卷二〇云:"按王琰先有《冥祥记》十卷,此补续其书,《唐志》殆合为一编,故十一卷。琰亦太原人,仕梁为吴兴令,曼颖固同族,亦同时人也。《法苑珠林》亦数引之。"按姚氏谓《唐志》合为一编,故十一卷,或许近是,然云曼颖乃

---

① 据《事类赋注》卷二三、《太平御览》卷九〇六校辑。

王琰同族,则属猜想,且《珠林》并未数引此书,所引者乃《冥祥记》也。

王曼颖于史无传。慧皎《高僧传》附王曼颖致慧皎书①,书中自称"弟子",可见是在俗的佛门信徒。慧皎在答书中称赞曼颖"学兼孔释,解贯玄儒",将自己的《高僧传》书稿拿给他看,征求意见。《梁书》卷二二《南平王伟传》载:"太原王曼颖卒,家贫无以殡敛,友人江革往哭之,其妻儿对革号诉。革曰:'建安王当知,必为营理。'言未讫而伟使至,给其丧事,得周济焉。"又见《南史》卷五二,作平原人,恐误。从这段记载可知,王曼颖乃当时知名人士,故能与江革为友,为郡王所知。曼颖卒时,江革称萧伟为建安王。按萧伟天监元年(502)四月封建安郡王,十七年三月改封南平郡王②,则曼颖最晚卒于天监十七年。然曼颖致慧皎书中有"蒙示所撰《高僧传》"语,而《高僧传》卷一二《道琳传》云琳卒于天监十八年,又卷一三《僧护传》云:"自像成之后,建安王所苦稍瘳,今年已康复。王后改封,今之南平王是也。"则《高僧传》最早成于天监十八年,而其时曼颖尚在世。曼颖信中云"不见旬日,穷情已劳,扶力此白,以代诉尽",似当时已卧病不起,故又疑曼颖卒于天监十八年(519)。此中矛盾,有两个可能,一是慧皎向曼颖出示《高僧传》征求意见,拿出来的尚是未定稿,曼颖死后方修订成书;一是曼颖卒时萧伟改封南平王不很久,江革尚以旧封呼之也。推究起来前一种可能性较大,《高僧传》正文十三卷,末卷为《序录》,而《道琳传》在第十二卷最末,《僧护传》在第十三卷,这都是后来增补的。综合这些情况,可以判定慧皎向曼颖出示书稿约在天监十六年末,曼颖当卒于天监十七年初,次年《高僧传》定稿。

《补续冥祥记》遗文不存。

---

① 又载《广弘明集》卷二四。
② 见《梁书》卷二二《南平元襄王伟传》及《武帝纪中》。

第七章　北朝隋代志怪小说

北朝和隋，共二百三十二年。志怪小说基本上都出自隋。隋之前，仅有少量作品。出于隋代者有十几种。北朝和隋比南朝多六十余年，但志怪园地却很荒芜，而且很多是"释氏辅教之书"和阴阳五行之说，大部质量很差，只有《冤魂志》及《穷怪录》少数优秀之作。

南朝承续魏晋文学传统，学有渊源，文士云集，时主又多有好文者。志怪创作魏晋已很兴旺，东晋尤盛，南朝后继东晋，志怪自然也踵其武而增其华。因而志怪创作主流在南朝。北朝为少数民族统治，缺乏文学传统，只有在隋统一中国前后，南北文化逐渐合流，才始有转机。

一、北朝隋代佛教徒及数术家的志怪

北朝隆兴释教，特别是隋，在北魏太武帝和北周武帝的两次灭佛后又重兴佛法，名僧云集，因而此时志怪中多有"释氏辅教之书"。其中最著名的是《冤魂志》和《旌异记》。

另外，隋文帝信符命谶纬之说，影响所及，便有数术家造作宣扬阴阳五行、灾异祥瑞思想的志怪。

此等志怪有十来种，除颜之推《冤魂志》拟于下节讨论外，其余依次论述于下。

《搜神论》，北魏昙永撰。《续高僧传》卷七《道辩传》曰："道辩……有弟子昙永、亡名二人。永潜遁自守,隐黄龙山。撰《搜神论》、《隐士仪式名》,文笔雄健。负才傲俗,辩杖之而徙于黄龙,初无恨想而晨夕遥礼云。"按道辩为北魏孝文时洛阳名僧,知昙永亦为北魏人。

昙永书名《搜神论》,盖袭干宝书旧名。书久佚,内容失考,当是释氏感通传记。

《验善知识传》一卷,北周释亡名撰。本书见《历代三宝记》卷一一、《法苑珠林》卷一〇〇《传记篇·杂集部》著录,一卷。《珠林》称周朝武帝时沙门释亡名著,知作于北周。

《续高僧传》卷七《周渭滨沙门释亡名传》载,释亡名俗姓宋氏,南郡(按:治今湖北荆州市江陵县)人。本名阙。出身衣冠望族,事梁元帝,深见礼待。有制新文,帝多称述。承圣三年(554)西魏破江陵,元帝被杀,遂出家,远寄岷蜀,初投兑禅师。北周少保蜀国公宇文儁镇蜀,爱其才德,礼供殊伦,由此声闻台省。后齐王宇文宪继为益州刺史,伏敬日增。任满还京,亡名随归谒见武帝宇文邕,处为夏州三藏。朝省将征拔,以为其器宇有经国之量。天和二年(567)大冢宰宇文护作书召之,不就。后不知所终。有集十卷。① 《隋书·经籍志》著录释亡名《天正旧事》三卷(旧事类)、《后周沙门释亡名集》十卷(别集类)。释亡名在给宇文护的答书中说:"惟道是务,不曾栖息五十二年。"天和二年五十二岁,则生于梁天监十五年(516),卒年不详。

《历代三宝记》称"拟陆果(杲)《观音应验记》",知乃模仿陆杲《系观世音应验记》。

《旌异记》,隋侯白撰。侯白事迹附见《隋书》卷五八《陆爽

---
① 所涉史实,参考《周书》。

传》和《北史》卷八三《文苑·李文博传》。传载白字君素,魏郡(治邺县,今河北临漳县西南邺镇)人。好学有捷才,性滑稽,好为俳谐杂说。举秀才,为儒林郎,文帝令于秘书修国史。后给五品食,月余而卒。著《旌异记》十五卷,行于世。道宣《续高僧传》卷二亦有侯白事略,附见《达摩笈多传》,大体同上,籍贯作相邺,相即相州,北魏置,治所在邺县,与《隋书》本传不迕,唯作《旌异传》二十卷。侯白作品除《旌异记》,还有笑话集《启颜录》十卷,见两《唐志》,《太平广记》有引。唐苏鹗《苏氏演义》卷下又载:"侯白,字君素,魏郡邺人。……文帝命侍从,以备顾问。撰《酒律》、《笑林》,人皆传录。"

《旌异记》,《隋书·经籍志》杂传类著录十五卷,称侯君素撰,《旧唐书·经籍志》杂传类、《新唐书·艺文志》小说家类同,卷数皆与《隋书》、《北史》本传合。《续高僧传》则称"时有秀才儒林郎侯白奉敕撰《旌异传》一部二十卷",卷数不同,书名微异,《法苑珠林》卷一〇〇亦云"《旌异传》一部二十卷,右隋朝相州秀才儒林郎侯君素奉文皇帝敕撰"。《日本国见在书目录》杂传家著录作《旌异记》十卷,又出异辞,而《历代三宝记》卷一二亦作十卷。意者流传中卷轴分合不同,故有十卷、十五卷、二十卷之异。《历代三宝记》书名为《积异传》,顾况《戴氏广异记序》称此书为《精异记》,于《旌异传》之外又出二异名。夫"旌"者,显明、彰明之意。《左传》僖公二十四年:"且旌善人。"杜预注:"表也。"又定公元年:"以自旌也。"注:"章也。"《后汉书》卷五九《张衡传》:"旌性行以制佩兮。"李贤注:"明也。""旌异"即彰明神异之义。云"精异"、"积异"者,于义虽可解,然皆字讹也。

书今不存。《重编说郛》卷一一八有《旌异记》十则,皆为宋事,而妄题撰人为侯君素,又冠之以宋,甚为可哂。鲁迅自《续高僧传》、《三宝感通录》、《法苑珠林》、《太平广记》辑佚文十则,载《古小说钩沉》。鲁迅辑本有遗漏,唐释道宣《大唐内典录》卷一〇《历代众经应感兴敬录》引释道琳一事,段成式《酉阳杂俎》前集卷一三《尸穸》引盗发白茅冢一事,皆可补。

《旌异记》遗文全为佛法神异之事。侯白由北朝入隋,笃信佛教。北周武帝继北魏太武帝之后灭佛,隋文帝复弘扬佛法,故命侯白著作此书,以证佛法的灵验,乃"释氏辅教"性质的志怪小说,即如《续高僧传》云:"多叙感应即事,亟涉弘演释门者。"所记涉佛像、佛经、佛徒等,有的描写生动细微,如"灵芝寺":

> 高齐初,沙门实公者,嵩山高栖士也。旦从林虑向白鹿山,因迷失道。日将隅中,忽闻钟声。寻响而进,岩岫重阻。登涉而趣,乃见一寺,独据深林。三门正南,赫奕辉焕。前至门所看额,云"灵芝寺"。门外五六犬,其大如牛,白毛黑喙,或踊或卧,以眼眄实。实怖将返。须臾,见胡僧外来,实唤不应,亦不回顾,直入门内,犬亦随入。良久,实见无人,渐入次门。屋宇四周,门房并闭。进至讲堂,唯见床榻,高座俨然。实入西南隅床上坐,久之,忽闻栋间有声。仰视,见开孔如井大,比丘前后从孔飞下,遂至五六十人。依位坐讫,自相借问:"今日斋时,何处食来?"或言豫章、成都、长安、陇右、蓟北、岭南、五天竺等。无处不至,动即千万余里。末后一僧从空而下,诸人竞问:"来何太迟?"答曰:"今日相州城东彼岸寺鉴禅师讲会,各各竖义。大有后生聪俊,难问词音锋起,殊为可观,不觉遂晚而至。"实本事鉴为和上,既闻此语,望得参话,希展上流。整衣将起,咨诸僧司:"鉴是实和上。"诸僧直视,忽隐寺所,独坐磐石柞木之下。向之寺宇,一无所见,唯睹岩谷,禽鸟翔集,喧乱切心。及出山,以问尚统法师,尚曰:"此寺石赵时佛图澄法师所造,年岁久远,贤圣居之,非凡所在。或泛或

隐,迁徙无定。今山行者,犹闻钟声。"①

故事叙述实公的奇遇,用笔精细,结构完整,叙事行文极有章法,描写时有佳处。风格接近《冥祥记》。

《舍利感应记》,隋王劭撰。王劭,《隋书》卷六九、《北史》卷三五有传。字君懋,太原晋阳(今山西太原市西南)人。好读书,时人称其博物。仕齐为太子舍人、中书舍人,隋文时为著作郎、员外散骑侍郎,喜谈符命以求媚主上。炀帝时迁秘书少监,卒于官。王劭著作有《隋书》八十卷、《齐志》二十卷、《齐书》一百卷、《平贼记》三卷、《读书记》三十卷等。他的史书,《隋书》本传称"采迂怪不经之语及委巷之言"。

《舍利感应记》,《隋书》、《北史》本传皆不著。《隋志》杂传类著录《舍利感应记》三卷,王劭撰,两《唐志》无。《法苑珠林》卷四〇《舍利篇》云:"《舍利感应记》二十卷,隋著作郎王劭撰。"卷数相差悬殊。《辩正论》卷四《十代奉佛篇下》书名作《仁寿舍利现瑞记》。仁寿,隋文帝年号。

《珠林》及《辩正论》略述《舍利感应记》大概。道宣《广弘明集》卷一七引录其文,未分卷。前有序,大意是文帝未即位前,婆罗门沙门与文帝舍利一裹,嘱之供养。又有神尼智仙,云佛法将灭,望文帝重兴佛法。其后周氏灭而隋受命,文帝念神尼之言,大弘释教。仁寿元年(601),于诸州三十处各起舍利塔,取金瓶三十,各置舍利于内,供于诸州塔中。其后各地表奏舍利塔灵验事。以下正文即记舍利感应,凡三十二条。如"蒲州栖岩寺塔"一条,云起塔之日,地震山吼,浮图有光,舍利瓶内亦有光,桃李开花。遇光照者有病即愈,有妇人小儿死,至夜便苏。余皆此之类。

---

① 据《法苑珠林》卷九一、《太平广记》卷九九、《集神州三宝感通录》卷下引校辑。《感通录》无出处。

舍利,又名舍利子,梵文音译,义为"身骨",实际上就是佛徒火葬后的骨殖及发、肉等残存物。《珠林》卷四〇云:"舍利者,西域梵语,此云骨身。恐滥凡夫死人之骨,故存梵本之名。舍利有其三种:一是骨舍利,其色白也。二是发舍利,其色黑也。三是肉舍利,其色赤也。菩萨罗汉等亦有三种。若是佛舍利,椎打不碎。若是弟子舍利,椎击便破矣。"舍利佛家奉为至宝,筑塔供养,名舍利塔。

"释氏辅教书"多以"感应"、"应验"为名。有泛记诸种感应事者,若《感应传》;有专记某一类感应事者,若《观世音应验记》专记观世音,此则专记舍利应验,故名《舍利感应记》。这类书大抵不佳,《舍利感应记》尤差,基本没有什么故事性,以至于把它看作志怪小说也很勉强。

王劭又有《皇隋灵感志》。《隋书》本传云:"劭于是采人间歌谣,引图书谶纬,依约符命,捃摭佛经,撰为《皇隋灵感志》,合三十卷,奏之。上(按:文帝)令宣示天下。"《隋志》未收此书,两《唐志》杂家类著录十卷,卷数不符本传,《旧志》撰人讹作王邵。该书只字无存,估计不会是志怪小说,故《唐志》入于杂家。

《鬼神录》,隋释彦琮撰。彦琮,俗姓李氏,赵郡柏人(今河北隆尧县西)人。生于北齐天保八年(557),卒于隋大业六年(610)。十岁出家,年轻时即有名声,颇得时主礼遇。与王劭等友善,时号"文外玄友"。隋时在洛阳上林园翻经馆主持译经,前后译经合二十三部一百许卷。并著有《辨教论》、《辨正论》、《沙门名义论别集》、《鬼神录》等。见《续高僧传》卷二《隋东都上林园翻经馆沙门释彦琮传》。

《鬼神录》不见著录。《太平广记》引《神鬼传》九则,又作《神鬼录》,《文选》卷一五《思玄赋》注引《鬼神志》一则。书名近似,但所记异闻,有神仙事而少有佛教事,殆非本书。

《感应传》，隋释净辩撰。《续高僧传》卷二八《净辩传》云，释净辩，姓韦，齐州（治所历城，今山东济南市）人。开皇隆法，住京师净影寺。奉敕送舍利于衡州岳寺，行达江陵，风浪重阻，乃一心念佛，遂得安流。在岳寺筑塔，又见种种祥异。"辩欣斯瑞迹，合集前后见闻之事，为《感应传》一部十卷"。大业末年终。其中叙《感应传》撰集缘由，颇似王琰《冥祥记序》，佛家自称不打诳话，其实他们颇能撒谎。

是书不见《隋志》著录，《隋志》仅有王延秀《感应传》。前边说过，《辩正论》卷六卷七陈子良注引《感应传》扬州长干寺育王像、庐陵发蒙寺育王像、齐建安王、张逸四事，后二事又引于《太平广记》卷一一一、卷一一四，《续高僧传》卷一一《慧海传》引《感应传》慧海事，卷二八《阇提斯那传》引《感应传》开皇时事，这六条，皆非延秀书，可能是本书佚文。兹引一则：

> 扬州长干寺有育王像，人欲模写，寺僧恐损金色，不许造像。主乃至心发愿："若精诚有感，乞像转身西向。"于是锁闭高阁。明旦开视，像身宛已西向，遂许图之。①

此事又载《梁书》卷五四《扶南国传》，较此为详，模写金像者乃瓦官寺慧邃，长干寺主乃僧尚。

《益部集异记》，撰人不详。《续高僧传》卷二九《僧崖传》记北周广汉人释僧崖诸般神异事，如崖自焚后显形事：

> 焚后八月中，獠人牟难当者，于就峤山顶行猎。捌箭声弩，举眼望鹿，忽见崖骑一青麖。猎者惊曰："汝在益州已烧身死，今那在此？"崖曰："谁道许？谁人耳！汝能烧身不？射

---

① 据《辩正论》卷六注引。

> 猎得罪也,汝当勤力作田矣。"便尔别去。

末云:"其往往现形,预知人意,率皆此也。具如《沙门忘名集》及费氏《三宝录》,并《益部集异记》。"据此,《益部集异记》当为隋时书。

益部即益州。广汉,郡名,东晋治雒县(今四川广汉市北),广汉郡属益州。本书所记为益州异人异事,可能主要为佛徒。六朝杂传有专门记某一地区人物事件者,如《益部耆旧传》、《汝南先贤传》等,于仙传则有《桂阳列仙传》,此书与之相类,在志怪小说中别具一格。

隋代重祥瑞灾变之说,这类小说有《五行记》。

《五行记》,隋萧吉撰。萧吉,《隋书》卷七八、《北史》卷八九《艺术》有传。吉字文休,南兰陵(今江苏常州市武进区西北万绥镇)人。梁武帝萧衍从孙。生年不详,卒于大业十年(614)。梁元帝承圣三年(554)西魏陷江陵,归西魏,为仪同。隋文帝代周,进上仪同。炀帝嗣位,拜太府少卿,加位开府,卒官。萧吉好阴阳算术之学,隋文帝时曾考定古今阴阳书,多言徵祥之说以取媚文帝。著《金海》三十卷、《相经要录》一卷、《宅经》八卷、《葬经》六卷、《乐谱》二十卷、《帝王养生方》二卷、《相手版要决》一卷、《太子立成》一卷等,佚,今存《五行大义》五卷。

《五行记》不载本传及《隋志》,两《唐志》五行类始著录《五行记》五卷,萧吉撰。周中孚《郑堂读书记》卷四七数术类于《五行大义》下叙云:"新旧《唐志》、《宋志》俱著录,二《唐志》俱止作《五行记》。"以为《五行记》即《五行大义》。按《五行大义》今存,见《佚存丛书》,五卷,全系议论,而《太平广记》、《太平御览》所引《五行记》,皆为怪异故事,知二书绝不同。盖萧吉撰《五行大义》论阴阳五行之义,别又撰《五行记》述灾祥感验之事,以与前书相为表里。

《五行记》佚文，《太平御览》引二条①，《太平广记》引二十八条。但《广记》卷二三三引《酒臭》条记隋恭帝义宁初事，卷四六〇引《乌程采捕者》条称炀帝谥号，卷三二七《樊孝谦》条云"贞观初"，卷四四八《李项生》条云"唐垂拱初"，卷四二六《郴州佐史》条云"唐长安中"，卷三九三《苏践言》条记武则天时事，皆出萧吉后。据严一萍《太平广记校勘记》，抄宋本《樊孝谦》条及《广记》卷三二七所引下条《李文府》，均出《广古今五行记》。考《新唐志》和《宋志》五行类著窦维鋈《广古今五行记》三十卷，《广记》、《御览》皆有引，或题作《广五行记》，乃《五行记》续书，此七条当出窦书。② 又，《广记》卷三五九引晋裴楷事，卷三六〇后魏黄寻事，卷四四二引梁费秘事，《御览》卷九四一、卷八七七、卷九一二均引作《广五行记》。此三条要么出处有误，要么二书并载。③

《重编说郛》卷六〇录阙名《五行记》十一条。其"米化"条叙晋裴楷事，余者大都系唐事，六条取《广记》、《御览》所引《广古今五行记》，四条取《新唐书·五行志》，乃伪书。《重编说郛》及《五朝小说》、《唐人说荟》等明清稗丛，常常杂凑古书，且妄出撰名，搞

---

① 《御览》还引有《五行志》、《古今五行志》，均非本书。
② 《旧唐书》卷一八三《外戚传》有唐玄宗时水部郎中窦维鍌，传称"好学以撰著为业"，著《吉凶礼要》二十卷，疑此人即《广古今五行记》撰者，《唐志》、《宋志》讹其名耳。若非如此，则鋈、鍌必为兄弟行。参见拙著《唐五代志怪传奇叙录》上册，第221页。
③ 明清类书引《五行记》多条，《广记》、《御览》皆作《广古今五行记》或《广五行记》：《广记》卷一三九引《广古今五行记》周靖帝事，《广博物志》卷四九、《格致镜原》卷九〇作《五行记》；《广记》卷四二六引梁萧泰事，《天中记》卷六〇、《渊鉴类函》卷四二九作《五行记》；《广记》卷四六七《广古今五行记》唐凝真观事，《御览》卷九四九引作《广五行记》，《渊鉴类函》卷四四八作《五行记》；《广记》卷四六九引《广古今五行记》晋安民事，《广博物志》卷四九作《五行记》；《御览》卷九四七引《广五行记》陈后主事，《山堂肆考》卷二二七、《格致镜原》卷九八作《五行记》。又，《格致镜原》卷四四八"渭水虾蟆"条出《五行记》，乃唐事，见《新唐书·五行志上》。以上明清类书所引《五行记》均不可靠。又，《广记》卷四六九《万顷陂》，注出《朝野佥载》，明抄本作《五行记》。此为唐咸亨中事，明抄误。

出不少伪书,风气极坏。不明真相者往往惑之。此《五行记》即是杂凑诸书而成,决非萧吉所作者。

《五行记》个别记载类似史书中的《五行志》,如《广记》卷四一六引《龙蛇草》条,云后汉灵帝中平夏陈留等地生异草,呈龙蛇鸟兽之状,是岁"黑山贼"张牛角等十余辈起事,何进秉权,后又有董卓起兵焚烧宫阙。但绝大多数都是记叙一个比较完整的故事,虽然也是这类祥徵灾兆之事。例如:

> 田骚,南阳人。梁末,晚暮执弓箭,从妇家还。去舍十里,无伴畏惧。遥望前路坂头,有绯衣小儿,急逐之。及到,问曰:"汝何村小儿?"小儿曰:"家在树头。"骚谓欺己,谓之曰:"吾长者,与尔童稚共语,何为轻薄见报!"更行百许步,至坂头,道边有极大树,小儿径上树,状如猿猴。心以为异,乃张弓绕树觅,见一物如幡,长数丈高而灭。至家,因病几死。①

> 梁吏部尚书何敬容,夏患疟疾,寄在蒋山道士馆。时忽见一人,玄衣大帽,立在帐侧,自称杨胡灵,将瓜四枚云:"与公。"少时言讫,因不见。后数月,敬容以罪免官。②

情事相类,先碰见一件怪事,随之来了祸事,先前的怪事乃是预兆。其余故事大率如此。

还有几个化虎故事,较有特色。《广记》卷四二六《黄乾》条记黄乾妹小珠入山采药化为虎,后被村人射杀;同卷《袁双》条记袁双娶一妇,后化为虎,喜食死人等。这类化虎故事古来流传极多。

萧吉《五行大义序》云:"夫五行者,盖造化之根源,人伦之资始。万品禀其变易,百灵因其感通。本乎阴阳,散乎精象,周竟天地,布极幽明。"阴阳五行是世界本原,万事万物都遵循和体现着

---

① 《太平广记》卷三六〇引。
② 《太平御览》卷九七八引。

阴阳五行交相作用的变化规律。五行的变化,要引起事物性质的改变,这叫"万品禀其变易";有了福事便有吉兆,有了祸事便有凶兆,这叫"百灵因其感通"。《五行记》讲的那些怪异故事,都是这些观念的形象化。

志怪小说多数是杂记各种怪异事的,也有许多有特定表现范围。有专记地理博物者,有专记神仙者,有专记佛教感应者,这些我们已多次谈到过;及乎《五行记》,又添新格。《五行记》主要记灾异,佚名《祥瑞记》则专记祥瑞事,二者实属一体。《祥瑞记》后边将会谈到。

二、颜之推《冤魂志》

隋世最重要的志怪作家是颜之推,他作有二种:《冤魂志》和《集灵记》,《冤魂志》最为著名。

颜之推,《北齐书》卷四五、《北史》卷八三《文苑》有传。之推字介,《晋仙传》作者、梁湘东王萧绎镇西府咨议参军颜协之子。琅邪临沂(今山东临沂市北)人。生于梁中大通三年(531),卒于隋开皇十一年(591)之后[①]。早年博览群书,湘东王萧绎用为国左常侍(一作右常侍),加镇西墨曹参军。绎遣世子方诸出镇郢州,以之推为中抚军府外兵参军,掌管记。湘东王即位,为散骑侍郎,奏舍人事。承圣三年(554)西魏破江陵,大将军李穆重之,荐往弘农,令掌其兄阳平公李远书翰。值河水涨,携家奔北齐,除奉朝请。天保末(559),为中书舍人。迁通直散骑常侍,领中书舍人,除黄门侍郎。齐亡入周,大象末(580)为御史上士。隋开皇中太子杨勇召为东宫学士,甚见礼重。寻以疾终。著有《颜氏家训》二十

---

① 颜之推本传不云生卒年。《颜氏家训·序致篇》云:"年始九岁,便丁荼蓼。"按颜协卒于539年,是知之推生于531年。本传称卒于开皇中,又《家训·终制篇》云"吾已六十余",则当卒于591年以后。参见钱大昕《疑年录》卷一。

卷,今存;《颜黄门集》三十卷,佚。缪钺有《颜之推年谱》①。

《冤魂志》不载本传,《隋书·经籍志》杂传类著录《冤魂志》三卷,颜之推撰。《旧唐书·经籍志》杂传类、《新唐书·艺文志》小说家类、《册府元龟》卷五五六《国史部·采撰》、《通志·艺文略》传记类冥异属同。《崇文总目》小说类、《宋史·艺文志》小说类作《还冤志》三卷,《遂初堂书目》小说类亦作《还冤志》,无卷数。《直斋书录解题》卷一一小说家类又作《北齐还冤志》二卷,《文献通考》同。

按颜之推后裔颜真卿《赠秘书少监国子祭酒太子少保颜君庙碑》云:"之推字介,著《家训》二十篇,《冤魂志》三卷。"书名卷数全同《隋志》。《法苑珠林》卷一〇〇《传记篇·杂集部》:"《承天达性论》、《冤魂志》一卷、《诫杀训》一卷,右三部齐光禄大夫颜之推撰。"②卷数不合而书名一致;书中征引亦俱作《冤魂志》,唯个别地方讹作《怨魂志》。此可证书名实为《冤魂志》,名《还冤志》或《还冤记》者,乃后人改。《四库全书总目提要》卷一四二以为本名《还冤志》,《唐志》为传写之讹,非也。至于陈录、《通考》作《北齐还冤志》,宋释庭藻甚至撰有《续北齐还冤志》一卷③,尤误。按《冤魂志》记事上起西周春秋,下迄北齐北周和陈,并不专记北齐事。之推仕齐时久,传在《北齐书》,历来多视为北齐人,宋人不审,遂将朝代名和当时流行的书名合而为一,铸成《北齐还冤志》之误。此书或又题作《冤报记》。《太平御览》卷九七七引《冤报记》梁庐陵王萧绩事,该事《太平广记》卷一二〇引作《还冤记》,为萧续事。据《梁书》卷二九《高祖三王传》,庐陵王乃萧续,萧绩是南康王,《御览》误。《广记》多引《还冤记》,然引书书目无此书而

---

① 《读史存稿》,三联书店,1963年版。
② 按:一本作《冤魂志》二卷。
③ 见《宋史·艺文志》小说类。

有《报冤记》,盖即《还冤记》之异称。

原书不传,明人书目虽多见著录,如《红雨楼书目》小说类有《还冤记》二卷,陈第《世善堂藏书目录》史类语怪属有《北齐还冤记》二卷,晁瑮《宝文堂书目》子杂类有《冤魂志》,但都可能是辑本。清末陆心源《皕宋楼藏书志》著录有旧抄本《冤魂志》一卷,题北齐黄门侍郎颜之推撰,宋荼(按:当为荼字之讹)陵陈仁子同校。此本今藏日本静嘉堂文库,共三十七事,首为"杜伯"。清俞樾《湖楼笔谈》卷七云:"颜之推《冤魂志》引《周春秋》曰",下为杜伯之事。称颜之推《冤魂志》引《周春秋》杜伯事,正与此本同。陈仁子(宋末元初人)校本可能是辑自《法苑珠林》,但有遗漏①。

明陈继儒《宝颜堂秘笈》收《还冤志》一卷三十六事,比陈辑本只少杜伯一事,其余全同,研究者或认为即袭自元刻本(即陈辑本)而改名,脱去一篇②。《四库全书》本、《诒经堂藏书》本同《宝颜堂秘笈》本。《四库全书总目》卷一四二却著录作三卷,谓"此本乃何镗《汉魏丛书》本所刻,犹为原帙,今据以著录焉",实与《四库全书》本不符,不知何故。据《四库提要》,何镗《汉魏丛书》本"上始周宣王杜伯之事",然则疑与陈辑本同,并非原帙。

《五朝小说·魏晋小说》、《续百川学海》、《唐宋丛书》、《重编说郛》、《古今说部丛书》所收题《还冤记》,一卷,内容亦同《宝颜堂秘笈》本③。《增订汉魏丛书》本亦题《还冤记》,三十二事,脱四事④。《旧小说》甲集辑录二十四条,"杜伯"等五条多出今本之外,盖从《广记》辑出。

---

① 遗漏《徐光》、《庄子仪》、《赵王如意》、《汉宋皇后》、《诸葛恪》五篇。参见台湾王国良《颜之推冤魂志研究》,文史哲出版社,1995年版,第8页。
② 参见王国良《颜之推冤魂志研究》,第9页。
③ 《续百川学海》等本"张祚"条后连属晋西域校尉张顾一事,未提行别为一条。王谟《增订汉魏丛书》本即别张顾事为一条。
④ 缺"窦婴"、"王敦"、"张鹿"、"石密"四条。

敦煌文书中有唐中和二年(882)写本《冥报记》残卷十五事，十五事全在今传《还冤志》或《还冤记》一卷本中，知实为本书残卷，非唐临书。可能是《冤报记》讹作《冥报记》，而《冤报记》系《冤魂志》的唐人改称。此本收入日人编《敦煌秘籍留真新编》，王重民《敦煌古籍叙录》曾有介绍。

《法苑珠林》、《太平广记》引用本书甚多，多有不见今本者。台湾周法高《颜之推还冤记考证》①，据今本和《珠林》、《广记》共辑六十条。王国良《颜之推冤魂志研究》凡辑六十条，附录五条（皆为《珠林》引作《冥祥记》）。又罗国威著《〈冤魂志〉校注》②亦辑六十条，附辑佚文六条（皆出《颜世家训·归心篇》）。此二书是最完备的辑本，颇有参考价值。

各本多题北齐黄门侍郎颜之推或北齐颜之推撰，《颜氏家训》亦题北齐黄门侍郎颜之推撰，绝非作者原署，乃后人所题。《冤魂志》成书年代在隋世，是晚年之作。理由有二：一是书中记有北齐、北周和陈事，而《太平广记》卷一二九所引《后周女子》言及后周宣帝崩，宣帝崩于大象二年(580)五月，次年二月杨坚即代周，此可证。二是《颜氏家训·归心篇》云好杀报验事"其数甚多，不能悉录尔，且示数条于末"，凡记七事，似作《家训》时尚未撰作本书。而《家训》作于隋开皇九年(589)平陈之后，《终制篇》"今虽混一"可证，则本书更晚于《家训》。所以，以往将此书作者题为北齐颜之推是不确的。

《冤魂志》大都取材历史和近世当代事件，多与正史相出入，见出颜之推对历史的熟悉。它以佛家报应观念为主旨，正如《四库提要》云，"此书所述，皆释家报应之说"，见出他对佛教的笃信。

《辩正论》卷三《十代奉佛上篇》称梁中书颜之推恭俭笃信。

---

① 《大陆杂志》二十二卷九期至十一期，见《颜之推冤魂志研究》，第10页。
② 巴蜀书社，2001年版。

《法苑珠林·传记篇》著录有之推《承天达性论》、《诫杀训》,皆为佛教书。《颜氏家训·归心篇》专论佛家教义,其于善恶报应论云:

> 形体虽死,精神犹存。人生在世,望于后身,似不相属。及其殁后,所与前身,犹老少朝夕尔。世有神魂,示现梦想,或降僮妾,或感妻孥,求索饮食,征须福祐,亦为不少矣。今人贫贱疾苦,莫不怨尤前世不修功业,以此而论,安可不为之作地乎?……凡夫蒙蔽,不见未来,故言彼生与今非一体尔。若有天眼,鉴其念念随灭,生生不断,岂可不怖畏耶?……一人修道,济度几许苍生,免脱几身罪累,幸熟思之。汝曹若观俗计,树立门户,不弃妻子,未能出家,但当兼修戒行,留心诵读,以为来世津梁。人身难得,勿虚过也。……含生之徒,莫不爱命,去杀之事,必勉行之。好杀之人,临死报验,子孙殃祸。其数甚多,不能悉录尔。……

又《止足篇》亦云:"天地鬼神之道,皆恶满盈。谦虚冲损,可以免害。"

《冤魂志》正是在这种佛教观念指导下写出来的。作者从大量古书和现实见闻中搜集古今冤报故事的材料,所取前人书,据考有《左传》、《墨子》、《史记》、《汉书》、《论衡》、《吴越春秋》、《后汉书》、《三国志》、《搜神记》、《异苑》、《述异记》、《小说》、《鬼神列传》、《冥祥记》等二三十种。书中宣扬的无非是戒杀好生、善恶报应,迷信意味很浓。但应看到,作者在看待善恶问题时,常从传统儒家观念出发,从传统的道德观念出发,包含着一些积极进步的东西,如反对贪暴酷虐等。再者,他又从历史和现实中取材,颇能涉及各种社会问题,并作出自己的评价。这就使这本书在宣扬佛家观念的同时,又反映出封建社会的某些真实图景,体现出某些比较积极的思想,具有一定的社会意义。这不仅远远超出《冥祥记》等

"释氏辅教之书",即便同其他较好的志怪相比,也很突出。

书中最有意义的是那些对各级官吏的贪暴、昏昧和草菅人命作出深刻揭露的故事。如"太乐伎"、"弘氏"和"张绚部曲":

> 宋元嘉中,李龙等夜行劫掠。于时丹阳陶继之为秣陵县令,微密寻捕,遂擒龙等。龙所引一人,是太乐伎,忘其姓名。劫发之夜,此伎推同伴往就人宿,共奏音声。陶不详审,为作款列,随例申上。及所宿主人士贵宾客并相明证,陶知枉滥,但以文书已行,不欲自为通塞,遂并诸劫十人,于郡门斩之。此伎声艺精能,又殊辩慧。将死之日,亲邻知识看者甚众。伎曰:"我虽贱隶,少怀慕善,未尝为非,实不作劫。陶令已当具知,枉见杀害。若死无鬼则已,有鬼必自陈诉。"因弹琵琶,歌曲而就死。众知其枉,莫不殒泣。月余日,陶遂夜梦伎来,至案前云:"昔枉见杀,实所不分。诉天得理,今故取君。"便跳入陶口,仍落腹中。陶即惊瘖。俄而倒绝,状若风颠,良久方醒。有时而发,发辄夭矫,头反着背。四日而亡。亡后家便贫悴,一儿早死,余有一孙,穷寒路次,乞食而已。①

> 梁武帝欲为文皇帝陵上起寺,未有佳材。宣意有司,使加求访。先有曲阿人姓弘,忘名,家甚富厚。乃共亲族,多赍财货,往湘州治生。遂经数年,营得一筏,可长千步,材木壮丽,世所罕有。还至南津,南津校尉孟少卿,希朝廷旨,乃加绳墨。弘氏所赍衣裳缯彩,犹有残余,诬以涉道劫掠所得,并劾造作过制,非商估所宜。结正处死,没入其筏,以充寺用。奏遂施行。弘氏临刑之日,敕其妻子:"可以黄纸百张,并具笔墨,置棺中也。死而有知,必当陈诉。"又书少卿姓名数十,吞之。

---

① 据《法苑珠林》卷六七、《太平广记》卷一一九引及敦煌本、《宝颜堂秘笈》本等本校辑。

可经一月,少卿端坐,便见弘来。初犹避捍,后稍款服。但言乞恩,呕血而死。凡诸狱官及主书舍人,预此狱事署奏者,以次殂殁。未及一年,零落皆尽。皇基寺营构始讫,天火烧之,略无纤芥。所埋柱木,入地成灰也。①

梁武昌太守张绚,尝乘船行。有一部曲,役力小不如意,绚便躬捶之。一下即劈劈,无复活状,绚遂推置江中。须臾顷,见此人从水而出,对绚敛手曰:"罪不当死,官枉见杀,今来相报。"即跳入绚口。绚因得病,少日而死。②

太乐伎事,已见祖冲之《述异记》,文略。太乐伎是艺人,当时被视为"贱隶",一般商贾也无社会地位,至于部曲编民更形同奴隶。他们或被诬为盗贼,含冤而死,或以小故死于非命,暴露出封建政治和法制的黑暗及官吏的残暴。特别是弘氏的悲剧因皇帝建寺、搜刮地方而起,更增加了暴露的深刻性。《太平广记》卷一二〇引"杨思达"条③记侯景乱,时逢旱灾,饥民盗田中麦,梁西阳郡守杨思达使人砍断饥民手腕,也具有同样的揭露意义。

《冤魂志》广泛地揭露了官吏的各种罪行,他们迫害的对象不仅有平民百姓,也有正直的官吏。"支法存"条记广州刺史王淡贪图胡人支法存的宝物,无故杀之而藉没家产;"孙元弼"条记富阳县令王范下属孙元弼被坏人诬告,王范不察,枉杀之;"魏辉儁"条记御史魏辉儁奉命治贪官,反被诬为受贿,被判死刑。

书中最多的故事是揭露统治集团内部的争权夺利、骨肉相残、陷害忠良,表达了作者的是非观念。如"夏侯玄":

---

① 据《法苑珠林》卷七八引《冥祥记》、《太平广记》卷一二〇引《还冤记》校辑。按:王琰《冥祥记》作于齐,此为梁事,必是《冤魂志》之误。
② 据《法苑珠林》卷七八引《冥祥记》、《太平广记》卷一二〇引《还冤记》校辑。按:《冥祥记》乃《冤魂志》之误。
③ 事又载《颜氏家训·归心篇》。

魏夏侯玄,字太初,亦当时才望,为司马景王所忌而杀之。玄宗族为之设祭,见玄来灵座,脱头置其旁,悉取果食酒肉以内颈中。既毕,还自安颈而言曰:"吾得诉于上帝矣,司马子元无嗣也。"寻而景王薨,遂无子。其弟文王封次子攸为齐王,继景王后。攸薨,攸子冏嗣立,又被杀。及永嘉之乱,有巫见宣王泣云:"我家倾覆,正由曹爽、夏侯玄二人诉冤得申故也。"①

作者把夏侯玄被司马师所杀的事写得玄虚离奇,其本意在于谴责司马氏篡魏的阴谋,从而也反映了作者的封建正统思想。这样的作品还有不少,例如:"萧嶷"条记文惠太子下药毒死豫章王;"殷涓"条记东晋大司马桓温久怀篡逆,擅自废立,数杀大臣;"王凌"条记司马懿杀曹爽,除王凌,扑灭政敌;"张祚"记十六国时凉王张祚猜忌河州刺史张瓘,进兵征伐,反被张瓘杀掉;"苻永固"条记后秦姚苌逼前秦主苻坚让位,不从而杀之自立,鞭尸无数;"梁武帝"条记陈霸先遣乱兵杀害少主,等等。值得注意的是,被揭露者多为最高统治集团圈子中的人物,诸如皇帝宗室,权臣军阀。之推身逢乱世,国家分裂,社会动荡,对统治阶级的倾轧残杀、祸国殃民十分愤慨。

有的故事反映了在兵荒马乱的年月中人民所蒙受的苦难,即便士大夫亦不免。"江陵士大夫"条写梁元帝承圣三年(554)冬十二月江陵被西魏兵攻破后发生的一件惨事,惊心动魄,不忍卒读:

梁江陵陷时,有关内人梁元晖,俘虏一士大夫,姓刘,位曰新城,失其名字。此人先遭侯景乱,丧失家口,唯余小男,年始数岁,躬自担抱,又著连枷,值雪涂,不能进。元晖监领入关,逼令弃去。刘君爱惜,以死为请。遂强夺取,掷之雪中,杖拍

---

① 据《法苑珠林》卷六二、《太平广记》卷一一九引及《宝颜堂秘笈》等本校辑。

> 交下,驱廛使去。刘乃步步回首,号叫断绝。辛苦顿弊,加以悲伤,数日而死。死后,元晖日日见刘曳手索儿,因此得病。虽复对之悔谢,来殊不已。元晖载病,到家卒终。①

之推身经江陵之祸,西魏兵的暴行耳闻目睹当在不少,此事大概就是其中之一。故事很有现实意义。

《冤魂志》还有两个公案故事,揭露了地方的不逞之徒,歌颂了清官。一个是何敞鹄奔亭事,已见《列异传》和《搜神记》;另一个是王忳㵾亭事:

> 汉时有王忳,字少林,为郿县令,之县,到㵾亭。亭常有鬼,数数杀人。忳宿楼上,夜有女子称欲诉冤,无衣自盖。忳以衣与之,乃进曰:"妾本涪令妻也。欲往之官,过此亭宿。亭长杀妾大小十余口,埋在楼下,夺取衣裳财物。亭长今为县门下游徼。"忳曰:"当为汝报之,勿复妄杀良善耶。"鬼投衣而去。忳旦收游徼诘问,即服。收同谋十余人,并杀之。掘取诸丧,归其家殡葬。亭永清宁。人谣曰:"信哉少林世无偶,飞被走马与鬼语。"飞被走马,别为他事,今所不录。②

㵾亭,㵾即郿,在今陕西武功县西南。王忳,后汉广汉新都(今四川新都县西)人,传在《后汉书》卷八一《独行传》。传中亦有此事,事同而稍详,中有一段云:"忳曰:'汝何故数杀过客?'对曰:'妾不得白日自诉,每夜陈冤,客辄眠不见应。不胜感恚,故杀之。'"可为补充。传中尚载另一事,即所谓"飞被走马"。谓忳尝诣京师,遇一书生疾困,赠忳金十斤,死后乞葬骸骨。忳以金一斤葬之,而置余金于棺下,分文不取。后为大度亭长,有马驰入亭中

---

① 据《法苑珠林》卷九一引《冥祥记》、《太平广记》卷一二〇引《还冤记》校辑。按:《冥祥记》乃《冤魂志》之误。
② 据《法苑珠林》卷七四、《太平广记》卷一二七引及《宝颜堂秘笈》等本校辑。《广记》缺出处。

而止,大风复飘一绣被堕于前,忳白县,并留之。后乘马到洛,入一舍,主人正失马及被者。询之,亦正向之书生父也。感忳恩,遂厚报云。藁亭事又载《水经注》卷一八《渭水注》。

还有些故事揭露抨击民间的坏人坏事,"张稗"写宋张稗邻人求婚不成纵火烧死张稗,"徐铁臼"写宋徐某妻陈氏虐待前妻子铁臼致死,写得极为惨痛:

> 宋东海徐某甲,前妻许氏,生一男,名铁臼,而许亡。某甲改娶陈氏。陈氏凶虐,志灭铁臼。陈氏后产一男,生而咒之曰:"汝若不除铁臼,非吾子也。"因之名曰铁杵,欲以杵捣铁臼也。于是捶打铁臼,备诸苦毒。饥不给食,寒不加絮。某甲性暗弱,又多不在舍,后妻恣意行其暴酷。铁臼竟以冻饿病杖而死,时年十六。亡后旬余,鬼忽还家,登陈床曰:"我铁臼也,实无片罪,横见残害。我母诉怨于天,今得天曹符,来取铁杵,并及汝身。当令铁杵疾病,与我遭苦时同。将去自有期日,我今停此待之。"声如生时。家人宾客不见其形,皆闻其语。于是恒在屋梁上住。陈氏跪谢搏颊,为设奠祭。鬼云:"不须如此,饿我令死,岂是一餐所能对谢!"陈夜中窃语道之,鬼厉声曰:"何敢道我!今当断汝屋栋。"便闻锯声,屑亦随落,拉然有响,如栋实崩。举家走出。炳烛照之,亦了无异。鬼又骂铁杵曰:"汝既杀我,安坐宅上以为快也!当烧汝屋。"即见火然,烟焰大猛,内外狼狈。俄尔自灭,茅茨俨然,不见亏损。日日骂詈,时复歌云:"桃李华,严霜落奈何!桃李子,严霜早落已。"声甚伤切,似是自悼不得成长也。于时铁杵六岁,鬼至便病,体痛腹大,上气妨食。鬼屡打之,处处青蹴,月余,并母而死。鬼便寂然。①

---

① 据《法苑珠林》卷七五、《太平广记》卷一二〇引及敦煌本、《宝颜堂秘笈》本等本校辑。《珠林》作《怨魂志》。

作者用主要篇幅描写铁臼冤魂的强烈复仇情形,整个故事笼罩着一种悲凉凄婉的气氛。

《冤魂志》意在宣扬佛家因果报应之说,主要又是记冤魂复仇故事,具有鲜明的惩恶扬善的训诫意义。恶人恶报的主题虽涂上宗教神秘色彩,但由于立足广泛的社会现实,不作空泛狭隘的佛教宣传,小说形象本身所体现的意义,已经超出了作者的主观意图,而具有了广泛深刻的社会内涵,因而极富现实感和现实批判性,在反映社会真实的基础上表达了正直人士的进步道德观和政治观,这些构成了《冤魂志》的思想价值。本书比《冥祥记》等佛教劝善小说明显高出一等,成为最优秀的"释氏辅教之书"。大部分故事都叙事清晰,文字简练,结构完整,时有生动笔墨,艺术上亦有可取之处。

本书对后世影响很大,不唯《法苑珠林》之"感应缘"、《太平广记》大量引用,直到明世成祖仁孝皇后编《劝善书》还选录四十条。宋僧庭藻作《续北齐还冤志》一卷,乃本书续书。

颜之推还作有《集灵记》,作于何时已不可考。《隋书·经籍志》杂传类著录,二十卷,《旧唐书·经籍志》杂传类、《新唐书·艺文志》小说家类作十卷,《册府元龟》卷五五六《国史部·采撰》、《通志·艺文略》传记类冥异属卷数同《隋志》。《太平御览》卷七一八引一则,记梁南康王记室王諼亡后见形事,《古小说钩沉》辑入①:

---

① 《重编说郛》卷一一八辑阙名《集灵记》六则,除首则《王諼》为本书佚文外,其余皆滥取他书以冒:《张仲舒》原出《异苑》,《御览》卷六〇五、卷八一六、卷八八五、《广记》卷三五〇有引;《湖神》原出《异苑》,《北堂书钞》卷一三七有引;《仙父》原出《茶谱》,《事类赋注》卷一七有引;《蚩尤冢》原出《皇览·冢墓记》,《史记·五帝本纪》《集解》、《御览》卷五六〇有引;《瓦棺阁》见南宋周应合《景定建康志》卷二一引龚颖《运历图》(元张铉《至大金陵新志》卷一二上亦引)。都有所删改。

> 王諲,琅耶人也,仕梁为南康王记室。亡后数年,妻子困于衣食。岁暮,諲见形谓妇曰:"卿困乏衣食?"妻因与之酒,别而去。諲曰:"我若得财物,当以相寄。"后月,小女探得金指环一只。

王諲死后数年仍不忘在世间的妻子、孩子,以金指环相寄,以资家用,很有人情味。从书名及佚文来看,本书应是记录鬼魂灵应之事,宣扬的是一种灵魂不灭的思想。

颜之推又有《稽圣赋》一卷①,顾况《戴氏广异记序》谓"志怪之士……颜黄门之《稽圣》"即此。此赋"盖拟《天问》而作",多含异闻。《墉城集仙录》卷六《蚕女》引云:"爰有女人,感彼死马,化为蚕虫,衣被天下。"②所记乃蚕马神话。虽非小说,但因多有志怪内容,故附说于上。

三、《八朝穷怪录》

《八朝穷怪录》又省称《穷怪录》,撰人不详,史志无目。唯见《太平广记》等书引录。《太平广记引用书目》有《八朝穷怪录》。书中卷三二六引《刘导》,卷四四〇引《茅崇丘》,卷四六九引《柳镇》,皆作《穷怪录》。而据严一萍《太平广记校勘记》,抄宋本《刘导》作《八朝穷怪录》。《太平寰宇记》卷一一一、《舆地纪胜》卷三〇并引梁承圣间柳苌事,亦出《穷怪录》。柳苌事《广记》卷三七五引作《穷神秘苑》,若非出处有误,则此事后又载入《穷神秘苑》。

---

① 《新唐志》总集类、《崇文总目》别集类、《中兴馆阁书目》别集类均著录颜之推《稽圣赋》一卷,李淳风注,《宋志》别集类亦为一卷,不云注人。《直斋书录解题》别集类作三卷,云"其孙师古注,盖拟《天问》而作",《文献通考》别集类同。

② 《太平广记》卷四七九《蚕女》(注出《原化传拾遗》)亦引。

《广记》又引《八朝穷怪录》五条:《顾光宝》①、《赵文昭》(卷二九五)、《刘子卿》(卷二九五)、《萧总》(卷二九六)、《萧岳》(卷二九六),皆为宋、齐事。又卷三九六《首阳山》条,中云"后魏明帝",注称"出《八庙穷经录》",明沈与文野竹斋抄本作《八庙怪录》,抄宋本作《八朝穷怪录》。②《寰宇记》卷五引首阳山事,缺出处,当亦出《穷怪录》,但文字与《广记》所引有异。

《古小说钩沉》未辑此书。《重编说郛》卷一一七辑阙名《穷怪录》三则,《茅崇丘》、《天女》辑自《广记》,《射猪翁》即《广记》卷三九《麻阳村人》,文有删削,出唐戴孚《广异记》。《重编说郛》本又载入《龙威秘书》。《旧小说》乙集辑阙名《八朝穷怪录》四则,全取《广记》,以为唐人作品,非是。

十事有四事可考得原始出处,赵文昭事取梁吴均《续齐谐记》,"昭"作"韶";刘子卿、萧岳、首阳山三事又见《稽神异苑》③,《稽神异苑》摘编诸书而成,前二事引自《六朝录》,后事引自《江表录》。按首阳山事本书云为后魏明帝正光二年(521)事④,《类说》本《稽神异苑》删削过甚,但称"明帝"。首阳山在今山西永济市蒲州镇东南,非在江表(江南),疑出处有误。萧总亦见《稽神异苑》,出《征途记》,写萧总遇洛浦神女,疑为巫山神女之讹。

十条佚文全系南北朝事,宋、齐、梁各三事,北魏一事。此前《六朝录》一书,六朝大概指的是汉、魏、吴、晋、宋、齐。本书和它有一定关系,所以所谓八朝可能是六朝再加两朝,即梁、陈,而以南

---

① 《广记》卷二一〇《顾光宝》,谈刻本注出《八朝画录》,明抄本作《八朝穷怪录》。《广博物志》卷三〇亦作《八朝穷怪录》。《说郛》卷三《灵怪录》载此事,疑为《穷怪录》之讹。《太平广记引用书目》亦有《八朝画录》一书,可能二书并载其事。顾光宝应作顾宝光,一作顾宝先,南朝刘宋画家,见《历代名画记》等。

② 明施显卿编《新编古今奇闻类纪》卷二《虹化女子》,引作《穷经录》。按:"经"乃"怪"之形讹。

③ 《类说》卷四〇摘录,文简。

④ 《寰宇记》作元年。

朝四朝包容北朝的魏、齐、周三朝,如同两晋包容十六国一样。不过八朝也可能指的是南朝四朝、北朝三朝及隋。由于佚文所存不多,很难确定八朝所指。而本书似出隋人之手,《旧小说》以为唐人作品,恐非。

"穷怪"之"怪"字,作怪异解,非单记精怪之事。自然书中亦有精怪事,《柳镇》就是很好的一个:

> 河东柳镇,字子元,少乐闲静,不慕荣贵。梁天监中,自司州游上元,便爱其风景。于锺山之西建业里买地结茅,开泉种植,隐操如耕父者。其左右居民,皆呼为柳父。所居临江水,尝曳策临眺。忽见前洲上有三四小儿,皆长一尺许,往来游戏,遥闻相呼求食声。镇异之。须臾,风涛汹涌,有大鱼惊跃,误坠洲上,群小儿争前食之。又闻小儿传呼云:"虽食不尽,留与柳父。"镇益惊骇。乃乘小舟,迳捕之。未及岸,诸小儿悉化为獭,入水而去。镇取巨鱼,以分乡里。未几,北还洛阳,于所居书斋柱题诗一首云:"江山不久计,要适暂时心。况念洛阳士,今来归旧林。"时岁天监七年也。

所记乃獭精,然非妙龄女郎而系黄口小儿,别有一番情味。又《茅崇丘》记鼠精作怪,夜夜于厨中语笑,后为道士所除。

最多的是神灵仙女事。《柳茛》记柳茛死,九江神遣地神以乳饲之,又以雨坏冢,遂得复生,乃还魂传说。《首阳山》记天女化虹下降,已见《稽神异苑》,讽刺后魏明帝好色粗暴。

此中最出色的是文士书生艳遇神女仙姝的故事,凡五条,占佚文一半。这些作品都是叙事委婉,文词俊丽,着意表现文人风流自得的情怀,是十分优秀的作品。艳遇仙姝神女,早已有之,《穷怪录》所记较为集中,又都是风流儒雅的才子,这反映了当时受神仙思想影响的读书人的一种心态。所遇之神,又常为盛传的美女,如巫山神女、西施等,使得这些故事更增添了兴味。这类故事上承刘晨阮肇之类传说，但已脱去神仙气而带上了浓厚的文士气、世俗气，重在爱情，成为《游仙窟》一类唐传奇的先导。

《广记》卷二九五引《赵文昭》，记文帝元嘉三年吴郡赵文昭与清溪神女艳遇事，已见《续齐谐记》，名作文韶，不云时间。清溪神女即所谓清溪（又作青溪）小姑，《异苑》云是蒋山神蒋子文之妹。这是在蒋山神传说出现后衍生出来的新传说，就如有介之推又生介之推妹之说一样。《乐府诗集》有《青溪小姑曲》："开门白水，侧近桥梁，小姑所居，独宿无郎。"卷二九六引《萧岳》记齐明帝建武中书生萧岳遇东海姑事，已见《稽神异苑》，唯后者是节文而此文详之。同卷又引《萧总》，为遇巫山神女事，《稽神异苑》仅记梗概，此记则首尾完备，穷情极态，极为繁缛：

> 萧总，字彦先，南齐太祖族兄璝之子。总少为太祖以文学见重。时太祖已为宋丞相，谓总曰："汝聪明智敏，为官不必资。待我功成，必荐汝为太子詹事。"又曰："我以嫌疑之故，未即遂心。"总曰："若谶言之，何啻此官。"太祖曰："此言狂悖，慎钤其口。吾专疢于心，未忘汝也。"

> 总率性本异，不与下于己者交。自建邺归江陵。宋后废帝元徽后，四方多乱，因游明月峡。爱其风景，遂盘桓累岁，常于峡下枕石漱流。时春向晚，忽闻林下有人呼"萧卿"者数声。惊顾，去坐石四十余步，有一女，把花招总。总异之，又常知此有神女，从之。视其容貌，当可笄年。所衣之服，非世所有；所佩之香，非世所闻。谓总曰："萧郎遇此，未曾见邀，今幸良晨，有同宿契。"

> 总恍然行十余里，乃见溪上有宫阙台殿甚严。宫门左右，有侍女二十人，皆十四五，并神仙之质。其寝卧服玩之物，俱非世有。心亦喜幸。一夕绸缪，以至天晓。忽闻山鸟晨叫，岩泉韵清。出户临轩，将窥旧路，见烟云正重，残月在西。神女执总手谓曰："人间之人，神中之女，此夕欢会，万年一时也。"

总曰："神中之女,岂人间常所望也。"女曰:"妾实此山之神,上帝三百年一易,不似人间之官。来岁方终,一易之后,遂生他处。今与郎契合,亦有因由,不可陈也。"言讫乃别。神女手执一玉指环,谓曰:"此妾常服玩,未曾离手。今永别,宁不相遗!愿郎穿指,慎勿忘心。"总曰:"幸见顾录,感恨徒深。执此怀中,终身是宝。"天渐明,总乃拜辞,掩涕而别,携手出户,已见路分明。总下山数步,回顾宿处,宛是巫山神女之祠也。

他日,执玉环至建邺,因话于张景山。景山惊曰:"吾常游巫峡,见神女指上有此玉环。世人相传云,是晋简文帝李后曾梦游巫峡,见神女,神女乞后玉环。觉后乃告帝,帝遣使赐神女。吾亲见在神女指上。今卿得之,是与世人异矣!"总齐太祖建元末,方征召。未行,帝崩。世祖即位,累为中书舍人。初,总为治书御史,江陵舟中遇,而忽思神女事,悄然不乐。乃赋诗曰:"昔年岩下客,宛似成今古。徒思明月人,愿湿巫山雨。"①

巫山神女战国已有传说,据说是炎帝女,名瑶姬,死葬巫山为神。楚怀王、襄王父子曾荣幸地梦见过她,引出一段高唐云雨的佳话。② 这个故事又把男主角派给了萧总。故事本身很优美,作者写得也异常动人。整个故事情节完整,具体而微,娓娓道来,情致缠绵。写神女:"把花招总",笔简而神态顿出;写景物:"山鸟晨

---

① 据《太平广记》卷二九六,校以抄宋本。
② 宋玉《高唐赋》:"昔者先王(按:怀王)尝游高唐,怠而昼寝,梦见一夫人,曰:'妾巫山之女也,为高唐之客。闻君游高唐,愿荐枕席。'王因幸之。去而辞曰:'妾在巫山之阳,高丘之阻,旦为朝云,暮为行雨,朝朝暮暮,阳台之下。'"宋玉《神女赋》又云楚襄王夜寝与神女遇。《文选·高唐赋》注引《襄阳耆旧传》曰:"赤帝女曰姚姬,未行而卒,葬于巫山之阳,故曰巫山之女。"《北户录》卷二引《襄阳耆旧传》作瑶姬,并称她"精魂依草,实为茎芝,媚而服焉,则与梦期"。《山海经·中次七经》云:"姑媱之山,帝女死焉,其名曰女尸,化为䔄草……服之媚于人。"此乃瑶姬神话之原型。

叫,岩泉韵清","烟云正重,残月在西",轻笔点染,简雅俊丽,颇有诗情画意。述至"实是巫山神女之祠也",并未收结,又通过对话叙出神女玉环来历,再添一段动人佳话而又与前文相呼应,结尾又写萧总旧地重游,以诗收束全文,韵味无穷,结构布局颇见匠心。

巫山神女祠在巫山①,而据此作描述,明月峡也有巫山神女之祠。明月峡,一名扇子峡,在今湖北宜昌市西二十里②,该峡之西为三峡,自东至西为西陵峡、巫峡、瞿塘峡。大约因为明月峡距巫山只有约二百里,而且古以明月峡为三峡之一③,并相传巫山神女游此峡④,故而亦建神女祠。

《稽神异苑》记此事引自《征途记》,《类说》节本云:"萧总遇洛浦(按:浦字据嘉靖伯玉翁抄本补)神女,后逢雨,认得香气,曰:'此云雨从巫山来。'"《五色线集》卷上引《征途记》作:"萧总曾遇洛神女,相见。后至葭萌,逢雨,认得香气,曰:'此云雨从巫山来,独我知之。'""洛浦"盖"巫山"之讹,观"云雨从巫山来"可知。葭萌,城名,在今四川广元市西南。据《征途记》,萧总后又游葭萌,识得巫山云雨。如果《穷怪录》所记是依据《征途记》的话,那么也应当有这段情事,《广记》所记有缺。

《广记》卷三二六引《刘导》乃刘导遇西施事:

---

① 刘禹锡《巫山神女庙》诗:"巫山十二郁苍苍,片石亭亭号女郎。"陆游《入蜀记》第六:"二十三日,过巫山凝真观,谒妙用真人祠,真人即世所谓巫山神女也。祠正对巫山,峰峦上入霄汉,山脚直插江中。"

② 《舆地纪胜》卷七三《峡州·景物下》:"明月峡,在夷陵县(今宜昌市),高七百余仞,倚江于崖,面白如月,又如扇,亦曰扇子峡。"

③ 《太平寰宇记》卷一三五《利州·绵谷县》:"三峡谓巫峡、巴峡、明月峡,惟明月峡乃在此郡界。"

④ 《太平广记》卷四六九引《三峡记》曰:"明月峡中有二溪东西流。宋顺帝升平二年,溪人微生亮,钓得一白鱼,长三尺。投置船中,以草覆之。及归取烹,见一美女在草下,洁白端丽,年可十六七。自言:'高唐之女,偶化鱼游,为君所得。'亮问曰:'既为人,能为妻否?'女曰:'冥契使然,何为不得?'其后三年为亮妻。忽曰:'数已足矣,请归高唐。'亮曰:'何时复来?'答曰:'情不可忘者,有思复至。'其后一岁三四往来,不知所终。"

刘导,字仁成,沛国人。梁贞简先生瓛三从侄。父睿,梁左卫率。导好学笃志,专勤经籍。慕晋关康,曾隐京口。与同志李士炯同宴。于时秦江初霁,共叹金陵,皆伤兴废。俄闻松间有数女子笑声,乃见一青衣女童,立导之前曰:"馆娃宫归路经此,闻君志道高闲,欲冀少留,愿垂顾眄。"语讫,二女已至。容质甚异,皆如仙者,衣红紫绢縠,馨香袭人,俱年二十余。导与士炯不觉起拜,谓曰:"人间下俗,何降神仙?"二女相视而笑曰:"佳尔轻言,愿从容以陈幽抱。"导揖就席,谓曰:"尘浊酒不可以进。"二女笑曰:"既来叙会,敢不同觞。"衣红绢者,西施也,谓导曰:"适自广陵渡江而至,殆不可堪,深愿思饮焉。"衣紫绢者,夷光也。谓导曰:"同官三(按:疑为'二'字之讹)妹,久旷深幽,与妾此行,盖谓君子。"导语夷光曰:"夫人之姊,固为导匹。"乃指士炯曰:"此夫人之偶也。"夷光大笑而熟视之。西施曰:"李郎风仪,亦足相匹。"夷光曰:"阿妇夫容貌,岂得动人!"合座喧笑。俱起就寝。

　　临晓请去,尚未天明。西施谓导曰:"妾本浣纱之女,吴王之姬,君固知之矣。为越所迁,妾落他人之手。吴王殁后,复居故国。今吴王已耄,不任妾等。夷光是越王之女,越昔贡吴王者。妾与夷光相爱,坐则同席,出则同车。今者之行,亦因缘会。"言讫悯然。导与士炯深感恨。闻京口晓钟,各执手曰:"后会无期!"西施以宝钿一只,留与导;夷光拆裙珠一双,亦赠士炯。言讫,共乘宝车,去如风雨。音犹在耳,顷刻无见。时梁武帝天监十一年七月也。①

这一篇写得也颇生动,笔触细腻,文词清丽飘洒,有如行云流水。前半篇的人物对话,笔调活泼,语带幽默,又偶用口语,读之恍然若亲临其境。

---

① 据《太平广记》卷三二六引,校以抄宋本、陈鳣校本、《四库全书》本。

西施是传说中著名美女,南朝喜欢冶游的文士们生出奇想,便拉来西施,凑成一段良缘。《广记》卷三二七又有《萧思遇》条①,记陈天嘉中梁宗室萧思遇雨中遇西施,如出一辙。直到唐代,还有王轩于苧萝山同西施会面事,见范摅《云溪友议》卷上。和萧思遇事不同处,此记除西施外,又有夷光,一对风流才子和两个绝代佳人,天作之合,一如刘阮故事。不过把西施、夷光看作二人是错的,据《拾遗记》,西施即夷光,另一美女郑旦,又名修明。

《广记》卷二九五引《刘子卿》条已见《稽神异苑》,情事相同而文繁,也具有上述二篇细腻、轻脱、流丽的特色。请看第一段:

> 宋刘子卿,徐州人也。居庐山虎溪。少好学,笃志无倦,常慕幽闲,以为养性。恒爱花种树,其江南花木,溪庭无不植者。文帝元嘉三年春,临玩之际,忽见双蝶,五彩分明,来游花上,其大如燕。一日中,或三四往复。子卿亦讶其大。凡旬有三日,月朗风清。歌吟之际,忽闻扣扃,有女子语笑之音。子卿异之,谓左右曰:"我居此溪五岁,人尚无能知,何有女子而诣我乎?此必有异。"乃出户,见二女,各十六七,衣服霞焕,容止甚都。……

"萧总"、"刘导"、"刘子卿"三篇,代表了《穷怪录》的最高艺术成就。与前代及同时代志怪作品相比较,这些作品具有极为明显的特征,颇富文采和意想,可说是发唐传奇之先声。这首先表现在世俗化、人情化的特点。神女仙姝所展现的神仙特征明显趋淡,而更多具有世俗女子的特点,作品着重传达的是她们的美好情感。其次,这些作品情节的具体化、细致化,对人物描写、环境描写的加强,对结构布局的精心安排,文学语言的绝佳运用,抒情氛围的营

---

① 《广记》注云出《博物志》,陈鳣校本作出《续博物志》。按:唐人林登有《续博物志》,疑即此。

造,已经与唐传奇的"叙述宛转,文辞华艳"①没什么不同。六朝志怪是唐传奇的一个重要源头,由于志怪小说的日臻成熟,终于出现了像《续齐谐记》、《穷怪录》中的许多优秀作品,从而显示出六朝志怪向唐传奇演进的鲜明轨迹。

四、其他北朝隋代志怪小说

北朝隋代志怪,除上述者外,还有如下作品。

《妖异记》,不见著录,唯《太平广记》卷四七四引《穷神秘苑》(唐焦璐编)之《卢汾》,首称"《妖异记》曰",所记为后魏庄帝永安二年(529)夏阳(今陕西韩城市西南西少梁)卢汾梦入古槐蚁穴审雨堂,见蚁、蝼蛄、蚯蚓精事:

> 夏阳卢汾,字士济。幼而好学,昼夜不倦。后魏庄帝永安二年七月二十日,将赴洛,友人宴于斋中。夜阑月出之后,忽闻厅前槐树空中,有语笑之音,并丝竹之韵。数友人咸闻,讶之。俄见女子,衣青黑衣,出槐中,谓汾曰:"此地非郎君所诣,奈何相造也?"汾曰:"吾适宴罢,友人闻此音乐之韵,故来请见。"女子笑曰:"郎君真姓卢耳。"乃入穴中。俄有微风动林,汾叹讶之,有如昏昧。及举目,见宫宇豁开,门户迥然。有一女子衣青衣,出户,谓汾曰:"娘子命郎君及诸郎相见。"汾以三友俱入,见数十人,各年二十余,立于大屋之中。其额号曰"审雨堂"。汾与三友历阶而上,与紫衣妇人相见。谓汾曰:"适会同官诸女,歌宴之次,闻诸郎降重,不敢拒,因此请见。"紫衣者乃命汾等就宴。后有衣白者、青黄者,皆年二十余,自堂东西阁出,约七八人,悉妖艳绝世。相揖之后,欢宴未深,极有美情。忽闻大风至,审雨堂梁倾折,一时奔散。汾与

---

① 鲁迅《中国小说史略》第八篇《唐之传奇文(上)》。

三友俱走,乃醒。既见庭中古槐,风折大枝,连根而堕。因把火照所折之处,一大蚁穴,三四蝼蛄,一二蚯蚓,俱死于穴中。汾谓三友曰:"异哉!物皆有灵。况吾徒适与同宴,不知何缘而入。"于是及晓,因此伐树,更无他异。

又敦煌遗书句道兴《搜神记》残卷之"刘寄",记冯翊(治今陕西西安市高陵县)人刘寄在瀛州市卖牛被杀而冤报事:

> 昔有刘寄者,冯翊人也。将牛一头,向瀛州市卖,得绢二十三匹。回还向家,至城一百九十里,投主人王僧家止宿。王僧兄弟三人,遂杀刘寄,抛尸灵在东园枯井里埋之。然寄精灵通感,即夜向家属梦与兄云:"昨向瀛州卖牛,得绢二十三匹,回还去州,行至城南一百九十里里,投寄主人王僧世家宿。为主人煞我,埋在舍东园里枯井中,取绢东行南头屋里柜子中藏之。"然兄梦觉惊恐,今有斯事,烦怨思慕,其弟今被贼所杀,夜来梦属之言,必应实也。遂即访问王僧家之舍,东园里枯井捉获弟尸灵,屋里南头柜中得本绢二十三匹。一如神梦之言。即捉王僧送州推勘,事事依实。都是思寻鬼语,大有所凭,如此通于神明,坐作立报。①

末云"事出《南妖皇记》",颇疑《妖皇记》即《妖异记》之讹,而"南"字前后当有阙字,或为人名或为地名。此事亦为北魏事,据《魏书·地形志上》,瀛州(治今河北沧州市河间市)置于北魏太和十一年(487)。句本斯6022号作营州,营州(治今辽宁朝阳市)太平真君五年(444)置,亦北魏州名。

两条佚文所记为北魏异闻,主人公皆今陕西人,当为北魏末(北魏亡于534年)至西魏或北周间作品。《卢汾》幻设优美,描写

---

① 见《敦煌变文集》,王重民等编,人民文学出版社,1984年版,下册,第877页。按:此据日本中村不折藏本,斯525号作"刘宁"。

简洁生动,审雨堂暗合蚁性,《焦氏易林》卷一三《震》之《蹇》:"蚁封户穴,大雨将集。"《艺文类聚》卷九七引《博物志》佚文:"蚁知将雨。"唐李公佐《南柯太守传》写淳于棼梦入蚁穴大槐安国即机杼于此。

《洽闻志》,隋崔赜撰。崔赜,字祖濬,博陵安平(今山东淄博市临淄故城东)人。生于东魏武定六年(548),卒于隋大业十二年(616)。开皇初授校书郎,转协律郎,后又任过记室参军、舍人、长史一类职务。与王劭友善。博学多知,炀帝赞其"问一知二"。著词赋碑志十余万言,撰《洽闻志》七卷、《八代四科志》三十卷。事迹具见《隋书》卷七七和《北史》卷八八《隐逸·崔廓传》附。

《洽闻志》史志不收,亦不见类书征引。据《隋书》本传载,崔赜著作"未及施行,江都倾覆,咸为煨烬"。《太平广记》、《太平御览》引有《洽闻记》,乃唐人郑遂(一作郑常)撰。《新唐书·艺文志》小说家类著录郑遂《洽闻记》一卷。书名显系仿袭崔作。

《洽闻志》当系张华《博物志》一流。

《灵异记》,隋许善心、崔赜合撰。《北史》卷八三《文苑·许善心传》曰:"帝(按:炀帝)尝言及文帝受命之符,因问鬼神之事,敕善心与崔祖濬撰《灵异记》十卷。"《隋书》卷五八《许善心传》同。

许善心,字务本,高阳北新城(今河北保定市徐水县西南)人。生于陈永定二年(558),卒于隋大业十四年(618)。幼时即博览群书,徐陵目为"神童"。仕陈累至度支侍郎,祯明二年(588)加通直散骑常侍,聘隋,值隋伐陈,遂被留。陈灭仕隋为通直散骑常侍,累迁通议大夫。宇文化及篡逆,害之。越王杨侗赠左光禄大夫,谥文节。著作除《灵异记》,尚有《方物志》二十卷、《符瑞记》十卷及《七林》等。

《隋志》收《灵异记》,十卷,无撰名,但《灵异录》前为《符瑞记》十卷,注许善心撰,盖蒙上省去。然据《隋书》、《北史》本传,实与崔赜合撰,不过以善心为主。《日本国见在书目录》杂传家亦有《灵异记》十卷,无撰人。两《唐志》无著录。又《隋志》于《灵异记》前有《灵异录》十卷,无撰人。姚振宗《隋书经籍志考证》卷二〇云:"此疑即许善心《灵异》之别本",是也。

书佚,《古小说钩沉》未有辑文。检《太平广记》卷三二〇引《灵异志》"蔡谟"条,记东晋蔡谟闻女子哭而疾卒。《事类赋注》卷一一、《太平御览》卷五七九、《永乐琴书集成》卷一七亦并引《灵异志》"嵇中散"条,记嵇中散(嵇康)弹琴,遇鬼授其琴曲《广陵散》。敦煌卷子本伯3636号类书残卷引《灵异记》"薛愿"条。此三事可能即《灵异记》佚文①。蔡谟事又载《幽明录》,嵇中散事又载《灵鬼志》,薛愿事又载《异苑》,然则本书乃纂录前世神鬼志怪之书而成。

"嵇中散"条记嵇中散遇鬼事,表现人鬼友谊,较好。《永乐琴书集成》引文最备,兹引录如下:

> 嵇中散神情高迈,任心游憩,行西南山。山去洛十里,有亭,名华阳。投暮过宿,夜无人,独在亭中。此亭由来杀人,宿者多凶。至一更中操琴,先作诸弄。而闻空中称善声。中散抚琴而呼之曰:"君何以不来?"此人便云:"身是古人,幽没于此数千年矣。闻君弹琴,音韵清和,故来听尔。而就中残毁,不宜接见君子。"向夜,仿佛渐见,以手持其头,遂与中散共论音声,其词清辨。谓中散曰:"君试过琴见与。"中散以琴授之。既弹,悉作众曲,亦不出常,唯《广陵散》绝伦。中散才从授之,半夕悉得。谓中散不得教他人,又不得言其姓名也。

《异苑》卷七也写到嵇康《广陵散》之来历,与此不同。

---

① 《太平广记》引《灵异记》三条、《灵异录》一条、《灵异集》一条,皆唐事,当为唐裴约言《灵异志》佚文。

《感应录》，本书无著录，仅见南宋绍兴中正一道士陈葆光《三洞群仙录》征引。卷一〇《李预餐玉》，载后魏李预得古人餐玉法，餐服蓝田玉而尸不坏事；《秋夫鬼针》载宋徐文伯遇道士授《扁鹊鉴经》及其后秋夫疗鬼事；卷一三《章后折爪》，载陈武帝章皇后母苏氏遇道士以小龟遗之而生章后事；卷一九《道荣虎坑》，载北齐由吾道荣遇南岳仙人得异术，以杖画地成坑驱虎事；《姚光燔荻》载吴姚光善火术事，凡五条。中有陈、北齐事，疑出隋人手。所记皆道术之事，其中徐秋夫事又见《续齐谐记》。

还有一种《同贤记》，不详何氏书。唐初卷子写本《琱玉集》卷一二《感应篇》引三则，又作《贤同记》，清王仁俊辑入《玉函山房辑佚书补编》。

《琱玉集》见《古逸丛书》。日本《经籍访古志》云："《琱玉集》系旧抄卷子本，末记天平十九年岁在丁亥三月写，文字遒劲，似唐初人笔迹。……此书未详撰人名氏，其目仅见《见在书目》及《通志艺文略》。（按天平十九年乃天宝六载。）"据此《琱玉集》似为隋唐间书，《同贤记》自然出于唐前①。

三则事一为战国信陵君魏公子伏鹞事，说一雀入信陵君室，君放之而被一鹞搦去。君敕国内遍捕鹰鹞，按剑而审之，搦雀者低头不动，须臾自死。《列异传》载之，事同文简。一为齐人感天事：

> 齐人，不知其姓名也。昔齐伐卫，会兵鲁阳山上，令曰："日中不到者斩！"齐人与父母妻子别，赴者乃少，悉令斩之。令死之徒仰天哭曰："自今以后，父母妻子不可眷恋！"天乃感

---

① 顾颉刚《孟姜女故事研究》认为《琱玉集》是"中唐以前人所作，《同贤记》又在其前"。顾颉刚编著《孟姜女故事论文集》，中国民间文艺出版社，第57页。《中国丛书综录》将王仁俊辑本著录于子部小说类杂录之属，为南北朝书。

之,日为再中也。

故事表现出一些社会的苦难影象。另一则乃著名的杞良(一作杞梁)妻传说。

另外,《同贤记》还有八则佚文。《敦煌变文集》卷二《前汉刘家太子传》引《同贤记》,是关于宋玉的一段故事。敦煌卷子本斯2072号《佚类书》[①]引有《同贤记》卫姬、慕容垂、冯唐、段干木、庄周、严光七则(庄周共二则),其中慕容垂、冯唐二事都是占梦故事。

从十一则佚文看,所记多为古贤人,书名之义,大约就是表彰贤德良善的意思。《说文》:"同,合会也。""同贤"也就是列贤、集贤之意,如同"列女"、"列仙"、"列士"、"列异"、"集仙"、"集异"之类。

其中最好的故事便是"杞良妻",也就是孟姜女故事:

> 杞良,秦始皇时北筑长城,避苦逃走,因入孟起后园树上。起女仲姿,浴于池中,仰见杞良而唤之,问曰:"君是何人?因何在此?"对曰:"吾姓杞名良,是燕人也。但以从役而筑长城,不堪辛苦,遂逃于此。"仲姿曰:"请为君妻。"良曰:"娘子生于长者,处在深宫,容貌艳丽,乌为役人之匹?"仲姿曰:"女人之体,不得再见丈夫。君勿辞也!"遂以状陈父,而父许之。夫妇礼毕,良往作所。主典怒其逃走,乃打杀之,并筑城内。起不知死,遣仆欲往代之,闻良已死,并筑城中。仲姿既知,悲哽而往,向城啼哭,其城当面一时崩倒。死人白骨交横,莫知孰是。仲姿乃刺指血,以滴白骨,云若是杞良骨者,血可流入。即沥血,果至良骸,血径流入。使将归,葬之也。

[①] 收入《敦煌宝藏》第二辑第15册,黄永武编,台北新文丰出版公司,1981年初版。

孟姜女故事经过了长时期的演化,《同贤记》所载反映出它在南北朝时的流传状态。杞良虽还不叫万喜良,孟姜女也还叫作孟仲姿,但故事的骨架已与后世所传者大大接近。

杞良妻故事本出《左传》襄公二十三年,良作梁。齐侯(按:齐庄公)使杞梁(又称杞植、杞殖)等袭莒,杞梁被俘。齐侯归而遇杞梁妻于郊,使吊之。梁妻以为郊吊非礼,齐侯遂吊于其室。这里的杞梁妻是作为一个知礼识体的贤女子出现的,故而《礼记·檀弓下》引曾子语赞"杞梁之妻知礼"。并记其事,称杞梁战死,其妻迎其柩于路而哭之哀,与《左传》事有不同。《孟子·告子下》云:"华周、杞梁之妻善哭其夫。"也提到哭夫情事,似其哭有异,故云"善哭其夫",但语焉不详。刘向《列女传》卷四《贞顺传·齐杞梁妻》亦记杞梁及其妻事,中云:"杞梁之妻无子,内外皆无五属之亲。既无所归,乃枕其夫之尸于城下而哭,内诚动人,道路过者莫不为之挥涕,十日而城为之崩。既葬,曰:'吾何归矣!夫妇人必有所倚者也,父在则倚父,夫在则倚夫,子在则倚子。今吾上则无父,中则无夫,下则无子。内无所依,以见吾诚;外无所依,以立吾节。无,岂能更二哉!亦死而已。'遂赴淄水而死。君子谓杞梁之妻贞而知礼。"增出城崩及投水情事。《说苑》卷四《立节篇》亦载城崩事:"其妻闻之而哭,城为之阤,而隅为之崩。"然无投水事。

此后关于杞梁妻传说,记载尚多,不断加添新内容,或另生歧说。《焦氏易林》卷九《晋》之《既济》云:"杞梁之信,不失日中。"惜详情失考。《论衡·感虚篇》云杞梁妻哭城原因是杞梁从军不还。蔡邕《琴操》又云苣梁殖之妻投水前援琴作歌,名《苣梁妻歌》。晋崔豹《古今注》卷中又谓作歌者乃杞植妻妹明月,马缟《中华古今注》卷下杞植妹名作朝日。《曹子建集》卷八《黄初六年令》:"杞妻哭,梁山为之崩。"不云崩城而云崩山,又一异说。李白《东海有勇妇》诗:"梁山感杞妻,痛哭为之倾。"即用曹说。

上述诸记大率简略,且基本不脱《左传》之臼窠。至《同贤记》,才发生了根本性变化。时代由春秋挪到秦始皇时,杞良非战死之将,而系筑城墙而死的役人,人民的思想感情被融注到故事中去,这样,一个充满封建道德的平庸故事就变成了控诉封建暴政和歌颂坚贞爱情的动人传说,已和后世进一步演变成的孟姜女故事比较接近。

唐抄本《文选集注》卷七三曹植《求通亲亲表》注引《文选抄》也有此事①,作杞梁、孟姿。原书文字漫漶,大略云:孟姿居近长城,未嫁。杞梁避役,藏于孟姿后园池树间。姿戏于水中,见人影,上见之,乃请为夫妻。梁曰:"见役为卒,避役于此,不敢望贵人相采也。"姿曰:"妇人不可见,今君见妾,岂得更嫁乎?"遂与之交。姿后闻其死,遂将酒食,往收其骸骨。至城下,问尸首,乃见城人之筑在城下。遂向所筑之城哭,城遂为之崩。城中骨乱,不可识之,乃泪点之,变成血。与《同贤记》情节相近。之后,孟姜女故事又不断丰富化。唐有《孟姜女变文》,元郑廷玉有《孟姜女送寒衣》杂剧(已佚),明马理有《孟姜女集》,清有《孟姜女弹词》等,其余零星记载为数不少,这里就不再细说②。

看来《同贤记》是一本杂记各种故事的小说集,虽不一定是志怪小说集,但其中多有志怪故事。杞良故事发生在北方,杞良称仲姿为娘子,从这些情况看,杞良故事当流传于北朝,本书大约也出自北朝或隋。

---

① 《唐抄文选集注汇存》,上海古籍出版社影印,2000年版,第二册,第346—347页。
② 关于孟姜女故事,可参看顾颉刚编著《孟姜女故事研究集》,上海古籍出版社,1984年版;顾颉刚、钟敬文等著《孟姜女故事论文集》,中国民间文艺出版社,1984年版。

第八章　朝代不明的志怪小说

从晋至隋的志怪小说尚有一大批,约二三十种,具体时代皆不可考,故一并于末章述之。

这些志怪按其来历分两类,一类是见于《隋书·经籍志》、《旧唐书·经籍志》和《新唐书·艺文志》著录者,一类是只见于唐宋类书及其他书称引者。

由于志怪书往往一书数名,前人又常常乱改书名,故而这些志怪有的恐怕其实与已经介绍过的志怪是同一书,只是不易确定而已。我们在论述中,将随时提到这一点。

一、《隋志》、《唐志》著录的志怪

《续异苑》。《隋志》杂传类著录《续异苑》十卷,无撰名。两《唐志》无,当佚于唐。佚文不存。

是书系刘敬叔《异苑》续书,则作于刘宋后。

《祥瑞记》。《隋志》杂传类著录《祥瑞记》三卷,两《唐志》无,佚于唐。《通志·艺文略》传记类祥异属据《隋志》著录。《隋志》五行类有失名《祥瑞图》十一卷、侯亶《祥瑞图》八卷,两《唐志》同,前者作十卷,并有顾野王《符瑞图》十卷,均非本书。

《祥瑞记》有佚文一则,见《太平广记》卷三八九引:

> 孙锺家于富春,幼失父,事母至孝。遭岁荒,以种瓜自业。忽有三少年诣锺乞瓜,锺厚待之。三人谓曰:"此山下善,可

葬之,当出天子。君下山百许步,顾见我去,即可葬处也。"锺去三四十步,便反顾,见三人成白鹤飞去。锺记之。后死葬其地,地在县城东。冢上常有光怪,云五色,气上属天。及坚母孕坚,梦肠出,绕吴阊门。以告邻母,曰:"安知非吉祥!"

事又见《幽明录》,孙锺乃孙坚父,所葬乃孙锺母,无孙坚母梦肠出事。《三国志》卷四六《吴书·孙破虏讨逆传》注引《吴书》载孙坚葬富春城东,冢上有五色云气,盖传闻异辞。又载坚母怀姙梦肠出事,与本书同。事属帝王瑞应,全书所载当大抵如此。古人重祥瑞,《宋书》有《符瑞志》,《南齐书》有《祥瑞志》,《魏书》有《灵徵志》。又有《嘉瑞记》、《符瑞记》、《祥瑞图》、《符瑞图》之类(见《隋志》、两《唐志》),此书命意同之,唯用叙事之体,故事性较强,可备志怪小说之一格。

谢氏《鬼神列传》。《隋志》杂传类著录《鬼神列传》一卷,谢氏撰。两《唐志》作二卷,《新唐志》入小说家类。《通志·艺文略》传记类冥异属亦作二卷。

谢氏不详何人。书已佚,仅《太平御览》卷三五九引有一条,鲁迅辑入《钩沉》:

> 下邳陈超为鬼君弼所逐,改名何规。从余杭步道还家,求福,绝不敢出入。五年后,意渐替解,与亲旧临水戏。酒酣,共说往事,超云:"不复畏此鬼也。"小俯首,乃见鬼影在水中,超惊怖。时亦有乘马者,超借马骑之,下鞭奔驱。此鬼与超远近常如初,微闻鬼云:"汝何规耶?急急就死!"

事又载隋颜之推《冤魂志》,乃东晋事,文详,君弼作孙元弼。《御览》所引未备。谢氏可能是南朝人①。又有《神鬼传》或曰《神

---

① 《古小说钩沉》题晋谢氏撰,以为晋人。

鬼录》(详后),不知是否是谢氏《鬼神列传》。

《真应记》。《隋志》杂传类著录《真应记》十卷,无撰人。两《唐志》无。书佚,只字不存。

从书名看,非宣扬道教显效,即张皇佛法应验。

刘泳《因果记》。《隋志》杂家类著录《因果记》十卷,不题撰人姓名,《旧唐志》杂传类亦有著录,书名卷帙同,撰人作刘泳,《新唐志》入小说家类。今全佚。

姚振宗《隋书经籍志考证》卷三〇于《因果记》下按云:"刘泳始末未详。《新唐志》于撰人时代先后颇有次第,是书列之王曼颖、颜之推之间,则梁、陈时人也。"按《新唐志》列书并非颇有次第,相反甚为淆乱,如干宝、祖台之、孔约、荀氏均为东晋人,《搜神记》却列在东晋末戴祚《甄异传》、南齐祖冲之《述异记》后,祖台之《志怪》、孔氏《志怪》、荀氏《灵鬼志》列在梁刘之遴《神录》、梁元帝《研神记》之后。姚说不可从。不过,书名《因果》,乃释氏辅教之作,此等书南北朝大量出现,知刘泳当为南北朝人。

《说仙传》。《隋志》杂传类著录《说仙传》一卷,朱思祖撰。《唐志》无。姚振宗《隋志考证》卷二〇云:"《御览》道部引道书、神仙家书至多,独不见《说仙传》及朱思祖名目,其书久亡,故两《唐志》亦不录。"

是书性质当同《神仙传》,乃神仙传记性质的志怪。

《集仙传》。《隋志》杂传类著录《集仙传》十卷,无撰名,两《唐志》不著。

陈振孙《直斋书录解题》卷一二神仙类著录《集仙传》十二卷,云:"曾慥撰。自岑道愿而下一百六十人。"《文献通考》卷二二五神仙家亦有目，卷帙同。此书非《隋志》之《集仙传》，名同书异。

姚振宗《隋志考证》卷二〇于《集仙传》下引宋洪迈《容斋五笔》曰："《集仙传》所载神女《成公智琼传》，见于《太平广记》者，盖晋张敏之作也。"又据此而按云："其书采张敏文，则在西京之后。"并称《南史》有江禄《列仙传》，疑即此书。按《太平广记》卷六一引《成公智琼传》，系出《集仙录》，非《集仙传》，洪迈误称而姚氏不察。《集仙录》系《墉城集仙录》之省称，全记女仙，五代杜光庭撰。至谓《集仙传》为江禄之《列仙传》，羌无根据。

《广记》亦引《集仙传》。卷一一《大茅君》条记汉茅盈事，卷六三《骊山姥》条记李筌遇神仙骊山姥事，李筌乃唐人，同卷《黄观福》条记唐高宗麟德间事。可见这本《集仙传》为唐或五代书，亦非《隋志》之所著者。《四库全书总目提要》卷一四七道家类存目有无名氏《集仙传》十五卷，全为唐事，《提要》以为是好事者从《广记》所辑出。此书未见，难以判明它的性质。

二、诸书称引的志怪

《许氏志怪》。《太平御览经史图书纲目》中有《许氏志怪》，卷九三二引《许氏志怪》一则：

> 沙门竺僧瑶得神符，尤能治邪。广陵王家女病邪，召瑶治之。瑶入门，便瞋目大骂："老魅不守道，敢干犯人！"女在内大唤云："人杀我夫！"鬼在侧曰："吾命尽于今，可为痛心！"因歔欷悲啼。又曰："此神也，不可争。"旁人悉闻。于是化为老鼍，走出中庭。瑶入，扑杀之。

《太平广记》卷四六八《广陵王女》条同此，注云"出《志怪》"。六朝多以"志怪"名书，此书估计亦出于六朝，非唐人作。又文中云广陵王，考西晋惠帝长子司马遹（即愍怀太子）、宋文帝子刘诞均曾为广陵王①,知此书出东晋南朝间。

鲁迅《钩沉》将此条收入《杂鬼神志怪》。

《志怪传》。《法苑珠林》卷六七、卷七五引蒋侯神二事,注云"出《志怪传》"。二事又见引于《广记》卷二九三,注云"出《搜神记》、《幽明录》、《志怪》等书"。明本《搜神记》卷五辑入此二条,颇谬。

作《志怪》者,有孔、祖、曹、殖、许诸氏,此《志怪传》究系何氏书,或者是自为一书,疑莫能辨。鲁迅亦辑入《杂鬼神志怪》。

蒋侯神二事,一记咸宁②中韩伯子某等三人同游蒋山庙,乘醉指数妇人像互相戏弄,夜梦蒋侯问罪,少时并亡。一为刘赤斧事,录于下:

> 魏刘赤斧者,梦蒋侯召为主簿。日促,乃往庙陈情:"母老子弱,情事果切,乞蒙放恕。会稽魏边多才艺,善事神,请举边代之。"因叩头流血。庙祝曰:"魏边何人,而拟斯举?"赤斧固请,终不许。寻而赤斧死。③

蒋侯神即蒋子文,是魏晋南朝广为祭祀的一位神灵,其事最先记于《列异传》,甚简。《搜神记》(《新辑搜神记》卷六)云蒋子文广陵人,汉末为秣陵尉。为人嗜酒好色,后为贼击杀于锺山下,死为锺山之神。吴主为立庙堂,封中都侯,号锺山为蒋山。吴以下,历朝祠蒋侯神不绝。《宋书》卷一七《礼志四》载:宋武帝永初二年,普禁淫祀,毁绝蒋子文祠以下。孝武孝建初,更修蒋山祠,所在山川,渐皆修复。对蒋侯不断加爵,位至相国、大都督、中外诸军

---

① 见《晋书》卷五三《愍怀太子传》、《宋书》卷七九《竟陵王诞传》。
② 《珠林》所引"咸宁"前有一"宋"字,误。据汪绍楹云,咸宁系晋废帝年号兴宁之讹,说见汪校《搜神记》,第59页。
③ 据中华书局《法苑珠林校注》卷六七。

事、锺山王。在这种情况下,自然会流传关于蒋侯神的各种传说。

《志怪集》(《志怪录》)。《北堂书抄》卷九四引《志怪集》陶太尉微时筑墓事,又卷一四四引"杂国桓韩"条①。《法苑珠林》卷九五引《志怪集》袁无忌事。《太平御览》卷五五九亦引陶太尉事,又卷三七一引石季伦母丧事,卷八九七引孙弘事,并作《志怪集》。凡六引五事,鲁迅均辑入《杂鬼神志怪》。

按孙弘、袁无忌事,《太平广记》卷三二二引作《志怪录》,前条题《谢尚》,孙弘作夏侯弘,此事《艺文类聚》卷九三引作《怪志》,《御览》卷八八四引作《志怪》。《广记》卷三二三、三二六又引《志怪录》《谢道欣》、《长孙绍祖》二条。《谢道欣》记会稽郡大鬼事,《御览》卷八八四引作《志怪》,鲁迅收入《杂鬼神志怪》。《长孙绍祖》属唐人书②。《广记》不见《志怪集》,《书抄》等又无《志怪录》,似《志怪集》即《志怪录》。

《志怪集》或曰《志怪录》同其他《志怪》究竟关系如何,莫能深究。③

《志怪集》六条遗文,所记多为鬼怪。"夏侯弘"记与夏侯弘有关的三件异事,夏侯弘即所谓"见鬼人","见鬼"乃巫术。今据《御览》、《广记》、《类聚》校辑如下:

> 夏侯弘常自云见鬼神,与其言语委曲,众未之信。镇西将军谢尚,常所乘马忽暴死。会弘诣尚,尚忧恼至甚。弘谓尚

---

① 首句云"杂国桓韩子诸盛十诗",鲁迅校云:"案首句有讹夺,字亦不全"。
② 按:据《魏书·官氏志》,北魏改拓跋氏(按:应为拔拔氏,原文讹)为长孙氏。故北朝隋唐多姓长孙者,此长孙绍祖自是北朝或隋唐人。又文中云绍祖常行陈、蔡间,考陈州北周置,蔡州隋大业二年置。可见该条当出隋后人手。而女鬼所吟二绝,全系唐人格律,唐人当亦有《志怪录》。参见拙著《唐五代志怪传奇叙录》,上册,第212页。
③ 《蒙求注》卷上《卢充幽婚》注引《孔氏志怪》,然王观国《学林》卷七谓出于《志怪集》。可见前人引用诸家《志怪》常不提作者,而书名亦多含混不清。

曰:"我为公活马何如?"尚常不信弘,答曰:"卿若能令此马更生者,卿真实通神矣。"弘于是便下床去。良久还,语尚曰:"庙神爱乐君马,故取之耳。向我诣神请之,初殊不许,后乃见听。马即尔便活。"尚时对死马坐,甚不信,怪其所言。须臾,其马忽从门外走还,众咸见之,莫不惊愕。既至马尸间便灭。应时能动,有顷,奋迅呼鸣。尚于是叹息。

谢曰:"我无嗣,是我一身之罚。"弘经时无所告,曰:"顷所见小鬼耳,必不能辨此源由。"后忽逢一鬼,乘新车,从十许人,着青丝布袍。弘前捉牛鼻,车中人谓弘曰:"何以见阻?"弘曰:"欲有所问。镇西将军谢尚无儿,此君风流令望,不可使之绝祀。"车中人动容曰:"君所道正是仆儿。年少时与家中婢通,誓约不再婚而违约。今此婢死,在天诉之,是故无儿。"弘具以告,尚曰:"吾少时诚有此事。"

弘于江陵见一大鬼,提矛戟急走,有小鬼随从数人。弘畏惧,下路避之。大鬼过后,捉得一小鬼,问:"此何物?"曰:"广州大杀。"弘曰:"以此矛戟何为?"曰:"杀人以此矛戟。若中心腹者,无不辄死;中余处,不至于死。"弘曰:"治此病有方否?"鬼曰:"杀乌鸡薄心,即差。"弘又曰:"今欲何行也?"鬼曰:"当至荆、扬二州。"尔时比日行心腹病,无有不死者。弘在荆州,乃教人杀乌鸡以薄之,十不失八九。今有中恶,辄用乌鸡薄之,弘之由也。①

《珠林》、《广记》所引《袁无忌》记晋陈国袁无忌永嘉初遇女鬼一事。《广记》引《谢道欣》记鬼事二:一为谢弘道遇会稽郡大鬼而升官,一为谢道欣遇防风鬼而是年孙恩作乱。《御览》引"石季伦"条记石季伦母丧,有鬼作祟。

---

① 此条明本《搜神记》卷二辑入,妄也。

《志怪》。诸书还多有征引《志怪》者,计殷芸《小说》(《续谈助》卷四)一条,《玉烛宝典》一条,《广记》八条,《御览》六条,《艺文类聚》引《怪志》二条,《小说》引《怪志》一条,乃《志怪》之讹。有三事重出,共十九条十六事。

这十六事有九事可找到来历:《御览》卷七四三和《广记》卷二一八引《华佗》条,《书抄》卷一三五引作《孔氏志怪》;《广记》卷四六八引《广陵王女》条,见《许氏志怪》;《谢宗》条见《孔氏志怪》;卷二九三《蒋子文》条,见《志怪传》;《御览》卷七五八"建康小史"条,同书卷五七三又引作祖台《志怪》;卷八八四"会稽郡大鬼"条、"夏侯弘"条,见《志怪集》;《类聚》卷九三"谢尚"条亦见《志怪集》。《广记》卷三二九引《张希望》条,《钩沉》未收,张希望乃周司礼卿,与《长孙绍祖》条当属同一书①。

余七事不见各家《志怪》②,难以归属,只好姑且当作别一种《志怪》叙而论之。

它也与各家《志怪》一样,多记鬼怪事,不过没什么可足称者。《御览》卷九三二引"心腹病"条,记人得心腹病而死,剖腹出一白鳖,又载《续搜神记》,《广记》卷二一八、《御览》卷七四三有引,今本《搜神后记》辑入。情事类似《孔氏志怪》之人腹痛剖腹得一铜铳。这是关于疾病和医术的传说。《广记》卷二九四引《温峤》条记温峤以火照水见水下神怪事,今本《异苑》亦辑入此事,但并非《异苑》文。同书卷三一八引《张禹》条记永嘉中张禹逢孙家女鬼,女鬼的儿子被侍婢虐待,托张禹告诉夫家,后女鬼又率人刺杀侍婢。又卷二九三及《小说》引《顾邵》条,记顾邵毁庐山庙遭报应,

---

① 参见拙著《唐五代志怪传奇叙录》,上册,第212页。
② 段成式《酉阳杂俎》前集卷一九《草篇》"异菌"条云:"后览诸志怪,南齐吴郡褚思庄,素奉释氏,眠于梁下,短柱是楠木,去地四尺余,有节。大明中,忽有一物如芝,生于节上"。下复记芝之异状及思庄合门寿考。所云"志怪"不知是指专书还是泛言语怪之书。该事不见诸家《志怪》。

也很一般化,不过中间鬼和顾邵谈论一段颇有情致:

> 邵善《左传》,鬼遂与邵谈《春秋》,弥夜不能相屈。邵叹其精辩,谓曰:"《传》载晋景公所梦大厉者,古今同有是物也。"鬼笑曰:"今大则有之,厉则不然。"……

又《御览》卷七一六引"吴详"条,又见《神怪录》、《搜神后记》;《玉烛宝典》卷八引《志怪》"囊似莲花,内有青鸟"八字,乃《搜神后记》袁柏根硕事中语,《钩沉》以为《续齐谐记》"邓绍"条中文,误。《小说》引"聂友"条,又见《搜神记》①。

《杂鬼神志怪》。《太平御览经史图书纲目》有《杂鬼神志》。诸书凡引三事,或又题为《杂鬼神志》、《杂鬼怪志》。《北堂书钞》卷一四八引《杂鬼神志怪》一则,颇似《博物志》中之"千日酒":

> 齐人田乃已酿千日酒,过饮一斗,醉卧千日,乃醒也。

该事又见引于南宋蔡梦弼《杜工部草堂诗笺》卷三一《垂白》注引,酿酒者为齐人田氏,题为《鬼神志怪集》。宋窦革《酒谱·外篇下·神异八》(《说郛》卷六六)则又引作《鬼神玄怪录》,文异,云:"齐人因(按:当为田字之讹)乃能之,为千日酒,饮过一升醉卧。有故人赵英饮之,逾量而去,其家以为死,埋之。计千日当醒,往至其家,破冢出之,尚有酒气。"

隋杜台卿《玉烛宝典》卷四引《杂鬼怪志》昆明池灰墨事,又载曹毗《志怪》、《幽明录》②。《御览》卷四七〇引《杂鬼神志》"周尹氏"条,文短但有奇趣:

> 昔周时尹氏贵盛,数代不别,食口数千。常遭饥荒,罗鼎

---

① 此条《广记》卷四一五引作《搜神记》,《御览》卷七六七作《续搜神记》。明本《搜神后记》卷八辑入,《新辑搜神记》卷一五辑入。

② 明本《搜神记》滥辑此条,见卷一三。

> 镬作糜,啜糜之声,闻数十里中。临食,失三十人,入镬中垦取镬底糜,镬深大,故人不见也。

事又见《录异传》。

鲁迅《古小说钩沉》将此三事辑入《杂鬼神志怪》,又辑难以归属的诸家《志怪》十七条。

《神怪录》。《北堂书抄》卷一三六引《神怪录》"吴详"一则,《御览》卷七一六引作《志怪》,又载《搜神后记》,前文已经提到。

李翰《蒙求》卷中和《御览》卷五五九引"王果"条,作《神怪志》[①],记益州太守王果经三峡,见石壁上有悬棺,棺中有石志云:"三百年后水漂我,欲及长江垂欲堕,欲堕不堕遇王果。"果为营敛葬埋。悬葬是古僰人的埋葬方式,棺木悬于绝壁,今三峡等处尚遗存不少。该条《广记》卷三九一又引,无出处,称王果是唐左卫将军。唐刘悚《隋唐嘉话》卷下亦载。是则非《神怪录》,鲁迅将此事与吴详事一并收入《钩沉》,以为《神怪志》即《神怪录》,大误。据顾况《戴氏广异记序》,唐人孔𢘆言有《神怪志》,王果事当出孔书[②]。

《异类传》。《艺文类聚》卷九二引《异类传》:

> 汉武帝时,西域献黑鹰,得鹏雏,东方朔识之。

《御览》卷九二七引同。事又见《孔氏志怪》、《后幽明录》,作楚文王,且非东方朔识之,详后。

是书可能是专门记载有关奇禽怪兽的传说和故事的,故曰《异类传》。

---

① 南宋王观国《学林》卷七《李瀚蒙求》亦云:"王果石崖,出于《神怪志》。"
② 参见拙著《唐五代志怪传奇叙录》,上册,第215—216页。

《物异志》。《广记》卷二九一引《齐景公》条,注云"出《物异志》":

> 齐景公伐宋,过泰山,梦见二人怒。公恐,谓泰山之神。晏子以宋祖汤与伊尹,为言其状:汤晰容,多髭须,伊尹黑而短。即所梦也。景公进军不听,军毂毁。公恐,乃散军不伐宋。

燕京大学编《太平广记引得》以为《物异志》为《异物志》之颠倒。按《异物志》汉杨孚撰,今有辑本,所记皆动植,义例不符,非也。明抄本《广记》作"出《博物志》",今本《博物志》卷七《异闻》,有此事。但谈本《广记》作《物异志》,孰是孰非,疑莫能定。

宋景公此事见载于《汲冢琐语》、《晏子春秋·内篇谏上》、《论衡·死伪篇》等,流传很广。

唐写本句道兴《搜神记》残卷"管辂"条,末注"事出《异勿志》",疑即《物异志》,事又见今本《搜神记》(明本卷三、《新辑搜神记》卷三)。

《虚异志》。《北堂书抄》卷一二九引《虚异志》云:

> 李通丧,有一客往吊之,李通子哭,便进上厅事。忽通从阁中出,以纶巾系头。

明陈禹谟刻本作《述异志》。检任昉《述异记》无,亦不见诸书引作《述异记》,疑陈本误。

《虚异志》不详何氏书,既《书抄》有引,其出于唐前无疑。《后汉书》、《三国志》均有《李通传》,前一李通为东汉初人,助刘秀起事,官至大司空。建武十八年(42)卒,光武帝及皇后亲临吊送葬。后一李通乃东汉末人,事曹操,官汝南太守,征战中病卒于道。《虚异志》所载不知为何人。鲁迅《古小说钩沉》将此条辑入《灵鬼志》,注云"疑亦是《灵鬼志》也",非是,当自有其书,只是撰人与产生年代均失考。

《祀应记》。仅见《艺文类聚》卷八九征引,系唐前书。引曰:

> 孔子庙列七碑,无像,桧柏犹茂。西北二里,有颜母庙。庙像犹严,有修。①

引文不全,大约是讲颜母庙灵验事,由书名"祀应"可知。

《异苑拾遗》。同《续异苑》一样,也是《异苑》续书,当出南朝。

《玉烛宝典》卷一二引一则,所记乃晋事:

> 孙兴公常着戏头,与逐除人共至桓武处。宣武觉其应对不凡,推问乃并验其事也。其夜为藏钩之戏。

此事无怪异情节,或许是书兼采一般逸事亦未可知。事又载殷芸《小说》、《建康实录》卷八引《孙绰传》。孙兴公名绰,桓武、宣武即桓温。

《后幽明录》。《类聚》卷九一引《后幽明录》曰:

> 楚文王时,有人献一鹰。俄而云际有一物,凝翔鲜白。鹰便竦翻而升,须臾羽堕如雪,血下如雨,有大鸟堕地,两翅广数十里。众莫能知。时博物君子曰:"此鹏雏也。"

该事在《类聚》卷九二又引作《幽明录》。按诸书引书常将续书书名与原书相混,如《搜神后记》作《搜神记》,《续齐谐记》作《齐谐记》,疑《类聚》卷九二所引书名脱"后"字。

事又载《孔氏志怪》,文详,《异类传》亦载,为汉武帝时事。

---

① 中华书局点校本汪绍楹校:"句有脱文。"

《外荒记》。此书无著录,《太平广记引用书目》有此书,卷四六三引《飞涎鸟》一条:

> 南海去会稽三千里,有狗国。国中有飞涎鸟,似鼠,两翼如鸟而脚赤。每至晓,诸栖禽未散之前,各各占一树。口中有涎如胶,绕树飞,涎如雨沾洒众枝叶。有他禽之至,而如网也,然乃食之。如竟午不获,即空中逐而涎惹之,无不中焉。人若捕得脯,治渴。其涎每布后半日即干,自落,落即布之。

《永乐大典》卷二三四五引《稽神异苑》亦载此事,原出《搜神记》,文句大同,唯飞涎鸟作飞涎乌,狗国作人国,"人"盖为"犬"字之讹。《搜神记》今本无此,乃佚文,《新辑搜神记》卷二八辑入。《搜神记》多采前人书,即序称"承于前载",但此事是否即取自《外荒记》不易确定,也可能是《外荒记》取《搜神记》,要乃出汉至六朝间。

此书属地理博物体志怪小说。明董斯张《广博物志》卷四八、清陆次云《绎史纪余》卷一均略载此事,乃据《广记》。李汝珍《镜花缘》第十回亦有敷衍。

《张骞海外异记》。北宋文莹《湘山野录》卷下云:

> 江南徐知谔,为润州节度使温之少子也。美姿度,喜蓄奇玩。蛮商得一凤头,乃飞禽之枯骨也。彩翠夺目,朱冠绀毛,金嘴如生,正类大雄鸡。广五寸,其脑平正,可为枕,谔偿钱五十万。又得画牛一轴,昼则啮草栏外,夜则归卧栏中。谔献后主煜,煜持贡阙下。太宗张后苑以示群臣,俱无知者。惟僧录赞宁曰:"南倭海水或减,则滩碛微露,倭人拾方诸蚌,胎中有余泪数滴者,得之和色着物,则昼隐而夜显。沃焦山时或风挠飘击,忽有石落海岸,得之滴水磨色染物,则昼显而夜晦。"诸

学士皆以为无稽,宁曰:"见《张骞海外异记》。"后杜镐检三馆书目,果见于六朝旧本书中载之。

此书乃六朝书,宋初三馆(史馆、昭文馆、集贤院)书目尚有著录,僧赞宁曾阅之,唯今存唐宋史志书目不见著录。张骞通西域,事具传奇性,故亦演为传奇人物,南朝盛传其寻河源至天河得织女支机石之事。我们在讨论《博物志》八月槎故事时已经谈过。《隋书·经籍志》地理类著录无名氏《张骞出关志》一卷,大约所记也是异域奇闻。本书内容仅知南倭蚌、沃焦山石二事,当如《外荒记》之属专记荒外奇谈,属地理博物体志怪小说。

主要引用与参考书目

中国小说史略　鲁迅著,人民文学出版社,1963年版

鲁迅小说史大略　鲁迅著,陕西人民出版社,1981年版

中国小说的历史的变迁　鲁迅著,《鲁迅全集》第八卷,人民文学出版社,1957年版

魏晋南北朝小说　刘叶秋著,中华书局,1962年版

历代笔记概述　刘叶秋著,中华书局,1980年版

魏晋南北朝志怪小说研究　王国良著,台北文史哲出版社,1984年版

六朝志怪小说考论　王国良著,台北文史哲出版社,1988年版

汉魏六朝小说史　侯忠义著,春风文艺出版社,1989年版

汉魏六朝小说史　王枝忠著,浙江古籍出版社,1997年版

六朝隋唐仙道类小说研究　李丰楙著,台北学生书局,1986年版

误入与谪降:六朝隋唐道教文学论集　李丰楙著,台湾学生书局,1996年版

中国的神话传说与古小说　[日]小南一郎著,孙昌武译,中华书局,1993年版

唐五代志怪传奇叙录　李剑国著,南开大学出版社,1998年版

宋代志怪传奇叙录　李剑国著,南开大学出版社,2000年版

《古稗斗筲录——李剑国自选集》　李剑国著,南开大学出版

社,2004年版

神话论文集　袁珂著,上海古籍出版社,1982年版
中国古代宗教与神话考　丁山著,龙门联合书局,1962年版
神话研究　茅盾著,百花文艺出版社,1981年版
孟姜女故事研究集　顾颉刚编著,上海古籍出版社,1984年版
孟姜女故事论文集　顾颉刚、钟敬文等著,中国民间文艺出版社,1984年版

马克思恩格斯列宁斯大林论宗教　中国社会科学院世界宗教研究所编,中国社会科学出版社,1979年版
宗教学通论　吕大吉主编,中国社会科学出版社,1989年版
原始宗教　朱天顺著,上海人民出版社,1978年版
金枝精要——巫术与宗教之研究　[英]詹·弗雷泽著,刘魁立编,上海文艺出版社,2001年版
汉魏两晋南北朝佛教史　汤用彤著,中华书局,1955年版
道教概说　[日]小柳司气太著,商务印书馆,1933年版
道藏源流考　陈国符著,中华书局,1963年版
中国道教史　任继愈主编,上海人民出版社,1997年版
中国道教史(第一卷)　卿希泰主编,四川人民出版社,1988年版
魏晋神仙道教——抱朴子内篇研究　胡孚琛著,人民出版社,1991年版
汉魏六朝佛道两教之天堂地狱说　萧登福著,台北学生书局,1989年版
汉代画像石棺　罗二虎著,巴蜀书社,2002年版

中国通史简编(修订本)　范文澜著,人民出版社,1965年版

简明中国通史　吕振羽著,人民出版社,1962年版
中华远古史　王玉哲著,上海人民出版社,2000年版
西周史　杨宽著,上海人民出版社,1999年版
春秋史　顾德融、朱顺龙著,上海人民出版社,2001年版
六国纪年　陈梦家著,学习生活出版社,1955年版
中国古代文化史　阴法鲁、许树安主编,北京大学出版社,1992年版
中国地理学史　王庸著,商务印书馆,1956年版
中国古代地理学　赵荣著,商务印书馆,1997年版
中国历史大辞典·历史地理卷　谭其骧主编,上海辞书出版社,1997年版

马克思恩格斯选集　人民出版社,1972年版
马克思恩格斯全集　人民出版社,1964年版
马克思恩格斯论艺术　人民文学出版社,1963年版
美学　[德]黑格尔著,朱光潜译,商务印书馆,1979年版

吴晗史学论著选集　吴晗著,北京市历史学会主编,人民出版社,1984年版
余嘉锡论学杂著　余嘉锡著,中华书局,1977年版
伪书通考　张心澂著,商务印书馆,1957年版
敦煌古籍叙录　王重民著,中华书局,1979年版

古小说钩沉　鲁迅辑,《鲁迅辑录古籍丛编》,人民文学出版社,1999年版
古神话选释　袁珂著,人民文学出版社,1979年版
唐前志怪小说辑释　李剑国辑释,上海古籍出版社,1986年版

汉魏六朝小说选注　徐震堮选注,上海古典文学出版社,1955年版

山海经新校正　[清]毕沅撰,光绪三年浙江书局刻本
山海经笺疏　[清]郝懿行撰,《龙溪精舍丛书》本
山海经校注　袁珂校注,上海古籍出版社,1980年版
穆天子传　[晋]郭璞注,[清]洪颐煊校,《四部备要》本
燕丹子　程毅中点校,中华书局,1985年版
列仙传校正　[汉]刘向撰,[清]王照圆校正,《龙溪精舍丛书》本
说苑疏证　[汉]刘向撰,赵善诒疏证,华东师范大学出版社,1985年版
新序详注　[汉]刘向撰,赵仲邑注,中华书局,1997年版
新序校释　[汉]刘向编著,石光英校释,陈新整理,中华书局,2001年版
西京杂记　[汉]刘歆撰,[晋]葛洪编,程毅中点校,中华书局,1985年版
西京杂记校注　[汉]刘歆撰,向新阳、刘克任校注,上海古籍出版社,1991年版
神异经　[汉]佚名撰,[晋]张华注,《广汉魏丛书》本
神异经研究　王国良著,台北文史哲出版社,1985年版
汉孝武故事　[汉]佚名撰,上海涵芬楼《说郛》本;《古小说钩沉》本
洞冥记　[汉]郭宪撰,《顾氏文房小说》本
汉武洞冥记研究　王国良著,台北文史哲出版社,1989年版
十洲记　[汉]佚名撰,《顾氏文房小说》本
海内十洲记研究　王国良著,文史哲出版社,1993年版
汉武内传　[汉]佚名撰,《守山阁丛书》本

赵飞燕外传　《顾氏文房小说》本；上海涵芬楼《说郛》本
博物志校证　［晋］张华撰，范宁校证，中华书局，1980年版
神仙传　［晋］葛洪撰，《四库全书》本；《广汉魏丛书》本
搜神记　［晋］干宝撰，汪绍楹校注，中华书局，1979年版
新辑搜神记　［晋］干宝撰，李剑国辑校，中华书局，2008年版
拾遗记　［晋］王嘉撰，齐治平校注，中华书局，1981年版
搜神后记　［晋］陶潜撰，汪绍楹校注，中华书局，1981年版
搜神后记研究　王国良著，台北文史哲出版社，1978年版
新辑搜神后记　［宋］陶潜撰，李剑国辑校，中华书局，2008年版
异苑　［宋］刘敬叔撰，范宁校点，中华书局，1996年版
世说新语校笺　［宋］刘义庆撰，［梁］刘孝标注，徐震堮校笺，中华书局，1984年版
世说新语笺疏　余嘉锡笺疏，中华书局，1983年版
观世音应验记三种　［宋］傅亮、张演、［齐］陆杲撰，孙昌武点校，中华书局，1994年版
《观世音应验记三种》译注　董志翘著，江苏古籍出版社，2002年版
冥祥记研究　王国良著，台北文史哲出版社，1999年版
述异记（新述异记）　［梁］任昉撰，《随庵丛书》本
续齐谐记　［梁］吴均撰，《虞初志》（八卷本）本；《顾氏文房小说》本
续齐谐记研究　王国良著，台北文史哲出版社，1987年版
周子良冥通记　［梁］陶弘景撰，《津逮秘书》本
殷芸小说　［梁］殷芸编纂，周楞伽辑注，上海古籍出版社，1984年版
冤魂志　［隋］颜之推撰，《宝颜堂秘笈》本
颜之推冤魂志研究　王国良著，台北文史哲出版社，1995

年版

《冤魂志》校注　罗国威著,巴蜀书社,2001年版

搜神记　[唐]句道兴撰,《敦煌变文集》本

冥报记　[唐]唐临撰,方诗铭辑校,中华书局,1992年版

朝野佥载　[唐]张鷟撰,赵守俨点校,中华书局,1979年版

游仙窟　[唐]張鷟撰,佚名注,日本庆安五年刊本

酉阳杂俎　[唐]段成式撰,方南生点校,中华书局,1981年版

独异志　[唐]李冗撰,张永钦、侯志明点校,中华书局,1983年版

裴铏传奇　[唐]裴铏撰,周楞伽辑注,上海古籍出版社,1980年版

杜阳杂编　[唐]苏鹗撰,中华书局,1960年版

稽神录　[五代]徐铉撰,白化文点校,中华书局,1996年版

墉城集仙录　[五代]杜光庭撰,《道藏》本

录异记　[五代]杜光庭撰,《津逮秘书》本

青琐高议　[宋]刘斧撰辑,上海古籍出版社,1983年版

绿窗新话　[宋]皇都风月主人编,周楞伽笺注,上海古籍出版社,1991年版

搜神记(八卷本)　《稗海》本

聊斋志异会校会注会评本　[清]蒲松龄撰,张友鹤辑校,上海古籍出版社,1978年版

五色线集　[宋]佚名编,《四库全书存目丛书》影印明弘治刻本

续谈助　[宋]晁载之编,光绪十三年序刻本

绀珠集　[宋]朱胜非编,《景印文渊阁四库全书》本

类说　[宋]曾慥编,明天启六年刻本,文学古籍刊行社影印,1955年版;严一萍校订本,台北艺文印书馆,1970年印行

说郛　[元]陶宗仪编，1927年上海涵芬楼张宗祥校明抄本，《说郛三种》影印，上海古籍出版社，1988年版

顾氏文房小说　[明]顾元庆编，1925年上海涵芬楼影印本

虞初志（八卷本）　[明]陆采编，《续修四库全书》影印明刊本

虞初志（七卷本）　[明]凌性德编刊，上海扫叶山房1926年版，北京中国书店影印，1986年版

艳异编（四十卷本）　[明]王世贞编，《古本小说集成》影印明刊本，上海古籍出版社，1994年版

才鬼记　[明]梅鼎祚编，《四库全书存目丛书》影印明万历三十三年刻本，齐鲁书社，1995年版

情史类略　[明]詹詹外史编，《冯梦龙全集》影印明刊本，上海古籍出版社，1993年版

古今逸史　[明]吴琯编，上海涵芬楼影印本

汉魏丛书　[明]程荣编，万历二十年刻本

广汉魏丛书　[明]何允中编，万历二十年序刻本

稗海　[明]商濬编，康熙间振鹭堂重刻本

宝颜堂秘笈　[明]陈继儒编，1922年上海文明书局石印本

合刻三志　[明]冰华居士编，明刊本

绿窗女史　[明]秦淮寓客编，明刊本

续百川学海　[明]吴永编，明刊本

五朝小说大观　[明]阙名编，1926年上海扫叶山房石印本

秘册汇函　[明]胡震亨等编，万历间刻本

津逮秘书　[明]毛晋编，崇祯间汲古阁刻本

重编说郛　旧题[明]陶珽重辑，清顺治四年刊本，《说郛三种》影印，上海古籍出版社，1988年版

说郛续　旧题[明]陶珽纂，清顺治四年刊本，《说郛三种》影印，上海古籍出版社，1988年版

秘书廿一种　[清]汪士汉编,康熙八年新安汪氏刻本

增订汉魏丛书　[清]王谟编,乾隆五十六年金谿王氏刻本

唐人说荟　[清]莲塘居士(陈世熙)编,1913年上海扫叶山房石印本

龙威秘书　[清]马俊良编,乾隆五十九年石门马氏刻本

学津讨原　[清]张海鹏编,商务印书馆影印本

玉函山房辑佚书　[清]马国翰辑,光绪九年长沙嫏嬛馆补校刻本

经典集林　[清]洪颐煊辑,1926年陈氏慎初堂影印本

十种古逸书　[清]茆泮林辑,道光二十二年梅瑞轩刻本

汉学堂丛书(黄氏逸书考)　[清]黄奭辑,光绪十九年子澧集成刻本

观古堂所著书　[清]叶德辉辑,光绪三十三年叶氏刻本

玉函山房辑佚书续编三种(续编、补编、经籍佚文)　[清]王仁俊辑,上海古籍出版社影印,1989年版

百子全书　[清]崇文书局编,1919年上海扫叶山房石印本

古今说部丛书　[清]国学扶轮社编,上海国学扶轮社铅印本

无一是斋丛书抄　[清]阙名编,宣统元年梦梅仙馆刊本

说库　王文濡编,上海文明书局石印本

旧小说　吴曾祺编,商务印书馆,1957年版

辑佚丛刊　陶栋辑,中华书局,1948年排印本

敦煌变文集　王重民等编,人民文学出版社,1984年版

敦煌宝藏　黄永武主编,台北新文丰出版公司印行,1981—86年版

鸣沙石室古籍丛残　罗振玉编辑,1917年影印本

宋代传奇集　李剑国校辑,中华书局,2001年版

琱玉集　佚名撰,《古逸丛书》本

唐写本类书残卷　《鸣沙石室古籍丛残》影印本
北堂书抄　[隋]虞世南编,光绪十四年南海孔氏校刊本
艺文类聚　[唐]欧阳询编,汪绍楹点校,上海古籍出版社,1982年版
初学记　[唐]徐坚等编,中华书局,1980年版
古本蒙求　[唐]李翰撰注,《佚存丛书》本
蒙求集注　[唐]李翰撰,[宋]徐子光注,《景印文渊阁四库全书》本
白孔六帖　[唐]白居易编,[宋]孔传续编,《景印文渊阁四库全书》本
太平广记　[宋]李昉等编,汪绍楹校,中华书局,1981年版;《景印文渊阁四库全书》本;清乾隆黄晟校勘本;《笔记小说大观》本,江苏广陵古籍刻印社影印,1995年版
太平广记校勘记　严一萍校勘,台北艺文印书馆,1970年版
太平御览　[宋]李昉等编,中华书局影印宋刊本,1963年版;《景印文渊阁四库全书》本;清鲍崇城校刊本
事类赋注　[宋]吴淑撰注,冀勤等校点,中华书局,1989年版
册府元龟　[宋]王钦若等编,中华书局影印明刊本,1960年版
事物纪原　[宋]高承撰,《丛书集成初编》排印《惜阴轩丛书》本
海录碎事　[宋]叶廷珪编,李之亮校点,中华书局,2002年版
六帖补　[宋]杨伯嵒编,《景印文渊阁四库全书》本
锦绣万花谷　[宋]阙名编,《景印文渊阁四库全书》本
记纂渊海　[宋]潘自牧编,中华书局影印宋刻本,1988年版
全芳备祖　[宋]陈咏(景沂)编,农业出版社影印日藏宋刻本,1982年版
古今事文类聚　[宋]祝穆、[元]富大用、祝渊编,清乾隆二十

八年刊本

古今合璧事类备要　[宋]谢维新编，《景印文渊阁四库全书》本

玉海　[宋]王应麟编,清嘉庆丙寅刻本

重刊增广分门类林杂说　[金]王朋寿编,《嘉业堂丛书》本

韵府群玉　[元]阴劲弦(时遇)编,阴复春注,《景印文渊阁四库全书》本

永乐大典　[明]解缙、姚广孝等编,中华书局影印,1986年版

天中记　[明]陈耀文编,光绪戊寅听雨山房重刻本,江苏广陵古籍刻印社影印,1988年版

群书类编故事　[明]王罃编,江苏广陵古籍刻印社影印《宛委别藏》本,1990年版

山堂肆考　[明]彭大翼编,万历刊本,《景印文渊阁四库全书》本

广博物志　[明]董斯张编,《景印文渊阁四库全书》本

渊鉴类函　[清]张英等编,《景印文渊阁四库全书》本

古今图书集成　[清]蒋廷锡等编,中华书局影印,1934年版

周易正义　[魏]王弼、[晋]韩康伯注,[唐]孔颖达疏,清阮元《十三经注疏》本

尚书正义　[汉]孔安国传,[唐]孔颖达疏,《十三经注疏》本

周礼注疏　[汉]郑玄注,[唐]贾公彦疏,《十三经注疏》本

礼记正义　[汉]郑玄注,[唐]孔颖达疏,《十三经注疏》本

大戴礼记　[汉]戴德撰,《四部丛刊初编》影印明刊本

毛诗正义　[汉]毛亨传,郑玄笺,[唐]孔颖达疏,《十三经注疏》本

韩诗外传集释　[汉]韩婴撰,许维遹校释,中华书局,1980年版

春秋左传注疏　[晋]杜预注,[唐]孔颖达疏,《十三经注疏》本

论语注疏　[魏]何晏集解,[宋]邢昺疏,《十三经注疏》本

孟子注疏　[汉]赵岐注,[宋]孙奭疏,《十三经注疏》本

古微书　[明]孙瑴辑,《丛书集成初编》本影印《墨海金壶》本

尔雅义疏　[晋]郭璞注,[清]郝懿行疏,上海古籍出版社影印郝氏家刻本,1983年版

说文解字注　[汉]许慎撰,[清]段玉裁注,上海古籍出版社影印嘉庆刻本,1981年版

释名疏证补　[汉]刘熙撰,〔清]王先谦疏证补,上海古籍出版社影印光绪刻本,1984年版

国语　[吴]韦昭注,上海师范大学古籍整理研究所点校,上海古籍出版社,1990年版

国语集解　徐元诰撰,王树民、沈长云点校,中华书局,2002年版

战国策　[汉]刘向编,高诱注,上海古籍出版社,1978年版

周书(逸周书)　[晋]孔晁注,《四部丛刊初编》影印明刊本

王会篇笺释　[清]何秋涛撰,光绪十七年江苏书局刻本

世本　[清]茆泮林辑,《龙溪精舍丛书》本

竹书纪年　《四部丛刊初编》影印天一阁刊本

古本竹书纪年　[清]黄奭辑,《汉学堂丛书》本

古本竹书纪年辑校　[清]朱右曾辑录,王国维校补,《海宁王忠悫公遗书》本,1927年海宁王氏石印本

古本竹书纪年辑证　方诗铭、王修龄著,上海古籍出版社,1981年版

史记　[汉]司马迁撰,[宋]裴骃集解,[唐]司马贞索隐,张

守节正义,中华书局点校本,1975年版

列女传 [汉]刘向撰,《四部丛刊初编》影印明刊本

汉书 [汉]班固撰,[唐]颜师古注,中华书局点校本,1987年版

越绝书 [汉]袁康、吴平撰,《四部丛刊初编》影印明刊本

吴越春秋 [汉]赵晔撰,[元]徐天祜注,《四部丛刊初编》影印明刊本

吴越春秋辑校汇考 周生春著,上海古籍出版社,1997年版

后汉书 [宋]范晔撰,[唐]李贤等注,中华书局点校本,1987年版

后汉书志(续汉书志) [晋]司马彪撰,[梁]刘昭注补,中华书局点校本,1987年版

三国志 [晋]陈寿撰,[宋]裴松之注,中华书局点校本,1985年版

华阳国志 [晋]常璩撰,《四部丛刊初编》影印明抄本

晋书 [唐]房玄龄等撰,中华书局点校本,1987年版

晋书斠注 吴士鉴、刘承幹注,《广雅书局丛书》本

宋书 [梁]沈约撰,中华书局点校本,1987年版

南齐书 [梁]萧子显撰,中华书局点校本,1987年版

梁书 [唐]姚思廉撰,中华书局点校本,1987年版

陈书 [唐]姚思廉撰,中华书局点校本,1987年版

魏书 [北齐]魏收撰,中华书局点校本,1987年版

北齐书 [唐]李百药撰,中华书局点校本,1987年版

周书 [唐]令狐德棻等撰,中华书局点校本,1987年版

南史 [唐]李延寿撰,中华书局点校本,1987年版

北史 [唐]李延寿撰,中华书局点校本,1987年版

隋书 [唐]魏徵等撰,中华书局点校本,1987年版

建康实录 [唐]许嵩撰,张忱石点校,中华书局,1986年版

旧唐书　[后晋]刘昫等撰,中华书局点校本,1986年版
新唐书　[宋]欧阳修、宋祁撰,中华书局点校本,1986年版
路史　[宋]罗泌撰,罗苹注,《四部备要》本
绎史　[清]马骕撰,王利器整理,中华书局,2002年版

三辅黄图校证　陈直校证,陕西人民出版社,1980年版
水经注　[北魏]郦道元撰,陈桥驿点校,上海古籍出版社,1990年版
括地志辑校　[唐]李泰等撰,贺次君辑校,中华书局,1980年版
吴地记　[唐]陆广微撰,《古今逸史》本
北户录　[唐]段公路撰,《武英殿聚珍版书》本
岭表录异　[唐]刘恂撰,鲁迅校勘,广东人民出版社,1983年版
汉唐地理书抄　[清]王谟辑,中华书局影印,1961年版
太平寰宇记　[宋]乐史撰,光绪八年金陵书局刻本;王文楚等点校,中华书局,2007年版
舆地纪胜　[宋]王象之撰,道光二十九年惧盈斋刻本,中华书局影印,2003年版
吴郡志　[宋]范成大撰,陆振岳校点,江苏古籍出版社,1999年版
方舆胜览　[宋]祝穆撰,祝洙增订,施和金点校,上海古籍出版社,2003年版
咸淳临安志　[宋]潜说友撰,[清]汪远孙校补,《中国方志丛书》影印道光十年重刊本,台北成文出版社,1970年版
至元嘉禾志　[元]单庆修,徐硕纂,中华书局《宋元方志丛刊》影印道光十九年刻本,1990年版
明一统志　[明]李贤等撰,《景印文渊阁四库全书》本

海盐县图经　［明］樊维城、胡震亨等修，《中国方志丛书》影印天启四年刊本，台北成文出版社有限公司，1983年版

江南通志　［清］赵宏恩等修，《景印文渊阁四库全书》本

浙江通志　［清］嵇曾筠等修，《景印文渊阁四库全书》本

海宁州志　［清］战鲁村撰，《中国方志丛书》影印道光二十八年重刊本，台北成文出版社有限公司，1983年版

澉水新志　［清］方溶撰，1935年排印本

中国历史地图集　谭其骧主编，中国地图出版社，1990年版

管子集校　郭沫若等著，科学出版社，1956年版

管子校正　［唐］尹知章注，［清］戴望校正，《诸子集成》本，中华书局重印，1986年版

晏子春秋校注　张纯一撰，《诸子集成》本，中华书局，1986年版

墨子闲诂　［清］孙诒让撰，《诸子集成》本

庄子集释　［晋］郭象注，［唐］成玄英疏，［清］郭庆藩集释，《诸子集成》本

列子　［晋］张湛注，《诸子集成》本

尸子　［战国］尸佼撰，［清］汪继培辑，《二十二子》本

文子校释　［战国］文子撰，李定生、徐慧君校释，上海古籍出版社，2004年版

师旷　卢文晖辑注，上海古籍出版社，1985年出版

荀子集解　［战国］荀卿撰，［唐］杨倞注，［清］王先谦集解，《诸子集成》本

韩非子集解　［战国］韩非撰，［清］王先慎集解，《诸子集成》本

吕氏春秋　［战国］吕不韦撰，［汉］高诱注，《诸子集成》本

淮南子　［汉］刘安撰，高诱注，《诸子集成》本

春秋繁露义证 [汉]董仲舒撰,苏舆义证,钟哲点校,中华书局,2002年版

盐铁论 [汉]桓宽撰,《诸子集成》本

新论 [汉]桓谭撰,[清]孙冯翼辑,《四部备要》本

论衡 [汉]王充撰,《诸子集成》本

中论 [汉]徐幹撰,《四部丛刊初编》影印明刊本

风俗通义校释 [汉]应劭撰,吴树平校释,天津人民出版社,1980年版

风俗通义校注 王利器校注,中华书局,1981年版

古今注 [晋]崔豹撰,《四部备要》排印《汉魏丛书》本

文心雕龙注 [梁]刘勰撰,范文澜注,人民文学出版社,1962年版

金楼子 [梁]萧绎撰,《百子全书》本

颜氏家训 [隋]颜之推撰,《诸子集成》本

史通通释 [唐]刘知几撰,[清]浦起龙释,上海古籍出版社,1978年版

中华古今注 [五代]马缟撰,《四部备要》排印《汉魏丛书》本

学林 [宋]王观国撰,《丛书集成初编》排印《湖海楼丛书》本

史略 [宋]高似孙撰,《古逸丛书》本

南村辍耕录 [元]陶宗仪撰,中华书局点校本,1980年版

升庵全集 [明]杨慎撰,乾隆六十年养拙山房重刻本

丹铅总录 [明]杨慎撰,乾隆五十九年九思堂刻巾箱本

碧里杂存 [明]董穀撰,上海涵芬楼影印明刻《盐邑志林》本

少室山房笔丛 [明]胡应麟撰,中华书局上海编辑所,1958年版

古今伪书考 [清]姚际恒撰,《知不足斋丛书》本

读书脞录　[清]孙志祖撰,嘉庆四年刻本
第六弦溪文抄　[清]黄廷鉴撰,道光二十年刻本
文史通义　[清]章学诚撰,商务印书馆,1946年版
校雠通义　[清]章学诚撰,商务印书馆,1946年版
复堂日记　[清]谭献撰,《半厂丛书初编》本
札迻　[清]孙诒让撰,雷克、陈野校点,齐鲁书社,1989年版
春在堂全书　[清]俞樾撰,光绪八年重定刻本
晚清文学丛抄·小说戏曲研究卷　阿英编,中华书局,1960年版

太平经合校　王明编,中华书局,1992年版
抱朴子　[晋]葛洪撰,《诸子集成》本
抱朴子内篇校释(增订本)　王明著,中华书局,1985年版
真诰　[梁]陶弘景撰,《道藏要籍选刊》影印,上海古籍出版社,1989年版
墉城集仙录　[五代]杜光庭撰,明正统《道藏》本,商务印书馆影印,1924年版
仙苑编珠　[五代]王松年撰,《道藏》本
云笈七签　[宋]张君房编,李永晟点校,中华书局,2003年版
三洞群仙录　[宋]陈葆光撰,《道藏要籍选刊》影印,上海古籍出版社,1989年版
历世真仙体道通鉴　[元]赵道一撰,《道藏要籍选刊》影印,上海古籍出版社,1989年版
新编连相搜神广记　[元]秦晋撰,《绘图三教源流搜神大全(外二种)》影印元刻本,上海古籍出版社,1990年版
搜神记(六卷本)　[明]佚名编,《续道藏》本,《绘图三教源流搜神大全(外二种)》影印,上海古籍出版社,1990年版
重刊绘图三教源流搜神大全　[明]佚名编,上海古籍出版

社,1990年版

旧杂譬喻经　[吴]康僧会译,《大正新修大藏经》本
弘明集　[梁]释僧祐编,《四部丛刊初编》影印明本
出三藏记集　[梁]释僧祐撰,苏晋仁、萧炼子点校,中华书局,2003年版
高僧传　[梁]释慧皎撰,《高僧传合集》影印碛砂藏本,上海古籍出版社,1991年版
历代三宝记(开皇三宝录)　[隋]费长房撰,《大正新修大藏经》本
集神州三宝感通录　[唐]释道宣撰,《大正新修大藏经》本
道宣律师感通录　[唐]释道宣撰,《大正新修大藏经》本
广弘明集　[唐]释道宣编,《四部丛刊初编》影印明本
续高僧传　[唐]释道宣撰,《高僧传合集》影印碛砂藏本,上海古籍出版社,1991年版
破邪论　[唐]释法琳撰,《大正新修大藏经》本
辩正论　[唐]释法琳撰,陈子良注,《大正新修大藏经》本
法苑珠林　[唐]释道世编,《大正新修大藏经》本;《海王邨古籍丛刊》影印清宣统二年刻本,中国书店,1991年版;《四部丛刊初编》影印径山寺本(百二十卷本);《四库全书》本(百二十卷本)
法苑珠林校注　周叔迦、苏晋仁校注,中华书局,2003年版

焦氏易林　[汉]焦延寿撰,《龙溪精舍丛书》本
五行大义　[隋]萧吉撰,《知不足斋丛书》本
荆楚岁时记　[梁]宗懔撰,[隋]杜公瞻注,《宝颜堂秘笈》本
玉烛宝典　[隋]杜台卿撰,《古逸丛书》本
岁华纪丽　[唐]韩鄂撰,《津逮秘书》本
岁时广记　[宋]陈元靓撰,《丛书集成初编》排印《十万卷楼

丛书》本

齐民要术　［北魏］贾思勰撰，《四部备要》本

重修政和证类本草　［宋］唐慎微撰，寇宗奭衍义，［金］魏存惠重修，《四部丛刊初编》影印金刊本

元和姓纂　［唐］林宝撰，岑仲勉校记，中华书局，1994年版

历代名画记　［唐］张彦远撰，《王氏书画苑》本

文房四谱　［宋］苏易简撰，《四部丛刊初编》排印《学海类编》本

永乐琴书集成　［明］成祖敕撰，台北新文丰出版公司影印明内府写本，1983年版

楚辞补注　［汉］王逸编并注，［宋］洪兴祖补注，中华书局，1983年版

文选　［梁］萧统编，［唐］李善注，中华书局影印，1977年版

唐抄文选集注汇存　［唐］佚名集注，上海古籍出版社影印，2000年版

文苑英华　［宋］李昉等编，周必大校，中华书局影印明刊本，1966年版

乐府诗集　［宋］郭茂倩编，中华书局，1991年版

唐诗鼓吹　［金］元好问编，郝天挺注，《景印文渊阁四库全书》本

全唐诗　［清］彭定求等编，中华书局，1985年版

全上古三代秦汉三国六朝文　［清］严可均辑，中华书局影印，1995年版

陶渊明集　［晋］陶渊明撰，逯钦立校注，中华书局，1979年版

分类补注李太白诗　［唐］李白撰，［宋］杨齐贤集注，［元］萧士赟补注，《四部丛刊初编》影印明刊本

分门集注杜工部诗　［唐］杜甫撰，［宋］佚名集注，《四部丛刊

初编》影印宋刊本

杜工部草堂诗笺　［唐］杜甫撰，［宋］蔡梦弼会笺，《古逸丛书》本

东坡先生诗集注　［宋］苏轼撰，旧题王十朋注，明刊本

少室山房类稿　［明］胡应麟撰，《续金华丛书》本

汉书艺文志注释汇编　陈国庆编，中华书局，1983年版

汉书艺文志拾补　［清］姚振宗撰，开明书店《二十五史补编》本

汉书艺文志条理　［清］姚振宗撰，《二十五史补编》本

补后汉书艺文志　［清］侯康撰，《二十五史补编》本

后汉艺文志　［清］姚振宗撰，《二十五史补编》本

三国艺文志　［清］姚振宗撰，《二十五史补编》本

补晋书艺文志　［清］丁国钧撰，《二十五史补编》本

补晋书艺文志　［清］文廷式撰，《二十五史补编》本

隋书经籍志考证　［清］章宗源撰，《二十五史补编》本

隋书经籍志考证　［清］姚振宗撰，《二十五史补编》本

日本国见在书目录　［日］藤原佐世撰，《古逸丛书》本

崇文总目　［宋］王尧臣等撰，［清］钱东垣等辑释，许逸民、常振国编《中国历代书目丛刊》影印本，现代出版社，1987年版

秘书省续编到四库阙书目　［清］叶德辉辑考，《中国历代书目丛刊》影印本

中兴馆阁书目辑考　［宋］陈骙等撰，赵士炜辑考，《中国历代书目丛刊》影印本

通志艺文略　［宋］郑樵撰，《通志略》，上海古籍出版社，1990年版

郡斋读书志校证　［宋］晁公武撰，孙猛校证，上海古籍出版社，1990年版

遂初堂书目　［宋］尤袤撰，《中国历代书目丛刊》影印本

直斋书录解题　［宋］陈振孙撰，徐小蛮、顾美华点校，上海古籍出版社，1987年版

文献通考经籍考　［元］马端临撰，华东师范大学出版社，1985年版

文渊阁书目　［明］杨士奇等撰，《丛书集成初编》排印《读画斋丛书》本

百川书志　［明］高儒撰，古典文学出版社，1957年版

宝文堂书目　［明］晁瑮撰，古典文学出版社，1957年版

国史经籍志　［明］焦竑撰，《粤雅堂丛书》本

世善堂藏书目录　［明］陈第撰，《知不足斋丛书》本

红雨楼书目　［明］徐𤊹撰，古典文学出版社，1957年版

道藏目录详注　［明］白云霁撰，退耕堂影印《文津阁四库全书》本

四库全书总目　［清］纪昀等撰，中华书局影印，1965年版

郑堂读书记　［清］周中孚撰，吴兴刘氏嘉业堂刻本

皕宋楼藏书志　［清］陆心源撰，光绪八年刊本

铁琴铜剑楼藏书目录　［清］瞿镛撰，光绪二十四年瞿氏刊本

日本访书志　［清］杨守敬撰，光绪二十三年宜都杨氏刻本

四库全书总目提要补正　胡玉缙撰，中华书局，1964年版

四库提要辨证　余嘉锡著，中华书局，1980年版

中国丛书综录　上海图书馆编，中华书局，1962年版

古小说简目程　毅中著，中华书局，1981年版

后　　记

　　本书是我的研究生毕业论文。

　　一九七九年九月考入南开大学中文系小说戏曲研究室攻读中国小说史。在导师朱一玄、宁宗一二先生悉心指导下，选定唐前志怪小说作为研究课题，并于一九八〇年三月至一九八一年三月间写完初稿。嗣后又花半年时间改定，油印出来后呈送有关专家征求意见。以后又陆陆续续作了些修正补充。

　　本书除朱、宁二师浇注了许多心血外，承蒙南开大学兼职教授、商务印书馆刘叶秋先生，中国社会科学院文学研究所范宁先生，中华书局程毅中先生校阅指教。刘叶秋先生并亲为作序题签。南开中文系王达津先生、罗宗强先生也曾看过部分章节，并提出宝贵意见。又，南开大学出版社崔国良、马光烺二先生为本书的出版，付出了艰辛劳动。对这些关怀和帮助，我谨致感激之情。

　　虽年当"不惑"，但以驽钝之才而又伏案未深，于学问之事每每惑而不解。所以热切希望专家和读者对本书提出批评。

作　者
一九八三年七月九日于南开园

修 订 后 记

当修订完这部二十余年前的旧作时有一种还了愿的感觉——那时老大不小才初窥门径,纰漏自然不少。1984年由南开大学出版社出版后,台湾的同行王国良教授——后来成为我很好的朋友——曾撰文指出过许多毛病,自然也颇讲了些好话。二十年间,学术在发展,本人也不能不有所作为,沿着这条路子又相继完成了唐宋志怪传奇的研究,出版了几部书。而对于唐前志怪,也仍还在关注着。此间曾参与了几部小说辞书和小说史的主编、撰稿工作,对早先摸过的东西再摸一遍,修正了不少论点;再则是对以前未曾予以充分注意的一些作品作了发掘探究,有了新的发现。更重要的一个情况,就是最近几年潜心研究通行本《搜神记》和《搜神后记》,研究干宝,重新辑校这两部小说,发表过几篇论文,《新辑搜神记 新辑搜神后记》也不久杀青。有了这些积累,如今用新眼光来看旧文章,就不能不发现那真是浑身的毛病。学生读我这本书,我总说读时注意,书里有不少问题;不这么说,总觉得像卖假奶粉一样,会吃死小孩子。

这次修订,大架子是没法动了,还是一座老房子模样。不过局部也得调整。这源于一些新认识,比如,志怪小说的定义。早先主要从题材上着眼,如今认为它是一种小说文体,其基本体制就是以"丛残小语"语怪述异。这样,像《汉武故事》、《汉武内传》、《蜀王本纪》以及《神女传》、《杜兰香传》、《曹著传》之类的单篇语怪题材作品的性质,就不好叫做志怪小说,我把它们同《穆天子传》、《燕丹子》、《赵飞燕外传》等归为一类,称作杂传小说。虽然已被定为另类,但也不好逐出门户,因为它们同志怪小说关系密切,毕竟都是谈神说鬼嘛。处理办法是把它们按时代归拢在一起谈,称作"志怪题材的杂传小说"。

更多更重要的修改还是对具体作品的考据和论证,主要集中在《搜神记》、《搜神后记》、《异苑》上。鲁迅早就说过《搜神记》通行本是部"半真半假"的书,事实确实如此,而且《后记》也是如此。近年我对这两部书以及对干宝的研究成果尽数纳入,这样几乎就是重写一遍。而在别的地方涉及到的和它们相关的其他问题,也就不能不作相应的修改。和《搜神》二记一道刻入《秘册汇函》的《异苑》也是胡震亨等人搞出的"半真半假"货色,这回花了不少气力搞它,几乎也是重写一遍。还有,对一些作品的产生时代重新作了认定或明确化,在书中给它们换了地方;确定是伪书的删掉,新发现的作品及资料补上。

二十年间对唐前小说的研究有不少新成果问世,例如王国良就有多种著作,修订中就我所见尽量吸收进来。吸收的意见还有其他方面的,不限于小说方面。但凡书中涉及到的问题,常翻翻别人的书作参考,择善而从;自然也有拿来表示商榷或反对——余性好辩也。但因时间有限,不能撒网捕捞,挂漏在所难免。

修订的方面还有不少,如补充修改注释、改错字、核对引文、补充参考引用书目等等,不必细说。

多年来每当自己看见或别人提到《唐前志怪小说史》,就想修订再版,可惜一直没有碰见机会。两个多月前天津出版局领导、年轻有为的萧占鹏先生提出由天津教育出版社重新出版,真让我高兴,总算得到一个机会,把老房子装修一遍。这里我表示衷心感谢。并且要感谢王轶冰、李勃洋两位小友,作为编辑他们对本书的修订出版着实出力不少。感谢的也该有旧婆家——二十年前出了我这本古小说研究处女作的南开大学出版社。

修订完毕松了口气但不敢得意忘形,仍担心是不是书中还有什么错误和纰漏。程毅中先生说著书是件充满遗憾的事情,白纸黑字,铁证如山,于是也就不能不于心惕惕焉。

李 剑 国

2004年7月8日

重修订后记

真想不到,本书的修订本在2005年1月由天津教育出版社出版后,时隔四年又谬承人民文学出版社垂青重新出版此书。《修订后记》说初版真是浑身的毛病,总觉得像卖假奶粉一样,会吃死小孩子,这回再从头至尾仔细看看,还是颇有可改、可补、可议之处。再下番功夫修订,不是简单地改改错字,大模样没变,小地方变了不少,所以称作"重修订本"。

此番重新修订主要着力于这样几个方面:一是资料和考证的补苴及考证疏误的纠正;二是作品原文的引用,大都重新作了校辑;三是阐释、论述的加强;四是作品论述位置和论述层次的调整;五是新近研究论著的征引;六是行文的修饰;七是文字的正讹补阙;八是引用技术上的规范化。

须特别说明的是,《搜神记》和《搜神后记》部分,由于中华书局于2007年出版了我所辑校的《新辑搜神记　新辑搜神后记》,所以对二书的引用和讨论,均以新辑本为据。

另外,在修订期间,我同时还在修订上海古籍出版社1986年出版的我的另一部书《唐前志怪小说辑释》,所收作品均重新校辑。有这个便利,本书所引用的作品文字凡见于《辑释》者便都调换为《辑释》修订本的文字。其余作品,也大都重作校补。

要之,本书的此次修订比较全面,其中若《神仙传》、曹毗及《杜兰香传》、《异苑》、《续齐谐记》等也都有重要或比较重要的修改。

我始终觉得,修订旧著比撰述新作恐怕还重要,因为旧作已经在学界流传,发现问题尽快修补,实在是有裨于学术的好事。但我也知道,学无止境,个人学识有限。当年修订完本书后说是"松了口气但不敢得意忘形,仍担心是不是书中还有什么错误和纰漏",如今仍还是这种感觉。书一改再改,欲求善美终不可得,差强人意亦足矣。

零九年三月九日改毕识于钓雪斋